本书为国家社科基金一般项目结项成果（证书号：20212366）

| 光明学术文库 | 法律与社会书系 |

中、西讽刺幽默
小说比较研究

王卫平　穆　莹 | 著

光明日报出版社

图书在版编目（CIP）数据

中、西讽刺幽默小说比较研究／王卫平，穆莹著
. --北京：光明日报出版社，2022.11
ISBN 978-7-5194-6936-8

Ⅰ. ①中… Ⅱ. ①王… ②穆… Ⅲ. ①小说研究—对
比研究—中国、西方国家 Ⅳ. ①I207. 42 ②I106. 4

中国版本图书馆 CIP 数据核字（2022）第 223150 号

中、西讽刺幽默小说比较研究
ZHONG、XI FENGCI YOUMO XIAOSHUO BIJIAO YANJIU

著　者：王卫平　穆莹

责任编辑：许　怡　　　　　　　　责任校对：乔宇佳
封面设计：中联华文　　　　　　　责任印制：曹　净

出版发行：光明日报出版社

地　　址：北京市西城区永安路 106 号，100050

电　　话：010-63169890（咨询），010-63131930（邮购）

传　　真：010-63131930

网　　址：http：//book. gmw. cn

E - mail：gmrbcbs@ gmw. cn

法律顾问：北京市兰台律师事务所龚柳方律师

印　　刷：三河市华东印刷有限公司

装　　订：三河市华东印刷有限公司

本书如有破损、缺页、装订错误，请与本社联系调换，电话：010-63131930

开　　本：170mm×240mm

字　　数：337 千字　　　　　　　印　　张：20

版　　次：2023 年 3 月第 1 版　　　印　　次：2023 年 3 月第 1 次印刷

书　　号：ISBN 978-7-5194-6936-8

定　　价：98. 00 元

目　录
CONTENTS

绪　论

一、选题的依据

在人类的日常生活中，比较是人的本能，也是人类的天性；比较是我们辨别、认识事物的基本方式和主要途径。"瓦伦丁实验说明，婴儿具有比较的本能，他们对于不同色彩有选择的能力。"① "随着人的成长，比较意识表现于人的每一行动中，从比较吃哪一种饭，穿哪一件衣，乘哪一路车，住哪一家店，与什么人结婚，买什么房子……到国家大政方针的制定、战略方案的选定、总统选举，可以说事无巨细，都会有比较，比较存在于我们生活中的每一个环节。它在我们的意识和思维活动中占有重要地位，有时甚至进入无意识的超思维的活动。一个人行为的正确与否，要取决于它的比较范围和观念；一种事物成功与否，取决于决策者对于方案的比较。离开了比较，我们寸步难行。"② 由此可见，比较始终伴随着人类的生活，是不可或缺的。

文学生活、文学研究同样如此，比较同样也是基本的、重要的认知方式、方法。任何一个作家的创作都不会凭空产生，都要有所继承、有所借鉴、有所择取，也有所创造。中国现代文学同时面对两大文学传统的哺育和滋养：外来文学传统和本土文学传统。外来文学又可分为东方文学系统和西方文学系统，这两个文学系统在本质上是有明显区别的。本土文学又可分为中国古代文学传统和中国近代文学传统，两者也是有区别的。研究中国现代文学，如果只在内部打转转，作内循环的研究，而不研究它和外部文学世界的关联，是很难说清中国现代文学的特质、成就、贡献以及局限和问题的。有比较才有鉴别。只有

---

① 方汉文. 比较文学高等原理 [M]. 北京：北京师范大学出版社，2011：27.
② 方汉文. 比较文学高等原理 [M]. 北京：北京师范大学出版社，2011：27.

展开广泛而深入的中外、古今比较，才能获得更为开阔的文学视野，而只有获得了开阔的文学视野，才能获得新认识，得到新启示，得出新结论。

回顾中国现代文学研究史，我们看到，随着对外开放大潮的推进，随着中华优秀文化的弘扬，中国现代文学与外国文学、与中国传统文学关系的研究不断地被提上日程，从二十世纪八十年代的《走向世界文学——中国现代作家与外国文学》①，到二十世纪九十年代的《中国现代小说与文学传统》②《1898—1949 中外文学比较史》（上、下卷）③ 以至二十一世纪的《二十世纪中外文学交流史》（上、下卷）④ 等，文学研究的视野不断被拓宽，其中，在中外文学比较、交流方面的研究成果要胜于中国文学古今比较的研究，这一方面源于中外文化交流的推动，另一方面，更源于中国现代文学受外来影响的明显。正如鲁迅所说"新文学是在外国文学潮流的推动下发生的"⑤。所以，中外文学比较研究、交流研究自然兴盛起来，尤其是"影响研究"发展。但时至今日，"影响研究"仍有许多具体、细致的工作要做，而且"与'影响研究'的成果比起来，平行研究中真正传世的成果可能较少"⑥，"'类型学研究'刚刚起步，'文学翻译研究'更是薄弱"⑦。而"变异学"则是 2005 年由中国比较文学学者曹顺庆教授提出的一个新的比较文学研究领域。

有鉴于此，本书从比较文学视域出发，从文学类型学比较研究切入，选取"中国现代讽刺幽默小说"和"西方讽刺幽默小说"展开比较研究，力图兼顾"影响研究""平行研究""翻译研究"和"变异研究"。

之所以以中、西讽刺幽默小说为比较研究的对象，除了笔者有比较深厚的研究基础以外，还因为中国讽刺幽默小说有着比较悠久的历史，尤其到了现代，

---

① 曾小逸. 走向世界文学：中国现代作家与外国文学 ［M］. 长沙：湖南人民出版社，1985.
② 方锡德. 中国现代小说与文学传统 ［M］. 北京：北京大学出版社，1992.
③ 范伯群，朱栋霖. 1898—1949 中外文学比较史：上、下卷 ［M］. 南京：江苏教育出版社，2007.
④ 李岫，秦林芳. 二十世纪中外文学交流史：上、下卷 ［M］. 石家庄：河北教育出版社，2001.
⑤ 鲁迅. "中国小说杰作"小引 ［M］∥鲁迅. 鲁迅全集：第 8 卷. 北京：人民文学出版社，2005：445.
⑥ 黄修己，刘卫国. 中国现代文学研究史：下册 ［M］. 广州：广东人民出版社，2008：821.
⑦ 黄修己，刘卫国. 中国现代文学研究史：下册 ［M］. 广州：广东人民出版社，2008：825.

讽刺幽默小说大放异彩，诞生了鲁迅、老舍、钱锺书等讽刺幽默大家，出现了众多的讽刺幽默小说，成为最有成就的小说类型之一。在西方，从古希腊的琉善到薄伽丘、拉伯雷、塞万提斯、斯威夫特、狄更斯、萨克雷、果戈理、契诃夫、谢德林、欧·亨利、马克·吐温，一直到二十世纪的"暴露讽刺文学""黑色幽默小说"等，讽刺幽默小说也形成了源远流长的喜剧传统。但迄今为止还没有将中、西两者进行系统而深入的比较研究的专著，这是一个缺憾。

之所以将讽刺和幽默合流进行研究，也是有实际考虑的。虽然，从严格意义上说，讽刺与幽默不论作为喜剧的美学范畴，还是作为艺术的表现方式、方法以及作为风格特征的具体体现都是有区别的，在具体作家、具体作品中也有不同的表现侧重，因此，在以往的研究中也有过分开研究的先例，比如研究讽刺文学、讽刺小说、讽刺喜剧，研究幽默文学、幽默小说、幽默喜剧等。但从创作的实际情形来看，讽刺和幽默常常是结合在一起的。老舍多次谈到讽刺与幽默是分不开的，这正反映了创作的实情。在中外文学作品中，讽刺和幽默常常是联系在一起的，讽刺中包含着幽默，幽默中蕴藏着讽刺。纯讽刺或纯幽默并不多见，因此，二者素有"孪生兄弟""同胞姐妹"之称。所以，本书将讽刺和幽默放在一起，作为一个整体进行研究。

二、研究的现状

迄今，在国内外的研究史上，还没有一部将中国现代讽刺幽默小说与西方讽刺幽默小说进行比较研究的专著，相关内容见于现代中外文学比较史、现代中外文学交流史研究的综合性著作中。主要有两部作品。第一部是范伯群、朱栋霖主编的《1898—1949 中外文学比较史》：上、下卷①。这是我国第一部大规模、翔实、系统、丰厚的中外文学比较史的巨著，受到学界的高度评价，并获得多项国家和省级奖励，影响深远，至今无人超越。该书在第四编（"三十年代文学时期"）第六章"中国的英俄式讽刺派锋芒"（万书元执笔）中，分别论述了果戈理、契诃夫对三十年代讽刺小说的影响；老舍对狄更斯讽刺幽默的偏爱、接受和模仿；《堂吉诃德》与《莫须有先生传》的关系。在第五编（"四十年代文学时期"）第三章"讽刺文学的新发展"（万书元执笔）中，分别论述了契诃夫、果戈理的讽刺艺术是如何影响了沙汀的创作；师陀和契诃夫、莱蒙

---

① 范伯群，朱栋霖. 1898—1949 中外文学比较史：上、下卷［M］. 南京：江苏教育出版社，1993.

托夫的关系；《围城》在叙述和结构方面受到菲尔丁《弃儿汤姆·琼斯的历史》的影响。由于该书是总体的比较文学史，所以，不可能就中国现代所有的讽刺幽默小说与西方古今的讽刺幽默小说展开比较，而只能就几个主要讽刺幽默作家较明显的受到英、俄同类作家影响的作品展开一些分析，侧重于"影响研究"，视野还不够宽广，比较也远不系统，很多作家作品都没有涉及，像薄伽丘的《十日谈》、斯威夫特的《格列佛游记》、拉伯雷的《巨人传》、萨克雷的《名利场》，俄国的谢德林、美国的欧·亨利、马克·吐温以及西方二十世纪的"暴露讽刺文学""黑色幽默小说"等，这些共同组成了西方讽刺幽默小说系统，它和中国现代讽刺幽默小说的关系除了"影响关系"以外，还有"平行关系"，因而，我们除了可以进行"影响研究"以外，还可以进行"平行研究""阐发研究"和"变异研究"，进而发现比较的双方各自的优劣长短，发现一些规律性的东西。

第二部是李岫、秦林芳主编的《二十世纪中外文学交流史》：上、下卷①，这部近 70 万字的大部头著作是在此前周发祥、李岫主编的 45 万字的《中外文学交流史》的基础上推出的，开创了中外文学交流史研究的先河。该书分为三编：第一编：二十世纪上叶的中外文学交流；第二编：二十世纪中叶的中外文学交流；第三编：二十世纪下叶的中外文学交流。在第二编的第四章第一节"中国现代小说发展进程与外来影响"中提到新文学第一个十年"鲁迅接受外来影响具有广博深入、兼容并包的特点"②。在新文学第二个十年里，指出了老舍的《老张的哲学》受到了狄更斯作品的影响。此外，还提到了张天翼对果戈理和契诃夫的佩服。在新文学第三个十年里，提到了沙汀、师陀的作品与几位俄国作家的关系。也提到钱锺书的《围城》，其"叙述风格和结构，有英国作家菲尔丁的影响。"③ 这样的内容与本课题的研究密切相关，但遗憾的是仅仅是提到，未能展开论证，所占篇幅很少，而且并不是着眼于讽刺幽默小说这一特定的文体类型展开研究。

在论文和论文集的研究成果中，多是停留在个体和微观的考察，即拿中国

---

① 李岫，秦林芳. 二十世纪中外文学交流史：上、下卷 [M]. 石家庄：河北教育出版社，2001.
② 李岫，秦林芳. 二十世纪中外文学交流史：上卷 [M]. 石家庄：河北教育出版社，2001：359.
③ 李岫，秦林芳. 二十世纪中外文学交流史：上卷 [M]. 石家庄：河北教育出版社，2001：370.

现代某一具体的讽刺幽默小说家、小说作品与外国某一具体的讽刺幽默小说家、小说作品进行比较，侧重在"影响研究"。首先应该提到的是曾小逸主编的《走向世界文学——中国现代作家与外国文学》①，这是新时期最早出现的研究中国现代作家与外国文学影响关系的论文集，分小说家、诗人、散文家、戏剧家四辑，主编曾小逸撰写了长篇导言"论世界文学时代"。书中 30 篇论文的作者几乎囊括了当时中国现代文学研究里最有名气和影响力的中青年学者，而且该书出版恰逢比较文学在中国兴起的时候，所以，意义不凡，影响深远。其中，第一辑 13 位小说家中的鲁迅、老舍、废名、沈从文、张天翼 5 位作家与外国文学关系的论文与本课题所要研究的问题相关，但书中并没有过多的展开论述。在宋永毅撰写的《老舍：纯民族传统作家——审美错觉》中，论述了老舍早期创作受狄更斯的影响，说到了"《猫城记》的文体与斯威夫特的《格列佛游记》、威尔斯的《首次登上月球的人们》及但丁的《神曲》有着明显的相似"②。在金宏达撰写的《废名：从冲淡、古朴到晦涩、神秘》中，只提到废名的小说"表现出契诃夫的影响"③。在凌宇撰写的《沈从文：探索"生命"的底蕴》中，与本课题有关的内容仅仅是提到"1929 年出版的《阿丽思中国游记》，是借英国作家刘易斯·卡罗尔的《阿丽思漫游奇境记》里的主人公游历中国构思而成"④。在吴福辉撰写的《张天翼：熔铸于英俄讽刺的交汇处》中，论及了张天翼受英俄幽默讽刺作家的影响，"先是取法于狄更斯"，"随后，在果戈理、契诃夫那里加强了讽刺主题的尖锐性质"⑤。上述对这 5 位讽刺幽默作家作品其中受外国讽刺幽默作家的影响的研究，在整篇论文中所占的比重很小，往往是点到、提及，至多是初步的论述，语焉不详，今天看来，显得简单和肤浅。但在当时的学术语境中还是很新颖、很了不起、很有影响力的比较文学力作。

除此之外，个体和微观考察的论著有很多，特别是论文。其中有关鲁迅的

---

① 曾小逸. 走向世界文学：中国现代作家与外国文学［M］. 长沙：湖南人民出版社，1985.

② 曾小逸. 走向世界文学：中国现代作家与外国文学［M］. 长沙：湖南人民出版社，1985：191.

③ 曾小逸. 走向世界文学：中国现代作家与外国文学［M］. 长沙：湖南人民出版社，1985：216.

④ 曾小逸. 走向世界文学：中国现代作家与外国文学［M］. 长沙：湖南人民出版社，1985：277.

⑤ 曾小逸. 走向世界文学：中国现代作家与外国文学［M］. 长沙：湖南人民出版社，1985：298.

最多。王瑶的《鲁迅的作品与外国文学的关系》(《鲁迅研究》1980 年第 1 辑)是新时期初期关于鲁迅的"影响研究"的富有开拓性的论文。"以往人们谈论这个话题,往往只谈鲁迅与俄苏文学的关系,而王瑶突破了这一狭窄空间,对鲁迅所受的外来影响作了全面的勾勒。"① 其他如韩长经的《鲁迅与俄罗斯古典文学》(上海文艺出版社 1981 年),秦家琪、陆协新的《阿 Q 与堂吉诃德形象的比较研究》(《文学评论》1982 年第 4 期),王富仁的《鲁迅前期小说与俄罗斯文学》(陕西人民出版社 1983 年,天津教育出版社 2008 年),姜建的《采英撷华 自铸伟辞——鲁迅前期小说喜剧艺术的承继和独创》(《西北大学学报》1986 年第 2 期),吴庆丰的《果戈理和鲁迅讽刺艺术的比较研究》(《社会科学探索》1988 年第 6 期),陈荣毅的《鲁迅与吐温的幽默讽刺文学比较谈》(《天津师范大学学报》1988 年第 4 期),王丹的《鲁迅与契诃夫创作比较论》(《鲁迅研究月刊》1996 年第 3 期),寇志明、黄乔生的《鲁迅与果戈理》(《鲁迅研究月刊》2002 年第 7 期),刘文娅的《冷嘲与热讽——鲁迅与狄更斯小说讽刺风格比较》(重庆师范大学学位论文,2006 年),李春林的《鲁迅与外国文学比较研究 20 年》(《上海鲁迅研究》2005 年第 1 期),孙郁的《鲁迅与果戈理遗产的几个问题》(《文学评论》2013 年第 3 期),邹健的《〈堂吉诃德〉与〈阿 Q 正传〉比较研究》(吉林大学学位论文,2013 年),禹权恒的《"堂吉诃德在中国"与"中国的堂吉诃德"》(《鲁迅研究月刊》2016 年第 5 期)等,其中,对鲁迅与果戈理、鲁迅与契诃夫、《阿 Q 正传》与《堂吉诃德》的关系关注和研究较多。

有关老舍研究的有郝长海的《老舍与外国文学》(《吉林大学学报》1982 年第 5 期)、李冰霜的《笑的艺术——谈老舍的幽默艺术与狄更斯的创作》(《外国文学研究》1986 年第 1 期)、史承钧的《〈猫城记〉与西方"反乌托邦小说"》(《中国现代文学研究丛刊》1993 年第 1 期)、王萍的《老舍与狄更斯的幽默浅论》(《云梦学刊》1993 年第 4 期),史承钧、伍斌的《老舍与西方现代派文学》(《上海师范大学学报》1994 年第 4 期)、成梅的《〈猫城记〉与〈格列佛游记〉讽刺艺术比较》(《河南师范大学学报》1999 年第 2 期)等。其中,成梅的《老舍小说创作比较研究》(陕西人民出版社 2000 年)是对老舍跨文化比较研究的一部难得的、少见的力作。"作者运用文化人类学、艺术心理学、现

---

① 黄修己,刘卫国. 中国现代文学研究史:下册 [M]. 广州:广东人民出版社,2008:814.

代阐释学以及思维科学等理论，令人信服地分析了《骆驼祥子》与《无名的裘德》《四世同堂》与《神曲》《黑白李》与《双城记》《马裤先生》与《匹克威克外传》《爱新弥耳》与《爱弥儿》以及《一个小小的建议》在题材、主题、构思、情节、语言运用以及艺术表达上的联系与区别，阐释了老舍基于传统和外来文化双重影响的新发现、新创造，总结了老舍对现代叙事艺术的探索及老舍在新文学现代化进程中的重要贡献。"① 尽管如此，但该书从讽刺幽默文学视角对老舍的比较研究关注的并不多。关于老舍创作（特别是早期创作）与狄更斯的关系，已有多篇论文（包括硕士学位论文）涉及并论述，但多数还不够全面、不够深刻。

有关张天翼研究的有张章的《张天翼与外国文学》（《中国比较文学》1987年第4期）、吴福辉的《带着枷锁的笑》（浙江文艺出版社1991年）、胡强的《现实主义的觉醒与深化——论张天翼的文学创作与外来影响》（湘潭大学学位论文，2002年）、胡强的《创造性的接受主体——论张天翼的小说创作与外来影响》（《外国文学研究》2003年第3期）、张晋军的《试论张天翼讽刺小说中果戈理与契诃夫的影响》（《太原大学教育学院学报》2007年第1期）、陈慧的《契诃夫的讽刺艺术对鲁迅、张天翼的影响》（西北民族大学学位论文，2013年）等。

有关沙汀小说与外国文学的比较研究成果甚少。仅有杨凡周的《契诃夫、沙汀小说中的戏剧因素》（《中国比较文学》1997年第4期）、阮航的《沙汀、契诃夫小说比较》（《社会科学研究》1996年第3期）、黄曙光的《乔治·桑与沙汀艺术风格比较》（《当代文坛》2004年第6期）等。

有关钱锺书研究的有林海的《〈围城〉与〈弃儿汤姆·琼斯的历史〉》（原载《观察》周刊1948年第5卷第14期，《读书》1984年第9期转载）、刘晓文的《〈围城〉与〈城堡〉比较》（《外国文学研究》1992年第2期）、刘新华的《同处二十世纪风雨中——〈围城〉与〈洪堡的礼物〉的比较研究》（《中国现代文学研究丛刊》1993年第2期）、王卫平的《〈围城〉与西方现代主义文学的精神联结》（《中国现代文学研究丛刊》1996年第2期）、许丽青的《钱锺书与英国文学》（复旦大学学位论文，2010年）、许丽青的《钱锺书小说的对话艺术分析——以英国文学作为参照》（《中国现代文学论丛》2011年第1期）等。

---

① 邵宁宁，郭国昌，孙强. 当代中国现代文学研究：1949—2009［M］. 北京：中国社会科学出版社，2014：257.

这些比较研究的成果，有其学术价值，也给本书的研究提供了基础性的文献，具有一定的借鉴意义。但与本书的研究构想有很大的不同，它们只是作为个体的和微观的考察，缺乏整体和宏观的把握，而本书试图从整体和宏观角度去研究中、西讽刺幽默小说。

对中国现代讽刺幽默小说和西方（欧美）讽刺幽默小说单边研究的成果也与本书的研究相关。其中，在中国现代讽刺小说研究方面成绩较为突出。著作方面主要有：齐裕焜、陈惠琴合著的《中国讽刺小说史》（辽宁人民出版社1993年）。该书首次将中国古代、近代、现代的讽刺小说打通，作了系统的研究，其中，对中国现代讽刺小说的研究，占全书十章中的四章，结合鲁迅、老舍、张天翼、钱锺书等作家的讽刺小说创作论述了中国现代讽刺小说的开端、繁荣和发展。吴福辉著的《带着枷锁的笑》（浙江文艺出版社1991年）是作者研究中国现代文学的论文集，内有6篇论文是研究中国现代讽刺小说作家作品的。吴福辉是最早研究中国现代讽刺小说的著名的学者。该书中的《中国现代讽刺小说的初步成熟》《怎样暴露黑暗——沙汀小说的诗意和喜剧性》《张天翼的小说世界和中外讽刺传统》《钱锺书对现代病态知识社会的机智讽刺》《戴上枷锁的笑——为未来的现代讽刺小说史准备的提纲》等，不仅写得最早，而且系统、深刻，新见迭出，在多方参照、比较和联系中进行宏观和微观相统一的研究，处于国内领先水平。万书元著的《第十位缪斯——中国现代讽刺小说论》（东南大学出版社1998年），这是国内第一部系统研究中国现代讽刺小说的专著。万书元是继吴福辉之后，在中国现代讽刺小说研究方面卓有成就的学者。在这部专著之前，他已有多篇论文先期发表，像《论中国现代旅游故事型讽刺小说》（《晋阳学刊》1988年第5期）、《论中国现代悲剧讽刺小说》（《南京大学学报》1995年第2期）等。之后，他撰写了专著。他的这部专著共分为五章，22万字。第一章：导论，主要对中国讽刺小说进行历史回顾以及对中国现代讽刺小说勃兴的原因进行阐释，同时，也对中国现代讽刺小说演进的轮廓进行描述。第二章："中国现代讽刺小说的思想蕴涵"，结合清末谴责小说阐述现代讽刺小说的思想继承与超越；鲁迅创作讽刺小说的动因及对现代讽刺小说的影响；在现代讽刺小说意义概览的基础上，着重论述了《阿Q正传》与《围城》的意义。第三章："中国现代讽刺小说的风格阐释"，在这一章里，作者把中国现代讽刺小说分为"悲剧性讽刺小说""喜剧性讽刺小说"和"纯讽刺小说"三种风格类型，这是颇有见地的。第四章："中国现代讽刺小说的结构阐释"，在这一章里，作者从结构类型把中国现代讽刺小说分为"旅游故事型讽刺小说""歹徒故事型讽刺小说"和"人物传记体讽刺小说"三种类型。这样的划分，笔者虽不一定完全认同（主要是对"歹徒故事型讽刺小说"这一说法不太认可），但不能不说是新鲜的、原创的观点。特别是在具体论述中展开了大量的中、西比较，每一种类型都阐述了西方渊源，就一些具体的文本，也都是展开"比较研究"，如《阿丽思中国游记》与《阿丽思漫游奇境记》、《鬼土日记》与《格列佛游记》、《猫城记》与《埃瑞璜》、《老张的哲学》与《尼古拉斯·尼古贝》《证章》与《钦差大臣》、《淘金记》《清明时节》与《哥略夫里奥夫家族》、《在白森镇》与《列那狐故事》、《围城》与《弃儿汤姆·琼斯的历史》、《阿Q正传》与《堂吉诃德》等，都展开比较论述，侧重在"影响研究"。这些比较研究，包括其中的一些观点，对本课题的研究启发甚大，借鉴意义明显，也开阔了笔者的思路。第五章："中国现代讽刺小说的技巧阐释"，分为"夸张""比喻""佯谬"等十五种修辞技巧。总之，这部专著视野开阔，善于中、西、古今的联系和比较，思想研究和艺术研究并重，是一部有创新、有见地的专著。陆衡著的《四十年代讽刺文学论稿》（广西师范大学出版社 2008 年）是作者在博士学位论文的基础上修订、丰富而成。该书分五章，分别论述了二十世纪四十年代讽刺文学生态、四十年代讽刺文学合法性的谋求、四十年代讽刺文学时评性的超越、四十年代讽刺文学喜剧性的生成、四十年代讽刺文学现代性的追求等，是对二十世纪四十年代讽刺文学进行综合研究的力作。

此外，陈平原的《论四十年代的讽刺文学及其知识分子形象》（《学术研究》1987 年第 2 期）着重论述了二十世纪四十年代讽刺文学的特点和知识分子讽刺形象的三种类型："多余的人""于连式英雄""寻梦者"。王爱松的《论三十年代中国讽谕文学》（《江海学刊》1996 年第 2 期）将该时期的讽谕文学分为"社会—政治讽谕文学、道德—人生讽谕文学、风俗—文化讽谕文学三型"，并作了具体论述。陈双阳的《"异类"的命运——中国现代幻设型讽刺小说论》（《中山大学学报》1999 年第 1 期）对《猫城记》等四部"幻设型讽刺小说"的历史源流和命运进行了深入的研究。马兵的《想象的本邦——〈阿丽思中国游记〉、〈猫城记〉、〈鬼土日记〉、〈八十一梦〉合论》（《文学评论》2010 年第 6 期）是对这四部小说研究的继续，总结了这四部小说的一个基本的叙事结构和各自的师承渊源，在充满诡异夸张和笑谑叙述中投射的是作家对本土的想象。杨春风的《张天翼讽刺小说论》（兰州大学学位论文，2010 年）是国内唯一一篇研究张天翼讽刺小说的博士学位论文，创新性明显，深化了对张天翼讽刺小说的认识。朱秀英的《老舍与钱锺书小说幽默讽刺艺术的比较研究》（《山东社会科学》2015 年第 2 期）比较了这两位作家幽默讽刺观及幽默讽刺风格表现的异同。刘俊的《论中国新文学中讽刺小说的三种类型——以鲁迅、张天翼和黄春明为例》（《天津社会科学》2017 年第 2 期），文章通过对鲁迅、张天翼和黄春明三位作家讽刺小说的分析，认为：鲁迅以"冷嘲"著称，张天翼以"热讽"见长，黄春明则以"逗谑"自成一格。这篇文章的意义在于，在研究中国现代讽刺小说中，第一次引入了中国台湾的讽刺作家。

在西方讽刺幽默小说研究方面，国内的研究成果不多，内容涉及西方讽刺文学整体、西方反封建的讽刺文学、文艺复兴时期文学中的讽刺、英国文学与英式幽默、美国的黑色幽默等。如江建文的《论西欧反封建的讽刺文学》（《广西大学学报》1981 年第 1 期）、黎跃进的《试论文艺复兴时期文学中的讽刺》（《衡阳师专学报》1986 年第 2 期），这两篇文章都论及了《十日谈》《巨人传》《堂吉诃德》等作品的讽刺特点。马菊玲的《哈哈镜里的荒诞世界：美国黑色幽默小说的文本世界研究》（河南大学学位论文，2008 年）综合论述了美国的黑色幽默小说。张剑的《英国文学与英式幽默》（《光明日报》2012 年 1 月 16 日第 9 版）结合一些具体作品论证了英式幽默的特点。以上均着眼于宏观研究。

从微观研究出发，即着眼于具体作家个案的研究，主要涉及《格列佛游记》的讽刺艺术、狄更斯的幽默艺术、果戈理的笑的艺术、契诃夫的讽刺艺术、马克·吐温的幽默讽刺艺术、左琴科的幽默讽刺艺术等。限于篇幅，兹不赘述。

三、学术价值、创新之处和现实意义

通过以上对本选题及相关问题的研究现状的梳理，我们会发现：对于中国现代讽刺幽默小说与西方讽刺幽默小说的比较研究，还没有一部专著进行专门研究，仅在其他著作中以"章"和"节"的形式有所涉及，且限定在"英俄式讽刺派"（菲尔丁、狄更斯、果戈理、契诃夫）对中国现代讽刺家的"影响研究"，没有涉及"平行比较研究"，很少谈及幽默。在论文方面，多是个体的、微观的、一对一的考察，缺少整体的、宏观的把握，学术视野还相对狭窄，而且同样是关注"影响研究"，忽略"平行研究""阐发研究"以及"变异研究"，同样是重讽刺、轻幽默。在中国现代讽刺幽默小说单边研究方面是卓有成就的，但跨国比较研究成果甚微。

本书相对于已有研究的独到学术价值在于：力图超越以往研究的简单、狭窄、个体和微观，而走向系统、综合和宏观；努力克服以往研究的重讽刺、轻幽默，重微观、轻宏观，重"影响比较"、轻"平行比较"和"变异研究"，在多方参照中进行系统比较，写出该领域第一部比较研究的学术专著。它力图在中、西讽刺幽默小说的纵深比较方面弥补不足，并力图拓宽中国现代文学、比较文学研究的领域。通过广泛、深入的比较，拓展思维空间，探讨创作规律，达到对不同民族国家文学的互识、互证和互补。

本书的创新之处在于：

第一，选题上具有创新性。以往还没有从整体上、宏观上将中、西讽刺幽默小说进行系统而深入的比较研究的专著，本课题的研究尚属首次。

第二，内容上具有创新性。对西方讽刺幽默小说的发展历程以及在中国的翻译、传播、接受、影响状况的梳理，对中国现代讽刺幽默小说发展轨迹、阶段特征、贡献与局限的把握也均为首次。

第三，观点上的创新性。本书首次从宏观上总结出中、西讽刺幽默小说的同一性特征、差异性特征的具体表现，并从民族、国家的历史、地理、生存环境、民族性格、思维方式、心理心态等诸多方面揭示了造成这种差异的原因。通过比较，有诸多发现，比如，中、西讽刺幽默小说的优劣长短、创作经验、共同规律等。在微观上，也提出了一些新观点，诸如，《阿Q正传》与《堂吉诃德》不存在影响关系，而是平行关系；老舍幽默的"三起三落"；《猫城记》没有受到《美丽新世界》的影响；《鬼土日记》并没有照搬《格列佛游记》；对张天翼评价虚高的问题；沙汀接受外来影响的特殊性；沙汀与谢德林也不存在影响关系；等等。

第四，研究视域和研究方法上具有创新性。在研究视域上，将"影响比较研究"、"平行比较研究"、宏观比较研究、微观比较研究、阐发性研究、变异学研究结合起来，形成多重视域。在研究方法上，归纳、对比、类比、接受、变异等方法交叉运用，具有一定的新颖性。

第五，材料上的创新性。本书挖掘和使用了大量的文学接受和传播方面的资料，在充分占有材料的基础上形成自己的观点。比如，对鲁迅、老舍、钱锺书、张天翼、沙汀5位作家阅读与接受西方文学影响的特点就充分引证了他们的自述，尽量做到让事实说话。

当今是中、西文化融合的时代，要真正实现文化的交流与对话，语言是重要的工具，文学是重要的载体，比较和交流是重要的途径。而经典作家作品的跨国比较是促进跨文化交流的重要举措，通过中、西方经典作品的深入比较研究，可以加强对彼此传统文化的深度把握，加深对东西方文化的认知和理解。这也是本书的现实意义之所在。

四、研究方法、思路及主要内容

在研究方法上，将比较文学、比较文化学、接受传播学交叉并用，具体研究方法是对比法、类比法、综合归纳法以及接受学的方法。比较是人类思维活动和研究事物的一种基本方式方法。

本书的基本思路是从文本出发（在作品细读中发现问题，获得启发），从比较文学和比较文化学切入，完成对中国现代讽刺幽默小说和西方讽刺幽默小说的"双向阐发"和价值判断。总体框架由"影响比较研究"、"平行比较研究"、宏观比较研究、微观比较研究以及翻译、传播、接受、影响、效果研究等共同组成。具体研究内容包括：

第一，系统梳理西方讽刺幽默小说的发展历程、杰出成就以及在中国的翻译、传播、接受、影响状况。应该说，近代以来，西方文学对中国文学的影响是通过翻译这个中介来实现的。除少数作家能够直接阅读外文原版的作品以外，大多数作家还是靠翻译家的翻译作品来接受其他国家的文学作品的。而翻译的过程本身也反映了接受和影响的状况。在这里，我们要系统梳理西方从古希腊罗马时期的琉善、文艺复兴时期的薄伽丘、拉伯雷、塞万提斯到18世纪的斯威夫特、菲尔丁的讽刺幽默小说；从19世纪的狄更斯、萨克雷、果戈理、谢德林、契诃夫、欧·亨利、马克·吐温等人的讽刺幽默小说到20世纪苏联的"讽刺和暴露小说"、美国的"黑色幽默小说"等创作成就以及在中国的译介、传播的历程。其中，19世纪的西方讽刺幽默小说对中国现代讽刺幽默小说的影响最为明显。而20世纪西方的讽刺幽默小说，或与中国现代讽刺幽默小说同步，或晚于中国现代的讽刺幽默小说，它们在中国的译介和传播多在中国当代，尤其是1978年改革开放以后。因此，它们和中国现代讽刺幽默小说不可能构成"影响关系"，但可以展开"平行关系"的比较研究。

第二，系统梳理中国现代讽刺幽默小说的发生、发展和繁荣历程。我们认为，中国现代讽刺幽默小说是在中国古代、近代讽刺幽默传统的基础上，是在西方讽刺幽默文学的影响下发展起来的。其中，20世纪20年代是它的滥觞，产生了鲁迅和他成熟的讽刺幽默短篇，影响了几代作家。同时期其他作家往往把讽刺、幽默融入在乡土写实之中。20 世纪 30 年代是它的发展期，产生了老舍、张天翼、沙汀、沈从文等杰出的作家个案，讽刺幽默长篇在老舍的笔下大放异彩。左翼作家和京派作家多有讽刺作品问世。20 世纪 40 年代是它的丰收期，张天翼、沙汀等都有新的讽刺杰作问世。师陀、萧红、李劼人等作家的部分作品也加入其中。特别是钱锺书和《围城》《人·兽·鬼》将讽刺幽默推向了新境界、新高度。张恨水的社会讽刺小说从抗战时期的战时延续到战后，为中国现代讽刺幽默小说画上了句号。

第三，以鲁迅为个案，探讨鲁迅的讽刺幽默小说与果戈理、显克微支的亲缘关系；与契诃夫的密切关联、影响的程度，以及在此基础上继承、革新与创造。正是由于鲁迅与果戈理、契诃夫的高度契合，才使鲁迅由衷地倾向于果戈理和契诃夫，而不是托尔斯泰和高尔基。从而看出鲁迅既兼收并蓄，又融会贯通，更善于独创。

第四，以老舍为个案，探讨英、俄作家怎样影响了、造就了作为幽默讽刺作家的老舍，狄更斯的幽默作品与老舍的幽默天性融合了。回国之后的老舍，主要受俄苏文学的影响，但并没有刻意模仿哪一个人，而是"我写我的"。从老舍对幽默的"三起三落"中，我们清楚地看到，老舍与幽默的关系，时而相伴，时而疏离，给他带来成功和生趣，也给他带来失误和麻烦。幽默的确如老舍所说"不易拿得稳"，幽默是"危险"的。

第五，以钱锺书为个案，探讨钱锺书的讽刺幽默小说与英法文学的关系。钱锺书善于融汇西方的喜剧智慧，多取法于英法，这与他的经历以及所受的教育密切相关。同时，《围城》与西方现代主义精神有着惊人的相似之处。

第六，以张天翼为个案，探讨中、西文学传统与讽刺艺术建构。在系统总结张天翼的接受、评价和研究态势的基础上，分别探究了中、西文学传统与张天翼讽刺短篇的建构、张天翼的讽刺长篇与外来影响以及创作上的局限，指出了在张天翼评价上存在的虚高现象。

第七，以沙汀为个案，探讨他是怎样在中外作家的影响下建构自己的讽刺世界的，梳理沙汀对中外讽刺作品的阅读和总信外来作品对他的影响。在这里，还对沙汀研究史上几种观点，即"农民诗人"与"诗意"问题、"客观性"与"客观主义"问题、沙汀是否是社会剖析派作家的问题，提出商榷意见。

第八，从宏观上研究中、西讽刺幽默小说的同一性特征。在这里，将从写作类型、叙事方式、方法、喜剧的表达和笑的艺术等方面进行归纳和研究。指出在写作类型上，都有写实和寓言两种类型；在叙事方式方法上，都有客观呈现和主观变形两种叙事方法；在喜剧表达上经常出现讽刺幽默与写实—揭露、漫画—夸张、反语—反讽、荒诞—怪异相结合的特征；在笑的艺术上都存在悲喜交融和含泪的笑等美学特性，进而探讨讽刺幽默小说共同的创作规律。

第九，从宏观上研究中、西讽刺幽默小说所呈现的差异性特征。在这里，将从平常与超常、写实与虚构、拘谨与放达、沉稳与飞扬、严肃与玩笑等角度展开差异性特征的研究，进而从民族、历史、地理、生存环境、民族性格、思维方式、心理心态阐发差异性等原因展开研究，从而完成双向阐发，发现民族差异，实现对不同民族国家文学的互识、互证和互补。

第十，从总体上研究中、西讽刺幽默小说的创作经验。总结各自的优劣长短，完成对比较的双方的价值判断，从而加深理解，得出新的认识和结论，为未来的讽刺幽默文学创作提供借鉴。通过比较研究，我们认为，中、西讽刺幽默小说各有所长，也各有所短。如鲁迅所言："法人善于机锋，俄人善于讽刺，英美人善于幽默。"中国现代的讽刺幽默小说是重讽刺、轻幽默，重写实、轻想象，重客观、轻主观，其讽刺是真实有力的，幽默则是拘谨凝重的。和英美相比，幽默是不算发达的。我们多的是政治讽刺、世态讽刺、风俗讽刺、道德讽刺、乃至人性讽刺，少的是轻松的幽默、充沛的喜感和玩笑的心态。

总结中、西讽刺幽默小说的优劣长短，我们还会发现，在西方，"游记体"的发达和"议论"的流行，这在中国现代文坛也是少有的。

讽刺、幽默虽然是"孪生姐妹""同胞兄弟"，二者常常同时出现，或者结合在一起，但并不等于是"连体"，这就存在讽刺与幽默的结合与分离的问题。在我们所论及的中、西讽刺幽默小说中，呈现出较为复杂的状态，有的讽刺、幽默并重，实现了很好的结合；有的虽然讽刺、幽默兼而有之，但却或以讽刺为主，或以幽默为主，偏重于一方；还有的是讽刺与幽默分离，倾向于纯讽刺，至于纯幽默在小说中是非常少见的。优秀的讽刺幽默小说，讽刺和幽默多是紧密结合的。鲁迅和马克·吐温都认为，讽刺如果摒弃了幽默则沦为谴责，幽默脱离了讽刺则沦为玩笑，二者的有机结合、完美融合才能产生最佳的艺术效果。

通过总结，我们还发现，中、西方都曾对讽刺和幽默有过偏见。它具有讨人嫌和遭人骂的一面，甚至还要为之付出沉重的代价。它启示我们必须正确认识、正确对待讽刺幽默问题。从中、西作家对待幽默的问题上，我们深切地感到幽默难为，幽默的确如老舍所说"不易拿得稳"，幽默是"危险"的，能坚持持久的更为不易。今后，幽默文学该如何发展？且听笔者细细分解。

第一章　西方讽刺幽默小说及其在
中国现代的译介与影响

第一节　西方早期的讽刺幽默艺术

在中、西文学艺术的发展史上，讽刺、幽默作为一种类型、方法、技巧和特性，都是源远流长的。在中国，讽刺、幽默很早就在民间和宫廷文人的作品中存在。在西方，讽刺、幽默最早出现在喜剧和诗歌之中。也就是说，讽刺幽默诗、讽刺幽默喜剧、讽刺幽默故事要早于讽刺幽默小说。最早可以追溯到古希腊阿里斯托芬的喜剧。到古罗马则涌现了几位著名的讽刺诗人和散文家。其中，应该特别提到卢奇安（也译为琉善），他是罗马帝国时代著名的讽刺家，是一个叙利亚人，约生于公元 120 年，卒于公元 180 年，是二世纪的人，在中国也就是东汉时期出生。琉善是罗马帝国时代著名的无神论者，他的著作，按周作人的考证，约有 80 篇，其中，重要而著名的有《诸神对话》，以希腊神话中的诸神为角色，揭去了神的尊严。《死人对话》，通过神话传说里的人物描写社会风俗，讽刺社会上的虚荣、欺骗等。此外，还有《海神对话》《妓女对话》等作品。另有《真实的故事》更加著名，作品以离奇荒唐的航海游记形式，讽刺当时的历史、文化、哲学、考据等。这部作品影响深远，文艺复兴以后，很多人的创作都受到他的影响：托马斯·莫尔、拉伯雷、塞万提斯、伏尔泰、斯威夫特、菲尔丁等作家，甚至后来的魔幻现实主义也能看到琉善的影子。琉善作品的中文翻译，周作人是第一人，早年他就从英文译本转译题名《月界旅行》的作品。二十世纪六十年代，周作人翻译了琉善的二十篇作品，近五十万字，包括《诸神对话》《海神对话》《死人对话》《妓女对话》以及《真实的故事》《宙斯唱悲剧》《拍卖学派》等著名的讽刺作品。周作人说："差不多其菁华已尽在这里了。"① 周作人之后，罗念生与王焕生、陈洪文等人合作，也从古希腊语原文中译出多篇琉善的作品。之后，中世纪的动物传奇故事如《玫瑰故事》（韵文）、动物讽刺故事《列那狐传奇》（韵文）（法国）等都是中世纪城市文学、市民文学的重要作品，列那狐是市民的化身，作品通俗易懂，讽刺性强。有学者称"同中国小说的诞生相比，西方小说的诞生差不多要晚四五百年"②。这是将薄伽丘的《十日谈》和中国的唐传奇相比较而言的。学者一般认为"意大利人文主义作家薄伽丘的《十日谈》，在欧洲的小说史上开创了近代短篇小说的先河"③。如果将它和中国魏晋南北朝时期的《世说新语》相比较，西方的小说比中国的小说要晚九百年。但耐人寻味的是，西方讽刺幽默小说成熟的作品要比中国讽刺幽默小说成熟的作品要早二百年，这是拿《十日谈》和《西游记》相比的，如果再和《儒林外史》相比，则要晚约四百年。文艺复兴时期出现的《巨人传》也是一部著名的讽刺作品，它比中国的《儒林外史》要早两个世纪。这也就是说，西方小说的开山作品、成熟的作品即是讽刺幽默作品，从《十日谈》到《巨人传》，从《愚人颂》到《堂吉诃德》。从文艺复兴到 18 世纪，是西方讽刺幽默小说的第一个辉煌。

第二节 从文艺复兴到十八世纪：第一个辉煌

文艺复兴在欧洲经历了三百多年的时间，从十四世纪到十六世纪。在这三百多年的历史中，产生了多部讽刺幽默小说。

《十日谈》是其中的第一部伟大的作品。它比中国的文言短篇小说集《聊斋志异》早三百多年。《聊斋》是写狐鬼的故事，《十日谈》是写人间的故事。作品以丰富的想象，狂欢化的喜剧特色以及机智、嘲弄、戏谑的文笔，给读者带来无尽的快乐。作品很快被译成欧洲各国文字，大受读者欢迎。《十日谈》成了

---

① 周作人. 关于卢奇安 [M] //卢奇安. 卢奇安对话集. 周作人，译. 北京：人民文学出版社，1991：3.
② 饶芃子，等. 中、西小说比较 [M]. 合肥：安徽教育出版社，1994：14.
③ 饶芃子，等. 中、西小说比较 [M]. 合肥：安徽教育出版社，1994：15.

西方讽刺幽默小说的伟大的开端。《十日谈》在中国的译介、传播和影响虽不及欧洲那么广泛、那么深远,但也是起步较早的。据不完全统计,早在 1929 年 5 月,由柳安从英文转译的《十日谈选》,就由上海光华书局出版,书中选译了八篇。1930 年 12 月,由黄石、胡簪云合译的《全译十日谈》,在开明书店出版,全书 920 页,是全译本。开明书店在抗战前还出版过洁本中译本。1941 年,闽逸翻译的《十日清谈》由世界书局出版,全书 727 页,但只印了五百部。太平洋战争爆发后,上海的世界书局被日本宪兵查抄,该书的译稿、校样、存书全部被劫。中华人民共和国成立之后至改革开放,由于特殊的政治环境、国情,以及文化上的封闭主义、道德上的禁欲主义,使《十日谈》在中国的译介、传播并没有什么进展。直到改革开放以后,才进入新阶段。

《十日谈》首先是一部故事集,由三男七女共十个正派的青年在瘟疫流行、哀鸿遍野的时候分十天讲述的一百个故事,如作者在"原序"里所说,这一百个故事,也可以"说一百篇寓言、一百件轶闻、一百段野史,随你怎么称呼都行"。故事的来源十分广泛。作者广闻博采,贯穿中、西,其中有历史事件,有中世纪的传说,有东方民间故事,有悲欢离合的爱情故事,有惊心动魄的曲折事件。这些故事,有讽刺的,有幽默的,有嘲弄的,有机智的,有滑稽可笑的。薄伽丘把这些生动有趣的故事移植到意大利,以人文主义思想加以改造和再创作,构成了一个丰富、复杂、曲折的喜剧世界,故事闪耀着喜剧精神的光芒,对读者具有极大的吸引力。读者看了,"可以消愁解闷,聊以自娱,同时得到有益的忠告,知道什么应该避免,什么可以模仿"。作者在"原序"中表达的这种预期效果得到了完满的实现。作者在"跋"中说到"前不久一位邻居太太说我口角春风,嘴巴是世界上最甜的"。这也是作品给人带来欢娱的审美效果的又一写照。《十日谈》中的故事实在太迷人了,以至后来众多作家或模仿《十日谈》,或从《十日谈》故事中汲取创作素材。法国伟大的现实主义作家巴尔扎克也曾模仿《十日谈》的文体、结构、手法,创作了《谐趣故事集》。还有很多画家、作曲家根据《十日谈》的故事作画、作曲。《十日谈》中的讽刺、幽默,往往是描述性的,随着情节的发展,故事的推进,人物前后矛盾的显现,被嘲弄的虚伪、伪善逐渐暴露,令读者会心一笑或开怀大笑。作者机智的讽刺,不动声色的幽默,以及下层人对上层人的嘲弄就蕴藏在情节、故事、情境和特定的氛围之中。在《十日谈》的一百个故事中,既有简洁、明快的故事,如第一天的故事六:一个机智的人巧妙地羞辱了僧侣的伪善。故事八:几句含蓄的话讽刺了人的吝啬。也有惊心动魄、扣人心弦的复杂故事，如第二天的故事七，就是一个历尽千辛、逢凶化吉的复杂故事，也是《十日谈》中最曲折、最长的一个故事。

其次，《十日谈》是一部有思想、有锋芒、有批判精神、有人间情怀的故事集。如果《十日谈》仅有曲折生动的故事，甚至是离奇古怪、让人充满好奇的故事，而无深刻的思想和批判精神作为精神底蕴，那么，《十日谈》不能被称为一部伟大的作品。贯穿全书的是人文主义思想，它吹响了人文主义思想家向封建教会僧侣进攻的号角。薄伽丘是意大利文学的三大奠基人之一，是文艺复兴运动的先驱者。他能摆脱当时教会势力、禁欲思想的羁绊，无情地揭露天主教会的黑暗和罪恶，猛烈地抨击僧侣的奸诈、愚昧和伪善，深刻地批判贵族、绅士、上等人的贪婪、腐朽，机智地嘲弄禁欲主义的道德观和教士修女的虚伪，表达了当时平民阶级挣脱教会和宗教枷锁的要求。他歌颂现世生活，歌颂青年男女爱情的纯洁和高尚，赞美平民、商人和新兴资产阶级的智慧，具有人文主义的精神和情怀。薄伽丘主张，一切以人为本，用人性反对神性，用现世对抗来世，用人道反对神道，极力歌颂人的尊严、人的价值、人的情欲、人的力量。他笔下的商人、手艺人、普通劳动者，往往具有聪明才智，同时，又体魄健壮，品格超人，妇女一见他们就钟爱不能自持。第三天的故事一，讲述的是平民马塞托假装哑巴，在一座修道院当园丁，修女们争着同他睡觉。这个故事一方面歌颂了马塞托的智慧，另一方面，也反映出修女们的禁欲所带来的性饥渴，禁欲当然是泯灭人性的。第三天的故事二，讲述了一个马夫和国王妻子睡觉，被国王察觉，但他却机智地逃脱了国王的惩罚。第九天的故事二，讲的是修道院女院长接到告密，匆匆起身去捉修女的奸。可女院长本人此时正和神父在床上，黑灯瞎火便把神父的短裤当成了头巾戴在头上。被告发的修女指出女院长头上有异，女院长便不再追究，允许修女恣意作乐。这是一幅绝妙的讽刺画。上述的这些故事，有渲染情欲，甚至纵欲之嫌，也有及时行乐的思想。也许正是因为这样的内容，才使《十日谈》在思想禁锢、且禁欲的中国流传没有那么广泛。

再次，《十日谈》还是一部有趣味和艺术性的故事集。作者以喜剧的形式反映现实，在书中，讽刺、幽默、机智、嘲弄、滑稽、戏谑、调侃一应俱全，显示了作者的大胆和无所顾忌，也取得良好的艺术效果。

《坎特伯雷故事集》是一部诗体短篇小说集。作者是十四世纪的英国诗人杰弗雷·乔叟，被誉为是"英国诗歌之父"。作品描写一群聚集在一家小旅店里的朝圣者，准备前往坎特伯雷大教堂，店主做他们的向导。这些朝圣者有骑士、僧尼、商人、手工艺者、医生、律师、学者、农夫、家庭主妇等形形色色的人。他们共讲了二十四个故事，大都饶有趣味，充满幽默感。和《十日谈》一样，这些故事广泛地反映了当时社会生活的方方面面，尤其是世俗的爱情生活。可以看出，从内容到形式，《坎特伯雷故事集》和《十日谈》有着明显的亲缘关系，它直接师承了《十日谈》，其中的骑士探险故事、宗教和道德训诫故事、诙谐滑稽故事等和《十日谈》有异曲同工之妙。作品内容包罗万象，有雅有俗，有的妙趣横生，有的催人泪下。作品在形式、技巧和艺术风格方面都彰显了幽默和讽刺的特色，并将二者结合起来，喜剧色彩浓厚，同样彰显了人文主义精神。

《巨人传》是十六世纪法国优秀长篇小说，是文艺复兴时期的重要作品。它原名是《高康大和庞大固埃》（又译《高康大与胖大官儿》），是一部讽刺幽默小说，也可以说是一部滑稽、荒诞小说。作者的写作目的，从表层看，是为了减轻病人的苦痛，因为作者是医生，他要笑口常开，以笑为武器、为手段，要让病人看了开心。所以，他认为，与其写泪，不如写笑，"因为笑原是人类的特性"，"眼看你们这般忧伤憔悴，我心里选不出别的题材"①。于是，他选择了笑料，也非笑料莫属。从深层看，该作品绝不是仅仅为了逗乐、搞笑、寻找噱头，而是在笑料、滑稽、荒诞甚至令人匪夷所思的形式下蕴含着深刻的立意，是一部弘扬人文主义精神的伟大作品。作者希望读者能够在"寻开心的话里，进一步探索其更高深的意义"②。

拉伯雷在这里所说的益智增胆的功效，就是他想告诉读者的内容，亦即作品的深层涵义，也是作者深层的写作目的和创作动机。作者实际上是一个佯狂的哲人、思想家。他利用法国民间故事中的巨人形象和他的冒险经历以及一系列的事件，严厉批判了封建社会和它的意识形态，包括教会、司法、教士等，尖刻嘲讽了中世纪的宗教迷信、禁欲主义，强调人的自然本性、赞赏纵情享乐的人生观，体现了作者的人文主义理想，反映了新兴阶级的愿望、要求。由此，《巨人传》被别林斯基誉为"代表整整一个历史时代的精神和意义"。作品以其荒诞不经的故事情节，神话般的人物形象，夸张、怪诞的手法，油滑、粗鄙的风格，成为伟大的讽刺幽默小说，赢得了几个世纪以来广大读者的厚爱。

---

① ［法］拉伯雷. 巨人传［M］. 鲍文蔚，译. 北京：人民文学出版社，1983：3.
② ［法］拉伯雷. 巨人传［M］. 鲍文蔚，译. 北京：人民文学出版社，1983：6.

在法国，高康大和庞大固埃的形象就像中国的孙悟空、猪八戒一样是家喻户晓、妇孺皆知的。《巨人传》在法国文学史上竖起了一块丰碑。同时，《巨人传》也是具有世界影响的古典名著之一，在世界文学史上占据不可撼动的地位，是世界优秀的文学遗产。他的文学位置"当在塞万提斯的《堂吉诃德》和斯威夫特的《格列佛游记》之间"①。它上承古希腊讽刺家琉善的戏拟小说《真实的故事》的写法，下对莫里哀、伏尔泰、拉封丹、博马舍、卢梭、巴尔扎克等都有很大的影响。

巴尔扎克的《滑稽故事集》就是受《十日谈》和《巨人传》的双重影响和启发而写成的。《滑稽故事集》的副标题就写着"为庞大固埃主义者取乐而作"。书中关于十六世纪王侯僧侣、执政官员、中间阶层人物的腐烂、荒淫、欺诈、通奸等所作的痛快淋漓的描写和讽刺直接从《巨人传》脱胎而来，也是对中世纪社会生活的准确反映。

然而，《巨人传》在中国现代的翻译、传播、接受和它的文学地位很不相称，也不能和法国其他作家作品在中国的译介相比。虽然，"五四以来，法国文学翻译一直是文学翻译界的重头戏"，"在整个二十年代，法国文学翻译都一直极为繁荣，各种选集、作家专著、期刊杂志上的专号等都很不少，比如仅《小说月报》就曾出过'法国文学专号''莫泊桑专号''罗曼·罗兰专号'等"②。但对于拉伯雷和《巨人传》的译介却极为少见，那时，还看不到它的全译本。新文学运动以来，只有鲁迅、周作人、郁达夫等少数白话作家在文中论及或提及伯雷和《巨人传》。当然，从1918年开始，周作人在《欧洲文学史》以及之后其他学者在《法国文学史》等文学史著作中都有过对《巨人传》的评述，但这样的影响是非常有限的。到了二十世纪三四十年代，《巨人传》的翻译本付之阙如。二十世纪五十至七十年代，《巨人传》也仅有两个中译本。单就翻译来说，对拉伯雷作品的翻译也无法和莫里哀、雨果、巴尔扎克、司汤达、福楼拜、左拉、莫泊桑等人的作品相比。前面说到《巨人传》的文学位置"当在塞万提斯的《堂吉诃德》和斯威夫特的《格列佛游记》之间，但在中国的翻译，却不能和另外两部名著相对等。何以如此？这恐怕与我国的文学观念和接受标准有关，即多受道德感的束缚，总把文艺当作严肃的事情，写作并不供人取乐。虽

---

① ［法］拉伯雷. 巨人传［M］. 鲍文蔚，译. 北京：人民文学出版社，1983：11.

② 李宪瑜. 二十世纪中国翻译文学史：三四十年代·英法美卷［M］. 天津：百花文艺出版社，2009：79-80.

然，《巨人传》不是供人取乐的书，但它毕竟有取乐的外表，毕竟是一部粗俗、狂放、甚至带些秽语的书，它的随意走笔，它的洋洋洒洒，它的放荡不羁，它的嬉笑和谐谑和中国人对待文学、对待翻译的严肃态度形成了较大的反差。这势必影响《巨人传》的翻译。而到了改革开放的新时期以后，中、西的文学观念和接受标准开始合流，于是，《巨人传》的译介和研究才进入崭新的历史阶段。仅译本就有多个版本：成钰亭译的《巨人传》（上海译文出版社 1981 年）、鲍文蔚译的《巨人传》（人民文学出版社 1983 年）、杨松河译的《巨人传》（译林出版社 2002 年）、郭素芳译的《巨人传》（哈尔滨出版社 2005 年）、陈筱卿译的《巨人传》（中国书籍出版社 2007 年）、蔡春露译的《巨人传》（长江文艺出版社 2008 年）等。

《巨人传》之后，文艺复兴后期最重要的讽刺幽默小说是塞万提斯的《堂吉诃德》。它是欧洲最早的长篇小说之一，是西班牙民族的骄傲，是世界文学宝库中的瑰宝。《堂吉诃德》出版后，上至宫廷，下至市井，无不传诵，现已译成一百多种文字。塞万提斯也因此被狄更斯、福楼拜、托尔斯泰这三位英、法、俄伟大作家誉为"现代小说之父"。

《堂吉诃德》在中国译介、传播和影响的历程也有百年历史，可谓源远流长。早在 1913 年 2 月 23 日，《堂吉诃德》就由被褐翻译（当时译成《稽先生传》），在《独立周报》第 21—22 期刊行，这可能是最早的译本，虽然仅是选译部分内容。1922 年 2 月，《堂吉诃德》由陈家麟、林纾合译（通过英文转译），以《魔侠传》为书名，在商务印书馆出版。二十世纪三四十年代，《堂吉诃德》不断有新的译本出版。1933 年 3 月，蒋瑞青译的《吉诃德先生》，由上海世界书局出版。1937 年 6 月，温志达翻译的《堂吉诃德》，由上海启明书局出版。1939 年 4 月，傅东华翻译的《吉诃德先生传》，由上海商务印书馆出版。文坛对《堂吉诃德》的介绍、评论、改编等也不在少数。1918 年，周作人在《欧洲文学史》中就评论了《堂吉诃德》的讽刺性，指出了人物虚幻之行事，空想与实际生活的抵触，最后的失败让人深思。1922 年 9 月，也就是陈家麟、林纾合译出版《魔侠传》的半年后，周作人在《晨报》"副刊"上发表了《魔侠传》的书评，较早地向中国读者介绍了塞万提斯和《堂吉诃德》。1939 年，周作人又发表了《塞万提斯》一文，既介绍了塞万提斯的生平和《堂吉诃德》创作简况，又表明了自己对该作品的喜爱。鲁迅在多篇文章中提到堂吉诃德这一文学典型形象。鲁迅日记记载，1928 年和 1929 年，鲁迅就"所得""所购"过日文版的《堂吉诃德》。1933 年，他还为瞿秋白翻译的卢那察尔斯基的剧本《解放了的堂吉诃德》写"后记"。① 周氏兄弟和《堂吉诃德》的不解之缘和密切关联，成为《堂吉诃德》在中国影响的重要推手。1935 年 5 月，海涅创作的诗《吉诃德先生》，由傅东华翻译，在《译文》第 2 卷第 3 期发表。1941 年 9 月，别林斯基的《论堂吉诃德》，由徐激翻译，发表在《现代文艺》第 3 卷第 6 期上。同年 11 月，日本片上伸撰写的《论堂吉诃德》，由陈秋帆翻译，发表在《文艺生活》第 1 卷第 3 期上。1937 年 4 月，《译文》第 3 卷第 2 期开辟了"西班牙专号"，共发表译文十四篇。新中国成立之后，二十世纪七十年代末，杨绛第一个从西班牙文直接翻译《堂吉诃德》，一改多从英文转译的状况，成为最权威的中译本，发行量也遥遥领先。之后又有多种译本出版。特别是二十世纪的最后二十年，《堂吉诃德》的中译本一个接着一个，呈"井喷"之势。截至目前，《堂吉诃德》的中译本，累计已有二三十种。

可见，《堂吉诃德》成为世界名著并在中国的接受源远流长。《堂吉诃德》塑造的那两位一高一矮、一瘦一胖的游侠骑士以及他们的游侠史和荒唐可笑的经历，成为展现广阔社会生活画面和溢出丰富思想的源泉。不仅如此，书中塑造了不同类型、不同职业的各色人物达七百多个。在这方面远远超过了此前的《巨人传》和《十日谈》。小说在艺术上以犀利的笔锋，杰出的讽刺手法，鲜活的幽默事例、悲剧和喜剧的对立统一等表现手法独树一帜。

十七世纪后期至十八世纪，讽刺文学进一步活跃起来，甚至被认为"是西方讽刺文学的黄金时代"。布瓦洛的讽刺诗，莫里哀的讽刺剧，斯威夫特、伏尔泰、菲尔丁的讽刺小说都是其中的佼佼者，都具有世界影响。其中，斯威夫特和他的《格列佛游记》与中国读者的联系最为紧密。

"早在 1870 年代，上海的报刊上就连载过译述小说《谈瀛小录》和《昕夕闲谈》，前者选自斯威夫特《格列佛游记》中小人国的相关章节，后者选自利顿的长篇小说。"② 这《谈瀛小录》是《格列佛游记》在中国最早的译介，尽管还只是选段，不是全部，但毕竟最早。"1903 年，上海《绣像小说》第五期开始连载的《僬侥国》（第八期后改为《汗漫游》），就是斯威夫特的《格列佛游

---

① 鲁迅.《解放了的堂吉诃德》后记［M］//，鲁迅.鲁迅全集：第 7 卷.北京：人民文学出版社，2005：419.

② 李宪瑜.二十世纪中国翻译文学史：三四十年代·英法美卷［M］.天津：百花文艺出版社，2009：1.

记》。林译小说时期，这部'狂生斯威佛特'所著小说即以《海外轩渠录》声名远播。1920年代末之后，又有多种译本及节译本的出现。"① 1929年9月，韦丛芜翻译的《格里佛游记》，由北平未名社出版。1932年至1939年，每年都有《格列佛游记》的中译本出版，或初版，或再版。几个大书局都出过不同的译本。书名也叫法不一：《大人国游记》《飞岛游记》《伽利华游记》《大人国》《小人国》《大人国与小人国》等都是《格列佛游记》的中文名字。由此可以看出，该书在中国现代的影响可谓盛况空前，几部寓言体的讽刺小说都可以追溯到《格列佛游记》，留下了借鉴、影响的印记。

斯威夫特是英国十八世纪卓越的讽刺家，他的讽刺才能举世公认。伏尔泰、拜伦、高尔基、鲁迅等各国文学大师都非常推崇并高度评价斯威夫特的讽刺作品。《书的战争》（也译为《书战》）对学究的讽刺入木三分，给人印象深刻，也显示了斯威夫特的讽刺才能。《桶的故事》（也译为《木桶的故事》）被认为是一部杰出的讽刺作品。作品通过三兄弟的形象，无情地嘲讽了天主教会、英国国教以及教徒的阳奉阴违和虚伪无耻，抨击了当时学者的自以为是和各种恶习。《格列佛游记》是斯威夫特讽刺、批判的集大成之作。作者采用讽刺、象征、影射、夸张、谴责、反语、对比、荒诞等多种方式、方法，通过虚幻的旅行故事，广泛地反映了十八世纪前半期英国广阔的社会现实，揭露了统治阶级的腐败和罪恶，批判了英国的行政、立法、司法制度以及殖民主义和金钱关系，表达他鲜明的反战思想，书中还嘲笑了脱离实际、想入非非的伪科学家。作者在书中创造的大人国、小人国以及高跟党、低跟党成为他的艺术独创，几乎家喻户晓。《格列佛游记》开创了游记体讽刺寓言的先河。著名作家茅盾先生早在1934年就表达了对《格列佛游记》和《堂吉诃德》的高度赞赏。他说："我喜欢《浮士德》甚于《神曲》，但以为《浮士德》和《神曲》加起来，还不及《格列佛游记》或《吉诃德先生》!"②

《格列佛游记》之后，斯威夫特还创作了《一个小小的建议》。作者根据当时一些无耻的"政治算计家"把每个爱尔兰贫民估价为三十英镑，假借一个平民之口，用"反语法"，给政府提出了一个所谓"公平、便宜而可行的建议"：

---

① 李宪瑜. 二十世纪中国翻译文学史：三四十年代·英法美卷 [M]. 天津：百花文艺出版社，2009：25.

② 茅盾. 欧洲的讽刺作家 [M] // 茅盾. 茅盾全集：第20卷. 合肥：黄山书社，2014：309.

把爱尔兰穷人的婴儿当成人肉卖给富人做美味。作品开头描述了爱尔兰贫民和他们的孩子的悲惨生活。接着，用"献计者"的口吻，说要找到一条公正、便宜、易行的出路来。然后，作者就描述这所谓的出路竟然是把婴儿养肥后当作上等的肉食贡献给上等人的餐桌，而且，婴儿的头发和骨头还能制成工艺品，进一步繁荣市场。作品写道，一个婴儿够做两道菜来招待朋友。当家人自己进餐时，前腿（实是婴儿的胳膊）或后臀就够吃一顿了。如果用点胡椒和盐抹过，还可成为冬天的好食品。作者在不露声色地叙述中暗含着对剥削爱尔兰人的统治阶层的控诉。尽管作者是理性、冷静地叙述，但读来仍令人毛骨悚然，不寒而栗。中国的读者自然从中读出了鲁迅的"救救孩子"。

伏尔泰的《老实人》是哲理性讽刺小说。主人公甘迪德因为爱上了表妹，被男爵驱逐出了家门，踏上了漫长的流浪之旅。他从德国到荷兰，从西欧到南美，再从南美回到西欧。他在漫长的旅途没有经历过一件积极的事情。于是，他慢慢摒弃了乐观主义的人生哲学，变得中庸而实际。作品在故事情节的设置上，将真实的故事和虚构的情节揉合在一起，将批判性的讽刺和哲理性的探讨结合在文本中。作者采用第三人称的叙述手法，有的情节带有隐喻和象征性。在故事的讲述中，充满了凶杀、砍头、绞刑、分尸甚至食人等残忍的场面，但作者却讲述得极其平静，不动感情。这种冷静客观的叙述，反映了人心的麻木。作者是用幽默、用笑声来缓解这种严酷和沉重的，取得了良好的艺术效果。

继斯威夫特之后，十八世纪的英国，还有一位杰出的讽刺幽默小说家，这就是菲尔丁，《弃儿汤姆·琼斯的历史》（简译《汤姆·琼斯》）是其代表作。这部篇幅宏大、内容广泛、手法纯熟的作品，是英国小说发展史上的里程碑之作。菲尔丁也因此被称为"英国小说之父"。马克思和高尔基都非常喜爱《汤姆·琼斯》这部小说。据马克思的女儿艾琳娜、女婿拉法格的回忆，马克思是一个极大的小说爱好者，尤其喜欢菲尔丁的《汤姆·琼斯》。高尔基在少年时代，曾以一种狂喜的心情阅读《汤姆·琼斯》的俄文译本。后来，他在《俄国文学史》中，在讲到欧洲现实主义文学时，高度评价了菲尔丁，认为他是欧洲现实主义小说的创始者，是一个极其机智的作家。在中国，菲尔丁和《汤姆·琼斯》受到了钱锺书、杨绛的推崇，认为菲尔丁对他们的小说创作有很大的影响。杨绛还在菲尔丁的研究上卓有成就。

菲尔丁继承发扬了英国幽默讽刺文学的传统，《汤姆·琼斯》在情节的构成、人物的塑造、结构的设定、史诗和喜剧的结合、小说与戏剧的打通等方面均有创新与突破，成为英国小说的典范。小说讲述了一个具有讽刺和劝诫意味的故事，通过弃儿汤姆·琼斯被赶出家门之后在乡村和城市的遭遇、路上的见闻等，揭露了人性的丑恶、社会的荒诞；通过人物的对比，肯定了人性的善，否定了人性的自私和虚伪，批判了以门第、金钱为条件的婚姻。作品的格调是活泼的，作者的态度也是乐观的。菲尔丁称自己的小说为"喜剧"，并擅长用喜剧性去调和、稀释、冲淡作品的悲剧性，主人公几经悲剧性的遭遇，最终，作者笔锋一转，主人公化险为夷。小说的结尾，琼斯和苏菲亚终于结婚也印证了这一点。杨绛早在 1957 年，就对《汤姆·琼斯》作了深度解读，给予了高度评价。

然而，《汤姆·琼斯》在中国现代的译介并没有得到翻译界足够的重视，不论是和他之前的斯威夫特相比，还是和他之后的狄更斯相比，都不能同日而语。狄更斯在中国风行数十年（下节将论及），笛福的《鲁滨孙漂流记》、夏绿蒂·勃朗特的《简·爱》、哈代的《德伯家的苔丝》等在中国现代均被广泛接受和拥有巨大的影响力。与之相比，《汤姆·琼斯》则要逊色许多。1934 年，伍光建翻译了《汤姆·琼斯》，由商务印书馆出了三版，但只是一个节译本。二十世纪八十年代以后，《汤姆·琼斯》才有了多个中译本，这个时期《汤姆·琼斯》在中国的翻译才和它的文学地位基本相配。

第三节　十九世纪：第二个辉煌

到了十九世纪，欧美的现实主义文学出现了更加繁荣昌盛的局面，达到了前所未有的高峰，产生了巴尔扎克、托尔斯泰、雨果、福楼拜、狄更斯、普希金、果戈理、屠格涅夫、陀思妥耶夫斯基等世界级的文学大师。其中的英、俄、美也出现了一批讽刺幽默小说名家，迎来了西方讽刺幽默小说的第二个辉煌。这些作家作品和中国现代讽刺幽默作家作品的关系更加密切，对中国现代讽刺幽默小说的影响更加直接，更加明显。鲁迅之于果戈理，老舍之于狄更斯，张天翼、沙汀、师陀之于契诃夫等的影响关系都被研究者提出来，有的受到高度关注，产生了可喜的研究成果。

首先应该说到的是狄更斯，他是十九世纪英国伟大的小说家、幽默巨匠。他在中国近现代的译介、传播有着辉煌的历史。正如研究者所说"狄更斯在中国风行数十年，是其他英国现实主义小说家所不能比拟的。狄更斯之前的菲尔丁，同时期的萨克雷等都没有狄更斯这样的殊荣。然而，他们的代表作品《汤姆·琼斯》和《名利场》似乎都没有得到翻译界足够的重视。"① 早在林译小说时代就有了狄更斯作品的文言中译本。1907 年 8 月 15 日，狄更斯的《滑稽外史》，由林纾、魏易合译，在上海商务印书馆刊行。1908 年 3 月和 4 月，狄更斯的《块肉余生述前编》《块肉余生述续编》《块肉余生述后编》（今译《大卫科波菲尔》），由林纾、魏易合译，在上海商务印书馆刊行，到 1915 年 10 月出到第三版。民国以后，林译本的狄更斯小说多再版、重印。新文学运动以后，《艰难时世》《双城记》被陆续翻译出版。"三四十年代，对狄更斯的翻译热度始终不减，一方面，旧的译本依然在重印，比如伍光建译《劳苦世界》等；另一方面，更多的名家新译本不断出现，比如邹绿芷翻译的短篇小说集《黄昏的故事》（重庆自强出版社 1944 年）、长篇小说《一个家庭的故事》（即《炉边蟋蟀》，上海通惠印书馆 1947 年 5 月初版，11 月更名《炉边蟋蟀》再版），方敬译《圣诞欢歌》（重庆文化生活出版社 1945 年）等。在三四十年代的'世界名著'意识的普及中，狄更斯及其作品的重译是非常重要的一环。其中，被翻译最多的狄更斯作品大致有《双城记》《大卫·科波菲尔》《匹克威克外传》《雾都孤儿》，尤其是前两部，译本更多。"② 其中，给予老舍等作家以重要影响的狄更斯的幽默名作《匹克威克外传》，早在 1918 年就由常觉、小蝶节译，取名《旅行笑史》，在上海中华书局出版。二十世纪四十年代，先后有许天虹译本（节译）和蒋天佐译本（全译）。进入二十一世纪以后，《匹克威克外传》的中译本不下十种，包括缩写本和英汉对照读物。

狄更斯不仅深受中国大众读者的欢迎，而且也受到中国现代讽刺幽默小说家的喜爱。狄更斯的幽默给中国现代作家的幽默以极大的影响，正像果戈理、契诃夫的讽刺给中国现代作家的讽刺以极大的影响一样。"作为小说家，二十世纪英国批评大师李维斯夫妇盛赞他为'小说界的莎士比亚'。"从狄更斯作品在中国的接受，已经印证了这一点。"从第一部小说开始，他几乎每部作品都受到热烈欢迎，而且直到今日读者仍是源源不断，关于他的各类文学研究也开展得

① 李宪瑜. 二十世纪中国翻译文学史：三四十年代·英法美［M］. 天津：百花文艺出版社，2009：31-32.

② 李宪瑜. 二十世纪中国翻译文学史：三四十年代·英法美［M］. 天津：百花文艺出版社，2009：30.

如火如荼。"① 他的魅力来自何方？概而言之，与狄更斯的浪漫现实主义的思想品质、人道主义的精神情怀、大众文化的艺术特征、风趣幽默、高度娱乐性的文本风格等都有密切关系。他出身卑微，家中经济拮据，入不敷出。创作关心社会下层，与下层人、被压迫者惺惺相惜，为他们争取幸福。"在他的笔下，我们读到活灵活现的人物、以假乱真的背景、滑稽可笑的巧合、催人泪下的故事，一辈辈读者都沉浸在大师所创作的想象世界里，时而唏嘘，时而莞尔。"② 这正是读者读他作品的真实心境和感受。他的讽刺幽默小说《匹克威克外传》《大卫·科波菲尔》等，从模仿十八世纪的小说开始，逐渐形成自己的风格。往往具有生动的世态风情、有血有肉的人物形象、妙趣横生的文笔而引人入胜。他处理矛盾的方法，往往用喜剧的方法，在幽默风趣中包含着感伤。他的讽刺是温和的讽刺，他的揶揄是善意的揶揄，表现普通人的命运，所以，广为普通读者所接受。他的讽刺幽默小说，幽默、讽刺、抒情、哲理实现了融合，达到了很高的艺术境界。

与狄更斯同时代的萨克雷也是十九世纪的英国讽刺小说家、社会批评家。他几乎与狄更斯齐名，风格既接近狄更斯，也对抗狄更斯，被冠以"讽刺的道德家"。《名利场》是萨克雷的代表作，也是十九世纪的讽刺杰作。但是，《名利场》在中国现代的译介，"比起狄更斯翻译的盛况，显得平淡得多"。二十世纪三十年代，"《名利场》则有伍光建译《浮华世界》（据美国版节译，商务印书馆 1931 年初版，1932 年国难后 1 版，以及 1935 年版）左登今全译本《浮华世界》四十年代由正风出版社刊行。相比之下，倒是萨克雷的童话作品《玫瑰与指环》更受翻译者青睐，三十年代有顾均正、陈征麟、叶炽强译的三个译本。"③ 这是萨克雷作品在中国最早的翻译，比狄更斯作品的翻译要晚得多，版本、版次也不及狄更斯多。1957 年，杨绛的胞妹杨必翻译的《名利场》由人民文学出版社出版，杨绛为之作了长篇《萨克雷〈名利场〉序》，对该书给予多方解读。改革开放以后，特别是二十一世纪以来，《名利场》又有多个译本，但在翻译界，有识之士多推崇杨必的译本。

---

① 李维屏，张定铨，等. 英国文学思想史 ［M］. 上海：上海外语教育出版社，2012：373.
② 李维屏，张定铨，等. 英国文学思想史 ［M］. 上海：上海外语教育出版社，2012：373-374.
③ 李宪瑜. 二十世纪中国翻译文学史：三四十年代·英法美 ［M］. 天津：百花文艺出版社，2009：32.

　　然而，这并不影响萨克雷，特别是《名利场》对现实主义小说、对讽刺艺术的突出贡献，马克思和恩格斯都曾高度评价萨克雷小说的意义。他继承了英国十八世纪经典作家如菲尔丁的讽刺手法和写作风格，他也曾高度赞扬菲尔丁的作品，追求写实、追求自然，喜欢用夹叙夹议的写法，善用轻快、幽默、讽刺的笔调，尽量不让自己的作品过于严肃。十九世纪三十年代，萨克雷就开始写讽刺性的中篇和长篇小说。1846—1847 年，他在伦敦有名的滑稽杂志《笨汉》上发表了一系列的讽刺性特写，揭露资产阶级和贵族社会的势利，后以《势利人》的书名出版，显示了他的讽刺才能。紧接着创作的《名利场》是萨克雷最重要的讽刺小说。小说通过对两个女子的身世以及在"名利场"荣辱沉浮经历的描述，既塑造了性格鲜明的人物形象，又揭示出了社会的种种丑行。作者总是让故事的讲述者以讥讽、嘲笑的口吻叙述作品中的事件，勾勒出一个趋炎附势、唯利是图、唯势是趋、穷凶极恶、崇尚浮华又充满欺骗的世界，这是对当时英国社会种种丑行的深刻揭露。两位女性形象蓓基·夏泼和爱米丽亚·赛特笠互为对照，鲜明动人，好坏互见，绝不单一。杨绛曾详细解读了《名利场》的与众不同的写法，包括不写英雄，而是写一群小人物，他们悲苦的人生命运，不是悲剧，而是人生的讽刺；写人物务求客观，优点缺点兼顾；把人物置于特定的社会、历史背景中去，多角度地描写人物，从而写出了环境如何改换人的性格，甚至，环境还能改变一个人的道德；善于运用轻快生动和幽默风趣的叙事风格进行叙事，并经常夹叙夹议，间以恰当、生动的对话来烘托人物。① 总之，《名利场》取得了多方面的艺术成就，它对人生"名利场"的揭示，对浮世绘的描摹，对人物命运、人物性格的刻画，对典型环境的展现，对人物和环境的相互作用的揭示，以及夹叙夹议的语言风格给英国小说带来了新气息，推动了批判现实主义文学的发展。当然，《名利场》也有缺陷，主要是结构的松散，这在欧洲很多长篇小说中均有体现。其次是作品中的议论有时与情节无关，有时流于平凡和啰嗦，显出与描写的不协调。这一点，杨绛在二十世纪五十年代的评论中就有所论述。其实，在小说中议论也是欧洲小说的一个传统，从《巨人传》到《汤姆·琼斯》再到《名利场》都是如此，这和中国现代大多数讽刺幽默小说是不同的。

　　十九世纪的俄国，讽刺幽默小说空前发达，产生了果戈理、契诃夫、谢德林等讽刺幽默名家，而且给以鲁迅为首的中国现代讽刺幽默作家以深远的影响，

---

① 于慈江. 杨绛，走在小说边上 ［M］. 北京：世界图书出版公司，2014：56-57.

他们在中国现代的接受、传播也非常广泛。早在二十世纪初期就有人陆续翻译俄罗斯文学作品。五四新文学革命前的 1915 年就有契诃夫短篇小说的翻译出版。影响最大的大型文学刊物《小说月报》在 1920 年前后就有契诃夫、果戈理等俄罗斯作家作品的翻译。"翻开五四时期的报纸杂志，契诃夫作品出现的频率甚至超过托尔斯泰。"① 1935 年 11 月，鲁迅翻译的《死魂灵》由上海文化生活出版社出版。1939 年 3 月，庄绍桢翻译的果戈理的小说集《外套》，由上海启明书局出版。特别是鲁迅亲自翻译的《死魂灵》，在二十世纪三十年代中叶的中国文坛造成了一次"果戈理热"。"虽然果戈理的名作《外套》《钦差大臣》在二十年代已经翻译到中国，但没有《死魂灵》的中译，果戈理的翻译就是群山无峰。鲁迅鉴于当时中国译界总是把外国的作家'乱译几本之后，就完结了'而不能'集成一部选集'的状况，亲自拟订了一套六卷本《果戈理选集》，《死魂灵》即为第五、六种。"② 不仅如此，鲁迅还自费推出了《死魂灵百图》。鲁迅身体力行，对果戈理和《死魂灵》这样推崇，带动了"果戈理热"，在二十世纪三十年代中后期的中国文坛产生了积极影响，直接影响了张天翼、沙汀等左翼讽刺作家的创作追求。

对俄国文学以及果戈理等作家的介绍、研究也在持续。1924 年 3 月，《俄国文学史》，郑振铎撰，上海商务印书馆出版。1927 年 8 月，《欧美近代文学史》，郑次川撰，上海商务印书馆出版。同年 2 月，蒋光慈的《俄罗斯文学》由上海创造社出版部出版。1928 年 10 月，《欧美近代小说史》，郑次川撰，上海商务印书馆出版。1933 年 8 月，《俄罗斯文学》，苏联贝灵撰，梁镇译，上海商务印书馆出版。1942 年 6 月，高尔基的《果戈理论》，由曹葆华翻译，发表在《谷雨》第 1 卷第 5 期上。1947 年 10 月，吕荧翻译了苏联叶果林的论文《论果戈理》，发表在《文讯》第 7 卷第 5 期、第 8 卷第 2 期上。

对契诃夫短篇小说的翻译，早在二十世纪三十年代就有赵景深翻译的 8 卷本选集，这套选集，约占契诃夫全部小说的三分之一，并两次再版。1947 年 1 月，契诃夫的《变色龙》，由鲍群翻译，发表在《文艺春秋》第 4 卷第 1 期上。1948 年初，由李葳译注的《契诃夫短篇小说选》（英汉对照本），由上海正风出

---

① 秦弓. 二十世纪中国翻译文学史：五四时期卷［M］. 天津：百花文艺出版社，2009：231.

② 李今. 二十世纪中国翻译文学史：三四十年代·俄苏卷［M］. 天津：百花文艺出版社，2009：248.

版社出版。

果戈理不仅是俄国伟大的讽刺家，也是世界杰出的讽刺家。他的创作是特定社会官僚阶层、地主阶级以及小人物生活的一面镜子，他的作品在俄国文学史上产生了划时代的影响，在讽刺、批判的无情和犀利上、在讽刺人物的刻画上、在细节描写上、在"笑"的艺术上都取得了非凡的成就。

果戈理小说的讽刺、幽默、笑的艺术有一个发展过程。他的第一部小说集是1832年出版的《狄康卡近乡夜话》（次年出版第二部），这是一部浪漫主义故事集，作品充满了乌克兰民歌的浪漫情调和幻想色彩，富有幽默感和抒情性，受到了广大读者的欢迎。在作品中，果戈理歌颂纯洁的爱情，描绘大自然的迷人魅力，揭示善恶对立的思想主题。可以说，浪漫主义的基调和轻松的幽默是他早期作品的重要特征。作者通过妙趣横生之笔，塑造了一系列的幽默形象，这些形象大都是村长、教父、巫师、继母等乡村之人，是有道德缺陷的人物，是作者嘲笑的对象，通过事与愿违，发掘他们的可笑之处，有时也有过分注重滑稽搞笑之嫌。

1835年的中篇小说集《米尔格拉德》和短篇小说集《彼得堡故事》，标志着作家的创作由浪漫主义转向了现实主义，他不再讲述乡间传说和故事，而是将笔触转向了现实，讽刺的是地主和卑微的"小人物"，而且从轻松的幽默更倾向于严厉的讽刺，批判旧式地主，同情小人物的卑微，幽默进一步与讽刺结合，幽默形象被讽刺形象所取代。收在《米尔格拉德》里的《旧式地主》《两个伊凡吵架的故事》等中篇小说讽刺了地主猥琐的生活和卑微的精神世界，揭露了他们的寄生生活和精神畸形。而收在《彼得堡的故事》中的《狂人日记》《外套》《鼻子》《肖像》《涅瓦大街》等都成了果戈理短篇中的名篇。他继承了普希金《驿站长》开始的描写"小人物"的传统，写出了无权无势、地位低微的"小人物"的心酸和受辱，发出的是苦笑，是含泪的笑。《外套》是写"小人物"命运的经典之作，主人公是一个九品文官，埋头工作，忠于职守，每天都坐在那儿以同样的姿势，机械地抄写着公文。为了做一件外套，他省吃俭用，好不容易如愿，但好景不长，新外套刚穿上不久就被抢走了。为了寻找它，他四处奔波，受尽警察的讥笑和将军的训斥，被吓得魂不守舍，四肢瘫痪，最终一命呜呼。果戈理笔下这类卑微的小人物，令人想起鲁迅笔下的孔乙己和巴金笔下的汪文宣。《狂人日记》的主人公也是一个"小人物""窝囊废"，最后被残酷的现实逼疯了，发出"救救孩子"的哀鸣。它直接影响到鲁迅的《狂人日记》以及最终"救救孩子"的呼声，这已被中国现代文学研究界人所共知。果戈理对"小人物"的遭遇寄予深切同情，所以，发出的是"含泪的笑"。另一优秀短篇《鼻子》与日本芥川龙之介的《鼻子》有异曲同工之妙。前者荒诞离奇，后者构思精巧，都展现了人性的虚荣和人的"面具"意识，都嘲讽了人的爱慕虚荣。鲁迅曾高度评价果戈理的《鼻子》，并亲自翻译了这篇小说，发表在《译文》1934 年第 1 卷第 1 期上。除了对"小人物"的刻画，《彼得堡的故事》中的《涅瓦大街》《肖像》等篇，则展现了腐朽的都市生活，揭露了金钱的罪恶，它足以使人性堕落，使艺术毁灭。作者用嘲笑的态度对待所描写的对象。

1836 年，果戈理创作完成了五幕讽刺喜剧《钦差大臣》，标志着他的讽刺艺术登上了新高度，并创造了轰动效应。当然也给作者带来了麻烦，作品演出后遭到了贵族社会的攻击，果戈理被迫避居国外。《钦差大臣》成为世界喜剧经典。5 年后，果戈理在国外完成了长篇小说《死魂灵》第一部，出版后再次震动俄国文坛。这部长篇讽刺小说，其创作素材来自普希金。小说辛辣地讽刺了地主阶级的贪婪和残暴，塑造了鲜明的地主的讽刺形象，描画了地主阶级的群丑图。果戈理用荒诞不经的故事来展现当时俄国的社会现实，通过夸张、漫画、肖像刻画、细节描写，创造出了 5 个活生生的地主形象，把这 5 个讽刺形象推上了历史的审判台。从《钦差大臣》到《死魂灵》，果戈理的讽刺艺术跨越到了新阶段，增强了俄罗斯现实主义文学的讽刺、揭露和批判的力度。作者也由含泪的笑，发展为嘲弄的笑。《钦差大臣》被赫尔岑称为"完备的关于俄国官僚的病理解剖学教程"。在该作品中，作者把上至省长、市长，下至邮政局长、绅士、各级官吏的丑恶嘴脸全部集中起来，置于光天化日之下，揭露了整个官僚阶级的肮脏、卑鄙、庸俗等本质特征。《死魂灵》对地主的嘲笑、对假丑恶的揭露更是无情。在这两部不朽的作品中，从官僚到地主到贵族，作者表现了全俄罗斯特权阶层的丑恶。《死魂灵》第一部没有塑造一个正面形象，所有的人物都是被嘲讽、批判的对象。这使果戈理不止一次地想到要在以后的叙述中描写正面形象。再加上《死魂灵》第一部出版后所引来的更激烈的斗争，以及作者长期居住国外，脱离进步阵营，深受代表农奴主利益的"斯拉夫派"反动思想的包围。于是，在这场斗争中，果戈理表现出了严重的动摇、退让和妥协，甚至转到了维护专制农奴制的立场上去了。别林斯基在《给果戈理的信》中严肃而痛心地批评了果戈理的错误。在这样的背景下，《死魂灵》第二部就作了这样的尝试：书中推出了正面人物，叫科斯坦若格络，并用 6 个地主从不同的角度衬托他，把他作为道德高尚的理想人物。作者对人物的态度也有了一些变化，少了冷嘲热讽，多了几分温情。但实践证明，这样的改变并不成功，而是归于失败。这既是果戈理政治立场、世界观的失败，也是艺术上的失败，表明：正面形象、温情书写较难与讽刺艺术协调统一。果戈理曾两次焚烧第二部手稿，表明对它的不满，并在贫病中死去。现存的第二部只是焚烧后的残稿。《死魂灵》第一部震动了整个俄国，赫尔岑、别林斯基都对它给予高度评价，他为后来的陀思妥耶夫斯基的《穷人》和屠格涅夫的《猎人笔记》开了先河。

果戈理是中国人民熟悉的作家。他的含泪的笑的讽刺幽默艺术影响了不止一代中国现代作家。鲁迅独具慧眼，第一个借助德、日、英三种语言把《死魂灵》翻译成中文，并在近 50 年的翻译史上独领风骚。何止鲁迅，张天翼、沙汀，不少左翼作家和他们的文本都可以找到和果戈理的亲缘关系。

谢德林是在果戈理之后出现的又一位杰出的讽刺家，被称为"讽刺大师""笑的大师"。他用讽刺的武器同恶势力斗争，作品多次遭到查禁，作者也被逮捕，流放维亚特卡达八年之久。1856 年，谢德林回到彼得堡以后，开始在《俄国导报》上连载小说《外省散记》，这是根据他流放期间的见闻写成的，作品揭露了农奴制的腐朽没落、贪官污吏的横征暴敛，赢得了广泛的声誉。在谢德林的作品中，有两部长篇代表作：《一个城市的历史》（1870 年）和《戈洛夫廖夫老爷们》（也译为《戈洛夫廖夫一家》《哥罗夫略夫一家》）（1880 年）。这两部都是俄国文学史上璀璨的明珠，是讽刺作品中的杰作。高尔基在《俄国文学史》中对谢德林的讽刺给予了很高的评价。他认为"谢德林是讽刺作家，笔力并不弱于果戈理"。"从五十年代到八十年代的俄国知识分子的历史，谢德林描写得最清楚。"[1] 在十九世纪的俄国，在进步的、革命的人士同反动政权的斗争中，讽刺文学发挥着巨大的作用。所以，高尔基对谢德林给予的评价很高。高尔基一方面阐明谢德林的讽刺文学的特点、他的远大的眼光和深刻的观察，以及他的作品的历史价值。另一方面，高尔基又着重指出了谢德林作品对于当前斗争的意义。[2] 谢德林的讽刺小说以无情的讽刺，鞭挞了帝俄时代的农奴主，揭露了他们卑鄙伪善的嘴脸，揭开了各级官僚假爱人民的面纱，露出了欺骗人民的本质。

《一个城市的历史》是一部经典讽刺小说。作者用历史影射法、隐喻法来映

---

① ［苏］高尔基. 俄国文学史 ［M］. 缪灵珠，译. 上海：上海译文出版社，1979：219.
② ［苏］高尔基. 俄国文学史 ［M］. 缪灵珠，译. 上海：上海译文出版社，1979：593.

射现实。表面上讲述的是愚人城的历任市长的凶残狠毒、荒淫无耻、蹂躏百姓，把辖区变成"囚室"，这就是一个城市的历史。实则讽喻现实社会，揭穿了沙俄专制制度是压榨人民的机器。作者态度明朗，笔锋犀利，善于掀开隐藏事物真相的一个个假面具，把伪装者、伪善者、吸血鬼、寄生虫暴露在阳光下，不留余地，不留情面，的确如果戈理深刻有力。谢德林爱用夸张的手法、怪异的形式，呈现的是变形的艺术效果。小说中写的市长一个比一个荒诞、无知、可怕。肩上扛着一个肉馅的脑袋，以至后来被人吃掉，身体像个木墩，有的根本没长脑袋。这是一种夸大、变形的艺术效果。

　　《戈洛夫廖夫一家》是谢德林的代表作，描绘了地主家庭成员之间的尔虞我诈以及百无聊赖的寄生生活。小说读来不是让人发笑，而是感到阴森、昏暗，透不过气来。小说写的这个地主之家，三代人都钩心斗角，相互残杀，最后全家灭绝。读完全书，令人窒息。这种感受，与我们读中国现代讽刺家沙汀的小说有些类似。作者把沙俄地主阶级的残忍、贪婪、伪善、腐朽等丑行劣迹汇集起来、集中起来、加以廓大，集中在一个人身上，于是便塑造了犹独式加这一地主阶级的典型，也是剥削阶级反动腐朽本质的典型概括。列宁看到了这一形象的巨大典型意义。在小说中，犹独式加本来叫戈洛夫廖夫。由于他阴险狠毒，见利忘义，出卖亲人，兄弟们就给他取个绰号叫"犹独式加"，意即"小犹大""小叛徒"，就像《圣经》故事中那个出卖耶稣的叛徒犹大。谢德林是带着鄙视和愤怒的笑来塑造这一人物。通过他的言与行、表与里、现象与本质的悖反，造成强烈的讽刺效果。戈洛夫廖夫作为贵族地主，阳奉阴违，两面三刀，具有伪善的本性。他总是自我标榜，声称自己正派，甚至大言不惭地宣称自己"同真理生，靠真理活，随真理死"。但他的行动如何呢？为了争夺家产，他迫害哥哥、弟弟，欺骗母亲，也为了金钱，他逼得儿子自杀、流放，还把刚生下来的小儿子送人，简直灭绝人性。这样的令人憎恶、贪婪狠毒之人，怎能不腐朽、没落？小说深刻地揭示了这个反动的、残忍的地主之家衰亡的必然性。戈洛夫廖夫终于认识到自己是悲剧的根源，罪恶的渊薮，但家族大势已去，他只能借酒浇愁，并产生了自杀的念头。最终，在一个风雪之夜，他蹒跚着走向母亲的坟地，冻死在途中。这一形象和他的结局具有巨大的典型意义，也体现了作者对地主、贵族讽刺、批判的力度。谢德林笔下的这些描写和人物塑造，让人联想到中国现代文学中官绅地主形象，想到沙汀笔下的基层官吏、土豪劣绅是如何欺压百姓，搜刮民脂民膏，"瘦狗还要炼它三斤油"；想到师陀的《无望村的馆主》写的宝善堂三代地主的兴衰。陈世德年轻时横行乡里，无恶不作，与戈洛夫廖夫一样的残忍。可最终却沦为了乞丐。作者对他的无情的鞭挞和辛辣的嘲讽，使《无望村的馆主》成为写中国中原小镇地主生活的最优秀的作品。

鲁迅对谢德林的作品是很推崇的。他在 1935 年给孟十还的信中说："科洛连柯和萨尔蒂珂夫短篇小说都能买到，那是好极了。我觉得萨尔蒂珂夫的作品于中国也很相宜，但译出的却很少很少，买得原本后，《译文》上至少还可以绍介他一两回。"① 孟十还是翻译家，鲁迅曾多次与他通信。鲁迅深感谢德林的作品在中国译介的很少很少，又认为谢德林的作品很适合中国，所以希望孟十还买来原本翻译和介绍给中国的读者。在中国现代，谢德林作品的中译本似乎只有陈原译的《地主之家》（即《戈洛夫廖夫一家》），重庆文风书局 1945 年 6 月出版，华北新华书店 1948 年 5 月出版，北京新中国书局 1949 年 3 月出版。事实上，谢德林的讽刺小说在俄国文学史上占有重要地位，也产生了较大影响。高尔基说："谢德林的讽刺文引起一整批的模仿者，当中最伟大的是阿塔瓦·忒尔庇戈列夫和克鲁格罗夫"，"他的讽刺文的意义都是十分重要的"。②

如前所述，十九世纪是俄国讽刺幽默小说繁荣发展的时代，名家辈出。契诃夫是在果戈理、谢德林之后俄国又一讽刺幽默小说名家，也是 19 世纪末杰出的短篇小说家和戏剧家。他是中国现代作家、读者熟悉和喜爱的作家，也是在中国翻译较多、较有影响的作家。他一生创作了中、短篇小说 470 多篇，讽刺幽默作品占一定的比重，且多为名篇。契诃夫的创作也是从幽默、诙谐、滑稽的风格开始的。1880 年，他给当时的幽默、滑稽报刊《蜻蜓》《蟋蟀》写稿，以"契洪特"的笔名发表了许多讽刺幽默作品。1883 年起，他的作品具有揭露性和社会意义。先后创作了短篇《小公务员之死》《胖子和瘦子》《变色龙》《普里希别也夫中士》等，这些作品讽刺了官场的阿谀逢迎，强者专横，弱者则是奴才，揭露了沙皇政府的警察制度。作者对奴才性格和奴才心理的讽刺尤为深刻，他们趋炎附势，在富人面前低三下四。其中，《胖子和瘦子》本来是自幼的好朋友，但在车站相遇，得知胖子已是"有两个星章的三等文官"时，瘦子"忽然脸色发白"，"全身伛下来鞠躬"。这令人想起鲁迅的《故乡》，闰土称童年的玩伴"我"为老爷，笑声中包含着眼泪和悲哀。鲁迅和契诃夫都嘲讽了奴

---

① 鲁迅. 鲁迅全集：第 13 卷［M］. 北京：人民文学出版社，2005：382.

② ［苏］高尔基. 俄国文学史［M］. 缪灵珠，译. 上海：上海译文出版社，1979：465-466.

才心理，提出了维护人格尊严的严峻问题。《假面》所嘲笑的是知识分子在骄横的百万富翁面前是怎样的低声下气，令人想起萧红《马伯乐》中的马伯乐。

从 1886 年开始，他正式用"契诃夫"的笔名发表作品。作品的批判性增强了，风格也更加深沉，多描写农民的命运和知识分子的精神生活，讽刺和幽默性似乎有所减弱。1892 年的中篇小说《第六病室》是契诃夫的重要作品。小说中写的第六病室是专制俄国的象征，那里弥漫着污秽的空气和腐臭的气息，在那里生活着一群不幸的"疯人"，他们在这阴暗的牢笼里受尽折磨。契诃夫通过这"第六病室"高度概括了俄罗斯的黑暗现实，揭露了专制统治的罪恶。而拉京医生虽不满医院的恶俗环境，但却采取逃避的态度，最终酿成悲剧。小说宣告了"不以暴力抗恶"、"自我完善"的"托尔斯泰主义"的破产。作品的形象塑造、人物的心理刻画、富有表现力的细节描写以及画面的浮雕式的呈现都取得了突出的成就。

写于 1898 年的短篇《套中人》是他创作高潮期的重要作品，是讽刺小说名篇。小说塑造的别里科夫形象已经成为因循守旧、害怕变革的代名词。凡是没有被政府明令禁止的事物，他都觉得可疑、害怕，他有一句口头禅："千万别闹出什么乱子来。"就连恋爱也怕结婚以后要承担义务和责任。尤其害怕未婚妻、弟弟两人的思想方式和行为方式，担心会惹出什么麻烦来，气得火爆脾气的弟弟把他从楼梯上推了下去，一个月后他就一命呜呼了。小说的结尾，借人物之口的议论，它无疑将《套中人》的主题深化和升华了一步，也更令读者深思。契诃夫就是这样将形形色色的小官僚、小市民以及庸俗的知识分子刻画殆尽，他既夸张又写实，既深邃又含蓄的美学风格，深受中国读者的喜爱，并对一批中国现代作家产生了深刻影响。正如文学史家所言："在中国，果戈理、契诃夫的作品影响了一大批作家，除了鲁迅之外，张天翼、周文、巴人、尚钺是这些受影响的作家中较为突出的代表。"① 这也印证了鲁迅当年为什么说"俄国文学是我们的导师和朋友"②。

在大洋彼岸的美国，十九世纪末二十世纪初有两位杰出的讽刺幽默小说家，这就是欧·亨利和马克·吐温。

---

① 范伯群，朱栋霖. 1898—1949 中外文学比较史：下卷［M］. 南京：江苏教育出版社，2007：131.

② 鲁迅. 祝中俄文字之交［M］//鲁迅. 鲁迅全集：第 4 卷. 北京：人民文学出版社，2005：473.

欧·亨利有美国的莫泊桑之称，是"世界三大短篇小说家"之一。他创作了上百篇优秀的短篇小说。他的小说，幽默是其重要的元素，是贯穿始终的；他也讽刺，但不是尖刻的，他的幽默和讽刺都是善意的。他的喜剧天赋相当突出，作品构思精巧，情节叫人眼花缭乱，趣味横生，两难的处境和意外的结局往往产生意想不到的幽默效果。这使他的作品留住了大量的、长久的读者。当然也有人说他是一个消遣作家，作品是小把戏。

《麦琪的礼物》《警察与赞美诗》都是中国读者喜爱的作品。早在 1943 年 12 月，欧·亨利的《圣诞礼物》（今译《麦琪的礼物》），由徐蔚南翻译，发表在《文艺先锋》第 3 卷第 6 期上。小说讲述了发生在小家庭里感人的故事。作者写出了美国下层人的悲和喜，也歌颂了人性美、人情美。小说构思新颖，情节出乎意料，语言诙谐，是世界经典短篇。《警察与赞美诗》的讽刺意味更浓，它描写了一个流浪汉无处可去，想躲进监狱以免受寒冬的饥寒，于是他故意犯罪，以身试法。然而却没有人管。小说最具讽刺意味的是，当他决心改邪归正的时候，却被投进了监狱，令人啼笑皆非。作品以喜剧的形式写出了美国下层人的命运，揭露了社会的不公。当苏比不断违法乱纪、胡作非为的时候，警察先生们都无动于衷，视而不见，表现出令人匪夷所思的"宽容"。而当苏比要改邪归正、重新做人的时候，却被警察投进了监狱。这可以说是一个绝妙的讽刺，表明这个社会是美丑不分、是非颠倒的。欧·亨利的其他短篇还讽刺了拜金主义、唯利是图、表现小职员的虚荣心等。欧·亨利的小说幽默耐读，情节和结局出奇制胜。而幽默是他的天性，它淡化了事物的悲剧性，是"含泪的微笑"，增强了小说的趣味性，使大众读者更能接受。

1904 年，欧·亨利出版了一生中唯一一部长篇小说《白菜与国王》，这是一部结构松散的政治讽刺小说，有时也被视作短篇小说集。主要描写了美国财团对虚拟的中美洲国家的控制和掠夺。其影响力远不及他的短篇讽刺幽默小说。

马克·吐温被称为美国幽默的偶像和代表。1865 年，他在纽约一家杂志发表幽默故事《卡拉维拉斯县驰名的跳蛙》，使他全国闻名。此后经常为报刊撰写幽默文章。他以轻松的、愉快的幽默赢得了众多的读者。1867 年，他出版了第一部短篇小说集《卡拉维拉斯驰名的跳蛙及其他》。同年，他以新闻记者的身份去欧洲游历，写成《傻子出国记》（1869 年），这部游记散文详尽记载了一路的所见所闻，讽刺、揶揄、幽默、玩笑、机智五位一体。《傻子出国记》"贯穿了这种思想：欧洲人代表上流社会的'知识''学问''教养'，吐温用讽刺与挖苦证明欧洲人并不比美国人出色，美国人也并不如欧洲人所认为的那样愚蠢和粗俗。"① "只有马克·吐温理直气壮地批评欧洲人，肯定美国人。这也许是他深受美国人民喜爱的主要原因。"②

十九世纪七十年代，马克·吐温又发表了许多短篇小说和几部长篇小说。《一个奇怪的梦》《竞选州长》《我如何编辑农业报》《好孩子的故事》等都是讽刺幽默短篇佳作。《我如何编辑农业报》采用夸张的手法讽刺报业人因无知而闹出的笑话。于是在社论中说"萝卜长在树上"，还狡辩"用的是比喻法"；说"瓜诺是一种益鸟"；"公鹅已开始产卵"；等等。编辑农业报刊的是些什么人呢？原来"这些人要么是写诗没有才气，写色情小说也碰壁；要么写耸人听闻的剧本又不受欢迎，编辑城市要闻也不成，他们最后才不得不委屈地在农业这一行栖身，以暂时避免进济贫所的厄运"。作品讽刺道："一个人越是无知，就越是名声在外，薪水也就越多"，"在这个冷漠惟利是图的世界上我肯定早已大名鼎鼎了。"在《竞选州长》中，马克·吐温在精短的篇幅中把美国社会两党竞选中所发生的丑闻、丑态、腐败和黑暗揭露得淋漓尽致。"我"作为独立党候选人竞选州长，但却遭到民主党对手的恶意攻击，捏造了种种莫须有的罪名："伪证罪""小偷""盗尸犯""酒鬼""贿赂犯""讹诈犯"等。还指控"我""纵火烧毁了一家精神病院，病人都被烧死，因为这家精神病院有碍我的家人观看风景"。更为荒唐可笑的是九个不同肤色的小孩冲上讲台，喊"我"："爸爸！"这是一出典型的、精彩的、夸张的闹剧。最后"我"只能降旗认输，退出竞选。马克·吐温所揭示的竞选丑闻极具普遍性，直到今天，在美国的总统竞选中依然不同程度地存在着。所以，《竞选州长》是不朽的。

长篇小说中，《镀金时代》《汤姆·索亚历险记》是马克·吐温在十九世纪七十年代创作的重要作品。《镀金时代》揭露美国政府机关的贪污腐化、拜金主义，讽刺了美国南北战争后的所谓"黄金时代"不过是"镀金时代"。《汤姆·索亚历险记》用孩子的目光触及许多重大社会问题，包括宗教改革、教育制度、法律、金钱关系等。1876年，马克·吐温开始创作另一部重要小说《哈克贝利·费恩历险记》，1884年出版。这部小说被看作是马克·吐温的长篇代表作。该作品是《汤姆·索亚历险记》的姊妹篇，继承了西方传奇式流浪汉小说的传统，让哈克扮演一个天真无邪的孩子，揭露和讽刺了美国文明社会的丑恶现实，

---

① 吴元迈. 20世纪外国文学史：第1卷 [M]. 南京：译林出版社，2004：253.
② 吴元迈. 20世纪外国文学史：第1卷 [M]. 南京：译林出版社，2004：254.

表现了反对种族歧视、反对奴役黑人的见解。塑造了哈克这一小叛逆者的形象。小说描写夸张而不失真，风趣幽默而又鞭辟入里。难怪海明威有一句名言："所有的美国文学均来自一本由马克·吐温写的叫《哈克贝利·费恩历险记》的书。"①《王子和贫儿》是马克·吐温的另一部长篇小说，记叙一个王子和贫儿互换地位的离奇故事。作者充分发挥了他自由的想象和幽默的才华，既展现了下层人民贫困生活的悲剧，也暴露了上层宫廷生活穷奢极欲。

到了十九世纪九十年代，马克·吐温的几个短篇小说更令人称道。《败坏了赫德来堡的人》《百万英镑钞票》以及二十世纪初的《三万元的遗产》，揭露了金钱至上、金钱万能，有钱能使鬼推磨。"拜金热"浸透到社会各阶层、各部门。

上述这些虽然仅仅是马克·吐温的主要作品而不是全部作品，但却足以证明他的幽默讽刺才华，他的作品将幽默和讽刺融为一炉，幽默里含有讽刺，讽刺里又有幽默。他在美国民间故事、西部幽默的基础上，发挥极度夸张的艺术想象，富有机智和妙语，是地道的讽刺幽默小说，是笑的杰作，又是洞察和剖析社会的"警世恒言"。他的讽刺幽默小说重故事，不重人物，他不是以人物为中心，而是以故事为中心。他的讽刺幽默小说，从纵向看，可以看出他幽默演变的轨迹，即从轻松的幽默到讽刺性的幽默再到悲观的幽默。晚年的幽默越来越冷峻，越来越悲凉。美国评论家称马克·吐温是"美国文学中的林肯"；英国小说家认为"他可以和塞万提斯媲美"。

鲁迅在 1931 年 9 月曾为李兰翻译的马克·吐温的晚年之作《夏娃日记》写了"小引"，对马克·吐温给予了较高评价。在鲁迅的时代，包括马克·吐温在内的美国文学在中国译介，虽然起步甚早，这可以追溯到林纾翻译的《黑奴吁天录》，而且影响甚大。但从晚清到二十世纪二十年代，美国文学在中国是不受重视的。"进入三十年代情形大不同。一方面，美国文学的世界声誉大增，先后有三位美国作家获得了诺贝尔文学奖，即 1930 年的辛克莱·刘易斯、1936 年的尤金·奥尼尔和 1938 年的赛珍珠；另一方面，中国文学界对美国文学的评价有极大的提高，译介也有了一个陡然的增多。"②

除了《汤姆·索亚历险记》，在二十世纪三四十年代，还有马克·吐温的其

---

① 吴元迈. 20 世纪外国文学史：第 1 卷［M］. 南京：译林出版社，2004：253.

② 李宪瑜. 二十世纪中国翻译文学史：三四十年代·英法美卷［M］. 天津：百花文艺出版社，2009：169.

他作品被翻译到中国来，主要有李兰翻译的《夏娃日记》。1934年11月，马克·吐温等著的《幽默小说集》，由张梦麟等译，上海中华书局出版。内收马克·吐温的《画家之死》、欧·亨利的《避寒地》等幽默小说。塞先艾等翻译的《败坏了赫德来堡的人》，上海生活书店1935年11月出版。李葆贞翻译的《王子与贫儿》，上海商务印书馆1937年11月出版，收入世界文学名著丛书。刘正训译的《傻子旅行》，上海光明书店1941年7月出版，收入世界少年文学丛刊；同年8月又由上海山城书店出版。章铎声、国振合译的《顽童流浪记》，上海光明书店1941年10月出版。刘正训译的《萍踪奇遇》，桂林亚东出版社1943年出版。鲁迅、茅盾译的《女性的秘密》（马克·吐温等著），西安书报精华社1946年11月出版，收入书报精华丛书。章铎声译的《孤儿历险记》，上海光明书店1947年出版，收入世界少年文学丛刊。俞荻译的《乞丐皇帝》，神州国光社1948年出版。1954年8月，张器友翻译的《竞选州长》，发表在《译文》第8期上。同期《译文》还发表了张由今翻译的苏联奥尔洛娃的《马克·吐温论》。1958年4月，张由今翻译的苏联波布洛娃的《马克·吐温评传》，作家出版社出版。1980年代以后，对马克·吐温及其作品的译介、研究进入了一个全新的发展阶段。

第四节　二十世纪：西方讽刺幽默小说的新发展

　　二十世纪西方的讽刺幽默小说以苏联的"讽刺文学"和美国的"黑色幽默小说"独领风骚。讽刺幽默小说家继承了狄更斯、果戈理、契诃夫、欧·亨利、马克·吐温的讽刺幽默艺术传统，又有新的发展和创造，诞生了布尔加科夫、左琴科、普拉东诺夫、海勒、品钦、冯尼格特等讽刺幽默小说名家。此外，还有英国的艾米斯、加拿大的里柯克、捷克的哈谢克等。从讽刺幽默长篇名著来说，《好兵帅克历险记》和《第22条军规》是世界性的讽刺幽默巨著。二十世纪西方的讽刺幽默小说是和中国现代讽刺幽默小说同步的文学，有的还晚于中国现代的讽刺幽默小说，它们在中国的译介和传播多在新中国成立以后，尤其是在改革开放以后。因此，它们和中国现代讽刺幽默小说不可能构成"影响关系"，但可以展开"平行关系"的比较研究。

　　二十世纪初，在捷克诞生了一个杰出的讽刺幽默文学家哈谢克，他创作了四卷本的长篇讽刺小说《好兵帅克历险记》（又译为《好兵帅克》），成了世界讽刺小说经典，被翻译成几十种国家的语言，流传于世界各国，深受世界各国人民的喜爱。在中国，1956年4月，《好兵帅克》，就由萧乾翻译，作家出版社出版。改革开放以后《好兵帅克》出现了多个译本，并被推荐为中学生阅读书目。

《好兵帅克》问世于二十世纪二十年代初（1921—1923年），这是一部六十多万字的政治讽刺小说。小说通过一个普通士兵帅克在第一次世界大战中的种种经历和遭遇，通过他周围各色人物活动的描写，以绝妙的讽刺幽默手法，对奥匈帝国及其一切丑陋现象给予无情的揭露和控诉，讽刺了当时愚蠢僵化的当局，对于帝国主义军队的凶恶专横、对于官兵之间欺上压下的荒唐关系、对于各级军官的贪婪和淫欲等都作了淋漓尽致的揭示。由于该作品对帝国、对当局、对军队、对战争的嘲笑和批判，以及主人公的滑稽可笑、闹剧般的遭遇，致使对该作品褒贬不一，在二十世纪二三十年代贬甚于褒，甚至把他说成是"毒害青年的下流文学"。但历史是公正的，历史的筛选以及广大接受者的意愿，终于接受了《好兵帅克》，使之成为世界性的巨著。1982年，联合国教科文卫组织确认哈谢克为"世界文化名人"。

《好兵帅克》塑造了一个成功的、典型的主人公形象。帅克是一个绝妙的讽刺典型，他是一个"天才的傻瓜"，是一个很不出众、很不显眼的小人物，但却有着奇迹般的经历、闹剧般的遭遇。入伍前帅克以贩狗为生，退了伍，也以贩狗营生，"替七丑八怪的杂种狗伪造纯正血统证书"。在军队中，他待人和气，做事认真，却总是好心办坏事，把上级长官搞得狼狈不堪，丑态百出，却又无可奈何。凭借着他那张笑脸，那双天真无邪的眼睛，那副镇定自若的神态和那一套套头头是道的辩词，总能在"危难"时刻化险为夷。他是一个"聪明的傻子""机智的傻子"。作者通过这个引人发笑的人物，表现出自己对敌人的恨和对人民的爱。很多评论家都把帅克比作堂吉诃德，他和堂吉诃德、奥勃洛摩夫、阿Q一样成了世界文学史上不朽的典型。

在艺术上，《好兵帅克》也成就突出，尤其在语言上，口语化、大众化，朴素自然，形象生动是其突出特点。作者常用一句话、一段话、一个情节进行讽刺，如"一些肥胖的犹太女演员的拿手好戏是跳舞时把脚伸向半空，踢来踢去，而她们穿的既不是针织裤衩，也不是衬裤。为了诱惑军官先生，她们把下身剃得光溜溜的，跟鞑靼女人一样。炮兵军官们用双目望远镜来欣赏这种美色。可卢卡什上尉并没有被这种有趣的丑剧迷住，因为他借到的望远镜的镜头不是无色的，他看到的不是一条条大腿，而是一道道晃来晃去的紫色影子"。由于卢卡什借的望远镜不好，使他看不清女人的大腿，作者通过这有意思的情节，完成了对军官的道德讽刺。书中有很多精彩的讽刺幽默故事、段落和语句，是一部内涵、思想、趣味俱佳的讽刺小说。

除此之外，哈谢克在四十年的生命里有十五年的创作生涯，创作了大量的短篇小说、游记、杂文等。"在他十五年的文学生涯中，写了一千二百余篇短篇小说与游记，对帝国社会各类丑恶现象进行了无情的鞭笞。"① 他的短篇讽刺幽默小说，像《得救》《信物》《穷儿汤》《生活经历》《斐迪南·莫什卡的情书》等都是脍炙人口的名篇，多被翻译到中国来，收入各种《讽刺幽默小说选》《幽默讽刺小说大观》中。

在英国，艾米斯（1922—1995 年）是二十世纪的讽刺幽默小说家，他的小说充满喜剧色彩，"作为讽刺文学的代表人物，他与菲尔丁、威尔逊、伊夫林·沃、巴特勒和威尔斯等人在创作理念上一脉相承"②。他非常重视讽刺幽默文学的社会意义和审美价值，甚至认为"一个没有讽刺的文化是一个没有自我批评精神的文化，因此也必然是没有仁爱的文化。由于权力形式不断变化与翻新，像我们这样的社会，尤其需要具有反制作用的纵声一笑。即使有时候反制作用微乎其微，但作为一种姿态，一种来自于理性的姿态，讽刺家的笑仍然是行之有效的"③。他充分看到了讽刺幽默文学的作用以及讽刺家的社会责任，这是难能可贵的。在创作实践上，他的第一部小说《幸运的吉姆》（1954 年）是极为成功的喜剧杰作，也是他的代表作，1957 年被拍成电影。这是一部具有社会意义和文化内涵的讽刺幽默小说，它通过吉姆这个试用期的大学历史教师的生活窘境以及对他身边的大学教授、系主任的描写，揭露了精英阶层的附庸风雅、不学无术、虚伪本性以及体制弊端。作者对小说的讽刺艺术具有高度的自觉，成功地塑造了吉姆这一"反英雄"的小丑形象。他在压抑和愤怒中挣扎，在笑声中反抗，在"高攀婚姻"中改变命运。在他"幸运"的背后，其实是商业资本对精英文化的一次胜利。

《幸运的吉姆》以喜剧的形式，甚至闹剧的形式展开了吉姆一幕幕人生的悲

---

① 星灿. 好兵帅克历险记［M］. 北京：人民文学出版社，1983：前言.

② 李维屏，张定铨，等. 英国文学思想史［M］. 上海：上海外语教育出版社，2012：579.

③ 李维屏，张定铨，等. 英国文学思想史［M］. 上海：上海外语教育出版社，2012：579.

喜剧，在作品中，夸张、怪诞、幽默、讽刺一应俱全，表现了在社会转型期知识人、文化人心态的失落和人格的变异。艾米斯一生创作了四十余部作品，多为尖酸幽默的小说，不少被拍成了电影。

在加拿大，有一位颇有成就和影响的讽刺幽默小说家，这就是里柯克。他出生于十九世纪六十年代末，创作成名于二十世纪初。他的作品被译成多国文字。在中国，1963 年出版了萧乾先生译的一本《里柯克幽默小品选》。改革开放以后，有关里柯克幽默小品的中译本有多种，深受中国读者的喜爱。在加拿大，在整个英语世界乃至欧美，里柯克都享有声誉，被称为加拿大的狄更斯、加拿大的马克·吐温。

里柯克的第一部幽默作品集是《文学上的失误》，1910 年自费出版。这本小册子一问世，便受到了英语国家读者的热烈欢迎。这本包括四十二个短小的幽默文，是里柯克在此前的十年里在报刊上发表的小作品的结集，它包括幽默随笔、对文学作品的戏谑性模仿和短小的喜剧故事等。《文学上的失误》是牛刀小试之作，初步显示了作者的讽刺幽默才能。作品以笑的方式针砭了人类种种的荒谬、可恶和悲哀，写出了小人物的人生尴尬。1911 年，里柯克的《打油小说集》问世，赢得了广大读者的热烈欢呼。在它问世后的五十年里，先后被出版和重印了近四十多种版本。1912 年，里柯克出版了《小镇艳阳录》（也译成《小镇阳光随笔》）这部作品奠定了他在加拿大文学史上的地位。该书是由几个既有联系又相对独立的短篇故事合成的。从此以后，里柯克接二连三地推出幽默作品。另外，里柯克还写过一本幽默理论专著《幽默的理论与技巧》（1935年），写过《马克·吐温传》（1932 年）和《狄更斯评传》（1933 年），可见他对幽默理论和幽默作家颇有研究。

读里柯克的作品，常常让人忍俊不禁，他的作品具有趣味价值和阅读快感，其中，幽默是其重要的元素。他善于通过漫画化的形象以及人物的行为描写、人物对话来制造喜剧效果。在情节的设置上，在结局的处理上，能够出人意料，又在情理之中。他的幽默充满了善意和对人类的同情，具有悲天悯人的情怀，是欢笑和泪水的交融，绝不同于后来的"黑色幽默"。他的作品以短篇为主，以幽默为主要手段和目的，在讽刺幽默长篇的建构上，在讽刺幽默的典型人物和典型性格的刻画上略显逊色，没有塑造出能够代表一个国家、一个民族、一个时代的典型形象。但这也许并不影响里柯克的伟大。

如果说，上面所论及的捷克的哈谢克、英国的艾米斯、加拿大的里柯克是二十世纪西方讽刺幽默小说家个案的话，那么，二十世纪苏联的"讽刺和暴露文学"和美国的"黑色幽默小说"则以作家群体的面貌出现的重要的文学现象，构成了二十世纪西方文学史的重要的一环。

从俄罗斯文学到苏联文学，一向以擅长讽刺著称，产生了众多杰出的讽刺家。当历史发展到二十世纪二十年代到第二次世界大战结束的二十多年的时间里，讽刺和暴露文学是苏联的重要的创作现象，它的成就和影响仅次于社会主义现实主义文学。由于把暴露、讽刺的矛头指向革命和革命者，所以，当时的暴露讽刺文学多为执政者所不容，有的作品一发表就受到批判，有的作品在作家生前不能发表。布尔加科夫、左琴科、普拉东诺夫是这时期、这类"讽刺和暴露文学"的三位代表作家，他们都是在二十世纪二十年代成名，但他们的作品一直遭到批判，他们甚至被作家协会开除，直到二十世纪五十年代末才恢复名誉，重新获得评价。

布尔加科夫（1891—1940 年）是苏联"白银时代"的重要作家。他在大学时学的是医学，毕业后在乡村医院当医生，也当过军医。后来，弃医从文，开始写作生涯，以荒诞、奇崛、并带有魔幻、神秘和离奇的作品，给二十世纪二三十年代的苏联文坛增添了一道独特的风景。他的讽刺小说继承了果戈理传统，又向诡谲怪诞的方向发展。其中，1924 年到 1925 年完成的《魔障》《狗心》《不祥的蛋》三个中篇小说是他的别具一格的暴露讽刺小说，小说充满了诡异、荒诞的色彩，令人拍案叫绝。《魔障》里的科罗特科夫因为丢失了身份证，而四处碰壁，饱受焦虑，甚至歇斯底里，精神崩溃，被解职后多次走错办公室，讽刺了机关部门的臃肿。而新来领导的签字方式又引来了令人啼笑皆非的故事。《狗心》的内容更加奇异。作者塑造了两个形象，医学教授普列奥不拉任斯基和流氓无产者克利姆。普列奥不拉任斯基通过外科手术，将酗酒而死的克利姆的脑垂体移植到了一条癞皮狗身上，于是狗变成了人，取名沙里科夫。结果，沙里科夫继承了克利姆全部的不良习性。医学教授忍无可忍，不得不用外科手术，把沙里科夫变成了一条狗。作品在奇异荒诞中包含着隐喻。《不祥的蛋》也是奇思妙想：莫斯科动物研究所所长发现了一种奇异的"生命之光"，用它照射蛙卵，即孵出无数的蝌蚪，蝌蚪在一夜之间长成青蛙，占领了实验室、研究所。于是成了轰动性的新闻，各式人物前来登门拜访。此时全国发生了鸡瘟，一国营农场从国外进口了新种蛋，派人前来借用这奇异的"生命之光"孵小鸡。结果，孵出来的不是小鸡，竟是蟒蛇。蟒蛇成群结队地向莫斯科进发，一路产下无数的蛇蛋，蛇蛋又迅速孵化成蟒蛇。"生命之光"变成了"死亡之光"，给莫斯科带来了一场灾难。在这幻想、荒诞的情节之下，隐含着作者对现实社会的批判和讽刺。《狗心》《不祥的蛋》虽然受到高尔基的赞扬，但却遭到几乎全体苏联舆论的诋毁，敌视谩骂的文章近三百篇。布尔加科夫开始沉默，但在沉默中却酝酿着一部伟大的作品《大师与马格丽特》。《大师与马格丽特》是作者多年呕心沥血的结晶，在他生前并未发表，在作者去世 26 年后的 1966 年才出版了它的删节本。又过了 22 年，1988 年，《布尔加科夫全集》在苏联出版，收入的《大师与马格丽特》才是完整本。这部长篇是布尔加科夫的代表作，被称为"魔幻现实主义的先驱"。小说以辛辣犀利的讽刺笔触，从两个叙事层面展开，一个是现实和幻想的层面，一个是历史与传说的层面。这两个层面，贯穿着四条线索：当代莫斯科、地狱造访者、大师与马格丽特的爱情故事、古代耶路撒冷事件。小说不是按照以往现实主义的"按照生活的本来面貌描写生活"，而是创造出一系列虚幻的、怪诞的情节和事件，以此曲折地表现作者的思想感情，作品蕴含着多方面的精神内涵，探讨了有关宗教、哲学、爱情等一系列命题，具有哲理色彩。这部作品在艺术上的确有些"魔幻现实主义"的艺术特征。"魔幻现实主义"作为一种创作潮流和创作方法，虽然出现在此后的拉美，但在苏联、在布尔加科夫的笔下就已展现出某些特征，据此，有人说他是"魔幻现实主义"的鼻祖。作品将真实与虚幻、现实与荒诞、世俗与超然并置在一起，造成诡异、怪诞的风格，作品犹如一面魔镜。

布尔加科夫的作品已有不少被译介到中国，他的代表作《大师与马格丽特》在中国从 1987 年到 2009 年的 22 年间就有 8 个不同的中文译本，是中国读者熟悉的作品。

左琴科（1894—1958 年）是二十世纪的讽刺幽默小说家。他的作品受到高尔基以及评论家的高度评价。他在报刊上发表了大量的讽刺幽默作品，每年都有讽刺小说集结集出版，在二十世纪二三十年代风靡一时。他继承了果戈理、契诃夫的传统，篇幅短小精悍，情节滑稽有趣，语言通俗洗练，在讽刺幽默艺术上有新开拓。作品主人公多为市民阶层、普通百姓，形成了所谓"左琴科式人物"。作品嘲讽形形色色的市侩心理、庸俗习气、陈规陋习、官僚主义、自私落后等种种社会上的丑恶现象和不法行为。《狗鼻子》这篇不足两千字的作品极具讽刺性，在警犬"狗鼻子"面前，竟没有一个好人，其中包括便衣。另一短篇《不让丈夫死的女人》写了一个爱财如命的女人，因为贪财，不让患病的丈夫死，结果阴错阳差，反而救了丈夫一命。

1935 年完成的系列讽刺短篇小说集《一本浅蓝色的书》是左琴科二十世纪三十年代的重要作品。该作品分为"金钱""爱情""阴谋""挫折"和"惊人事件"等五章，每一章由前记、讽刺幽默故事、后记三部分组成，夹叙夹议。全书没有贯穿性的情节线索，也没有贯穿性的中心人物。作者在前言中指出，历史上起特殊作用的因素，往往是"金钱、爱情、阴谋、挫折，以及某些惊人事件"。作者将历史和现实联系在一起，前四章分别从四个方面展露了人类生活中的贪婪、卑劣、丑陋和虚伪，最后一章则描写了智慧的人们怎样战胜邪恶和挫折，取得了精神上、道义上的胜利。在这部作品中，左琴科的讽刺幽默手法运用得更为纯熟，但却招来批判，并给作家再一次造成精神压力。在此之前，对左琴科和他的作品就褒贬不一，毁誉参半。一些批评家称他是"写小玩意的作家""逗笑的作家""糟蹋民族语言的作家"等。所以，二十世纪三十年代以后，除了《一本浅蓝色的书》，左琴科的其他作品在笔法上、风格上有些变化，他不再讽刺和鞭挞了，而注意写好人好事，以适应时代和评论的需要。但这样的作品并不成功，因为他的长处是讽刺和幽默，放弃了它，就等于放弃了艺术的生命和独特的品格。

1945 年，左琴科在一家儿童文学刊物上发表了短篇讽刺小说《猴子奇遇记》，作品将一只从动物园跑出来的猴子拟人化，通过它的"奇遇"，揭露人间的种种陋习。作品发表后，引起了评论界的激烈批评，认为它是一篇有害的、诽谤苏维埃政权和人民生活的小说。时任联共（布）中央政治局委员的日丹诺夫在作家会议上对左琴科进行了严厉批判，并将他从作家协会开除，从此，左琴科不仅在文坛销声匿迹，而且失去了食品配给和经济来源，只能靠变卖家产和贷款维持生计。1953 年，左琴科被重新接纳为苏联作协会员，但不再创作，直到 1958 年在贫病交加中与世长辞。

普拉东诺夫（1899—1951 年）是二十世纪苏联又一位讽刺家。二十世纪二三十年代也是他创作的黄金期，从写科幻小说到写讽刺小说，有一批优秀作品。其中，"普拉东诺夫创作了揭露官僚主义的《格拉多夫城》和《契契奥》（均为 1928 年）、《疑虑重重的马卡尔》（1929 年）等三部中篇小说，用三种不同的方式、从三个不同的角度揭露和讽刺了官僚主义。"[①] 但这些作品或遭禁或遭到"拉普"评论家的批判。1929 年完成的长篇小说《切文古尔城》被看作是他的

---

① 吴元迈. 20 世纪外国文学史：第 3 卷 [M]. 南京：译林出版社，2004：47.

代表作。小说中的人物和情节带有讽刺意味，他们骑上"无产阶级的"战马，创建"共产主义"。其实，他们不是真正的布尔什维克和革命者，而是一些疯子，干出了一些荒唐事。小说带有荒诞色彩。另两部作品《基坑》《初生海》同样带有荒诞色彩。这三部作品在苏联的评论界评价越来越高。他的另一部中篇小说《有好处（贫农编年史）》激怒了斯大林，受到严厉批判。他和左琴科一样，也是在贫病交加中辞世。

美国的"黑色幽默小说"在二十世纪六十年代风靡一时，之后，在全世界产生了广泛影响。它以绝望的、荒诞的幽默著称，其哲学基础是"存在主义"，因此，作品具有一定的思想深度，以玩世的态度呈献给人们，使其更加荒诞不经。黑色幽默作为美学形式，属于喜剧的范畴，但它表现的又是悲剧性的内容。

说到文学艺术中的荒诞性特征，并非"黑色幽默文学"所独有，在西方文学的早期就已存在。这就要说到"黑色幽默"的文学渊源了。早在古希腊的阿里斯托芬的喜剧里就有荒诞性的情节和手法。到拉伯雷、塞万提斯、斯威夫特的作品等也都带有荒诞性的特征，从这个意义上，也可以说带有"黑色幽默"的痕迹。到了二十世纪二十年代以后出现的荒诞派戏剧和小说与"黑色幽默"的关系更为密切，当时也有"黑色喜剧""病态幽默"等说法。但直到二十世纪六十年代以后，才成为美国的一个现代主义文学流派，并用"黑色幽默"来命名和表述。

说到用喜剧性的形式来表现悲剧性的内容，从而做到悲喜交融，也并非自"黑色幽默"始，在中外讽刺幽默小说、讽刺幽默喜剧中都有把悲剧性的内容用喜剧性的形式加以处理的例证，于是，"含泪的笑"屡见不鲜。但只有到"黑色幽默"才把这种特征发展到极致，出现了"剑走偏锋"，形成了鲜明特色。黑色幽默作家把痛苦与不幸当成了玩笑的对象，在绝望中发出的是笑声。他们的喜剧的形式是一种变态的喜剧，他们的悲剧的内容是一种绝望的悲剧。

在艺术上，黑色幽默小说也与传统的讽刺幽默小说有很大的不同。

首先，黑色幽默小说的情节结构往往是无序的、荒诞的、混乱的。它们没有传统小说在情节结构上的完整性，没有开端、发展、高潮、结局，他们的小说不需要开端，也没有中心，情节往往荒诞不经，带有隐喻、寓言和梦幻色彩，把现实生活中的片断和荒诞的幻想拼凑在一起，表面结构凌乱，时空有意颠倒。但经过作者精心的选择，把没有什么联系的事物放在一起，也能给人一种惊异的、深刻的、巧妙的感觉，收到较好的效果。

其次，在人物塑造上，黑色幽默小说具有反传统、反英雄的特征。作品中的人物，往往不具有正面性，而常常是病态的、畸形的、荒诞的人物，他们怀疑和否定一切传统价值，也无使命感。这样渺小的、滑稽可笑的人物却成了作品的主人公，人物完全服从了表现和揭示作品主题的需要，这样的人物很鲜活，但较难成为典型人物。

再次，在语言风格上，滑稽、荒诞、怪异、反讽、奇特的比喻、漫画式的夸张、句法的不规范等都造成了黑色幽默小说在语言上的反传统，给人一种陌生化和超常规性的感觉。这种语言特点也与黑色幽默小说总体上的黑色幽默风格相一致，或者说，是这种风格的必然要求。

这样来看，黑色幽默小说所营造的艺术世界不可谓不丰富。其中，海勒（1923—1999 年）的《第二十二条军规》是黑色幽默小说中最具代表性的作品，这部经过 6 年艰苦创作的长篇小说，于 1962 年出版，立刻风靡于美国的青年学生之中，也成为二十世纪世界伟大的小说之一。作品中所写的"第二十二条军规"成了"无法摆脱的困境"的代名词，进入了美国乃至世界其他各国人的日常语言。小说以"二战"为背景，在地中海一个小岛的美国空军基地，约塞连上尉为了逃避飞行作战任务，一次次装病住进医院。医生丹尼卡同他一次次谈话，说如果你想停飞，不执行作战任务，必须证明你是个疯子，但这必须是由你自己提出要求，而一旦自己提出了这个要求，就证明你不是疯子。这就是"第二十二条军规"。于是，约塞连陷入了圈套，无论怎么做都跳不出这个"怪圈"。这是战争、荒谬、专横的一种象征。约塞连无奈，最后，只好开小差逃跑。作者的反战争、反压迫、反专制溢于言表。海勒以荒诞的手法展现了一个专制、贪婪、腐败的世界，叙述了从将军到士兵等人物的荒唐可笑之事。

除《第二十二条军规》之外，海勒还有几部作品。1974 年出版的长篇小说《出了毛病》，描写了一个公司职员的精神苦闷。1979 年出版的长篇小说《像高尔德一样好》，描写了犹太作家高尔德对美国上层社会的失望，展现了他周围所有人的堕落生活和空虚的精神世界，幽默笔调仍是其特色之一。1994 年出版的《终了时光》是《第二十二条军规》的续篇，写当年的约塞连从事军工生产，发了大财，正在研制新的轰炸机。小说仍有一些荒诞的情节和故事。

冯尼格特（1922—1981 年）有多部小说和剧本问世，其中，1969 年问世的《第五号屠宰场》可以看作他的代表作。小说具有明显的反战色彩，以回忆的方式讲述了二战老兵在战争中的遭遇以及战后回家的经历。作品加入了科幻的情节：这位老兵具有特异功能，能穿越时空旅行，能与外星人对话。战后他回到家乡，娶妻成家。多年后，他又回到了 1945 年，盟军轰炸，他躲在"第五号屠宰场"的地下室里，幸免遇难。小说暗示了人类生存的地球就是屠宰场，采用类似斯威夫特的手法，具有隐喻象征性。

品钦被认为是美国黑色幽默小说家的后起之秀。他的作品往往展现了一个诡异、神秘、令人扑朔迷离的现代美国世界。1973 年完成的长篇《万有引力之虹》是黑色幽默小说的重要作品。在这部长篇巨著中，作者通过现代科学技术来表达人的情欲，以导弹发射后形成的抛物线即"万有引力之虹"来象征世界、象征死亡。小说内容丰富，人物众多，涉及现代科学技术、国际政治、心理学等诸多领域，作品也较为难懂。

黑色幽默小说在二十世纪七十年代后期就已进入中国学者的视野，包括作者介绍、作品摘译、评论资料等。这是黑色幽默小说在中国的初次传播。新时期以后的二十世纪七十年代末八十年代初，黑色幽默小说在中国的翻译由节译到全译。1981 年，由赵守垠、王德明翻译的《第二十二条军规》与读者见面（上海译文出版社），1985 年以后，特别是二十世纪九十年代，黑色幽默小说被更多地译介到中国来，《第二十二条军规》等代表性的作品已有了多个译本。同时，黑色幽默小说对中国新时期作家的影响也是不小的，王蒙、谌容的一些荒诞小说，马原等人的先锋小说，刘索拉等人的探索小说，李晓等人的讽刺小说，以及韩少功、莫言、刘恒、陈村等人都受到黑色幽默小说不同程度的影响。因为这不是本书的研究范围，所以不再赘述。

第二章　中国现代讽刺幽默小说的发生、
发展和杰出成就

　　中国现代讽刺幽默小说作为现代小说中的重要一支，是最有成就的一种小说文体类型，它在中国古典讽刺幽默传统的浸润下，特别是在西方讽刺幽默小说的影响下发生和发展起来，产生了鲁迅、老舍、钱锺书、张天翼、沙汀、张恨水等讽刺幽默名家，他们的创作或以讽刺著称，或以幽默见长，或将二者完美结合。同时，还有像叶绍钧、茅盾、沈从文、萧红、师陀、废名、李劼人等小说家虽不以创作讽刺幽默作品作为自己创作的主要追求，但同样创作出了一些或杰出、或优秀的讽刺作品。此外，二十世纪二十年代的"人生派""乡土派"的部分小说家；三十年代的左翼作家和京派作家；二十世纪四十年代国统区、沦陷区、解放区的部分作家也都呈现出一定的讽刺幽默特色。可以说，中国现代讽刺幽默小说像山脉绵延在中国现代文学的崇山峻岭之中；像河流在中国现代文学的历史长河中川流不息，时而汇入大河奔流，时而作为小河流水潺潺，从未断绝过。站在今天的时代高度，回望二十世纪前半叶的中国讽刺幽默小说，梳理它的发展脉络和轨迹，为了中华民族现代文化和文学艺术的发展，也为了当代的精神文化建设，重新感受现代作家留下的这笔精神遗产，感知他们的创作成就，寻求具有启示性的创作经验，这将是十分有意义的研究工作。

第一节　二十世纪二十年代：讽刺幽默小说的滥觞

　　在中国古代，讽刺、幽默作为一种艺术手法和风格特征由来已久，散文、小说中的讽刺、幽默艺术也可谓源远流长。其中，文人的创作，讽刺较为发达，民间的幽默、笑话、滑稽、诙谐优于文人的作品。先秦诸子散文中已有讽喻的寓言和幽默的寓言，《诗经》里有"美"与"刺"的传统。汉代的《史记》有《滑稽列传》，魏晋南北朝已有讽刺小说的雏形。《文心雕龙》里有"谐隐"篇，讲"谐隐"（讽刺幽默一类的作品）的意义和作用。到了唐传奇和宋元话本，已有零散的讽刺作品问世。明清两代，随着小说这种文体的成熟与兴盛，讽刺性的小说也有了一定的规模。

但鲁迅对讽刺小说要求严格，按照他在《中国小说史略》中的观点和分类，他把元、明、清小说分开述说，把"清之讽刺小说"单独拿出来，列为一章，而且只有《儒林外史》一部，可见鲁迅对讽刺小说、对《儒林外史》的看重。在《中国小说的历史的变迁》中，鲁迅认为"清之讽刺小说"再没有比《儒林外史》更好的了。到了清末的《官场现形记》《二十年目睹之怪现状》等作品，鲁迅认为"往往有失实的地方""常常夸大其词"，因此，鲁迅认为是"讽刺派"的"末流"。

在齐裕焜和陈惠琴合著的《中国讽刺小说史》中认为鲁迅对讽刺小说的界定"太狭窄了"，应该放宽，认为，"除《儒林外史》之外，还有几部稍次于《儒林外史》的中篇小说，也可以归入讽刺小说之列。它们是：明董说撰的《西游补》十六回，清初刘璋撰的《第九才子书斩鬼传》四卷十回，清云中道人编的《唐钟馗平鬼传》八卷十六回，清张南庄撰的《何典》十回。还有李汝珍的《镜花缘》中也用了虚虚实实、真真假假的独特笔法，讽刺了现实社会的一些丑恶现象，因此也把它列入讽刺小说。另外，明清短篇小说集中的讽刺作品，如凌濛初的'愚行'小说，《聊斋志异》及仿《聊斋志异》中的讽刺之作，还有《鼓掌绝尘》《照世杯》《豆棚闲话》《鸳鸯针》等，也都在我们的论述范围内。"①

北京大学陈平原教授也认为鲁迅对讽刺小说界定严格，他认为"谴责小说"并非严格意义上的小说类型，只能说是讽刺小说的"变体"。"鲁迅推崇《儒林外史》之'戚而能谐，婉而多讽'，立之为讽刺小说的正宗，于是《官场现形记》等也就成了'别裁'。其实，若按中国小说的传统，《官场现形记》等之'辞气浮露，笔无藏锋'或许才是名副其实的讽刺小说'正宗'，《儒林外史》

---

① 齐裕焜，陈惠琴. 中国讽刺小说史［M］. 沈阳：辽宁人民出版社，1993：57-58.

反倒是特例。"①

从以上的列举我们可以看出，中国古代的讽刺小说还是比较发达的，但在这其中很少谈到幽默，真正幽默的作品也极为少见。尽管《聊斋志异》《儒林外史》等作品中也有幽默，但并不以幽默著称；尽管《西游记》中也有幽默，但它也不属于幽默小说。中国幽默文学是另一个历史脉络，这个脉络不在小说中，也不在诗歌中（尽管唐代有幽默诗，宋人也有幽默诗，但只是零星的，不成气候的），而在民间的笑话中，以《笑林》《笑府》《笑林广记》《启颜录》等为代表。由此可见，中国的幽默文学不如欧美国家发达的。

五四新文化与新文学由于较多地接受西方的思想文化，使先驱者更多地看到了封建思想和旧的伦理道德已成为制约中国社会发展进步的精神羁绊，中华民族在世界上越来越落伍。于是倡导新文化运动和文学改良与革命。在文学领域，不管是胡适的"改良派"还是陈独秀的"革命派"，其目的都是要变革文学，建立新文学。而几千年的传统文学是根深蒂固的，要冲破谈何容易，于是就必然出现坚决、果敢、激进甚至有些矫枉过正的主张，这是一种战略和策略。陈独秀、钱玄同、刘半农、鲁迅等人都是当时的革命派、激进派，对封建传统文化给予猛烈抨击，甚至是全盘否定。陈独秀最典型，他在《文学革命论》中提出了"三个推倒，三个建立"，在陈独秀看来，"今日中国之文学，委琐陈腐，远不能与欧洲比肩"。在文章的结尾，陈独秀还列举了欧洲的一些文学名家，表达了对欧洲文化和文学的向往。尽管新文学与中国旧文学、与中国传统文学不可能完全割裂，从讽刺小说的建构来说，对《儒林外史》的喜爱、接受以及对自己创作的影响在鲁迅、张天翼、沙汀等作家身上都有不同程度的体现。但是，二十世纪二十年代的讽刺幽默小说接受西方的影响远胜于中国古代，塞万提斯、斯威夫特、狄更斯、果戈理、契诃夫等西方讽刺幽默艺术远比《聊斋志异》《儒林外史》《西游记》《官场现形记》更有吸引力，因此，我们可以说，中国现代讽刺幽默小说是在中国传统讽刺幽默的基础上，但又是在西方讽刺幽默文学的影响下发生、发展起来的，这是时代潮流和历史的必然选择。当然，它的杰出成就，离不开中国现代作家站在现代历史的高度，去重新感受自我，感受现代人的生存环境，尤其是感受现代人生的矛盾、悖论乃至困境，感受现代社会世态以及各阶层人的丑陋、愚蠢和邪恶，感受人性的根本颓败。因此，这种文学，

---

① 陈平原. 中国现代小说的起点：清末民初小说研究［M］. 北京：北京大学出版社，2010：254.

不是去赞扬，而只有贬抑，用喜剧的形式嘲笑人生和人性。

在中国现代讽刺幽默小说的滥觞期，鲁迅的作用和贡献都是非凡的，他把中国现代讽刺幽默小说的起点垫得很高，把中国现代讽刺幽默艺术推向了现代高度，影响了几代作家的创作。鲁迅创作的《孔乙己》《阿Q正传》《幸福的家庭》《肥皂》《高老夫子》等作品不仅是中国现代讽刺幽默小说的第一批作品，也是最为经典的作品。

当然，鲁迅的小说不仅有讽刺，也有幽默，它是将讽刺与幽默合流，从而创作出讽刺与幽默完美融合的作品，这在鲁迅之前的讽刺性作品中是从未有过的。"他在幽默中追求一种朴实的是非观、正义感和揭示世相的活泼新鲜的想象力。鲁迅对幽默的进一步追求，是创造一种有思想的幽默，有风骨的幽默，能揭示'世相的精髓'的幽默。以民间幽默智慧的光芒，照见国民性的弱点，照出社会痛疽的典型。"① 鲁迅的这种幽默，在中国古代是没有的，在中国现代也是鲜与匹敌的。鲁迅不仅在讽刺上是多姿多彩的，在幽默上也是多种多样的。正如杨义所说："鲁迅的幽默形式存在着多种多样的来源，《阿Q正传》是长期沉观默察，多样综合的结果；《幸福的家庭》是即兴发挥，调侃文学时尚的游戏笔墨。幽默更多一些轻松，由此形成的鲁迅幽默才能是多样的，有带悲剧性、讽刺性的幽默，也有带抒情性、甚至怪诞色彩的幽默。"② 总之，鲁迅创造的讽刺幽默小说完成了对古代近代的超越，也构成了现代的一座高峰。

与鲁迅同时代的讽刺幽默作品，其讽刺幽默的意识并不自觉，文体特征自然也不十分鲜明。在他们的作品中，讽刺优于幽默，诙谐的笔调比较多见，这是这个时代特有的特点。

以稳健、扎实、精细著称的叶绍钧，是真诚的人生派作家，也是本时期比较重要的讽刺作家。在他的《隔膜》等四个短篇小说集里，包含着一批讽刺类的小说，《一包东西》《李太太的头发》《逃难》《校长》《英文教授》《演讲》《潘先生灾难中》等，用讽刺之笔描写出小知识分子的灰色人生，刻画他们在战争、灾难、抉择面前的自私、卑琐、慌张、苟安、怯弱的灵魂。《一包东西》写了某校长替革命友人携带的"一包东西"引起的风波。当他看到侦探要搜查时，吓得心惊胆战，疑心包里是革命宣传品，于是赶紧逃遁。等到脱险，打开包裹一看，原来根本不是什么革命宣传品，而是友人祖母去世的讣告，虚惊一场，

---

① 杨义. 鲁迅文化血脉还原 [M]. 合肥：安徽大学出版社，2013：149.
② 杨义. 鲁迅文化血脉还原 [M]. 合肥：安徽大学出版社，2013：151.

这位校长也惭愧得无地自容。《李太太的头发》通过中学校长李太太剪发（以赶革命风潮），又想装假发（军阀回潮）的日常小事，展现了一个知识分子在动荡时代的胆小怕事、举棋不定、顾虑重重等复杂的心理状态。《校长》同样表现了校长在处理劣迹教员时的顾虑重重和胆小怕事。《演讲》写了一个知识分子在选择演讲题目时的瞻前顾后、犹豫不决，最后只能讲不痛不痒"当前的享乐"，透视出这类知识分子懦弱的性格。《逃难》写了一个教授身份的守财奴在金融危机中如何转移存款、怎样反复算计以及和太太周详讨论安全转移存款的方式方法，作品在庄重、细致的描写中包含着讽刺意味，寓谐于庄，不尖刻，也不夸张，以委婉含蓄见长。这正是叶绍钧这类讽刺作品的共同特点，没有灵动的奔涌，没有文采的飞扬，一切都是契诃夫式的写实、刻画，在日常小事和平淡的叙事中透出讽刺的意味，从这个意义上说，他是得契诃夫作品真传的。而写作态度的认真、严谨，使他的作品规整、典范，是短篇小说中的范文。《潘先生灾难中》我们耳熟能详，已成经典，兹不赘述。

乡土写实派小说中的讽刺和幽默，大都将讽刺的锋芒融入在写实的叙述和诙谐的笔调中。许钦文、王鲁彦、台静农、蹇先艾、黎锦明、许杰、彭家煌等人都或多或少涉及诙谐的讽刺，多模仿、借鉴《阿Q正传》的写法，展现了宗法制农村野蛮、愚昧、落后的习俗以及阿Q式的悲喜剧人物。我们从许钦文的《鼻涕阿二》、王鲁彦的《阿长贱骨头》、蹇先艾的《水葬》、台静农的《天二哥》、彭家煌的《陈四爹的牛》等作品中可以窥见作者诙谐的笔致和对落后、麻木农民的"哀其不幸，怒其不争"的复杂感情。

在乡土写实派小说家中，许钦文和彭家煌的讽刺艺术较为突出，也较有特色。许钦文是寓居北京的乡土写实派作家之一。从1922年到1926年，他先后创作了深沉的乡土小说、轻松的讽刺小说、感伤的抒情小说，显示出多种笔法。其中，讽刺小说以嘲讽当时青年男女的恋爱婚姻心理和精神的空虚无聊而著称。五四运动以后，描写青年的恋爱、婚姻的小说占极大的比例。这类作品多数是反映青年男女如何受封建家长和婚姻制度的阻挠、如何冲破封建家庭的束缚、如何争取个性解放、恋爱自由、婚姻自主以及在这个过程中的成功与失败、痛苦与欢乐、叛逆与出走。这在当时是一个时代性的题材和主题。许钦文的讽刺小说却与之不同，他主要是书写青年男女在恋爱婚姻问题上所发生的可笑的事情和负面的表现，嘲讽他们隐秘的心理和行为表现。这正是许钦文写青年、写恋爱婚姻的特殊之处。首先，他嘲讽男子的喜新厌旧、见异思迁，对女性虚情假意，前恭后倨。《倦》《后备夫人》《病床前的事》等就属于这类作品。其次，他揶揄女子心胸狭窄，多疑小性，总爱争风吃醋。《口约三章》《小狗的厄运》《毛线袜》等就是这方面的佳作。《口约三章》写已婚青年男女刘稻福和他的夫人亚青出去散步，因丈夫偷看了别的姑娘，妻子不爽而引发口角，结果订下了可笑的"口约三章"："第一章，稻福碰着姑娘们，只准当时鉴赏，不得回想；第二章，稻福鉴赏姑娘们，亚青不得认为不应该，藉此多言；第三章，稻福不得因为看了姑娘们，以为亚青不如也。"作品在开头写男女主人公的外貌就是用揶揄、挖苦的口吻，说稻福是"大鼻子厚嘴唇"，亚青是"圆眼睛卵形脸"。再次，讽刺青年择偶理想的不切实际以及男女婚后的爱情消失和精神空虚。《理想的伴侣》拟鲁迅的《幸福的家庭》而作，而与《幸福的家庭》一样出了名。小说写"我"——青年男子择偶的标准，除美丽窈窕外，须会跳舞，会唱歌，会弹钢琴。不要什么学问，因为"女子无才便是德"，一有才就要多事。至于有钱，当然是要她的父亲有钱，嫁资田、压箱钱都不能少。最重要的一点是，结婚三年要求她必须死，因为接触既久，不能再擦出爱的火花。这是完全脱离现实、脱离实际的，仅仅是"理想"而已。《重做一回》写一对婚后三年的夫妇深感新婚燕尔的恩爱渐渐远去，为了找回当年的爱，想出种种荒唐可笑的办法，最后决定将他们初恋时的那一套重做一回。于是他们如初恋般打扮，如初恋般在夜晚幽会。可是，当他俩走到一起时，就是说不出话来，"他突然收起笑容，重行开步，独自向东走了，她也立即停止微笑"，"他毫不回头，并且愈走愈快。她木鸡似的站着"，最后，"顾自再走她向西的路"。两个人本来想亲密幽会，卿卿我我，结果却各奔东西。当妻子问丈夫："你为什么终于没有开口？"丈夫回答："你自己的脸也已加上了一种能够拒却我说那句话的东西了"，不如"回家去看书"。小说到此结束。由这篇小说，让我们想起 2005 年春晚郭达和蔡明表演的小品《浪漫的事》，男女主人公同样要找回初恋的感觉，重演初恋时的拉手、拥抱以及说"我爱你"，结果，双方都感到尴尬、别扭甚至恶心。从这个意义上说，《浪漫的事》可以说是《重做一回》的翻版。当然，许钦文的这些讽刺小说，篇幅往往短小，内容简单，容量有限，也不免肤浅。这是他的局限。

彭家煌是一位英年早逝不幸的作家，也是一位有成就、有特色的作家。像《Dismeryer 先生》《贼》《父亲》《莫校长》《茶杯里的风波》等，都是写得较为精彩的作品。"二十年代写知识分子就能达到像他这种程度，这是不多的。他的乡土小说，比许杰的要活泼风趣，比许钦文的要深刻成熟。尽管他的乡土作品不算很多，在乡土作家中，他却是一个佼佼者。"① 这是很高的评价。茅盾早在《中国新文学大系·小说一集》导言里就认为"彭家煌的独特的作风在《怂恿》里就已经很圆熟"，并详细列举作为乡土讽刺的《活鬼》。这篇作品写某富农，因家中财旺人不旺，就放纵家中的儿媳和女儿去偷汉子。可是"她们没有成绩报销出来"，于是就赶紧给只有十三四岁的孙子荷生娶了个比自己大十多岁的大媳妇。荷生的大媳妇自然是继承婆婆的衣钵，于是，家里常常闹鬼。荷生怕鬼，可他的大媳妇却喜欢这"鬼"。荷生去请了学校里的厨子———一位出了名的、有家传的驱鬼符的"英雄"到他家里帮助驱鬼。荷生和"驱鬼人"同睡一床，他的大老婆睡同房的另一床。头两天，虽还有鬼响，但被"驱鬼人"一声嚷骂，就没有动静了。后来半个月里再没有鬼在闹了，"驱鬼人"只好回校当差。可他一走，鬼又闹起来了。这一夜没有月光，荷生听到石子儿在屋顶上响，就起来拿起猎枪，朝黑影打了一枪，黑影不见了。第二天，荷生到学校找"驱鬼人"报告家里又闹鬼了。可是，这位"驱鬼人"已经不见，而且以后再也找不到他了。小说最具讽刺意味的是：这位"驱鬼人"竟是"闹鬼人"，作品具有浓郁的喜剧色彩，也嘲讽了宗法制农村的种种陋习。严家炎盛赞彭家煌小说标题的讲究和结尾的含蓄，由此表明他创作上的严谨。"他在艺术上的这种严谨态度，大约得力于契诃夫、鲁迅的影响。"②

除鲁迅、人生派作家、乡土写实派作家的讽刺、幽默、诙谐作品外，尚有一些零星的讽刺作品。作为新潮社主要成员的汪敬熙，比较早地写出了短篇《一个勤学的学生》，小说写主人公丁怡是个二十八岁的大学生，他热心仕途，参加了高等文官的考试。作品着重描写了他看榜前后的行为动作和心理变化，最后，竟做起了升官、发财、纳妾的美梦。但下课的铃声把他从美梦中惊醒，他不仅美梦破灭，而且"勤学"的好名声也被旷课所败坏。作品在白描式的描写中包含着嘲讽的力量。被鲁迅看作是"狂飙"作家的黄朋基和尚钺，分别留下了《我的情人》《蛋》和《谁知道》《子与父》等讽刺作品。创造社成员郑伯奇的《忙人》讽刺了当时社会上混乱现象。张闻天的《周先生》讽刺了借新思想而达到私利的知识分子。长篇小说中，有朱瘦菊（笔名海上说梦人）的《歇浦潮》，描绘了上海社会的黑暗现状，讽刺人性的丑陋。出版后十分畅销。李涵秋的《近十年目睹之怪现状》，也属嘲讽世态的社会小说。这两部长篇均属通俗类作品，所以，新文学中较少提及，也鲜为人知。

---

① 严家炎. 中国现代小说流派史 [M]. 北京：人民文学出版社，1989：59.
② 严家炎. 中国现代小说流派史 [M]. 北京：人民文学出版社，1989：65.

第二节　二十世纪三十年代：讽刺幽默小说的发展

如果说二十世纪二十年代是讽刺幽默小说的发生期，那么，从二十世纪二十年代后期到二十世纪三十年代，则是中国现代讽刺幽默小说的发展期。二十世纪二十年代是鲁迅的时代，二十世纪三十年代则是老舍和张天翼的时代，也是左翼作家和京派作家大显身手的时代，同时是讽刺幽默长篇出现的时代。

首先是老舍的讽刺幽默小说，以幽默为作品的主色调，第一次提供了讽刺幽默的长篇体制，第一个要使讽刺显出幽默的风格，成了继鲁迅之后第二个讽刺幽默大师，其艺术风格又与鲁迅迥然不同。《老张的哲学》《赵子曰》《二马》，一种俗白俏皮又温婉睿智的幽默和喜剧性令读者耳目一新，大受欢迎，形成幽默的第一个高峰。1930 年，就有人称他为"笑王"，此后这种说法在老舍研究中被反复引用。老舍将狄更斯的品格、狄更斯的幽默引入了文本，带到了中国，从而使他在幽默艺术上的成就在中国现代小说家中首屈一指，在中国当代小说中也无人超越。老舍的小说创作在英国起步，以幽默开局，以模仿、借鉴狄更斯开始。由于抱着"写着玩"的想法，幽默、滑稽又不加节制，而是放任自流，使其作品读来让人发笑，同时也不免油滑，过分夸张，甚至抱着幽默死啃。这招致胡适等人的评价不高。回国后的老舍，创作渐趋成熟，不再单一模仿任何人，而是走向了综合和融汇，由欣赏英法文学转向接受俄苏文学，尤其佩服契诃夫。由于特殊的国情、时代、社会需求以及文学观念的制约和影响，老舍在幽默问题上经历了起起伏伏，时而讽刺（《猫城记》《文博士》），时而幽默（《离婚》《牛天赐传》《老舍幽默诗文集》），时而正经（《大明湖》《骆驼祥子》）。从 1933 年的《离婚》，1934 年的《牛天赐传》《老舍幽默诗文集》，以及短篇小说集《赶集》，老舍的幽默艺术出现了第二个高峰。抗战以后，老舍的讽刺幽默在讽刺喜剧以及各种通俗文艺中又一次绽放，小说创作中，除中篇《新时代的旧悲剧》外，则有所减少，国破家亡的题材和主题（如《四世同堂》）不容许老舍过多地幽默，直到二十世纪六十年代初《正红旗下》（未完成）的创作，使老舍的长篇讽刺幽默小说出现了第三个高峰。纵观老舍的讽刺幽默小说，以世态讽刺、道德讽刺、风俗讽刺见长，雍容谈笑，喜剧色彩浓郁，京味十足，语言鲜活，妙趣横生，长期受读者喜爱。

其次是左翼作家的暴露讽刺小说。五四文学革命过去以后，"革命文学"就开始酝酿。最早喊出"革命文学"口号的是从事实际革命工作的早期中国共产党人邓中夏、恽代英、萧楚女、沈泽民、张闻天等人。大革命失败以后，蒋光慈与创造社、太阳社成员合作，倡导无产阶级文学运动。他们既受日本左翼文学运动的影响，也受俄苏文学运动的影响，产生了"普罗文学"。普罗文学既是历史发展的必然，也是新生事物，它既受欢迎，也显现出左倾和幼稚；既风靡一时，也昙花一现。张闻天、蒋光慈、洪灵菲、华汉、钱杏邨、戴平万等人都是"革命小说"作家。1930 年，随着左联的成立，左翼文学成为现代文学的主潮，其创作和翻译均有佳绩。在创作上一批青年作家成长了起来，从"革命小说"到"左翼小说"也是历史发展的必然。在左翼青年作家中，张天翼、沙汀、蒋牧良、周文都有暴露讽刺小说问世，其中，以张天翼的成就为最，沙汀这一时期以短篇引人注目，到下一个时期，短篇和长篇均有新的突破。所以，他横跨两个时期。

张天翼是一个有讽刺幽默天赋的作家，也是一个早慧的作家。早在二十世纪二十年代初期，年仅十六岁的张天翼就给《礼拜六》《星期》《半月》等刊物投稿，发表过滑稽、侦探小说。滑稽小说属通俗小说之一，在中国现代有它自己的谱系。研究者认为，中国现代滑稽小说的积极倡导者并身体力行者是吴趼人。滑稽小说上承谴责小说之遗风，下与讽刺小说合流。在吴趼人之后的二十世纪二十年代，滑稽小说在徐卓呆的手中有了发展。到了二十世纪三四十年代，天津耿小的滑稽小说代表着这一时期滑稽小说的水平。张天翼被鲁迅称为"最近出现的，被认为有滑稽的风格。例如《皮带》《稀松（可爱）的爱情故事》"。① 1926 年，张天翼考入北京大学预科，课余时间贪婪地阅读中外文艺作品。他喜欢《儒林外史》《西游记》，欣赏鲁迅的《狂人日记》《阿 Q 正传》，钦佩果戈理、契诃夫等人。正是在中外讽刺幽默文学的滋养下，张天翼迅速成长起来了。从 1929 年发表的《三天半的梦》开始，到 1938 年这十年间，张天翼创作了近百篇短篇小说，中篇小说《清明时节》，长篇小说《鬼土日记》《齿轮》《一年》《洋泾浜奇侠》《在城市里》。其中，短篇讽刺作品占相当的比重，往往也是他短篇中的上乘之作，从《包氏父子》到《华威先生》，也优于他的长篇小说。在张天翼的短篇小说中，他所暴露、谴责、讽刺的对象的丰富以及

---

① 鲁迅. 致增田涉 1932 年 5 月 22 日［M］//鲁迅. 鲁迅全集：第 14 卷. 北京：人民文学出版社，2005：212.

批判的凌厉是应该肯定的。这里有残忍、狡诈而又虚伪的地主、官僚；有庸俗、虚荣、势利的小市民、小公务员、小知识分子；有愚昧、不幸、带有国民性弱点的下层民众。文笔尖刻峭厉，"但总的来说，张天翼的讽刺小说较之鲁迅的讽刺小说仍有过于外露、难中腠理的弱点"。他的长篇小说中，《鬼土日记》属寓言体讽刺小说，描绘鬼土社会的光怪陆离，用以影射现实生活，有《何典》的怪诞和西方寓言讽刺幽默小说的荒诞性。但描写粗糙，结构松散，人物缺乏个性，有"图式化"的毛病。《鬼土日记》虽然显出作者的讽刺幽默才能，但还不是成功的作品。《齿轮》被茅盾评价为"有他新奇的作风""文字流利轻松"，"但徒然为诙谐而诙谐，将使作品陷入了过于纤巧的诙谐""而忽略了内容的锤炼，终究不是作者发展他的创作能力的正当轨道"①。茅盾这最初的评价还比较中肯，《齿轮》也不是成功的长篇，影响也有限。《洋泾浜奇侠》是张天翼又一部讽刺幽默长篇，被很多研究者认为是借鉴了《堂吉诃德》。在这部小说中，作者讽刺了封建文化和殖民地文化。但主人公史兆昌的性格过于单一，远没有堂吉诃德多重、复杂。张天翼早期的油滑在这里又有了反复，茅盾认为《洋泾浜奇侠》虽然是幽默的，"可惜，写到中间稍带点儿'油'，并且那些过分夸张的人物总使读者感到不自然"②。日后张天翼自己也认为这部小说"是完全失败的东西"。从这几部长篇来看，张天翼虽有讽刺、幽默、诙谐的才能，但还不善于建构讽刺幽默长篇，所以，赵园当年说"张天翼是个'天生的'短篇小说家"③。

如果说张天翼的小说讽刺多于暴露，那么，沙汀的小说则暴露多于讽刺。张天翼的讽刺外露、明快，沙汀的讽刺内敛、含蓄，不动声色。沙汀从1931年开始发表短篇小说，到1937年全面抗战爆发，他已发表了四十多篇小说，引起了文坛的注意。其中，属于讽刺小说的有《丁跛公》《代理县长》《龚老法团》等几篇，而《凶手》《兽道》《在祠堂里》是暴露黑暗的谴责小说，揭露旧式军队残忍地残害百姓，是实实在在的人间惨剧，给人以沉重感，甚至让人不寒而栗。《丁跛公》是一篇具有嘲弄意味的小说。作品写一个乡村杂役丁乡约的形象，他原本并不跛脚，只因跟随父亲翻山越岭收取税款，也就承袭了父亲的诨

① 茅盾."九一八"以后的反日文学：三部长篇小说［M］//茅盾.茅盾全集：第19卷.合肥：黄山书社，2014：531—537.
② 茅盾.两本新刊的文艺杂志［M］//茅盾.茅盾全集：第20卷.合肥：黄山书社，2014：232.
③ 赵园.论小说十家［M］.杭州：浙江文艺出版社，1987：89.

号。当他捞到一张中奖的奖券时，便得意忘形，做起了发财梦。但奖金却被团总私吞。于是，他想去当土匪，因为当土匪的朋友早已拥有四五个老婆了。然而，土匪闯进了他的家中，搜不到得奖的奖金，便打碎了他的右脚踝骨，他成了名副其实的"丁跛公"。丁乡约是一个命运多舛的狗腿子形象，也是一个分不到"肠肚吃"的可怜虫。作者在嘲弄丁乡约的同时，也隐含着对道德和人性的解剖。《代理县长》是沙汀写四川农村基层政权统治者的典型代表。它既嘲弄了基层官僚可笑的生活方式，更揭露、鞭挞了代理县长的凶狠、贪婪，是一种政治批判，后者远压倒了前者。小说没有正面写灾情，只把故事放在灾区的背景下，而且是重灾区。县长到省城公干去了，秘书代理县长。他和科长们挖空心思禁止灾民出境，抓住出逃的灾民就罚款。最后还奇迹般地想出叫灾民买票候赈，对灾民敲骨吸髓。小说中最精彩的两处，一是代理县长"一说到赈灾，就喉咙里都伸出手来了！"二是代理县长直言，"你愁什么！——瘦狗还要炼它三斤油哩！"这不是让人可笑，而是可恨。《龚老法团》写一个人，他"无声无息地一直活到五十岁的年纪才开始在政治舞台上出现"——当了农会主席。这是一个昏庸的老朽，也是一个"摆设"。他自愿当个橡皮图章，任何公文来，他看都不看就给盖上一枚。每次县政会议，他都要出席，总是挨着县长坐下，默默喝茶，很少发表意见。到举手表决时，他也不忘举举手臂，但并不明白议案的内容。每次宴会，他必准时到场，连吃带拿——"给孙娃子带点回去"。最后，在公职人员考试中一命呜呼，作者说他"草草结束了他那值得铭记的一生"。其讽刺之意不言而喻。从这几个作品中可以看出，沙汀暴露、讽刺、鞭挞的才能初显，到下一个时期，随着《在其香居茶馆里》和《淘金记》的问世，其暴露、讽刺的风格才基本形成。

蒋牧良和周文也是左翼作家。其讽刺作品只占一小部分，而且与张天翼、沙汀比较接近。蒋牧良有张天翼般的尖锐直刺，周文有沙汀般的客观冷静，其讽刺作品色调单一，缺少变化，也没有幽默的调剂。蒋牧良的讽刺小说主要有《生死朋友》《集成四公》《雷》《太太》等短篇，多为严峻的讽刺，缺少幽默和轻松。其作品受到过张天翼的影响。《生死朋友》写齐书记官为老同学争取丧葬费，但却伪造证据，骗取、克扣，归为己有。这就是所谓的"生死朋友"，小说的标题就具有反讽性。《集成四公》揭露了地主的凶狠和吝啬。《雷》写韩八爷放赈灾米，被乔团总侵吞一百担，乔团总在回家的路上，天降暴雨，他躲进了祖师殿，这时电闪雷鸣，乔团总因做了亏心事，怕遭雷劈，就对这祖师爷的香案坦白了自己侵吞赈米并在米中掺沙子的罪行。这时，祖师殿里出现了一个幽灵，颇像韩八爷，指责乔团总侵吞赈米，要遭天谴的，逼他把侵吞米的证据拿出来，乔团总不得不献上领据。第二天，雨过天晴，韩八爷放完赈米，得意而归。灾民为他送行，歌颂他的功德。然而，小说的结尾，含蓄地点出乔团总想侵吞的一百担米被韩八爷侵吞了。这是一个典型的"螳螂捕蝉，黄雀在后"的故事，乔团总算计了老百姓，韩八爷却算计了乔团总。作者对乔团总是无情的揭露，对韩八爷是绝妙的讽刺。周文的小说多描写川康边地军阀吏治的丑恶嘴脸，揭露、鞭挞多于讽刺。短篇《雪地》《山坡上》，长篇《烟苗季》均属此类。《山坡上》描写肉搏的惨烈，王大胜的肚皮被刺刀划开，露出肠子，带着黑色的血液，引来群狗扑向他。《烟苗季》展现军队内部武夫的相互倾轧。《雪地》是在《铁流》和张天翼的《二十一个》的影响下写成的。中篇小说《在白森镇》有喜剧的情调，可以算作讽刺小说。它描写边荒之地正县长和分县长的争斗，一方面，暴露军阀、官吏、土匪之间的相互勾结，坑害百姓，揭露了刘县长的贪赃枉法。另一方面也讽刺了施服务员。周文在1938年还发表了一组讽刺小品——"四川的童话"共7篇，以《吃表的故事》为代表，为短小精悍的寓言体，讽刺、幽默性强，是不可多得的趣味佳作。此外，他还改编过《毁灭》（通俗本）、《铁流》（通俗本）以及四川民间文学等。对他影响较大，受益颇多。他自己曾说"读了这本书，实在是胜过读十本甚么小说做法之类的书。"①这可以看作是周文接受并给他以影响的中外主要作品。

除了左翼青年作家的暴露讽刺小说外，还有左翼老将的茅盾也有讽刺小说和带有讽刺性的作品，这一点，以往我们容易忽略。由于茅盾是以时代性、社会性、史诗性的全景小说著称，善写时代女性和民族资本家，善于心理刻画，是社会剖析派小说的巨匠，这就常常遮蔽作为讽刺家的茅盾以及他所塑造的讽刺形象和讽刺艺术。在他的五十七篇短篇小说中，属于讽刺小说的有《喜剧》《有志者》《尚未成功》《无题》《"一个真正的中国人"》《某一天》《小圈圈里的人物》，共七篇。此外，还有《右第二章》等十篇小说带有一定的讽刺笔法和嘲讽意味。而《子夜》中的"新儒林"人物以及作者对他们的讽刺，虽然着墨不多，但已成为小说中的动人部分。从以上这三方面看，茅盾也是有讽刺幽默才能的，尤其像《有志者》等作品，文笔细腻，略带夸张，又富有幽默感。以

① 周文. 在摸索中得到的教训［M］//周文. 周文文集：第3卷. 北京：作家出版社，2011：37.

往我们一向重视茅盾的宏大叙事和政治主题，但对小人物的日常生活叙事关注的不够，恰恰是在这里，体现了茅盾作品讽刺、幽默、诙谐的一面，它的生动、有趣并不亚于他的"社会剖析小说"，它有助于我们认识另一面的茅盾。

总的来看，左翼作家的暴露讽刺小说是有战斗力的，但幽默缺失，喜感不足，愤怒的揭露、鞭挞、批判有余，轻松的戏谑、充沛的想象、喜剧的张力不足，给人以滞重、单调的感觉，难说是真正的成熟。

再次是京派作家的讽刺幽默小说。京派小说家并不专写讽刺幽默小说，也不以讽刺幽默著称。它的总体的赞美、抒情的风格更与讽刺幽默作品的文体毫不相干，只是部分作家的部分作品染指讽刺幽默，并与左翼作家有别。

以乡土抒情著称并开创中国现代田园小说的废名，是京派作家中的元老。二十世纪三十年代他创作了远离尘嚣的抒情小说《桥》，成为现代小说中的经典之作。稍后，废名又创作了长篇小说《莫须有先生传》，这部小说自问世以来，众说纷纭，评说不一。"讽刺小说""公案小说""分裂的文""游戏之作"，"滑稽而戏弄的笔调"，等等，毁誉参半。今天我们重新审视这部小说，重新感受它的文体特征，我们认为，严格地说，它还不属于讽刺幽默小说，因为它没有讽刺幽默的笔法、文体特征，以及讽刺幽默一贯所具有的语气。它只是具有一定的诙谐的笔调（也不充分和明显），写隐居在西山的莫须有先生的经历和心境，是属于自传体式，莫须有的正直憨傻反射了现实生活的俗不可耐，他最后的超然离去，也反映了他"普度众生"的失败。有人说，从这部小说中可以感受到作者受契诃夫和塞万提斯的影响，想把莫须有先生写成一个堂吉诃德式的人物。这一点，我们从作品中是可以看到一些蛛丝马迹的。但作者并没有把莫须有先生写成功，他和堂吉诃德不能同日而语。抗战以后的《莫须有先生坐飞机以后》是它的续集，其文笔与《莫须有先生传》基本相同，也不能算作讽刺幽默小说。至于他短篇集《枣》中的《四火》和《文公庙》可以看作是讽刺小说，前者在诙谐中略带嘲讽，后者对张七先生具有批判和揶揄之意。

京派小说家的首席沈从文是出色的文体家。他同时能写充满牧歌情调的诗意小说、具有浪漫传奇和神秘色彩的小说、讽刺都市上等人且带有幽默性的小说、回忆往事的写实小说等几种风格迥异的小说类型。沈从文构建的是一个丰富多彩的艺术世界。在这个艺术世界中，讽刺幽默并不占主体，只是一小部分，所以，沈从文并不以讽刺幽默家著称。在他的以都市上流社会为题材的作品中，往往显示出讽刺的品格；在他的乡土题材的作品里也可见到一些乡土幽默。沈从文是从湘西的大山里走出来的作家，他仅有高小文化，凭着顽强的毅力和经年的苦读，终于叩开了文学的大门。他丰富而复杂的人生经历成为他日后创作的重要资源。在创作中，他最成功的作品往往都是从乡下人的视角，观照湘西、观照都市，观照整个世界，写出了远离时代旋涡的偏远湘西汉苗杂居的古朴遗风和世态人情。他极力歌颂那里的人情美、人性美，表达了对湘西世界深深的留恋。他在现实湘西的基础上，经过想象重构了一个湘西，这个湘西既美妙又神秘，他的精神、他的意念长时间留在那个重构的湘西世界里。所以，当他来到都市，来到知识分子、大学教授中间，必然以湘西世界的标准审视现代都市社会，审视都市社会的男男女女。于是，他看出了破绽，他感到，这些都市社会的"高等人"往往是性格虚伪、表里不一、精神空虚、生活无聊，远不及乡下人具有的那种原始的生命强力和自然淳朴的人性。于是，他要为"高等人"造一面镜子，好好地照一照他们。这些"高等人"的表里不一，言行相悖，最适合作为讽刺的对象，这样，就有了《绅士的太太》《八骏图》《来客》《有学问的人》《记一大学生》等讽刺作品。《绅士的太太》就是沈从文为"高等人"造的一面镜子。作品中的绅士，曾经是国会议员，后来又做顾问、参议，再后来就一事不做，成为有钱的老爷了。四十多岁就关门闭户做绅士，整天娱乐自己，打打牌，喝一点酒，念点佛，谈谈相法，打打太极拳，鉴赏点书画。仅仅这些，原也无可厚非，关键是作者说他"凡是一切坏绅士的德性他都不会缺少"。绅士有个年龄不大的妻，有四个聪明伶俐的儿女，有安逸享乐的生活，所以，没有理由拒绝自己发胖，走路时肚子总先走到。当儿子问到爹爹大肚子里面是些什么东西时，绅士告诉儿子，这是满腹经纶。儿子不明白意思，请太太代为说明，太太告诉儿子说，这是"宝贝"。绅士的家里一共有 11 个下人，家里常有客来打牌，男女都有。绅士的太太在赴西城另一绅士家打牌时，发现那绅士的三姨太与大少爷偷情。这位三姨太为了堵嘴，就拉绅士的太太一块儿外出偷情。绅士知道自己的太太的丑事也不敢声张，因为自己也偷鸡摸狗，彼此彼此，表面上还相敬如宾。作者旁敲侧击，讽刺点到为止，显得委婉含蓄。

《八骏图》可以说是讽刺大学教授的"绝唱"，同样是委婉含蓄的杰作。小说写暑假期间有 8 位教授来青岛讲学，校长称他们为"千里马"，那么他们的住处就应该是"马房"了，也就是"八骏"。其中的达士，他的看法与校长稍有不同，他认为他们的住处应该叫"天然疗养院"，因为从医学的观点看，这里的人都有一点病，自己自命为是医治人类灵魂的医生。于是他每天一封信，向远方的未婚妻不厌其烦地报告自己身边的琐事，用"甲乙丙丁戊己庚辛"的排列方式，讲述七位教授的"病态"。已讲述完六位，却停下了，未婚妻来信，急切地想知道"第七骏"。达士却将他埋在心底，因为他觉得唯有教授庚像个正常人，因为他正在同一位二十五岁的黄衣女士恋爱。更为重要的是，达士已经看上了这位黄衣女士。至此，小说对六位教授文明中掩饰的肮脏，真诚中潜藏的虚伪已经暴露无遗，极具讽刺意味。然而，更耐人寻味的讽刺还在后边，当暑期讲座结束时，达士已决定返回未婚妻的怀抱，并发出了行期的电报。出了电报局，他便向海边走去，完成他未婚妻交代给他的"带一点点蚌壳来"的嘱托。然而，当他看到海边的沙滩上画的美丽的眼睛以及留下的极具诱惑的文字，这位自称有免疫力的"医生"，精神防线立刻坍塌了，于是，重回电报局，告之未婚妻，说自己害了一点小病，今天不能回去了，想在海边多住三天，病会好的。至此，对达士的讽刺达到高潮。小说结尾的几句议论，是沈从文的神来之笔，让人回味无穷。沈从文善于含蓄、微妙地揭穿"高等人"的道德、家庭、婚姻关系中隐藏的丑恶，从而展开道德讽刺、人性讽刺。在沈从文的笔下，不时地流露出对大学生的嘲讽。比如，写乡下人的《萧萧》，女学生成了大家的笑料，既反映了他们的愚昧，也透露出作者对这种描写的欣赏以及反智的意味。

除短篇讽刺外，沈从文还有一部长篇讽刺幽默作品《阿丽思中国游记》，这部作品与其说是小说，不如说更像童话。其创作目的是让母亲开心。作品通过英国小姑娘阿丽思小姐和兔子绅士傩喜来到中国后的见闻，反映了当时的世态人情，讽刺了绅士阶层爱面子、畏洋人的心理以及百姓的愚昧迷信。但作品结构松散，文字冗芜，作者自己也承认是失败的创作。特别是模仿英国作家卡罗尔的童话《阿丽思漫游奇境记》痕迹过于明显。

二十世纪三十年代讽刺幽默小说的发展，除了在老舍、在左翼作家、京派作家的笔下显示出来以外，还有一位曾经是文学研究会成员的王任叔，他被认为是鲁迅派的讽刺作家，也是鲁迅的私淑弟子。他对《阿Q正传》极为推崇，出版于1928年的中篇小说《阿贵流浪记》就是受《阿Q正传》影响的产物，带有自传色彩，多用反语和谐谑之笔讽刺社会怪现象。作品中的阿贵是知识分子中的阿Q，具有多重性格。整个作品显现出讽刺、幽默、诙谐的喜剧风格。但也有信笔所至，不加节制的缺点。《皮包和烟斗》描写的黄剑影是一个市侩气十足的文人官吏。他靠民众运动发迹，他和张天翼笔下的华威一样，每会必到，到后必讲，巴结逢迎，媚上欺下，一切皆为自己的飞黄腾达。《证章》是一部八万字的中篇小说，1936年出版，是王任叔讽刺小说中的杰作。小说中的故事既怪异、荒诞，又好看、有趣，失业大学生杜清白在阴森的夜间，发现房间里有一个大蜘蛛，他追逐着，蜘蛛不见了，却发现桌子上有一张委任状。他喜出望外，第二天早晨马上到衙门领取证章，拿回家中。不料，证章和委任状先后被老妈子和乞丐偷走，被廉价卖给了旧货铺老板。老板如获至宝，立即冒充杜清白走马上任。他善于"吹""拍""压"，博得了司长的赏识，举荐他当了参事。这个假冒的杜清白官运亨通，左右逢源。而本真的杜清白却穷困不堪，当妻子在舞场卖笑时，恰遇来寻欢作乐的冒充的杜清白，妻子却背叛了丈夫，投入杜参事的怀抱。当她把证章和委任状骗到手中时，本真的杜清白已经死了。一个小小的证章和一张薄薄的委任状，却使真假杜清白判然有别，命运大相径庭，荒诞的故事揭露了荒唐的官场。王任叔很欣赏果戈理的讽刺描写，《证章》就是在《钦差大臣》等作品的讽刺艺术的启发下写成的。《超然先生列传》和《姜尚公老爷列传》这两个作品是抗战以后的作品，前者刻画了抗战时期空谈家的嘴脸；后者无情地撕下了姜尚公老爷这个土皇帝仁义道德的伪装，露出其丑恶的真面目。作品中有杂文笔法，夹叙夹议，笔锋老辣。

曾是文学研究会的发起人之一的许地山，本时期也有讽刺小说问世，短篇《在费总理的客厅里》一改早期的异国情调和浪漫主义，变为坚实的现实主义描写。小说塑造了无恶不作的官僚资本家费总理的形象，他打着慈善事业的招牌，干着徇私舞弊的勾当，强占民女，大肆行贿，声称"他们只是提倡廉洁政府，并没有说廉洁个人""谁不爱钱？只要咱们送得有名目，人家就可以要。"费总理的客厅里高悬"急公好义""善与人同"的匾额。他表里大相径庭，暴露出他内在的丑恶。另一短篇《三博士》讽刺"三博士"到国外镀金，却不学无术，骗取博士头衔，全是冒牌货，到处钻营骗人。现代作家笔下的假博士还真不少，茅盾、老舍、钱锺书等作家先后都写过他们，构成了一个形象系列。

第三节 二十世纪四十年代：讽刺幽默小说的丰收

从 1937 年七七事变到 1949 年新中国成立，是中国现代文学的第三个时期，也称二十世纪四十年代，实际是十二年。这个时期，是讽刺幽默文学丰收的时期，特别是暴露、讽刺性的文学，是时代的赐予，也是文学自身发展的结果。整个社会从未提供过这样鲜明的对比：一面是庄严的抗战，一面是荒淫无耻。整个国统区和沦陷区以及大后方的城乡到处是黑暗和腐败，在直接的揭露和严肃的批判的同时，或者说，当不便于直接的揭露或者感到这种直接的揭露是没有力量的时候，讽刺、嘲笑就派上了用场。所以，二十世纪四十年代讽刺幽默文学的丰收和繁荣，不仅在讽刺幽默小说，也在讽刺喜剧、讽刺诗歌以及讽刺杂文中体现出来。

单从讽刺幽默小说来说，二十世纪四十年代，它更加适应新的时代形势而发展、分化和嬗变，既打上了鲜明的时代色彩，也彰显着作家的个性才情。它的驳杂、丰富超过了前两个时期，以致我们的归纳和描述变得越来越困难。它的总体特征是暴露、讽刺、嘲弄压倒多数，幽默除在钱锺书的小说里有充分体现外，其他作品大都走向窄化甚至缺失，纯讽刺的作品越来越多。从讽刺形象的塑造来看，官僚地主和知识分子成了主体，愚昧落后的农民渐渐隐退。从讽刺的方式方法来说，写实性的暴露、谴责黑暗、揭露丑恶、针砭时弊是主体，而夸张、戏谑、隐喻、怪诞、虚幻的情节、荒唐的角色、喜剧的张力则非常少见。

就具体的作家作品来说，二十世纪四十年代的讽刺幽默小说伴随着抗战而产生，它以短篇为先导，中长篇紧随其后，短、中、长篇中均有出色的作品。在上一个时期就已经取得成就的老舍、张天翼、沙汀、王任叔等人都有新作品问世，尤其是沙汀在二十世纪三十年代崭露头角，本时期建构起了自己的讽刺风格。并不以讽刺见长的茅盾、萧红、李劼人等名作家本时期也都有讽刺作品行世，钱锺书、师陀则是本时期成长起来的讽刺家，还有不太出名的陈翔鹤、予且、严文井等人也有讽刺短篇问世。最后是以写社会言情小说著称的新章回小说大家张恨水也被时代召唤，努力创作"国难小说"，《八十一梦》《魍魉世界》等是讽刺杰作，发挥了文学的战斗作用。

1937 年全面抗战以后，为了使文艺走向民间，发挥作用，老舍积极投入通俗文艺的创作中，讽刺幽默在戏剧创作中放出异彩。1939 年 11 月 19 日在重庆第一次公演的四幕话剧《残雾》是老舍的处女剧，该剧揭露了抗战期间大后方贪官污吏和发国难财者的腐化生活和丑恶嘴脸。1941 年，老舍又完成三幕讽刺喜剧《面子问题》，集中讽刺了老舍曾在小说中多次写到的中国人的装模作样、爱面子的问题。1943 年，以揭露知识分子游移动摇、具有讽刺特色的四幕剧《归去来兮》问世。此外，本时期，老舍还有中篇小说《新时代的旧悲剧》，以细腻的心理描写和嘲讽笔调揭露封建假道学的虚伪丑恶和新官僚贪污腐化与钩心斗角，艺术上尚有缺陷。长篇小说《民主世界》（未完成）最初发表于 1945年 9 月至 12 月的《民心》半月刊。小说中的"民主世界"只是一个小镇，学术机关水仙馆里的人不学无术，钩心斗角，大官儿讲话，小官儿低头不语。裘委员"最富有民主精神"，擅长制定法律，先后制定"姨太太法"、惩治孩子的"大清律"，还为自己制定了委员住杂院可以不交房租的规定。官员大摆宴席，讲的是气派。这就是所谓"民主世界"的真面目。

张天翼的《速写三篇》作为二十世纪四十年代讽刺小说的先声，率先从"抗战八股"中突围出来，刻画出了抗战初期官僚、土豪和知识分子的丑态，特别是其中的《华威先生》超过了上个时期的《包氏父子》《欢迎会》等作品，成为张天翼讽刺小说中最出色、最有意义、最有影响的经典之作，引起了关于暴露与讽刺的争论。

沙汀在二十世纪三十年代就已显出了讽刺的特长，《丁跛公》《代理县长》《龚老法团》就是明证。到了本时期，沙汀以《联保主任的消遣》《在其香居茶馆里》《模范县长》《淘金记》等进一步确立了自己的讽刺品格，在短篇和长篇都创作出自己的精品力作，成为本时期的重要讽刺家。《在其香居茶馆里》作者为我们安排了一场情节集中紧凑的闹剧，明暗两线相辅相成，方治国和邢么吵吵在茶馆里的冲突是明线，是一场狗咬狗的争斗，最后大打出手，充分暴露了国民党兵役制度的黑幕，暴露了国民党基层官吏丑恶嘴脸。未出场的新县长是暗线，小说最后，一句"人已经出来了"，使方治国和邢么吵吵的打架定格在尴尬的境地，既出人意料，又画龙点睛，更重要的是具有强烈的讽刺色彩，新县长所声称的"整顿兵役"成了笑柄，这种结局使讽刺增强了力度，国民党的政权本质已经暴露在光天化日之下。作品不用夸张，而用写实，是写实—呈现式讽刺的经典案例。《淘金记》是沙汀唯一一部长篇讽刺作品，故事发生在 1939

年四川安县北斗镇，据传镇上何寡母的祖坟筲箕背下藏有金矿，于是当地几个头面人物为争夺开采权展开了一场明争暗斗。其中，没落豪绅白酱丹既是绅粮，又是大爷，诡计多端，是掌握北斗镇命运的人物。何寡母是北斗镇有名的富孀。帮会头目林幺长子是一个极端无赖的恶棍。联保主任龙哥土匪出身，流氓成性，是北斗镇哥老会的权威人物。和《在其香居茶馆里》一样，这也是一场狗咬狗的争斗，最后，白酱丹靠着他阴险的计谋并勾结龙哥，排斥了竞争对手林幺长子，压服了何寡母，在"开发资源"的名义下，强挖了何寡母的祖坟。正当白酱丹得意扬扬之时，粮价飞涨，合伙人不打算入股，反而去做囤粮的买卖，"煮熟的兔子都跑掉了"，白酱丹白忙活一场。小说在不露声色的写实描写中隐含着暴露、讽刺和嘲弄的精神，具有果戈理、契诃夫式的真切和冷隽，绵里藏针，属于内在的讽刺。

王任叔的讽刺作品，继二十世纪三十年代的《皮包和烟斗》《证章》之后，本时期又有《超然先生列传》和《姜尚公老爷列传》，这两部作品所塑造的讽刺形象恰好代表了本时期的官僚地主和知识分子这两类人物。超然先生是抗战时期空谈家的形象，姜尚公老爷虽然治家有方，但更威严残暴，只不过善于伪装罢了。作者揭去了伪装，就构成了讽刺。他利用农民的复仇心理挑逗他们互相残杀，但最后也自食其果，这体现了对地主的嘲弄。

本时期有几位小说家早在上个时期就已蜚声文坛，他们并不以讽刺幽默见长，但本时期却写出了讽刺幽默作品，他们是茅盾、萧红、李劼人、张恨水。

如前所述，茅盾在上个时期创作的《子夜》就有"新儒林"讽刺形象的成功塑造，有短篇《文人三部曲》问世。本时期，茅盾创作的讽刺短篇有《"一个真正的中国人"》《某一天》《小圈圈里的人物》等。《"一个真正的中国人"》，写于 1937 年，小说的背景与西安事变有关。作品中的老爷是所谓的、冒牌的、带引号的"一个真正的中国人"，他是一个养尊处优、颐指气使的"主战派"，声称打几仗，死万把人不算什么。可是，偏偏有一些人主张和平，这让他生气。他是一个反共分子。小说通过反语构成讽刺，具有时政性。《某一天》写于 1941 年，它和蒋介石倡导的新生活运动有关。小说写了 W 处长一天内的演讲、饭局等，揭穿他借抗战之机，大发国难之财。总务科长告诉他，今天有三个饭局，最后，喝得酩酊大醉。这样的败类居然还能升官。作者利用反语嘲讽了所谓新生活运动，是辛辣的政治讽刺。《小圈圈里的人物》写于 1943 年，讽刺的是大时代里的小人物，四位太太生活在狭小的圈子里，无所事事，不务正业，整天以打麻将度日，外加嫉妒和钩心斗角，是对小人物的讽刺，具有生活气息。本时期，茅盾还有几篇带有讽刺意味的短篇小说，《过年》《一个够程度的人》《春天》就属此类，限于篇幅，兹不赘述。

萧红以写抒情小说见长，她以"越轨的笔致"、女性作家的细腻以及出众的才气创作的《生死场》《呼兰河传》赢得了无数读者的青睐和赞叹。而《马伯乐》与她此前的小说体式和风格完全不同，它不是抒情小说、诗意小说，而是讽刺幽默小说。《马伯乐》上部写于 1940 年，曾在香港的《时代批评》连载，1941 年出版单行本。之后，萧红开始续写，并在端木蕻良主编的《时代文学》上连载。写到第 9 章，因病辍笔，这是一部未完之作。一般说来，女性作家感受生活的能力普遍较强，因而，多善于写感性的文学。而讽刺则属于理性的文学，往往是男性作家的专利。在中外文学史上，讽刺作家几乎都是男性就是明证。然而，萧红的《马伯乐》有点出人意外。这是一部人物传记型讽刺幽默小说，和本时期大多数作品不同的是，它除了讽刺，也不乏幽默，是二者的结合。小说的主人公马伯乐是抗战动荡年代里的知识分子。他胆小、怕事、懦弱、无能，却又异想天开。他想当作家，稿纸买来一大堆，却写不出一个字来。他想开书店，却把老本赔光。他要参军，报效国家，可是却始终拿不出行动。卢沟桥一声炮响，他便开始逃跑，从青岛到上海，又到武汉。他的人生哲学是钱命一体，他唯一的行动能力便是逃跑，小说详细写了他的逃难过程。他崇洋媚外，家里用的全是日货。他惧怕洋人，瞧不起中国人，是奴化的教育孕育了他的洋奴意识，这是落后的国民性的一种表现。作者细致地描绘出马伯乐的言语行动、生活细节，善于写出人物的矛盾心理。马伯乐有许多可鄙、可笑之处，作品也就不仅具有讽刺性，还有幽默感。萧红不仅受鲁迅的教益、帮助，也受鲁迅作品的影响，《马伯乐》与《阿 Q 正传》有许多联系。但萧红毕竟初试讽刺幽默，显得缺乏经验，作品不少地方写得散漫、琐碎，笔触枝蔓，需要提炼，不够睿智。

李劼人原本也不善于讽刺，而善于再现四川近代历史，"大河三部曲"奠定了他在中国现代小说史上的地位，被郭沫若称为"近代《华阳国志》"。1947年，李劼人创作了二十五万字的长篇讽刺小说《天魔舞》，小说写两对男女在国统区经济混乱、投机盛行、民不聊生的背景下的悲欢离合。作者把讽刺、批判的矛头对准整个社会，体现出较强的社会讽刺性。作品的时代感强，不时穿插一些时事事件，给予抨击、讽刺和批判。应该说，社会讽刺和时事讽刺是本书的两个重要特点，具有认识价值和政治意义。但作品写得松散，讽刺形象不够鲜明突出，两条线索联系得也不紧密。

本时期最重要、最出色的讽刺幽默家是钱锺书，他的《人·兽·鬼》和《围城》是本时期乃至整个中国现代最伟大、最杰出的讽刺幽默小说，能够与之比肩的只有鲁迅的《阿 Q 正传》。钱锺书主要是一个学者，是贯通中、西古今，又能打通文史哲的大学问家。写小说是他做学问间歇的"业余爱好"，所以，他的作品数量极少，但品位极高，不仅在中国现代独领风骚，而且可以与西方优秀的讽刺幽默作家相比肩。钱锺书是学者型的小说家，他有着渊博的中、西方文化知识，有着出众的讽刺幽默才能，这使他成为继鲁迅、老舍之后中国最杰出的讽刺幽默大师。

钱锺书的小说创作是在他沦陷在上海、生活艰难的环境中开始的，其创作动因：一是生活的原因，他失去了工作，有了闲暇的时间；二是杨绛讽刺喜剧创作、演出对他的启发、诱惑。

1946 年，他的短篇小说集《人·兽·鬼》由开明书店出版。这是一个仅有4 篇小说组成的薄薄的小册子。但他出手不凡，引人入胜，思想、艺术性俱佳，体现出钱锺书既善于写实，也善于虚幻。《纪念》《猫》是写实性的讽刺幽默小说，前者写了一个婚恋故事，但它不是一般的三角恋，也不是传统的偷情。它表现了现代知识者婚后的精神危机和心灵的"围城"。年轻的知识女性曼倩婚后感到空虚、寂寞、无聊，丈夫的表弟天健成了她感情上的慰藉。她只希望和天健保持一种不着痕迹的精神爱恋。然而，事与愿违，天健竟是那样直接地、几乎近于强迫地占有了她，并使她怀孕，给她留下一个难堪的"纪念"。这使她感到害怕，感到失望。之后，天健作为一名飞行员，与敌机作战时牺牲，他和曼倩的孩子，丈夫并不知情，还以为是自己的骨肉，所以，丈夫对妻子曼倩说"假如生的是男的，就给他取名叫天健"，以示对天健的纪念。小说的双重"纪念"构成了绝妙的讽刺。后者描写了上层知识分子、文化名流的一次聚会，他们聚集在主人爱默的客厅里高谈阔论，既谈国事，也谈饮食男女，用他们的"学问"和"口才"来讨女主人的欢欣，肉麻地赞美女主人爱默家里的猫，挖苦爱默的丈夫。他们之间争风吃醋，实际上个个精神空虚，灵魂肮脏。《上帝的梦》《灵感》是虚幻的、寓言式的讽刺幽默小说。《上帝的梦》以怪诞离奇隐喻现实人间，揭示人与神、人与人之间彼此隔膜和无法沟通的事实，揭示有欲求便有痛苦的现实，讽刺了人间的食色贪欲，揶揄了上帝的唯我独尊。《灵感》是

《人·兽·鬼》中最生动、最有趣的一篇，它嘲讽无才的作家超过同类任何一篇小说。它的情节是荒诞的，作家就用这荒诞的手法叙述故事，刻画人物。小说写的这位有"名望"的作家，但我们竟不知道他的名字，因为"他的名气太响了，震得我们听不清他的名字"。这位"作家"既多产，又难产，作品只能骗"有头脑而尚无思想"的中学生。有一天，家里过重的书压塌了地板，他和书一同掉进了阴曹地府，"司长"对这位生前浪费了不少纸张和墨水的"作家"施行惩罚，写得妙趣横生。作品不仅讽刺了所谓"作家"，也广泛地涉及时弊，针砭现实，对政治家、资本家、大学教授、诺贝尔奖的裁判者无不给予信手拈来的嘲讽。

《围城》1944 年动笔，1946 年完成，最初连载于上海的《文艺复兴》(1946—1947 年)，1947 年出版单行本。《围城》不仅有西方流浪汉小说的印迹，也受到了英法文学的影响。这是一部独具风采、具有丰富内蕴和高超艺术的伟大作品，是洞悉人生、正视"存在"的杰作，是中国现代真正成熟的讽刺幽默长篇，它可以和西方的讽刺幽默名著相比肩而毫不逊色。

钱锺书是位智者，他以自己犀利的目光独立地睥睨中国社会，睥睨知识分子，睥睨整个人类。他像鲁迅一样俯视着人类和人类文化，感受着人生的虚无和存在的荒诞，他的作品具有深沉的现代悲剧感。《围城》具有着多重精神文化意蕴，具有多方面的讽刺对象和讽刺意义。它的世态讽刺涵盖对抗战时期时事政治的抨击，对上海商埠以及内地城乡腐化堕落、落后闭塞的揭露，对文化界、教育界、知识界腐败现象的讥讽。《围城》对现实生活中的人在爱情、婚姻、职业乃至人生万事"围城处境"的揭示是深刻而又让人警醒的。《围城》的文化讽刺、文化反思也是其重要内容，它体现了作者对东、西文化的冷静审视。作者既讽刺了"崇洋"的新派人物，也讽刺了"复古"的旧派人物。《围城》的心理讽刺同样是深刻的，它写出了人与人之间的心理隔阂，揭示了人的孤独的心境。《围城》对人生的讽刺达到了存在和哲学的高度，它深刻地反思了人生的虚无和存在的荒诞，从这个意义上说，它是一部形象的哲学，具有存在主义特征，具有深邃的现代悲剧感。总而言之，它用喜剧的形式演绎着悲剧的内涵。所以，作者在创作它的时候，"忧世伤生，屡想中止"。钱锺书从短篇到长篇完成了对知识分子的全面解构。在他笔下，知识分子从神坛走向了世俗，甚至低俗、庸俗、虚伪。读者已不相信知识分子是先知先觉，是正人君子，而还原成有着七情六欲的普通人，甚至小人。

《围城》在讽刺幽默艺术上第一次实现了大融合和集大成。我们看到，在二十余万字的篇幅里，现实讽刺、世态讽刺、政治讽刺、道德讽刺、心理讽刺、人生讽刺、人性讽刺等一应俱全。它机智的幽默、俏皮的比喻、轻松的戏谑、警策的议论、深刻的哲理、银笑的艺术在中国讽刺幽默文学中都是绝无仅有的。他的讽刺、幽默蕴藏着更多的智慧，是精妙独到的人生观察和生命体验的结晶。

总之，在中国现代讽刺幽默小说的发展道路上，鲁迅、老舍、钱锺书是三座高峰，他们恰好代表了三个时期，令后人叹为观止，也让后起的作家难以逾越。

在二十世纪四十年代的讽刺幽默小说家中，师陀也是新成长起来的重要作家，他以深沉、朴实的文笔和带有嘲笑性的讽刺建构起自己的讽刺中篇和长篇。师陀从上个时期即1931年就开始发表短篇小说，从1936年到1939年，共结集出版5个短篇集。这时的师陀在乡土抒情中掺入嘲讽，讽刺还不明显。进入二十世纪四十年代以后，他的嘲弄性的讽刺才展露出来，堪称讽刺小说的分别是中篇《无望村的馆主》、长篇《结婚》。

师陀来自中原农村，出身于没落地主家庭。他在小说中并没有表现多少对家乡的热爱、留恋和赞美。他在写中原农村的《无望村的馆主》时也没有歌颂，而是嘲弄。这部小说出版于1941年，写了吴王村（后因衰败改成无望村）宝善堂三代地主的兴衰史。第一代祖父勤俭持家，精打细算，创下了家业。第二代父亲打架斗殴，耗费三千两银子买了个武举的"英雄"。小说重点写第三代陈世德挥霍无度，败尽家产，成为乞丐。作者对陈世德是无情的讽刺和嘲弄的。陈世德是个残忍、凶狠、无耻的好色之徒，是"猎艳能手"，糟蹋了无数姑娘。然而，当他结婚的时候，掀开盖头，他才发现自己娶来的媳妇竟是当初他唆使满天飞奸淫过的姑娘，这正验了那句俗话"打雁的被雁打了"。于是，陈世德疯狂了，杀了满天飞，抛弃了新娘，带着戏班子到处游荡，败尽了家财，染上了梅毒，沦为乞丐。显而易见，作者对陈世德的嘲弄、嘲笑是使本篇成为讽刺小说的重要元素。

《结婚》是对知识分子的鞭挞，揭示了胡去恶一类的知识分子在奸商充斥、投机盛行、社会腐烂的污染下，人性的扭曲、灵魂的异化，以及个人反抗社会的无力和最终的失败。同样是因为师陀来自农村，对都市有一种天然的不适应，所以，当他把目光投向都市时，自然多是讽刺和批判。《结婚》分上下两卷，1947年出版。上卷由主人公，上海某学校的历史教员胡去恶写给他在乡下小学任教的未婚妻林佩芳的六封长信组成，信中振振有词地报告为了筹款结婚，借钱投机股票，并以通晓历史，有做生意的才能自诩，不顾未婚妻的劝告。于是，他跻身于上海冒险家的行列，不能自拔，私欲不断膨胀，竟然抛弃了林佩芳，狂热地追逐富家女子、钱亨的情人田国秀，卷进了投机、冒险、争斗的旋涡。他和林佩芳的缘分已尽，情信到此终止。下卷采用第三人称，继续写胡去恶在洋场为了金钱，为了美女的角逐。他终于掉进了对手给他设置的陷阱，最后人财两空，绝望之中，他在一天夜里用伏击的方法，杀死了他的竞争对手钱亨，自己也被巡捕开枪打死。小说具有讽刺意味的是：在结尾处，一方面是报贩用吓得死人的声音喊杀人的消息，另一方面是梅毒患者、瞎了眼的黄美洲与"老处女"这对丑恶男女举行婚礼，一悲一喜，两相对照，演绎着一场阴错阳差的人间悲喜剧。小说对主人公穷教员胡去恶的投机、堕落，最后毙命的描写，控诉了那个腐烂的社会，对人物的命运给予同情。小说塑造的其他几个人田国宝、田国秀、钱亨、黄美洲无不是极端丑恶的形象，作者对他们只有讽刺和批判了。

夏志清对师陀的《结婚》评价较高，他在《中国现代小说史》中，在讲到"抗战期间及胜利以后"的小说时，给予师陀与张爱玲、钱锺书同等的地位。他说《结婚》是"一部真正出色的小说"①。夏志清的评价大体是符合实际的。

此外，本时期还有一些不太出名的讽刺小说，像王西彦、陈翔鹤、予且等人都有零散的短篇讽刺小说问世。比如，予且1939年出版的短篇小说集《校长先生》，内收12篇小说，主要是讽刺、暴露那些有着两重人格、两重面孔、两重行为的所谓"教育家"。作者在"自序"中称自己"费去了多年的观察和调查"，才获得这些"典型的真实材料"。可见，它是来自生活，是写实性的讽刺。

在解放区，由于是一个新的天地，不适合讽刺幽默小说的生长，所以，讽刺幽默小说要相对逊色。在毛泽东的《讲话》之前，解放区在《解放日报》上有零星的带有讽刺意味的短篇发表，像严文井的《一个钉子》、朱寨的《厂长追猪去了》等，多讽刺工作中的具体问题。此外，也有讽刺知识分子自我主义、为爱情而苦恼的作品。毛泽东的《讲话》中也谈到了要不要讽刺的问题。解放区的作家遵循毛泽东的教导从事文艺创作。在延安文艺座谈会召开前夕，延安文艺界开展了关于歌颂与暴露等问题的讨论。由于理解上的偏狭，特别是由于作家处于"光明的边区"，看不到黑暗，使解放区的暴露文学、讽刺文学、批判

---

① ［美］夏志清. 中国现代小说史［M］. 刘绍铭，等译. 上海：复旦大学出版社，2005：298.

文学处于不利于发展的境地。倒是在赵树理、周立波的小说中农民式的讽刺幽默有一定的体现。赵树理熟悉民间文艺，善于汲取民间的幽默智慧。他的小说对落后农民的讽刺是有温度、有泥土气息的，而不是那种"冷嘲"。《小二黑结婚》中讽刺落后农民三仙姑完全是农民式的。《李有才板话》中李有才用带有讽刺和幽默性的"快板儿"来揭露村中的旧势力，显示了李有才的幽默性格。他说自己"吃饱了一家不饥，锁住门也不怕饿死小板凳"。这种幽默的话语直到今天在民间还在言说，用来形容单身人。赵树理的讽刺幽默还有一种构成方式，那就是给人物起外号。从《小二黑结婚》到《三里湾》，再到《锻炼锻炼》，人物的外号给读者印象深刻，发挥了很好的作用。周立波小说中的幽默性，体现在《暴风骤雨》中老孙头这一车老板儿的形象身上。他见多识广，具有农民的智慧，爱讲开心话，也爱讲大话，爱吹牛；同时又有些胆小怕事，具有农民式的狡黠。这是一个充满喜剧性和幽默感的鲜活形象，给作品平添了许多趣味和笑声。但从整体上看，赵树理、周立波的作品还称不上是讽刺幽默小说。

最后，我们要说到张恨水。他是章回小说大家，属于通俗小说家。他以上百部的小说总量成为"民国第一写手"，延续了章回小说的生命，促进了新文学与通俗文学的交融。张恨水与讽刺小说的因缘应该算到 1919 年，那时他就有讽刺短篇《真假宝玉》《小说迷魂游地府记》刊于上海的《民国日报》。二十世纪二十年代，则有魔幻讽刺小说《新斩鬼传》和社会讽刺小说《京尘幻影录》。抗战以后，张恨水从南京来到了重庆，深切地感受到贪官污吏如何大发国难之财，深切地忧患国计民生的艰难。在这种忧郁、愤慨的心情下，他花了一年的时间创作了梦幻讽刺小说《八十一梦》。紧接着，他又创作了社会讽刺小说《牛马走》。抗战胜利以后，他又有《五子登科》等。有人说，张恨水也是现代讽刺小说大家。

《八十一梦》于 1939 年 12 月开始在重庆《新民报》副刊《最后关头》连载，之后，由新民报社出版单行本。时任《新民报》总经理陈铭德为之作序。在序中，他高度评价了《八十一梦》。后来，《八十一梦》的接受史已经证明：该书是张恨水抗战时期最畅销的小说，也是张恨水一生的四大代表作之一。

这是一部寓言体的长篇梦幻讽刺小说，采用"寓言十九托之于梦"的手法，本来打算要写成"九九归一"之数，即"八十一梦"，但由于小说中犀利、辛辣的文笔刺痛了当朝权贵，作者遭到了国民党政府的威胁，只好匆匆收笔，只完成了"十四梦"，作者在《自序》《楔子》和《尾声》中做了说明。小说采用寓言的形式、荒诞的笔法，无情地讽刺、鞭挞了隐身于抗战旗帜下的贪官污吏、投机奸商以及形形色色的败类，揭露了国民党统治的黑暗和社会风气的污浊；作者将抨击的矛头直指"四大家族"。作品采用《西游记》《封神榜》《镜花缘》的笔法，熔古今于一炉，影射挖苦，亦庄亦谐，荒诞而又真实，小说的第十梦"狗头国一瞥"中写道："万事通翻译着，笑道：'穿黄衣服的是官商，穿白衣服的是商人，其余的是老百姓。黄代表金子，白代表银子，此地风俗，经商人才能做官，做了官更好经商。'"这是当时官商勾结、狼狈为奸的真实写照。在第三十六梦"天堂之游"中，写"我"腾云驾雾到天堂一游，看到了种种怪现象：猪八戒当上了督办，娶了几个女人，生了一大群儿女；西门庆当上了 10 家银行的董事与行长，独资或合资开了 120 家公司。他的老婆潘金莲穿上了巴黎时装，前露胸脯，后露脊梁，光了双腿，下车可以随意打警察的耳光。一个男子狗面，一个男子鼠头，穿了极摩登的西服。狗头兔耳，各有两只豺狼眼，四粒老虎牙。女子露出一截狐狸尾巴。如此禽兽形象的刻画与怪诞描写比比皆是，讽刺、批判痛快淋漓，发挥了文学的战斗作用。

《八十一梦》之后，张恨水又创作了八十多万字的《牛马走》。小说以两个知识分子家庭为中心线索，一家是刚正不阿、清贫自守的教育家区庄正夫妇，另一家是卑躬屈节、嫌贫爱富、失去知识分子人格和气节的心理学博士西门德夫妇，改行经商，成了暴发户。小说围绕这条中心线索，广泛地反映了抗战时期重庆官商横行、走私猖獗、投机盛行、囤积居奇等黑暗、污浊、腐败的社会现实。这群官僚、奸商垄断市场，大发国难之财，"吸着人民未曾流尽血以自肥"，他们根本就不是人，而是一群"牛马走"，是魑魅魍魉。小说语言犀利、冷峻幽默，很受读者欢迎。《五子登科》是抗战胜利后的作品，揭露日本投降后，国民党接收大员，疯狂敛财，沉迷于"金子、房子、车子、女子、票子"之中，过着花天酒地、荒淫无耻的生活，暴露出国民党政府"无官不贪"的本质，政权已经腐烂透顶，不可救药了。

张恨水的这些讽刺小说暴露了战时、战后重庆的历史真实，产生了广泛的社会影响，发挥了讽刺文学的巨大的杀伤力。但从文学的角度来看，也显得"辞气浮露，笔无藏锋"，缺乏含蓄、深沉和睿智的美学力量。

第三章 鲁迅：兼收并蓄与融会贯通

鲁迅被公认为中国现代中短篇小说的开创者，在他的手中将中短篇小说引向了成熟，提高到"现代"的高度，具有了现代化的特征，而且，它和中国古代、近代中短篇相比，革新、创造的幅度也是最大的。同样，鲁迅也被公认为中国现代讽刺幽默小说的开拓者。在二十世纪九十年代，文学史家就曾这样指出："中国现代讽刺文学是在鲁迅手中开创，也在鲁迅手中成熟的。具有深刻的现代意识和怀疑精神的鲁迅，以反封建思想题旨的空前深度和力度，把中国讽刺文学中的'公心讽世'和'旨微语婉'的传统发扬光大，使现代讽刺文学一开篇就具有相当高的水准。"鲁迅在讽刺幽默小说、讽刺幽默诗、讽刺幽默杂文等领域均有杰出的成就。"讽刺与幽默作为一种创作追求和美学趣味，是贯穿在鲁迅一生的全部创作之中的。"在小说方面，《阿Q正传》被讽刺小说史家认为"是我国讽刺小说继《儒林外史》之后的第二座高峰"①。除此之外，《呐喊》中的《孔乙己》《风波》《白光》，《彷徨》中的《幸福的家庭》《肥皂》《高老夫子》《弟兄》都是讽刺幽默短篇杰作。"《故事新编》除《补天》《铸剑》外，其余六篇都有浓厚的讽刺意味，特别是《奔月》《理水》《起死》《出关》《采薇》是比较典型的古今交融，借古讽今的讽喻体讽刺小说。"②《故事新编》是鲁迅的独创，是杂文与小说的糅合。鲁迅讽刺幽默小说的艺术渊源在哪里？给予他这类小说创作以直接而又明显和深刻影响的作家都是谁？应该说，鲁迅的伟大之处之一是他善于"拿来"，不管是本土的还是外域的，总是能够博采众长，兼收并蓄，实现为我所用，融会贯通。鲁迅对中外文学的涉猎和借鉴体系是异常广阔而又博大的。他一方面受到中国古代典范的讽刺小说《儒林外史》

---

① 齐裕焜，陈惠琴. 中国讽刺小说史 ［M］. 沈阳：辽宁人民出版社，1993：264.
② 齐裕焜，陈惠琴. 中国讽刺小说史 ［M］. 沈阳：辽宁人民出版社，1993：287.

的滋养，不仅对它给予高度评价，而且深受它的影响，《孔乙己》《白光》《肥皂》从题材、主题到手法都可以看出，这是人所共知的。另一方面，鲁迅的讽刺幽默小说，特别是《呐喊》《彷徨》中的讽刺幽默小说与俄国的果戈理、契诃夫，波兰的显克微支的同类小说关系密切。这也是学界的共识。限于论题，这里仅就这一方面做些论证。

第一节　鲁迅的讽刺幽默小说与果戈理、显克微支的关系

鲁迅在成名之后的 1933 年，写了一篇《我怎样做起小说来》，简明、中肯、客观地解说了自己小说创作的缘由。首先，鲁迅说到当年"留心文学"的目的"不过想利用他（指小说，笔者注）的力量，来改良社会"。其次，由这一目的决定了鲁迅当年选择介绍、翻译外国文学的方向和侧重，即注重短篇，注重被压迫民族的作品，倾向于东欧的作品。最后，鲁迅说到了最喜爱的外国作家是俄国的果戈理、波兰的显克微支、日本的夏目漱石和森鸥外。从鲁迅的几次自述和论述中，我们可以看出，鲁迅乃至整个中国现代小说的创作，其艺术渊源、创作缘起大抵在西方小说。在外国作家中，鲁迅一生与果戈理结下了不解之缘，尤其是从讽刺幽默小说创作这一视角来看，鲁迅与果戈理具有密切的"亲缘关系"。

查阅《鲁迅全集》，我们会看到，鲁迅曾无数次地提到、赞赏果戈理及其作品，从 1907 年的《摩罗诗力说》，到 1936 年鲁迅逝世前夕还在翻译《死魂灵》第二部残稿。鲁迅与果戈理的情缘延续在他近三十年的生命历程中。

《摩罗诗力说》是论述西方摩罗诗人的力作，但却两次提到果戈理，鲁迅在这里赞赏果戈理创作的现实主义特征以及历史作用。鲁迅在杂文和序文中多次列举了果戈理的《钦差大臣》。1919 年，鲁迅在写杂文《暴君的臣民》时列举了果戈理的剧本《按察使》，即《钦差大臣》。① 1928 年，鲁迅在杂文《路》的开头，"又记起了 Gogol 做的《巡按使》的故事"②。1934 年，鲁迅从日文转译了果戈理的《鼻子》，在译者附记中，鲁迅称果戈理"几乎可以说是俄国写实派

---

① 鲁迅. 暴君的臣民 [M] //鲁迅. 鲁迅全集：第 1 卷. 北京：人民文学出版社，2005：384.

② 鲁迅. 路 [M] //鲁迅. 鲁迅全集：第 4 卷. 北京：人民文学出版社，2005：90.

的开山祖师"①。同年，鲁迅在《致孟十还》的信中称赞果戈理"他的文才可真不错"②。1935 年，鲁迅在论讽刺中列举了果戈理的《外套》《鼻子》作为讽刺的正面例证。③ 同年，鲁迅在《什么是"讽刺"?》中谈到两个很平常的新闻事件，会在斯威夫特和果戈理的手里成为出色的讽刺作品。同样是在 1935 年，鲁迅盛赞果戈理《死魂灵》的讽刺本领："单说那独特之处，尤其是在用平常事、平常话，深刻地显出当时地主的无聊生活。"④ 所以，鲁迅抱病翻译了果戈理的讽刺长篇《死魂灵》第一部和第二部残稿。在翻译过程中，鲁迅深感"他的讽刺是千锤百炼的"⑤。鲁迅还从日文中翻译了文艺论文《果戈理私观》。鲁迅还计划编译出版《果戈理选集》6 种，但生前只完成了第二种和第五种。1936 年，鲁迅还出资翻印出版了俄国画家阿庚的《死魂灵百图》。如此地对果戈理情有独钟，的确没有第二个作家能够与之相比。

鲁迅为什么这样激赏果戈理和他的作品? 他为什么能够如此长久地得到鲁迅的喜爱? 他究竟给鲁迅的讽刺幽默小说以怎样深刻的影响? 鲁迅是否完全照搬了果戈理的风格和写法? 一代又一代的研究者都在探讨鲁迅与果戈理遗产的关系问题，从周作人、冯雪峰、韩长经到彭定安、王富仁、孙郁等人，产生了丰硕的研究成果。周作人早在 1922 年写的《阿 Q 正传》一文，是最早指出《阿 Q 正传》与果戈理、显克微支存在影响关系的文章。周作人的看法和鲁迅后来的回忆是完全吻合的。1936 年 12 月，鲁迅逝世不久，周作人在《关于鲁迅之二》中也表达了同样的观点。⑥

果戈理、显克微支的作品不仅影响了《阿 Q 正传》，也影响到鲁迅的其他讽刺短篇。何以如此? 主要在于鲁迅在广泛接触外国文学时发现，俄国文学才是我们的导师和朋友，从他们的作品里，我们看到了被压迫者的善良的灵魂、酸辛的生活和精神的挣扎。鲁迅在另一个场合也有过说明。根据鲁迅的自述，学者们认为，鲁迅接受俄国文学、接受果戈理并受其影响有着必然性。在俄国文

---

① 鲁迅.《鼻子》译者附记［M］//鲁迅. 鲁迅全集：第 10 卷. 北京：人民文学出版社，2005：515.

② 鲁迅. 致孟十还［M］//鲁迅. 鲁迅全集：第 13 卷. 北京：人民文学出版社，2005：272.

③ 鲁迅. 论讽刺［M］//鲁迅. 鲁迅全集：第 6 卷. 北京：人民文学出版社，2005：287.

④ 鲁迅. 几乎无事的悲剧//鲁迅. 鲁迅全集：第 6 卷. 北京：人民文学出版社，2005：382.

⑤ 鲁迅. 致胡风［M］//鲁迅. 鲁迅全集：第 13 卷. 北京：人民文学出版社，2005：458.

⑥ 钟叔河. 周作人散文全集：第 7 卷［M］. 桂林：广西师范大学出版社，2009：451.

学中，鲁迅倾向于果戈理，在于两者有诸多的契合之处。正是因为鲁迅在生活积累、现实处境、文学观念、讽刺幽默才情等方面与果戈理的高度契合，才使鲁迅由衷地倾向于果戈理，而不是托尔斯泰和高尔基。果戈理唤醒了鲁迅的生活积累、现实感受和艺术才情，激活了他对讽刺幽默小说的创作愿望，给予他以积极的影响，于是，鲁迅与果戈理有了密切的亲缘关系，出现了"我中有你"的现象，结下了不解之缘。

鲁迅的讽刺幽默小说与果戈理的亲缘关系，我们可以归纳为以下几点。

首先，在讽刺的真实性的原则上，鲁迅的观念和果戈理的文本是契合的。"他们都把讽刺建立在真实性描绘的基础上。"① 众所周知，鲁迅一贯主张讽刺艺术的生命是真实性，它所写的事情是公开的，也是常见的。而果戈理的讽刺正是建立在严格的真实性的基础之上的。因此，他才是俄国批判现实主义文学的奠基人。所以，鲁迅赞赏《死魂灵》用平常话、平常事深刻地揭示出地主的无聊生活。前面提到的当年的两则平常的新闻事件，如果到了果戈理的手里，鲁迅认为会写出出色的讽刺作品。可以说，鲁迅的讽刺的真实性的原则，在果戈理的讽刺作品那里得到了印证，得到了成功的体现，于是更坚定了鲁迅的这一文学观念；受果戈理的影响和启发，唤醒了鲁迅写讽刺作品的热情和欲望，于是便有了他一系列体现真实性原则的讽刺幽默作品。

其次，在讽刺幽默小说题材的选取和主题的提炼上，鲁迅和果戈理也是契合的。果戈理讽刺作品在题材的选取上呈现出两个特点，一是对旧式地主的描写刻画，二是对卑微小人物命运的描写并给予同情。这也可以用"上层社会的堕落和下层社会的不幸"来表述。而鲁迅，"从鲁迅的第一篇小说——文言体的《怀旧》到他创作的历史小说，都足以说明鲁迅的创作椽笔一直围绕着'上流社会的堕落和下层社会的'不幸而有力地挥写着，写'上流社会'奉若盛典的伦理道德、圣经贤传不过是'吃人'哲学的翻版，写'下层社会'身被政治经济上受压迫受剥削、精神意识上受奴役受毒害的双重不幸。"② 《怀旧》对江南农村题材的选取和地主形象的塑造以及鲁迅后来《孔乙己》《风波》《肥皂》等作品，在题材和主题上都有和果戈理的作品一致性的地方。写卑微的小人物，已有人把《孔乙己》和《外套》放在一起进行详细的对比分析，看出两位作家对

---

① 王富仁. 鲁迅前期小说与俄罗斯文学［M］. 天津：天津教育出版社，2008：52.

② 范伯群，朱栋霖. 1898—1949 中外文学比较史：上卷［M］. 南京：江苏教育出版社，2007：236.

小人物描写以及态度上的一致性的地方。

再次，在讽刺手法上、在美学风格上更有相契合之处。在讽刺手法上，从《怀旧》到《呐喊》《彷徨》乃至到《故事新编》中的讽刺篇章，都可以看出果戈理讽刺手法的某些特点来。苦笑、含泪的笑、嘲笑、夸张、反讽、自审、夹叙夹议的杂文笔法等，对鲁迅来说都是一个个创作的资源和可以借鉴的手段。事实上，鲁迅晚年翻译《死魂灵》对他《故事新编》后几篇作品的创作是有影响的，这种影响也可能是无意识的、不自觉的，但却暗含在其中，是"润物无声"式的。已有人专门阐述鲁迅翻译《死魂灵》与《故事新编》"讽刺"的关联性以及两者的互文性关系。在写人上，尤其是在讽刺的场面描写和肖像画的勾勒上，鲁迅和果戈理是那样地相近，请看《死魂灵》和《高老夫子》中的场面：

> "不必客气，请吧，不必客气，请您先走。"乞乞科夫说。
>
> "不成，对不起，无论如何也不能让令人愉快的、学识渊博的客人走在后面。"
>
> "学识渊博不敢当……请您先走。"
>
> "还是请您先一步。"
>
> "为什么？"
>
> "什么也不为！"马尼洛夫满面笑容地说。
>
> 最后两个朋友只好都侧着身子，肚子挨着肚子，一起走进门。①
>
> "阿呀！础翁！久仰久仰！……"万瑶圃连连拱手，并将膝关节和腿关节接连弯了五六弯，仿佛想要蹲下去似的。
>
> "阿呀！瑶翁！久仰久仰！……"础翁夹着皮包照样地做，并且说。②

果戈理笔下两个地主的见面，客气、相互谦让得过头就让人感到虚伪。同样，鲁迅笔下两个文人见面时的动作、语言同样是装腔作势、虚伪透顶的。接下来，鲁迅就写两个人的相互吹捧，更让人感到肉麻。

在肖像刻画中，果戈理的《两个伊凡的吵架》中对人物夸张式的刻画和鲁迅《怀旧》中夸张地突出"先生"的秃头都是很典型的例子。在美学风格上，

---

① ［俄］果戈理. 死魂灵［M］. 王士燮，译. 南京：译林出版社，2000：21.
② 鲁迅. 高老夫子［M］//鲁迅. 鲁迅全集：第1卷. 北京：人民文学出版社，2005：79-80.

果戈理、契诃夫、显克微支都有将喜剧的因素和悲剧的因素结合在一起的特点，也就是用喜剧的形式表达悲剧的内容，用幽默的笔法写阴惨的事迹，形成苦笑、阴郁的笑、含泪的笑。鲁迅继承了这种美学风格，《孔乙己》《白光》《阿Q正传》等不都是用喜剧的形式，幽默的笔法，写人间的悲剧吗？在悲喜交融上，他们达成了一致，具有了共识。

波兰作家显克微支，对于周氏兄弟来说并不陌生。早年他们一起编译《域外小说集》就有显克微支的三篇作品，均由周作人翻译，他还单译《炭画》《酋长》。早在1909年3月，周作人在《炭画》序中就称赞显克微支的作品，尤其欣赏《炭画》。① 到了1917年8月，周作人撰写《小说丛话》时又写到显克微支，称他的作品"惨恻""奇妙""诙谐""笑中有泪"②。这里所说的显氏名作，是指《炭画》《酋长》等作品，都是用诙谐、幽默的笔调写波兰农村的悲喜剧，展现民间疾苦，文笔奇诡，风格诙谐，作者复杂的情感与鲁迅写阿Q等底层小人物"哀其不幸，怒其不争"的态度极为相似。

鲁迅虽然对果戈理多有取法，但并没有完全照搬果戈理。比如，对于果戈理的无所顾忌、肆无忌惮的笔触，鲁迅虽然也不反对，但并不沿袭。他不喜欢果戈理的夸张怪诞，而更接近契诃夫式的质朴含蓄。对于《鼻子》所采用的离奇、荒诞的写法，鲁迅说它"奇特的是虽是讲着怪故事，用的却还是写实手法"。对《鼻子》给予充分肯定，说它"便是和《外套》一样，也是有名的一篇。"③ 但鲁迅在自己的创作中，对于这种离奇、荒诞的写法是不采用的，因为它不符合鲁迅的讽刺的常见的、公然的、平常性的原则。他是倾向于讽刺的简单、质朴、平常，也就是如实描写，并无讳饰。这样，"在创作过程中，鲁迅的讽刺手法逐步向简单、朴素处发展，离果戈理的特点就愈远"④。这也是果戈理和鲁迅在讽刺风格的追求上的不同之处。

鲁迅也不太喜欢果戈理的感情外倾，好发议论，因为它不符合鲁迅对讽刺所主张的"旨微语婉"的审美原则，在这一点上，鲁迅还是更亲近吴敬梓和契诃夫。对《死魂灵》在人物塑造上的优劣，鲁迅是非常清醒而有见地的。鲁迅认为，《死魂灵》第二部"描写出来的人物，积极者远逊于没落者：这在讽刺作

① 钟叔河. 周作人散文全集：第1卷［M］. 桂林：广西师范大学出版社，2009：156.
② 钟叔河. 周作人散文全集：第1卷［M］. 桂林：广西师范大学出版社，2009：505.
③ 鲁迅：《鼻子》译者附记［M］// 鲁迅. 鲁迅全集：第10卷. 北京：人民文学出版社，2005：515.
④ 王富仁. 鲁迅前期小说与俄罗斯文学［M］. 天津：天津教育出版社，2008：55.

家果戈理，真是无可奈何的事"①。"他描写没落人物，依然栩栩如生，一到创造他之所谓好人，就没有生气。"② 鲁迅所说的果戈理的这种情形，其实，在讽刺幽默小说的创作中不是个案，而具有普遍性。《儒林外史》的结尾处所写的所谓正面人物"四奇人"也是没有生气的，中外很多讽刺幽默小说皆然。因为讽刺幽默小说所写的讽刺对象、幽默人物常常是丑的、恶的、无价值的，他们是制造喜剧的源泉，而一旦写正面的、积极的、值得歌颂的人物，就和喜剧相去甚远了。

第二节　鲁迅的讽刺幽默小说与契诃夫的密切关联

除果戈理、显克微支以外，鲁迅的讽刺幽默小说与契诃夫的作品也有密切关联。契诃夫的讽刺幽默小说较早地翻译到中国来，对于中国现代作家来说，契诃夫是他们熟悉和喜爱的作家。契诃夫的文本风格是最接近中国现代写实——呈现派讽刺幽默小说特征的，所以，他的作品给这一类讽刺幽默作家作品以积极的影响，除鲁迅外，还有早期人生派和乡土写实派作家以及后来的张天翼、沙汀、师陀等人。中国现代的几位大作家鲁迅、郭沫若、茅盾、巴金以及瞿秋白、冯雪峰、张天翼、赵景深、萧三等人都对契诃夫有过高度评价，这是很少见的事。比如，文学巨匠茅盾在1960年写的《契诃夫的时代意义》一文中，深情地回忆了四十年前阅读契诃夫的感受：

那时候，不懂俄文的人，只能通过另一种外国文去阅读俄罗斯古典作家。尽管这样，契诃夫的作品还是比较容易读到——通过英文的译本。当时找到什么就读什么。如果我没有记错，那时候我第一批阅读的契诃夫短篇小说中间就有一篇《在家里》（一八八七）；这篇小说使我很感动，以至不计工拙，大胆把它翻译出来，投给一个日报的副刊。这算是我介绍外国文学的第一次。……

契诃夫作品的艺术力量之所以不可抗，不仅在于它震撼你的灵魂，还在于它狠狠地刺你一下以后，你却引俊不住，一定不肯不读它。正如我们读鲁迅的

---

① 鲁迅：《死魂灵》第二部第一章译者附记［M］//鲁迅. 鲁迅全集：第10卷. 北京：人民文学出版社，2005：453.

② 鲁迅：《死魂灵》第二部第一章译者附记［M］//鲁迅. 鲁迅全集：第10卷. 北京：人民文学出版社，2005：455.

作品，尽管感到自己是被骂到了，可还是要读。①

茅盾当年对契诃夫的阅读感受、心灵震撼，以及其后的持续阅读和喜爱，不仅仅是他个人，而是代表了一代作家对契诃夫的敬仰、钦佩甚至崇拜。

契诃夫继承了果戈理、谢德林的讽刺幽默艺术传统，又有自己的艺术追求和鲜明个性，形成了不同于果戈理、谢德林的讽刺幽默风格。

鲁迅对契诃夫的喜爱几乎和果戈理一样贯穿一生。很多研究者都引证了鲁迅所说的"契诃夫是我顶喜欢的作者"。似乎把它作为理解鲁迅与契诃夫关系的总纲。鲁迅对契诃夫的诸多关注、翻译、评价可以印证这一点。早在1909年的《域外小说集》就收有契诃夫的两篇作品，由周作人翻译。二十世纪二十年代末，鲁迅翻译了《契诃夫论新文艺》的论文。1935年，鲁迅在给叶紫的《丰收》作序时论到了契诃夫的作品"和我们的世界更接近"②。也是在1935年，鲁迅据德译本亲自翻译了契诃夫早期的8篇作品，并对契诃夫幽默小说给予了很高的评价，认为它既有"笑"，也有"问题"。这也正是讽刺幽默小说的创作追求。

说起来，鲁迅和契诃夫有着诸多的相似性：其一，二人早年都学医，后来都弃医从文。契诃夫在他大学毕业时，曾给自己这样定位："医生是我的职业，写作只是我的业余爱好。"但随着他的创作成果越来越丰硕，写作成了他的职业。其二，两人都是伟大的短篇小说家。契诃夫是俄国短篇小说巨匠，一生创作了四百多篇短篇小说，鲁迅是中国现代短篇小说的创立者，他一生创作的短篇虽然只有33篇，但言简意深，以少胜多。鲁迅对中国短篇小说的革新、创造的幅度是最大的，贡献也是最大的，影响也是深远的，所以，鲁迅被公认为中国现代中短篇小说之父。其三，两人在小说理念、小说特色上有着惊人的相似。契诃夫提倡客观的叙述，说"越是客观给人的印象就越深"。鲁迅提倡写实的叙述。契诃夫和鲁迅的短篇都短小精悍，言简意赅，是创作精短小说的典范。契诃夫说"天才的姊妹是简练""写作的本领就是把写得差的地方删去的本领"。鲁迅说要尽可能把可有可无的地方删去。

应该说，契诃夫作为短篇小说巨匠，其作品的题材、主题都是多样而丰富

---

① 茅盾. 契诃夫的时代意义 [M] // 茅盾. 茅盾全集：第33卷. 合肥：黄山书社，2014：802—803.

② 鲁迅. 叶紫作《丰收》序 [M] // 鲁迅. 鲁迅全集：第6卷. 北京：人民文学出版社，2005：227—228.

的，涵盖俄国现实社会和日常生活的方方面面，而且他创作的不同时期也有不同的侧重，他在不断地转换和出新。包括鲁迅在内的中国作家和读者最熟悉和喜爱的还是契诃夫在十九世纪八十年代中叶前后所创作的讽刺短篇，包括《一个文官的死》《胖子和瘦子》《变色龙》《苦恼》《万卡》《站长》《风波》《普里希别耶夫中士》等一批短篇。具体从讽刺幽默小说这一视角来看鲁迅和契诃夫有哪些关联？鲁迅受到契诃夫哪些影响？我们起码可以归纳出以下几点。

第一，在题材上，在主题上，契诃夫的小说在多样的题材和多重的主题中，对丑恶现象的嘲笑和对贫苦人民的同情这两大主题，深得鲁迅的认同和响应。这里包括沙皇统治下的官场、专制制度下的不合理的社会现象、人的精神扭曲和性格畸变等。契诃夫从小生活艰难，为了维持生计，开始写作生涯。他的作品发扬了俄国现实主义文学的优良传统，真实反映当时俄国的社会状况，较多地展现下层小人物的悲喜剧。鲁迅经历了从殷实之家走向败落的过程，这使鲁迅更看清了人间的真面目，正视严酷的现实，所以，鲁迅的笔下多是惨淡的人生和淋漓的鲜血，成为一个最清醒的现实主义者。他的作品从小说到杂文对丑恶现象的鞭挞、嘲笑是少有的深刻和全方位，对于贫苦的人民的辛苦麻木，既"哀其不幸"，又"怒其不争"，和契诃夫一样，也是给予深切同情的，从《孔乙己》到《阿Q正传》，对于破落的文人和底层贫民和契诃夫一样，在笑声中包含着忧郁的情绪和心酸的眼泪。

第二，在取材上，在写人上，契诃夫小说最让人称道的是截取日常生活，写小人物的悲喜剧。他从不追求离奇曲折的故事情节，也不写传奇式的英雄人物，而是回归到小人物的平凡的、普通的日常生活，从平静的、平淡的生活中发现问题，这种写法被称为"日常生活中的现实主义"。写小人物的悲剧命运在俄国是有传统的。而契诃夫则从琐碎的、平凡的日常生活中写小人物卑微的特征，没有大悲大喜。这些小人物多是小市民，也包括普通的职员和小知识分子。作者从市民习气、市侩心理作为突破口，在同情他们作为小人物卑微的生活的同时，更嘲讽他们的奴才心理、卑贱心理、庸俗习气以及巴结谄媚的行为，讽刺他们没有人格尊严，希望小人物虽然地位低下，人微言轻，但也应该有尊严地活着。这是具有长久意义的主题，也是具有社会意义的主题，能够引起人们的警觉，引起"疗救的注意"。

鲁迅的讽刺小说在取材上、在写人上同样也是选取日常生活，写小人物的悲喜剧。他的小说也没有离奇曲折的故事情节，也没有英雄豪杰。他的小说与古代小说最大的不同是人物从帝王将相、武侠英雄、神魔鬼怪、贪官污吏变成了普通人。鲁迅的小说,在中国现代小说中是回归日常生活叙事的典型代表。不同的是,鲁迅并不像其他一些作家的作品"不脱古之英雄和才子气",而完全是以现代中国人的日常生活和普通人的平凡琐事为叙写的核心。这除了鲁迅对现实日常生活的积累和独特的感受、体验之外,自然也有契诃夫小说影响的因子。契诃夫对人物的不学无术、愚昧无知、趋炎附势、卑躬屈膝、追求虚荣等的讽刺性描写,在鲁迅的讽刺小说中都有所体现。鲁迅讽刺小说中的人物主要是农民和知识分子,他们尽管出身不同,经历不同,但鲁迅都是写他们的日常生活,都体现出卑微的特征。《孔乙己》写的是主人公极平常的在鲁镇的酒店喝酒;《兔和猫》写的更是家中常养的兔和猫;《幸福的家庭》写一个小知识者的"他"怎样在纸上编织他的"幸福的家庭";《肥皂》写由"肥皂"和"洗"引发出来的讽刺;《高老夫子》写主人公的照镜子和上课,如此等等都是极普通的日常生活琐事。鲁迅和契诃夫一样,在普通的人、日常的事中看出了问题,描写不动声色,讽刺又暗含其中。

第三,在写法上,在风格上,契诃夫和鲁迅的写法都是不慌不忙,从容淡定,而且简明、朴素、含蓄。讽刺不很显露,幽默又不滑稽。契诃夫的讽刺不像果戈理那样尖刻,而是温婉含蓄的,这正与鲁迅的见解相通。众所周知,鲁迅是非常欣赏《儒林外史》的"戚而能谐,婉而多讽",反感晚清谴责小说的"辞气浮露,笔无藏锋"。鲁迅认为,"在中国历来作讽刺小说者,再没有比他(指吴敬梓)更好的了","讽刺小说是贵在旨微语婉的"。① 这是鲁迅的观点,也是鲁迅的创作追求。鲁迅的讽刺小说接续上了已"绝响"了170多年的中国讽刺小说,在中国现代放射出了异彩。鲁迅和契诃夫都是有很强幽默感的作家,对可怜的人,可怜的生活作善意的讽刺,对丑陋的人,对恶势力则给予无情鞭挞。鲁迅和契诃夫也都以写人生的悲喜剧著称,善于将喜剧和悲剧相结合。

契诃夫和鲁迅都善于长事短叙,往往寥寥几笔就展现了人物的特征。契诃夫的《报仇》对图尔曼诺夫的描写就是这样,作者说他"有一笔小资本,一位年轻的妻子和一个令人起敬的秃顶"。真是寥寥几笔就展现了人物的特征和本质。《变色龙》是契诃夫讽刺短篇中的经典,它把讽刺的功能发挥得淋漓尽致。鲁迅的《阿Q正传》《肥皂》《高老夫子》《幸福的家庭》《白光》也是和《变

---

① 鲁迅. 中国小说的历史的变迁 [M] //鲁迅. 鲁迅全集: 第9卷. 北京: 人民文学出版社, 2005: 345.

色龙》一样出色的讽刺小说。《阿Q正传》作为讽刺小说，在悲剧和喜剧的交融、讽刺和幽默的结合、杂文和小说的糅合上开创了中国现代讽刺文学的新篇章。作者写阿Q头上有几处癞疮疤，由此讳说"癞"，推而广之，也讳说"光""亮""灯""烛"等，也是三言两语就凸显了人物的性格和本质。

总之，契诃夫小说的讽刺幽默以及悲喜交织、朴素、简练、含蓄的美学风格是最契合以鲁迅为代表的写实派的讽刺品格的，因此，契诃夫才能影响了中国现代的很多作家。

第三节　《阿Q正传》与《堂吉诃德》

如果说前面两节主要是比较两个对象的同一性，那么，这一节则主要探讨两个对象的差异性，前者是看"异中之同"，属于"影响研究"，后者是看"同中之异"，属于"平行研究"。何以如此？主要因为在以往的研究史中，研究者对《阿Q正传》与《堂吉诃德》的同一性、相似之处给予较多的关注和探讨，而对于差异性，特别是《阿Q正传》是否借鉴了《堂吉诃德》？鲁迅在写《阿Q正传》时是否真的受到了《堂吉诃德》的影响？还有待于进一步确认和实证。

在以往的研究中，有一种较为普遍的观点，认为《阿Q正传》的创作借鉴了《堂吉诃德》，受到了它的影响。这种观点似乎很流行，事实是这样吗？

笔者认为，《阿Q正传》与《堂吉诃德》的比较，应该是一种"平行"的比较，而非"影响"的比较，以往有学者依据两部作品的诸多的相似之处；又联想到鲁迅在文章中曾多次论及堂吉诃德；再追溯到早年周氏兄弟和《堂吉诃德》的密切关联。由此推论鲁迅写《阿Q正传》时借鉴了《堂吉诃德》的一些文学表现手法，从而认为《堂吉诃德》影响了《阿Q正传》。这样的结论是缺乏事实根据的，是一种推测。这种推测，表面上看合情合理，顺理成章，但"较真"起来，没有说服力，也经不起推敲。

根据学者的考察，将鲁迅与堂吉诃德相提并论，始于二十世纪二十年代后期。"1934年12月6日南京的《中国日报》上就刊出林克写的《吉诃德与阿Q》一文。以后也有这类文章发表。"但那时比较文学的研究方法在中国还没有兴起，还只是简单的对比，的确属于"准论文"。

真正从比较文学视域研究《阿Q正传》与《堂吉诃德》的关系是在二十世

纪八十年代。"1981 年鲁迅百年诞辰之际，几乎同时出现了两篇专题论文。一篇是安国染、张秀华的《堂吉诃德和阿 Q》，从中国、西班牙这两个典型产生时相似的时代精神出发，考察了两个典型的相似之处：主观和客观分裂，思想和现实背离；鲜明的性格矛盾；可笑的形式、悲剧的内容。同时又从两位作家接触阶层的不同，面临的任务不同，美学理想的不同考察两个典型的差异。另一篇秦家琪、陆协新的《阿 Q 和堂吉诃德形象的比较研究》则明确认为鲁迅创作《阿 Q 正传》时，不会忽视塞万提斯的美学经验和艺术手段，因而受到了《堂吉诃德》的影响；并且深入、细致地考察了两部作品的异中之同，同中之异，总结出某些规律性的美学见解。"① 这是新时期最早、也是最明确提出《阿 Q 正传》受到《堂吉诃德》影响的文章。该文的结论性的观点是：在"影响性再现"和"平行性再现"这两种情况中，"我们更倾向于阿 Q 形象是堂吉诃德形象的'影响性再现'这个结论。"作者的理由和根据是：第一，鲁迅善于"拿来"；第二，《堂吉诃德》在艺术上的冲击力量，是一个重要的影响力；第三，鲁迅对《堂吉诃德》有着深刻理解。

作者的这三点理由和根据就能证明《阿 Q 正传》受到《堂吉诃德》影响吗？笔者认为不能。我们来一一辨析。鲁迅的确学贯中、西，博古通今，善于"拿来""为我所用"。但这能证明鲁迅就一定受到《堂吉诃德》的影响吗？显然不能。说鲁迅早年对西欧文学的广泛涉猎也是事实。但这就一定意味着包括《堂吉诃德》吗？也不一定。因为鲁迅在留下来的所有文字包括书信和日记中从未说到他阅读、喜欢过《堂吉诃德》，更没有说过受到《堂吉诃德》的影响。鲁迅的确从来不忌讳自己的作品受到外国作家的影响，他在回顾自己创作的文章中以及书信中，凡是他喜欢的、给他以影响的作家，他都直言不讳地说过，如果戈理、显克微支、契诃夫、安德烈夫、夏目漱石、森鸥外等人。但并没有说到塞万提斯和《堂吉诃德》，这难道还不说明问题吗？如果鲁迅的《阿 Q 正传》真的取法《堂吉诃德》，而他又从来不因自己取法外国的作家而"脸红"，而"忌讳"，那么，鲁迅就更应该留下文字记载，而事实恰恰相反。这说明鲁迅借鉴《堂吉诃德》是不成立的，此其一。

其二，说"《堂吉诃德》作为一个外在因素和外部条件"是鲁迅创作《阿 Q 正传》过程中的"一种重要的影响力"。理由是阿 Q 与堂吉诃德有"共同特

---

① 王吉鹏，李春林. 鲁迅：世界性的探寻：鲁迅与外国文化比较研究史 [M]. 沈阳：辽宁人民出版社，1999：243.

点", 两部作品"具有惊人的相似之处"。这就需要辨析这两个人物、这两部作品的"共同特点""相似之处"到底是属于客观上的不谋而合, 还是主观上的学习和借鉴。它们的共同特点, 如"都是悲剧性的喜剧性格和喜剧性的悲剧性格"等在文学创作中都是普遍存在的, 不是这两部作品所独有。人物性格质朴、率直的特点在文学形象中可谓比比皆是;"精神胜利法"作为人类普遍弱点的一种, 在很多作品中皆有呈现, 也并非这两部作品所独有, 况且阿Q和堂吉诃德的"精神胜利法"在内涵上、在表现形式上有着根本的不同。鲁迅之所以能揭示出阿Q的"精神胜利法"主要是源于鲁迅对愚弱国民的深刻洞察, 绝不是源于堂吉诃德的"精神胜利法"; 至于说这两个人物都是"悲剧性的喜剧性格和喜剧性的悲剧性格"更不是这两部作品所独有, 而是中外众多讽刺幽默小说创作的共同规律。从吴敬梓笔下的周进、范进到鲁迅笔下的孔乙己、陈世成、阿Q, 从老舍笔下的老派市民到钱锺书笔下的方鸿渐, 外国的从西方的塞万提斯、果戈理、契诃夫、艾米斯、马克·吐温等人的"黑色幽默"到东方的夏目漱石笔下的人物都有"悲剧性的喜剧性格和喜剧性的悲剧性格", 这是一个共性的现象。在中国, 有"喜剧往深里挖就是悲剧"(李健吾语)的说法。这样, 写人生的悲喜剧, 塑造悲喜剧的性格就成了讽刺幽默文学常出现的人物性格, 于是才有"含泪的笑""带着枷锁的笑""强颜微笑""以笑当哭"等的说法。鲁迅写出阿Q的悲喜剧性格主要是源自这一共同的规律和他对中国人的认知, 而不是源自堂吉诃德的悲喜剧性格。

其三, 说鲁迅对塞万提斯和《堂吉诃德》的"众多评论和深刻理解"也是事实, 但不要忘记, 鲁迅的《阿Q正传》写于1921年, 而他对《堂吉诃德》的"众多评论"无一不在写《阿Q正传》之后, 而且是多年之后, 那完全是鲁迅后来对《堂吉诃德》的了解和认识, 而不是鲁迅写《阿Q正传》之前的了解和认识。至今, 没有资料、文献能够证明鲁迅在写《阿Q正传》之前对《堂吉诃德》有"深刻理解", 甚至连鲁迅在写《阿Q正传》前是否完整地读过《堂吉诃德》都无从可考, 怎么能断定《阿Q正传》受《堂吉诃德》的影响呢? 一个简单的道理是: 当初是当初, 后来是后来, 不能把鲁迅后来对《堂吉诃德》的认识看作当初的认识。这样看来, 说"《阿Q正传》受《堂吉诃德》的影响"就站不住脚了。

在秦家琪、陆协新的论文之后, 进一步说《阿Q正传》受《堂吉诃德》影响的是万书元。他在1998年出版的《第十位缪斯——中国现代讽刺小说论》中说："《阿Q正传》的诞生，在某种意义上说，恰恰又是他专心研究外国传记体讽刺小说技巧的结果。""给《阿Q正传》以影响的，是塞万提斯的《堂吉诃德》。"万书元认为"虽然鲁迅自己没有论及《阿Q正传》同《堂吉诃德》的关系，但我们可以根据下面几点对这个问题提供有力的证明：

第一，鲁迅是一位非常善于从外国文学的作品中吸取营养的作家。他曾经说过，在他创作之初，'大约所仰仗的全是先前看过的一百来篇外国作品和一点医学知识。'这一百来篇外国作品中，我认为包括塞万提斯的《堂吉诃德》。我们可以从周作人的文章获得旁证。周作人在《自己的园地·塞文狄斯》（作于1925年12月5日）中，说：'《吉诃德先生》是我很喜欢的书之一种，我在宣统年前读过一遍，近十多年来没有再读。但随时翻拢翻开，不晓得有几十回，这于我比《水浒》还要亲近。'周作人读《堂吉诃德》的时候，推算起来，当在1908年左右。此时他与兄长鲁迅同在日本，并且一度与鲁迅、许寿裳、钱均甫、朱谋宣同居本乡西片町十番地吕字十号，假如他先于鲁迅读到这部书，他绝不会对鲁迅秘而不宣，鲁迅也绝不会坐视不看的。当然，更有可能是鲁迅推荐给他看的。

第二，鲁迅在二十年代末和三十年代初曾多次在自己的文章中论及塞万提斯与堂吉诃德。……他读这部书当在周作人读它之前或略后。

第三，作品本身为我们提供了充足的论据：《阿Q正传》同《堂吉诃德》有许多相似处"①。

笔者认为，上述这三点"证明"，同样是值得怀疑的。首先，鲁迅后来所说的当年看过的百来篇外国作品是否包括《堂吉诃德》？周作人的"旁证"是否有力？我们必须还原鲁迅当年的历史的现场才能看得清楚。鲁迅在1933年写的《我怎样做起小说来》讲得很清楚：留心文学的目的是改良社会；方式是翻译、介绍短篇；具体目标是东欧被压迫民族的作品，选择原则是具有反抗性的作品；具体国家是俄国、波兰及巴尔干诸小国；爱看的作者是果戈理等四位。鲁迅说的这样具体和明确，而西班牙属西欧国家，《堂吉诃德》也不属于短篇，更没有反抗压迫的主题，所以，不可能在鲁迅的接受范围之内。当然，鲁迅的阅读范围和阅读趣味可能比这更广泛，有些阅读趣味和接受的作家作品也不一定非在公开发表的文字中表达出来不可，未表达的阅读对象和阅读趣味不等于不存在。

---

① 万书元. 第十位缪斯：中国现代讽刺小说论［M］. 南京：东南大学出版社，1998：229-231.

但种种迹象表明，鲁迅在写《阿 Q 正传》前不一定接受过《堂吉诃德》。这样看来，鲁迅看过的百来篇外国作品不可能包括《堂吉诃德》，周作人的"旁证"也就不攻自破，周作人看过不等于鲁迅看过。退一步说，鲁迅即使看过《堂吉诃德》，也不意味着一定就受到它的影响。因为这时与鲁迅写《阿 Q 正传》已相隔 13 年。那么，鲁迅回国之后，写《阿 Q 正传》之前是否看过《堂吉诃德》呢？没有。鲁迅在这篇回顾文章中接着说："回国以后，就办学校，再没有看小说的工夫了。"由此可以断定，鲁迅在写《阿 Q 正传》前没有看过长篇巨制的《堂吉诃德》。

其次，说"鲁迅在二十年代末和三十年代初曾多次在自己的文章中论及塞万提斯与堂吉诃德"。是因为到二十世纪二十年代后期以至于二十世纪三十年代，中国现代文坛译介、谈论堂吉诃德多起来，鲁迅也已成为文坛名将，对《堂吉诃德》的了解、认知自然也就多起来，他还在日记中记载曾收藏过日文版的《堂吉诃德》。这时期，鲁迅或许读过《堂吉诃德》，或许对之有深入的了解，所以能在文章中多次提到塞万提斯与堂吉诃德。但这些都是鲁迅在写完《阿 Q 正传》之后多年发生的事，与《阿 Q 正传》是否受《堂吉诃德》的影响无关。

最后，关于作品本身的证据问题。万书元在书中列出了《阿 Q 正传》借鉴《堂吉诃德》的四点证据："第一，采用漠视事物符号性特征而强化符号性意义的叙述态度。塞万提斯在写堂吉诃德时，并不关心主人公的村名，也不关心主人公的真名。""鲁迅写《阿 Q 正传》时，对阿 Q 的村庄与阿 Q 的名字作了同样的处置。""第二，以极化的手法塑造人物。""让人物性格向着极端发展，在作者笔下，堂吉诃德是一个偏执狂式的疯人。""阿 Q 也是一个精神失常的人。""第三，《阿 Q 正传》同《堂吉诃德》具有相同的情感结构。"都是"同情与讽刺的混合"，都是"哀其不幸，怒其不争"。"第四，《阿 Q 正传》借鉴了《堂吉诃德》的传记讽刺形式。"两部作品都是"人物传记体讽刺小说"。①

以上四点相似处就是万书元所说的"充足的论据"。其实，这四点相似处也都不能证明《阿 Q 正传》借鉴了《堂吉诃德》。关于"漠视事物符号性特征而强化符号性意义"的问题，实际是指两部小说的开头交代人名和地名的问题。我们详细对照这两部作品的第一章，写法完全不同，看不出一点借鉴和影响的

---

① 万书元. 第十位缪斯：中国现代讽刺小说论 [M]. 南京：东南大学出版社，1998：232-235.

痕迹。作为传记体小说，自然都要交代人物和场景，即在什么地方有一个什么样的人。这是这类小说必不可少的元素，不管谁写都是这样。而事实上，塞万提斯交代人物和场景和鲁迅交代人物和场景是很不相同的。

关于"以极化的手法塑造人物"的问题，堂吉诃德作为"一个偏执狂式的疯人"，把旅店当城堡，把风车当敌人。阿Q作为"一个精神失常的人"，与王胡比捉虱子，看谁虱子多，看谁咬得响。虽然两者都是"极化"，但方向、内容完全不同，堂吉诃德既是一个狂人，也是一位英雄和智者；而阿Q则始终是一个愚昧的精神胜利者。两者虽有一定的联系，但不存在继承关系。

关于《阿Q正传》同《堂吉诃德》"具有相同的情感结构"问题，万书元认为"《堂吉诃德》中弥漫着浓厚的哀怜与鞭笞相混合的情感"，是"同情与讽刺的混合"。"《阿Q正传》的情感结构是'哀其不幸，怒其不争'，这与《堂吉诃德》是极为相似的。"笔者认为，这两者只具有相似的情感态度，而不具有相似的内涵。所谓相似的情感态度，是说塞万提斯和鲁迅都哀怜、同情而又鞭笞、讽刺他们笔下的人物，这种双重的情感态度源自作品和人物的悲喜交织，这是众多讽刺幽默小说共同的美学品格，很多讽刺幽默作家都持这样的情感态度。所以，塞万提斯和鲁迅也持这样的情感态度并不能说明二者的影响关系。所谓不具有相似的内涵，是说塞万提斯和鲁迅哀怜、同情而又鞭笞、讽刺他们笔下人物的具体方面完全不同。塞万提斯哀怜、同情的是堂吉诃德虽具有善良的愿望，具有人文主义的思想和智慧，以及锄强扶弱、见义勇为的英雄气概，但却做不成事业，因为他始终生活在错觉、幻觉之中，理想在生活中处处碰壁，动机和效果相反，既害了别人，也嘲弄了自己。鞭笞、讽刺的是他的疯疯癫癫的骑士道和偏执狂以及由此带来的荒唐与可笑。而鲁迅哀怜、同情的是阿Q作为社会最底层人的不幸，以及被侮辱被损害的命运。鞭笞、讽刺的是他的自我麻醉、自轻自贱、自我解嘲而不去抗争，以及最终的不觉悟。可见，塞万提斯和鲁迅"哀其不幸，怒其不争"的具体内涵、指向完全不同。只有当这种具体的内涵、指向具有惊人的相似，才存在影响关系的可能。

关于《阿Q正传》是否"借鉴了《堂吉诃德》的传记讽刺形式"的问题，笔者认为，虽然两部作品都是"人物传记体讽刺小说"，但这也不能说明后者借鉴了前者，因为"人物传记体讽刺小说"在中外都频频出现过，拉伯雷的《巨人传》、狄更斯的《匹克威克外传》，王任叔的《姜尚公老爷列传》、萧红的《马伯乐》等都属此类。由此可见，《阿Q正传》和《堂吉诃德》一样，也采用

"传记讽刺形式"。只能说是这类讽刺小说创作的共同特点，而不能说是《阿Q正传》借鉴了《堂吉诃德》。

综合以上辨析，我们看到，万书元的"影响说"也是不能成立的。

可是，在此之后还有人提出这种"影响说"。与前两个论著相比，这篇文章显得有些简单和武断。这里，我们暂不追究鲁迅对《堂吉诃德》的理解是否深刻，是正面研究性的论述还是根据需要作为案例使用或提及，即便鲁迅对塞万提斯的论述是多次的，对《堂吉诃德》的理解是深刻的，就一定受到它的影响吗？二者有必然的因果关系吗？推而广之，一个作家对另一个作家的作品理解深刻，就一定受到它的影响吗？鲁迅对《红楼梦》《海上花列传》的理解都是深刻的，难道鲁迅的小说也一定受到这两部作品的影响吗？这是一种荒唐的逻辑。该文作者忘了一个简单的也是基本的事实：鲁迅多次论述堂吉诃德均是在写完《阿Q正传》多年之后的事，它只能代表鲁迅后来对堂吉诃德的认识，而不是写《阿Q正传》之时。至于文章所列举的"诸多相同之处"实在没有说服力。因为这些在意识和行为上的所谓"共同性"是何等的宽泛，在很多作家的作品中都能找到，怎么能断定是影响关系呢？堂吉诃德的"行侠"和阿Q的"革命"仅在"盲目"这一点上相同，而在动机、目的、方式、做法、结果等诸多方面都是不同的，怎么能说是"大同小异"呢？事实上，鲁迅写阿Q的"革命"与堂吉诃德的"行侠"没有任何关系，这是昭然若揭的事实。

直到二十一世纪的当今，仍有人坚持这种"影响说"。2016年，《鲁迅研究月刊》上发表了禹权恒的文章《"堂吉诃德在中国"与"中国的堂吉诃德"》，文章的主要观点是："早在1908年左右，鲁迅和周作人在日本留学时期就阅读过《堂吉诃德》的德译本。""《阿Q正传》可谓就是一部《堂吉诃德》式的经典之作。这部小说至少在两个方面借鉴了《堂吉诃德》：（一）戏拟的手法。（二）极化与象征手法。"文章的结论是："可以推测，鲁迅在创作《阿Q正传》之时，很有可能是有效借鉴了《堂吉诃德》的文学表现手法。"

该文的观点和结论也不符合实际，根本站不住脚。说鲁迅在日本留学时期就阅读过《堂吉诃德》的德译本，这一点目前还没有证据。前面已经重申过，周作人读过不等于鲁迅读过，周作人喜欢不等于鲁迅喜欢，对周作人产生深刻影响不等于对鲁迅产生深刻影响。当然，鲁迅在留日时期，的确收藏过塞万提斯的《好心肠的骑士堂吉诃德·德·拉曼却》为莱克朗氏万有文库本，此版本现藏于北京鲁迅博物馆。鲁迅购买、收藏，就存在两种可能：或者读过，或者没读过。说他一定读过或者没读过似乎都没有依据。

关于鲁迅留日时期的文学阅读，鲁迅研究专家姜异新新近作了系统的考察。她在《"百来篇外国作品"寻绎（上下）——留日生周树人文学阅读视域下的"文之觉"》这一长文中通过多方面的资料引证，全面考察了鲁迅留日期间的文学阅读状况。她在文中说："如何判定哪些外国文学作品鲁迅留日期间读过，哪些没有读过？"姜异新的文章"从八个方面的依据入手，逐步缩小寻绎范围，列出明确篇目，并以表格形式呈现每篇的主要阅读语言，直接或间接阅读证据，阅读来源信息以及在日购藏书籍情况"。姜异新特别指出："阅读证据当中除去'小说译丛'及翻译作品是铁证，其他回忆文字及藏书情况，只能说是线索或可能性之一，供感兴趣者继续进行个案的深入考证和质疑。"在"小说译丛"及翻译作品（这是铁证）中，是没有《堂吉诃德》的。在鲁迅留日期间的"文学教科书"中，也没有《堂吉诃德》。在"鲁迅自述"中，同样没有《堂吉诃德》。"周树人留日时期爱看的作家有谁？他在文字中还有过明确表示，'用谐笑之笔，记悲惨之情'之俄国果戈理（N. Gogol），'神秘幽深'之俄国安特来夫，悲世甚深之迦尔洵，警拔锋利之波兰显克微支（H. Sienkiewitz），低徊超绝之日本夏目漱石、清淡腴润之森鸥外，'率纵言自由，诞放激烈'之匈牙利裴多菲，这些作家的作品自己都曾经热切地捧读过，对其小说创作的影响也是显而易见的。"① 在姜异新八个方面的"寻绎"中，只有"周作人的回忆"和"鲁迅的藏书"中提到了《堂吉诃德》："周作人还曾以'我们'的口吻，谈及对林纾翻译的《堂吉诃德传》（《魔侠传》）的不满，以为'错译乱译，坏到极点'，而鲁迅藏书目录里又列有《好心肠的骑士堂吉诃德·德·拉曼却》莱克朗氏万有文库德文本两卷，及其他三种版本，由此可以间接推断西班牙著名的堂吉诃德故事，二周是对照林琴南的汉译及英、德、日译本认真阅读过的。"② 这里，周作人以"我们"的口吻，当然包括鲁迅，再加上鲁迅对《堂吉诃德》的收藏，所以，认为鲁迅可能读过《堂吉诃德》。但这仍然是"推断"，而不是"铁证"。因为"购书不一定就会阅读，特别是像鲁迅这样嗜书如命、有洁癖的读书人，

---

① 姜异新. "百来篇外国作品"寻绎（下）：留日生周树人文学阅读视域下的"文之觉"[J]. 鲁迅研究月刊，2020（2）.

② 姜异新. "百来篇外国作品"寻绎（下）：留日生周树人文学阅读视域下的"文之觉"[J]. 鲁迅研究月刊，2020（2）.

几乎不留下任何阅读痕迹"①。进一步说，即使鲁迅在日期间真的阅读过《堂吉诃德》，就一定对他十几年后写《阿Q正传》产生影响吗？恐怕也未必。关键是我们从两部作品中找不到令人信服的"影响关系"的例证。如果有像姜异新在文中列举的《阿Q正传》与《一文钱》具有"影响关系"的例证，那才有说服力："《阿Q正传》里还有俄国斯谛普虐克的小说《一文钱》的影子，阿Q被压榨的只剩下一条裤子，就像《一文钱》里的农夫被盘剥得连内裤都没有了。当农夫觉醒，不再交钱的时候，总督下令集合一个旅军队去讨伐农夫，而'革命党'捉拿阿Q时也是动用了一队兵，一队团丁，一队警察，五个侦探，而且还在土谷祠外面架起了机关枪。"② 遗憾的是我们从《堂吉诃德》和《阿Q正传》中找不到这种"影响关系"的例证。"创作行为可以由阅读活动直接开启和进入吗？很遗憾，周树人在阅读的当下，并没有从某些文本的精神约会中，诞生创作的欲望，哪怕是极个别的、最钟爱的作品，也没有激起他立刻去模仿、创造虚构文本的冲动，我们没有获得关于他从阅读快乐直接过渡到创作欲望的证据。这让我们再度思索，海量阅读直接对应的更多是知识生产，而非创作冲动。很多读者都并未从阅读者直接转变为作家，却转变成了知识生产者，比如学者和翻译家，至少在十五年前的周树人，其心智发展逻辑也是如此，成为作家决非早年文学阅读活动中的心理预期。"③ 这是极有见地的看法。

我们说《阿Q正传》和《堂吉诃德》是"平行关系"，而非"影响关系"，可以作"平行比较研究"。因此，根本不是鲁迅把堂吉诃德"偷渡"到中国，而是因为《堂吉诃德》是伟大的、不朽的巨著，传播到中国，被中国人所接受，于是，人们还发现了它和《阿Q正传》有相似之处，这种相似之处是两位作家都直面现实，直面生活，都善于发现问题，都采用和遵循某些共同的创作方法和规律的结果。禹权恒的文章所说的两个方面的借鉴根据也不是作者的新观点、新发现，在此前的"影响说"的论著中都已经说过，它同样不能证明《阿Q正传》就借鉴了《堂吉诃德》的文学表现手法，作者的"推测"是没有说服力的。

---

① 姜异新."百来篇外国作品"寻绎（下）：留日生周树人文学阅读视域下的"文之觉"[J].鲁迅研究月刊，2020（2）.

② 姜异新."百来篇外国作品"寻绎（下）：留日生周树人文学阅读视域下的"文之觉"[J].鲁迅研究月刊，2020（2）.

③ 姜异新."百来篇外国作品"寻绎（下）：留日生周树人文学阅读视域下的"文之觉"[J].鲁迅研究月刊，2020（2）.

由《阿Q正传》是否受到《堂吉诃德》的影响的争议，引发我们必须对"影响研究"如何才能成立有一个深度的、全方位的考量。

判断一个作家、作品是否受到了另一个作家、作品的影响，从何处入手？怎样寻求证据？具备了哪些条件这种影响才是成立的？两个作品有相似之处就一定存在影响吗？合理的推测、猜想是否可取？捕风捉影、望文生义、人云亦云式的断定是否应该摒弃？在这个问题上，关键是要有可靠的"证据"，所得出的观点和结论虽不一定是"公论定说"，但要努力"自成一说"，起码要能"自圆其说"。

首先，要看作家的自述。这是"证据"之一。要考察作家在序跋、在谈创作经过、在回忆、在接受采访以及在书信、日记中都是怎么说的，是否说过这种影响。一般说来，作家在自述中说过、承认自己的创作受到过某个作家、作品、思潮、流派的影响往往是真实的、可信的，因为作家这样表白对自己无益，并不能证明自己"伟大"和"原创"。相反，作家在自述中否认自己受某某影响则是值得怀疑的。在中国当代，不就有作家否认自己的创作受到西方某个现代主义大师的影响吗？但这种否认并不意味着不存在，道理很简单，否认影响对自己有益无害，也许更能证明自己的原创力。所以，凡是作家自己说的、承认的影响关系都是存在的，凡是作家没说的、不承认的影响关系不等于不存在，关键要看作品的实际。比如，在中华人民共和国成立后以后，特别是在政治运动中巴金在谈创作的时候，不能说、也不敢说自己受到过"无政府主义"的影响，但这种影响还是存在的；曹禺在谈当年创作、回答提问的时候，不能说、也不敢说《雷雨》受到"宿命论"的影响，但这种影响也是存在的。这样的情况就提醒我们对作家的自述要采取分析的态度。同时，我们在搜寻创作者的自述时，一定要像鲁迅说的，要顾及作者全人和全篇，要注意返回历史现场，了解具体情境，不能断章取义。当然，作家的自述、回忆是一种主观性很强的资料，又受到特定时空的影响，因此，不应尽信，只能作为"证据"之一，不能不加分析的照搬。

还有一种情况，就是作家对自己的创作避而不谈，像钱锺书，这样，我们就从作家的自述中搜集不到"影响"的"证据"，这也说明作家的自述仅仅是"证据"之一，而不是唯一，还必须从其他方面努力，这就必然引出第二个努力的方向：考察作品。

其次，从两个比较的对象中（即作家作品中）探寻影响关系是否存在，这是更直接的"证据"，也是最有说服力的"证据"，它更能看出研究者发现的眼光和功力。考察完作家的自述、自我解说并没有万事大吉，甚至说还没有登堂入室，因为有的作家对这种影响关系、借鉴的事实有自述，有的没有自述，有的还否认批评家提出的借鉴的问题。所以，必须在此基础上研读作品，从作品中寻找影响的"证据"，发现蛛丝马迹。如何寻找？怎样发现？看到了比较的两个作家、两个作品有"相似之处"就如获至宝，就断定后者受到了前者的影响，这样的结论可靠吗？事实远没有这样简单。如前所述，我们必须对这种相似之处进行分析，看它是如何产生、怎么产生的，具体相似的程度如何。这样一分析，我们就会感到，有的"相似之处"是由于两个作家的经历、思想、文学观念、创作方法、美学追求，以及创作的共同规律所造成的，像《阿Q正传》与《堂吉诃德》就属此类。而有的"相似之处"从这些方面都无法解释，比如两个作品在某个方面或某些方面的"惊人的相似"，就可能存在影响关系。比如，古典诗中写的"丁香结""雨中愁"和现代诗《雨巷》就存在影响关系，古典诗中的《枫桥夜泊》和当代歌曲《涛声依旧》中的歌词也存在影响关系，泰戈尔的诗歌对冰心的小诗创作，小说中的日本的新感觉派小说对中国现代新感觉派小说创作都存在影响。这种影响关系是明显的、决定性的，甚至可以说没有前者就没有后者。当然，有的影响关系虽不能说没有前者就没有后者，但可以说没有前者就没有这种情形的后者，而是另外的后者。比如，鲁迅的《狂人日记》和果戈理的《狂人日记》的关系，应该说，没有果戈理的《狂人日记》，也可能有鲁迅的《狂人日记》（因为鲁迅有小说创作的愿望，有医学上的知识），但不是现在这种特点、这种风格的《狂人日记》，而是另外的《狂人日记》。同理，没有果戈理、显克微支、契诃夫的小说就没有现在这种风貌的鲁迅的前期小说。没有鲁迅的《阿Q正传》就没有现在这种特点的《阿贵流浪记》和《阿长贱骨头》等乡土小说，而是另一种风貌的乡土小说。还有的"相似之处"，根本不存在，也不可能存在影响关系，比如《罗密欧与朱丽叶》与《牡丹亭》的"相似之处"就根本不可能存在影响关系，它们的比较只能是属于"平行比较"的范畴了。莎士比亚的戏剧与汤显祖的"临川四梦"也具有"相似之处"，它们也不可能存在影响关系，而是平行关系。总之，从作品中找到、发现可靠的、有说服力的影响的例证，才是确认影响关系的关键。

最后，是寻找影响关系的旁证。这是间接的"证据"。什么是旁证？就是在比较的对象的旁边的或相关的证据。比如，从比较的对象相关的作品中寻找证据，或者从作家的相关论述中寻找证据。这种间接的证据，可以证明肯定性的观点，也可以证明否定性的观点。比如，如前所述，认为《堂吉诃德》影响了《阿Q正传》的人，都把《堂吉诃德》对周作人的深刻影响当作鲁迅受《堂吉诃德》影响的"旁证"，因为他俩是兄弟，住在一起，又一起编《域外小说集》，可能相互影响。但这个"旁证"是没有说服力的，道理很简单，鲁迅、周作人是两个独立的、且有不同爱好和追求的个体。认为《堂吉诃德》影响了《阿Q正传》的人，还不约而同地把鲁迅多次对堂吉诃德的论及也当作肯定性的观点的"旁证"，这也难以令人信服，因为鲁迅对堂吉诃德的多次提及，都是在他写《阿Q正传》之后，也就是说，鲁迅在写完《阿Q正传》之后才对《堂吉诃德》更熟悉、更了解。如果是在写《阿Q正传》之前，这个"旁证"就有说服力了。

　　"旁证"中证明否定性的观点或许比证明肯定性的观点更有说服力。举例来说，鲁迅在谈自己的小说创作的多篇文章中，完全没有谈及对《堂吉诃德》的喜欢、阅读以及对他创作《阿Q正传》有什么影响，而对另外一些作家作品则多有提及，那么，我们考察一下鲁迅都谈到了哪些作家作品？对这些作家作品的接受和影响谈得越多、越细，就越证明《堂吉诃德》没有进入他的接受视野，自然也就不可能给他以什么影响，结论是否定性的。我们按照时间的顺序进行考察。写于1922年的《〈呐喊〉自序》，鲁迅谈了自己年轻时的梦想、家族的败落、"走异路，逃异地"的求学之路、学医的动机、"弃医从文"后的失败和寂寞、创作的缘起、取名《呐喊》的缘由等，没有涉及他对外国文学的阅读和接受。写于1925年的《俄译本〈阿Q正传〉序及作者自叙传略》也没有谈《阿Q正传》受外国文学影响的问题，而只说了《阿Q正传》想"要画出这样沉默的国民的魂灵来，在中国实在算难事"，以及《阿Q正传》发表后受到的指责。写于1926年的《〈阿Q正传〉的成因》，是由郑振铎论《阿Q正传》的结尾的"匆促"和"大团圆"引发鲁迅对"一些小事情"的议论。其中，鲁迅说到《阿Q正传》的写作缘起。鲁迅还在该文中谈了阿Q要做革命党的问题以及"大团圆"结局的考虑。写于1933年3月的《我怎么做起小说来》是对《〈呐喊〉自序》的补叙。鲁迅说他小说创作前所接受的外国作家作品，这已被研究者反复引用，但却没有说到塞万提斯和《堂吉诃德》。同年5月写的《英译本〈短篇小说选集〉自序》，鲁迅再次提到看过俄国、波兰和巴尔干诸小国的小说。写于1935年的《〈中国新文学大系〉小说二集序》，鲁迅一方面说明了早期创作的《狂人日记》《孔乙己》《药》等小说与果戈理、尼采、安特莱夫的联系与区别，另一方面也说明了后来的创作就脱离了外国作家的影响，艺术成熟起来。这样的自述与他作品的实际情形是完全吻合的。上述"旁证"都不能证明鲁迅对《堂吉诃德》有过接受和影响。相反，倒说明鲁迅对它没有多少了解，没有留下什么印象，甚至没有读过它，自然也就谈不到影响《阿Q正传》的创作。

　　综上所述，笔者认为，《阿Q正传》并没有受到《堂吉诃德》的影响。两部作品有很大的不同。二十世纪八十年代初，鲁迅研究名家陈涌就指出过这种不同："我们过去有时也把阿Q和堂吉诃德相提并论，如果单就主观主义——主观盲目性来说，他们的确是近似的。但堂吉诃德何尝有半点奴才的品德？他虽然也盲目得可观，但他绝没有奴颜媚骨。他任何时候都没有阿Q式的委曲求全，他倒是为了自己的人道主义理想不计个人利害，勇往直前的。"二十世纪九十年代以来，以阿Q与堂吉诃德精神上的相通为切口，进行"平行比较研究"取得了丰硕成果，这里就无须赘述了。

第四章　老舍：与英、俄幽默讽刺文学的因缘

如果说鲁迅是中国现代第一代讽刺幽默小说家的杰出代表，同时也是中国现代讽刺幽默小说的开创者，那么，老舍就是中国现代第二代讽刺幽默小说家的杰出代表，是中国现代讽刺幽默小说的发展者。从 1926 年 7 月到 1929 年 12 月，他的《老张的哲学》《赵子曰》《二马》几乎是不间断地在《小说月报》上连载，为文坛吹来了一股轻松快活的喜剧春风。鲁迅在短篇讽刺幽默小说的创作上无与伦比，老舍在长篇讽刺幽默小说的创作上堪称独步。鲁迅讽刺而幽默，老舍幽默而讽刺。老舍在客观上继承了鲁迅思想启蒙，改造国民性的传统，又与鲁迅的艺术路子迥然有别。在滑稽、幽默、喜剧的笑中包含着文化批判和道德判断，并带有悲观色彩，老舍成了二十世纪中国幽默讽刺艺术大家。

第一节　英国时期的创作与狄更斯作品的影响

原本教员出身的老舍，为什么成了作家？时代、社会以及他自身的经历、性格是怎样造就了这样一位幽默讽刺大师？老舍说："对我们这一代的学者和作家来说，欧洲作家的影响是很大的。无论在形式方面或在内容方面，都是如此。十九世纪到二十世纪俄国作家的影响更是突出，尤其是托尔斯泰、契诃夫、陀斯妥耶夫斯基、高尔基、屠格涅夫等，其中，托尔斯泰的影响恐怕是谁也比不上的。"[1] 这是老舍 1946 年用英文写的谈中国现代小说时说的话，反映了中国现代很多作家的实际。就老舍个人来说，主要是英、俄作家影响、造就了作为

---

① 老舍. 中国现代小说 [M] //老舍. 老舍全集：第 17 卷. 北京：人民文学出版社，2013：481.

幽默讽刺作家的老舍，当然也有老舍自身的经历、天性和努力。

老舍成为作家，尤其是成为幽默讽刺作家，最直接的原因是他到英国教书，有机会和时间阅读英国小说，并点燃了他写小说的欲望。正如老舍自己所说："二十七岁，我到英国去。设若我始终在国内，我不会成了个小说家——虽然是第一百二十等的小说家。到了英国，我就拼命的念小说，拿它作学习英文的课本。念了一些，我的手痒痒了。离开家乡自然时常想家，也自然想起过去几年的生活经验，为什么不写写呢？怎样写，一点也不知道，反正晚上有功夫，就写吧，想起什么就写什么，这便是《老张的哲学》。"① "我是读了些英国的文艺之后，才决定也来试试自己的笔，狄更斯是我在那时候最爱读的，下至于乌德豪司与哲扣布也都使我喜欢。这就难怪我一拿笔，便向幽默这边滑下来了。"② 尽管老舍的"古文底子比较扎实"③，但"后来居上，新读过的自然有更大的势力，我决定不取中国小说的形式，可是对外国小说我知道的并不多，想选择也无从选择起。好吧，随便写吧，管它像样不像样，反正我又不想发表。况且呢，我刚读了《尼考拉斯·尼柯尔贝》和《匹克威克外传》等杂乱无章的作品，更足以使我大胆放野；写就好，管它什么。这就决定了那想起便使我害羞的《老张的哲学》的形式"④。这是老舍创作的缘起和真实动机。

老舍的自述告诉我们：他之所以想写小说，是因为读了英国特别是狄更斯的小说，受到启发和诱惑，使自己手痒痒；而他之所以读英国的小说，是因为他来英国教书，需要学习英语，于是他把读英文小说当作他学英语的方式；怎么写？没什么章法，但有一点明确——不采用中国小说的形式，写的随意，写的大胆，并没有要发表的考虑；由于幽默是他的天性，所以喜欢并选择了幽默，同时，自己的创作也滑向了幽默。由此可见，读英国的幽默小说，是使他成为幽默作家的决定性因素。老舍的自述还告诉我们，他的阅读面并不狭窄，"除了备课讲课之外，只要东方学院的图书馆开门，他就泡在里边，抱着字典读英文

① 老舍. 我的创作经验：讲演稿［M］//老舍. 老舍全集：第17卷. 北京：人民文学出版社，2013：68.
② 老舍. 鲁迅先生逝世二周年纪念［M］//老舍. 老舍全集：第17卷. 北京：人民文学出版社，2013：163.
③ 王行之. 老舍夫人谈老舍［M］//胡絜青. 老舍写作生涯. 天津：百花文艺出版社，1981：312.
④ 老舍. 我怎样写《老张的哲学》［M］//老舍. 老舍全集：第16卷. 北京：人民文学出版社 2013：162.

原著。小说读得最多"①。除小说外，古希腊的悲剧、喜剧，莎士比亚、歌德、但丁等，老舍都去阅读。

小说方面，老舍的阅读又从英国向法国扩展。正因为他酷爱文学，所以读的作品很多，但为什么有的"受益最大"，有的没给他"什么好处"，有的却"学不来"呢？这就牵扯到老舍的文学天性了。老舍的文学天性是什么？是"会说笑话"，是幽默。这也正如老舍自己说的"我的创作里面，至少有一半占着'会说笑话'的便宜"②。会说笑话、善于演说、富有幽默感和喜剧才能是老舍的天性，这种天性在他创作之前就有所显露。他的幽默天性、语言模仿天性在他后来阅读到的外国喜剧和幽默作品时被激活了，这样的作品和他一拍即合。相反，那些严肃的、庄重的、悲剧性的作品，虽然伟大，但不能满足他的"期待视野"，也不能实现"视界融合"，这样对他就没有什么益处。所以，老舍说当年"一边写着'老张'，一边我抱着字典读莎士比亚的《韩姆烈德》（现通译《哈姆雷特》）。这是一本文艺杰作，可是它并没给我什么好处。""后来，我读了英译的《浮士德》，也丝毫没得到好处。"③

通过以上的引证和论述，我们可以得出这样的结论：老舍之所以成为小说家是因为他爱文学，又有机会接触英国文学，如果没有伦敦的五年生活，就不会有成为作家的老舍。而老舍之所以成为幽默作家是因为他接受了英国幽默作家的影响，再加上自己的幽默天性，也就是说，老舍为什么单选了英国的狄更斯等幽默作家的幽默作品，是因为它和老舍的幽默天性融合了。在这里，内外因协调一致造就了幽默作家老舍。

老舍选择、接受外国作家并给他以影响有一个发展过程，可以分为两个时期：前期和后期。前期是他五年在英国的时期，这是他的模仿和试练期，是不太成熟的时期，这时期他喜爱并给他创作以影响的主要是狄更斯。他在《谈读书》中说，初习写作，是有些效仿了狄更斯。狄更斯的作品为什么能吸引老舍？主要是和老舍的趣味相投。老舍的天性和艺术趣味都在于幽默，他也曾倾心赞赏幽默家和喜剧家："小说最适宜于表现幽默，假如人是不会笑的东西，自然幽

---

① 王行之. 老舍夫人谈老舍 [M] //胡絜青. 老舍写作生涯. 天津：百花文艺出版社，1981：312.

② 老舍. 我的创作经验：在市立中学之讲演 [M] //老舍. 老舍全集：第17卷. 北京：人民文学出版社，2013：59.

③ 老舍：写与读 [M] //老舍. 老舍全集：第17卷. 北京：人民文学出版社，2013：458-459.

默无从说起，但是人是会笑的动物，而且是最愿笑的，而且是只有笑的时候，他必须要反响，人笑己亦笑，或己笑也愿别人笑；这种需要使笑成为人世最宝贵的东西，最能表现人情的东西，于是幽默也便在文艺中占有重要的地位。假如有人能引触大家都笑，他便是人类的恩人，所以狄更斯与卓别林便是世人的恩人，狄更斯的死时，能使威斯特敏斯特教堂三日不能关上门，足以证明人们怎样爱戴他。卓别林在欧战后，不复受未加入战场的责骂，而反有人说，幸而他没有去从军，因为一个欧战也抵不了一个卓别林，也足以证明这个道理。"①老舍是如此赞赏幽默，赞赏笑的艺术，把狄更斯和卓别林称为世人的恩人。当他阅读到狄更斯的幽默作品必然被强烈地吸引，觉得小说是如此"好玩"，如此有意思，并产生了自己也要写写试试的愿望，于是便有了《老张的哲学》，寄回国内的《小说月报》，顺利发表，反响不错，于是又有了《赵子曰》和《二马》。而有的作家，老舍虽然也喜欢，但趣味不一定完全吻合，使老舍感到学不来。狄更斯是他既喜欢又学得来的，所以，对老舍的创作伊始起到了决定性的影响。

　　前期的老舍，其作品与狄更斯的相似之处，我们至少可以总结如下几点：

　　首先，在选材上，狄更斯和老舍都选取市民社会作为展现的对象。这一点不仅在老舍的创作的前期，也延续到后期。如果把狄更斯的多部作品和老舍的多部作品联系起来，我们可以说它们都构成了各自市民社会的百科全书。比如，在《尼古拉斯·尼克尔贝》和《老张的哲学》中，两位作家都写到教育制度，写到校长、学生、孤儿，揭露旧教育的种种丑恶现象，两部作品写到的校长都把学校当作生意场，在学校私设商店，强行向学生推销劣质商品。

　　其次，在思想倾向上，狄更斯的人道主义、温情主义、痛恨一切所谓"主义"都影响到老舍，包括老舍的后期。狄更斯被认为具有浪漫现实主义的情怀，这种情怀主要体现在他的人道主义、理想主义。与萨克雷描写中上层社会不同，狄更斯更关注社会的下层，深感下层人的痛苦和艰辛，为他们的命运抗争，推动整个社会对底层百姓的关注。最能体现狄更斯人道主义的作品是《圣诞颂歌》，它宣扬的是博爱、仁慈、宽容的"圣诞精神"。狄更斯批评社会，改良资本主义制度，反对暴力革命，把希望寄托在"道德教育"上，这也是他理想主义的体现。老舍也具有人道主义、温情主义，也关注底层人的命运。在老舍

---

　　① 老舍. 滑稽小说［M］//老舍. 老舍全集：第 17 卷. 北京：人民文学出版社，2013：49-50.

"人道"的视域下，没有绝对的对与错、是与非、好与坏，"我恨坏人，可是坏人也有好处；我爱好人，而好人也有缺点"①。在思想启蒙的题旨下，侧重于文化批判和道德判断，这种道德上的判断和狄更斯的"道德教育"是一致的。老舍也反感暴力革命，他对政治颇不敏感，一涉及政治难免出错，像《猫城记》。在《二马》中，老舍写道："英国人是最爱自由的，可是，奇怪，处处是有秩序的。几百万工人一齐罢工，会没放一枪，没死一个人。秩序和训练是强国的秘宝，马威看出来了。"② 这是人物马威的看法，也是老舍的温情主义、理想主义的曲折体现。

再次，在人物塑造上，狄更斯和老舍都注重在小说中如何写人，如何塑造鲜活的人物形象，而不太注重情节和故事。在写人上，尤其是捕捉日常生活，对普通人的真实塑造，惟妙惟肖，栩栩如生。狄更斯出身卑微，家庭经济拮据，入不敷出。这使他后来的创作自然关注普通人、底层人。老舍出生在穷人之家，父亲早亡，母亲含辛茹苦，经济拮据，念书只能念免费的师范。这种类似的出身和经济状况，使狄更斯和老舍不约而同地描写下层人：工人、小职员、穷教员、学生、孤儿、小商人、穷艺人、妓女等。狄更斯在小说中注重写人，他的小说有的故事并不完整，结构也较松散，像《匹克威克外传》就是以散漫的形式发表的。但各色人物的塑造则是栩栩如生的。老舍一贯重视小说中的人物塑造，认为人物形象是小说的核心，是小说家的最重要的任务。狄更斯和老舍重人物在小说的命名上也能体现出来。狄更斯的小说多以人物命名，像《匹克威克外传》《雾都孤儿》《尼古拉斯·尼克尔贝》《巴纳比·拉奇》《大卫·科波菲尔》《小杜丽》等。老舍以人物命名的小说更多，像《老张的哲学》《赵子曰》《小坡的生日》《牛天赐传》《骆驼祥子》《文博士》《鼓书艺人》《我这一辈子》《黑白李》等。写父子的，狄更斯有《董贝父子》，老舍有《二马》。这些可能是巧合，但也透露出两位作家都重视人物在小说中的地位。在写人的方法上，比如肖像描写，两位作家都善于用夸张、怪诞、丑化、漫画的方式写人。《大卫·科波菲尔》对校长克里克的描写：

克里克先生赤红脸膛，两只小眼睛深深地陷着，脑门子上青筋很粗，鼻子很小，下巴可又很大。他的脑袋瓜子都谢了顶了，只剩下几根稀疏疏、潮糊糊

---

① 老舍. 我怎样写《老张的哲学》[M] //老舍. 老舍全集：第 16 卷. 北京：人民文学出版社，2013：163.

② 老舍. 二马 [M] //老舍. 老舍全集：第 1 卷. 北京：人民文学出版社，2013：529.

的头发，根根苍白，从两鬓往前拢着，在脑门子那儿抿在一块儿。①

《董贝父子》对小董贝的刻划，他还是个婴儿就衰老了：

儿子头上光秃，面色通红，虽然是个婴儿，但是眼下给人总的印象还是皮肤打皱，有些斑斑点点。在董贝的额头上，时间老人及其兄弟"操劳"刻下了一些印痕，仿佛刻在一棵到适当时候要砍下的树上，……儿子的脸上有千百条纵横交错的小皱痕，那同一位诡诈的时间老人会乐于同他那把镰刀的刀面把把皱痕抚平磨光，在皮肤表面上做好准备，以便刻得更深。②

《老张的哲学》对老张的描写：

老张两道粗眉连成一线，黑丛丛的遮着两只小猪眼睛。一只短而粗的鼻子，鼻孔微微向上掀着，好似柳条上倒挂的鸣蝉。一张薄嘴，下嘴唇往上翻着，以便包着年久失修渐渐垂落的大门牙，因此不留神看，最容易错认为一个夹馅的烧饼。左脸高仰，右耳几乎扛在肩上，以表示着师位的尊严。③

《赵子曰》对赵子曰的刻画：

赵子曰先生的一切都和他姓名一致居于首位：他的鼻子，天字第一号，尖、高、并不难看的鹰鼻子。他的眼，祖传独门的母狗眼。他的嘴，真正西天取经又宽又长的八戒嘴。鹰鼻，狗眼，猪嘴，加上一颗鲜红多血、七窍玲珑的人心，才完成了一个万物之灵的人，而人中之灵的赵子曰！④

两相对照，我们看到两位作家写人是多么的相似，都采用夸张、怪诞、丑化的写法，使人物的肖像变形，造成喜剧的效果。《二马》以英国人的人生观、价值观作为参照，展开对老马人生观、价值观、道德观的批判。他的人生观就是做官，娶妻生子，安享晚年。他的价值观就是讲面子，他的道德观就是封建礼教那一套。

最后，在写法上，两位作家都以幽默讽刺著称，善写趣人趣事，作品鲜活、

① ［英］狄更斯. 大卫·科波菲尔［M］. 庄绎传，译. 北京：人民文学出版社，2000：78.
② ［英］狄更斯. 董贝父子：上［M］. 薛鸿时，译. 北京：人民文学出版社，2020：1.
③ 老舍. 老张的哲学［M］//老舍. 老舍文集：第1卷. 北京：人民文学出版社，1990：6.
④ 老舍. 赵子曰［M］//老舍. 老舍文集：第1卷. 北京：人民文学出版社，1990：206.

俏皮，善发议论，夸张渲染，挖苦嘲笑，让人忍俊不禁。两位作家在幽默讽刺方面都有淋漓痛快之感，而不怎么节制，写得主观随意，写得放任自流。对《老张的哲学》，老舍后来总结说："有的人理会得幽默，而觉得我太过火，以至于讨厌。我承认这个。前面说过了，我初写小说，只为写着玩玩，并不懂何为技巧，哪叫控制。我信口开河，抓住一点，死不放手，夸大了还要夸大，而且津津自喜，以为自己的笔下跳脱畅肆。"① "抓住一件有趣的事便拼命的挤它，直到讨厌了为止，是处女作的通病，《老张的哲学》便是这样的一个病鬼。"② 这是老舍创作伊始时的真实写照，对于老舍的这种漫画的、夸张的、不加节制的幽默，评论界毁誉参半。《老张的哲学》中幽默不节制的例子，最典型的是对饭馆的描写，他连续写了进饭馆的"五关"，夸张渲染，描写议论，的确是"死不放手""拼命的挤它"，笔调尖刻，把有趣的事写得淋漓尽致。到《赵子曰》虽然仍保持狄更斯外向幽默、俏皮的风格，但"单一型"模仿少了。结构比《老张的哲学》紧凑，想象多于"事实"，幽默品格依旧，"可笑的体态，像些滑稽舞。小学生看了能跳着脚笑，他的长处止于此。"③ "《二马》标志着老舍创作的初步成熟。在接受外来影响方面，他已完成了从'单一型'向'综合性'的过渡，即他所继承的已是西方进步文学的主要精神和根本特征，而不是浮光掠影地沿袭一鳞半爪。"④ 的确，《二马》中单一模仿狄更斯的痕迹不见了，尽管狄更斯的风格还在。泼辣恣肆的幽默也得到了节制，文字上也有了进步，描写追求细致。

第二节 回国后老舍接受外国作家的影响和艺术上的独创

回国以后，老舍接受外国作家的影响进入了后期。这时他已走出了模仿和试练期，而走向了综合和融汇期，也走向了成熟期。这时期他有机会更多地读

① 老舍. 我怎样写《老张的哲学》［M］//老舍. 老舍全集：第 16 卷. 北京：人民文学出版社，2013：164.

② 老舍. 我的创作经验（讲演稿）［M］//老舍. 老舍全集：第 17 卷. 北京：人民文学出版社，2013：68.

③ 老舍. 我怎样写《赵子曰》［M］//老舍. 老舍全集：第 16 卷. 北京：人民文学出版社，2013：168.

④ 宋永毅. 老舍：纯民族传统作家：审美错觉［M］//曾小逸. 走向世界文学：中国现代作家与外国文学. 长沙：湖南人民出版社，1985：189.

到了俄国的作品，心仪的讽刺幽默作家是契诃夫。但他不再刻意的模仿任何文派的作风和技巧，而是"我写我的"。但"平行"地比较起来，仍可以看到斯威夫特、菲尔丁、威尔斯、狄更斯、契诃夫以及但丁、陀思妥耶夫斯基这样的非讽刺幽默作家作品的影子。

写于1945年的《写与读》，老舍回忆当年读英法小说的情况：

> 一九二八年至二九年，我开始读近代的英法小说。我的方法是：由书里和友人的口中，我打听到近三十年来的第一流作家，和每一作家的代表作品。我要至少读每一名作家"一"本名著。这个计划太大。近代是小说的世界，每一年都产出几本可以传世的作品。再说，我又不能严格地遵守"一本书"的办法，因为读过一个名家的一本名著之后，我就还想再读他的另一本；趣味破坏了计划。英国的威尔斯，康德拉，美瑞地茨（现通译梅瑞狄斯），和法国的福禄贝尔与莫泊桑，都拿去了我很多时间。在一年多的时间中，我昼夜地读小说，好像是落在小说阵里。它们对我的习作的影响是这样的：（1）大体上，我喜欢近代小说的写实的态度，与尖刻的笔调。这态度与笔调告诉我，小说已成为社会的指导者，人生的教科书；他们不只供给消遣，而是用引人入胜的方法作某一事理的宣传。（2）我最心爱的作品，未必是我能仿造的。我喜欢威尔斯与赫胥黎的科学的罗曼司，和康德拉的海上的冒险，但是我学不来。我没有那么高深的学识与丰富的经验。"读"然后知"不足"啊！（3）各派的小说，我都看到了一点，我有时候很想仿制。可是，由多读的关系，我知道模仿一派的作风是使人吃亏的事。……在我的长篇小说里，我永远不刻意的模仿任何文派的作风与技巧的；我写我的。在短篇里，有时侯因兴之所至，我去模仿一下，是为给自己一点变化。（4）多读，尽管不为是去模仿，也还有个好处：读的多了，就多知道一些形式，而后也就能把内容放到个最合适的形式里去。①

我们之所以占用篇幅，完整地引用老舍的这段较长的话，主要是因为这段话内容丰富而连贯，较难摘引，同时，也为了能整体把握，避免断章取义。从这段话里，老舍告诉我们：

第一，老舍在创作的前期，即在英国的后期，也就是在写完《老张的哲学》《赵子曰》之后，几乎与写作《二马》同时，老舍阅读了大量的英法小说，其

---

① 老舍. 写与读［M］//老舍. 老舍全集：第17卷. 北京：人民文学出版社，2013：462-463.

阅读范围大大拓宽，远不止此前的狄更斯和英国小说。在这里，老舍还列举了他读过的一些作家的名字，指出了他最心爱的作品，但又是未必能仿造。

第二，老舍更喜欢写实的作品和写实的态度以及尖刻的笔调，不再把写小说仅仅当作消遣、娱乐和好玩的事情，而懂得了小说除了消遣、娱乐的功能外，还是社会的指导者、人生的教科书，具有宣传的功能。换言之，他已充分认识到了文学对于社会、人生的正面作用。这是一个很大的进步。

第三，正是由于老舍阅读英法小说的广泛，各派的小说都读，所以，他才改变了此前单一的模仿，而走向了融汇、融通，走向了艺术独创。早期单一学习、模仿、借鉴狄更斯的做法不见了。我们看到，回国后老舍写的长篇，尽管和英、法、俄小说有一定的联系，甚至还留有似曾相识的影子，但已很难找到模仿的例证了。

第四，也正是因为读多了，而又不去刻意模仿，久而久之，就更善于把握作品的内容和形式的关系，注意把内容放在最合适的形式里。

回国以后，老舍置身在中国现实的社会环境中，时代、社会、文学环境对老舍的文学阅读和文学创作都产生了深刻影响。和前期相比，一个明显的变化是他开始接受俄国的文学作品，并由衷地赞赏。回国之后，老舍在大学任职，开设过《文学概论》《世界名著研究》等课程，这使他有机会更广泛地了解和接受外国文学。他自己的创作不再刻意模仿任何作家、任何文派。从总体上看，他的小说创作走向了写实，走向了朴素，懂得了简练。在写法上、在风格上都更接近了契诃夫、安德烈夫以及陀思妥耶夫斯基，追求简单平凡。从讽刺幽默视角看，他觉得小说不再只是消遣，而还应该是生活的教科书。他原先的俏皮的、滑稽的、放任自流的幽默变成了节制的、有把控的含泪的笑，这就更接近了果戈理和契诃夫的风格，但又不留痕迹，表明老舍创作经验丰富了，写作更加熟练了，作品也更加成熟了。像《离婚》《猫城记》《骆驼祥子》等长篇都不像《老张的哲学》那样留下模仿的痕迹，尽管影响的因子还在，但更多的是走向了变异。《骆驼祥子》是中、西融汇的典范，"但作一次仔细的光谱分析，仍能过滤出不少西方文学的色素：狄更斯俏皮警辟的语言；康德拉工笔式的写景，尤其是陀思妥耶夫斯基'病理学'式的人物塑造"。"俄国文学的影响强化了老舍作品的现实主义力度。但欧美文学的最初影响也依然是存在的。如《猫城记》的文本与斯威夫特的《格列佛游记》、威尔斯的《首次登上月球的人们》及但丁《神曲》有着明显的相似；《牛天赐传》的构思也有英国传统的'孤儿秘密'

式的小说的潜影……然而，这些影子毕竟已模糊难辨了，作家在经历了一段洪炉化雪的咀嚼消化后，已成功地把它们熔铸于完全属于他自己的，同时也是高度民族化的风格之中了。"① 这就是在广泛阅读、消化的基础上的吸收、变异，变成了自己的血液，从而实现了革新与创造。

在老舍回国后的长篇小说创作中，《猫城记》似乎是个例外。在以往的研究中，不断有学者指出它受到西方文学的影响，而相对忽视了它的艺术独创。有人将《猫城记》与西方"反乌托邦小说"展开比较研究，特别是与赫胥黎的《美丽新世界》进行比较，认为《猫城记》的创作受到过《美丽新世界》的影响。② 该文有两点"证据"：第一，写于 1930 年至 1934 年的《文学概论讲义》，由齐鲁大学铅印，其中提到了《美丽新世界》。第二，根据当时《现代》杂志的编者施蛰存先生的回忆。该文作者史承钧还在注释中解释，这是他 1982 年访问施蛰存先生时，施先生亲口对他说的，并说可惜老舍那些信已在抗战中遗失了。这一条"证据"还被后来的研究者转引。上述这两点"证据"看起来似乎可以"坐实"老舍读过赫胥黎的《美丽新世界》并对他《猫城记》的创作给予影响，或者说它直接借鉴了《美丽新世界》。但细究起来还是有疑点：

首先，赫胥黎的《美丽新世界》出版于 1932 年，老舍的《猫城记》也是 1932 年 8 月开始在《现代》杂志连载。两者的发表时间是同一年，几乎没有时间差。从空间来说，《美丽新世界》的最初版本当然是在英国用英文出版的。而此时的老舍已在中国的济南教书，不在同一个空间，而那时的文学跨国传播又不像当今，也就是说，老舍在写作《猫城记》之时，《美丽新世界》刚刚在英国出版，是不可能翻译到中国来的。如果说老舍读过《美丽新世界》，那只能是阅读英文原版的《美丽新世界》了，但依那时的文学传播速度（即使在当今，在英国刚刚出版，也不一定马上传到中国），老舍在济南是不容易找到英文原版的《美丽新世界》的。这就使我们有理由怀疑老舍在写作《猫城记》之前或之时是否读过《美丽新世界》？

其次，老舍在《文学概论讲义》中的确提到了赫胥黎和《美丽新世界》，其写作时间当在 1932—1933 年，与《猫城记》的写作时间也很相近，而且是用

---

① 宋永毅. 老舍：纯民族传统作家——审美错觉［M］//曾小逸. 走向世界文学：中国现代作家与外国文学. 长沙：湖南人民出版社，1985：191.
② 史承钧：《猫城记》与西方"反乌托邦小说"［J］. 中国现代文学研究丛刊，1993（1）：245-255.

的英文，由此可以推断出两种情况：一种情况是老舍的确读过英文原版（也是最初版本）的《美丽新世界》。另一种情况是老舍只是听说或了解赫胥黎刚出版的《美丽新世界》，但并不一定来得及阅读。就我们个人意见来说，更倾向于后者，理由除了前面说到的两部作品没有时空差外，还在于老舍在1935年撰写的《我怎样写〈猫城记〉》一文中，谈到了《猫城记》的体裁是采用了西方讽刺小说中最容易用、而且被文人们用熟了的"冒险游历"的形式，并且提到了威尔斯的《首次登上月球的人们》，而并没有提到赫胥黎的《美丽新世界》。

再次，老舍在《写与读》中明确说到了"我喜欢威尔斯与赫胥黎的科学的罗曼司，和康德拉的海上的冒险，但是我学不来"①。这又该作何解释呢？要知道，老舍的这篇文章写于1945年，距离写《猫城记》已有13年，那么，我们有理由认为老舍在写完《猫城记》之后才读到了赫胥黎的《美丽新世界》并很喜欢，这正像鲁迅熟知《堂吉诃德》是他在写完《阿Q正传》之后一样。再说，《写与读》并不是专谈《猫城记》的写作，而是泛谈写和读的关系，唯其读得多了，才能写得好。

至于施蛰存的回忆，说老舍在给他的信中说过《猫城记》受了《美丽新世界》的影响。我们没有理由怀疑施蛰存回忆的真实性。但这回忆的时间是1982年，距老舍写给他的信已整整过去了50年，因此，难免有误差。再说，仅仅说到"影响"也很笼统，借鉴并沿用了《美丽新世界》的"幻想"的形式也是影响的体现，但具体内容完全是老舍独创的，这样的"影响"仅仅是"形式"的选择，其力度是很小的。

依我个人之见，《猫城记》在形式的采用上与其说像《美丽新世界》，不如说与威尔斯的《首次登上月球的人们》有更多的联系，也就是说，他借鉴《首次登上月球的人们》可能性更大。这一点，老舍在《我怎样写〈猫城记〉》中，已经讲得很清楚。他分别解释了《猫城记》内容和形式的来源，内容来自国内，形式来自国外。他所说的"冒险者到月球上去，或到地狱里去"显然是指威尔斯的《首次登上月球的人们》和但丁的《神曲·地狱篇》。由此可见，《猫城记》的体裁和形式采用的是西方讽刺作品所用熟了的"冒险游历"的形式，老舍对这样的作品读得多了，自然也就被他"拿来"。尤其是威尔斯的《首次登上月球的人们》，叙述的是月球遇险，最后逃离的寓言故事。《猫城记》也叙述的是冒险游历的寓言故事，只不过把月球遇险与逃离改成了火星遇险与逃

---

① 老舍. 写与读［M］//老舍. 老舍全集：第17卷. 北京：人民文学出版社，2013：463.

离。威尔斯是自狄更斯之后最负盛名的英国小说家之一，在世界上也享有盛誉。他的《首次登上月球的人们》是 1901 年问世的，老舍在文中不仅表达了喜欢威尔斯，而且对《首次登上月球的人们》说得很具体，可见是读过的。而《美丽新世界》属科幻作品，而《猫城记》却与科幻毫不搭界。《美丽新世界》是西方仅有的几部"反乌托邦小说"，它的形式也不是被西方的讽刺作品用熟了的。

在内容、题材和主题上，《猫城记》与《美丽新世界》有很大的不同，与《首次登上月球的人们》也判然有别。在以往的研究中，学者们多看到《猫城记》与《美丽新世界》等"反乌托邦小说"的共通之处、具体内容和细节上的相似之处、以及体裁和手法上的相近之处，包括以虚幻的形式烛照现实，以漫画、夸张的手法讽刺人类社会等。但相似、相近并不等于相同，老舍仅仅是采用了虚幻、冒险、游历，最后逃离这样一种形式而已。

还有的学者认为，"英国十世纪著名讽刺作家塞缪尔·巴特勒的《埃瑞璜》(Erewhon)与老舍的《猫城记》关系最为直接。""《猫城记》的构思与《埃瑞璜》十分相似。""但这一切并不意味着老舍缺少独创性。乌尔利希·威斯坦因说'从原则上说，比较学者绝不应对影响中的主动（给予）和被动（接受）因素作质量上的区分，因为接受影响既不是耻辱，给予影响也没有荣耀。无论如何，在大多数情况下，影响都不是直接的借出与借入，逐字逐句模仿的例子可以说是少而又少，绝大多数影响在某种程度上都表现为创造性的转变。'老舍所受的巴特勒的影响，正是一种'创造性的转变'。"① 这样的认识是客观、中肯的，也是令人信服的，值得点赞。这也正是后来曹顺庆所提出的比较文学中的"变异学"。《猫城记》虽然留下了英国小说影响的印迹，但它更是老舍的独创，他已经走出了单一的影响而走向了综合和融汇，而绝不再模仿单一的作家或某一作品。

然而，有一利就有一弊。这是世界上万事万物都难以逃脱的法则。在"'幽默'既非国产，中国人也不是长于'幽默'的人民，而现在又实在是难以幽默的时候"② 的现代中国社会，老舍在伦敦激发起来的幽默不能不受到种种限制，他的幽默的才能受到了压抑，并没有充分发挥出来，回国后，即使是最成功的

---

① 万书元. 第十位缪斯：中国现代讽刺小说论［M］. 南京：东南大学出版社，1998：183-185.

② 鲁迅. 从讽刺到幽默［M］//鲁迅. 鲁迅全集：第 5 卷. 北京：人民文学出版社，2005：47.

作品，其幽默的"劲儿"、鲜活的"劲儿"、俏皮的"劲儿"都不如前期了，笑声也减弱了。这表明，幽默实在难以把控，一看紧，就正经，就死板，就可能失掉幽默，一放任，就滑下去，就可能流于"说笑话""讨便宜"。对此，老舍深有体会。

第三节　从老舍幽默的"三起三落"看幽默的命运和处境

　　幽默是老舍的天性，也是他作品的重要标签，更是海内外读者关注老舍的最重要的视点之一。然而，在长达四十年的创作生涯中，老舍并不是始终和幽默伴随，将幽默进行到底，而是时而亲近，时而疏离，幽默在他的作品中起起伏伏，居无定所。他在处理幽默问题上经历了反反复复，潮起潮落。但以往对老舍幽默的研究较少注意到这种动态的追踪以及背后所隐含的问题，而多是静态地，甚至是孤立地阐述老舍的幽默特征、幽默风格等。直到近几年，老舍研究的资深学者范亦豪先生在他新出版的老舍研究的专著中首次提出老舍的幽默大致经历了"四起三落"。在《品老舍味儿》的标题下，他列举了老舍的"十种味儿"，其中就有"起起伏伏的幽默味儿""大致是四起三落"，并作了简要的列举①，但并没有详细展开分析。笔者的观点与范先生的观点稍有不同，重温老舍的长篇小说，我们认为他在处理幽默问题上经历的是"三起三落"，其具体表现、背后的根源，以及由此昭示的问题是本节所着重阐释的三个问题。

一、表现：老舍处理幽默的"三起三落"

　　老舍作品幽默的第一次起：是在英国写《老张的哲学》的时候，延续到《赵子曰》《二马》。尤其是《老张的哲学》标志着幽默讽刺家的诞生。"读者翻开《老张的哲学》，看到这样的句子，眼睛会是为之一亮的：'老张的哲学是钱本位而三位一体的。他的宗教是三种：回，耶，佛；职业是三种：兵，学，商；言语是三种：官话，奉天话，山东话。他的……三种；他的……三种；甚至于洗澡平生也只有三次。'如此的夸张、幽默，确实是中国现代小说里未曾见到

---

① 范亦豪. 迟到的老舍及其他［M］. 天津：天津人民出版社，2015：11.

的。"① 小说在国内的《小说月报》上发表，给严肃的中国文坛吹来了一股新鲜的喜剧春风，也给读者换了阅读口味。这是老舍的幽默最为大胆放手的时期，身居幽默发达的国度——英国，受到狄更斯的影响，又抱着写小说好玩儿的动机，以游戏的态度对待写作，没有任何拘束和顾忌，心态十分轻松洒脱，写作也有较大的自由，幽默之笔得到了舒展，不加节制，当然也有过了头的时候，最明显的例子是《老张的哲学》中第十章对饭馆"五关"的描写，简直是幽默语言的狂欢。老舍幽默的第一次崛起，就以讽刺的情调、狂欢的幽默、轻松的文笔彰显了自己的成就和特色。甚至，在1930年，就有人称他为"笑王"②。

第一次落：是《大明湖》和《猫城记》的创作。事实上，正如老舍研究专家关纪新所说："'写着玩'的作品，到《赵子曰》即告结束。"③ 回国后的老舍，愉快的心情、玩笑的心态并没有维持下去。这还不是因为来自文艺界对老舍幽默、玩笑的不满和责难（那是后来的事），而是"通过切身的见闻，他很快就陷入了对国内社会现实的忧思愤慨当中"。尤其是"北平的下层市民，个个没有好心境；城里城外的满族同胞，更是愁眉多于笑颜。老舍的心绪，就很快地和他们取齐了。他开始放眼四下，寻求新的、与眼前现实相关的创作题材"④。老舍幽默不起来了，于是就有了《大明湖》的创作。按照老舍的说法，"《大明湖》里没有一句幽默的话，因为想着'五三'"⑤。这是由题材、事件和背景决定的。《大明湖》正是以"五三"惨案为背景，以爱情为线索，书中直接写到了老三在"五三"惨案中被杀。"剩下老大老二，一个用脑，一个用心，领略着国破家亡的滋味。"⑥ 可见，这部小说是个悲剧。可惜，《大明湖》的手稿交到印刷工人手里即将排版连载时，却被一·二八的战火彻底焚毁。所以，我们无

---

① 钱理群. 中国现代文学编年史：以文学广告为中心（1915—1927）［M］. 北京：北京大学出版社，2013：534.

② 1930年3月，老舍乘船回国，先抵上海，后回故里北京。消息不胫而走，一位名叫陈逸飞的青年记者前来拜访，不巧老舍正在午睡，陈逸飞便留下一封短信，在短信中称老舍为"笑王"。第二天，老舍就给陈逸飞回了信，信中说"您封我为'笑王'，真是不敢当！"（见老舍文集：第14卷［M］. 北京：人民文学出版社，1989：401.）此后，"笑王"之说多次被老舍研究者所引证

③ 关纪新. 老舍评传［M］. 重庆：重庆出版社，1998：122.

④ 关纪新. 老舍评传［M］. 重庆：重庆出版社，1998：142.

⑤ 老舍. 我怎样写《大明湖》［M］//老舍. 老舍全集：第16卷. 北京：人民文学出版社，2013：181.

⑥ 老舍. 我怎样写《大明湖》［M］//老舍. 老舍全集：第16卷. 北京：人民文学出版社，2013：182.

从看到它的样态。老舍对这部写完却没能问世的作品"并不满意"，"因为文字太老实"，再加上"没有一句幽默的话"，"念着很容易使人打盹儿"①。

紧接着是《猫城记》的创作。这是一部纯讽刺作品，作者完全放弃了幽默，代之以激愤的情绪和犀利的讽刺。尽管老舍常讲讽刺和幽默不能分开，《猫城记》应当幽默，但他还是选择了不幽默，也有人为此叫好，但老舍认为它是本失败的作品。《猫城记》是一部寓言体的旅游故事型讽刺小说，从艺术渊源上说，它是西方讽刺小说惯用的冒险和游历的写法。其中，《猫城记》与《格列佛游记》的关系较为密切。《猫城记》的文体、手法都和《格列佛游记》比较接近，都采用幻想的寓言体和夸张、怪诞的手法，通过人物在旅行中的见闻进行揭露和讽刺，从而折射现实社会问题，比如，两部小说都写到了"政党"，《格列佛游记》中写到"帝国有两大政党互不相让"，《猫城记》也写到了猫国的各式政党，统称为"哄"，称为"大家夫司基哄"，称为"马祖大仙"。两部小说都利用虚幻的情节和幻想的手法曲折地反映英国和中国的社会现实，创造了一个丰富多彩的幻想世界。但小说在人物形象的刻画上有些欠缺。《猫城记》不仅放弃了幽默，也放弃了用来刻画人物的技巧，导致"小说缺乏生动可感的人物，具体描绘的猫人形象很少，写到他们的时候，多是借助他们的嘴来阐述某种作者既定的认识，致使人物几乎都是苍白而缺少可观的形象性"②。老舍一贯重视小说中的人物塑造，也具有描写人物的才能，可是，在《猫城记》中却陷入了误区。15 年后，老舍在写《〈猫城记〉新序》中对此作了非常中肯、也非常切合实际的反思。在《猫城记》中，老舍的长项——幽默和写人的确都没有发挥出来。也许，由于《猫城记》的不幽默，所以，老舍在自序中忍不住使劲地"幽它一默"，这篇不到五百字的文字成了幽默文的佳作，令人叫绝。

第二次起：是写《离婚》和《牛天赐传》还有大批短篇幽默诗文。《大明湖》和《猫城记》的"双重失败"使老舍在写《离婚》时先决定"返归幽默"，"求救于北平"③。《离婚》正是由于回到了老舍擅长的幽默，回到了老舍熟悉的领地北平及其市民，这在很大程度上决定了它的成功。但《离婚》中的幽默和他早期相比，有了节制，用老舍的话来说就是"这回我把幽默看住了，不准它

---

① 老舍. 我怎样写《大明湖》[M] //老舍. 老舍全集：第 16 卷. 北京：人民文学出版社，2013：182-183.

② 关纪新. 老舍评传 [M]. 重庆：重庆出版社，1998：174.

③ 老舍. 我怎样写《离婚》[M] //老舍. 老舍全集：第 16 卷. 北京：人民文学出版社，2013：188.

把我带了走"。所以，"《离婚》的笑声太弱了"①。《牛天赐传》因为"它是《论语》半月刊的特约长篇，所以必须幽默一些"②。因为《论语》是以幽默著称的刊物。夏志清在他的《中国现代小说史》中说："《牛天赐传》是本有趣的小说，含着对人生的一种清醒的、讥讽的观点。但是调子太松懈，幽默感太平淡，因此就不免显出作者对他的主题没有着力处理。"写《牛天赐传》的时候，老舍已经是一位严肃对待创作的作家，因此不可能在作品中穿插更多的幽默文字和不相干的轻松招笑，所以幽默的平淡感就是自然的了。夏志清还认为"《牛天赐传》在很多地方显著地模仿《汤姆·琼斯》。主人公也是个弃儿，他的养父母、保姆、阿妈，小时候的朋友四虎子，和他的塾师们，也都可以在菲尔丁的小说里找到喜剧性的模型。"其实，这只是表象的、客观的相似，老舍这时候早已走出了简单的模仿，而是经过咀嚼消化，并熔铸在属于自己的艺术构思和作品世界之中，具有了自己的、民族的风格。除了长篇外，老舍这时期还有一部作为短篇的《老舍幽默诗文集》，其中，既展现了老舍的幽默观，也彰显了他的幽默艺术。应该说，1933—1934 年，老舍的幽默达到了高峰，除《离婚》和《牛天赐传》两部长篇外，像《开市大吉》《抱孙》《牺牲》等脍炙人口的幽默短篇都写于这时期。甚至于它的"余绪"也延续到 1936 年的《文博士》。《文博士》和《牛天赐传》一样，也是连载于《论语》杂志，名为《选民》，1940 年在香港出版时改为《文博士》。小说以戏谑嘲讽的犀利笔锋，揭穿了一个所谓留美哲学博士的不学无术却精于权术的文痞政客。为了向上爬，他既招摇撞骗又卑躬屈膝，一旦得逞便忘恩负义，背叛朋友。该作品以讽刺为主，幽默为辅。在凄风苦雨的年代，老舍能够达到幽默的高峰十分难能可贵，他比标榜幽默的林语堂更有创作的"实绩"，做出了卓越的贡献。

第二次落：是创作《月牙儿》《我这一辈子》《骆驼祥子》以及抗战时期的《火葬》和《四世同堂》。沉重的现实和具有凝重悲剧感的题材，把老舍的写作引向了严肃和悲剧性。《骆驼祥子》在老舍的写作生涯中具有重要意义，它"是我作职业写家的第一炮。这一炮要放响了，我就可以放胆的作下去，每年计划着可以写出两部长篇小说来。不幸这一炮若是不过火，我便只好再去教书，也

---

① 老舍. 我怎样写《离婚》［M］//老舍. 老舍全集：第 16 卷. 北京：人民文学出版社，2013：190.

② 老舍. 我怎样写《牛天赐传》［M］//老舍. 老舍全集：第 16 卷. 北京：人民文学出版社，2013：199.

许因为扫兴而完全放弃了写作"①。可见，《骆驼祥子》对于老舍来说，意义非同一般。实践证明，《骆驼祥子》这一炮是打响了，它是老舍创作的一个里程碑。它虽然抛开了幽默，但同样获得了成功，原因之一是老舍在写作过程中充分调动了新鲜活泼的北平口语，给平易的文字增添了亲切、新鲜、活泼的味儿。二十世纪八十年代，有的研究者认为"《骆驼祥子》是老舍幽默风格成熟的标志"② 显然是与作品不符的。抗战以后，"国家至上"，老舍更是主动抑制幽默来写抗战文学，为抗战服务。《火葬》就是一部"关心战争"的严肃作品，幽默在作品中消失了。《火葬》之后的《四世同堂》是否表明老舍又回归幽默呢？严家炎主编的《二十世纪中国文学史》认为，"1941 年起，老舍对自己的创作认真做了反思，开始向自己原有的创作风格回归。有的学者把这一创作的转型，归纳为三个回归：一是回归北京，二是回归幽默，三是回归小说。而《四世同堂》是作家在抗战后期实行三大'回归'的艺术实践的最高成就"。之后，陈子善主编的《中国现代文学编年史》也持同样的看法，而且观点和引用的出处都完全一致。③ 这里的"三个回归"的观点都来自孙洁的《世纪彷徨：老舍论》，而且都没有引号，注释中只标明来自该书的第七章，没有具体页码（显然不太规范）。那么，孙洁的专著是怎么说的呢？她在该书的第七章并没有直接论及《四世同堂》，而是论述了老舍在 1941 年前后出现的创作上的三个回归，即回归幽默，回归北平（写作内容），回归小说（体裁上重新开始小说创作）。这三个回归构成了《四世同堂》写作的"有力的铺垫""适当的热身""构思和写作的一个深远的心理背景。"这"三个回归"中"回归北平""回归小说"不是本节讨论的范围，暂且不论。单说"回归幽默"，我们认为值得商榷。孙洁著作中"回归幽默"的"证据"是老舍 1942 年前后创作的一批幽默散文、小品，这的确是事实。但是否"为《四世同堂》的写作作了有力的铺垫"恐怕就难说了，因为《四世同堂》就不是一部幽默的作品。所以，"铺垫"自然不能成立。孙著还说老舍从 1941 年前后第二次回归幽默开始，"此后老舍再也没有轻易抛弃幽默风格"，这就更与事实不符了。范亦豪在书中把《四世同堂》看作老舍幽

① 老舍. 我怎样写《骆驼祥子》[M]//老舍. 老舍全集：第 17 卷. 北京：人民文学出版社，2013：464-465.

② 刘成言. 老舍幽默创作发展的线索 [J]. 襄阳师专学报，1985（1）.

③ 陈子善. 中国现代文学编年史：以文学广告为中心（1937—1949）[M]. 北京：北京大学出版社，2013：442.

115

默的"一度的回归",是"四起三落"中的第三次崛起。① 而笔者经过重新阅读、感受作品,觉得《四世同堂》还不能算作老舍幽默的"第三次起",因为抗战的背景、国破家亡的内容、民族的屈辱史不容许幽默,也幽默不起来,所以,《四世同堂》基本属于不幽默,而是满怀悲愤的作品,幽默只是偶有闪现而已,是极其有限的。所以,《四世同堂》应该是老舍长篇小说幽默的"落",而不是"起"。"1949 年后的大部分时间由于大环境的制约,老舍的幽默暗淡了下来"②,偶有闪现并不是表现在小说里,而是在戏剧(如《茶馆》)里,人物的幽默、语言的幽默不时地"冒"出来。而小说《无名高地有了名》则与幽默无缘了。

1949 年以后,由于时代变了,环境变了,一体化的政治要求使文艺也走上了一体化的道路。在这"不是幽默的时代",老舍的幽默也自然暗淡下来,或者说让位给戏剧了,从《龙须沟》到《茶馆》,尤其是《茶馆》,老舍的创作天性得到了一定的彰显,他在创作的敏感区,人物的幽默、语言的幽默不时地"冒"出来。

第三次起:是二十世纪六十年代初,老舍写《正红旗下》。由于写的是自己民族的生活,满族人又富于幽默感,于是,老舍式的幽默在作品中又复苏了,并以新的面貌与世人见面。这是一部自传体长篇小说,它的雏形可以追溯到1937 年老舍写的《小人物自述》(同样是自传体长篇小说),小说只在刊物上刊载一期(约 1. 5 万字)就被抗战的爆发所打断,成了未完成的长篇。《正红旗下》也是如此。小说采用第一人称的写法,从一开篇,幽默味儿就跃然纸上。它以风趣、幽默、鲜活的语言描述满族旗人生活的历史,他以善意的戏谑、温和的讽刺讲述世纪末满族人风俗、性格以及文化心理积淀。老舍写道,"二百多年积下的历史尘垢,使一般的旗人既忘了自谴,也忘了自励。我们创造了一种独具风格的生活方式:有钱的真讲究,没钱的穷讲究。生命就沉浮在有讲究的一汪死水里"③。这样精辟的揭示,说的也许不只是满族人,直到今天,整个国人不也这样"真讲究,穷讲究"、死要面子活受罪吗?小说描写的白姥姥给"我"做"三洗典礼"更是生趣盎然,充满满族的生活气息。这是满族人出生

① 范亦豪. 迟到的老舍及其他 [M]. 天津:天津人民出版社,2015:11.
② 范亦豪. 迟到的老舍及其他 [M]. 天津:天津人民出版社,2015:11.
③ 老舍. 正红旗下(未完) [M] //老舍. 老舍全集:第 8 卷. 北京:人民文学出版社,2013:462.

后洗婴儿的习俗，老舍写得风趣，带着讽刺和幽默。遗憾的是《正红旗下》也没有写完，只写了前 11 章，约 8 万字，而且，在老舍生前也没能发表，直到 1979 年才问世。虽然是"半成品"，但也成为老舍幽默的又一峰巅，当然也是他的绝笔之作。

《正红旗下》之后，老舍的幽默又回落了，可视为"第三次落"，偶有短小的相声、快板儿等通俗文艺，但终究难成气候，直到 1966 年老舍离世。

从以上这"三起三落"中，我们清楚地看到，老舍对待幽默起起伏伏，时而相伴，时而疏离。幽默给他带来成功和生趣，也给他带来失误，惹来麻烦。幽默的确如老舍所说"不易拿得稳"，幽默是"危险"的。

二、探源：幽默与民族、国家、时代和个人

以上我们从长篇小说视角观照了老舍幽默的"三起三落"，这只是一个大致的样态，除了这大的"三起三落"外，考虑其他文体，自然还有一些小的"回流"。从老舍幽默的"三起三落"，我们清楚地看到老舍幽默形成与发展的历程，看到老舍对待幽默的起起落落，时而相伴，时而疏离。"第一次起"是幽默的初露锋芒和放任自流；"第二次起"是对幽默的"回归"和"监管"，达到了高峰；"第三次起"是幽默的"最后的复苏"，其幽默自然而纯熟，成为绝笔。

既然幽默是老舍的"一绝"，是老舍的"天赋"，那么，老舍的创作为什么没有始终坚守幽默，将幽默进行到底呢？老舍在处理幽默问题上的起起落落是有着多方面的原因的，它与民族、国家、时代和个人都息息相关。也就是说，这里既有客观的、外部的原因，也有主观的、内部的原因，还有具体的创作题材、对象、创作的情境、写作的环境等方面的原因。徐仲佳曾深入研究了二十世纪五六十年代的"文学场"对老舍《离婚》的修改的影响以及由此体现的老舍对"幽默"态度的变迁与重塑。① 其实，二十世纪三四十年代的"文学场"对老舍幽默的塑造同样不可小视，也就是说，老舍幽默的生长与枯萎、舒展与收缩，其内外部条件十分重要，甚至可以扩大到民族国家。

中华民族是不是擅长幽默的民族？中国文学有没有幽默的传统？先贤已经给出了答案。尽管中国也有幽默的精品，但从根本上说，中国文学是缺少幽默

---

① 徐仲佳.　"幽默"的变迁：论文学场对老舍的塑造：以《离婚》的三个版本为例［J］. 文学评论，2014（3）.

的传统的，外来的又无法照搬。① 鲁迅也没有说中国人擅长幽默。所以，鲁迅认为，自 1932 年《论语》倡导幽默，文字上流行幽默，"这情形恐怕是过不长久的"②，鲁迅是从民族国家、时代社会对幽默的限制来审视幽默及其在中国的命运的，可谓高屋建瓴。老舍身处这样一个民族、国家和时代，他的幽默出现以后，胡适、鲁迅、茅盾等文坛骁将都对老舍的幽默持批评态度，这绝不是偶然的。应该说，老舍小说幽默的发生是在伦敦培育的。假如老舍没去英国教书，也就不可能因为学英语而读狄更斯的小说，那也就不可能有"写着玩儿"的创作动机，也就不一定有老舍的幽默小说。当然，老舍具有非凡的幽默天赋是重要前提。但是，即使有幽默的天赋，也要受制于社会现实和文学现实。二十世纪中国的社会现实加上传统文化的因袭力量，决定了文学是一项严肃的事业，决定了功利文学的长期存在，也决定了追求趣味的、玩笑的文学难以立足，这是一个不需要幽默的时代。老舍从英国回国后，面对凄风苦雨的现实，再加上具体的创作题材、创作情境与心态，使他原有的玩笑的行文、滑稽的笔调必然有所暗淡，其幽默自然就回落了。

但老舍又深知幽默是他的长项，不笑就不足以得胜，当说起笑话来，想象力就能充分发挥，作品自然也就有趣。所以，当他遇到合适的题材，合适的主题，合适的人物（北平市民社会，表现市民的愚钝可怜、狂妄自大、死要面子、洋奴和西崽相等）的时候，就会"返归幽默"，于是就出现了幽默的再起。像《离婚》《牛天赐传》《正红旗下》等就是如此。令人不解的是，幽默既然是他的长项，是他得胜的资本，是他的天赋，那么，老舍为什么又经常拒斥幽默，检讨幽默，生怕被贴上"幽默作家"的标签呢？其实，这也是源于中国缺乏幽默、玩笑的文学传统，再加上与时代和社会政治的不相宜，与文学功利要求、使命要求的不和谐，致使幽默的文学、喜剧的笑始终不能成为文学的主流，而常常被看做是另类。所以，当年林语堂提倡幽默，《论语》杂志标榜幽默遭到的批评和反对之声不绝于耳。老舍在幽默问题上也必然遭受不满、批评、责难或者评价不高，这也是广泛而持久的。我们说，老舍的《老张的哲学》《赵子曰》《二马》的发表，给文坛吹来了一股喜剧的春风，那是从正面说的。从负面说，就是为幽默而幽默，专为逗乐和搞笑，格调不高，意义不大，是另类的文本。

---

① 樊骏. 认识老舍：下 [J]. 文学评论，1996（6）.

② 鲁迅. 从讽刺到幽默 [M] // 鲁迅. 鲁迅全集：第 5 卷. 北京：人民文学出版社，2005：47.

老舍对幽默的拒斥和检讨是为了要使他的创作被主流文坛所接纳，所认可，表明他要向正统文学、严肃文学靠拢，这时，他的幽默就被抑制，像《猫城记》《骆驼祥子》的创作即是如此。但与此同时，老舍又不时地返回幽默，一有机会也为幽默正名，比如，写于1936年的《我怎样写〈牛天赐传〉》就说："幽默与伟大不是不能相容的，我不必为幽默而感到不安；《吉河德先生传》等名著译成中文也并没招出什么'打倒'来"①。这还是源于老舍对幽默的擅长和喜欢。老舍的幽默就是这样的左右摇摆，具有两重性，也常常陷入矛盾的境地。林语堂说他自己的思想是"一捆矛盾"，把它用在老舍的幽默上也不为过。有人说老舍对幽默是"公开的拒斥与隐蔽的恢复"②，这是非常恰当的，不仅1963年对《离婚》的修改是"隐蔽的恢复"的体现，《正红旗下》对幽默的悄然回归也是"隐蔽的恢复"的体现。不管是老舍对幽默的正名，还是老舍对幽默的回归，一个共同的特点和规律是：从外部的文学环境到具体的创作情境都相对宽松与自由。1956年，老舍之所以能够为幽默正名，那是因为在"双百"方针的鼓舞下，文艺出现了早春的气象。而1961—1963年，老舍之所以能创作《正红旗下》、之所以能重改《离婚》，将大幅度删去幽默的"1952年本"又悄悄地恢复，也正是由于有了宽松的创作环境，有了自由的心境。二十世纪六十年代初，政治、经济政策做出了相应的调整，文化艺术上的政策也大大宽松。特别是这时期老舍有幸参加了全国人民代表大会，在休息厅里见到了毛泽东、刘少奇、周恩来。毛泽东与他大谈满族是一个了不起的民族，对中华民族做出过伟大贡献。这让老舍激动不已，受到了莫大的鼓舞。此外，老舍还两次参加关于话剧、京剧的会议，两次聆听周恩来的讲话：一次是1962年2月17日在中南海紫光阁，周恩来在《对在京的话剧、歌剧、儿童剧作家的讲话》中说："可以有一点讽刺剧、喜剧、悲剧。"③另一次是"1962年3月，由周恩来、陈毅等人亲自主持，在广州召开了全国话剧、歌剧创作座谈会（即著名的'广州会议'）。老舍也被邀请参会。这次会议最突出的基调，就是提倡允许作家在一定的大前提下，发挥专长，自由选择每个人熟悉的题材来写作，提倡作家们心情舒畅地从事艺术活动；会上，周恩来、陈毅等还代表各级组织，就以往一些过火的作法，

---

① 老舍. 我怎样写《牛天赐传》[M] //老舍. 老舍全集：第16卷. 北京：人民文学出版社，2013：199.

② 徐仲佳."幽默"的变迁：论文学场对老舍的塑造：以《离婚》的三个版本为例 [J]. 文学评论，2014（3）.

③ 周恩来. 对在京的话剧、歌剧、儿童剧作家的讲话 [J]. 文艺研究，1979（1）.

向大家赔礼道歉，给大家鞠躬"①。国家领导人对作家仍表示了特别的尊重。老舍可以说是欢欣鼓舞，干劲倍增。《正红旗下》的创作，《离婚》的修改都是在这样"小阳春"的季节里才会出现的。

1962年下半年，文艺政策收紧，老舍悄悄创作的《正红旗下》被迫搁浅。已写完的十一章，八万字只能锁入抽屉，直到改革开放之后才重见天日，但终究留下了"未完成"的幽默经典。

民族、国家、时代、社会、文学场既塑造了老舍的幽默，也限制了老舍的幽默。

三、启示：幽默所面临的矛盾与处境

从老舍幽默的"三起三落"折射出中国现当代对幽默的轻视，甚至于偏见。幽默既给老舍带来了个人名气和作品生趣，也给他招致批评。鲁迅在《论讽刺》中说："我们常不免有一种先入之见，看见讽刺作品，就觉得这不是文学上的正路，因为我们先就以为讽刺并不是美德。"② 如果讽刺都不是文学上的正路和美德（讽刺是有批判性和杀伤力的，因而也是战斗的文学）的话，那么，幽默就更不能算文学上的正路和美德了。老舍在谈到《牛天赐传》的写作设想时曾这样说，"幽默？一定！虽然这很伤心。怎么说呢？是这样：我原想从今以后不再写幽默的文章。有好几位朋友劝告我：老弟，你也该写点郑重的东西，老大不小的了，总是嘻嘻哈哈？这确是良言。于是我决定暂行搁笔，板起面孔者两月有余。感情不行"③。老舍说这话的时候是在1934年，这话透露出幽默让他很伤心，他想以后不再幽默，朋友也劝他写郑重的东西，但是却行不通。因为这时期，老舍正经常给《论语》写幽默文。"在忙中而能写出的那一点，只有幽默。这是我的'地才'——说'天才'怕有人骂街。"④ 也是在这个时期，老舍在为自己的幽默诗文集写序的时候，用幽默、调侃、自嘲的笔调，列举了近一两年他听到的关于幽默的种种看法，且多为反对的声音。"幽默的文字该禁止，而写这样的文字的人该杀头。""幽默是将来世界大战的总因；往小处说，至少是文

---

① 关纪新. 老舍评传 [M]. 重庆：重庆出版社，1998：483.

② 鲁迅. 论讽刺 [M] //鲁迅. 鲁迅全集：第6卷. 北京：人民文学出版社，2005：286.

③ 老舍.《牛天赐传》广告 [M] //老舍. 老舍全集：第15卷. 北京：人民文学出版社，2013：238.

④ 老舍.《牛天赐传》广告 [M] //老舍. 老舍全集：第15卷. 北京：人民文学出版社，2013：239.

艺的致命伤。""幽默就是讨厌，贫嘴恶舌，和说'相声'的一样下贱!"甚至还有人说"听说他（指老舍）的性情非常糊涂，抽经抽得很厉害"①。这就是当时的"文学场"，对幽默的反对、偏见、甚至诋毁便可见一斑。所以，老舍自己编辑的一本《老舍幽默诗文集》（收入三十五篇诗与文）在1934年出版时仅印了一版，从此就销声匿迹了。往前追溯到《猫城记》，"有人说，这本书不幽默，所以值得叫好，正如梅兰芳反串小生那样值得叫好"②。不幽默反倒值得叫好，今天看来有点让人匪夷所思，但这就是当时对幽默的态度。梁实秋对《猫城记》评价极高，认为"作者的艺术思想都到了成熟的地步""是近年来极难得的佳构"，而对《老张的哲学》《赵子曰》《二马》等作品颇有微词，认为它们"显然还不具备伟大艺术所必须有的严肃性"③。在梁实秋看来，伟大艺术都是严肃的，而且是必须严肃。联系到当代文学，我们对李准的《李双双小传》、对王蒙的幽默小说一直评价不高；对王朔的调侃、反讽更心存诋毁和鄙视。

从老舍幽默的"三起三落"，启示我们思考幽默所面临的矛盾与处境。

首先，幽默的玩笑与主题的严肃的矛盾。幽默当然需要笑，需要各种笑。但又要避免鲁迅所说的"为笑笑而笑笑"，避免"说笑话"和"讨便宜"。这往往需要有一个严肃的主题，通过这个主题才能体现作品的功利性、深刻性，甚至伟大性。尽管老舍认为幽默与伟大不是不相容，并举《堂吉诃德》为证。但纵观中国古今文学，因幽默而成伟大作品是非常少见的，在西方也不多见。原因就在于伟大的主题用幽默的形式、笑的方式承载较难和谐统一。中国文学历来有针砭时弊、载道教化的传统。到了现代，文学是武器，承担着启蒙救亡的使命。到了当代，文学是工具，用它为政治服务、为人民服务、为社会主义服务，发挥团结人民、教育人民、鼓舞人民的重任。这样严肃的主题、神圣的使命，自然要求要以严肃认真的态度对待，幽默、开玩笑、调侃、反讽是断不可以的。幽默的玩笑的确和严肃的题旨存在一定程度的相生相克的悖论关系，所以，老舍的幽默才会经历"三起三落"。如何解决这一矛盾？这是摆在幽默作家面前的难题，以往对老舍幽默的批评、指责也都与此有关。

其次，幽默的语言、喜剧的形态与悲剧、正剧的内涵的矛盾。由此常常导

---

① 老舍.《老舍幽默诗文集》序［M］//老舍. 老舍全集：第13卷. 北京：人民文学出版社，2013：719-720.

② 老舍. 我怎样写《猫城记》［M］//老舍. 老舍全集：第16卷. 北京：人民文学出版社，2013：184.

③ 刘卫国. 中国新文学研究史［M］. 北京：社会科学文献出版社，2015：219.

致作品风格前后的不一致。这一点早在二十世纪二十年代，朱自清就敏锐地看到了。他在天津《大公报》上发表的书评《〈老张的哲学〉与〈赵子曰〉》是批评界对老舍作品的最早的评介文章。朱自清发现了幽默的发笑、游戏的调子（喜剧）与悲惨的收场、悲愤的情感（悲剧）存在着矛盾和不协调，甚至相消相克，从而导致作品没有一贯的态度和情调。这的确是一个问题。我们常说果戈理、契诃夫、老舍等不少中外幽默作家的作品是"含泪的笑"。但正如老舍所体会到的"含泪还要笑，笑得出吗?"① 这两者其实是矛盾的，其实质是喜剧和悲剧的矛盾，在一部作品中如何协调统一。鲁迅的《阿Q正传》最初是在《晨报》副刊的"开心话"栏目连载的，所以，鲁迅想尽量用幽默、滑稽的行文，让读者开心。但由于是喜剧的形式，悲剧的内涵，必然越写越严肃，已不适合在《开心话》栏连载了，于是就移在了《新文艺》栏继续连载。这说明，《阿Q正传》前后调子的不一致。老舍的《赵子曰》在连载前，《小说月报》的介绍就说："后半部的《赵子曰》却入于严肃的叙述，不复有前半部的幽默。"② 钱锺书的《围城》前半部讽刺、幽默、银笑，喜剧味十足，妙语连珠，逸趣横生。但后半部越写越沉重，越写越笑不出来，因为是悲剧的内涵和收场。小说前后的调子也不一致。鲁迅、老舍、钱锺书都是幽默的高手，尚且存在这种不协调的现象，说明这种矛盾恐怕较难避免。幽默的笑、喜剧的形态与正剧的庄重、庄严也存在一定的矛盾，这种矛盾让作家（像老舍）深切地感到幽默难为，如果幽默文学不承载悲剧的内涵以及正剧的庄重、严肃，幽默就可能流于肤浅，幽默的空间将变得窄小，于是，聪明的作家就远离幽默了。

再次，幽默与创作主体心灵、心态的矛盾。老舍的创作实践证明，幽默之花的绽放，必然以创作主体自由舒展的心灵为条件，放纵心灵，才能放开语言，否则，必将拘谨，必将失去笑。这就需要文学艺术界以及整个社会树立正确的、有利于幽默生长的文学观念和艺术观念，创设适宜幽默生长的外部环境，树立正确的幽默观。二十世纪上半期的中国，严酷的外部环境和传统的因袭力量往往不利于幽默的自由生长，作家常常左右为难，陷入尴尬，即使像老舍这样富有幽默天赋的人，其幽默也没有得到充分的发挥，而常常是人为地受到限制，受到指责，使幽默的妙笔不能生花，其症结就在于创作主体内在的不自由。从

---

① 老舍. 我怎样写《离婚》[M] //老舍. 老舍全集：第16卷. 北京：人民文学出版社，2013：190.

② 小说月报 [J]. 1927（2）.

某种意义上说，幽默是植根于自由之中的，创作者必须心情舒畅、心态平和，正如老舍所说，幽默，"具我看，它首要的是一种心态"①。他应该看透人生，精神达观；他不是神经过敏，不肯容人；他更不是处处看别人不顺眼。幽默理论家告诉我们："中国幽默有发展不平衡的特点。如果说在作家书面文学中不如某些欧美国家发达的话，那么，在民间文学中则似有超过他们的趋势。"的确，幽默的高手往往在民间，中国古代大量的民间笑话可以为证。我们要进一步思考的是：为什么中国幽默发展不平衡？为什么民间发达？正统文学不发达？笔者认为，就在于民间文学放纵、自由，少拘谨，少束缚，而文人的正统文学不够放纵，而显得拘谨。放纵精神、放纵心灵，才能放纵语言，才能有更多的幽默和欢笑。另外，民间文学、民间的幽默往往不是有意识地要承载严肃的主题，这就规避了前述的幽默的玩笑与主题的严肃的矛盾。

当今中国，幽默的发展依然存在不平衡的特点，依然是民间发达，而作家的纸质文学屡弱。何以见得？每个老百姓手机的微信里、博客里、网络里都有大量的幽默笑话、段子、微型小说等，几乎每天都要花上一定的时间浏览、阅读，而且相互转发、交流，互通有无，这成为生活的一部分。它再一次证明幽默的高手在民间。老百姓既创造幽默，也接受幽默，喜欢幽默。老百姓为什么如此喜欢幽默呢？因为它能给人带来轻松、自信、愉悦和休息；因为它能替沉闷的人生透一口气，给日益加大的生活和工作减压。

也许正是因为幽默面临着上述一些矛盾，使幽默难为，幽默不易。老舍幽默的"三起三落"启示我们：幽默常常处于两难处境，让作家左右为难。幽默的确如老舍所说"不易拿得稳"，"不好把控"，一放就滥，一收就死。"幽默一放手便会成为瞎胡闹与开玩笑。"② 一节制就可能使幽默收紧，削弱了笑声。《离婚》的幽默是有节制的，所以，正如老舍自己所说："《离婚》的笑声太弱了。""技巧与控制不见得就会使文艺伟大。"③ 这是不是当今幽默作家少见的原因呢？也许这更反衬出老舍幽默的难能可贵。

---

① 老舍. 谈幽默［M］//老舍. 老舍全集：第16卷. 北京：人民文学出版社，2013：201.
② 老舍. 我怎样写《牛天赐传》［M］//老舍. 老舍全集：第16卷. 北京：人民文学出版社，2013：200.
③ 老舍. 我怎样写《离婚》［M］//老舍. 老舍全集：第16卷. 北京：人民文学出版社，2013：190.

第五章　钱锺书：博览群书而匠心独运

如果说鲁迅是中国现代第一代讽刺幽默小说家的杰出代表，同时也是中国现代讽刺幽默小说的开创者；老舍是中国现代第二代讽刺幽默小说家的杰出代表，是中国现代讽刺幽默小说的发展者；那么，钱锺书则是中国现代第三代讽刺幽默小说家的杰出代表，是讽刺幽默艺术的完善者。从散文集《写在人生边上》到小说集《人·兽·鬼》再到讽刺幽默长篇《围城》都是讽刺幽默文学的精品力作。钱锺书的讽刺幽默作品证明了"幽默与伟大不是不能相容的"①。

和鲁迅、老舍不同，钱锺书主要是学者，是个学问家。他真正是学贯中、西，博古通今，又善于中、西融汇。他的创作是做学问之余的"业余爱好"，所以，留下来的作品并不多，但却精彩绝伦，以少胜多。他的创作，从散文到小说，其精彩处主要在于其渊博和睿智。他在《管锥编》中所阐释的做学问之道常被研究者引用："博览群书而匠心独运，融化百花以自成一味，皆有来历而别具面目。"② 这话不仅适用他的学术研究，也适用他的文学创作。对于古今中外的文学花果，他是无所不采，遍尝滋味，而又含英咀华，取精用宏。同时，他又具有怀疑一切、质疑一切的批判精神和宽广深邃的看问题的眼光。解志熙在《生的执著——存在主义与中国现代文学》中说："在中国现代作家中，钱锺书也许是最富有现代文化批判意识和世界眼光的一位。"③ 这话道出了钱锺书的与众不同之处。

钱锺书毕业于清华大学外文系，之后又留学英法，学的又是英国文学，其

---

① 老舍. 我怎样写《牛天赐传》[M] //老舍. 老舍全集：第16卷. 北京：人民文学出版社，2013：199.

② 钱锺书. 管锥编 [M]. 北京：中华书局，1994：1251.

③ 解志熙. 生的执著：存在主义与中国现代文学 [M]. 北京：人民文学出版社，1999：200.

学位论文《十七、十八世纪英国文学中的中国》。之后去法国巴黎大学高级研修，这使他对英国文学、法国文学有较深入的了解，回国后分别在几个大学讲授《西方文学》《欧洲的文艺复兴》等课程，对欧洲文学，特别是英法文学更是了如指掌。在他日后的文学创作中，和英法文学的关系自然十分密切。

第一节　《围城》与英法文学

在以往钱锺书的研究史中，已有人将《围城》与《汤姆·琼斯》《围城》与《城堡》《围城》与《洪堡的礼物》等进行影响比较和平行比较研究，但从整体上探寻《围城》与英法文学的关系还有些薄弱环节，这其中，既有影响研究，也应该有平行研究、阐发研究和变异研究。这里仅从讽刺幽默艺术方面探讨一下《围城》与英法讽刺幽默小说的关系。

研究比较文学中的影响关系，通常要在两个方面寻求根据。一是作者的自述或回忆或创作经验谈中所陈述的内容，说到自己的作品曾受到某某作家作品的启发、影响，或者有意模仿先辈作家的哪个作品，很多作家都留下过这样的文字，像前面研究的鲁迅、老舍都有过这方面的自述。但钱锺书是个例外，他对自己的创作从来避而不谈，研究者想从这方面获得"根据"是徒劳的。二是从两个比较的对象中寻找影响的例证，从而证明两个作家作品存在影响关系。当然还可以从其他方面寻求旁证，但主要还是前两种方法。对于钱锺书研究来说，两种方法只剩下了一种方法，这就给比较研究带来了难度。当然，"旁证"方面可以从后来钱先生在《管锥编》等学术论著中以及《钱锺书手稿》中寻找根据，哪怕是只言片语的提及和论证，从中也可以窥见他对某一外国作家的熟悉程度、喜爱程度。但这仅仅是"旁证"，不是直接的证据，仅凭这样的"旁证"是不能证明两个作家的影响关系的。在以往比较文学的影响研究中，存在着将影响关系泛化、夸大的现象，存在着影响关系的证据不足的问题，甚至于捕风捉影地发现两个作品存在相似就界定为模仿、启发、影响的存在，这是需要纠正的，在这个问题上须谨慎对待，没有可靠的、具有说服力的根据就不能轻易下结论。

言归正传。钱锺书的讽刺幽默小说杰作《围城》与英法讽刺幽默小说是什么关系？为什么单单拈出英法？与其他国家的讽刺幽默小说就没有关系吗？学者张文江指出，"《围城》有其写作渊源。""它跳过了'五四'，直接接通了中、西文化的渊源。在钱锺书的早期著作中，如果说《谈艺录》的主要渊源在中国的话，《围城》的主要渊源则在西方，而且是整个西方的文化和文学。中国小说如《红楼梦》《儒林外史》等当然也有影响，但在《围城》中似乎处于辅助地位。对于《围城》的文化渊源，这里只能指出其大致坐标所在：西方小说大致取法于英法，最重要的坐标在于英国的菲尔丁，直接刺激在毛姆，而其渊源则可上及希腊罗马。"笔者认为，这个大致的坐标是符合实际的。有的学者称《围城》还受到《香代》《吉尔·布拉斯》以及伏尔泰的影响，笔者认为是缺乏根据的。如前所述，钱锺书是个大学问家，读书甚多，他学文学，教文学，研究文学，而后才创作。在《围城》中，他掉书袋式的大量引用中外古今的文献、典故、俗语等，据此，可能就把《围城》的艺术渊源越说越广，这样就无形中贬低了《围城》独立的艺术构思和创造。其实，有些引证可能是钱锺书的信手拈来，不一定就受到该作品的影响，更不一定就是模仿它。

《围城》的主要渊源为什么在西方？他在创作之前阅读了大量的西方的文学、历史、哲学等作品。根据研究者的考证，钱锺书在英国除了上课，大部分时间都用在了阅读欧美文学作品以及理论书籍上了。十七至十八世纪英国文学他读得最多，当然也读十九世纪和二十世纪的现实主义、现代主义作品，还做了详细的读书笔记。[①] 由此可见，钱锺书是广泛地阅读了西洋文学的，这在他的小说《围城》和《人·兽·鬼》中留下了印迹。

在广泛博览西洋文学的同时，钱锺书把注意力较多地放在了英法文学方面，其后来的小说创作也多取法于英法，特别是英国文学，这与钱锺书的经历及所受的教育密切相关。钱锺书在少年时期就读过林译的西洋小说，而尤以英法小说居多。后来考入清华，读的就是外文系，大学四年，他几乎横扫清华图书馆，阅读了大量的西方文学作品，特别是英语文学作品。据同学回忆，钱锺书是在校借阅图书最多的一位。毕业后到上海光华大学任教，还是在外文系。之后到英国牛津大学留学，专攻英国文学，到法国巴黎大学研究院研修，阅读法国文学。尤其是英国文学的学习，这是他牛津留学的专业，要撰写学位论文的，不可掉以轻心。他对英国文学阅读之广，钻研之深，令人叹为观止。我们看到，在钱锺书的文学作品和学术著作中大量引证了英国的文学家、理论家、批评家、哲学家、史学家等著作。其中，对莎士比亚、斯威夫特、弥尔顿、菲尔丁、狄

---

① 许丽青. 钱锺书与英国文学 [D]. 上海：复旦大学，2010：43.

更斯、赫胥黎、柯尔律治等人的作品引用最多。其中，有不少人是幽默讽刺名家。他的学位论文是《十七、十八世纪英国文学里的中国》，这篇论文题目很大，涉及一百多位英国作家，引证的书籍、报刊四百多种。牛津藏书五百万册，钱锺书在这里一本一本地读英国文学、法国文学作品。斯威夫特、菲尔丁、狄更斯、赫胥黎等都是他钟爱的博学多才的幽默大师，从他们的作品里，他更多地看到了英国人的智慧和幽默，这对他产生了潜移默化的影响。当他后来拿起笔来写小说的时候，首先想到的也许就是英法人的机智和幽默。

《围城》取法于英法，可以在小说中找到例证。作品中最核心的意象和比喻，即关于鸟笼和城堡的比喻就是来自英法。不仅《围城》的核心主题意象来自英法，就连之后写的《百合心》，其核心意象也来自法国。这一点，钱锺书在《围城》重印前记中为我们做了说明，即脱胎于法文成语。钱锺书精通英文、法文，不仅熟悉英国文学，也熟悉法国文学，《巨人传》中那鞭辟入里的议论，我们在《围城》里同样能看到。拉伯雷的《巨人传》第六章写高康大"离奇出世"，是从他母亲耳朵里钻出来的，接着作者议论道：

> 我早料到，这种离奇的出世方法，你未必肯信，你如真不信，我也不在乎；但是一个明智的正人君子，对于别人告诉他的，特别是写在书上的东西，应该深信不疑，才是正理。你说这是违反自然法则，违反信仰，违反情理，违反圣书遗教的么？我个人在圣经里面，却绝对没有找出和此说抵触的地方；如果天主要那么做，你敢说他做不到么？嗨，千万不要把这类无谓的思想空劳你的神思，因为，我告诉你，天主是无所不能的，如果你高兴，从今以后，女人从耳朵里生孩子，是完全可能的。巴古士不就是从朱必特的大腿里生出来的么？鹿克旦野特不是从他母亲的脚踵里生出来的么？克络克姆须不是从他保姆鞋子里生出来的么？密内芙不也是通过朱必特的耳朵，从他脑袋里生出来的么？亚陀尼斯不是从没药树皮里生出来的么？卡斯托和巴吕斯不是从丽妲生的蛋里孵育出来的么？①

《围城》中写方鸿渐留洋学无所成，想花钱买张假文凭，接着，作者既是在写方鸿渐的心理，也是借此发议论：

> 方鸿渐盘算一下，想爱尔兰人无疑在捣鬼，自己买张假文凭回去哄人，岂

---

① 拉伯雷. 巨人传 ［M］. 鲍文蔚，译. 北京：人民文学出版社，1983：29-30.

非也成了骗子？可是——记着，方鸿渐进过哲学系的——撒谎欺骗有时并非不道德。柏拉图《理想国》里就说士兵对敌人，医生对病人，官吏对民众都应该哄骗。圣如孔子，还假装生病，哄走了儒悲，孟子甚至对齐宣王也撒谎装病。父亲和丈人希望自己是个博士，做儿子女婿的人好意思教他们失望么？买张文凭去哄他们，好比前清时代花钱捐个官，或英国殖民地商人向帝国府库报效几万镑换个爵士头衔，光耀门楣，也是孝子贤婿应有的承欢养志。①

应该说，中国小说古往今来是没有这样的议论文字的。在小说中夹叙夹议是西方小说的写法，尤其在英法是有传统的，法国文学中从拉伯雷的《巨人传》到伏尔泰的《老实人》，英国文学从菲尔丁到萨克雷再到狄更斯都擅长夹叙夹议。《围城》中密集、多样、精彩的议论在中国小说中是少有的，在《围城》中，议论成了"艺术"，它的渊源无疑在西方，在英法文学中。

另一英国作家毛姆是钱锺书写作《围城》的直接刺激。这种说法来自郑朝宗的回忆：抗战末期，钱锺书被困在"孤岛"，失去了工作，生活困顿，但有了闲暇的时间。他忽发感慨，以为自己读了半辈子别人的作品，只能评头品足，自己却不会创作，连个毛姆都比不上，实在遗憾。于是他开始创作，先写短篇，后写长篇，《围城》就是在这样愤激的情绪下创作的。② 毛姆（1874—1965）是二十世纪前半期显出创作成就的英国小说家。他早年弃医从文，在长达六十多年的创作生涯中，留下了二十部长篇小说，一百二十多篇短篇小说，三十二个剧本，还有大量的散文、随笔、游记、评论、回忆录等。他的不少作品被改编过电影。但毛姆一直遭受英国文坛冷落，甚至不被当作严肃作家来看待。在批评家、文学史家眼里，毛姆充其量被认为是二流作家，他的作品是在流行杂志上刊登的水平，把他看作是通俗作家，讲故事的人。钱锺书在英法留学的时候，毛姆的地位是较低的，到他写《围城》的时候依然不高。所以，钱先生说"连个毛姆都比不上"。毛姆地位的提升是二十世纪五十年代以后的事（那时《围城》早已完成），但仍然是毁誉参半。赞赏者说他是"英国的莫泊桑""在狄更斯之后最受欢迎的英语作家。"他对英国文坛的讽刺至今无人超越。诋毁者认为他是冷漠的作家，说他思想浅薄，作品陈腐、平庸，模仿王尔德的喜剧风格等等。有的文学史仅用一两百字简述他或几句话带过，甚至没有提及。在毛姆众

---

① 钱锺书. 围城 [M]. 北京：人民文学出版社，1980：11.
② 郑朝宗. 但开风气不为师 [J]. 读书，1983（1）.

多的作品中，《人性的枷锁》《寻欢作乐》《月亮与六便士》《刀锋》是代表性的作品。毛姆于 1919—1920 年来过中国，会见过大儒辜鸿铭，创作出以中国为背景的作品五部。

有人说，在毛姆"二十部小说中，有两部和《围城》有一定程度的对比关系。一部是早年作品《人性的枷锁》（1915 年），一部是晚年作品《刀锋》（1944 年）"①。

陈思和曾指出：毛姆的《刀锋》和钱锺书的《围城》值得对照起来读，前者写欧洲人对西方文化的幻灭，转向去印度研究东方文化，获得了新知。后者写中国人（留学归来的青年）对西方文化的失望。两种寻求，两种结果，结论倒是一致。② 这两部作品写作于同一时期，《刀锋》略早，1944 年完成，《围城》1944 年开始动笔。一个是作者在游历美国时写的，一个是在沦陷的"孤岛"上海写的，两部作品时空遥远，不可能存在影响关系，只存在对比关系，可作平行比较研究。"《围城》关心的是两难之道，《刀锋》关心的是两难之道是否可化成两可：既然无论结婚不结婚，你都会后悔的，那么问题的根本就不一定在结婚不结婚上，刀锋可以变化之处就在这里。《围城》的主人公最后虽然结婚了，但仍然失败了。《刀锋》主人公虽然两次都没有能够结婚，但仍然是成功的。即便结婚了他还是成功的，因为他越过了刀锋。"③ 这样看来，《围城》表现的比《刀锋》更悲观。两部小说都有哲学意蕴。《刀锋》凝结了作者对世界和人生的思考。小说通过主人公拉里·达雷尔反映了毛姆的人生哲学。主人公是参加过第一次世界大战的美国青年飞行员，复员后，被当作英雄，又有漂亮的未婚妻，美好的生活正在等待着他。但他却选择了逃离，独自去周游世界，这让周围所有的人困惑不解。原来，在战争中，他的战友为了救他牺牲了，这让他万分悲痛，心灵受到强烈的震撼，有了这种刻骨铭心的生命体验，促使他对生命有了独特的思考和理解，更促使他自我意识的觉醒，摆脱了现代人的精神危机。于是，他开始追问生命的意义、存在的价值，试图追求人格的完善，领悟人生的真谛。《围城》通过主人公方鸿渐面对"围城"般的困境，不断地追寻，不断地寻找精神家园，最终一无所获，成为一个彻底的孤独者、流浪汉，从而揭示了人的精神困境和存在悲剧。两部作品都具有形而上的意义。

---

① 张文江．营造巴比塔的智者·钱锺书传［M］．上海：上海文艺出版社，1993：63.
② 陈思和．中国新文学整体观［M］．上海：上海文艺出版社，2011：246-247.
③ 张文江．营造巴比塔的智者·钱锺书传［M］．上海：上海文艺出版社，1993：64-65.

《围城》最重要的坐标在于英国的菲尔丁，而其渊源则可上及希腊罗马。最早指出这一问题的是林海（郑朝宗），他在 1948 年首次提出并列举了《围城》与《汤姆·琼斯》的相同之处。他是钱锺书的好友，据说，文中的观点得到了钱锺书的认可。林海认为，钱锺书和菲尔丁至少有两点相同：第一，他们都是天生的讽刺家或幽默家；第二，他们都是学问家，有书卷气，写小说也都不免掉书袋。① 这两点相同在这两位作家的身上确实是存在的，但仅此就能证明《围城》模仿《汤姆·琼斯》吗？还不能。接下来，林海说的是有分寸的，他没有断言《围城》模仿《汤姆·琼斯》，而是说钱锺书在构思这部小说该怎么写时，脑海中可能想到了《汤姆·琼斯》，接着，文章就进一步列举两部小说的相同：首先是宗旨的相同，两部作品都写人性。应该说，指出两部作品在写人性上的相同，林海的文章是首次，但他没有展开论证，显得缺乏说服力。笔者认为，从两者对人性的揭示方面看，钱锺书可能受到菲尔丁的启发。下面，我们两相对照一下。

《汤姆·琼斯》在第一卷第一章的开头"本书的开场白——或者说，为这桌酒席开的菜单"中说："这里替读者准备下的食品不是别的，乃是人性。"在人性下面还加了重点号，以示强调。作者以饮食为喻，点出了《汤姆·琼斯》的写作宗旨，也可以说是小说的基本主题。接着，菲尔丁继续解释道：在"人性"这个总名称下，包含着千变万化的内容。一位作家是不可能将"人性"写尽的。"坊间那些传奇、小说、戏剧、诗歌里所描绘的，不都是这个人性吗？"但"老实说真实的人性在作家笔下之不多见"，"关键还是在于作者烹调的手艺"。"同是一头牲畜身上的肉，有的部分可以荣登公爵之席，另外一部分却降了格，有一两条腿还会倒挂在市井最肮脏的摊子上，好像是拿来示众。倘若达官贵人与凡夫走卒吃的是同一头公牛或仔牛身上的肉，那么，还有什么区别呢？区别在于调味、烹饪、搭配和装盘手艺。""同样，精神筵席的优劣与其说是在于题材本身，毋宁说是在于作家烹调的技术。"② 应该说，写人性、揭示人性是中外文学的一个永恒的主题，关键看怎么揭示，揭示哪方面，揭示到什么程度，是否具有个性，是否如烹调，具有独特的品味和技术。

钱锺书在《围城》序中（这篇序非常简短，不到三百字），交代了两点，

---

① 林海.《围城》与 Tom Jones［J］. 观察，1948（14）.

② ［英］菲尔丁. 弃儿汤姆·琼斯的历史：上［M］. 萧乾，李从弼，译. 北京：人民文学出版社，1994：9-11.

一是《围城》想写什么，二是写《围城》时的心情。《围城》想写什么？作者只用了两句话：这两句话非常重要，它提示我们，《围城》写的是"某一类人物"，具体来说，就是知识分子。他们不仅是人类，还具有"动物的基本根性"。这也就是说，《围城》写的也是人性，是人性中"动物性"的一面。

但细追究起来，两部作品虽然都写人性，但内涵、范围、载体都是不同的。《汤姆·琼斯》善于把史诗和喜剧结合起来，借史诗的容量去装喜剧的人性。难怪法国小说家司汤达称《汤姆·琼斯》是小说中的《伊利亚特》。《汤姆·琼斯》是一个庞大的有机体，每一个人物都是这个有机体的组成部分，全书至少写了一百多个人物，有名有姓的就有近七十人，形成了几大人物系统，包括"青年人系统""太太系统""绅士系统""女仆系统"等，共同组成了广阔真实的人性画卷，其人性主题的基本构成是善与恶的对垒、较量。琼斯、苏菲亚、奥尔华绥等人代表着善良和诚实，体现了真诚的人性，合乎自然道德；布力菲、贝娜斯登夫人和各式各样的市侩代表着贪婪、罪恶、追名逐利，是伪善道德的典型，体现的是丑恶人性。除了上述的几个"人物系统"，小说还写到了其他形形色色的人物，不愧是英国社会的长卷。

《围城》则专写人性的恶、人的劣根性。在作品中，教授可谓"教兽"，从校长到训导长到系主任都是伪君子，都具有丑恶的灵魂，通过这些人揭示了人性的根本颓败，所以，作者"忧世伤生"，由喜剧转为悲剧。而《汤姆·琼斯》则由喜剧转为正剧。和《汤姆·琼斯》比，《围城》的情节、故事、人物、场景要比《汤姆·琼斯》简单得多，篇幅也仅是《汤姆·琼斯》的三分之一。只是《围城》中所写的李梅亭、韩学愈、顾尔谦等人与《汤姆·琼斯》中所写的"绅士系统"中的哲学家方正等人有些相像，他们都是伪君子、假圣人。看来《围城》并没有模仿《汤姆·琼斯》，或许是受到一点启发，钱锺书有他独立的构思和写作宗旨，而且《围城》是"锱铢积累地写完"，二十三万字的文本却"整整写了两年"，可见，钱锺书写小说是严谨的，态度是严肃的，独创性自然也是明显的。

除了写人性的宗旨以外，林海的文章还提到两部作品在"口气""体裁""艺术手腕"上的相通之处。所谓"口气"，是指两位作家都以幽默讽刺的笔调来写的，稍有不同的是，菲尔丁从"幽默"改为"正经"，钱锺书从"幽默"改为"悲哀"。除了这点不同外，笔者认为，钱锺书的幽默讽刺比菲尔丁更密集、更丰富、更鲜活。所谓"体裁"，是指"两部作品都是所谓'恶棍'小说。

这派小说有个特点，便是不大注重故事，而且也无所谓结构。"这个看法是值得商榷的，笔者认为，《汤姆·琼斯》还是比较注重故事的，作品的情节是生动的，内容也是复杂的。《围城》是不大注重故事的，而注重的是文人性格和心理的再现。两部作品在结构上都是讲究的，都有"流浪汉"小说的结构外形。最早将《围城》与西方"流浪汉"小说相联系的是夏志清，他在《中国现代小说史》中认为"《围城》是'流浪汉'（Picaresque hero）的喜剧旅程录。""有'流浪汉小说'（Picaresque novel）的风险味道。"夏志清还明确提到了汤姆·琼斯这一人物。所谓"艺术手腕"，是指两部作品的写景、议论和比喻。其中，议论和比喻是这两部作品的共同之处。善于发议论是两部作品在叙述上的明显特征，有人称这种特征是"随笔与辩解风格的混合。菲尔丁在小说中安插进一位'亲切而喋喋不休的菲尔丁'，让这位最令人相信的戏剧化的作者以一公开的饶舌者面目与读者发生关系。他扮演一个历史学家，宣称他与叙述材料无关，强调他作为挑选者和组织者的作用；有时承认他的知识有限，有时表示拥有独占的信息；他既评论故事的含义，也评述自己处理故事的方法。这个'菲尔丁'完全超凌于作品之上。"① 这样的特点主要体现在《汤姆·琼斯》每一卷的第一章，这一章完全是议论，是独立的杂文或论文，有的与书中的情节和人物有关，但大部分无关，菲尔丁主要是阐述他对社会生活和对文学的观察思考，其中议论最多的是小说的艺术问题，不厌其烦地强调作品的真实性。这种写法在小说的历史上是绝无仅有的，对于这种写法，评论家毁誉参半，褒贬不一。除了每一卷的第一章议论之外，菲尔丁还在小说的进程中加入议论，形成夹叙夹议的写法，这种写法在《围城》中也有充分的表现。举例来说，"菲尔丁在第十二卷第二章写魏斯顿率领撒波尔等人去追寻出走的女儿苏菲亚时，突然遇到一伙带着猎狗打猎的人。于是魏斯顿这位打猎迷立刻把追寻女儿的十万火急正事抛到脑后，转而加入打猎队伍。作者写到这里时，很自然地插入一段议论，用小猫葛丽玛德金被爱神变为美女，但仍然改不掉捉老鼠的本性为喻，对魏斯顿荒唐的行为，可笑的性格作了无情的嘲讽。这里的用典用喻，既自然贴切，又风趣幽默。钱锺书在写到方鸿渐在国外买假文凭时，也很自然地插入了一通议论，用隐嘲语调，援引柏拉图、孔子、孟子及清代官员和英国商人弄虚作假（或提倡弄虚作假）的例子，为他的买假文凭开脱，这些信手拈来的典故（事例）既

---

① 范伯群，朱栋霖. 1898—1949 中外文学比较史：下卷［M］. 南京：江苏教育出版社，2007：389.

增强了作品的喜剧效果和讽刺力度，也增强了人物性格的立体感——既显示了留学生方鸿渐的学者身份，又揭示了他彼时彼刻的复杂心态。"① 比较而言，《围城》中的议论比《汤姆·琼斯》中的议论更简短、更灵活、更多样，效果也更佳。它有的是在叙事、写人的开头，有的是在结尾，还有的通过人物之口进行议论，也有在小说的进程中信手拈来地加一句议论，它没有多余之感，而是增添了作品的讽刺、幽默、机智的效果。

菲尔丁和钱锺书都善于用一连串刀锋妙喻，多角度地描写事物的性质，增强知识性和趣味性。林海认为《汤姆·琼斯》和《围城》的比喻"都是直接从荷马学来的，《伊利亚特》中的一百八十个明比是他们的蓝本。"荷马史诗"使用了约八百个从日常生活和自然现象中选取来的比喻，构成了'荷马式的比喻'。"②《围城》中的比喻也有百例之多，形式多样。《围城》第九章写到方鸿渐、孙柔嘉两亲家见过面，谁也不满意谁，这使鸿渐、柔嘉两人左右为难，受足了气，只好在彼此身上出气。在这里，钱锺书提到了荷马史诗里风神的皮袋，受气的容量最大。由此可见，钱锺书对荷马史诗相当熟悉。

综上所述，作为学者型的钱锺书，其创作的渊源主要在西方，特别是英法文学与《围城》的关系密切，主要是文艺复兴以来至十八世纪、十九世纪的讽刺幽默小说，个别方面可以追溯到古希腊罗马。这里既有影响关系，也有平行关系。

需要特别指出的是，《围城》的思想艺术渊源虽然主要在西方，虽然他也较多地取法于英法，《围城》的最重要的坐标虽然是菲尔丁、斯威夫特、狄更斯、赫胥黎等英国讽刺幽默名家的作品，但他绝不是简单地模仿和直接的借鉴，而是博采、融化和再造，就像蜜蜂博采百花之后，酿造出来的是蜜，绝不是花，而且是匠心独运，自成一味，别具面貌。

《围城》除了与西方文学相关联，与中国古典文学又何尝没有联系？《围城》是融汇中、西的艺术结晶。比如，有人考证"围城"二字"并非仅是洋货"，也是中国的土产，认为它与蔡琰的《悲愤诗》、与元好问的《围城》诗等均有关联，由此得出"'围城'二字是钱锺书综合、融汇了东西文化之结晶，或

---

① 范伯群，朱栋霖. 1898—1949 中外文学比较史：下卷 [M]. 南京：江苏教育出版社，2007：389-390.

② 朱维之，赵澧. 外国文学史：欧美部分 [M]. 天津：南开大学出版社，1985：37.

曰是中、西文化中有关'围城'因素交媾之产物。"① 再比如，《围城》的主人公方鸿渐这一名字的由来，也是取之于《易经》②。根据钱锺书的随笔、《七缀集》《管锥编》以及大量的中外文笔记，我们可以知道他涉猎过中国大量的讽刺幽默类的作品。由此可见，钱锺书国学的根底与西学一样的雄厚。在创作《围城》之前，他对《儒林外史》《老残游记》《笑林广记》等中国古典讽刺幽默也是熟烂于心的。比如，古典讽刺名作《儒林外史》，尽管钱锺书对它评价不高，但并不影响对它的熟知，这在《围城》里可以找到证据。小说写到方鸿渐一行，从上海前往三闾大学的途中，住过一旅馆，名曰"欧亚大旅社"，"鸿渐等看定房间，洗了脸，出来吃饭，找个桌子坐下。桌面就像《儒林外史》里范进给胡屠户打了耳光的脸，刮得下斤把猪油"③。《围城》对褚慎明的讽刺性描写如下：

他最恨女人，眼睛近视得厉害而从来不肯配眼镜，因为怕看清楚了女人的脸，又常说人性里有天性跟兽性两部分，他自己全是天性。④

他出洋时，为方便起见，不得不戴眼镜，对女人的态度逐渐改变。杜慎卿厌恶女人，跟她们隔三间屋还闻到她们的臭气，褚慎明要女人，所以鼻子同样的敏锐。他心里装满女人。⑤

这两段是作家的叙述，而不是人物自己的表现或表演，主要表现出褚慎明的言行不同，表里不一，从而构成讽刺。这也是《儒林外史》常用的讽刺方法，也就是后人总结的"并写两面，使之相形"，而且，在这里，钱锺书又一次举出了《儒林外史》中的人物杜慎卿，这是《围城》与中国古典文学关联的又一例证。综上所述，《围城》是中、西合璧结出的艺术硕果。

第二节　钱锺书的创作与西方现代主义

如前所述，钱锺书在英法留学期间不仅读十七、十八世纪以及更早的英国

---

①　汤溢泽. 透视钱锺书［M］. 长沙：湖南人民出版社，2006：122-125.
②　季进. 钱锺书与现代西学［M］. 上海：上海三联书店，2002：12.
③　钱锺书. 围城［M］. 北京：人民文学出版社，1980：161.
④　钱锺书. 围城［M］. 北京：人民文学出版社，1980：88.
⑤　钱锺书. 围城［M］. 北京：人民文学出版社，1980：89.

文学，也读十九世纪、二十世纪西方的现实主义文学、现代主义文学。如果说，《围城》的创作在讽刺幽默艺术上、在议论艺术上更多的是取法和引用十七、十八世纪的英国讽刺幽默文学，那么，《围城》（也包括《写在人生边上》和《人·兽·鬼》）在思想上、在精神向度上则与西方现代主义的文学思想相接轨。《围城》等作品与二十世纪西方现代主义文学存在着诸多的精神联系，这里既有一定的影响关系，多种钱锺书传记都记载他在牛津喜欢上了西方现代派文学，阅读了不少现代派小说，还有侦探小说和惊险故事等，表现了作家在接受外来影响方面的敏感。同时，更有平行发展中的不约而同的契合，《围城》在精神向度上与西方现代主义文学有一致性的地方，这使钱锺书的作品在思想深度上丝毫不亚于西方现代主义文学作品。

以往，已有人将《围城》与卡夫卡的《城堡》进行单独比较研究，从主旨、立意、象征意象、孤独者的归宿、幽默、风格、创作手法等多角度展开分析。还有人将《围城》与《洪堡的礼物》相比较。《洪堡的礼物》是美国现代著名作家索尔·贝娄的长篇小说，1975 年出版，1976 年贝娄获得诺贝尔文学奖。文章认为，《围城》与《洪堡的礼物》"同处二十世纪风雨中"，两部作品"共同表达了人类对二十世纪风雨人生的体验，体现了一种二十世纪的文学精神"，包括"现代流浪汉的生活流浪与精神流浪"、"描写不完美的人和尴尬的人"、两部作品"比一般作品具有更丰富的文化内涵和哲学意味"① 等。这都是很有意义的比较研究。但还应该有整体性的观照和比较。

理解《围城》，需要扩展它的时代背景，把它置于二十世纪的人类大舞台。这样，我们就会发现，《围城》与西方现代主义文学遥相呼应，它同样表现了二十世纪人类的精神、情感和人性缺陷，具有鲜明的现代品格。

现代主义，也称现代派，它是兴起于西方世界的、区别于以往的古典主义、浪漫主义、自然主义、现实主义、且具有鲜明反传统和现代特征的各种艺术流派的总称。它不仅涉及文学，也涉及音乐、绘画、戏剧、电影等艺术门类。其中的现代主义文学，也称现代派文学，它是现代主义艺术中最重要、最有成就、最有影响、也最具代表性的流派门类。现代主义文学产生于何时？它的源头从什么时候算起？对此，中外评论家意见分歧，莫衷一是。西方学者认为，最早的西方现代派文学应该追溯到法国波德莱尔的诗歌《恶之花》（1857 年）的诞

① 刘新华. 同处二十世纪风雨中:《围城》与《洪堡的礼物》比较研究［J］. 中国现代文学研究丛刊，1992（2）.

生，他是现代派文学的"远祖"，因为它是第一部冲破传统诗歌艺术束缚的典型的象征主义作品，且具有现代派文学的基本特征并对后续的象征主义文学（特别是象征主义诗歌）以深远影响。也有西方学者认为现代主义文学产生于 1870年、1880 年、1890 年，等等。中国学者、外国文学研究的著名专家袁可嘉先生也曾支持勃兰兑斯提出的把 1890 年作为现代主义文学的真正开始的观点。但多数中国学者通常认为"欧美现代主义文学发轫于第一次世界大战前后，二十年代确立，风靡一时，形成第一个高潮。二十年代后，国际反法西斯运动和革命运动高涨，包括无产阶级文学在内的'左翼文学'蓬勃发展，现代派作家两极分化，作为文学运动，它一度趋于沉寂。第二次世界大战后，新流派不断涌现，其影响迅猛发展，形成第二个高潮。到了七十年代中期，现代主义文学盛极而衰，并出现了与传统文学接近、结合的趋势。战后的现代主义文学，在理论上和创作上有着不同的特点，故有人称之为'后现代主义文学'以示区别。"① "现代主义是二十世纪上半期欧美诸多具有反传统特征文学流派的总称，它同时也涉及绘画、音乐、戏剧、电影等艺术领域，是二十世纪一种具有代表性的文艺思潮。"② 到二十世纪七十年代，现代主义文学虽然从整体上衰落了，但并没有消失。比如，存在主义一直延续到 1980 年萨特离世仍有余波；再比如，二十世纪五十年代在拉美兴起的魔幻现实主义小说，在危地马拉作家米格尔·安赫尔·阿斯图里亚斯于 1949 年创作的长篇小说《玉米人》（1967 年获得诺贝尔文学奖）、哥伦比亚作家加夫列尔·加西亚·马尔克斯于 1967 年创作的长篇小说《百年孤独》（1982 年获得诺贝尔文学奖）等具有世界影响的作品之后，到 1980年代以后，仍有英籍印度裔作家萨尔曼·鲁西迪创作的《午夜之子》（被誉为继《百年孤独》之后，最令人惊叹的魔幻现实主义小说）、智利女作家伊莎贝尔·阿连德创作的长篇小说《幽灵之家》（轰动了欧美文坛，作者被誉为穿裙子的加西亚·马尔克斯），直到 1997 年仍有摩洛哥作家塔哈尔·本·杰伦发表的《错误之夜》（被视为阿拉伯世界的魔幻现实主义代表作）。可见，现代主义在高峰、高潮退却之后并没有绝迹，这本身就显示了它的强大的生命力。

现代主义文学通常被认为"是西方现代工业社会的产物，是动荡不安的二

---

① 宋寅展，苏成全. 二十世纪西方文学［M］. 武汉：华中师范大学出版社，1990：194.
② 郑克鲁，蒋承勇. 外国文学史（下卷）［M］. 3 版. 北京：高等教育出版社，2015：126.

十世纪欧美社会之时代精神的艺术表述"①，"是资产阶级精神危机和文化危机在文学上的反映"②。现代主义文学的产生具有深刻的社会根源、哲学和心理学等思想基础以及文学渊源。其实，它更是文学家对自然、对世界、对社会、对人自身认识的一种深化，是对存在的虚无和人生的荒诞与精神困境的一种深刻揭示，是对人性、生命、心理的深入开掘。正是在这些方面，它比以往的浪漫主义、自然主义、现实主义文学更具精神深度。

由于现代主义文学是由多种文学流派组成的庞大的、复杂的"文学大世界"，因而，不同的文学流派或团体往往都有各自的思想基础、理论支撑，有各自的观念演变、文学主张和价值取向，这就必然使现代主义文学呈现出多元化和复杂化的特征。但是，它们又同处二十世纪的风雨中，有相同的社会经历（如两次世界大战）和相近的思想背景（如非理性哲学、超人哲学、生命哲学、存在主义哲学等），因此，在整体上，在体现多元和复杂的特点的同时，也依然呈现出大致相同或相近的思想艺术特征。在思想内容上，具有强烈地反传统和怀疑一切、否定一切的态度，它们在"上帝死了""打倒偶像""重估一切价值"等口号的影响下，不再相信廉价的浪漫主义和理想主义，也不相信理性和科学，而提倡非理性，轻视甚至无视客观世界，强调表现内心要求和心理现实。所以，它们和传统的现实主义、浪漫主义文学迥然有别，具有强烈的文化批判倾向和虚无主义色彩。在主题的揭示上，现代主义文学突出地揭示出了人的异化的主题。二十世纪高度发展的西方物质文明，在给人类带来方便、带来发达和享受的同时，也使人处在严重的异化之中，使人的自然本性受到了严峻挑战，同时，两次世界大战给人带来了严重的精神创伤，导致人的精神危机，甚至产生严重的精神扭曲，使人陷于精神困境，甚至悲观绝望。这种异化主题，主要体现在人与自然、人与社会、人与人、人与自我的对立关系中。在艺术特征和艺术追求上，西方现代主义文学也有大致相近的特征和追求。比如，作品的故事情节往往是荒诞的，人物形象往往是扭曲的、变形的，表现手法上往往是离经叛道的。与传统现实主义文学注重反映客观世界和细节真实不同，现代主义文学更注重表现内心世界和心理真实，具有强烈的主观性。与浪漫主义文学注重发现美、描写美、表现崇高和理想不同，现代主义文学往往揭露丑，描写丑，

---

① 郑克鲁，蒋承勇. 外国文学史（下卷）［M］. 3 版.. 北京：高等教育出版社，2015：126.

② 宋寅展，苏成全. 二十世纪西方文学［M］. 武汉：华中师范大学出版社，1990：195.

其主旨不是歌颂，而是暴露，体现的是"以丑为美"。与现实主义文学普遍运用写实的手法不同，现代主义文学则更多地运用象征、隐喻的手法，造成作品内容的朦胧和深邃，在从现实走向超现实的过程中往往体现了作品的深度模式。在艺术技巧的革新实验和花样翻新中，给读者带来一种陌生化和新奇感。当然，西方现代主义文学也有它的消极化、极端化的弊端。比如，在精神向度上的消极颓废、悲观绝望；对于人性的美和崇高的一面视而不见；在艺术追求上的剑走偏锋，蔑视长期以来形成的文学的最基本标准和创作规则，导致作品形式、技巧上的模糊、混乱和毫无章法。有的作品难以卒读，也有的作品难以读懂。

以《围城》为核心的钱锺书的创作，主要在思想和精神向度上与西方现代主义文学达成了某些共识，他不是用现实主义的创作方法和艺术追求去吸取西方现代主义文学的艺术技巧和形式特征，而是西方现代主义文学所体现出的精神深度吸引了钱锺书的注意。如前所述，二十世纪的人类历史既是空前发展也是空前动荡、空前危机的时代，两次世界大战的浩劫，夺走了数以千万计的生命，财产损失更是难以估量。同时，资本主义世界爆发了空前的经济危机，这双重的灾难使西方人在精神上受到了极大的震动，原来人们所崇尚的理性、科学、宗教、信仰等面临着严峻的挑战，人的精神也面临着空前的危机，正是在这样的形势之下，非理性、怀疑主义、虚无主义有了土壤，在这样的土壤上自然产生了反传统、反理性、具有强烈文化批判色彩的现代主义文学，衍化出了各种荒诞的、虚无的、异化的、绝望的人生故事，形成了带有世界性的文学主题。

在人与社会的关系上，现代主义文学表现了人与社会的对立、矛盾、不协调，人在强大的社会面前显得渺小、无力和无奈，由此揭示了人的现实处境的尴尬、荒谬乃至荒诞和虚无。现代主义的作品从人与社会对立、游离的角度全面地反对社会，表现了现代人对整个社会、整个现实世界的怀疑、批判、反抗乃至绝望。这种怀疑、批判和反抗比以往从文艺复兴到十九世纪文学的批判和反抗要广泛得多、强烈得多。其主要人物多以流浪者、孤独者、精神分裂者、局外人的身份展现与社会的游离，对社会不抱任何希望，表现社会对人的异化。卡夫卡的《变形记》人被"异化"为"甲虫"，《城堡》的主人公为了取得在城堡管辖下的村子的居住权，奋斗了一辈子，当他就要离开人世时，当局才下达了准许的通知，但已经毫无意义了。这样的悖谬和荒诞正是现代人处境的写照。海勒的《第二十二条军规》，其主人公约塞连在"第二十二条军规"面前，无所适从，陷入尴尬和无奈的境地，他无法摆脱这种困境，最终只能开小差。加缪的《局外人》中的莫尔以局外人的身份对待亲人和朋友，甚至对生和死也毫不动容，采取超然态度。这种态度源于人与社会的对立，源于现实世界的荒谬和虚无。

同样，钱锺书的《围城》《人·兽·鬼》也表现了人与社会的矛盾和疏离，进而揭示现实的荒诞和人生的困境。人在现实社会面前处处不如意，处处碰壁，要的它不来，不要的它偏来。《围城》的主旨和中心意象就形象、有力地揭示了人生的困境和存在的荒诞，最终指向虚无和毫无意义。在《围城》的艺术世界中，人进行着毫无意义的追求。在爱情上，赵辛楣追求苏文纨，苏文纨追求方鸿渐，方鸿渐追求唐晓芙，形成一种循环式的怪圈，最终都无果而终。苏文纨嫁给了才疏学浅的曹元朗，方鸿渐娶了相貌平平、颇有心计的孙柔嘉，最终因矛盾、冲突甚至大打出手而分道扬镳，方鸿渐成了一无所有的孤独者、流浪汉。在事业上，方鸿渐、赵辛楣等人也不断地在追求，不断地想摆脱"围城"，最终又陷入了新的"围城"，这隐喻着人生处处是"围城"般的困境。《围城》对人在现实世界中所面临的困境的揭示以及对存在的虚无的隐喻与卡夫卡、萨特的作品的精神特质是相通的、一致的。现代主义经典作家卡夫卡在自己的多部作品中无不深刻地揭示了现代人的困境和追求的徒劳，直到晚年，卡夫卡还在自己的日记中结合自己对世界、对人生的认识、结合自己的亲生经历，把人的追求、人生的道路比喻为围着一个圆心，按照一定长度的半径，朝着美丽的圆周向前运动，结果，不断地回到原来的地方，又不断地从原来的地方重新出发，最终还是回到了原来的基点。《围城》的主人公方鸿渐正是经历了这样的毫无意义、毫无结果的"运动轨迹"，最后，依然一无所获。小说第五章在写方鸿渐一行人从上海出发，前往三间大学的途中，一天早晨，"不到五点钟，轿夫们淘米煮饭，鸿渐和孙小姐两人下半夜都没有睡，也跟着起来，到屋外呼吸新鲜空气。才发现这屋背后全是坟，看来这屋就是铲平坟墓造的。火铺屋后不远矗立一个破门框子，屋身烧掉了，只剩下这个进出口，两扇门也给人搬走了"。接着，作品写方鸿渐的心理活动："方鸿渐在轿子里想，今天到学校了，不知是什么样子，反正自己不存奢望。适才火铺屋后那个破门倒是好象征。好像个进口，背后藏着深宫大厦，引得人进去了，原来什么没有，一无可进的进口，一无可去的去处。'撇下一切希望罢，你们这些进来的人！'虽然这么说，按捺不下偶得好奇心和希冀像火炉上烧滚的水，勃勃地掀动壶盖。"① 这里的"坟"也好，

---

① 钱锺书. 围城［M］. 北京：人民文学出版社，1980：192-193.

"破门框子"也罢，都是极好的象征，作者已经点破，同时，也揭示了人类往往受普遍的好奇心和希冀的驱使，不停地朝着莫须有的所谓结果、理想奔波劳顿。小说中的范小姐深切地感到"活诚然不痛快，死可也不容易；黑夜似乎够深了，光明依然看不见。"① 这是怎样的悲观绝望情绪！难怪作者在创作《围城》时"忧世伤生，屡想中止。"②

由《围城》对人生的困境和存在的虚无的揭示使我们自然联想到叔本华的非理性哲学，联想到尼采的超人哲学，联想到柏格森的生命哲学，特别是萨特的存在主义哲学和文学。"钱锺书的中、西学养之深广，人所共知。还在清华大学读书时他就喜欢哲学。一九三五年到欧洲留学期间，更增进了他对西方现代思潮的认识，诸如克尔凯郭尔、尼采、叔本华、柏格森、弗洛伊德、普鲁斯特、乔伊斯、艾略特、瓦勒里、劳伦斯等西方现代思想大师和文学巨匠，他都有超过一般的理解，在三四十年代的著作中频繁征引，多所阐发。"尤其是"钱锺书对存在主义哲学不但知之甚祥，而且接触甚早——三十年代末四十年代初他已读到过存在主义大师的原著了。"③ 事实上，《围城》与存在主义具有内在的精神联系，是一部"形象的哲学"。西方现代主义在思想特征上公认的具有强烈的文化批判精神，而钱锺书也是公认的最富有现代文化批判意识的作家、学者。短篇小说《上帝的梦》采用荒诞离奇的寓言形式，嘲讽了近代以来被奉为神圣的理性、科学以及思想观念，讽刺了世风、世道和人心，体现了钱锺书对普遍人性和人类命运的关注。《围城》对现实社会的一切包括政治、经济、文化、外交、哲学、宗教、伦理、道德、人心、世道、人性的缺陷等通通给予嘲弄和批判，最终指向人的存在本身，揭示出人生的悲剧和存在的荒诞。像这样具有广泛的社会批判、文化批判和人生嘲弄的作品在中国现代文学中是少见的。

在人与人的关系上，现代主义文学所表现出的异化的主题，突出地表现在他人对个人的异化，表现了人与人之间的对立、冲突、冷漠的关系，人和人之间永远无法沟通，由此造成了个人的孤独感和绝望感。法国存在主义哲学家和文学家萨特，在他的《存在与虚无》《恶心》《禁闭》等哲学著作和文学创作中，站在个人本位立场，鲜明地甚至极端地揭示人与他人的紧张、对立和冲突，

---

① 钱锺书. 围城 [M]. 北京：人民文学出版社，1980：244.
② 钱锺书. 围城·序 [M]. 北京：人民文学出版社，1980：4.
③ 谢志熙. 生的执著：存在主义与中国现代文学 [M]. 北京：人民文学出版社，1999：82-83.

这使个人在世界上永远是孤零零的存在，因为在萨特看来，个体的存在、"我"的存在就是对他人的妨碍，对他人自由的限制。在他轰动一时的剧本《禁闭》中，通过主人公加尔散之口喊出了"他人就是地狱"的口号，后被研究者频繁引用，成为人与人紧张关系、对立关系的极致表达。法国荒诞派作家尤奈库斯在他的荒诞剧《秃头歌女》中，写到马丁夫妇之间竟互不相识，经过一番交谈之后，才能相认，原来，他们俩是住在一间房子里的夫妻，而且已经结婚多年，有儿有女。这更是一种极度夸张的表达，看似荒诞，实则表达了人与人之间的疏远、隔阂、陌生竟能达到如此不可思议的程度，荒诞中透出了真实。在西方现代主义文学中，世界是荒谬的，存在是虚无的，生活在这个世界上，步步有陷阱，每个人都是这个荒谬世界的痛苦而孤独的人。卡夫卡的小说深刻地描写和揭示了人与人之间的无法沟通。哥伦比亚作家马尔克斯在他的伟大的作品《百年孤独》中描写了布恩迪亚家族六代人的传奇故事，以及加勒比海沿岸小镇的百年兴衰，在深沉的历史感中展现了拉丁美洲民族的历史性孤独。在这个家族中，父子、母女、兄弟、姐妹、夫妻之间均没有感情上的沟通，缺乏起码的信任和理解，最终导致家族的衰落。尽管许多人试图打破这种孤独，但终归失败。

与西方现代主义文学一样，钱锺书的《纪念》《围城》等作品通过一系列的悲喜剧，也深刻地揭示了人与人之间的疏离感和紧张关系以及个人精神上的孤独。短篇小说《纪念》写的是一个婚恋故事，表现的是现代知识分子精神世界、心灵世界的"围城"现象以及婚后的精神危机，也揭示了人与人之间的隔膜。主人公曼倩是一个年轻的知识女性，她理想的自己是一个雍容文静的大家闺秀。与才叔结婚后，她成了家庭主妇，对习以为常、千篇一律的生活感到了厌倦，于是她感到空虚、寂寞和无聊。在这种情况下，丈夫才叔的表弟天健（一名飞行员）便成了她感情上的慰藉和精神上的寄托。但她只希望同天健之间保持一种隐约的、朦胧的、不着痕迹、敬而远之的情感关系，她不希望天健做出过火的举动。然而，事与愿违，她想不到天健竟是那样地直奔她的肉体，强迫地占有了她，给了她一种结实的、平常的肉体的爱，这使曼倩感到害怕，也感到内疚，觉得对不起丈夫，更感到超出希望的失望。而天健也有一种达到目的后的空虚，他觉得对不住曼倩，更对不住才叔。曼倩更感到对不住丈夫才叔，反过来恨起天健来。从那以后，她对丈夫才叔更加亲近，更加温顺，此前对丈夫的不满全都无影无踪了。这时，天健因与敌机作战而牺牲了，但却给曼倩留下了一个难堪的"纪念"——曼倩怀孕了。小说具有讽刺意味的是，尽管曼倩怀着天健的孩子，给才叔戴上了"绿帽子"，而才叔却完全蒙在鼓里，所以，他还对曼倩说，假如生的是男孩，就给他取名叫天健，也算是对死去的天健的纪念。小说写得意味深长，三个人物之间都是有隔膜的，人与人之间的关系竟是如此，令人悲哀。

至于长篇小说《围城》对人与人之间的疏离感、孤独感的揭示与西方现代主义哲学和文学更是极其相似。夏志清在他的《中国现代小说史》中较早地指出："《围城》是一部探讨人的孤立和彼此间的无法沟通的小说。""鸿渐同鲍小姐、苏小姐、晓芙、已故未婚妻一家、自己家人、大学同事，以至自己的妻子——疏离，非常戏剧化地表现出他精神的逐渐收缩，直到一无所有的地步。"①这一见解得到了国内外学者的广泛认同。西方现代主义的小说和戏剧，其中的不少作品把人与人之间的对立关系、紧张关系表现得淋漓尽致。《围城》也是如此。在爱情中，当方鸿渐被唐晓芙弃绝后，他发现原来每个人都有自己的个人天地，别人是无法进入的，自己的天地，别人也进不来。在工作中，在三闾大学，方鸿渐深切地感受到同事之间的猜疑、倾轧和紧张关系，这让他扫兴、烦闷和孤独。他感慨道："天生人是叫他们孤独的，一个个该各归各，老死不相往来。""聚在一起，动不动自己冒犯人，或者人开罪自己，好像一只只刺猬，只好保持着彼此间的距离，要亲密团结，不是你刺痛我的肉，就是我擦破你的皮。"② 在家庭中，人与人之间的关系同样如此，这使方鸿渐感到，"像这种家庭里，柔嘉如何住得惯。想不到弟媳妇背后这样糟蹋人，她们当然还有许多不堪入耳的话，自己简直不愿意知道，阿丑那句话现在知道了都懊悔。一向和家庭习而相忘，不觉得它藏着多少仇嫉卑鄙，现在为了柔嘉，稍能从局外人的立场来观察，才恍然明白这几年来兄弟妯娌甚至父子间的真情实相，自己有如蒙在鼓里"③。由此可见，不仅情人、同事、上下级，而且在家庭里，父子、夫妻、兄弟、妯娌之间都是隔膜的、紧张的关系，人与人之间竟是这样的不理解。最后，方鸿渐成了一无所有、又无处可去的孤独者。小说的结尾写到"柔嘉走了"，方鸿渐"和衣倒在床上""不知不觉中黑地昏天合拢、裹紧，像灭尽灯火

---

① [美] 夏志清. 中国现代小说史 [M]. 刘绍铭，等，译. 上海：复旦大学出版社，2005：285-286.

② 钱锺书. 围城 [M]. 北京：人民文学出版社，1980：214.

③ 钱锺书. 围城 [M]. 北京：人民文学出版社，1980：317.

的夜，他睡着了"。"没有梦，没有感觉，人生最原始的睡，同时也是死的样品。"① 这是怎样的现代悲剧呀！生如同死一样。

在人物形象塑造上，西方现代主义文学具有鲜明的"反英雄"的特征，人物往往是渺小的、卑微的、可悲的、无可奈何的，这和以往文学中的人物形象有很大的不同。钱锺书的小说所写的人物与此一致，从短篇到长篇，它没有正面形象，没有英雄人物，他是从人的"基本根性"来写人性的。有学者研究发现，"《人·兽·鬼》书名得自四个短篇《上帝的梦》《猫》《灵感》和《纪念》所包含的人、兽、鬼、神四种形象，归根到底还是在写人，而且似乎还蕴示了'人性、兽性、鬼性'的相通相转。《上帝的梦》在寓言的形式下，寄寓的是对人性缺陷的暴露；《猫》通过对李建侯夫妇情感生活的剖析，展示给读者人性的弱质；《灵感》是对所谓文人作家劣根性的无情鞭挞；《纪念》中曼倩的情感纠葛，显示了人生的自我捉弄。"② 到了《围城》，作者通过一个个鲜活的形象，对人的存在与虚无、对人生的悖论与荒诞进行了更深入的挖掘和表现，揭示了人类生存的普遍困境。正因为如此，所以，作者不需要写正面人物、英雄人物、理想人物。《围城》中除唐晓芙外，对所有人物都极尽讽刺、挖苦之能事，从遗老到遗少，从校长到教授，从科学家到诗人概莫能外。作者对主人公方鸿渐的多重、复杂性格刻画得入木三分，而终究是个懦弱、无用之人。

在艺术特征上，钱锺书的小说虽不像在精神向度上与西方现代主义有那么多的一致性、相似性，但也存在一定的联系。比如，反讽的手法、悖论的表达、荒诞的意味等，这里就不再赘述了。

最后，需要说明的是，钱锺书的小说虽然在精神向度上与西方现代主义文学有着密切的联系，在艺术特征上也有一定的关联。但从《人·兽·鬼》到《围城》决不属于现代主义文学作品，它们和二十世纪以来的西方现代主义文学作品有着明显的不同。钱锺书沐浴过二十世纪的欧风美雨，也生长在战乱、动荡、贫瘠的中国现实，他作品的现代主义色彩，一方面来自作者的现代体验、生命体验和人生感悟，另一方面也来自西方现代哲学和文学的影响，但最终还是自己的艺术独创，而不是简单的模仿和借鉴。我们看到，西方现代主义文学作品所表现的往往是悲观绝望，精神颓废，变态心理，大量描写死亡、瘟疫、罪犯、疯狂、畸形、变态等丑恶事物。在艺术追求上，往往也极端地标新立异

---

① 钱锺书. 围城［M］. 北京：人民文学出版社，1980：359.
② 季进. 钱锺书与现代西学［M］. 上海：上海三联书店，2002：10-11.

和剑走偏锋，不顾以往的文学传统和成功经验，把最基本的文学原理、标准和特性抛在一旁。而钱锺书的作品却不是这样，它还是属于严谨的现实主义作品。比如，钱锺书的作品虽写出了人生的困境和存在的虚无，写出了理想的虚妄和现实的残酷，因而具有深沉的现代悲剧感，但钱锺书和他的作品只表现悲观，但并不厌世，也不消极颓废。在散文《论快乐》中，钱锺书彻底否定了"永远快乐"，认为"这句话，不但渺茫得不能实现，并且荒谬得不能成立。快乐的决不会永久；我们说永远快乐，正好像说四方的圆形，静止的动作同样地自相矛盾"①。在钱锺书看来，快乐在人生里就是一种诱惑，"几分钟或者几天的快乐赚我们活了一世，忍受着许多痛苦"②。但同时，钱锺书又说："人生虽痛苦，却不悲观，因为它终抱着快乐的希望"；"人生虽不快乐，而仍能乐观。"③ 接着钱锺书引经据典，寻找苦中作乐之人。由此可见，钱锺书一方面承认人生的痛苦和存在的荒诞，另一方面也在探寻存在的勇气和自我的拯救，这使他的作品与西方现代主义文学区别开来。我们只有了解钱锺书的创作与西方现代主义文学的精神联系，才能进一步理解他作品的现代品格。

在将《围城》与西方现代主义文学的比较中，有人说将《围城》的幽默归入"黑色幽默"一类，"因为黑色幽默作家展示那种嘲笑自己困境的喜剧场面，却是为了使自己和读者都能超越这种困境"。"《围城》的黑色幽默主要是通过辛辣的讽刺和乱世中清醒文人的自嘲自慰来体现的。"④ 笔者认为这需要辨析和纠正。《围城》的幽默符合"黑色幽默"的基本精神吗？众所周知，"黑色幽默"是20世纪60年代在美国兴起的一种文学流派。它的基本精神是一种荒诞的、病态的、绝望的幽默，是"绞刑架下的幽默"、"大难临头时的幽默"。"黑色幽默"作品将周围的世界和自我的丑恶、滑稽、畸形、荒唐等扭曲、放大，使其更加荒诞不经。而《围城》虽有一定的荒诞性、绝望感，它的思想基础也与"存在主义"有关，但《围城》绝不是"黑色幽默"作品，它和"黑色幽默"有本质的不同，它完全属于正常的，而非变态的幽默。从人物形象塑造来说，《围城》中没有一个如"黑色幽默"派笔下的那种病态的、畸形的、反理性的、滑稽可笑的人物。《围城》中的每一个人都是正常的人，生活中的人。它

① 钱锺书. 写在人生边上 [M]. 北京：中国社会科学出版社，1990：21-22.
② 钱锺书. 写在人生边上 [M]. 北京：中国社会科学出版社，1990：22.
③ 钱锺书. 写在人生边上 [M]. 北京：中国社会科学出版社，1990：23-25.
④ 刘晓文.《围城》与《城堡》比较 [J]. 外国文学研究，1992（2）.

只具有一定的"反英雄"性，没有塑造正面的、歌颂的人物而已。"黑色幽默"派作品大都具有离奇的寓言故事，具有隐喻特征，而《围城》也完全没有。"黑色幽默"派作品，其叙事结构是"反小说"的，小说中只有片段的现实情节，结构是混乱无序的。《围城》的情节和人物虽然是虚构的，但它处处来自生活，来自现实，没有荒诞不经的情节。其结构也是井然有序的。在语言风格上，"黑色幽默"派作品所具有的滑稽、怪异、句法的不规范乃至拖沓冗长在《围城》中都没有。以上种种都说明，《围城》不属于"黑色幽默"一类，说它有些"冷幽默"倒未尝不可。

第六章　张天翼：中、西文学传统与讽刺艺术建构

　　中国现代讽刺幽默小说的创作成就，冠、亚、季军自然是鲁迅、老舍、钱锺书。他们恰好是中国现代小说三个时代的杰出代表。除了他们三位以外，就要数张天翼了，他是继老舍之后，在中国现代小说第二个十年涌现出的一位杰出的讽刺幽默小说家，他的讽刺幽默小说，特别是讽刺短篇，无论在数量上还是在质量上都是值得重视和研究的。

　　任何一个时代的文学，任何一个作家的创作都不会凭空产生，都要有所继承、有所借鉴、有所择取，也有所创造，这是文学创作与发展的一条基本规律。中国现代文学同时面对两大文学传统的哺育和滋养：外来文学传统和本土文学传统，这两个文学传统如何造就了中国现代文学和现代作家？这是一个重要的研究命题。对这一命题的研究，从改革开放新时期到 21 世纪已有了长足的进展，但仍然存在一些盲点、弱点乃至空白点，值得进一步深入探究。尤其是对于作家个案的研究还有不少问题没有落到实处。

　　拿张天翼来说，作为 20 世纪 30 年代的重要左翼作家，他的讽刺幽默艺术是怎样建构起来的？中、西文学给他以怎样的影响？他在吸收外来影响方面有哪些经验和启示值得借鉴？又有哪些教训值得吸取？这些都值得进一步研究。

　　以往对张天翼与中外文学历史联结的研究虽取得了一些研究成果，但还显得不够深入，仍有一些盲点和弱项，比如，在谈论张天翼小说创作受外来影响时，常说狄更斯对他的影响最大，而他最钦佩的是果戈理和契诃夫。这当然不错，但具体怎样影响了他讽刺短篇的建构？表现在何处？有什么接受特点？是模仿、照搬、套用，还是借鉴、吸收、变异？这些并没有阐述清楚。再比如，以往的研究者都指出过《洋泾浜奇侠》受了《堂吉诃德》的影响，但大都语焉不详，并没有具体论证。说《鬼土日记》是对《格列佛游记》的模仿、套用、

照搬、袖珍化、落窠臼等也有些言过其实。还有人说《鬼土日记》受了刘易斯·卡罗尔的《阿丽思漫游奇境记》的影响，笔者认为这种影响并不存在。特别是以往研究张天翼在接受外来影响时，多看到的是张天翼小说与英、俄小说的同一性、相似性的一面，而忽略了差异性、变异性的阐释。

鉴于此，本章从讽刺幽默小说文体切入，分别探究中、西重要讽刺作家、作品对张天翼讽刺短篇建构的重要意义、作用；张天翼的讽刺长篇的外来影响以及创作上的局限。其研究的思路是：抓重点、分层次、重实证。所谓抓重点，是说张天翼虽然对中外文学的阅读比较广泛，但真正给他讽刺小说创作以突出影响的就那么几位，有些作家的作品虽然在题材、人物、手法、细节等方面与张天翼有相像之处，但并不一定构成影响，很可能是暗合，是生活的赐予。此外，张天翼对本土文学的接受比较清晰，而外来文学对他的影响比较复杂，所以，本章的论述重点是后者。所谓分层次，是要把张天翼的讽刺短篇与讽刺长篇区分开来，因为作为小说家的张天翼，其创作的精华在短篇小说领域，讽刺幽默小说又是其中的精粹。而他的长篇小说是不太成功的作品，两者接受中、西文学的影响是很不相同的，因此，不能混同论述，不能"眉毛胡子一把抓"，而必须分别阐释。所谓重"实证"，是说一个作家受到中外古今文学的影响是一个复杂的问题，其影响关系的指认，必须重证据，重两部作品的深入比对，不能只看表面现象。从上述思路出发，必将深化对张天翼小说创作成败得失的认识，使后来者从张天翼身上汲取经验、教训，并获得宝贵的启示。这也许正是本章研究的意义所在。如何把外来影响转化成民族的东西、自己的东西，这在某种程度上决定了作家的成败。

我们首先对张天翼的接受、研究作以回顾和反思。

第一节 作为小说家的接受、评价和研究态势

从 1922 年发表的杂评张天翼的侦探小说算起，到 2022 年对张天翼的接受与研究整整走过百年。回顾这百年的历史，经历了高低起伏，研究成果多集中在中短篇小说领域（对于长篇小说，研究甚少），其中，有两个时段受到关注和重视：20 世纪 20 年代末到 20 世纪 30 年代末；20 世纪 70 年代末到 20 世纪 80 年代中期。从 1987 年至今，张天翼接受和研究进入冷清期，个中原因值得思考。

　　著名学者赵园女士在1984年写的张天翼研究的论文中说："张天翼是个'天生的'短篇小说家。"① 这一句简短的话道出了张天翼的个性，今天看来，仍然有意义。从张天翼的接受和评价史来看，印证了这一点。我们把它引申开去，就是：张天翼擅长写短篇，不太擅长写长篇，他的短篇小说不仅数量多，而且质量优于长篇。像《华威先生》《包氏父子》《砥柱》《皮带》《欢迎会》等短篇可以称为优秀之作，甚至是经典之作，而他的长篇从《鬼土日记》《齿轮》到《一年》，从《洋泾浜奇侠》到《在城市里》，也包括未完成的长篇《回家》，没有一部是成功的。这不仅从张天翼的研究史可以得到证明，即研究成果多集中在短篇小说领域，对于长篇小说的研究甚少，也可以从他作品的版次和再版数量得到证明：他的长篇小说，从旧中国到新中国都没有再版过单行本；在各种版本的张天翼选集、文集中，也多收录的是短篇小说，长篇小说往往付之阙如②，唯有湖南人民出版社1981年4月出版的《张天翼小说选》在下卷中收录了长篇小说《在城市里》。这是一个例外。

　　从张天翼的创作历程来看，他是从短篇小说起步的，为《礼拜六》杂志写滑稽、侦探小说，他在小说坛上崭露头角也是短篇小说《三天半的梦》（老舍创作伊始则写长篇），他的成名作不是靠哪一篇（部）作品，而是靠一批短篇，即从1929年到1936年的几十个短篇，被称为"为左翼文坛吹来一股新风"的"左翼新人"③，他的代表作还是短篇小说，即《华威先生》。可见，短篇之于张天翼是多么重要，尤其是讽刺幽默类的短篇在他的短篇中多为佳构，奠定了张天翼在讽刺小说史上的地位，成为继鲁迅、老舍之后又一位讽刺幽默家，在二十世纪三十年代独领风骚。

　　从1929年到1938年这十余年是张天翼小说创作丰收的十年，他以近百篇中、短篇小说，五部长篇小说建构了他在中国现代小说史上的地位。张天翼几乎是天生的具有讽刺才能。父亲是一个接受过新书、报刊影响的开明的知识分子，在高等师范教过书。"他是一个诙谐的老人，爱说讽刺话。""他看过许多小

① 赵园. 论小说十家［M］. 杭州：浙江文艺出版社，1987：89.
② 1936年4月上海万象书屋初版的《张天翼选集》、1936年11月仿古书店初版的《张天翼创作选》、1947年4月上海新象书店初版的《张天翼杰作选》、1948年1月上海春明书店初版的《张天翼文集》、1952年7月北京开明书店初版的《张天翼选集》、1979年6月人民文学出版社初版的《张天翼小说选集》、2012年4月上海文艺出版社初版的《张天翼讽刺小说》等收录的都是中、短篇小说，没有长篇小说。1981年2月文化艺术出版社还专门出版了《张天翼短篇小说选集》上下册。
③ 杨义. 中国现代小说史：第2卷［M］. 北京：人民文学出版社，1988：351.

说，还知道许多笑话。"① 这种诙谐、讽刺的基因必然遗传给儿子张天翼，再加上善于讲笑话并爱挖苦人的他的二姐对他的影响很大，使张天翼从小就喜欢滑稽、讽刺的文类，"最喜欢看卓呆君的滑稽小说"②。他认为："滑稽小说是寻开心的，很有益于身心，可是很难做。"③ 尽管很难做，但由于喜欢，他最初还是选择了滑稽小说的写作，后来由滑稽转向严正的讽刺。由于对讽刺的喜爱，使他在成名前、在生活最艰难的时期当报纸编辑时，因刊登了一篇讽刺小品而被解雇，导致失业。成名后，他又因一篇讽刺作品《华威先生》引来责难，"于是就有'不愿看见丑恶'的人从'理论'上指摘《华威先生》太谑画化，并且心理描写还欠深入，因此对于读者'害多而益少'，接着就下断语：还是不写为妥"④。围绕《华威先生》，文坛上展开了一场关于文艺对抗战现实要不要暴露、怎样暴露，要不要讽刺、怎样讽刺的争论。在国民党控制的报刊上则竭力诋毁暴露黑暗的文学作品。这都是张天翼与讽刺的"缘分"。

从对张天翼作品的接受、批评、研究来看，评论者、研究者对他的短篇小说给予较多的关注。就张天翼全部讽刺小说的接受和研究来看，按照杨春凤的博士学位论文《张天翼讽刺小说论》中的观点："自张天翼登上文坛的 1922 年开始，张天翼研究就已经展开，到现在（2010 年）已经持续了近九十年，近九十年的张天翼研究基本上可以用'之'字形来概括。"⑤ 这一概括是符合张天翼接受和研究的实际的。如今，张天翼研究又过去了十多年，已达百年，这种态势并没有改变。

回顾百年张天翼的接受和研究的历史，有两个时段是受到关注和重视的：第一个时段是上述的张天翼小说创作的丰收时期，从二十世纪二十年代末到二十世纪三十年代末四十年代初；第二个时段是是二十世纪七十年代末到二十世纪八十年代中期。早期（1922—1928 年）创作的滑稽小说、侦探小说只有一篇

① 张天翼. 我的幼年生活 [M] //沈承宽，黄侯兴，吴福辉. 张天翼研究资料. 北京：知识产权出版社，2010：103.
② 张天翼. 小说杂谈之一 [M] //沈承宽，黄侯兴，吴福辉. 张天翼研究资料. 北京：知识产权出版社，2010：109.
③ 张天翼. 小说杂谈之一 [M] //沈承宽，黄侯兴，吴福辉. 张天翼研究资料. 北京：知识产权出版社，2010：109.
④ 茅盾. 八月的感想：抗战文艺一年的回顾 [M] //茅盾. 茅盾全集：第21卷. 合肥：黄山书社，2014：540.
⑤ 杨春凤. 张天翼讽刺小说论 [D]. 兰州：兰州大学，2010 (1).

评论①，而且十分简略，是印象式的观感。张天翼幸运的是从 1929 年开始到 1940 年，他得到了鲁迅、茅盾、瞿秋白、冯乃超、胡风、王淑明、吴组缃等著名作家、评论家的关注、帮助和评论。

1929 年初，鲁迅就与张天翼通信，此后，张天翼几度致鲁迅信，并寄上自己的短篇小说《三天半的梦》，这篇小说写完后，张天翼先后寄给了几家刊物，但都没有被采纳。鲁迅收到此稿后很快给张天翼回信，指出《三天半的梦》尽管还不成熟，但可以发表。鲁迅还鼓励他多写。这对一个只有 23 岁、初学写作写实主义作品的张天翼来说是多么大的鼓舞和激励。一个月后，《三天半的梦》就在鲁迅、郁达夫主编的《奔流》第 1 卷第 10 号上发表了（1929 年 4 月 24 日）。在张天翼"饮誉文坛不久，鲁迅就一再把他归入新文学运动以来'最好的作家'和'最优秀的左翼作家'之列"②，并一再向外国友人推荐张天翼的作品。1932 年 5 月 22 日，鲁迅致日本友人增田涉信，为他选编的《世界幽默全集》中的中国部分推荐作品，鲁迅说："郁达夫、张天翼两君之作，我特为选入。"③ 信末附上的推荐书目就有张天翼的《小彼得》，并称"作者是最近出现的，被认为有滑稽的风格。例如《皮带》，《稀松（可笑）的恋爱故事》"④。同年 8 月 9 日，鲁迅再致增田涉信，其中说"张天翼的小说过于诙谐，恐会引起读者的反感，但一经翻译，原文的讨厌味也许就减少了"⑤。由此可见，鲁迅对张天翼是多么的偏爱。1933 年 1 月 9 日，鲁迅致王志之信，云："译张君（指张天翼）小说，已托人转告，我看他一定可以的，由我看来，他的近作《仇恨》一篇颇好（在《现代》中），但看他自己怎么说罢。"⑥ 同年 2 月 1 日，鲁迅致张天翼信，信中说："你的作品有时失之油滑，是发表《小彼得》那时说的，现在并没有说；据我看，是切实起来了。"⑦ 鲁迅在这里所说的张天翼的创作由油

① 朱翼. 我之侦探小说杂评 [J]. 半月，1922（19）.

② 杨义. 中国现代小说史：第 2 卷 [M]. 北京：人民文学出版社，1988：352.

③ 鲁迅. 致增田涉 [M] //鲁迅. 鲁迅全集：第 14 卷. 北京：人民文学出版社，2005：211.

④ 鲁迅. 致增田涉 [M] //鲁迅. 鲁迅全集：第 14 卷. 北京：人民文学出版社，2005：212.

⑤ 鲁迅. 致增田涉 [M] //鲁迅. 鲁迅全集：第 14 卷. 北京：人民文学出版社，2005：220.

⑥ 鲁迅. 致王志之 [M] //鲁迅. 鲁迅全集：第 12 卷. 北京：人民文学出版社，2005：359.

⑦ 鲁迅：致张天翼 [M] //鲁迅. 鲁迅全集：第 12 卷. 北京：人民文学出版社，2005：364.

滑到切实的话语被研究张天翼的论著以及文学史、小说史频繁引用，可见它的权威性。1934 年 7 月 14 日，由茅盾执笔、鲁迅签名，两人共致美国人伊罗生信，他们应伊罗生之约，为他编选中国现代短篇小说集《草鞋脚》，共选 26 篇作品，其中有张天翼的《一件寻常事》。鲁迅、茅盾在信中积极推荐左翼文学作品，说："由 1930 年至今的左翼文学作品，我们也以为应该多介绍些新进作家；如何谷天的《雪地》及沙汀，草明女士，欧阳山，张天翼诸人的作品，我们希望仍旧保留原议。"① 7 月 31 日，茅盾、鲁迅再致伊罗生信，信中说："张天翼的小说，或者用《最后列车》，或者用《二十一个》，——《二十一个》是短短的，——都可以。"② 由上所见，鲁迅作为当时文坛骁将对张天翼扶持、偏爱、肯定、赞赏有加，这对张天翼的成长、成名起到了关键性的作用。

茅盾在文中也多次介绍、评论张天翼的作品。1933 年 8 月，茅盾发表了《"九一八"以后的反日文学——三部长篇小说》一文，文中介绍的三部长篇小说，第一部就是张天翼的《齿轮》，茅盾说："《齿轮》这长篇小说，形式就是新奇可喜的，文字流利轻松，和作者的短篇小说相似。"③ 同时，茅盾也指出，"也许作者是有意地想把全书写得诙谐。我们不反对诙谐。但是诙谐的表面下，应该有严肃：应该对那些大事体在青年心上所起的波动有精密的分析和正确的理解！徒然为诙谐而诙谐，将使作品陷入了 journalism 过于纤巧的诙谐，例如把屠格涅夫译成了'吐膈孽夫'，把 Doctor 译成了'大狗头'，虽然发笑，可并没多大意味。太注意了形式上的奇巧，或者太注意了引人发笑，而忽略了内容的锤炼，终究不是作者发展他的创作能力的正当轨道"④。今天看来，茅盾的评价依然十分中肯，在他看来，诙谐、发笑当然是允许的，但仅此是不够的，还要有意味，有内容的锤炼，这样，才能成为好作品。

1934 年 9 月，茅盾发表了《两本新刊的文艺杂志》，主要评介了当时新创刊的两种文艺杂志《当代文学》和《作品》以及在上面发表的部分作品，其中，评介了张天翼的《欢迎会》，联系到了他的《洋泾浜奇侠》。茅盾说："张天翼

---

① 鲁迅. 致伊罗生 ［M］//鲁迅. 鲁迅全集：第 14 卷. 北京：人民文学出版社，2005：309.
② 鲁迅. 致伊罗生 ［M］//鲁迅. 鲁迅全集：第 14 卷. 北京：人民文学出版社，2005：315.
③ 茅盾. "九一八"以后的反日文学：三部长篇小说 ［M］//茅盾. 茅盾全集：第 19 卷. 合肥：黄山书社，2014：531.
④ 茅盾. "九一八"以后的反日文学：三部长篇小说 ［M］//茅盾. 茅盾全集：第 19 卷. 合肥：黄山书社，2014：536-537.

的小说《欢迎会》没有登完（我以为能够一期登完更加好）。这半部小说很有趣。"接着，茅盾介绍了《欢迎会》上半篇的故事和人物，然后说："这真是'幽默'（如果我们说是幽默）得很够味儿。记得张天翼写过一篇《洋泾浜奇侠》也是'幽默'的；可惜写到中间稍带点儿'油'，并且那些过分夸张的人物总使读者感到不自然。现在这篇《欢迎会》全没有这些毛病。用一句陈腐话，殆所谓'妙手偶得之'罢？希望作者能够常常'得之'！"① 茅盾在这里既指出了《洋泾浜奇侠》的缺点，也充分肯定了《欢迎会》。当时，《欢迎会》并没有刊完，可见茅盾眼光的敏锐、评价的正确。

1935 年 2 月，茅盾以"胡绳祖"的笔名，发表了《"健康的笑"是不是?》，主要评介张天翼新出版的短篇小说集《移行》。文章的开头，茅盾还是从此前发表的《洋泾浜奇侠》说起，认为"这是一部'幽默'的讽刺的作品，多少有点模仿《吉诃德先生》。这是张天翼先生有意想来'幽默'一下的作品。"但"却不能不说是失败的作品。"接着，茅盾指出"'摹拟'并不一定坏。也并不是因为'摹拟'，故而就坏了。问题是在张天翼先生太粘住了'洋泾浜'三字做文章。""《吉诃德先生》的作者塞万提斯写那小说的动机并不和张天翼先生一样。"茅盾认为，尽管《洋泾浜奇侠》是失败的作品，"然而我们并不因此否定了张天翼先生的'幽默'的天才。他有的！读了他最近的短篇集《移行》我这确信就有了例证了。"文章从第二部分到第五部分较为详尽地评说了《移行》中的 9 篇作品。茅盾认为"《移行》集子中最好的两篇，在我看来是《包氏父子》和《欢迎会》。"这是有眼光、有见地的，历史已经证明，这两篇是张天翼短篇中最优秀的篇章。最后，茅盾总结："从《二十一个》到这短篇集《移行》，我们看出了张天翼先生的发展的过程来了。我们觉得他到目前为止，他的短篇比他的长篇好。他写紧张壮悲的场面，也不及他写'幽默'的好。他的最大的才能在用轻松明快的笔调写人生的一断片，——一个小事件，他就能使你笑，使你笑过之后不得皱眉头。他的能拈取很小一点来写一篇小说，有几分跟沈从文先生相似，然而他的着眼处却比沈从文深得多远得多了。""据我看来，现在'幽默的作品'比张先生《移行》里几篇更成功的，似乎还没有。"② 我们不能不承

---

① 茅盾. 两本新刊的文艺杂志 [M] //茅盾. 茅盾全集：第 20 卷. 合肥：黄山书社，2014：232.

② 茅盾. "健康的笑"是不是? [M] //茅盾. 茅盾全集：第 20 卷. 合肥：黄山书社，2014：424-440.

认，茅盾在这里对张天翼创作的长处和短处的揭示以及对《移行》中短篇的评价是具有原创性的认识，完全符合实际，因此，被后来的张天翼研究者所认可并继承下来，写入了他的创作论和小说史。

当 1938 年张天翼先生的《华威先生》发表以后，引来了关于要不要暴露、要不要讽刺的争论，茅盾又站出来，他在《八月的感想》和《暴露与讽刺》两文中，旗帜鲜明地正面肯定了《华威先生》的意义，阐明了我们仍需暴露和讽刺等鲜明的观点。在《八月的感想》中，茅盾针对一些人对《华威先生》的指责作了正面的回应，指出，华威"这个典型还应当发展""'华威先生'并没有死，因此，他的更清晰的形象，终有见于作品中的一日罢？"如果"不愿看见丑恶"那"倒是抗战文艺的一种损失。"① 在短文《暴露与讽刺》中，茅盾开门见山地阐明自己的观点和态度："现在我们仍旧需要'暴露'与'讽刺'。暴露的对象应该是贪污土劣，以及隐藏在各式各样伪装下的汉奸——民族的罪人。""讽刺的对象应该是一些醉生梦死、冥顽麻木的富豪、公子、小姐，一些'风头主义'的'救国专家'，报销主义的'抗战官'，'做戏主义'的公务员，……讽刺的笔尖挑开了他们的生活内幕，刺激起他们久已麻痹了的羞耻的感觉，使得民众对于那些天天见惯了因而不觉其怪的糜烂泄沓的生活，有了警觉与厌恶。"② 这正是暴露与讽刺的意义所在、价值所在。

茅盾对《华威先生》的深刻印象和高度评价还在他自己的创作中折射出来。1948 年 12 月，已成为文学巨匠的茅盾，在他创作的最后一个短篇小说《春天》时竟把张天翼笔下的华威先生拿过来作为自己小说的主人公，续写着华威先生后传。小说开篇写道："春天来到大地，有迟有早，个人所经历的春天，也有多有少。劳动英雄常为民现在经历的是第四个春天，可是'开会专家'华威先生还是第一回暴露在春光之下。"③ 小说一面写北方解放区国营第七农场的欣欣向荣，一面暴露华威先生的改头换面，如何介入国民党反革命集团的阴谋破坏活动，两相对比，一面是春天的阳光和勃勃生机，一面是阴暗的臭水沟在冒着气泡。在抗战初期就已经出了名的华威先生，此时已摇身一变为"民主人士"，他自称自己"淡于名利""完全是朋友们要我出来"实际是到处钻营，蝇营狗苟，

---

① 茅盾. 八月的感想：抗战文艺一年的回顾［M］//茅盾. 茅盾全集：第 21 卷. 合肥：黄山书社，2014：540.

② 茅盾. 暴露与讽刺［M］//茅盾. 茅盾全集：第 21 卷. 合肥：黄山书社，2014：576-577.

③ 茅盾. 春天［M］//茅盾. 茅盾全集：第 9 卷. 合肥：黄山书社，2014：570.

为个人的名利竟大打出手。他的上司已经向人民政府自首了，"于是他感到自己的可怜，'自首'两字也从他心里泛了起来。但是，再往下想，他又糊涂了，他并无生活技能，而且又爱舒服，怕劳动，如果要改过自新，他做什么好呢？最后，他觉得还是观望一两天再说。"① 由此可见，华威先生和阿 Q 一样没有断子绝孙。

除鲁迅、茅盾外，瞿秋白对张天翼的创作也十分关注，先后有四篇文章涉及张天翼。他自然站在政治家的立场，从"斗争"的视角来观照张天翼的创作，既肯定《二十一个》等作品"的确有他自己的作风""能够抓住'斗争'的焦点"，又指出《鬼土日记》的弱点："题材方面是很不适宜的"；"作者自己给自己的'自由'太大了"；"与其画鬼神世界，不如画禽兽世界"。② 冯乃超依据《二十一个》等作品，肯定了张天翼出现的两种意义——新人和创作新的形式，肯定了他探索新的形式，摆脱旧的形式的努力。对于《鬼土日记》，冯乃超更多的是提出"批评"，认为"《鬼土日记》是一个纯粹资本主义社会的缩图，——漫画化了的缩图。"它"是作者自身空想的纯粹资本主义社会，这首先失掉了他的讽刺文学的价值"，且没有"指出病源之所在"③。王淑明在文中主要批评了《洋泾浜奇侠》，指出它的内容是受了《吉诃德先生》的影响，由此导致了艺术上的缺陷；同时，也指出了"在他的作品里，存在着一个危机。那是由讽刺而流于滑稽的危险"④。

胡风的《张天翼论》是第一篇作家论，立论所依据的是截否写该文（1935年）张天翼发表的所有作品。文章首先指出了张天翼是一个"新人"："天翼的处女作《三天半的梦》在一九二九年出现，使读者嗅到了一种新鲜的气息，接着一九三〇年发表了《从空虚到充实》，一九三一年发表了《二十一个》以后，就受到了文坛的注意，被承认为'新人'——新的作家了。"⑤ 接着，胡风以"小康者群底灰败世界"为题，总结了张天翼笔下比较重要的三组脚色。然后，

---

① 茅盾. 春天［M］//茅盾. 茅盾全集：第9卷. 合肥：黄山书社，2014：582.
② 瞿秋白. 画狗罢［M］//沈承宽，黄侯兴，吴福辉. 张天翼研究资料. 北京：知识产权出版社，2010：205-206.
③ 冯乃超. 新人张天翼［M］//沈承宽，黄侯兴，吴福辉. 张天翼研究资料. 北京：知识产权出版社，2010：207-211.
④ 王淑明. 洋泾浜奇侠［M］//沈承宽，黄侯兴，吴福辉. 张天翼研究资料. 北京：知识产权出版社，2010：224.
⑤ 胡风. 张天翼论［M］//沈承宽，黄侯兴，吴福辉. 张天翼研究资料. 北京：知识产权出版社，2010：241.

论证了张天翼的"朴素的唯物主义"的创作方法。最后，从"笑"的艺术、漫画家、言语问题论述了张天翼小说的艺术。值得一提的是，胡风称"天翼是七八年来的文坛所产生的最大的笑匠，发生了很高的'健康'作用，但同时也常常受到小小的不满"①。应该说，胡风的这篇作家论，对张天翼的评论是比较全面的，也是中肯的。但说张天翼是这时期产生的"最大的笑匠"恐怕与事实不符，因为老舍也是这时期出现的作家，作为"笑匠"似应在张天翼之前，如果没有老舍，说张天翼是"最大的笑匠"才能成立。总之，这个时期的评论多肯定短篇，批评长篇。

　　1939—1949年，张天翼因疾病、因生活等原因中止了小说创作。这十年，仅有一个短篇《知己》（1947年）。从1948年开始，张天翼有少量的寓言作品问世，1950年以后主要是童话等儿童文学创作，基本告别了小说。所以，整个二十世纪四十年代对张天翼讽刺小说的研究出现了空白。新中国成立之后的头三十年，张天翼的主要影响在儿童文学领域，这个时段的张天翼主要是沉入了文学史、小说史。从王瑶的《中国新文学史稿》到唐弢、严家炎主编的《中国现代文学史》以至到香港司马长风的《中国新文学史》等，张天翼都是散落在二十世纪三四十年代文学各章，得到了应有的描述和评价，但基本上延续了第一个时段左翼批评家的观点，没有什么创新和突破。稍值一提的是司马长风在《中国新文学史》（中卷）中认为："中国文坛上，有好多作家刻意学鲁迅，或被人称为鲁迅风的作家，但是称得上是鲁迅传人的只有张天翼，无论从文字的简练上，笔法的冷隽上，刻骨的讽刺上，张天翼却较任何慕鲁迅风的作家更为近似鲁迅。张天翼忠实学习鲁迅，可从他一九三三年所写《创作的故事》一文中自述的信条看得真切，他说：一、不相信写作的灵感天才；二、不相信什么小说做法之类的东西；三、不写叫人看不懂的象征派的东西；四、不浪费笔墨来写无关宏旨的自然景物；五、不写与主题无关的细枝末节。将这五信条拿来与鲁迅的《创作要怎样才会好》（答北斗杂志社问）及《我怎样做起小说来》（《南腔北调集》）比看一下，立刻就明白每一条都渊源有自了。"② 这种见解还是值得珍视的。需要指出的是：司马长风引证的张天翼的《创作的故事》中的自述，不是作者的原话，而是他的理解和提炼。

---

①　胡风. 张天翼论［M］//沈承宽，黄侯兴，吴福辉. 张天翼研究资料. 北京：知识产权出版社，2010：258.

②　司马长风. 中国新文学史：中卷［M］. 香港：昭明出版社有限公司，1978：81-82.

　　在小说史的评价中，尤其值得特别提及的是海外学者夏志清的《中国现代小说史》，这部被学者誉为"确实是一部里程碑式著作，在二十世纪六十年代的美国汉学界，几乎是独力为中国现代文学研究打开一片新天地"①。该书传到中国后，既影响巨大，又颇多争议，先后有多个中译本。② 这里引用夏志清对张天翼的评价，依据的是复旦大学出版社 2005 年翻译出版的中译本。众所周知，夏志清的《中国现代小说史》给了十位作家以专章的地位，按照先后顺序依次是：鲁迅、茅盾、老舍、沈从文、张天翼、巴金、吴组缃、张爱玲、钱锺书、师陀。在第九章张天翼中，夏志清给予张天翼高度评价："张天翼是这十年当中最富才华的短篇小说家。""就方言的广度和准确性而论，张天翼在中国现代小说中是首屈一指的。""我们似乎可以在张天翼身上，发现到一个莎士比亚式的创造者。""他同期的作家内，只有沈从文一人，质或者量方面来说，差堪比拟。""张天翼操纵口语幽默的才华，堪与狄更斯相比。"③ 这种将张天翼堪比沈从文，堪比莎士比亚、狄更斯，的确令人惊奇。在该书的第十九章"结论"中，夏志清再次提到张天翼，认为"张天翼在讽刺方面，有超人的才能，善于描写乡村、士绅和官僚丑恶的一面"④。在 1963 年所写的《论对中国现代文学的"科学"研究——答普实克教授》这一长文中，夏志清在与鲁迅的对比中抬高张天翼："持平而论，仅仅凭着《呐喊》《彷徨》这两本小小的集子，我们很难对鲁迅谈得更多。否则，即使不谈茅盾、老舍这两位长篇小说家，对于那些贡献更大的后来的短篇小说家张天翼、沈从文等，就不公平了。面对张天翼在二十

---

①　陈平原. 杰作的发掘与品评：关于《中国现代小说史》及其他［J］. 文艺争鸣，2020
　　（8）.

②　根据学者陈子善、陈平原在文中的文献数据，截至 2020 年，夏志清著《中国现代小说史》的各种版本如下。英文本有：1961 年由美国耶鲁大学出版社初版；1971 年美国耶鲁大学出版社再版；1999 年由美国印第安纳大学出版社出版第三版。中译本有：1979年由香港友联出版社出版的繁体字本；1991 年由台北传记文学出版社出版的繁体字本；2001 年由香港中文大学出版社出版的繁体字本；2005 年由复旦大学出版社出版的简体字本；2014 年由广西师范大学出版社出版的简体字本；2015 年由香港中文大学出版社出版的繁体字本；2016 年由浙江人民出版社出版的简体字本。各种版本虽增删不同，但大同小异。参见陈子善. 中国现代小说史·编后记，夏志清：中国现代小说史［M］.刘绍铭，等，译. 上海：复旦大学出版社，2005：500-501. 陈平原. 杰作的发掘与品评：关于《中国现代小说史》及其他［J］. 文艺争鸣，2020（8）.

③　［美］夏志清. 中国现代小说史［M］. 刘绍铭，等，译. 上海：复旦大学出版社，2005：150-166.

④　［美］夏志清. 中国现代小说史［M］. 刘绍铭，等，译. 上海：复旦大学出版社，2005：321.

世纪三十年代出版的大量杰出的短篇，谁还能坚持说鲁迅才是现代中国最伟大、最重要的短篇小说家呢？固然，由于鲁迅首先进入中国现代文坛，他的一些小说人物如阿Q、孔乙己等曾给人们留下难忘的印象，而张天翼小说中的人物似乎难以获得同样重要的象征意义和代表性。这部分是因为历史的偶然，使得最先塑造的人物类型比起更成熟的同一类型获得更大的关注和意义。但最主要的原因是，若不是中国批评家过于偏袒地突出鲁迅，而从不把哪怕一点儿关注投向其后来者，就不会如此无视本是左翼作家的张天翼。"① 如此的发现、发掘张天翼的价值是在二十世纪六十年代和二十世纪七十年代，而且是用英文、在英语世界流传。

二十世纪七十年代末到二十世纪八十年代中期是张天翼受到关注和重视的第二个时段，也是张天翼接受、评论和研究的黄金时段。一方面，受大环境的影响，改革开放了，一切都欣欣向荣，科学的春天来了，文化艺术的春天来了，知识分子的春天来了，学术事业进入了黄金时期。学术专著的出版空前繁荣。第一部张天翼研究专著，即杜元明的《张天翼小说论稿》于1985年由宁夏人民出版社出版（之后又有黄侯兴的《张天翼的文学道路》，上海文艺出版社1993年出版。张锦贻的《张天翼评传》，希望出版社2001年出版。迄今，张天翼研究的学术专著只有这三部）。多达八十多种的《中国现代文学史资料汇编》的编纂工作于1979年启动，后被列入国家"六五"规划社科重点项目，在二十世纪八十年代陆续推出，其中就有《张天翼研究资料》。十卷本的《张天翼文集》从1983年开始谋划，到1993年出齐。这时期，夏志清的《中国现代小说史》也传到了中国大陆。作者在1978年撰写的中译本序中又强调了张天翼："三十年代初期，左翼名小说家要有多少，我特别看上张天翼、吴组缃，表示我读了好多齐名的作家后，认为这两位的艺术成就最高。"② 从学术论文来看，这个时段产生了一批别开生面、富有深度的研究论文，按时间顺序，主要有：吴福辉的《锋利·新鲜·夸张——试论张天翼讽刺小说的人物及其描写艺术》（《文学评论》1980年第5期）、张大明的《张天翼出现于左翼文坛的意义》（《中国现代文学研究丛刊》1981年第4期）、杜元明的《论张天翼对中国现代讽刺文学

① ［美］夏志清. 中国现代小说史［M］. 刘绍铭，等，译. 上海：复旦大学出版社，2005：334.

② ［美］夏志清. 中国现代小说史［M］. 刘绍铭，等，译. 上海：复旦大学出版社，2005：15-16.

的贡献》（《文学评论丛刊》第 15 辑，中国社会科学出版社 1982 年）、赵园的
《论张天翼小说》（《文艺研究》1985 年第 4 期）、王晓明的《过于明晰的图
景——论张天翼的小说创作》（写于 1985 年，收入《王晓明自选集》，广西师范
大学出版社 1997 年出版）、胡星亮的《论张天翼前期的讽刺小说》（《南京大学
学报》1986 年第 4 期）、张中良的《老舍与张天翼：为中国召唤塔利亚》（《西
北大学学报》1987 年第 3 期）等，这批论文的作者均是中国现代文学研究名家，
且发表在名刊上，可以说，代表了张天翼研究的水准和高度，令后人较难超越。
另一方面，从小环境来说，1986 年，迎来张天翼诞辰八十周年，文艺界、学术
界在北京召开了首届张天翼研究学术研讨会，催生了一批张天翼研究论文，其
成果结成《张天翼论》（湖南文艺出版社 1987 年出版）一书，书中不少研究名
家都对张天翼给予高度评价，像刘再复的《高度评价为中国现代文学立过丰碑
的作家》、杨义的《从现代小说史看张天翼》、黄侯兴的《现实主义的深化》、
张大明的《张天翼与左翼文坛》等。

　　1987 年至今，张天翼研究进入了冷清期。其表现是：研究成果零散出现，
且层次不高，突破甚微。一些研究名家如前述的吴福辉、张大明、赵园、王晓
明、杜元明等相继退出张天翼研究。后起的学者并没有表现出强劲的势头和整
体的实力。博士论文仅有一篇，即杨春风的《张天翼讽刺小说论》（兰州大学
2010 年），该文尽管在许多方面实现了张天翼研究的创新、深化和突破，但毕竟
孤掌难鸣。张天翼研究学术研讨会自首届之后再没有召开过，只是在 2006 年张
天翼诞辰百年之际，举办了"纪念座谈会"，且侧重在谈论张天翼的儿童文学，
小说创作较少涉及。据杨春风的统计："从 1986 年到 2009 年 23 年间，有关张天
翼的研究文章共有 69 篇，年均仅 3 篇。"① 据笔者统计，在中国知网，以"张
天翼研究"为主题词进行检索，共检索出从 1980 年到 2020 年 9 月末全部"张
天翼研究"文献资料 320 条（包括会议消息和个别重复的），其中，学术期刊
198 篇，学位论文 46 篇（博士论文 1 篇，硕士论文 45 篇）。这个数字和同是左
翼作家的沙汀、艾芜、吴组缃等人相比并不少，当然和丁玲不能同日而语，因
为丁玲有着倔强的性格、坎坷的经历，以及颇多争议的作品，所以，能够吸引
研究者的持续关注。全国有丁玲研究会，并召开了多次会议，催生出大量的论
文。而张天翼即没有研究会，也没有举办研讨会，至今还没有《张天翼全集》。
笔者还发现，1986 年以后发表的张天翼研究的论文，核心期刊、权威期刊寥寥

---

① 杨春风. 张天翼讽刺小说论［D］. 兰州：兰州大学，2010（3）.

无几，反映出张天翼研究的整体水平并没有多少提升，大量的是低水平的、重复的研究。

对张天翼的这种接受和研究的态势，到底是常态还是非常态？是正常的还是不正常的？杨春凤在其博士学位论文中认为，这是一种不正常的现象，是滞后、寂寥和冷清："和同时代的作家老舍、沈从文、钱锺书、张爱玲、巴金、曹禺、沙汀、丁玲的研究状况比较，近二十年来文学界对张天翼的研究差距非常明显，可以用'寂寥'二字来概括，小说这一研究领域呈现出与其创作成果不相称的薄弱与不足。"① "如果从一种全面真实的文学史来看，张天翼研究和张爱玲、沈从文、钱锺书一样都是不可或缺的，给予合适的定位绝对是我们重返文学史的必然途径。现实的情形却是，张天翼非但不如张爱玲、沈从文、钱锺书那样'红'，即使和张天翼同辈的巴金、老舍、丁玲、沙汀、艾芜的研究相比较，张天翼的研究也是非常滞后的。"② 在这里，杨春凤总是把张天翼与老舍、沈从文、钱锺书、张爱玲、巴金、曹禺、丁玲等人相比，其实，他们并不是对等的作家，老舍、沈从文、钱锺书、张爱玲、巴金、曹禺等人是公认的中国现代文学史上的一流作家，而丁玲、张天翼、沙汀、艾芜等人则是二流作家，这是中国现代文学接受和研究上的"共识"吧！而丁玲由于上述的原因，对她的研究一直在高位上运行，从"中国知网"上可以搜索出3045条。至于沙汀、艾芜研究与张天翼研究不相上下，沙汀研究是293条，艾芜研究是337条。

写到这里，我们似乎可以回答：二十世纪八十年代中期以来的张天翼研究究竟是滞后还是常态？对其小说的研究与其创作成就相比是相称还是不相称？笔者认为，无论与沈从文、钱锺书、张爱玲相比较，还是和沙汀、艾芜相比照，张天翼研究的现状都是一种常态，是与张天翼的创作成就大体相称的，张天翼研究并没有表现出明显的寂寞和滞后。我们之所以有这样一种认识，主要源自以往我们对张天翼的评价有些虚高，于是就报以期待。虚高的评价最典型的是海外的夏志清和中国的杨义。从1961年到2007年，夏志清不仅在《中国现代小说史》中，也在文章和访谈中多次高度评价张天翼，而且还为张天翼接受的冷清呼吁和失望。2004年夏志清在接受季进的访谈中说："我的《中国现代小说史》讲了四个人啊，张爱玲、沈从文、钱锺书，还有张天翼。现在大家都只说前面的三位，可张天翼却没有人反应，这样优秀的小说家，为什么得不到大

---

① 杨春凤. 张天翼讽刺小说论［D］. 兰州，兰州大学：2010（3）.
② 杨春凤. 张天翼讽刺小说论［D］. 兰州，兰州大学：2010（7）.

家的关注呢?""我每次都要提到他,可就是没有多少人响应。我明明讲了四个人,可大家后来只提前面三个,就是忘记了张天翼。"① 2007 年秋,著名媒体人李怀宇先生曾经两晤夏志清先生。他最为津津乐道自己的事情之一是通过中国现代文学研究发掘出了张爱玲、张天翼、钱锺书、沈从文等四人的文学作品,让他们在文学史上有了应该有的位置。李怀宇曾问:"这四个人里面除了张天翼都大红特红了起来,张天翼一直没红,是不是看走眼了?"夏志清信心满满地回答:"不可能看走眼,张天翼的讽刺天才比鲁迅还高。"② 这话本身就说明夏志清"看走眼了",事实上,夏志清对张天翼的评价既有客观中肯的一面,更有虚高、溢美、看走眼的地方。比如,如前所述,说"张天翼在现代中国小说中是首屈一指的"。"我们可以在张天翼身上发现到一个莎士比亚式的创造者。""张天翼操纵口语幽默的才华,堪与狄更斯相比。"作为短篇小说创作,张天翼比鲁迅伟大:"面对张天翼在三十年代出版的大量杰出的短篇,谁还能坚持说鲁迅才是现代中国最伟大、最重要的短篇小说家呢?"③ 比沈从文伟大:"三十年代的沈从文和张天翼都很有成就,张天翼甚至可能更伟大。"④ 公平而论,张天翼在现代中国小说中还够不上"首屈一指",他和沈从文、钱锺书、张爱玲也不能等量齐观,更不能和鲁迅同日而语。夏志清在《中国现代小说史》中可以给张天翼专章,这是他的权利和自由,也代表他的看法和评价,正像他还给吴组缃、师陀专章一样。但张天翼的文学成就和影响力还是不能和沈从文、钱锺书、张爱玲相媲美的。所以,当二十世纪末,《亚洲周刊》推出"二十世纪中文小说一百强"时,沈从文、钱锺书、张爱玲都榜上有名,而张天翼却落榜了。夏志清看到此消息,感到很失望,他在《中文小说与华人的英文小说》一文中说:"在'二十世纪中文小说一百强'的榜上,从文、爱玲、锺书果然排在前五名,但张天翼落榜,不免让我感到很失望。"⑤ 其实,这正是广大接受者的选择,它既是无情的,也是公道的。杨义先生在二十世纪八十年代出版的《中国现代小说史》(第二卷)中,称"张天翼是喜剧语言大师。""他当之无愧地成为三十年代小

---

① 季进. 对优美作品的发现与批评,永远是我的首要工作:夏志清先生访谈录 [J]. 当代作家评论,2005 (4).

② 李旭光. 夏志清:张天翼的讽刺天才高于鲁迅 [EB/a]. 腾讯文化,2013-12-31.

③ [美] 夏志清. 中国现代小说史 [M]. 刘绍铭,等,译. 上海:复旦大学出版社,2005:334.

④ 季进. 对优美作品的发现与批评,永远是我的首要工作:夏志清先生访谈录 [J]. 当代作家评论,2005 (4).

⑤ [美] 夏志清. 中文小说与华人的英文小说 [J]. 明报月刊 (409).

说领域的喜剧艺术的奇才。"① 这样的评价也是有些虚高，平心而论，张天翼还够不上"喜剧语言大师"，若说老舍是"喜剧语言大师"恐怕不会有多少人反对。但若说张天翼是"喜剧语言大师"恐怕会有更多人生疑，语言大师不光要有自己的语言风格，关键还要称其为"大师"啊，张天翼作为"语言大师"表现在何处呢？恐怕较难服人。张天翼也够不上"喜剧艺术的奇才"，"奇"者，罕见也；特殊也；非常也。我们承认张天翼是具有讽刺、喜剧天赋的，夏志清也承认"张天翼的长篇不行，主要是短篇写得好"②。所以，赵园才说"张天翼是个'天生的'短篇小说家"。张天翼作为讽刺小说家也是有才华的，他的出现为左翼文坛吹来了一股讽刺的新风，正像老舍的出现为文坛吹来了一股喜剧的春风一样。夏志清说"张天翼是这十年当中最富才华的短篇小说家"③。杨义说张天翼"成为三十年代最有才华的左翼新秀之一"④。这种评价，追根溯源，都是源自鲁迅的评价，已经不低了，再拔高就言过其实了。

作为左翼作家，"张天翼最好的小说，属于讽刺的范畴"⑤。而且是靠讽刺短篇取胜的。他的讽刺长篇并不成功，这已是学界的共识。早在《鬼土日记》《洋泾浜奇侠》等长篇初版之时，就受到了瞿秋白、冯乃超、王淑明、茅盾等批评家否定性的批评，指出了作品中的种种缺陷。张天翼自己后来也承认《洋泾浜奇侠》"这部书是完全失败的东西：油滑，人物没有处理好，时代背景也没充分把握住"⑥。而他的短篇就不同了，我们应该充分肯定张天翼讽刺短篇的价值和意义。以《稀松的爱情故事》《脊背与奶子》《包氏父子》《欢迎会》《移行》《华威先生》等为代表的一大批短篇既彰显了张天翼个人的创作的实绩，也彰显了左翼文学创作的实绩。它突破了此前"革命的浪漫蒂克""革命加恋爱"等"革命小说""左翼小说"的概念化、公式化的模式。他的讽刺小说上承鲁迅，下开抗战暴露小说的先河，具有承前启后的意义。从讽刺的主题来说，张天翼接续了鲁迅所开创的批判国民性的主题，他的讽刺既有政治讽刺、时事讽刺、

---

① 杨义. 中国现代小说史：第二卷 [M]. 北京：人民文学出版社，1988：375-377.

② 季进. 对优美作品的发现与批评，永远是我的首要工作：夏志清先生访谈录 [J]. 当代作家评论，2005（4）.

③ ［美］夏志清. 中国现代小说史 [M]. 刘绍铭，等，译. 上海：复旦大学出版社，2005：150.

④ 杨义. 中国现代小说史：第二卷 [M]. 北京：人民文学出版社，1988：358.

⑤ ［美］夏志清. 中国现代小说史 [M]. 刘绍铭，等，译. 上海：复旦大学出版社，2005：152.

⑥ 张天翼. 关于批评 [N] 大公报，1937-05-09.

世态讽刺，也有道德讽刺、文化讽刺、人性讽刺，多篇作品呈现出多元化、多样化的主题。从讽刺形象的塑造来说，张天翼也绝不单一。把他的多篇作品汇集起来，我们会发现，他的讽刺形象从乡民到市民囊括了多种人物：丑恶的官僚、绅士、地主；一心"向上爬"的小职员、小市民；小知识分子的"奴才"心理；市井人物的种种市侩习气等等都逃不脱张天翼犀利的讽刺的目光。张天翼用自己的创作还影响了蒋牧良、周文等左翼青年作家。

在充分肯定张天翼讽刺小说的创作成就的同时，我们也应该看到，张天翼的讽刺小说有着不容忽视的缺陷，"因为正是那些缺陷，在很大程度上减损了他的文学成就"①。当年鲁迅、茅盾、瞿秋白、冯乃超、胡风、王淑明等对张天翼作品的那些批评多数是中肯的意见。一方面，张天翼多产的创作显示了他的创作才能，另一方面，为了生计，为了养家糊口，他不得不追求数量，创作匆忙，不够精雕细刻，从而导致文本驳杂，良莠不齐，为数不少的拙劣作品不能不影响他作品的传播和接受。即使是成熟期的作品，也不是铁板一块。比如，鲁迅1933年2月在致张天翼的信中所说的缺点就极为精准："你的作品有时失之油滑，是发表《小彼得》那时说的，现在并没有说；据我看，是切实起来了。但又有一个缺点，是有时伤于冗长。"② 这种冗长，在1933年以后的作品同样存在。再比如，张天翼的作品，其讽刺、批判的锋芒固然是锋利的、明晰的，但其喜剧的品格、幽默的品格、含蓄的品格以及好看耐读并不完备，他大量的作品今天读来并不能让人产生浓厚的兴趣，甚至难以卒读，有的作品缺乏剪裁，故事并不完整，无头无尾，缺乏迷人的魅力。这将大大影响对张天翼作品的接受。他的作品没有入选"二十世纪中文小说一百强"不是没有道理的。在张天翼众多的中短篇小说中，从知名度和接受的广度来说，无疑要数《华威先生》，其艺术性也是最为上乘的。所以，《速写三篇》（主要因其中的《华威先生》而有名）才能入选"百年（1900—1999）百种优秀中国文学图书"，这是人民文学出版社与北京图书大厦于1999年联合发起的评选活动，邀请一批著名的文学专家，对百年中国文学进行集体回顾，从中遴选出三百种备选书目；再约请当时比较活跃的中青年文学评论家复评、投票，选出二百种入围书目；最后，由

---

① 王晓明. 过于明晰的图景：论张天翼的小说创作［M］//王晓明. 王晓明自选集. 桂林：广西师范大学出版社，1997：182.

② 鲁迅. 致张天翼［M］//鲁迅. 鲁迅全集：第12卷. 北京：人民文学出版社，2005：364.

著名文学专家、学者、教授组成终评委员会公开投票，选出一百种图书。这是专家评审的范例，代表的是学术研究界的心声。因此，《速写三篇》自然成了张天翼众多小说中的代表作，《华威先生》可以堪称经典性的短篇，其他短篇包括《皮带》《砥柱》《包氏父子》《欢迎会》《移行》以及被夏志清大加赞许的《春风》《小彼得》《出走以后》等都难成经典，只能算作讽刺小说中的上品或优秀之作，这在张天翼百来篇中短篇小说中还是属于少数。这样看来，二十世纪八十年代中期至今的张天翼接受和研究的寂寥、冷清的态势当属正常现象，对张天翼的研究和其他左翼青年作家的研究相比，并没有明显的差距，广大接受者、研究者的选择是最有说服力的。

第二节　中、西文学传统与讽刺短篇建构

作为小说家的张天翼，其创作的精华在中短篇小说领域，在中短篇小说中，讽刺小说又是其中的精粹。他的中短篇讽刺小说创作之所以能比较成功，除了他的天赋、才能之外，也得益于中外讽刺文学传统对他的滋养，没有这个滋养，张天翼也许不能成为出色的讽刺小说家。

一、中国文学对张天翼的滋养

在高小读书时期，年仅十三岁的张天翼就用课余时间开始阅读《三国演义》《水浒传》《西游记》《说岳全传》《杨家将传》等中国古典小说。在杭州上中学期间，张天翼继续阅读大量的中国古典小说以及后来的鸳鸯蝴蝶派作品，而不上心功课的学习。1926 年，张天翼考进北京大学预科，课余时间读了许多新出版的中外文艺作品和报刊，接受的视野逐渐扩大。他喜欢读《儒林外史》和《西游记》两书，这正是中国古典讽刺幽默小说的精华。同时，也欣赏鲁迅的《狂人日记》《阿 Q 正传》等小说，这正是中国现代讽刺幽默小说的开山作品。据张天翼中学时代的同学、后来在北京交往甚密、关系更近的周颂棣回忆：在北京期间，"每逢星期天或星期六的下午，常常相约到王府井的真光电影院去看电影，或者去逛公园，有时也去什刹海附近的茶棚里喝茶。两人相见时就海阔天空地无所不谈。……从中国的古典文学谈到外国文学各流派；从中国现代文学中的文学研究会、创造社谈到鲁迅、郁达夫的小说；从法国作家谈到俄苏作

家。……对于中国古典小说，他跟我谈得较多的是《儒林外史》《西游记》两书"①。从中我们可以看出从青年时代开始，张天翼就具有广博的中外文学修养，同时，也可看出对讽刺幽默文学的偏爱并把它作为自己的文学审美追求。

在中国古典文学作品中，对张天翼的滋养最重要的作品是《儒林外史》，它深刻地影响了鲁迅、张天翼等现代讽刺家。张天翼对《儒林外史》的喜爱和阅读是长时间的、持续的，从中学时代就开始阅读，到大学预科更加欣赏《儒林外史》。1942 年，张天翼发表了长文《读〈儒林外史〉》，在开头，张天翼首先表达了对《儒林外史》的喜爱程度："这几年我非常高兴，因为借到了一部《儒林外史》。温习了一遍之后，又随便翻开看几段，简直舍不得丢，好像要留住一个好朋友不放他走似的。这几天为了要陪这位好朋友，连那个长篇稿子都搁着没有写下去，好多要复的信都没有复。"② 张天翼得到《儒林外史》之后，放下了手里所有的"活"，包括正在写的长篇，全力陪着这位老朋友——《儒林外史》，可见它多么喜欢这部书。在这篇文章中，张天翼对《儒林外史》中的人物如数家珍：马二先生、匡超人、杜慎卿、杜少卿等，作者"几乎要问问他们别来无恙"。张天翼认为，"上面的各种人物，——不用说，而今他们还活着。我是时常碰见他们的"③。由于对《儒林外史》爱不释手，进而熟烂于心，使张天翼在自己的创作中不能不受到潜移默化的影响。因为《儒林外史》是中国古代最优秀的讽刺小说，张天翼的讽刺小说和讽刺艺术在诸多方面与《儒林外史》是契合的。比如，《儒林外史》无主干的结构，短篇的连缀以及人物的写法对张天翼的短篇小说创作给予积极影响，遂使其短篇颇见功力，而长篇则不善于结构的创作实情也与《儒林外史》暗合。长篇小说《一年》在结构上就和《儒林外史》很相似：没有贯穿始终的故事情节和中心人物，全书分为十个部分、十个小标题，每个小标题就是一个相对独立的短篇，贯穿起来看，就是十个短篇的连缀。当然，作为长短篇，《一年》写得并不好，并不成功，远没有《儒林外史》主题深刻、人物鲜明、以及讽刺艺术高超。张天翼还"以明快的短篇，写出一些现代版的《儒林外史》。写得比较精粹的有《出走以后》"④。从人物塑造来说，《儒林外史》所描写、所讽刺的官师、儒者、名士，以及市井细民在张

① 周颂棣. 我和天翼相处的日子［M］//沈承宽，黄侯兴，吴福辉. 张天翼研究资料. 北京：知识产权出版社，2010：57-58.

② 张天翼. 读《儒林外史》［J］. 文艺杂志，1942（1）.

③ 张天翼. 读《儒林外史》［J］. 文艺杂志，1942（1）.

④ 杨义. 中国现代小说史：第 2 卷［M］. 北京：人民文学出版社，1988：364.

天翼的讽刺小说中也完全能够找到同类。在人物刻画上，《儒林外史》注重心理刻划、注重细节的真实、以及夸张手法的运用都被张天翼继承下来并发扬光大。

除《儒林外史》外，《西游记》也是张天翼非常喜爱的一部小说。它对世态的描摹、它的夸张的手法、它的诙谐的语调、它的讽喻性都是张天翼所赞赏的，认为是一部很好的小说。这里的夸张的手法、诙谐的语调也被张天翼借鉴、吸收过来。至于清末民初以暴露当时社会政治黑暗为主旨的谴责小说与张天翼抗战时期的暴露与讽刺作品也有一些内在的一致性。

中国文学对张天翼的滋养，除了古典文学以外，还有中国现代文学，主要是鲁迅思想和作品。

首先，鲁迅的崇尚写实、讲究真实的讽刺观直接影响了张天翼的幽默观。张天翼于 1936 年在回答文学社问时，表达了与鲁迅同样的思想。在这里，我们看到，张天翼反复强调"真话""真实""真面目"等关键词，这和鲁迅"真实"的讽刺观如出一辙。从这里，我们还可以看出，到此时，张天翼已经开始纠正和清算此前创作的用稀松的笔法写稀松（滑稽）的爱情故事的毛病，特别是从《鬼土日记》到《洋泾浜奇侠》的长篇，由于过度注重讽刺、幽默而导致的油滑和失真的弊端，可以看出，张天翼不会再写这样的小说了。一两年之后的《速写三篇》，特别是其中的《华威先生》才是张天翼真正成熟和优秀的作品。

其次，鲁迅的《狂人日记》《阿 Q 正传》等作品是张天翼最喜爱并给予他深刻影响的作品。尤其是《阿 Q 正传》，张天翼先后写过三篇评论文章。鲁迅逝世后，他写了两篇悼念文章。张天翼读《阿 Q 正传》是非常早的。"我第一次读到《阿 Q 正传》，记得是在杭州什么地方出售的一种油印单行本。那时候，我正在杭州一个旧制中学读书，一面又是林琴南的信徒。"他的国文老师"极力攻击当时的新文化"，告诫学生"那些新式白话文万不可看"①。他所在的杭州宗文中学的校长也极力反对白话文，教科书一律采用文言，对白话文不屑一顾。在这样的背景下，张天翼竟读到了《阿 Q 正传》。"我只记得有好几个同学读过这一篇小说，边读边在那里发笑，这册子到了我的手里的时候——不用说，这是'异端'。题目也就古里古怪，而且全篇又都是那些新派头！我对自己说：'唔，倒要看看这是些什么东西！'凡是新式的小说总不会好的；一定是无聊，瞎扯，不知所云。虽然我一篇也没有看过，可是总信自己这个判断不会错。于

---

① 张天翼. 论《阿 Q 正传》[J]. 文艺阵地，1941（1）.

是我读起来。我为了极力要维护我的自尊心起见，读的时候拼命装出一副冷淡的样子，表示这样的小说决不会感动我。然而我忍不住笑。而有些地方，又忍不住对一些人物憎恶，而觉着阿Q糊涂得可怜。"① 原来，张天翼是抱着轻蔑、敌意、冷漠、超然的态度初读《阿Q正传》的，没想到竟被它迷住了，深深地打动了他的情感，而且难以忘怀。《阿Q正传》给张天翼的印象很深，也使他不安，"难道把这篇新式小说也归到好小说那一类么？一下子可丢不掉向来的成见，一下子可也去不掉阿Q的影子"。后来，张天翼又看了一些新式小说，再来重读《阿Q正传》，"这不安可就越发来得明显了"。从初读，到重读，张天翼终于明白：阿Q这个人物给我留下的深刻印象，不是他的形貌，而是灵魂，在我的灵魂里也有阿Q的灵魂原子。不能不说，当时年轻的张天翼对《阿Q正传》的理解还是比较深刻的。正因为如此，所以，他读这篇作品，心情"感到很苦恼，觉得哭也不是，笑也不是"②。这种哭笑不得的复杂心情，正折射出《阿Q正传》的抓人之处和魅力所在。到了他后来所写的《关于阿Q的典型意义》就更进一步揭示了阿Q的典型意义。

张天翼认为，在中国现代文学作品里，有许多都是在重写《阿Q正传》，他自己也在重写着《阿Q正传》。他受到鲁迅的帮助、指引，也注重学习、借鉴鲁迅，继承鲁迅的探究国民性问题的传统。在张天翼的笔下，写了很多小市民、小职员、小知识分子奴性、卑琐、向上爬以及封建豪绅、地主明争暗斗、奸诈卑劣和欺软怕硬。《包氏父子》中的老包一直在做着儿子会阔起来的阿Q式的梦。《清明时节》"把那位英雄写成一个典型的不大不小的人物。这些人比上不足，比下有余：一面吃大爷们的亏，一面踹到一般的乡民头上"。《一年》《陆宝田》等作品中的人物和《包氏父子》中的老包一样，总爱做非分之想，只能在心里绘制升官发财、出人头地的蓝图，已实现心理平衡。《皮带》中写的邓炳生一心想靠梁处长的"栽培"，做着当官的美梦。当他当上了扎斜皮带的军官以后就瞧不起士兵了，小说描写他趾高气扬的样子：

炳生先生着上崭新的灰布衣，嫩黄色的斜皮带。脚上是黑色硬底皮鞋，走起路来夏夏夏地怪响亮。胸脯子当然象军官样地挺起。脖子以前是软的，如今可硬得厉害，但对官阶比他高的是例外。本来怕处里的士兵瞧他不起，现在已

---

① 张天翼. 论《阿Q正传》[J]. 文艺阵地, 1941 (1).
② 张天翼. 论《阿Q正传》[J]. 文艺阵地, 1941 (1).

经证实士兵已经不敢瞧他不起：士兵在路上遇见他还立正示敬哩。有时候他走路故意向有个士兵站住的地方冲去，士兵就很快地让在一旁。①

邓炳生的这种得意状，让人想起阿Q在"革命"来临后的得意状，以及做着"革命"胜利的美梦。然而，小说的结尾，梁处长被派到国外考察，新处长有了人选，邓炳生不仅没有当成官，还丢了饭碗。

至于短篇小说《畸人手记》则和鲁迅的《狂人日记》有着精神联系，只不过在学习、借鉴的基础上出现了变异，也就是说，张天翼有他自己的独创，因而就不着痕迹了。

香港的文学史专家司马长风早在1976年初版的《中国新文学史》中就称"中国文坛上，有好多作家刻意学鲁迅，或被人称为鲁迅风的作家，但是称得上是鲁迅传人的只有张天翼，无论在文字的简练上，笔法的冷隽上，刻骨的讽刺上，张天翼却较任何向慕鲁迅风的作家更为近似鲁迅。"② 司马长风的这段话并不全对，鲁迅的传人，并非只有张天翼，沙汀、师陀、萧红等都是鲁迅讽刺的传人。说张天翼"文字的简练"也与实际不符，鲁迅曾指出过张天翼小说的缺点是"伤于冗长"，这在他的短篇、长篇，前期、后期都存在，所以不能说是"文字简练"。还是大陆著名学者王晓明先生的见解正确，他说："在鲁迅的作品中并存着两种讽刺，一种是像《药》和《阿Q正传》的结尾那样，不显夸张，不露嘲意，你甚至感觉不到他是在讽刺；另一种则是像《高老夫子》和《肥皂》那样，用粗线条的漫画笔法，直指向人物的可笑嘴脸。在二十世纪三十年代的作家中，倘说沙汀主要是继承了鲁迅的前一种讽刺传统，以逼真的白描见长，张天翼则明显是继承了后一种传统，以夸张的渲染取胜。"③

二、外国文学对张天翼的影响

也是从上中学起，张天翼在阅读中国古典文学的同时，他也开始阅读外国童话、林译小说。北大预科期间，张天翼继续接触外国文学作品。他最佩服的作家是果戈理、契诃夫、莫泊桑。事实上，"张天翼的创作是在俄国文学，尤其

---

① 张天翼. 张天翼小说选：上卷［M］. 长沙：湖南人民出版社，1981：76.

② 司马长风. 中国新文学史：中卷［M］. 香港：昭明出版社有限公司，1976：81.

③ 王晓明. 过于明晰的图景：论张天翼的小说创作［M］//王晓明. 王晓明自选集. 桂林：广西师范大学出版社，1997：191-192.

是在果戈理、契诃夫的影响下开始的，他的作品中有着浓厚的果戈理风、契诃夫风。"① 张天翼的确较明显地倾向于这两位作家，其中，长篇小说《鬼土日记》《洋泾浜奇侠》也表现出情节的离奇古怪（当然也有《格列佛游记》《堂吉诃德》的影响，后将论述），中短篇小说则更像契诃夫的平淡无奇。而《欢迎会》则像果戈理的《钦差大臣》，既生动风趣，也具有讽刺批判的力度。张天翼的至交、作家吴组缃先生说："他会英文，看过很多英文原著。"② 在《自叙小传》中，张天翼还提到了狄更斯、左拉、巴比塞、列夫·托尔斯泰、法捷耶夫等人对他的影响。

　　从讽刺短篇的建构来说，给张天翼以积极影响的主要是狄更斯、果戈理、契诃夫。

　　狄更斯是英国伟大的讽刺幽默小说家。他的小说早在林译小说时代就有了中文文言译本，之后，在中国有广泛的传播，深受中国读者和作家的喜爱。在张天翼短篇小说创作黄金时段的二十世纪三十年代，出现了翻译、介绍狄更斯作品的高潮。狄更斯是对张天翼影响最大的作家之一。早在二十世纪三十年代的张天翼批评中，批评家就已经看到了他作品与狄更斯的某些联系，指出："他捉住每一个小说中人物的'口头语'，用以为表现这人个性的方法。譬如，某人口里爱说'吊儿郎当'，则此人一开口便是'吊儿郎当'；某人口里爱说'不敢恭维'则此人一开口便是'不敢恭维'；某人爱说'……第一，……第二……'。则此人一开口便是'……第一，第二……'。诸如此类，不胜枚举。张天翼的描写处处注重在客观的真实，他注重每个人的表达个性的动作或每个人说话的用字，这颇有迭更司（即狄更斯）的手法；譬如《善女人》里长生奶奶的'撮鼻涕，用力地往地上一甩'；《移行》里大肚皮李思义的'用右手无名指搔搔头发'；《直线系》里高大的说'卵'；《反攻》里独眼龙的'妈的我独眼龙就只有义气，我给你保镖'！"③ 当然，这还属简单的类比。到吴福辉先生对张天翼受狄更斯影响的阐述就比较具体了。他认为，张天翼"逐渐显示出他借鉴外来文学的独特道路：先是取法于狄更斯，形成他讽刺市民社会的镜角，特出的叙述

---

① 范伯群，朱栋霖. 1898—1949 中外文学比较史：下卷［M］. 南京：江苏教育出版社，2007：131.

② 吴福辉. 吴组缃谈张天翼［M］//沈承宽，黄侯兴，吴福辉. 张天翼研究资料. 北京：知识产权出版社，2010：69.

③ 顾仲彝. 张天翼的短篇小说［J］. 新中华，1935（7）.

方式，他的扁形人物类型（由于线条简洁，适于放大尺寸，成为夸张的喜剧人物）和揭发一切黑幕的本领。随后，在果戈理、契诃夫那里加强了讽刺主题的尖锐性质……但是，应当指出，无论如何，张天翼的狄更斯格调始终存在。""英国讽刺为张天翼铺下最早的一块基石。"① 在吴福辉看来，"在张天翼的心中从少年时期起便种下了'狄更斯'格调"②，狄更斯给他铺下了讽刺的第一块基石，以后的创作"却始终保持着某种狄更斯笔调"③。这也就是说，狄更斯对张天翼的影响是长期的，也是潜在的。他在中短篇讽刺小说中并没有留下模仿、借鉴的明显的痕迹，而是在描写对象、创作精神、艺术表达以及手段上向狄更斯学习。具体说来，主要有如下几点：

首先，狄更斯作品真实、客观地反映生活，展开广泛的社会批判和道德讽刺对张天翼是有影响的。我们看到，张天翼的中短篇小说为什么能比同时期的小说家描写广泛，题材多样，能够融多种讽刺、批判与一炉？其实，正是狄更斯的作品广泛而持续的对社会丑恶现象的揭露和批判给张天翼开阔了艺术的视野，影响了他讽刺、批判精神的形成。狄更斯作品题材范围的广度和描写的深度，成为张天翼学习、追求的目标。狄更斯作品的广泛的批判性，在讽刺幽默作家中是少有的。张天翼所建构的讽刺世界也是其他左翼作家所不能比拟的。

其次，狄更斯作品所塑造的各类人物必然开阔张天翼写人的视域。特别是注意描写英国社会底层小人物的生活和命运，以及人物性格的单层次、明晰性，也有人称为扁形人物。这种写人及其特点在张天翼的短篇中也会经常看到。尤其是张天翼对小公务员、小市民、小知识分子的刻画以及下层贫苦民众的描写，包括人物的动作、行为、心理不时地看出狄更斯的韵味。比如，对于人物特殊癖好的描写也多来自狄更斯。

再次，狄更斯用夸张、用重复、用口头习惯语的方法达到讽刺效果。这在张天翼的作品里也能找到例证。《华威先生》也是用夸张和重复的手法描写官僚华威的皮包、手杖、雪茄、戒指、翘手指的模样，以彰显他的附庸风雅，以及他不时看表的动作、反来复去强调"领导中心作用的重要"的口头禅。《华威先

---

① 吴福辉. 张天翼：熔铸于英俄讽刺的交汇处 [M] //曾小逸. 走向世界文学：中国现代作家与外国文学. 长沙：湖南人民出版社，1985：298.

② 吴福辉. 张天翼的小说世界和中外讽刺文学 [M] //吴福辉. 带着枷锁的笑. 杭州：浙江文艺出版社，1991：206.

③ 吴福辉. 张天翼的小说世界和中外讽刺文学 [M] //吴福辉. 带着枷锁的笑. 杭州：浙江文艺出版社，1991：200.

生》是张天翼后期的作品，由此可见，张天翼的确"始终保持着某种狄更斯笔调"。还有像儿童视角、视点、小孩子的口气等在狄更斯和张天翼的笔下都不难找到相同的例证。即使是狄更斯作品的缺点、毛病等也都能在张天翼的小说中找到，比如，结构的松散、滑稽的因素等。狄更斯第一时期的作品往往有结构松散的毛病。张天翼不仅长篇的结构都是松散的，中短篇的有些作品同样有这个毛病，冗长、拖沓，不够精练、精粹。

当然，我们也能够明显地看出张天翼的作品与狄更斯的作品的诸多不同。张天翼有着与狄更斯不同的生活体验、生命体验，他们所积累的生活底子是不同的，再加上个性才情、艺术趣味的不同，特别是艺术创作的特殊规律——走自己的路，写出自己的独有的个性，使张天翼与狄更斯区别开来。比如，狄更斯的讽刺比较温和，常常和幽默掺和在一起，显出英国幽默的绅士风度。张天翼的讽刺则是尖刻的、峭厉的，不留余地，对丑恶人物的强烈的"憎恨"充溢在字里行间，"这里没有容忍、宽恕，有的只是嫉恶如仇、寸步不让"[①]。从中短篇小说来看，张天翼的讽刺压倒了幽默，幽默失去了它的生存空间，变得干瘪了，讽刺像一把锋利的刀子。从这个意义上，我们完全有理由说：张天翼的中短篇讽刺小说喜剧的品格、幽默的品格、审美的品格、笑的品格并不完备。这既是他和狄更斯作品的不同，也是他和狄更斯的差距所在。

果戈理和契诃夫是俄国伟大的讽刺幽默家，也是张天翼最佩服的外国作家。二十世纪三十年代的左翼文坛，对于俄苏文学有着特殊的感情，作家们接受俄苏文学的影响是全方位的，作家们都把俄苏文学当作自己的良师益友。张天翼是经由鲁迅接触到果戈理的作品的。张天翼熟读过果戈理的作品可以从他的小说中找到例证：他作于 1929 年的小说《从空虚到充实》，里面就出现过果戈理小说中的一个人物。在张天翼的评论中，最早指出张天翼的作品与果戈理作品相近的是茅盾先生，他在 1935 年以"胡绳祖"的笔名发表了《"健康的笑"是不是?》，文章主要评述张天翼刚刚出版的新作《移行》，特别是其中的幽默和笑，在谈到《温柔的制造者》时，茅盾说："你读这篇的时候，你也许不笑；你读过后一回想，你就一定要笑。读过后能叫你忍不住笑的，是'幽默文字'的最上乘。果戈理的作品的'幽默'大都全是如此。张天翼先生在这《温柔的制

---

① 张中良. 老舍与张天翼：为中国召唤塔利亚 [J]. 西北大学学报, 1987 (3).

造者》，庶几近之。"① 后来，吴福辉先生指出："张天翼站在英、俄讽刺的交点上，从英国讽刺那里学到夸张地描写人物的本领，及纯喜剧的讽刺心态，从俄国讽刺那里学会对社会阶级命运的关注，加强了讽刺主题的尖锐性、坚实度及历史内涵。"② 事实上，张天翼不仅从英国讽刺幽默文学那里学到夸张地描写人物的本领，也从果戈理那里巩固了这种夸张地描写人物的方法。

最典型的例子是短篇小说《欢迎会》，它和果戈理的《钦差大臣》如出一辙。《钦差大臣》写俄国某小城市从市长到其他官吏的腐败不堪和愚笨无能，同时又贪婪之极。当这群贪官污吏闻风将从首都派来钦差大臣微服私访时，个个表现得惊慌失措，于是，误将投宿在城内唯一一家旅馆的赫列斯达柯夫当作是钦差大臣了（因为赫列斯达柯夫外形不凡，实则是一个游手好闲、好赌成性的十二品小文官，因输光了盘缠，被困在了旅馆里），于是上演了一幕幕喜剧、闹剧。市长大人立即召开盛大的欢迎会，并不断地贿赂该人，正是在市长等人百般溜须、奉承之下，赫列斯达柯夫才起了邪念——向市长的女儿求婚，市长竟欣然应允，之后赫列斯达柯夫担心骗局败露而逃之夭夭，并写信嘲笑误把自己当作钦差大臣的那群笨蛋，使在场的所有官吏哑然失声，十分尴尬。这时，真正的钦差大臣来了，这群官僚一个个呆若木鸡，大幕徐徐落下。

《欢迎会》也写了一场喜剧、闹剧。地位颇高的万巡视员从省城来到某县视察，于是全县的一、二等人物都忙活起来，譬如游县长、吴局长、李校长、女师梁校长、王举人等，他们都想给万巡视员溜须，以博得好感，得到提拔。他们筹备个欢迎会，地点选在全县最漂亮的师范学校。听说这位万巡视员是新派人物，所以，欢迎会的节目都从新派：不放爆竹，只要乐队，节目是跳舞，演新戏。于是体操教员赵国光兴奋得全身发痒，觉得自己有了施展艺术天才的机会。由于让他筹备欢迎会的演出，他料定自己从此会发迹，再也不用当什么体操教员了。为了充分显示自己的所谓才华，他一人包揽了编剧、导演和后台主任。然而，《还我河山》剧还没排完，万巡视员提前到校，使赵国光措手不及，只好靠人在后台提示台词进行演出，结果，穿帮出错，大英雄和卖国贼的台词完全颠倒，把抗战戏演成了卖国戏。气得万巡视员脸色一会儿白，一会儿黑，

---

① 茅盾."健康的笑"是不是？［M］//茅盾.茅盾全集：第20卷.合肥：黄山书社，2014：435.

② 吴福辉.张天翼的小说世界和中外讽刺文学［M］//吴福辉.带着枷锁的笑［M］.杭州：浙江文艺出版社，1991：205.

戏没看完便拂袖而去。最后，军队包围了这所学校，抓走了李校长、赵国光，还有所有演员以及留长发的，通通交军法处严办。一场闹剧以悲剧收场。《欢迎会》和《钦差大臣》都采用误会的方式来构成喜剧性的中心冲突，二者虽然体裁不同，一个是小说，一个是戏剧，但作品的结构方式是相同的。

果戈理小说情节的荒诞离奇，在张天翼的作品中也能找到例证，比如，两位作家都善于在"鼻子"上大做文章，果戈理的《鼻子》描写了一个八等文官柯瓦廖夫在一天早上发现自己的鼻子丢了，于是到处寻找。原来，他这鼻子穿上了五等文官的礼服在大街上到处游荡。后来被警察抓获，鼻子失而复得。张天翼的《鬼土日记》中写到鼻子是性器官的象征，必须用套子遮起来，不得裸露。张天翼通过对果戈理的阅读，提升了自己作品讽刺、批判的力度。

张天翼从契诃夫的作品中更多地感知到在情节的平淡无奇中包含着又苦又辣的味道，使人微笑，也使人哀伤。1954 年，张天翼应苏联《真理报》之约，写了《契诃夫的作品在中国》，文章深情地回忆契诃夫作品在中国的接受，并对契诃夫给予高度评价。他开篇就说："契诃夫的作品刚一介绍到我们中国来，就被我们中国知识分子所注意，而且爱读了。"接着，分析了中国现代知识分子彷徨求索，他们追求幸福、自由，也追求美好的幻想，可是一碰到现实就粉碎了，而"契诃夫的作品好像是一面镜子，好不容情地照出了这一切"。"我们的知识分子在契诃夫作品里找到了他自己的集中的映像。""这样，契诃夫的这些作品不但打动了中国的读者，并且给了我们中国一些先进作家以启发。"① 张天翼自己就是深受契诃夫启发的作家之一。他从契诃夫那里学到了在平淡无奇的情节中包含着讽刺和批判精神的写法，他的短篇并不靠情节的离奇、传奇取胜，有时，他作品的情节甚至显得庸常、无趣，缺乏看点，他注重的是人物的速写、漫画式的夸张，由此构成尖刻的讽刺，不留情面。契诃夫的《小公务员之死》《胖子和瘦子》《变色龙》《普里希别也夫中士》等作品讽刺了官场的阿谀逢迎，批判了强者的专横、霸道，尤其是对弱者的奴性、奴才心理的讽刺更加深刻。张天翼的《脊背与奶子》《笑》《砥柱》《团圆》等作品对人性中残忍、丑陋、卑劣、虚伪的一面暴露无遗。而《皮带》《包氏父子》等则像契诃夫的作品一样揭示出弱者的奴性心理。《鬼土日记》中写到一个人因打喷嚏竟被十几个警察戴上手铐带走。这也颇像契诃夫的《一个文官的死》因打了一个喷嚏招致死亡。

---

① 张天翼. 契诃夫的作品在中国：为苏联《真理报》写 [M] //张天翼. 张天翼文集：第 10 卷. 上海：上海文艺出版社，1993：451-456.

一个极普通、极平常的喷嚏竟招来如此严重的后果，令人不寒而栗。两位作者都在夸张的描写中包含着高度的真实。

综上所述，张天翼就是这样在中外古今讽刺幽默文学精华的滋养下成长起来的，从吴敬梓、吴承恩到鲁迅，从狄更斯到果戈理、契诃夫，都给张天翼以重要影响。但从张天翼的短篇来看，并没有留下简单的、浅层次的模仿的痕迹，而多是融合、融汇和再造，这一点正是他短篇小说比长篇小说出色的地方。张天翼在写作这些短篇时，既有先辈作家潜在的影响的影子，更有自己的生活积累和艺术建构，从题材的选取，到艺术构思，以至写作手法，张天翼都注意建构属于自己的讽刺幽默短篇的个性和风格，夸张、速写、漫画正是他自己的个性体现。"总之，张天翼与中外传统文学的关系，在他成熟了的作品里已高度融汇，再也分不清外国的或自己的各占几分了。"①

第三节　讽刺长篇与外来影响

作为小说家的张天翼一生留下了除了近百篇中短篇小说以外，还留下了五部长篇小说，按初版的顺序，这五部长篇依次是：《鬼土日记》（1931 年）、《齿轮》（1932 年）、《一年》（1933 年）、《洋泾浜奇侠》（1936 年）、《在城市里》（1937 年）。从写作时间可以看出，张天翼在那几年几乎是一年一个长篇，写作速度是很快的。也许正因为如此，这五部长篇都显得比较粗糙，不够精细，不够严密，结构松散，人物扁平而模糊，语言也不够精练。因此，在张天翼的研究史上，都不把这五部长篇看作成功的作品，而是失败的尝试，所以，专门的研究少之又少。在有关文学史、小说史等著作中，一般也不作过多的介绍。

尽管如此，笔者认为，他的这五部长篇和他的中短篇小说相比较，一个突出之点是显示了张天翼除了讽刺之外，还有幽默、滑稽等喜剧才能，这在中短篇小说中是不多见的。其中，尤以《鬼土日记》和《洋泾浜奇侠》更突出些，而这两部长篇恰恰受西方讽刺幽默小说影响最明显的两部。所以，在这里仅就这两部小说展开一点比较。

---

① 吴福辉. 张天翼的小说世界和中外讽刺文学 ［M］//吴福辉. 带着枷锁的笑. 杭州：浙江文艺出版社，1991：214.

一、《鬼土日记》与《格列佛游记》

许多研究者都提到《鬼土日记》与《格列佛游记》的密切联系，甚至说是模仿、套用、照搬、袖珍化、落窠臼等。还有人说《鬼土日记》与刘易斯·卡罗尔的《阿丽思漫游奇境记》有关联。笔者认为，这种说法有些牵强，缺乏足够的证据。《阿丽思漫游奇境记》是著名的儿童文学作品，讲述的是一个英国小女孩奇幻冒险的故事，通过奇异幻想影射社会现实，具有英国式的幽默与荒诞。《鬼土日记》则是写韩士谦学会"走阴术"来到"鬼土社会"，通过"阴间"的种种怪现象影射阳世社会。两者仅仅是在通过荒诞影射现实这一点上是相同的，自然也都有荒诞离奇性，有讽刺、幽默、滑稽等喜剧因素。但具体的故事内容、人物形象、故事讲述的方式，包括喜剧的风格等都是完全不同的，因此，看不出借鉴、影响的痕迹。但《鬼土日记》则与之不同，它和《格列佛游记》的影响关系确实是存在的。

最早提出这一问题的是万书元。他在《论中国现代旅游故事型讽刺小说》中指出："《鬼土日记》的出现，与古代鬼魅小说及旅游小说（如《斩鬼传》《何典》《镜花缘》）自然大有关系。但是，从主体上看，我认为它与斯威夫特的《格列佛游记》关系更为密切。《鬼土日记》的结构可以说是对《格列佛游记》的袖珍化：前者记叙在海外诸国的游历，后者记叙韩士谦对鬼界诸机构的访问，斯威夫特的艺术空间被张天翼按比例缩小了。"① 在这里，万书元先生所说的《鬼土日记》的结构是对《格列佛游记》的袖珍化；矛盾设置同《格列佛游记》属于同一模态；隐喻情节、隐喻描写照搬了斯威夫特；最终是落窠臼、守陈规。这种判断有些言重了，我们承认《鬼土日记》受到了《格列佛游记》的影响，但还不属于"照搬"和"套用"，因为两者毕竟有着诸多明显的不同，张天翼在接受影响的同时，出现了明显的变异。

之后不断有研究者提到《鬼土日记》与《格列佛游记》的影响关系。比如，陈双阳的《"异类"的命运——中国现代幻设型讽刺小说论》②、马兵的《想象的本邦》中提到《鬼土日记》"与斯威夫特的《格列佛游记》有更大的亲

① 万书元. 论中国现代旅游故事型讽刺小说 [J]. 晋阳学刊, 1988 (5).
② 陈双阳. "异类"的命运：中国现代幻设型讽刺小说论 [J]. 中山大学学报, 1999 (1).

密关系，""许多隐喻的构成、情节的铺展几乎是对后者的照搬。"① 马兵的观点和万书元的观点几乎是完全一致的，也认为《鬼土日记》照搬了《格列佛游记》的情节和隐喻的构成。但他所举的"科学家"和"颓废诗人"的相似以及两部小说结尾的相似是没有说服力的，因为从这似乎看不出"照搬"。

我们承认《鬼土日记》和《格列佛游记》的确存在影响关系，尽管作者张天翼没有谈及，但从两部作品中能够找到相似之处，寻到蛛丝马迹。但这种影响、这种相似之处是有限的，而不同则更明显，张天翼更多的是借鉴、启发、联想，是触类旁通，因而，还没有达到照搬、套用和落窠臼的程度。在《格列佛游记》的前面有"格列佛船长给他的亲戚辛浦生的一封信"，信中说到本书"非常凌乱、错误百出"。《鬼土日记》的前面有一个"献辞"，同时，也有一个"关于《鬼土日记》的一封信"，这是巧合呢？还是模仿？在《〈鬼土日记〉献辞》中作者也说自己的这部作品是"凌乱的杂感，恭而又敬，献给我们聪明，机警装满着权威与金银的如今的社会主人"，这里"进出的你不中听的声音"。但细读下去，我们就会发现这两封信的写作用意和内容完全不同。格列佛船长给他的亲戚辛浦生的一封信，是假托格列佛船长的名义写的，一是说明本书是真实的游记，二是（更主要的）对出版商对该书所作的改动和篡改表示不满和抗议。张天翼的"关于《鬼土日记》的一封信"以主人公韩士谦的口吻写的，意在表达这里所记的都是真实的，"没有一点夸张、过火"，"我只是像一个新闻记者，把所见的，闻的，接触的，写实地记了下来而已"。"鬼土社会"和"阳世社会"本来是两样的，但韩士谦硬说它是一样的；他这日记本来是滑稽、怪诞、可笑的，可他硬说是严肃的。他这样说明，无非是要凸显本书的现实社会意义和严肃的政治主题。但是，评论者还是没有理解，认为《鬼土日记》"失掉了讽刺文学的主要的价值"②。

《鬼土日记》和《格列佛游记》最明显的相似之处莫过于"两个党派"的描写。在《格列佛游记》中，描述了"帝国有两大政党互不相让"，这两个政党是根据鞋跟的高低来划分的，于是，便有了高跟党和低跟党。本来，高跟最合古代制度，可皇帝的鞋跟低，所以，一切行政官吏必须任用低跟党人。可皇太子却有点倾向于高跟党，因为他有一只鞋跟比另一只高些。两党之间仇恨很

---

① 马兵. 想象的本邦：《阿丽思中国游记》《猫城记》《鬼土日记》《八十一梦》合论 [J]. 文学评论, 2010 (6).

② 李易水. 新人张天翼的作品 [J]. 北斗, 1931 (创刊号).

深，绝对不在一起吃喝，更不在一起谈天。这是多么的荒唐可笑，皇帝倾向于低跟党，皇太子倾向于高跟党，这使行政官吏无所适从。《鬼土日记》中的"鬼土社会"也有两个政党，"一个是坐社，还有一个是蹲社"。"蹲社者是主张国人都蹲着出恭，合卫生，而坐社主张全国人坐着出恭，合卫生。如今的大统领是蹲社的总裁，他一上任，便将全国的厕所改造成蹲式，将来坐社组阁，便又会将厕所改为坐式"①。这同样是荒唐可笑的。从"低跟党""高跟党"到"蹲社""坐社"，如此的党分和党争描写如出一辙。张天翼也许是受"低跟党""高跟党"的启发，想到了"蹲社"和"坐社"，这是一种类比式的联想，虽然有套用之嫌，但不是照搬。

除此之外，两部小说的相似之处主要是以虚幻影射现实的主题表达；讽刺的隐喻性；幽默、滑稽、怪诞、甚至荒诞的色彩与风格。这些相似是否一定意味着后者受到前者的影响，或者说后者一定借鉴了前者？这要作具体分析。如果没有情节、人物、手法、细节等的"惊人的相似"，仅凭相同的写作类型和相似的特点还不足以构成"影响关系"的证据。事实上，我们在对这两部小说进行比较时，就忽略了差异性和变异性的阐释。

首先，在讽刺的主题、批判的广度和力度上，《鬼土日记》远远赶不上《格列佛游记》。《格列佛游记》是斯威夫特的代表作，是十八世纪英国讽刺幽默文学的杰出代表，它不仅是英国文学史上的一部伟大的讽刺幽默小说，也在世界文学史上掀开了光辉的一页。它通过格列佛周游四国的经历和奇遇，广泛揭示了英国社会的种种矛盾，无情地鞭挞了英国统治阶级的腐败和罪恶，深刻地批判了当时英国议会毫无意义的党派之争、以及统治集团的昏庸腐败和唯利是图。作者讽刺的范围异常广泛，涵盖议会、法律、教会、战争、财政、科学、教育、统治集团、政治生活、道德风尚等，充分彰显了讽刺的力量和力度。《鬼土日记》也触及到了鬼土社会的方方面面，从上流社会到下层社会，从政界到工商界，从文化界到教育界、学术界，其嘲讽的对象不可谓不广泛。但和《格列佛游记》相比，就显现出流于空泛化、图式化和简单化，缺乏明确的指向性。所以，冯乃超当年就说是"作者自身空想的纯粹资本主义社会"，是这个社会的"缩图——漫画了的缩图，我们不知道那讽刺的是哪种民主国家，哪种资本家社

---

① 张天翼. 鬼土日记［M］//张天翼. 张天翼文集：第 5 卷. 上海：上海文艺出版社，1987：23-24.

会，因此失掉了讽刺文学的主眼的价值"①。后来杨义也说"这个鬼土未免空泛一些，既似东方的'礼仪之邦'，又似西方的'文明之域'，缺乏真确的地域特色，多少有点以艺术形象解释社会科学理论之嫌"②。

其次，在故事、情节、结构上，《格列佛游记》是一部完整的游记体讽刺幽默小说，尽管作者利用的是虚幻的情节和幻想的手法，但它有完整的叙事情节，有新奇的故事。全书通过格列佛在小人国、大人国、飞岛国、慧骃国的冒险旅行和奇遇，展开生动的生活画卷，在每个国度的遭遇各不相同，毫无重复之感，在结构上处理得完整，合情合理，这就足以吸引读者读下去。而《鬼土日记》则是一部不完整的日记体讽刺小说，这种体式就决定了它往往没有完整的叙事故事，没有严整的结构。而且日记的记录方式通篇都是以"某日"的形式出现，这就更不容易看出情节的推进，故事的进程，以及时间上的前因后续。因此，整部作品给人一种散乱、随意、粗疏的感觉。

再次，在行文方式和语言上，《格列佛游记》通篇以第一人称"我"的叙述作为行文的主要方式，在结构的安排上，有"卷"和"章"的分解，且都设立标题，这非常便于读者的阅读和把握内容。语言上朴素而简练，具有高度的概括性。全书的故事纷繁复杂，但都按时间、空间顺序依次描述，因而，线索清晰，前后连贯。主人公每次出海历险的前因后果都有详尽、明确的交待。正是因为有这些特点和优点，才使《格列佛游记》在二百八十多年的传播历程中被译成几十种语言，在世界各国广泛传播，书中的小人国、大人国等不少故事更是家喻户晓，妇孺皆知。而《鬼土日记》通篇的行文方式都是以"某日"展开，没有时间性和空间性，日记的内容多采用人物对话的方式，且人物形象又不鲜明突出，这也给阅读和理解带来不便。张天翼这"日记"的内容太随意了，缺乏必要的把控，语言也不够简练。瞿秋白当年说"作者自己给自己的'自由'太大了"③，不是没有道理。

由上我们可以看出，《鬼土日记》既受到了《格列佛游记》的影响，留下了学习、借鉴的印迹，但同时又是张天翼自己的独立创作，有自己的创作意图和整体构想，有自己的写作内容和行文方式，真正套用、照搬的地方很少，更多的则是影响基础上的变异，变化，尽管这种变异、变化是不太成功的，但也

---

① 李易水. 新人张天翼的作品 [J]. 北斗，1931（创刊号）.

② 杨义. 中国现代小说史：第 2 卷 [M]. 北京：人民文学出版社，1988：357.

③ 董龙（即瞿秋白）. 画狗罢 [J]. 北斗，1931（创刊号）.

是张天翼自己的不成功。

二、《洋泾浜奇侠》与《堂吉诃德》

许多研究者都指出过《洋泾浜奇侠》受了《堂吉诃德》的影响，但大都语焉不详，并没有具体论证。最早说《洋泾浜奇侠》受了《堂吉诃德》的影响，应该是现代批评家王淑明，而且举了一些例证，时间是 1934 年 5 月，当时，《洋泾浜奇侠》在《现代》月刊刚刚连载完，王淑明就撰文评论，"《洋泾浜奇侠》的内容""是受了《吉诃德先生》的影响。那个史兆昌，无疑地就是吉诃德先生的假像，至于这部小说的内容，也有许多地方与《吉诃德先生》是大致相同的。虽然它们差异的处所也不少。至于二者故事内容相同的地方，我们可以在下面给它作一个对比：吉诃德先生爱读武侠小说，史兆昌亦然。吉诃德先生攻打风磨，史兆昌疑风动而摆庄步。吉诃德先生收山差为徒弟，史兆昌收服小王。吉诃德遇到疑难地方，就想起书上有没有交代，史兆昌亦然。吉诃德先生有爱人达尔茜尼亚夫人，史兆昌要和救国女侠立头功"。"天翼的《洋泾浜奇侠》，正因为他过度的受着《吉诃德先生》的影响了，以致于蹈了我在上面所指明的那样主要的缺陷。"① 王淑明在前面说的主要缺陷是指作品"只在现象的表面上滑溜，而不能从普遍表现特殊，又从特殊而看出它与一般的内在的联结"。即使今天来看，王淑明的观点也还是有见地的，这主要表现在：一是说史兆昌是吉诃德先生的假像。二是说《洋泾浜奇侠》只在现象的表面滑行，没能处理好特殊和一般的关系。这也就说，史兆昌的形象还不够典型。

1934—1984 年，在长达五十年的时间里，对《洋泾浜奇侠》的评论几近空白。在 1985 年 7 月出版的、曾小逸主编的《走向世界文学——中国现代作家与外国文学》中，收录了吴福辉的论张天翼与外国文学关系的论文，但该文只提到了"《洋泾浜奇侠》之于《堂吉诃德》，《鬼土日记》之于《阿丽思漫游奇境记》，均属拟写之作。"② 同样是在 1985 年出版的赵遐秋、曾庆瑞著的《中国现代小说史》（下册）中，指出了"《洋泾浜奇侠》明显地受了西班牙作家塞万提斯的名著《堂吉诃德》的影响。张天翼笔下的史兆昌，就是堂吉诃德式的人

---

① 王淑明. 洋泾浜奇侠 [J]. 现代, 1934, 5 (1).
② 曾小逸. 走向世界文学：中国现代作家与外国文学 [M]. 长沙：湖南人民出版社，1985：297.

物"①。杨义在 1988 年出版的《中国现代小说史》（第二卷）中，也提到了"长篇小说《洋泾浜奇侠》是一部可以使人开怀大笑的作品。它明显借鉴了塞万提斯《堂吉诃德》，塞氏想在他的杰作中'把骑士小说的那一套扫除干净'，张天翼似乎也相对当时泛滥于市民读书界武侠小说挥起笤帚"②。2007 年出版的由范伯群、朱栋霖主编的《1898—1949 中外文学比较史》（上下卷）中，同样也是仅仅提到"《鬼土日记》《洋泾浜奇侠》，就分别借鉴了斯威夫特的《格列佛游记》和塞万提斯的《堂吉诃德》"③。夏志清的《中国现代小说史》中也说"这本书是对英雄侠士的式微的闹剧式的处理，书中以一憨直的好汉做主角，相信也受到《堂吉诃德》和中国武侠小说的影响"④。

从以上的列举中我们可以看到，中外研究者几乎是陈陈相因地认为《洋泾浜奇侠》受了《堂吉诃德》的影响，但具体是怎么影响的、影响的程度如何？它到底从《堂吉诃德》中借鉴了什么？它们的同一性和差异性各是什么？就都没有具体论述了。

一个作家是否影响了另一个作家，一部作品是否借鉴了另一部作品，其"证据"主要有三：一是作者自己的自述，即作者自己谈到过并承认这种影响，这是最直接的"证据"；二是从作家作品的周边寻找"旁证"，这是间接的"证据"；三是从两部作品的比较中得出认识，这要靠具体的比对、分析。具体到《洋泾浜奇侠》和《堂吉诃德》的关系，影响、借鉴的直接的证据是没有的，从张天翼留下的文字中我们从没有看到他谈过此事。寻找间接的证据，恐怕也是徒劳的。因此，我们只剩下一条路：比对、分析两部作品。

重读《洋泾浜奇侠》和《堂吉诃德》，并将两者进行比对、分析，我们认为《洋泾浜奇侠》在一定程度受到了《堂吉诃德》的影响，这主要体现在作品的题材和人物上。《堂吉诃德》的创作是西班牙国家的历史和时代的产物。在西班牙的历史上，曾有过庞大的骑士队伍，他们在中世纪反抗摩尔人统治的解放斗争中涌现出来的贵族集团，成为光复运动的主力军。此后，西班牙复兴，雄

---

① 赵遐秋，曾庆瑞. 中国现代小说史：下册 [M]. 北京：中国人民大学出版社，1985：353.

② 杨义. 中国现代小说史：第 2 卷 [M]. 北京：人民文学出版社，1988：370-371.

③ 范伯群，朱栋霖. 1898—1949 中外文学比较史：下卷 [M]. 南京：江苏教育出版社 2007：134.

④ [美] 夏志清. 中国现代小说史 [M]. 刘绍铭，等，译. 上海：复旦大学出版社，2005：164.

霸欧洲，远征美洲，骑士遂成了西班牙人中理想的英雄。这种历史，反映在文学上，就有了骑士小说的盛行。骑士小说集中描写了骑士的游侠精神。小说的主人公都是游侠骑士，他们被塑造成勇于冒险、英勇善战、见义勇为、助强扶弱的英雄形象。然而，他们出生入死、建立武功的动机、动力均来自个人，来自个人的爱情。为了取得贵妇人的欢欣，他们甘愿经历各种惊险的遭遇，获得荣誉后凯旋而归，成为国君、领主等显赫人物。西班牙的骑士小说从公元十四世纪开始出现，从十六世纪初到中叶形成高潮，甚至将耶稣、天使、圣徒的事迹也作为游侠骑士来写。在这半个世纪的时间里，几乎每年都有骑士小说问世，当时，上自王公贵族，下至黎民百姓，几乎无人不读骑士小说，既深受其影响，也深受其害。比如，在生活中，就出现过一批打家劫舍、杀人越货的强盗骑士。骑士小说固然有冲破中世纪宗教神学禁欲主义束缚、歌颂勇于冒险、见义勇为的英雄精神，对人性的解放也具有积极的、进步的意义。但骑士小说泛滥成灾以后，必然显现出思想内容大同小异，情节结构千篇一律，人物形象抄袭雷同，行文冗长，语言拖沓等种种弊端。而宫廷和教会也利用了这种文学鼓吹骑士为国王、为贵族拼命，为骑士的所谓荣誉而战，致使许多人沉湎其中不能自拔。

塞万提斯所生活的时代，骑士制度已经衰落，骑士小说也已经由盛而衰，但并没有销声匿迹。作为一直在社会底层挣扎、一生历经无数沧桑的他，十分憎恶骑士制度和美化它的骑士文学，他要唤醒人们从骑士的梦幻中解脱出来，去面对现实，而不是脱离现实。于是，他故意采取骑士传奇的写法，沿用骑士作为小说的主人公，采取讽刺的漫画、夸张等手法，将骑士制度和骑士文学彻底摧毁。果然，塞万提斯所塑造的愚蠢、可笑的堂吉诃德的形象，的确给骑士文学以致命的一击，从此，西班牙的骑士小说彻底地销声匿迹了。当然，骑士文学的消亡，除了文学的作用以外，主要是封建制度日趋崩溃的必然结果。由此可见，塞万提斯创作《堂吉诃德》是有着深刻的西班牙历史、时代以及文化和文学的成因的，这是造就《堂吉诃德》并使它成为伟大的、不朽的经典之作的外部原因，同时也是不容忽视的重要原因。

张天翼的《洋泾浜奇侠》的创作动机与《堂吉诃德》极为类似，题材的选取也基本相同。这一点，只要我们一看作者写的题记就会大体明白。张天翼在题记中对读者述说：

你们现在爱听的是冒险故事，剑侠故事。哈，尤其是剑侠的，"冒险"到底是洋货：外国人要找一块地方来发洋财，这才去干这一手的。至于剑侠呢——

外国当然也有。可是他们只会硬碰硬比剑：顶多像达特安那样——一个人能够对付十来个，就算是顶刮刮的了。飞檐走壁他们办不到。一纵身就跳上万丈高山——他们也不会。要口吐飞剑，"白光一道，人头落地"，那——谈都不要谈起！

真的，中国剑侠的本领确实了不起。你们当然很知道的：你们看过许多画着剑侠的连环图画，看过《七侠五义》《小五义》《七剑十三侠》《七剑八侠》《江南 n 大侠》，等等。

于是你们看得着了迷。前几年竟有两个小孩子悄悄地离开家里，要到峨眉山去求道。

大人们也有看了剑侠小说着了迷。……剑侠这行生意原是太渺茫的，谁都不知道打哪里学起。……

他自己想当个剑侠。于是他……

我这小册子里要说的正是这么一个人。在这里——我想要交代我们那位英雄为什么要去学那个古怪行业，他怎么去学，学好了要干些什么事。

有谁立志要当剑侠的——就请不要嫌弃罢：这本小册子里也许可以贡献了一点儿"剑侠养成法"①……

从以上对张天翼题记内容的引证，我们可以揣摩到张天翼对我国剑侠小说和外国骑士冒险小说都有一定的了解，同时，也深感中国部分读者被剑侠弄得五迷三道，自己也想当个剑侠。但是，在张天翼看来，剑侠不仅是渺茫的，也是古怪的。所以，他和塞万提斯要扫除骑士梦一样，通过这部小说他要扫除武侠梦、剑侠梦。有了这样的现实基础，再加上受到了《堂吉诃德》的启发，于是就有了《洋泾浜奇侠》。《堂吉诃德》通过主人公可笑的游侠、冒险的经历，无情地嘲笑了西班牙的骑士制度和骑士小说的极大的危害性，宣告了鼓吹冒险扩张以及统治者的蛊惑的破产。《洋泾浜奇侠》通过主人公一心想做剑仙而入了魔道，于是求仙问道，拜见所谓太极真人，飞剑杀敌等情节的描写，讽刺了在市民读者中对剑侠的所谓本领以及吹捧他们的武侠小说的痴迷不悟。

然而，所不同的是：《堂吉诃德》借助堂吉诃德和桑丘主仆多次出游行侠的经历，展开了西班牙广阔的社会现实的描写，流溢出丰富而深邃的人文思想，

---

① 张天翼. 洋泾浜奇侠［M］//张天翼. 张天翼文集：第 6 卷. 上海：上海文艺出版社，1988：3-5.

小说中宽广的社会画面、生活画面以及庞大的人物群像，已经远远超出要扫除骑士小说这一简单的创作动机，这使《堂吉诃德》在多个层面上显示出卓越的思想价值和经久不衰的艺术魅力。所以它才不仅成了欧洲现实主义小说的开山之作，也是世界文学中的伟大小说。而《洋泾浜奇侠》仅仅是一部十来万字的小说，他对洋泾浜（上海）的奇侠的行侠仗义的经历展现得远远不够，书中没有丰富而完整的故事，也没有鲜活的、具有典型性和多重意义的人物形象，内容有头无尾。书中仅写了武侠迷史兆昌来到上海，练什么"形意拳"，痴迷于什么剑术，他如何收服厨子，执意寻仙访道，拜见所谓太极真人（实际都是江湖骗子），探讨救国途径，寻找十三妹，最后在炮火中落了难。与《堂吉诃德》相比，《洋泾浜奇侠》对所谓大侠史兆昌生活的描写远不够典型，远不够全面和生动，表明作者选材不严，开掘得也不深，的确如王淑明所说"只在现象的表面上滑溜"。书中对社会生活的展现也不广，只穿插了国难当头，学生们的请愿、为东北义勇军募捐等片段和只言片语，这必然使该作品层次单一，内容狭小，思想有限。

在人物形象的塑造上，《堂吉诃德》也取得了非凡的成就。首先，就是主人公堂吉诃德的形象塑造。这是一个个性特征鲜明、具有深刻的矛盾性和多重性、具有丰富的思想和审美价值的文学典型。他既是一个行为怪诞、精神疯癫的游侠骑士（战风车、冲羊群、砍酒囊，到处乱闯惹祸，动机和效果完全背离，害己又害人），是一个滑稽可笑、充满喜剧性的文学人物。同时，他又是一个锄强扶弱、见义勇为的英雄，为争取民主、自由、平等愿意去赴汤蹈火。他还是一个思想深刻、见解不凡的人文主义者。当他的思想和行为离开骑士道时，他往往是一个清醒者，见识很高明，见解很不凡，其观点闪耀着人文主义的思想光辉。此外，他还是一个耽于幻想、脱离实际、生活在主观幻觉之中的文学形象。可见，堂吉诃德是一个有着矛盾性、复杂性、多重性和深邃性的世界级的文学典型。其次，《堂吉诃德》也塑造了桑丘的形象，这是与堂吉诃德形成陪衬和对照的人物，使主仆二人一"智"一"愚"，相反相成，相辅相成，相得益彰，形成互补。再次，《堂吉诃德》作为一部伟大的现实主义小说，反映了宽广的社会现实，塑造了众多的人物形象，小说中出现的人物多达七百个，他们出身不同、职业各异，性格也不雷同。这种反映生活的广阔性和人物形象的丰富性，给后来的文学以深刻的影响。

《洋泾浜奇侠》在人物形象的塑造上，也塑造了主人公史兆昌的形象。以往很多研究者都认为他是"堂吉诃德式的人物"，是张天翼受到塞万提斯影响的最集中、最重要的体现。史兆昌与堂吉诃德的同一性、相似性，除了王淑明在文中所列举的几个细节外，最主要的还是两个人物身份和性格的相似性。堂吉诃德出身于绅士家庭，一年中闲暇无事，全部用来读骑士小说，然后鬼迷心窍，准备行头，开始行侠冒险，因为他觉得这个世界迫切需要他去扫除暴行，伸张正义。史兆昌也是如此，他是富家子弟。作为中国、作为二十世纪三十年代上海的奇侠，小说写他到上海之后，没有正当的职业，整天迷恋武功拳道，认为没有武功救不了中国，别人也认为中国亡不了，因为有个大英雄已经长大，他要做出一番伟大的事业：打回东三省，征服全世界。二十四岁生日那天，他到关帝庙发过愿：誓死要修炼成剑侠、剑仙，削尽世界上的歹人，消灭世界上的邪道，使家乡安居乐业，使世界太平。和堂吉诃德一样，史兆昌也是耽于幻想，脱离现实。但与堂吉诃德有着多次出游冒险行侠的经历不同，史兆昌并没有真正付诸行动，他只是收服了厨子，拜几个江湖骗子为太极真人，把剧团的女戏子认作自己的十三妹，把自己的钱捐出炼什么刀枪不入的"金丹"。当鬼子真正打来时，他还在被窝里。他把师傅给他的不过半尺长的小剑找出来，可是，他觉得还得等大哥和大师兄来，还少了一件夜行服，还少了一个十三妹，怎么能单枪匹马地去杀敌呢？于是，他幻想起来：爸爸并不是爸爸，而是十三妹，火线上，我史兆昌来了，乱枪响着，可是子弹一射到他身上就转了弯，他把手里的剑飞了出去，鬼子兵像一堵墙塌下来似的躺到了地上，一颗颗脑袋在地上滚，四面有成千上万的人高呼"史兆昌万岁"！天亮了，他还在客厅里的沙发上，原来是一场梦。史兆昌昏睡着，一直到晚上也没有动。最后，他落了难，他的大哥和大师兄也没来救他。史兆昌痴迷剑侠术一如堂吉诃德迷恋骑士道，两个人都是愚钝、可笑并带有滑稽色彩的喜剧形象，两位作者对他们的人物都是辛辣的讽刺和无情的嘲笑。正是在这个意义上，我们说史兆昌是堂吉诃德式的人物，张天翼写史兆昌受到了堂吉诃德的影响和启发，留下了借鉴的痕迹。

　　但是，史兆昌决不能和堂吉诃德同日而语，堂吉诃德是一个复杂的、立体的、多侧面的人物。他除了疯的一面外，还有理性和智慧的一面，有着不凡的见解，头脑十分清楚，善于侃侃而谈，又能对答如流。对于这一点，塞万提斯也是赞赏的。而史兆昌则是一个扁平的、单一的人物。他只在疯癫、荒唐、可笑这一点上与堂吉诃德是一致的，但却丝毫没有堂吉诃德的理性和智慧。即使是"疯"的一面，他也没有像堂吉诃德那样"疯"得走火入魔。和堂吉诃德比起来，他远没有"疯"起来，付出的行动少之又少。正因为如此，所以，当年王淑明说史兆昌是吉诃德先生的假象，这是很符合实际的。小说名曰"洋泾浜奇侠"，可是，我们并没有看出是"洋泾浜"（上海）所特有，史兆昌的形象，我们看出了"侠"的一面，但"奇"并没有体现多少，远没有堂吉诃德那样体现得淋漓尽致。此外，堂吉诃德具有史兆昌所没有的人文主义的思想和智慧，所以，《堂吉诃德》在喜剧的表达的同时，还具有严肃而深刻的悲剧精神。而在史兆昌的身上却没有深沉的悲剧感，这个人也不像夏志清所说的"一憨直的好汉"。

在小说艺术和审美层面，《堂吉诃德》同样不同凡响。它大量运用了对比、夸张、滑稽等艺术手法，产生奇佳的艺术效果。堂吉诃德和桑丘从外在到内在都构成强烈的对比，两人的对话更是充满智慧，妙趣横生。小说的结尾，堂吉诃德从疯癫中清醒过来，而桑丘却疯了，这种"疯"的转换，使作品意味深长，极其耐人寻味。塞万提斯还特别善于运用一对对相互矛盾的因素，诸如将现实与虚幻、清醒与混沌、智慧与愚蠢、理性与疯癫、崇高与滑稽等相互对立、相互矛盾的因素巧妙地交织在一起，统一在人物性格中，使作品的内蕴更加丰富。反观《洋泾浜奇侠》，完全无法与之相比，其喜剧的力量和悲剧的力量均是薄弱的，根本不像杨义所说的"是一部可以使人开怀大笑的作品"。《洋泾浜奇侠》注定是失败的作品。

第七章　沙汀：在中外作家的影响下
建构自己的讽刺世界

沙汀和张天翼一样，也是属于左翼作家；也是在鲁迅的关心、帮助下成长起来的讽刺作家；也是继承和发展了鲁迅所开创的讽刺传统。他在中国现代文坛的创作期比张天翼长，从二十世纪三十年代初到二十世纪四十年代末。作为小说家的沙汀，他从1931年开始创作小说，第一个短篇是《俄国煤油》，到1949年，共创作短篇小说七十九篇，中篇小说一部，长篇小说三部。从1949年到1983年去世前，他又创作了短篇小说二十一篇，中篇小说两部。在这些小说中，被认为最成功的、能够代表沙汀创作水准的还是以《代理县长》《联保主任的消遣》《在其香居茶馆里》《淘金记》为代表的讽刺小说，这使他成为二十世纪三四十年代，在老舍、钱锺书、张天翼之外的又一位比较重要的讽刺小说家。与鲁迅、老舍、张天翼、钱锺书一个明显的不同是，沙汀的作品几乎没有丝毫的幽默，而是单纯的讽刺，这种讽刺又更接近于暴露或揭露，追求的是客观逼真性，不带爱憎褒贬等感情色彩。作为鲁迅精神的传人，张天翼继承的是鲁迅作品尖刻、峭厉的一面，沙汀继承的是鲁迅作品深沉、冷峻的一面。同为左翼新人，张天翼善用粗线条的速写和漫画、夸张的笔法书写讽刺形象，沙汀则喜欢用戏剧性的表演和逼真呈现来暴露讽刺形象。可以说，不动声色以及由此而带来的沉闷晦涩既是沙汀的特点，也是沙汀的缺点。

第一节　沙汀对中外讽刺作品的阅读
和接受外来影响的特色

1929年夏，25岁的沙汀因白色恐怖与中共党组织失去了联系，同时，因红灯教教徒破坏县城一事，受到官府的怀疑，使沙汀无法在四川安县立足，于是流亡上海。这个时候，他与流亡上海的四川同乡创办过书店，听过鲁迅的演讲和夏衍讲授的戏剧课程。他后来小说中的戏剧元素与这时期他对戏剧的了解不无关系。同时，在初到上海的几年里，沙汀开始阅读世界文学名著。他的阅读面并不狭窄，而是非常广泛的。"他特别喜欢俄国作家果戈理、托尔斯泰、契诃夫，法国作家莫泊桑、梅里美、巴尔扎克和波兰作家显克微支的作品，也很欣赏日本作家芥川龙之介的作品。"① 他后来回忆说："契诃夫的《凡卡》和《苦恼》，真不知读了有多少遍！但最使我恋恋不舍的却是普希金的中篇小说和托尔斯泰的长篇小说，虽然当时的译本还不怎么理想。"② "我是在所谓 19 世纪俄罗斯文学的染缸里泡过来的。"③ 中国文学，古典小说中他喜欢《儒林外史》，现代文学，他最喜欢鲁迅的作品，其次是沈从文的小说。鲁迅的《故乡》《孔乙己》《离婚》都是他反复阅读的作品。沙汀是一边阅读中外文学作品，一边开始自己的短篇小说创作的。

作为冷静客观的沙汀，他更多地接受了 19 世纪批判现实主义文学传统。而作为讽刺家的沙汀，他作品的讽刺艺术更接近俄国的果戈理、契诃夫以及谢德林。沙汀的例子再一次验证了冯雪峰当年所说的 "19 世纪和 20 世纪初的俄罗斯文学和现代的苏联文学，所给予现代中国文学的影响和帮助，可是超过任何其它的世界文学，为任何近代和现代的其它外国作家所不及的。"④ 尤其是对于像沙汀、张天翼、周文、蒋牧良这样的左翼作家，俄苏文学更是他们的良师益友。

从讽刺家和讽刺小说的视角来观照沙汀接受外国同类作品以及与外国作家的关系，我们会发现沙汀与鲁迅、老舍、张天翼、钱锺书等借鉴外国文学的具体特点都不同，正如研究讽刺文学的专家万书元所说："如果像衡量其他中国作家那样衡量沙汀与外国作家的关系，那是得不到明确答案的。从叙事模式、语言表达、修辞手段方面考察，沙汀与外国作家似乎都是没有关系的（而其他作家正是在这些方面借鉴外国作家的）。在学习外国作家方面，沙汀的独特性是，

---

① 黄曼君，马光裕. 沙汀研究资料 [M]. 北京：中国社会科学出版社，1986：5.
② 沙汀. 和青年作者谈心 [J]. 青年作家，1982 (2).
③ 周扬，沙汀. 关于《许茂和他的女儿们》的通信 [J]. 文艺报，1980 (4).
④ 冯雪峰. 鲁迅和俄罗斯文学的关系及鲁迅创作的独立特色 [M] //冯雪峰. 冯雪峰全集：第 4 卷. 北京：人民文学出版社，2016：81.

学习外国作家的写实精神、批判讽刺精神和人道主义精神。"① 的确，在其他讽刺幽默作家作品那里，我们都可以捕捉到某一作家、作品与外国某一特定作家与作品的渊源关系，比如，鲁迅与果戈理、老舍与狄更斯、《围城》与《汤姆琼斯》《洋泾浜奇侠》与《堂吉诃德》等。但在沙汀的作品里，要想找到这种明显的借鉴和影响关系的例证是徒劳的，即使能找到一些表面的相似，也难免给人一种捕风捉影和牵强附会的感觉，并没有真正的"证据"，因而，也就显得缺乏说服力。沙汀自己只谈过曾经阅读和喜欢过俄国的一些作家和作品，却从没有谈过自己的某篇某部作品是借鉴或模仿了某某作家的作品。

尽管如此，但我们还是可以从沙汀的讽刺小说与俄国的讽刺幽默小说的比较中多多少少看出沙汀受到的潜移默化的影响，这种影响不是外在的、显性的，而是内在的、融化在肌理和血脉中的；不是一对一的、个别的学习、借鉴、模仿某一作品，或某一种艺术技巧，而是总体上的接受写实、暴露、讽刺、谴责、批判等基本的创作方法和写作精神。沙汀有自己的生活积累和写作上的追求，他的小说是根据自己的生活体验、人物原型和文学观念谋篇布局、构思成篇的，而不是要刻意学习、模仿谁。正像鲁迅在最初给沙汀和艾芜的回信中所教导的"两位是可以各就自己现在能写的题材，动手来写的。""现在能写什么，就写什么，不必趋时，自然更不必硬造一个突变式的革命英雄，自称'革命文学'"②。从沙汀的创作实践看，他是把鲁迅的话牢牢记在心里的，他的小说从来都是写自己能写的、自己熟悉的，没有趋时地去写"革命文学"，也没有去塑造革命英雄形象。在沙汀小说的人物形象谱系中，是没有英雄、没有正面形象、没有革命者的身影的，相反，尽是些贪官污吏、土豪劣绅、地痞流氓以及四川贫苦的农民、县镇的小资产阶级知识分子等，作品中的沉闷、阴森以及情感的压抑往往是沙汀所独有的，这使沙汀在接受外来影响的过程中更显示出自己的品格、自己的特点。当然，这种自己的品格、自己的特点并不等同于优点，沙汀的讽刺小说也并非都是完美之作、上乘之作。严格地说，他的讽刺小说还存在不少问题和局限。

认识到沙汀接受外来影响的这种特色以后，当我们进一步把沙汀的讽刺小说与他喜爱的几位俄国讽刺幽默小说家进行比较时，就必然呈现出影响关系、

---

① 万书元. 俄国小说家与沙汀［M］//范伯群，朱栋霖. 1898—1949 中外文学比较史：下卷. 南京：江苏教育出版社，2007：373.

② 鲁迅. 关于小说题材的通信［J］. 十字街头，1932（3）.

平行关系、变异关系三者兼而有之的局面，而不一定局限在寻找"影响"的"索引"式的考证。这里，仅就沙汀与果戈理、契诃夫、谢德林的关系展开论述。

先说沙汀与果戈理。果戈理是沙汀喜爱的讽刺幽默小说家。沙汀更激赏的是果戈理的讽刺才能，他在客观上继承了果戈理的讽刺的平常性的一面，这一点，与鲁迅接受果戈理的影响是相同的。果戈理作为俄国伟大的讽刺家，"他的讽刺是千锤百炼的"①。其讽刺技法多样而深刻，明讽、暗讽、反语、夸张、荒诞、含泪的笑、嘲弄的笑，一应俱全。既有像《外套》那样的冷静、客观、不动声色的讽刺，体现的是讽刺的平常性的一面，也有像《鼻子》那样的荒诞不经的讽刺，在荒诞不经的故事中安排荒诞不经的结局，体现的是讽刺的超常性的一面。而《死魂灵》则是讽刺艺术的集大成者，嬉笑怒骂皆成讽刺。鲁迅的讽刺观使他更愿意接受和欣赏果戈理讽刺的平常性的一面。鲁迅认为，讽刺"它所写的事情是公然的，也是常见的，平时是谁都不以为奇的，而且自然是谁都毫不注意的"，"事情越平常，就越普遍，也就愈合于作讽刺"②。带着这样的观念，鲁迅看重的《死魂灵》的讽刺的独到之处，"尤其是在用平常事，平常话，深刻地显出当时地主的无聊生活。""这些极平常的，或者简直近于没有事情的悲剧，正如无声的言语一样，非由诗人画出它的形象来，是很不容易觉察的"③。而对于《死魂灵》中的议论，甚至抒情，鲁迅是不喜欢的。沙汀和鲁迅一样，继承了果戈理冷静、客观的讽刺，"他为果戈理《外套》那种冷静的不动声色的讽喻所震惊"④。沙汀自己的讽刺小说创作，从短篇到长篇，都是冷静的不动声色的讽刺，正如李长之当年所评："作者在《淘金记》里是更严肃地执行着写实主义的任务"，"他没有特意的讥讽，可是就是这样，也许已经是作到了上乘的讥讽家的能事。假若许我卤莽地比方，我们仿佛是被引入果戈理的世界中了，虽然在幽默以及故意刻画上（那是果戈理的特色）还略觉不似。可是也许因此，他比果戈理的写实精神更纯粹些呢"⑤。这应该是最早将《淘金记》与

---

① 鲁迅. 致胡风［M］//鲁迅. 鲁迅全集：第13卷. 北京：人民文学出版社，2005：458.

② 鲁迅. 什么是"讽刺"［M］//鲁迅. 鲁迅全集：第6卷. 北京：人民文学出版社，2005：340—341.

③ 鲁迅. 几乎无事的悲剧［M］//鲁迅. 鲁迅全集：第6卷. 北京：人民文学出版社，2005：382—383.

④ 吴福辉. 沙汀传［M］. 北京：北京十月文艺出版社，1990：101.

⑤ 李长之.《淘金记》《奇异的旅程》［J］. 时与潮文艺，1944，4（2）.

果戈理的作品相联系的文章了。但李长之认为，在幽默以及故意刻画人物上，沙汀是不像果戈理的，或者说与果戈理有着很大的不同，沙汀与果戈理的相似，只在写实的精神上，这种写实精神也许比果戈理更纯粹。即使今天看来，当年李长之的评价还是很正确的，也是很有分寸感的。

研究者曾谈到了《淘金记》"受到了《死魂灵》的影响"，也谈到了《在其香居茶馆里》"受到了《两个伊凡吵架的故事》的影响"①。这种影响，我们可以在作品中找到一些表象的相似之处，比如，在小说故事的设置和结局上，《死魂灵》中的地主乞乞科夫把发财梦建立在死人身上，即购买死去的农奴（亦即"死魂灵"），以发不义之财，最后，天机泄露，发财梦成为泡影。《淘金记》中的地主白酱丹也把发财梦寄托在死人身上，即挖坟墓以淘金，最后也是竹篮打水一场空。在人物形象及其塑造上，《死魂灵》塑造了六个地主的鲜活形象，他们形象不同，性格各异，但都是"丑"和"恶"的代名词，是没落农奴制宗法地主的典型代表，是一幅"群丑图"。果戈理塑造他们，达到了个性与共性的统一。《淘金记》也塑造了没落地主、恶棍的"群丑图"，像白酱丹的狡猾、林幺长子的无赖、何寡妇的吝啬、龙哥的狠毒、彭胖的算计等，无一不是丑恶的形象。在人物塑造的方法上，《淘金记》和《死魂灵》都用"平常事、平常话"塑造讽刺人物，都是写实主义的杰作。在语言上，两部作品都用白描手法逼真地刻画了人物。

但这样列举两部作品的相似之处并不是要抹平两部作品的差异，事实上，相似只是表象，相异才是本质。《死魂灵》的讽刺技法丰富多彩，千锤百炼，《淘金记》只在客观上继承和延续了其中的写实的一面，平常的一面，形成了自己的不动声色的、客观写实性的讽刺和嘲弄，而果戈理的夸张、漫画、荒诞、逼真的细节、肖像的刻划以及含泪的笑都被沙汀扬弃了，所以，《淘金记》的讽刺远比《死魂灵》单调、单一，没有幽默，缺乏喜感。至于《在其香居茶馆里》与果戈理的中篇《两个伊凡吵架的故事》的相似性就更是表面的相似：写吵架的故事。而各自的命意、写作的技法以及呈现的特征则有明显的区别：果戈理的这部中篇以夸张的手法，辛辣地嘲讽了两个地主无聊透顶的生活。这两个地主原本是邻居，又是挚友，关系融洽，感情要好。可是，因为一点小事，两人吵了起来，并结下仇怨，甚至对簿公堂，竟打了十年的官司。十年过去了，

---

①　万书元. 俄国小说家与沙汀［M］//范伯群，朱栋霖. 1898—1949 中外文学比较史：下　　卷. 南京：江苏教育出版社，2007：376.

官司还没结束，弄得双方心力交瘁，一个满头白发，一个满脸皱纹，最后官司不了了之，但却毁了两个人的一生。《在其香居茶馆里》则以客观的、写实的、戏剧性的呈现，通过人物的对话展现各自的性格，围绕"兵役"问题，揭露抗战时期国民党县、镇等基层政权的腐败恶政以及地方恶势力的猖獗。邢幺吵吵就是地方恶势力的典型，他的二儿子本来就应该去服兵役，但因为有势力，（"他的大哥可是全县极有威望的耆宿，他的舅子是财务委员，县政上的活跃分子，都是很不好沾惹的。"）已经缓役了四次，而又从不出半文壮丁费，好多人已经讲闲话了，再加上新县长宣布要整顿"役政"，这使联保主任方治国坐不住了，于是赶紧上了封密告，并在三天前把邢幺吵吵的二儿子捉进城服兵役了。这使"不忌生冷"的邢幺吵吵想方设法找茬与方治国打架。这天，他们在其香居茶馆里相遇了。邢幺吵吵拍着桌子，放开嗓子叫喊，但并不指名道姓，只是含沙射影，旁敲侧击。方治国也以一种安闲的态度作答，而且嘲弄似的笑着。紧接着，矛盾冲突很快升级，邢幺吵吵冲过来，一把扭住方治国的领口朝街面上拖，两个人扭打起来。联保主任淌着鼻血，左眼青肿，邢幺吵吵气喘吁吁，吐着牙血。正当人声鼎沸的时候，一个左脚微跛、满脸胡须的矮汉子忽然从人丛中挤了进来，带来了"人已经出来啦"的消息。原来，邢大老爷请了新县长，邢幺吵吵的二儿子就被放回来了，这使方治国和邢幺吵吵都陷入了尴尬的境地，小说也完成了不动声色的讽刺。这种戏剧性的、闹剧式的表演使沙汀的作品与果戈理的作品区别开来。总之，沙汀并没有表现出刻意模仿果戈理，他只是在写实性的再现这一个方面与果戈理相联系，而且比果戈理更纯粹、更深沉。

1952年是果戈理逝世百周年，沙汀连续写了两篇文章纪念俄国这位伟大的讽刺家。在《我们永远珍爱果戈理的艺术遗产》中，沙汀赞扬果戈理的喜剧《婚事》、短篇小说《鼻子》和长篇小说《死魂灵》的故事的不平常性，但沙汀认为，这种不平常性"是建筑在现实生活上面的"。比如，"《死魂灵》，在这个看来好像离奇的故事中活动的人物，却又极为平凡"。在沙汀看来，"从平凡生活中选取社会典型，这是特别需要一个艺术家的洞察力的。因为愈是平凡，就谁都见惯不惊，不加注意，更谈不上从中揭示出生活的真理。而果戈理却正充分具有这种伟大艺术家的才能"[1]。在另一篇文章《正确使用讽刺武器，对中国资产阶级的反动思想行为进行批判——为纪念果戈理逝世百周年而作》中，虽然打上了"三反""五反"斗争的政治烙印，但沙汀对果戈理作品《钦差大臣》

---

[1] 沙汀. 我们永远珍爱果戈理的艺术遗产 [N]. 人民日报, 1952-05-04.

和《死魂灵》的赞赏还是清晰可见的。比如，沙汀说，"果戈理笔下的地主真是生动极了。他们每一个人都现身说法地向我们一致证明：剥削制度就是罪恶。因为它给人民带来灾难，同时也使所有不劳而获的吸血虫在身心上堕落到可怕地步"。他还盛赞"我们新文学的伟大先驱者鲁迅，在一篇题为《几乎无事的悲剧》的文章里谈到《死魂灵》中的俄国地主时说'那创作出来的角色，可真生动极了，直到现在，纵使时代不同，国度不同，也还使我们像是遇见了有些熟识的人物'。"沙汀认为"这个精辟论断更加证实了果戈理的世界意义"①。这种对果戈理讽刺的评价与鲁迅的评价是一脉相承的。

再说沙汀与契诃夫。吴福辉在《沙汀传》中披露，"他那时（指 1929 年）关在屋子里读契诃夫，读迷了，一个人又拍桌子，又笑。""《苦恼》《凡卡》真不知读了多少遍。凡卡把向爷爷诉说自己当学徒之苦的信，未写清名址便投入信箱的细节，沉重得叫他喘不过气来。"②《苦恼》和《凡卡》（今多译为《万卡》）一样，都被托尔斯泰列为契诃夫的最佳小说之一。小说写主人公车夫约纳内心的痛苦、悲伤无处诉说。他作为赶车的，被军人无端地呵斥，他的儿子死了，他内心的痛苦和悲伤只能向他的瘦马诉说。小说结尾写道："那匹瘦马嚼着草料，听着，向它主人的手上呵气。约纳讲得入了迷，就把他心里的话统统对它讲了……"《苦恼》和《凡卡》一样的沉重，一样的叫人喘不过气来。沙汀对这样的作品的多遍阅读，对他自己作品风格的形成不会不产生影响，我们看到，沙汀的《土饼》《苦难》《兽道》《在祠堂里》等小说，其格调比契诃夫的作品更加沉重，甚至阴森、可怕，沙汀写得太阴暗了，甚至令人窒息。

沙汀小说的戏剧元素与契诃夫也有关联。"1930 年，沙汀看了'辛酉剧社'演出的《文舅舅》后，突然觉得自己被契诃夫引到一个无人之境，周围都是沙漠，一切音响都消失了。沉重的窒息感引起了沙汀强烈的共鸣，他觉得自己应该像契诃夫那样为重压、为生活写作。"③ 契诃夫的戏剧和小说一样，都是沙汀所喜爱的，并给他以积极的影响。契诃夫是集小说家和戏剧家于一身的。他的戏剧《海鸥》《万尼亚舅舅》《三姊妹》《樱桃园》等都是世界戏剧史上的经典，也是中国人民熟悉和喜爱的作品。契诃夫的一些小说如《风波》《歌女》等也

---

① 沙汀. 正确使用讽刺武器，对中国资产阶级的反动思想行为进行批判：为纪念果戈理逝世百周年而作 [J]. 西南文艺，1952（4）.

② 吴福辉. 沙汀传 [M]. 北京：北京十月文艺出版社，1990：100-101.

③ 陆衡. 四十年代讽刺文学论稿 [M]. 桂林：广西师范大学出版社，2008：34.

自然而然地拥有一些戏剧元素。这种戏剧元素，包括戏剧式矛盾冲突的构成、戏剧式场景的选择、戏剧式的人物表演（动作性）等方面。戏剧的基本要素是矛盾冲突，冲突是戏剧的生命，没有冲突也就没有"戏"。沙汀的部分小说和契诃夫的小说一样都有一些戏剧式的冲突。最典型是《在其香居茶馆里》和《淘金记》，前者作为短篇，很像独幕剧，作品中集中展现了方治国和邢幺吵吵的冲突，而且有发生、发展、高潮和结局，尤其是结局最富有讽刺性，此前的书写，在字里行间，读者并没有感受到讽刺小说的特点，只有到了结局，人们才感受到了讽刺的力量。后者作为长篇，有点像多幕剧，有几组矛盾冲突，虽然，它的"剧情"发展和高潮并不像《在其香居茶馆里》那么明显，但也依稀可见矛盾冲突的构成，小说以白酱丹、林幺长子、何寡妇之间的明争暗斗为中心冲突，其中，白酱丹与和寡母的争斗就经历了四个回合，可谓一波三折。而结局的陡转和戛然而止，更显示出戏剧性的效果。在小说场景的选择上，沙汀和契诃夫都比较注意"戏剧性"场景的选取，《一个秋天晚上》《在祠堂里》《在其香居茶馆里》《代理县长》《联保主任的消遣》等与契诃夫的《胖子与瘦子》《胜利者的胜利》《磨坊外》等一样，都突出小说的场景，类似独幕剧的场景，一般少变换。《代理县长》的场景在县衙，《联保主任的消遣》的场景在县城，尤其值得称道的是沙汀对"茶馆"这一场景的选择，不仅具有戏剧性，也具有地域文化色彩。正如文学史家杨义所说："沙汀小说经常写到茶馆，这是极有风俗文化色彩的场所。可以说，如果没有茶馆，沙汀最重要的小说如《淘金记》《困兽记》《还乡记》和短篇《在其香居茶馆里》就不可能有那么多的'戏'。"① 戏剧性的人物表演，在沙汀的小说创作中就更为普遍。众所周知，话剧主要是靠人物的对话来表现剧情、塑造人物的，剧中人物的语言，要求个性化、富有动作性，而且应该富有诗意。沙汀的小说，人物对话是主体，人物的表演性也较为突出。但和契诃夫的小说相比，沙汀的人物对话还不如契诃夫的对话简洁、精练、富有诗意。尤其是诗意的缺乏，再加上他追求的客观化的呈现，这就使沙汀的小说更加沉闷，缺少鲜活性。

　　和沙汀接受果戈理一样，对契诃夫的接受也是着重在契诃夫作品的客观态度和真实描写以及含蓄的叙述笔法上。1886 年，契诃夫曾给自己的作品定出六条标准，其中就有"客观态度"和"真实描写"。沙汀的创作一向坚守客观态度和真实描写，长期倾向于客观写实主义。直到 20 世纪 80 年代，在关于《许

---

① 杨义. 中国现代小说史：第 2 卷 ［M］. 北京：人民文学出版社，1988：470.

茂和他的女儿们》的通信中，沙汀还坚持说："我一向认为，作家应该从所选择、塑造的人物自己的生活、性格和处境出发来刻画人物的内心世界，判断么，让读者去作，更不必担心他们不会了解作者的政治思想倾向。"带着这样的观点和见解，他不欣赏周克芹《许茂和他的女儿们》中作者的解释和评价。他还说："我在创作上长期倾向于现实主义，喜欢写得含蓄一些，自己从不轻易在作品中流露感情，发抒己见。但正如茅盾同志指出过的那样，有时含蓄过甚，致使读者猝难理解。由此可见，即或含蓄是优点吧，用过头了，也会变成缺点。"① 由此可见，在作家的艺术选择与艺术追求方面，应该把握好"度"，过犹不及。沙汀接受了契诃夫善写小人物日常生活，而且采取客观而含蓄的叙述笔法，但把客观、含蓄用过了头，同时，过于自信自己的创作方法和艺术选择，而把契诃夫的诙谐幽默、抒情意味、对小人物的同情、含泪的笑等鲜活的特色过滤掉了，剩下的就是单一的纯讽刺和批判暴露，所以，沙汀的小说远没有契诃夫的小说多彩多姿，像《套中人》的结尾，作者对乡村月夜景色的描写，在沙汀的作品中是很难找到的。

吴福辉在《沙汀传》中指出："1948 年他大病一场，险些丧命。""他知道契诃夫有一部小说叫《第六病室》，年轻的列宁读完它，竟感到自己也被关在这间病室里。整个沙皇俄罗斯当时便是一个巨大的精神病院。沙汀抗战以来辗转在故乡各个山沟，每每想起这本书的名字。一年年，孤独侵蚀他的心，比恐怖更可怕，有时，他觉得他的神经快要崩溃了。他曾经起意想写一本书，专记这几年读书、写作、生活的思考片段，就取名为《第六病室札记》。如果这本书能写出，将是他最困难时期的心境的一次大披露。但是他没有写。痛苦以至无言。"② 沙汀的《第六病室札记》虽然没能写出，但单从这个动议就可以看出沙汀对契诃夫作品的喜爱和给他留下的深刻印记。

最后说沙汀与谢德林。在沙汀研究中，最早将《淘金记》与谢德林的《一个城市的历史》进行比较的是王晓明，他在 1982 年写的《论〈淘金记〉》中，将《淘金记》与《一个城市的历史》进行了简略的比较，他说："谢德林在他的讽刺杰作《一个城市的历史》中，就描绘了一个可以说比北斗镇更为可怕的地方——格鲁波夫市，那里同样鬼蜮横行，充斥着骇人听闻的专横、愚昧和麻木。""当描写形形色色的'死神王国'（《巴祖兴之死》）和格鲁波夫市，刻画

---

① 周扬，沙汀. 关于《许茂和他的女儿们》的通信 [J]. 文艺报，1980（4）.
② 吴福辉. 沙汀传 [M]. 北京：北京十月文艺出版社，1990：338.

那些白痴一样横暴无耻的官僚、地主的时候，他的语调是那样尖刻愤怒，甚至会忍不住站出来施行直接的抨击。这像一道火流，奔涌燃烧在他的全部讽刺作品里。可以说正是这种毫不掩饰的态度，这一道不可遏止的感情火流，强烈地吸引和鼓舞读者，使他始终能够俯视丑恶。比较起来，沙汀却显得过于冷静。他几乎从不在《淘金记》里发抒议论，有时甚至避免使用带感情色彩的词汇。为了使讽刺的效果更强烈，在形容白酱丹和叶二大爷们的时候，他还用一些诸如'沉着冷静'、'正派'之类的褒词。他太像一个客观的叙述者。"① 从王晓明的这一简略比较中，我们看到，《淘金记》和《一个城市的历史》有些共通之处：两部作品都描写了可怕的地方、可怕的人物，那里鬼蜮横行，故事骇人听闻，形形色色的丑恶、邪恶构成了令人憎恶的世界。然而，两位作者的情感和爱憎态度的表达却有所不同：谢德林感情炽热、语调尖刻，充满对邪恶的无比愤怒和憎恨，不是委婉的讽刺，而是直接的抨击，像一道火流，在奔涌，在燃烧，作者的态度毫不掩饰，所以，作品给读者以冲击力、影响力。沙汀的情感冷静，从不外露，甚至隐藏得很深，他只是逼真地客观呈现，从不发议论，不表爱憎，甚至避免使用带感情色彩的词汇。"读者在这部小说中几乎完全看不见作者本人，不能从他那里直接汲取自信和蔑视地狱鬼卒们的精神力量。"②

我们认为，将沙汀的《淘金记》与谢德林的《一个城市的历史》进行比较研究当然是可以的。但两部小说并不存在影响关系，我们从这两部小说中找不到任何模仿、借鉴、影响的证据，沙汀自己也没有谈过此事。因此，只能作平行研究、阐发研究、变异研究。事实上，这两部作品的诸多相似，是一种"暗合"，是"和而不同"，两部作品有绝大的不同：《一个城市的历史》全面反映了19世纪中叶沙皇俄国的社会面貌，讽刺、批判、嘲弄的矛头直指沙皇俄国的国家机器和当局者、统治者，它通过"一个城市的历史"全面否定了一个国家的政治和政权统治，无情揭露了沙皇这个国家机器的反动本质，让读者深切地感受到这个反人民的政治制度应该送入坟墓了。作品中塑造了沙皇专制时代形形色色的官僚形象，这些形象无一不是劣迹斑斑、恶贯满盈、是令人极度痛恨的形象。作者通过幻想的形式、荒诞的手法、稀奇古怪的人物和事件，虚构了子虚乌有的"愚人城"。小说一开头就以丰富的想象，描述"愚人城"的来历：在荒诞海的北边，居住着大肚人、破头人等多种民族，他们争强好斗，相互残

---

① 王晓明. 论《淘金记》[J]. 新文学论丛，1982（3）.
② 王晓明. 论《淘金记》[J]. 新文学论丛，1982（3）.

杀，于是政府先后派出 22 位市长去治理。然而，这些市长有的没长脑袋，有的头部装着肉馅，被人吃掉，有的身材矮小，容不下政府公文，有的借视察之机，贪吃暴饮，竟被胀死。为了避免当局查禁，谢德林有意采用隐喻、影射、夸张、变形、荒诞等写法，书中所刻画的一个个市长的残忍暴虐、昏庸白痴、荒淫无耻、腐化堕落等负面特征，实际上是在影射沙皇统治者的，这种高远的立意和多种讽刺技法的运用，使作品产生了强烈的讽刺效果，是一部讽刺艺术的杰作。而沙汀的《淘金记》在主旨立意上远不能和《一个城市的历史》相比。它只写了四川农村小镇几个恶棍围绕淘金的故事所展开的明争暗斗，最后却无果而终，可谓题材狭小。当然，通过几个可恶的人物，暴露了、讽刺了抗战时期大后方农村恶势力的猖獗。沙汀采用客观写实的手法进行如实的描写与刻画，讽刺的手法单一，暴露多于讽刺，作为讽刺小说，其"讽刺"意味远不如《一个城市的历史》鲜明、突出。

在王晓明的文章之后，万书元在他的研究中国现代讽刺小说的专著中认为《淘金记》和《清明时节》"反倒觉得它们更像谢德林的《哥略夫里奥夫家族》"。"这三部作品都是围绕一个斗争焦点，描写矛盾双方或三方的斗争。""三位作家对人物的态度也是一样的：在主要人物中，没有一个得到作家的肯定和同情。他们之间的斗争，是狗咬狗的斗争而非善与恶的斗争。""至今没有任何迹象表明，张天翼和沙汀在创作他们的作品时曾经受到过谢德林的影响。我们似乎也没有必要在这里捕风捉影，乱作索引。作家在创作上出现类似，除了相互影响这一原因之外，还有许多别的原因，如民族心理积淀的共同性，此国与彼国时代风貌的共同性，此作家与彼作家遭遇或经历的共同性等等。张天翼、沙汀同谢德林创作上的类似，我以为主要是由后面的这些原因造成的。"① 在这里，万书元的观点有些自相矛盾：一方面认为没有任何迹象表明沙汀受到过谢德林的影响，我们不能捕风捉影，乱作索引。另一方面又说他们创作上的相似，除了相互影响，还有别的原因。这还是承认了他们存在着"相互影响"。

我们认为，《淘金记》与《哥略夫里奥夫家族》确有"类似"之处，诸如人物之间的斗争都是狗咬狗的斗争，不是善恶之争，没有值得肯定和同情的人物；作者对人物的态度都是采取暴露、讽刺、批判、嘲弄的态度，让人读来不是发笑，而是感到阴郁、沉闷，甚至令人窒息。但这种"类似"是极其表面的现象，我们在其他两国、两位作家的比较中也能看到这种表面的类似。造成这

---

① 万书元. 第十位缪斯：中国现代讽刺小说论［M］. 南京：东南大学出版社，1998：203.

种表面的类似，除了万书元所说的民族心理、时代风貌、作家遭遇与经历的共同性外，还应该有作家的艺术追求和创作方法的共同性。沙汀和谢德林都是冷峻的作家，在作品中都追求冷峻的描写。事实上，这两部作品也不存在影响关系，更不存在"相互影响"（谢德林的创作在先，沙汀的创作在后，相距六十年，怎么会"相互影响"呢？）从这两部小说中我们也找不到任何模仿、借鉴、影响的例证，也没有任何证据说明沙汀读过《哥略夫里奥夫家族》，两部作品同样是平行关系，而且有着鲜明的异质性。《哥略夫里奥夫家族》（也译成《戈罗夫略夫一家》）是谢德林的又一讽刺杰作，作者以卓越的艺术笔力，描写了十九世纪六七十年代俄国地主庄园的生活，刻画了形形色色的地主形象，通过哥略夫里奥夫家族尔虞我诈、相互摧残的关系以及家族的衰亡，揭示了俄国贵族地主阶级整体上必然崩溃的命运，它的主题立意同样是高远的，其嘲讽的力度也是深刻的。小说中塑造的小犹大是好话说尽，坏事做绝、贪婪、狡诈、阴险而又伪善的地主典型，这个形象是谢德林的杰出创造，他成为一切反动、腐朽剥削阶级本质的代名词。小说通过他的言与行、表与里、行动与内心等相互矛盾构成了极佳的讽刺效果，其心理剖析和心理讽刺也构成其作品讽刺的重要特色。而《淘金记》则以客观写实之笔，描写北斗镇的几个头面人物为了争夺筲箕背金矿的开采权而展开的一场明争暗斗，它与一个庄园地主家族的没落与衰亡故事相去甚远。白酱丹也不是一个真正的地主，沙汀描写他具有双重身份，既是绅粮，又是大爷，他有无穷无尽的诡计。而林幺长子，沙汀说他是一个极端无赖的恶棍。这样的人物塑造，和小犹大相比，远没有后者鲜明、复杂和具有典型意义。《淘金记》在讽刺方法和力度上也与《哥略夫里奥夫家族》具有明显差异。

总而言之，沙汀对外国文学的阅读比较广泛，他的冷静客观使他更多地愿意接受十九世纪俄国的讽刺文学传统。但他喜欢的、阅读的作家作品并不一定是他模仿的、借鉴的对象，他没有像其他作家那样留下了借鉴某某作家作品的证明，而是从整体上接受了写实、讽刺的精神。他对果戈理、契诃夫作品的喜欢和反复阅读，对他的创作不可能不产生一点影响，但这种影响是潜移默化、润物无声式的，是不着痕迹的，这正是沙汀的高明之处。果戈理、契诃夫、谢德林等讽刺的技法，到了沙汀的笔下有了创造性的转化和变异，生成的是"他国化"的作品，这样，沙汀所建构的讽刺艺术与俄国的讽刺艺术是一个"和而不同"的世界。但沙汀的讽刺成就并没有超过果戈理、契诃夫、谢德林，也没有超过鲁迅、老舍、钱锺书、张天翼。王富仁说得好："讽刺小说在作者与讽刺对象之间应具有不完全相同的人生价值标准和审美标准。在讽刺对象自以为庄严正经的言行中发现其荒诞可笑的不正经的内容。"这才是讽刺的源泉，也是讽刺作家创作的着力点。王富仁接着说，"在中国现代小说中，名为讽刺小说而实际上只是暴露、谴责小说的居多。"① 沙汀的创作就属于这种情况，在他的众多的短篇中，真正意义上的讽刺小说只有一小部分。长篇小说中只有《淘金记》属于讽刺小说，但严格地说，它的讽刺意味并不浓厚，只有到了结尾才显现出来。

第二节　沙汀研究史上几种观点的商榷

在沙汀的研究史上，有几种很流行、甚至很权威的观点，但细究起来未必能够坐实，在这里顺便提出来，以请教方家。它虽然与本论题并无直接关系，但它确有商榷之必要。

一、"农民诗人"与"诗意"辨析

有一种观点认为，沙汀是"农民诗人"，其作品具有诗意。最早提出沙汀是"农民诗人"的是杨晦。他的《沙汀创作的起点和方向》是较早地评论沙汀创作的文章之一。作者在开头就说："我们的作者沙汀，可以说，是一个农民诗人。你看，他使用多么优美的、散文诗一般的文字来写我们的农民，我们的所谓川西北的农村生活呀。""沙汀不但是醉心于农民的题材，他也正是农民的性格。"② 在这里，杨晦说沙汀是"农民诗人"，主要依据两点理由：一是他用优美的、散文诗一般的文字来描写农民；二是他醉心于农民的题材，且具有农民的性格。其实，关于第一点，我们在沙汀的作品里是找不着答案的。杨晦在该文的结尾说："你看，我们的作者沙汀，用多么哀婉而深切动人的散文诗篇，在他的短篇集《土饼》和《苦难》里歌咏出我们农村的生活，我们农民的悲剧，

---

① 王富仁. 中国现代中短篇小说发展的历史轨迹 [M] // 王富仁. 中国文化的守夜人：鲁迅·附录. 北京：人民文学出版社，2002：263.

② 杨晦. 沙汀创作的起点和方向 [J]. 青年文艺，1945（1）：6.

和我们时代的苦难呀!"① 这段话值得商榷:首先,在沙汀的《土饼》和《苦难》等作品里是没有"散文诗篇"式的语言的,作品所呈现的是农民的悲剧和"我们这时代的大的苦难"②。《土饼》《苦难》等小说呈现给我们的都是极度的贫穷、饥饿、苦难、死亡等画面。《土饼》中人们穷得"连虱子都没有一匹",丈夫失踪,留下"三个毫无工作能力的孩子,饥饿和折磨"。"屋子里面,没有灯火,空洞,森寒,仿佛古旧的墓穴。""屋外,吹啸着凄厉的寒风。""巷道中间,流荡着无家可归的人们、儿童和兜售孩子的父母。"不断传来"饿死人啰!"的哀鸣。《苦难》中呈现的生活场景同样如此,"流离失所的灾民,拖着他们疲惫而冻僵的身体";"无家可归的孩子,年龄在七八岁之间,褴褛,腿子瘦来跟鸡脚一样。他们成天在街上游荡着,啼叫着,好像一群被遗弃的生癞疮的小狗"。"白天,看着人们饥饿,呻吟,倒毙,摊在瓦砾上和河滩上让鸟雀们啄食。而在夜里,一切都静寂了,死灭了,有的只是风声、水声,小儿的啼哭和饿犬们的嚎叫;它们同暗夜勾结着,使人急速地在痛楚的孤寂里衰老下去。"以上所引都是小说中的原话,这样的惨剧有什么诗意可言? 语言也不优美。其次,在沙汀的作品里,农民总是受着种种的欺压和剥削,上演的是一个接一个的惨剧:饥饿、灾荒、凶杀、惨死、兽道、活人被钉入棺材等,令人不寒而栗。这样的农民生活怎么能"歌咏"呢? 在这样的苦难、惨剧面前,月亮也是"清冷而且苍白,比阴暗还可怕"(《土饼》)。说沙汀醉心于农民的题材,而且具有农民的性格,这当然是不错的,但这不等于就是"农民诗人",沙汀也根本不是"农民诗人",他在小说中几乎从来没有歌颂农民。如果他是"农民诗人",他就不会成为讽刺小说家了。

在杨晦之后,继续说沙汀是"农民诗人"的是石怀池,他在《评沙汀底〈淘金记〉》一文中说:"正如同某一批评者所指出的,沙汀是一位农民诗人。他自己出生农村,大半的生活也都在农村的环境中度过,他底全部创作也没有跃出农村一步,像一位忠于职守的某种特殊病理的卓越的医生一样,他一直在研究和剖解农村的烂疮和毒瘤,虽然到今天,他还没有从这一大堆的病况材料中得出讯急治疗的真确的方案;可是大声疾呼地把病患的严重性挑示出来,这个伟大的功绩却是不可抹杀的。"③ 这里所说的"某一批评者"自然是指杨晦。

① 杨晦. 沙汀创作的起点和方向 [J]. 青年文艺, 1945 (1): 6.
② 沙汀. 苦难 [M] //沙汀. 沙汀文集: 第四卷. 成都: 四川文艺出版社, 2017: 277.
③ 石怀池. 评沙汀底《淘金记》[J]. 群众, 1945, 10 (10).

沙汀的确生在农村，长在农村，创作也离不开农村，他的作品也的确揭出了农村的烂疮与毒瘤。但这样的作家并不就是"农民诗人"，这是显而易见的道理。

到了 1949 年以后，在沙汀研究的论著和文学史中，似乎再没有人重提沙汀是"农民诗人"的问题。然而，关于他小说中的"诗意"，先被王瑶在文学史中提及，后被吴福辉论证。王瑶在《中国新文学史稿》中，在论及沙汀抗战前的三个短篇集《航线》《土饼》《苦难》时说："他用优美的诗意的文字写出了地方色彩很浓的乡村故事"；在谈到短篇《野火》时，王瑶说"作者的文笔经济而优美"①。今天，我们重读《野火》，完全看不出"文笔优美"，它只是客观叙述所见，仿佛生活速写，没有故事，人物都没有名字。至于"优美的诗意"体现在何处？从哪些篇章中看出？王瑶也没有给出充分的证据。到了 1982 年，王瑶先生的弟子吴福辉继承了王瑶先生的观点并加以衍生和具体论证。在吴福辉看来，沙汀暴露黑暗的小说是具有"诗意和喜剧性"的。

他首先列举"《在祠堂里》并未正面叙出活钉棺材的过程，它竭力渲染的是一种气氛"。然后举出小说中这样一段：

……锤子敲在棺材盖上的声音，恰如敲在木桶上的一样。而在远处，突地响了一阵巫师的清脆的"司刀"声，接着便是一阵悠长而凄厉的呼唤。……
"……三魂七魄回来没有呵！……"
狗嗥叫着。……②

吴福辉说："这是一种诗的境地，然而，它含蓄、深刻地表现了如磐的黑暗。"③今天我们重读《在祠堂里》，重新感受这段话，我们能看出诗意吗？这恐怕就要见仁见智了。笔者认为，我们从这段话、这篇小说、乃至沙汀的全部小说都是看不出"诗意"的。《在祠堂里》写的是活人被钉入棺材的故事，不管钉入的是什么人，都是惨绝人寰、令人战栗的惨剧，也不管作者怎样侧面描写，都传达出可怕、凄惨的气息。这段文字，沙汀写锤子敲在棺材盖上的声音；写远处巫师的"司刀"声；以及悠长而凄厉的呼唤；写狗嗥叫声，并没有诗意可言，而是同样让人感到凄厉和可怕。

其次，吴福辉在文中辨析"诗意"及其种类。他说："说沙汀有诗意，恐会

①　王瑶. 中国新文学史稿：上册［M］. 上海：上海文艺出版社，1982：281-282.
②　沙汀. 在祠堂里［M］//沙汀. 沙汀文集：第 4 卷. 成都：四川文艺出版社，2017：297.
③　吴福辉. 怎样暴露黑暗：沙汀小说的诗意和喜剧性［J］. 文学评论，1982（5）.

引起驳难。因为按照某种不成文法,似乎只有强烈的主观抒情因素,才够得上称诗;只有作者情感的奔涌、流泻,方可言诗。其实,真正的诗可能是平静而朴素无华的。抒情,当然大有诗趣,但总不能简单地认为诗意便是抒情性、象征性,一定非要有表现为外部的丰盈的联想和朦胧的幻觉不可。"他还援引李健吾谈戏剧诗意时说的,还有一种诗意是真实,是高度的现实主义精神的果实。在吴福辉看来,"沙汀的现实主义,就是这种真实的诗意的结晶体,冷静、客观的描写,笔锋直插生活的底蕴"。"假如说,诗意有奔放、凝重两类不同的品格的话,沙汀正属于后者。"①

再次,吴福辉在文中还谈到了意境、诗情、语言等,认为这都是诗意的构成。他说:"诗意不能单凭小技巧、小手法,而要由意境造成。沙汀的小说,简明而内涵深远。前面所举的《在祠堂里》,全文传达出一种黑暗无边的氛围,情景融合无间,诗情浓烈。"谈到语言,吴福辉认为沙汀"有特殊的叙述的节奏和调子,一种慢节拍的、凝重的短句,本色的语言,显出蕴藉、隽永的诗味。"②以上便是吴文的观点和根据。

我们认为,沙汀的小说称不上"简明而内涵深远",只有契诃夫和鲁迅的短篇才称得上"简明而内涵深远"。说《在祠堂里》"情景融合无间,诗意浓烈"更不符合作品的实际,我们从文本中根本看不到有什么"情景融合",更感受不到"诗意浓烈"。至于说沙汀的语言"慢节拍""凝重的短句""本色的语言"与"诗意"也没有必然联系,完全显不出蕴藉、隽永的诗味。

为了说清沙汀的作品里到底有没有诗意,这里的确应该辨析一下什么是诗意以及诗意的具体体现。什么是诗意?顾名思义,诗意就是诗的意味。那么,什么是诗的意味呢?诗的意味就是诗人用一种艺术的方式,对于现实或想象的描述与自我感受的表达。这种表达,是诗人用浸透感情的、有内在节律的、形象而富有美感的语言来表达的,是精练而又富有感染力的艺术。它给人以美感的意境,给人以象征的意象,给人以浪漫的想象,给人以强烈的抒情意味。诗意体现在何处?或者说诗意有哪些构成要素?第一是情感,这是诗的生命,是诗意的根本。没有情感就没有诗人,也就没有诗(别林斯基语)。情感的表达,有歌颂的,也有批判的;情感的表达方式有直抒胸臆的,有托物言志的,也有委婉含蓄的。第二是想象,这是诗和诗意的翅膀,没有想象,诗就不能飞翔,

---

① 吴福辉. 怎样暴露黑暗:沙汀小说的诗意和喜剧性 [J]. 文学评论, 1982 (5).
② 吴福辉. 怎样暴露黑暗:沙汀小说的诗意和喜剧性 [J]. 文学评论, 1982 (5).

诗意也就无从体现。第三是意境、意象，这是诗化的生活。第四是和谐，它由节奏和韵律构成。第五是天真、浪漫和美好。诗常常是仰望星空、是欣赏皎洁的月色的艺术。法国十七世纪最具天才的哲学家、数学家和物理学家布莱兹·帕斯卡尔曾说过："人应该诗意地生活在这片土地上。"这是人的美好的愿望的表达，也是追求理想的体现。以上这些都是诗意的体现。

吴福辉认为，"真正的诗可能是平静而朴素无华的"。但我们认为这种"平静而朴实无华"必须是用精练、精粹的、具有诗的韵味的语言来承载的，也必然是具有抒情性的。诗意当然不能简单地等同于抒情性，除了抒情性，还有形象性、想象性、理想性、浪漫性、哲理性、音乐性等诸多要素。但真实、高度的现实主义，以及凝重绝不是"诗意"的体现。司空图在辨别诗味的基础上谈论诗歌的风格，在《诗品》中，他列出二十四种风格，却没有"真实""现实主义""凝重"这类风格的。由此可见，沙汀作品中的真实、高度的现实主义以及凝重的特点并不是诗意的体现。如果真实、现实主义都是"诗意"的体现，几乎所有的小说就都有"诗意"了，这无疑将"诗意"泛化到了漫无边际。小说中的诗意，常常和充沛的情感、强烈的抒情性、优美的意境、象征的意象、深刻的哲理、精粹动听的语言相联系。这种小说，我们常常叫它"诗化小说""抒情小说""散文化小说""自我小说"，等等。沙汀的小说和这些几无瓜葛。

二、"客观性"与"客观主义"辨析

关于"客观性"与"客观主义"的讨论和争议，主要是由沙汀的小说《淘金记》引起的。追溯对《淘金记》的原初接受和评价，第一篇评论文章是鹓溪的《〈淘金记〉读后》，该文简要地指出了《淘金记》的成就和特点，也指出了不足："作者对他所描写的人没有充分的感情，因之也就不可能把他所认识的来感染读者。"① 这"多少暗示了小说的客观主义倾向"②。之后，石怀池在《评沙汀底〈淘金记〉》中也提到了小说"某种程度地带有几丝自然主义的阴暗的气息"③。

明确提出《淘金记》是"客观主义的作品"的是路翎，他在 1945 年以

---

① 鹓溪.《淘金记》读后 [J]. 抗战文艺，1944，9 (1-2).
② 陈思广. 审美之维：中国现代经典长篇小说接受史论 [M]. 成都：四川大学出版社，2012：168.
③ 石怀池. 评沙汀底《淘金记》[J]. 群众，1945，10 (10).

"冰菱"的笔名发表的《淘金记》中说:"虽然,作者的观察的才能,使他写出了某一限度的农村生活的现象。这种作品,是典型的客观主义的作品。"在路翎看来,由《淘金记》我们能看到"对于人生的勇敢和热爱么?""能得到任何一种热情的洗礼么?"① 胡风作为"七月"派的理论家,长期反对创作上的"公式主义"和"客观主义",他在《现实主义在今天》《关于创作发展的二三感想》中不点名地批评了沙汀小说的"客观主义",认为"作家们由于受恶劣环境的围困,渐渐失去了对现实的把握力和拥抱力,看不到历史的潜在动向和蕴藏着的光明、新生的力量,所写的只是缺少热情的灰色的东西"。胡风把这称做"作家主观战斗精神的衰落"。"胡风还认为,作家在表现对象的过程中,应该自然地将感情渗透溶化进去,防止冷淡的客观主义态度。"② 这显然是指沙汀的《淘金记》等作品。此外,1946 年发表于《萌芽》的吕莹与何其芳的通信中也讨论了"客观主义"问题。到 1947 年 7 月之后,上海《大公报》先后发表了洁民的《"客观主义"私观》(7 月 27 日)、吕莹的《突破"自然主义"》(8 月 17日)、洁民的《正确的扬弃》(9 月 21 日)、吕莹的《再谈突破"自然主义"》(11 月 2 日),又一次展开了关于客观主义的讨论,继续涉及沙汀的创作。洁民认为"自然主义,应该是旧现实主义的一个分野"。"从事中国新文学的作家",多"师承自然主义",沙汀的"这种师承是无可厚非的"。"我们不能否认沙汀的小说有时陷入琐屑的描写,令人烦闷的困境中,然而这只是其缺点的一方面;在他的作品中,不可否定的一点是:存在着战斗的中心潜伏,令人欲憎之爱之的感情,而断乎不是自然主义。"从洁民的评价可以看出,对沙汀的客观主义的评价,肯定多于否定了。

对于以上这些指出沙汀是"客观主义"的批评,沙汀自己当然是不愿接受的,他在写于 1984 年的《漫谈有关〈淘金记〉的一些问题》中作了如下辩护:"说我是典型的客观主义作家,据我理解,无非语言平淡,语调冷静,没有丝毫主观战斗精神。这里我要坦率地表示,对作品的风格不能、也不应强求一律。我自己呢,却正是力求作品中不露声色,对人物大唱赞歌,或者摩拳擦掌,而是让读者根据人物本身的言行做出评断。但这并不意味着对他们没有褒贬。从根本上说,作者在选择人物、确定主题时就有评断。否则,何寡母的顽固、白

---

① 冰菱. 淘金记 [J]. 希望,1945,1 (4).

② 严家炎. 中国现代小说流派史 [M]. 北京:人民文学出版社,1989:253-257.

酱丹的狡猾，又从何而来呢?!"①

今天我们该怎样看待沙汀作品的"客观性"和"客观主义"呢？严家炎在谈到"社会剖析派"的"客观化的描述"这一特点时，也列举了当年对《淘金记》"客观主义"的指责，然后，严家炎说："这些批评对吗？我认为都不对。因为这些批评指责其实并不符合于作品的客观实际：作品本身尽管有缺点，但政治倾向性却都很鲜明。批评家们所谓的'客观主义'，实际上无非是现实主义客观描写而已。把'客观性'等同于'客观主义''旁观主义''自然主义'，这是极大的误解。""在二十世纪三四十年代这些并不正确的批评里，既有当时'左'倾思想的影响，也有属于不同流派之间（如胡风、路翎等本来就属于强调主观精神的流派，而社会剖析派则历来强调客观描写）一些未必合理的要求。到今天，我们决不能再把这些流派的特点，当作缺点来看待了。"② 在严先生看来，当年对沙汀作品"客观主义"的批评都是不对的，因为不符合作品的客观实际；把"客观性"等同于"客观主义"这是极大的误解；今天决不能再把特点当成缺点。

我们认为，严家炎先生的观点也有值得商榷之处。首先，在三四十年代对沙汀"客观主义"的这些批评到底对不对？符合不符合作品的实际？笔者认为，基本还是对的，也是符合作品的实际的。这主要应该由作品的客观效果去检验。从二十世纪三十年代到二十世纪八十年代，从陈君冶《关于沙汀作品的考察》到黄曼君指出沙汀现实主义的局限和不足，再到王晓明论《淘金记》，在半个世纪中，为什么研究者不约而同地指出沙汀作品的存在明显的缺点？早在1934年陈君冶就指出："沙汀的艺术是冷静的，不动人的，缺少感情的地表现的能力，这是他最大的缺点。"③ 到了二十世纪八十年代，黄曼君指出沙汀现实主义创作的局限与不足是"不够舒展泼辣，严谨精当但显得有些拘谨简约，含蓄深沉也略显沉闷晦涩"④。王晓明在文中指出："比较起来，沙汀却显得过于冷静。""他应该尽力打动更广泛的读者群。事实证明，他把自己的激情几乎全部化作冷峻的客观描写的作法，在这一点上并不是十分成功的。""作者过于严格地约束感情就可以说是《淘金记》的一个主要不足。至于刻意求含蓄以至过分，使有

① 沙汀. 漫谈有关《淘金记》的一些问题［J］. 小说界，1985（1）.

② 严家炎. 中国现代小说流派史［M］. 北京：人民文学出版社，1989：198.

③ 陈君冶. 关于沙汀作品的考察［J］. 新语林，1934（创刊号）.

④ 黄曼君. 论沙汀创作的现实主义特色［J］. 华中师院学报，1981（3）.

些描写显得单薄，那更是明显的缺点了。"① 今天我们重读《淘金记》同样会感受到沙汀的这种缺点。这也就是说，过于"客观"在沙汀的《淘金记》等作品中是客观存在的。其次，这种"客观性"是否等同于"客观主义"？这要澄清一个基本问题：在我们一般的理解中，说"客观性"往往是褒义，而说"客观主义"则就是贬义了。所以，严家炎强调不能将"客观性"等同于"客观主义"，他承认沙汀的创作具有"客观性"，却否认是"客观主义"。其实，当沙汀的"客观性"出现了明显的缺点、局限和不足的时候，说他是"客观主义"也未尝不可。再次，今天怎样看待沙汀作品的特点和缺点？严家炎强调"决不能再把特点当成缺点"，他更多地看到"客观性"是沙汀创作的特点。而笔者认为，这既是沙汀的特点，也是缺点。这还是要从作品的阅读体验和阅读效果出发。至今没有人说《淘金记》好看、吸引人，具有艺术的魅力，而更多人的阅读感受是沉闷、压抑、太客观、太冷静、缺乏感人的艺术力量和应有的艺术生气，让人难以卒读。沙汀创作的特点和缺点是分不开的，他的长处和短处是并存的，仿佛一枚硬币的两面。

沙汀作品的缺点是怎么产生的？有人说是因为题材狭小，视野有限。这当然不无道理。但《淘金记》的不好看、不吸引人读、缺乏艺术魅力的根本原因还是鲁迅说的问题。鲁迅于1932年在与沙汀、艾芜的通信中说："选材要严，开掘要深，不可将一点琐屑的没有意思的事故，便填成一篇，以创作丰富自乐。"用鲁迅这话来解说《淘金记》的缺点同样适用，那就是：选材不严，开掘不深，由于选材不严，也就难以深度开掘。选材不严是他作品没有吸引力的根本原因。作品中的内容是琐屑的、见闻式的、速写式的，没有生动的故事，自然也是没有意思的。这不仅在他的长篇存在，在他的中短篇中同样存在。而他的一些成功的短篇，像《在其香居茶馆里》《兽道》《代理县长》《联保主任的消遣》《在祠堂里》等则不存在这样的问题，因此，比《淘金记》成功得多。就短篇小说来说，有人将沙汀与艾芜的短篇加以对比，认为艾芜"更留意于人物和情节的生动性，因此，他的作品，不深沉，也不够含蓄，不像沙汀的短篇那样深沉、滞重，耐人咀嚼和回味，但他比沙汀的作品明快、好懂，易为一般读者理解和喜爱。艾芜的作品，往往一下就能吸引住人，使你不能不读下去，并激起你感情的波涛。作家好像在向阔别已久的朋友谈心。他把自己的感情、

---

① 王晓明. 论《淘金记》[J]. 新文学论丛，1982（3）.

思想向你倾吐，必然引起你的共鸣，而沙汀的作品，读一遍往往是不行的，你得咬着牙读下去，可是你越读就觉得越有味道，你必将从头再读一遍、两遍，才能体味到它内在的力量"①。这段对比，使我们看出了这两位作家的长处，艾芜的作品生动、明快、好懂，对读者具有吸引力并容易引起人的共鸣。沙汀的短篇则深沉、滞重、含蓄，但不够吸引人，需要咬着牙读下去。这样的作品是容易失去读者的，至于再读、三读能否觉得越有味道，能否体味到它的内在力量？那就因读者而异了。笔者认为，沙汀的作品还没有那么大的力量。

三、沙汀是"社会剖析派"作家吗？

在中国现代小说史上，"社会剖析派"小说作为一个流派的提出是北京大学严家炎教授的创举。1982 年，他在为研究生讲课时正式提出了这一命题并得到了吴组缃先生的赞同与支持。到 1989 年，以他讲课的讲稿为基础的专著《中国现代小说流派史》正式出版，社会剖析派成为书中重要的一章，得到了学界的广泛认可，此后出版的一些教材也沿用了这个名称。

严先生认为，《子夜》的出现带来了社会剖析派小说的崛起，"《子夜》的成功开辟了用科学世界观剖析社会现实的新的创作道路，对一个新的小说流派——以茅盾、吴组缃、沙汀和稍后的艾芜为代表的社会剖析派的形成，起了重要的推动作用。"② 这里明确界定了社会剖析派的成员。但我们认为把沙汀作为其中的成员似乎有些牵强，特提出来商榷。

首先，沙汀是否阅读过《子夜》并受到影响的问题。严先生在书中认为，《子夜》的出现带来了社会剖析派小说的崛起。这就是说，社会剖析派作家都受到过《子夜》的影响。可是，沙汀是个例外。关于沙汀和茅盾的关系，他一共写了两篇文章：一篇是写于 1945 年的《感谢》，是为茅盾先生五十寿辰而作。该文只记述他和茅盾之间的一两件小事，其中，"先生对我影响最大，最显著的一件小事，却发生在我开始学习写作的时候。这件事，在当时先生也许并未如何注意，甚至已经记不得了，但我却难以忘记掉。因为他曾经帮助我克服创作上的危机。"这是指 1931 年夏天，沙汀把写好的三篇小说寄给了《文学月报》，半个月后，编者答应把《在码头上》一篇先发表出来，并且将茅盾的几句评语给了沙汀。茅盾说，东西还写得可以，只是他不怎么喜欢那种印象式的写法。

①　谭兴国. 论艾芜的独特性［J］. 文艺报，1981（6）.

②　严家炎. 中国现代小说流派史［M］. 北京：人民文学出版社，1989：178.

沙汀说"当时编者很替我高兴，我自己更高兴得了不得，因而我们都只重视先生的奖掖，忽略了他的微词"①。沙汀高兴的不是茅盾对他的褒奖而是批评，这种批评帮助他"克服创作上的危机"。在这篇文章中，沙汀还提到了茅盾的《霜叶红似二月花》的上卷，但并没有谈到《子夜》，更没有说到他读过《子夜》并受到它的影响。另一篇文章是写于 1981 年的《沉痛的悼念》，是为茅盾逝世而作。文中首先表达对茅盾先生的逝世表示"震惊"，吩咐儿媳打电话要车子，"准备前去医院向茅盾同志的遗体告别"。但因找不到人，并未去成，于是他坐立不安，思绪纷乱，"许多往事都纷至沓来"。接着，文章就回忆起他和茅盾近年的交往。最后，述说茅盾对他的创作的帮助、影响和鼓励。其中，包括茅盾对沙汀短篇集《法律外的航线》的评论；对《在码头上》等几篇作品缺点的指出；茅盾启发他要写自己熟悉的生活；茅盾鼓励他写中篇、写长篇等等②。在这里同样没有谈到《子夜》对他创作影响的问题。由此可以推断，《子夜》对沙汀的创作并没有产生影响，我们从沙汀的全部创作中也找不到哪一篇、哪一部受到《子夜》影响的例证，甚至沙汀读没读过《子夜》也未可知。所以，"《子夜》的出现带来了社会剖析派小说的崛起"似乎与沙汀无关。

其次，严先生在书中说"把小说艺术和社会科学结合起来，以前所未有的规模从各个角度再现中国社会，剖示近代中国社会的性质，这正是社会剖析派小说的一个基本特征，也是这个流派在小说史上的一大贡献"③。可是，我们从沙汀的小说艺术中是看不出"和社会科学结合"，也看不出"剖示近代中国社会的性质"等特征。严先生接着说，"现实主义的小说作品都是对生活的再现。社会剖析派作品的独特性在于：它们力图对社会生活作出总体的再现，全貌式的再现"④。严先生特意在"总体的再现，全貌式的再现"下加了黑点，以示强调。这种独特性，在沙汀的小说中同样是找不到的。沙汀的小说，作为现实主义的创作，只是对生活的再现，而没有凸显"总体"，更没有展现"全貌"，他自己说："我的全部小说几乎都取材于川西北偏远城镇的社会生活。"⑤ 不少评论家也都认为他的题材领域过于狭小。因此，不符合社会剖析派小说的独特性，仅符合一般现实主义作品对生活的再现的特点。

① 沙汀. 感谢 [J]. 文哨, 1945, 1 (3).
② 沙汀. 沉痛的悼念 [N]. 光明日报, 1981-04-03.
③ 严家炎. 中国现代小说流派史 [M]. 北京：人民文学出版社, 1989：184.
④ 严家炎. 中国现代小说流派史 [M]. 北京：人民文学出版社, 1989：184.
⑤ 沙汀. 沉痛的悼念 [N]. 光明日报, 1981-04-03.

再次，严先生在书中还论述社会剖析派小说所表现的复杂化的性格，悲剧性的命运这一共同性的特征。其实，复杂化的性格，悲剧性的命运并非社会剖析派小说所独有，我们在很多优秀的中外作品中都能看到。就社会剖析派的内部成员来说，只有茅盾的小说所塑造的人物性格才充分体现出这一特点。而沙汀的小说哪一个人物是属于复杂化的性格呢？似乎没有。而悲剧性的命运在沙汀的小说中倒是写到了，主要是川西北偏远城镇人们的悲惨境遇，像如前所述的贫穷、饥饿、苦难、死亡等，但那只是略图，是生活现象，沙汀并没有刻意塑造这种悲剧性的人物。沙汀是以塑造反面形象著称，他多数小说所写的成功的人物往往都是地主、豪绅、贪官、地痞、流氓等形象，而且是以此形成他人物塑造上的成就和特色的。这些形象都是反面的典型，自然谈不到悲剧性的命运。即使沙汀写到了一些贫苦农民的悲惨的遭遇，像《土饼》中的女人，《兽道》中的魏老婆子，《凶手》中的两个兄弟等。但他们和严先生所论述的茅盾笔下的吴荪甫、林老板、老通宝、赵惠明等是完全不同的，后者的人物性格是复杂的和悲剧性的，而前者的人物性格则是不复杂的，仅具有悲惨、悲苦的命运。

应该说，在严先生所归纳总结的社会剖析派小说的几个共性特征中，仅客观化的描述这一点才符合沙汀的创作实际，这既是沙汀作品的特点，也是沙汀作品的缺点，既是长处，也是短处。对此，前面已有论述，此处不赘。但仅凭这一点是否显得单薄、显得证据不足呢？从严先生对社会剖析派小说的整章论述中，所举沙汀的例证是最少的，这也足以说明问题。从以上简要的分析来看，说沙汀是社会剖析派作家有些牵强，似乎证据不够充分。这是笔者的一孔之见，不一定正确，敬请批评指正。

综上所述，我们认为，沙汀不是农民诗人，他作品也没有什么诗意；二十世纪三四十年代对沙汀客观主义的批评基本还是对的，也是符合作品的实际的。客观性既是沙汀创作的特点，也是缺点，仿佛一枚硬币的两面；说沙汀是社会剖析派作家有些牵强，似乎证据不够充分。在社会剖析派小说的几个共性特征中，仅客观化的描述这一点才符合沙汀的创作实际，因此，证据不足。这样看来，《子夜》的出现带来了社会剖析派小说的崛起似乎与沙汀无关。

第八章　中、西讽刺幽默小说的同一性特征

比较文学的学者曾"提出了比较文学的最简约的一种定义：比较文学是对世界文学的同一性与差异性的研究学科"①。他们认为"比较文学研究对象的最根本特性在于，世界文学中的文本结构、作家思想、人物与意象、叙事方式与语言等构成因素之间存在着同一性与差异性，同一性与差异性是比较的核心目标，通过异同之比，才可能了解世界文学，从复杂纷繁的文学现象中找到基本规律"②。所以，本章将着重讨论中、西讽刺幽默小说的同一性，下一章将研究中、西讽刺幽默小说的差异性。

中、西讽刺幽默小说在写作类型、叙事方式、方法、喜剧表达与笑的艺术等方面具有同一性特征：都以喜剧的形式和笑的艺术观照人生，在玩笑中包含着严肃，在夸张中包含着真实，在轻松中包含着深刻，在荒诞中包含着警策，显示着主体精神的高扬和智慧的优越。在写作类型上，都有写实和寓言两种类型；在叙事方法上，都有客观呈现和主观变形两种叙事方法；在喜剧表达和笑的艺术上都存在悲喜交融和含泪的笑等美学特性。

第一节　写作类型上的同一性

中、西讽刺幽默小说在写作类型上都有两种基本的类型，即寓言性讽刺幽默小说和写实性讽刺幽默小说。寓言性讽刺幽默小说是指以寓言的形式，通过假托的人物、动物、植物等形象和带有惩劝和讽喻特点的故事来阐明某种事理，

---

① 方汉文. 比较文学高等原理 [M]. 北京：北京师范大学出版社，2011：1.
② 方汉文. 比较文学学科理论 [M]. 北京：北京师范大学出版社，2011：111.

带有讽刺幽默色彩。它既有寓言的特点，又是小说的艺术。

寓言是一种"成人的童话"，是智慧的结晶。在讽刺幽默小说中，借助寓言的形式在中国和西方都有可圈可点之处。大体来说，中国古代的寓言性讽刺幽默小说比现代发达，西方的寓言式讽刺幽默小说不仅比中国出现得早，而且在数量上也大大超过中国。

在中国古代，寓言是最早的叙事文学之一，它开创了虚构故事的先河。在先秦诸子以及《战国策》等书中都有不少人物性格鲜明的寓言故事，甚至有人说："小说在某种程度上是在寓言的基础上发展起来的。"① 寓言的一个显著特征是寓庄于谐，具有鲜明的讽刺性和教育性，故事情节具有虚拟性。寓言是笑的文学，它与讽刺、幽默具有天然的情缘，从一开始就具有讽刺幽默性，形成寓言式讽刺幽默小说。中国古代的寓言式讽刺幽默小说在明清两代最为发达，它直接接受志怪小说传统的影响，形成了鬼域和虚幻旅行两种寓言类型，前者的代表作是《斩鬼传》《平鬼传》《聊斋志异》《何典》等，后者的代表作是《镜花缘》《西游补》《常言道》等。

中国古代历来有写鬼的传统，不论在民间还是在文人中，善将整个人的世界搬到鬼神的世界，在讽刺小说中就有以鬼写人，写人似鬼的历史传统，构成一个虚幻的、寓言的世界。早在明代就有专写钟馗捉鬼的《钟馗全传》，它根据在民间赫赫有名的钟馗捉鬼的故事创作而成。到了清代康熙年间诞生的《斩鬼传》又对《钟馗全传》进行了改写，写钟馗参加考试，因相貌丑陋不被录取，夺剑自刎后，鬼魂到阴间报到，被封为驱魔大神，诏遍行天下，斩鬼除邪。小说借鬼物描写人事，以揭露讽刺现实，开辟了讽刺小说的新领域。《平鬼传》与《斩鬼传》出于同一个源头，也体现着同一的主题，是对《斩鬼传》的模仿。小说写钟馗因貌丑未中头名，一怒之下触柱而死，变成了鬼，阎君见其秉性耿直，封他为平鬼大元帅，并赐青锋宝剑一把，交予平鬼录一本，骑上追风乌锥马，带领大头鬼、大胆鬼、精细鬼、伶俐鬼等四鬼卒往阳间万人县内平鬼。此地鬼魅横行，钟馗率众攻打，终以全胜结束。《何典》是一部用吴语方言写就的讽刺小说，成于清嘉庆年间，经刘半农标点重印，鲁迅为之题记，流传甚广。小说共十回，以滑稽幽默、口无遮拦的吴语方言，虚构了一部鬼话连篇的鬼故事。作品写阴山下鬼谷中三家村有一财主名活鬼，他中年求神得子，为谢神还愿，在家乡造庙，庙成祭祀演戏谢神，却因一场殴斗被当地土地饿杀鬼敲诈，

---

① 齐裕焜，陈惠琴. 中国讽刺小说史 [M]. 沈阳：辽宁人民出版社，1993：15.

活活气死。妻子雌鬼改嫁后也一病而亡。其子活死人少小无依，被舅母驱逐行乞，路上有幸遇到仙人指点，从鬼谷先生学艺，最后，因平息叛乱有功，被封为大将，并奉旨与臭花娘成亲，安居乐业。《聊斋志异》别名《鬼狐传》，是中国古代重要的文言短篇小说集。它继承了六朝志怪、唐宋传奇借虚幻世界反映现实的传统，"作者在继承志怪'以鬼神写现实'传统的基础上，在广泛搜集志怪传说的基础上，以孤愤之心和史家之笔，以丰富的想象和巧妙的讽刺，创造了一批名副其实的寓言式讽刺小说"①。蒲松龄借谈花妖狐鬼以发泄内心的"孤愤"，善于造奇设幻，描写狐鬼世界，情节具有虚幻性和离奇荒诞性，但却写得狐有狐形，鬼有鬼样，更主要的是赋予花狐鬼魅以"物的自然性"和"人的社会性"。作者借狐鬼故事鞭挞贪官污吏，抨击科举弊端，讽刺恶德败行，讥评颓风薄俗，嬉笑怒骂，痛快淋漓。正如郭沫若所评"写鬼写妖高人一等，刺贪刺虐入骨三分"。如《死僧》通过僧之鬼魂"抱佛头而笑"这一幻化情节，把某些僧人虚伪矫饰，不忘钱财揭示得淋漓尽致。《司文郎》同样以虚幻的形式，到达写实的深度。由于考官"鼻目并盲"，使才学出众的宋生穷困潦倒，死了变成鬼也咽不下这口气。作者对科场的讽刺入木三分。

上述这些鬼域寓言讽刺幽默小说具有共同特征：通过幻化的情节、花妖狐鬼等非人间的形象，反映的却是人间的现实，正如鲁迅所说"谈鬼物正像人间"。作品都是借助鬼界寓言实现对官场、科场黑暗、腐败、弊端的揭露和讽刺，对丑恶世相、社会陋习给予了无情的批判，描摹、刻画出了市井人物和世态百相。情节荒诞不经，手法离奇怪诞，方言土语、俚俗民谚不时出现在文本中，构成了一个直露、夸饰、滑稽、俚俗的艺术世界。

虚幻旅行寓言式讽刺幽默小说在中国古代、现代以及西方都有杰作。其中，在中国古代所取得的成就比中国现代突出。《西游补》《镜花缘》《常言道》等是其代表。《西游补》凡十六回，是明代崇祯年间的作品，书写唐僧师徒四人过火焰山后，孙悟空化斋，被情妖鲭鱼精所迷，进入梦境，历经"三界六梦"的游历，后在虚空主人的呼唤下，醒悟过来，寻着师傅，化斋而去。以梦境来结构故事，折射现实，是中国古代散文家、小说家常用的艺术方法，它可以穿越时空，自由驰骋，具有巨大的想象空间。《西游补》是其中的佼佼者，也是《西游记》续书中最好的一部。小说中的梦境旅行经历了"三界六梦"即思梦、噩梦、正梦、惧梦、喜梦、寤梦。整个作品的情节和故事奇幻曲折，通过这奇特

---

① 齐裕焜，陈惠琴. 中国讽刺小说史［M］. 沈阳：辽宁人民出版社，1993：86.

的梦幻之旅，达到讥讽时世、批判现实的主旨。作品通过宫女之口，揭露皇帝的荒淫无耻和腐化堕落。小说第二回就描画了一幅"风流天子行乐图"，沉溺女色，不理朝政。对宰相、奸臣、奴才也都给予辛辣的嘲讽。对科举制度以及士人、世相、世情都毫不留情地予以讥弹。尤其对科举制度和这一制度下的可怜的士人极尽讽刺之能事。作品第四回，描画了一幅科举制度下的"士人群丑图"，太上老君说这群秀才是"无耳无目，无舌无鼻，无手无脚，无心无肺，无血无气之人"。这种淋漓尽致地揭露、讽刺的确少有，读来颇有痛快之感。作者对科举制度的弊端、本质的揭露以及它对古代文人的毒害嘲讽一点不亚于《聊斋志异》和《儒林外史》。作品情节荒诞，笔触幽默诙谐，讽刺和诙谐得到一定程度的结合，读来令人忍俊不禁，晚明社会的世相世情仿佛历历在目。

清嘉庆年间产生的《常言道》共四卷十六回。小说叙述的也是虚幻旅行故事。青年士子时伯济外出游历，不幸失足落海，飘至小人国，受到贪婪吝啬的财主钱士命以及一班小人的侮辱和奚落。后遇大人搭救，逃至大人国，钱士命继续前来敲诈，被大人一脚踩死，财尽人亡。而时伯济则时来运转，被大人送回本土，合家团聚。这是一部揭露金钱罪恶的作品，也是一个善有善报，恶有恶报的故事。钱士命为了敛财不择手段，最后人财两空，由此规劝世人积德行善，看淡贫富，"宁为君子，勿做小人"。作品对金钱的本质和作用的揭示不可谓不深刻。《常言道》由金钱引发出来的一系列谐谑、讽刺、嘲骂的故事折射出形形色色的人物在对金钱的追逐和贪欲面前的丑恶嘴脸。小说中对这类人物在名字的谐音中就寓含着讽刺，如钱士命，寓意为"钱是命"，就颇具讽刺意味。其他人名如施利仁（势利人）、贾斯文（假斯文）、熊医（庸医）等，作者的讽刺是犀利的，也是外露的。在虚幻旅行故事的编织中，主人公在海外所经历的"小人国""大人国"无不形成鲜明的对比，"小人国"处处是歪风邪气，寡廉鲜耻，道德败坏，与此对应的也是"地势险，路径窄"；"大人国"则风清气正，道德高尚，古风犹存，与此对应的则是"地土厚，立身高，无畏途，无险道"，以此影射真实的本土以及世事人情，也寄托着作者的生活理想。作品的描写幻中有真，真中有幻，笔法庄中有谐，谐中有庄，形成通过虚幻旅行达到写实讽刺的艺术特色。

《镜花缘》是清代嘉庆、道光年间的小说，作者李汝珍。小说共一百回，是六十万字的长篇巨著。该作品是颇有成就的虚幻旅行寓言式讽刺幽默小说，内容可分前后两部分，前半部分铺叙唐敖、林之洋、多九公游历海外几十个国家的见闻,描写到各地奇风异俗、怪异草木、奇异鸟兽虫鱼等,展现了一个变化无穷、光怪陆离的虚幻的艺术世界。后半部分则记述了武则天科举选才女,唐敖之女唐小山等一百名才女高中,于是在朝中尽展琴棋书画、音韵算法、灯谜酒令等各类游艺活动,充分彰显了作者的才学,甚至有炫耀知识和学问之嫌。书中写了十二花师、一百才女。

《镜花缘》借鉴了《山海经》中的一些材料,经过作者的再创造,创造出了一个既超越现实又不离现实的艺术世界。作者是以虚幻旅行的寓言形式来讽刺现实,写出世态人心。书中唐敖游历之国,共有三十余个,包括君子国、大人国、女儿国、无肠国、鬼国、黑齿国、长臂国等。通过这几十个国家的见闻、叙述,体现了作者主张男女平等,反对女人缠足,要求女子也应自幼读书等进步思想,提出了一些社会问题,对金钱的讽喻,对科举制度和酸腐文人的讽刺,对人性弱点的揭示都是比较深刻的。《镜花缘》是一部有思想、有见解、有社会理想、爱憎分明的书。虽然是虚幻旅行寓言,但每每涉论世风,揶揄时弊。在君子国、大人国等展现的是民风醇厚,礼仪传家。在君子国,"耕者让畔,行者让路","无论富贵贫贱,举止言谈,莫不恭而有礼",国王没有架子,遇事亲自到宰相家中商议;国家严禁送礼行贿。这是作者所向往的理想社会。相反,在无肠国、犬封国、鬼国等展现的则是人面兽身、狗头狗脑、有眼无珠、不识好人、酒囊饭袋、鬼鬼祟祟的形象,表现作者的笑骂和憎恶。

作为一部虚幻旅行的讽刺幽默小说,《镜花缘》有自己的美学风格,"如果说滑稽、讽刺、幽默是喜剧的三个审美范畴的话,那么,明清时期几部中长篇讽刺小说,正好有所侧重地体现了三种美学风格,《斩鬼传》等寓讽刺于滑稽,风格显得比较轻佻,《儒林外史》寓讽刺于写实,风格显得比较凝重,而《镜花缘》是寓讽刺于幽默之中,表现出来的是一种比较轻松的风格,它预示着人类将愉快地把该否定的东西送进历史的坟墓"①。《镜花缘》的幽默讽喻艺术是丰富的,既有才学尽显,也有手法出新。在显才学方面为古今之罕见。书中涉猎大量的神话、音韵学、经学、医学等方面的知识,还有琴棋书画、灯谜、酒令、马吊、射覆、蹴球等,有的已经失传,作者依然津津乐道。"但是介绍多了,也就失去了文学意味,让人觉得作者是在逞才,而非创作。"②鲁迅把《镜花缘》归入"清之以小说见才学者",揭示了该小说的独到之处和缺点。鲁迅对《镜花

---

① 齐裕焜,陈惠琴. 中国讽刺小说史 [M]. 沈阳:辽宁人民出版社,1993:126.

② 齐裕焜. 中国古代小说演变史 [M]. 北京:人民文学出版社,2015:485.

缘》的批评是中肯的。现代讽刺幽默小说中的《围城》也以小说见才学者,但《围城》掌握的"度"比《镜花缘》要好,不像《镜花缘》那样"连篇累牍",失去了文学意味。

写实性讽刺幽默小说在中国古代以《儒林外史》为代表。写实性讽刺幽默小说继承了中国古代写真实录的写作传统。而明代的《三言》《二拍》可以看作是寓言讽刺向写实讽刺过渡的作品,因为它们既带有寓言讽刺的痕迹,更有写实讽刺的特征,惩恶劝善,具有市民文学的色彩。到了清代吴敬梓的《儒林外史》则继承了司马迁《史记》秉持公心的实录精神和委婉含蓄的写作手法,开创了写实性讽刺幽默小说这一类型,而且空前绝后,直至五四新文学革命之后才在鲁迅、张天翼等讽刺幽默小说中得到了延续和发展。横向看,《儒林外史》可与西方的薄伽丘、塞万提斯、狄更斯、果戈理等人的讽刺幽默作品相提并论,跻身于世界讽刺杰作之林。作为中国古代讽刺幽默小说的高峰,《儒林外史》以写实主义的笔法揭露科举的弊端、礼教的虚伪、吏治的腐败以及人的道德堕落、世风的败坏的。作为写实性讽刺幽默小说,《儒林外史》以讽刺为主,幽默只在一定程度的显现,即作品的诙谐滑稽。讽刺是《儒林外史》的最大特色,也是最突出的成就,这种讽刺,其对象是写实的,是公然的,也是常见的,其描写是真实的、客观的、白描的,其风格是含蓄的、委婉的,即使是夸张也是属于写实性的夸张,具有高度的真实性。这种讽刺品格得到了鲁迅的高度评价,并给鲁迅自己的创作以及他的讽刺观以深刻的影响。

《儒林外史》的这种写实性讽刺,不仅在明清讽刺小说中独树一帜,而且对晚清、对现代的讽刺幽默小说都有明显的影响。这里既有写实性的讽刺方面的影响,也有结构章法方面的影响。晚清的谴责小说、韩邦庆的《海上花列传》、民初李涵秋的《广陵潮》、包天笑的《流芳记》等或在写实、或在讽刺、或在结构章法等方面都与《儒林外史》有一定的关联。清末及民初,随着小说观念的觉醒和小说地位的提升,讽刺幽默小说向着写实的方向发展,比如写旅行故事,不再像明清多是虚幻的旅行,非现实的游历,而是一种现实的游历、真实的旅行,如《老残游记》以老残这个江湖郎中的旅行来贯穿全书,暴露多于讽刺。五四新文学革命以后,胡适、鲁迅、张天翼、张恨水等人都对《儒林外史》有独到的体会和研究,或给予高度评价,或继承写实性的讽刺描写,或采用其结构方式。

从总体上看,中国现代讽刺幽默小说也有寓言和写实两种写作类型。其中,写实性占据主体，多是沿着《儒林外史》的这种写作类型，形成了以真实为生命，以客观、写实为创作方法，以严肃、含蓄为美学原则的总体的审美特征。鲁迅一再强调"'讽刺'的生命是真实，从这种写实的讽刺观出发，鲁迅高度评价《儒林外史》的写实手法，并引为同调，相反，他批评清之谴责小说。可见，鲁迅对《儒林外史》情有独钟，看重的是它的客观写实和旨微语婉，反感的是谴责小说的"过甚其辞""夸大其词"和"失实的地方"。从这一观念、标准出发，鲁迅称赞果戈理的讽刺艺术的"平常性"。鲁迅是按真实客观的标准来评价中外讽刺小说创作得失的。从现实需要、战斗需要来说，"他正是以文学的真实性，作为指向那黑暗、腐朽和虚伪的社会的解剖刀。同时他又认为，唯有真实才能蕴涵'深沉的韧性的战斗'，应该将社会批判和文化批判的锋芒蕴蓄于真实、丰满、生动的形象的深处，而谤书式、谩骂式或话柄式的文学，虽然有的也能震骇耳目于一时，却无法以恒久的艺术力量深入人们的心灵。他看好《儒林外史》，就是因为它既有讽刺的艺术，又是真实、深刻、隽永的讽刺艺术。真实性高于其他"①。

　　除鲁迅外，中国现代绝大多数作家都崇尚写实，追求作品的真实性、客观性。这与五四新文化革命以后西方写实主义、自然主义文学的引进密切相关；也是源远流长的中国文史写真实录传统的延续；更是现实社会的必然要求和发挥文学作用的必然选择。五四新文学的觉醒和发生无疑是西方文化和文学催生的结果，那时的先驱者无不是面向域外寻找救国、救世、救民的道路。文学上广泛接受和吸纳西方文学的经验，翻译、接受西方文学作品，其中，引进的主要是十九世纪的欧洲文学，这恰恰是现实主义、自然主义成为整个十九世纪文学主流、主体的世纪，这给予中国现代作家以积极的、深远的影响。而作为潜流、作为内在血脉的是中国古代自《诗经》以来形成的面向现实的传统。在之后的诗歌中，屈原的"哀民生之多艰"，杜甫诗的写真实录，白居易倡导的"直书其事"，形成了一个现实主义的诗学传统。文的方面，从司马迁《史记》实录、客观的写作原则，到《儒林外史》的"使彼世相，如在目前"②，成为写实讽刺艺术的典范、《红楼梦》的"敢于如实描写，并无讳饰"③ 也形成了一个写

---

① 杨义. 鲁迅文化血脉还原 [M]. 合肥：安徽大学出版社，2013：112.
② 鲁迅. 中国小说史略 [M] //鲁迅. 鲁迅全集：第9卷. 北京：人民文学出版社，2005：229.
③ 鲁迅. 中国小说的历史的变迁 [M] //鲁迅. 鲁迅全集：第9卷. 北京：人民文学出版社，2005：348.

真、实录的文史传统。从现实社会的必然要求来说，二十世纪前半期的中国内忧外患，民不聊生，而二十世纪的中国文学从一开始就寻求改良社会、唤醒民众的良方，具有感时忧国的精神，文学创作的功利性、使命感被大大强化了。这就决定了讽刺幽默文学也和其他文学一样注重写实性、严肃性，而浪漫的、玩笑的、滑稽的、荒诞的、怪异的讽刺幽默文学没有立足的外部条件，庄严而又沉重的历史使命必然要求讽刺幽默文学也要崇尚真实，追求客观，讲究严肃，发挥文学为人生、为现实服务的重任。鲁迅的《阿Q正传》从"开心"（在《晨报副刊》"开心话"栏目连载）到"严肃"（越写越严肃，只能在"新文艺"栏目继续连载），从滑稽到正经的写作过程，一方面固然是题材本身的问题，另一方面也表明了鲁迅对幽默的态度。一向抱着写小说好玩的老舍其小说创作从玩笑走向了正经。张天翼的创作也从油滑走向了切实。张天翼特别强调幽默的客观写实，在张天翼看来，幽默蕴藏在真实的人事之中，只需揭出真面目即可。沙汀的讽刺也体现真实的特点，完全是客观呈现，以人物的戏剧性的表演达到讽刺的目的。

在创作实践中，中国现代讽刺幽默小说一开始就以写实的面目出现。二十世纪二十年代的人生派、乡土派、浪漫抒情派的小说都有讽刺性的作品蕴含其中。它们都把讽刺纳入写实的轨道，讽刺并不突出，幽默就更少有，作品多以诙谐的笔调写乡间的悲喜剧，如彭家煌的《活鬼》就用诙谐的笔触记述了一个富农家因财旺人丁不旺，于是家人放任寡妇、女儿去偷汉子，又令十三四岁的孙子早婚而"闹鬼"，作品讽刺了宗法社会的不良习俗。创造社作家郑伯奇写的《忙人》也有类似的特点。小说描写桃花坞人们到处搬请菩萨的瞎忙。桃花坞原是风景秀丽、物产丰富的好地方，但半个世纪以来因为因循守旧，财富减少，民气萎靡。这时一个从外乡游历归来的何先生认为根源在于庙里的神像，于是在他的鼓动下，村民们砸毁了神像。过后，村民们又恐惧起来。这时，这位何先生又说要以新的活的偶像来代替陈腐的神像。于是村民们把兴盛的邻村的"活观音"请了来，也有人搬来了"活金刚"与"活观音"斗法。此后，人们为了搬请而钩心斗角，一个个成了"忙人"。作品讽刺了当时宗法制乡村的混乱局面。对小知识分子的自私、猥琐、卑微以及道貌岸然的写实性的讽刺也占相当的比重。张闻天的《周先生》就讽刺了借新思想而达到私利的知识分子。小说的内容和周先生这一人物，与我们耳熟能详的鲁迅的《高老夫子》《幸福的家庭》、叶绍钧的《潘先生在难中》《校长》《饭》等有着相似之处。而1926年北新书局出版的李涵秋的《近十年目睹之怪现状》则是晚清谴责小说写作之风的延续。二十世纪三十年代，不论是左联青年作家的政治讽刺，还是京派作家的世态讽刺都属于写实讽刺的范畴。二十世纪三十年代后期以及二十世纪四十年代，暴露—讽刺文学放射出了异彩，沙汀、师陀、李劼人、张恨水、萧红等人均有讽刺长篇行世。"整个现代，作家关注的多是社会问题，世态人情，像鲁迅的《阿Q正传》、钱锺书的《围城》能深入到人性的深层展开描写的实属罕见。寓言式的讽刺幽默作品也较为少见，像《猫城记》《鬼土日记》在当时实属'别裁'了。"① 的确如此，在中国现代讽刺幽默小说中，寓言性的作品要明显逊于中国古代。

说到中国现代寓言性讽刺幽默小说这种写作类型，我们所能看到的只有《阿丽思中国游记》《鬼土日记》《猫城记》和《八十一梦》四部，远比写实性讽刺幽默小说少。它们均属旅行故事型作品，除《八十一梦》有一部分现实游历外，均属非现实的虚幻旅行寓言作品，而且和西方同类作品关系甚密，同时，也与中国古代鬼蜮寓言讽刺幽默小说和虚幻旅行寓言式讽刺幽默小说有一定的关联。

从时间先后顺序来看，沈从文的《阿丽思中国游记》是这四部中的第一部，写于1928年，分为两卷，每卷十章，是沈从文的第一部长篇，也是唯一一部长篇。该书可以说是英国十九世纪作家卡罗尔创作的风靡全球的童话《阿丽思漫游奇境记》在中国的续书，早在1922年就由赵元任先生翻译出版，周作人在《自己的园地》中专门推介《阿丽思漫游奇境记》，对之推崇备至。《阿丽思中国游记》正是以卡罗尔的《阿丽思漫游奇境记》为蓝本创作的。十二岁的英国女孩阿丽思和四十五岁的兔子绅士傩喜先生迢迢万里来到中国，漫游了辽远东方这块古老而又神奇的国土，经历了从都市到乡村的种种奇遇，通过他们的见闻，多方面揭露和批判了中国的古旧社会，包括战乱、灾荒、失业、民间的蒙昧迷信、绅士的媚外畏洋、重虚礼爱面子的文化心态、知识界的浅薄无聊、凡庸猥琐等等。尤其是揭示出"中国是个面子重于一切的国家。"② 不能不说是精准的。作者在第一卷的后序中曾经坦言，作品的创作目的是开心。作者还承认作品"讽刺露骨乃所以成其为浅薄，我实当真想过另外起头来补救的。"在这里，沈从文说的都是实情，应该说，《阿丽思中国游记》和《阿丽思漫游奇境

---

① 王卫平. 中国现代讽刺幽默小说论纲 [J]. 中国社会科学，2000 (2).
② 沈从文. 沈从文文集：第1卷 [M]. 广州：花城出版社，1982：213.

记》相比不算成功，作品的影响力不论在沈从文自己的创作中，还是在整个中国现代文学中都是有限的。

张天翼的《鬼土日记》是一部仅有七万多字的长篇，描写了主人公韩士谦学会了"走阴术"，于是来到鬼土世界，小说以他日记的形式，通篇都是以"某日"的方式记述了他的所见所闻。作为虚幻旅行的寓言式小说，《鬼土日记》记述的内容有些怪异，作者在开头的"献辞"中就曾这样交代，"把这些凌乱的杂感恭而敬之，献给：我们聪明、机警装满着权威与金银的如今的社会的主人"。小说写了鬼土世界一系列怪异的事情："在这里，鼻子不许给人看见的，尤其是男女间。除开医生，没有人谈到鼻子的事，否则是下流人，如果万不得已要说的时候，用'上处'两字代。小孩子也得知道忌讳鼻子，否则会遭大人的打骂；生下的孩子在满月的一天就给他鼻子套上的。"因为鼻子是性器官的象征，所以要套上套子。既然鼻子是性器官，那么，"排泄鼻涕的地方"就叫"男士卫生处""女士卫生处"，而把男女厕所分别叫"男士轻松处"和"女士轻松处"，因为"厕所"二字不雅，代以"轻松"。在鬼土世界，地狱有两层。高层和底层，高层住着有钱人、绅士、学者等上流人。底层住着粗人、工人、农人等下流人。下流人没有受高深教育的权利，上流人的教育则以家产的多寡分等，"家产在三千以上者得入小学，五万以上者得入初级中学，十万以上者得入高级中学，六十万以上者得入大学，三百万以上者得入研究院"。在这里有两个政党，"一个是坐社，还有一个是蹲社"，议员也分成两个壁垒，"蹲社者是主张国人都蹲着出恭，合卫生，而坐社主张全国人坐着出恭，合卫生。如今的大统领是蹲社的总裁，他一上任，便将全国的厕所改造成蹲式，将来坐社组阁，便又会将厕所改为坐式"。《鬼土日记》对官界、学术界、文艺界的嘲讽尤其凌厉，官界是荒淫、奢侈，学术界是虚伪、不学无术，文艺界是时髦风盛行。颓废派文学家司马吸毒以神经衰弱作为现代人的标志，婚礼仪仗队齐举烟枪，新郎新娘擎着烟灯、罂粟花。这种怪异的幽默发出的是"黑色"的笑声。但所影射的无不是人间的社会现实，正如鲁迅说《何典》"谈鬼物正像人间"。《鬼土日记》延续了中国古代鬼蜮寓言讽刺小说和虚幻旅行寓言讽刺小说的传统。作品的开头，作者借主人公韩士谦"关于《鬼土日记》的一封信"向读者告白，书中虽然谈的都是鬼物，但影射的都是人间，从上流社会到下层社会的方方面面，希望读者"严肃地去读它"，这是作品的思想意义、现实意义之所在。作为寓言式讽刺幽默小说这种写作类型，《鬼土日记》除了和中国古代的鬼蜮寓言讽刺幽默小说和虚幻旅行寓言讽刺幽默小说有一定的关联以外，更与西方的虚幻旅行寓言讽刺幽默小说关系密切，张天翼受英俄讽刺幽默小说影响较多，研究者已经看到了《鬼土日记》"与斯威夫特的《格列佛游记》有更大的密切关系"、"许多隐喻的构成、情节的铺展几乎是对后者的照搬"①。的确如此，《鬼土日记》中的党争"蹲社"和"坐社"自然让人想到《格列佛游记》中的"高跟党"和"低跟党"之争，套用之嫌明显，据此，有人认为"《鬼土日记》的结构可以说是对《格列佛游记》的袖珍化"②。

老舍的《猫城记》历来褒贬不一，毁誉参半。《猫城记》在写作类型上与西方虚幻旅行类小说有着相似之处，都是写游历者到异地或另一世界的冒险经历，它和西方反乌托邦小说、和斯威夫特的《格列佛游记》都有着内在的联系，都采用虚幻的情节和幻想的手法揭露社会现实，其幻想的世界都是以现实为基础的，而现实的矛盾、丑恶在幻想的世界中表现得更为集中突出。在《猫城记》的开篇就交代"我"乘飞机欲去火星，在碰撞到火星的一刹那飞机碎了，只有"我"幸存下来，落入猫城，目睹了猫国人的生活情状。作者叙写猫人有两万多年的文明历史，猫人的长相是"腰很长，很细，手脚都很短"，"不穿衣服"，"脖子不短，头能弯到背上去。脸很大，两只极圆极圆的眼睛，长得很低，留下很宽的一个脑门"。"鼻子和嘴联到一块。""耳朵在脑瓢上，很小。""身上全是细毛。""胸前有四对小乳，八个小黑点。""我"一看到猫城，就预感到这个文明快要灭绝，因为这里到处混乱不堪，"有学校而没教育，有政客而没政治，有人而没人格，有脸而没羞耻"。他们只知道窝里斗，至死不知道合作的道理，所以当外敌矮兵们打来之时，他们还是窝里斗，互相掐。小说结尾写到猫人只剩下十几个人，还在打，最后剩下两个，继续掐，直到两个人相互咬死，猫人灭绝。"我"在火星上又住了半年后，回到了中国。作者通过猫人的灭绝，通过隐喻和反讽表达对民族前途的瞻望和忧虑，带有悲观色彩。

张恨水的《八十一梦》起笔于 1939 年末，在重庆的《新民报》副刊连载。当时，《新民报》总经理陈铭德在单行本序言中盛赞"《八十一梦》是恨水先生一切杰作中的杰作"。后被小说史家称为"一部奇书"③。小说不仅在抗日战

---

① 马兵. 想象的本邦：《阿丽思中国游记》《猫城记》《鬼土日记》《八十一梦》合论 [J]. 文学评论，2010（6）.

② 万书元. 第十位缪斯：中国现代讽刺小说论 [M]. 南京：东南大学出版社，1998：181.

③ 杨义. 中国现代小说史：第 3 卷 [M]. 北京：人民文学出版社，1991：728.

争时期的大后方极为畅销，也传到了解放区。作者在开头的楔子中叙写在国破家离的日子，自己有"许多不能自已的悲鸣，无可发泄，也就借着记述梦里的事情，聊以解嘲"。"这样一日记下二三梦，或一日记一梦，或两三日记一梦，写了不知不觉一大卷纸，点点次数，共是八十一梦。到了这里，我对太太说：'九九归一，可以收笔了。'就把这卷稿纸订了一个小册子，将我这玉钩斜的笔法，在上面题了'八十一梦'四个大字。偶得余暇，自己展开来一读。""这样翻阅着，也不知有多少次。"后来，让小孩子淋上了些残汤剩汁，引来老鼠的嗑咬，发觉之后，已破烂不堪。经妻子"整理剪贴，居然把这堆乱纸还清理出来若干篇完好的，重新给我装订着"。这就是现存的《八十一梦》，实际上只有十四梦。这十四梦分为两种游历，一种是现实游历，一种是非现实（梦中）游历，这两种游历在中国古典小说中均已有之。张恨水有着深厚的中国古典文学修养，其中，现实的游历颇有晚清谴责小说《二十年目睹之怪现状》《老残游记》等的遗风和结构方式，以一个游走四方的角色"我"串起怪异场景和奇异人事。非现实的游历则取法于《钟馗传》《西游补》《镜花缘》等中国古代寓言式小说，这部分写得酣畅淋漓，恣意泼洒，采用戏拟和嫁接的手法，充满诡谲玄幻的色彩，作品上下古今，纵横捭阖，穿过历史的隧洞，将古人引入了现实，猪八戒当上了督办，西门庆当上了大银行家，李师师住进了现代公寓。看似荒诞，但其讽刺却具有极强的现实针对性。第四十八梦："在钟馗帐下"作者写道"守关的主将叫钱维重。他本不姓钱，他以为人生在世，只要有钱，什么问题都可以解决，就改了现在的姓名"。"这世界是贿赂胜于一切。"这些无疑都是当时国统区现实的真是写照，其讽刺、批判让人感到痛快淋漓，但同时也"辞气浮露，笔无藏锋"，这是《八十一梦》致命的缺点。

二十世纪四十年代，还有一篇寓言式作品，那就是徐訏的《镜子的疯——成人的童话》，原载《大风》1940年第63期。小说写在一间浴室里的一面镜子突然疯了，大小姐去洗澡的时候，镜子里照出的却是一个裸体的男子，二小姐洗澡同样如此。老爷不相信，认为是心理作用，心里想着男人，镜子里就出现男人了。后来，老爷洗澡时，忽然想镜子假如有一个美丽的少女呢？他抬头看镜子，果然看见一个裸体的少女，他非常高兴。自此以后，老爷洗澡的次数不但多起来了，而且时间也延长了。太太生了疑心，她在镜子里也找出了美少年，于是她主张搬家，但遭到老爷和少爷们的反对。终于有一天当三个男的洗完澡出来以后，三个女的拿了五六只高跟鞋，闯进浴室把镜子砸得粉碎。这是一篇有趣的"成人的童话",其道德讽刺、人性讽刺自然蕴含其中,不议论,不评价。徐訏是一位善编故事、会设圈套、善于奇想的作家。而有关镜子的描写在中、西文学中都是一个重要的母题,钱钟书在《管锥编》中有深度的挖掘和考证,从魔镜到照妖镜,考证了镜子母题的中、西平行和几отор演变。

我们把眼光投向西方。西方讽刺幽默小说也有两种类型。其中,寓言式讽刺幽默小说多以非现实的游历与冒险的面貌出现,而且有着悠久的历史。最早可以追溯到古罗马时期,琉善的《真实的故事》是最早的游历冒险性的讽刺小说,作品以荒诞不经的航海游记形式,讲述完全不存在的冒险经历,进而讽刺当时的历史、社会、哲学、诗歌、宗教等。小说写"我"到酒河、到月球、到日球、到梦之岛等的冒险经历。其中,酒河之行描述单桅船在由葡萄酒汇成的河上航行,那里的葡萄树都是会讲话的植物女性,情感丰富,身段婀娜多姿。月球之行写他们的航行船遇到了龙卷风,被抛到了月球之上,目睹了太阳大军入侵月球,正在同月球人作战。当他们返回家乡,在海上航行时,船被一条巨大的鲸鱼吞没。鲸鱼腹中有岛屿,有森林,有花草树木,有老人和小孩。他们在鱼腹中度过了一年零八个月,还从鲸鱼的牙缝中参观了一场巨人海战。后来,他们终于想出了燃烧鲸鱼腹部的森林计划,在森林里放一把火,烧了十二天才把鲸鱼烧伤,逃出了鱼腹。他们还经过一些岛屿,帮助海伦和她的新情人私奔,如此等等。《真实的故事》完全是"不真实"的虚幻的旅行,是对荷马史诗的"反写",它是欧洲文学史上第一部"模拟滑稽史诗",对拉伯雷、塞万提斯、斯威夫特的讽刺作品均有影响。"这部小说构思之奇特、想象之大胆、文字之机趣,在西洋文学史上可谓前无古人、后无来者。"①

《真实的故事》之后,是班扬的《天路历程》。班扬是十七世纪的英国作家,《天路历程》是影响深远的作品。小说分为上、下两卷,在上卷中叙述"我"在梦中看到一个名叫"基督徒"的人,他从手中的书中得知自己所居住的城市将遭灭顶之灾,于是,开始逃离故乡,前往天国,踏上了艰难的天路历程。一路经过种种磨难和诱惑,终于到达了至善、至美、至福的天国圣城。下卷写的是这位"基督徒"的妻子和孩子们在一个名叫"无畏"的人的指引下前往天堂朝圣的历程。作品在很大程度上可以看作是宗教寓言小说,其情节大致同圣经相对应,其主旨是让人们遵守基督教义,通过不断地战胜自我的弱点和身外的邪恶来获得拯救,宣传的是救赎的思想。同时,小说还具有深刻的历史

① 万书元. 第十位缪斯:中国现代讽刺小说论 [M]. 南京:东南大学出版社,1998:190.

寓意，影射、讽刺了当时重重的社会现实。作者具有非凡的想象力，通过虚幻的旅行具有隐喻和象征性，在故事情节、人物塑造、细节描写等方面均有突出的成就。作品一问世就大受欢迎，对英国小说产生重大影响。在西方各国，《天路历程》被看作是仅次于圣经的基督教重要经典。

紧接着是斯威夫特的《格列佛游记》，这是一部杰出的寓言体的讽刺小说，它以虚幻旅行的形式，通过主人公的种种奇遇，反映、揭示英国的社会现实。小说记述格列佛的四次游历经历，作品也自然分为四卷。第一卷，利立浦特游记；第二卷，布罗卜丁奈格游记；第三卷，记述格列佛第三次外出航海；第四卷，慧骃国游记，记述格列佛第四次出海航行。在慧骃国，格列佛很快学会了该国语言，他一心想留在慧骃国，然而，在慧骃国的马民看来，格列佛是一只有理性的耶胡，慧骃国全国代表大会通过决议，要消灭耶胡，格列佛无法再呆下去，只好乘船离开，在经过危险的航程后回到英国。格列佛怀着对慧骃国的向往，终身与马为友。斯威夫特以其非凡的想象编织出了一个个离奇荒诞的情节，创造了丰富多彩的幻想世界，多方面讽刺了、影射了现实社会的种种问题，创造了以幻显真的艺术佳构。

到了十九世纪英国又有卡罗尔的著名的《阿丽思漫游奇境记》。该书虽写虚幻的梦境，属于寓言体，也有一定的幽默色彩，但它主要是一部童话，不属于寓言体的讽刺幽默小说，因此这里不再赘述。二十世纪的西方有反乌托邦小说三部曲，它们是苏联扎米亚京的《我们》，英国赫胥黎的《美丽新世界》以及奥威尔的《1984》。

《我们》写于1921年，是第一部反乌托邦的作品。它戏拟了一个高度数字化、高度集中管理的"联众国"以及各色人的生活和心理。这个"联众国"的所有公民都被冠以数字之名，主人公叫"D-503"，是一名数学家。当艳美过人的女性"I-330"突然出现，完全震撼了"D-503"纯洁的心灵，在"I-330"的诱惑下，"D-503"一步步解放了本性，渐渐变成了又爱又恨、有血有肉的凡人。作品讽刺了极权主义的种种弊端，歌颂的是人的自然本性。

《美丽新世界》出版于1932年，是最经典的反乌托邦小说。作者把故事的背景设置在六百年后的二十六世纪，展现了人类社会的未来图景，那是一个科学的时代，被称为文明社会，物质生活十分丰富，科学技术高度发达，人的欲望可以完全得到满足。在文明社会之外还有"蛮族保留区"，住着都是野蛮人。伦敦的中心孵化育种场在流水线上用试管制造男性、女性和中性的婴儿，人口的生产严格按照标准化的程序进行，一批批标准男女被送往社会的各个岗位。人口在出生之前就已经被划分为不同的等级和阶层。在这个由标准化男女组成的"文明社会"是一个安宁、快乐的社会，人们拥有无限的性自由，国家每日向人民提供一种治疗烦恼的灵丹妙药，服用之后快乐无比，又没有任何副作用。然而，在这个"美丽新世界"，人完全沦为驯顺的机器，个性和自由被扼杀，真情实感遭泯灭，人性被机器所碾压。这使孵育中心高级职员柏纳·马克斯（他本来属于"正阿尔法"，地位最高）郁郁寡欢，总想摆脱自身的制约，以自己的方式而不是以他人的方式去享受自由和快乐，被人们认为是"怪人"。为了寻求刺激，他决定到"蛮族保留区"度假，并带回了被称为"野人"的约翰。约翰满怀激情地来到"美丽新世界"，最后终于发现这个"新世界"并不美丽，有的是虚假的安宁和快乐，肉体的舒适是以牺牲人性和独立思考为代价的，他宁愿过为生老病死而担忧的苦日子，也不愿受人性泯灭的折磨。他决心拯救"美丽新世界"中沉睡的人们，但"新世界"的潜规则不会轻易放过他，并最终把他逼上了绝路，野人约翰用死亡控诉了这个"美丽新世界"。这是一部寓言作品，也是一部幻想小说，它通过"美丽新世界"的高级职员的想离开，以及从"蛮族保留区"来到"美丽新世界"的野人从开始的欢欣鼓舞到后来的悲观失望并毅然决然地也选择离开，真切地表达了作者对人类未来的忧虑和否定，反映了人类滥用科学技术的危险后果以及机器对人的异化。《美丽新世界》虽然是一部预测未来的小说，情节纯属虚构，但作者的真正目的在于讽刺现实，提醒人们不要忽视人的存在、忽略人性的存在。小说充分体现了赫胥黎长于讽刺的卓越才能。

《1984》于1949年出版，是奥威尔创作的一部长篇政治讽刺小说，是二十世纪"反乌托邦小说三部曲"中的第三部，也是一部幻想未来的寓言小说。它所假想的未来世界是1984年的世界（如今1984年早已过去），那时，世界被三个超级大国所瓜分，战争不断。独裁者以追逐权力为最高目标，人性被扼杀，自由被剥夺，思想被禁锢，人们生活陷入极度贫困，这是一个令人窒息的恐怖世界。作品通过寓言的形式再现了未来的极权社会，表达对荒诞存在的强烈否定。如果说《美丽新世界》是以未来的所谓"美丽"来否定未来，揭露现实，那么，《1984》则直接以未来的恐怖来否定未来，两者在"反乌托邦"问题上殊途同归。主人公所在的大洋国是一个充满荒诞和恐怖的所在，作者的政治讽刺和批判带有强烈的悲剧色彩。

　　乔治·奥威尔还有一篇反乌托邦的政治讽喻寓言《动物庄园》，这是奥威尔创作的中篇小说，1945年首次出版。如前所述，中、西的寓言体讽刺幽默小说，多以鬼界寓言、虚幻冒险旅行以及未来假想的面目出现，而《动物庄园》是以动物喻人类的寓言小说，手法更加荒诞，一群动物竟然具有了人的智慧，这种类型在中外都是少见的：一个农庄的动物不堪忍受庄园主的压迫，在猪的带领下起来反抗，它们赶走了农庄主，建立起一个自己管理自己的家园，这个家园被命名为"动物庄园"。然而，动物领袖，那些聪明的猪们最终却篡夺了革命的果实，成为新的独裁者，比原来的庄园主有过之而无不及，动物们稍有不满，便招致血腥的清洗，又回到了原来的悲惨境地。《动物庄园》是一篇政治寓言小说，也是一篇政治讽喻小说，它以童话的形式，隐喻着对俄国革命以及胜利后苏联"大清洗"的影射。奥威尔用一个寓言告诉人们：革命后的政权，如果没有民主监督，必将走向它的反面。小说通篇采用荒诞手法，以动物喻人类，进行讽刺揭露，收到了比直接写人类更好的艺术效果，这也正是寓言的妙处。

　　从以上的论述中，我们看到，西方的虚幻旅行寓言和未来假想寓言是比较发达的，产生了一些影响世界的优秀作品，这一点是远胜于中国现代文学的。

　　西方写实性的讽刺幽默小说大体上经历了浪漫故事、滑稽夸张向现实写真以及到二十世纪的诡异荒诞的发展历程。从文艺复兴到十八世纪，客观写实性的作品并不占主体，《十日谈》尽管总体上是用现实主义手法描绘广阔的生活画卷，但它追求的不是客观写真，也不怎么描写司空见惯，而是以嬉笑怒骂和玩世不恭的态度讲述一个个有趣的故事、浪漫故事、滑稽故事、荒诞故事，带有传奇色彩。拉伯雷的《巨人传》则以采用奇特的夸张而引人入胜。塞万提斯的《堂吉诃德》从不同角度反映了十六世纪下半叶西班牙广阔的社会现实，塑造了从贵族到平民的各色人物，把社会各阶层人物的描写同社会现实的描绘紧密结合。但《堂吉诃德》还带有传奇小说、骑士小说的一些特点，主要人物也是游侠骑士的形象。到了十八世纪，菲尔丁的《汤姆·琼斯》是现实主义小说发展史上的一座里程碑，也是讽刺幽默小说走向写实的关键性的作品。作品多用写实的手法描述社会现实和生活百态，幽默讽刺寓于写实之中。在人物塑造上，菲尔丁厌恶骑士传奇里那种十全十美、没有血肉的"英雄"，在他笔下，正面人物也可以有缺点，甚至是严重的污点，这更接近生活本身。菲尔丁不仅有卓越的写实主义的创作实践，还有自己的小说理论，这些理论散见在他的小说的献词、序文和每卷的第一章里，杨绛对其进行了精辟的总结，其中在写实的追求上，"菲尔丁认为描写人物应该严格模仿自然，不夸张，不美化。可笑的人物到处都有，不必夸张；眼前见到的漂亮女人也够可爱，无需美化。他不写完美的人物，人情中见不到的东西他都不写。他的人物在大自然登记簿上都有存根"。"他只取一个方法：如实描摹得和真人一样。""菲尔丁认为小说家的职责是据事实叙述"，他写《汤姆·琼斯》的时候，"他的材料全是从自然中来的"。这种据事实叙述是不是意味着一定要写日常的事、琐屑的事、公然的事呢？不是的。杨绛进一步分析"这里菲尔丁所谓严格按史实叙述，并不是叙述历史上的实事"。"不是写家常琐屑的人和事"而是"奇情异事"① 这和十九世纪果戈理、谢德林、契诃夫以及中国的鲁迅所追求的写实的讽刺是有所不同的，这也使菲尔丁的作品在生动有趣上略胜一筹。

到了十九世纪，西方的批判现实主义文学成为主潮，讽刺幽默小说中的写实的艺术也迎来了黄金时期。狄更斯、萨克雷、果戈理、谢德林、契诃夫等人都创作了写实性的讽刺幽默小说杰作。萨克雷描写人物刻意求真，他继承了菲尔丁小说写实的精神和写法，希望能像菲尔丁那样把真实的人性全部描写出来，不管是好的一面，还是坏的一面，必须告诉读者人的真相、人性的真相。果戈理、契诃夫等俄国的讽刺以写实著称，而且善写公然的、常见的人和事，尤其善写卑微的小人物的悲喜剧，是一种含泪的笑。鲁迅盛赞果戈理的讽刺本领和独特之处在于用平常事、平常话深刻地显出地主的无聊生活，从而写出"几乎无事的悲剧"。契诃夫也强调文学应该"按生活的本来面目描写生活。他的任务是无条件的、直率的真实"，"文学家应该跟化学家一样的客观"②。契诃夫的创作正是以朴实、凝练的写实原则，善于通过看似平淡无奇的生活和小人物书写揭示出深刻的社会问题，这样的作品深受中国读者的喜爱。

到了二十世纪，不论是苏联的讽刺与暴露小说，还是美国的"黑色幽默小说"，以及英国的艾米斯、加拿大的里柯克、捷克的哈谢克等都继承了狄更斯、果戈理、契诃夫、欧·亨利、马克·吐温的讽刺幽默艺术传统，又有新的发展和创造，在诡异、荒诞、喜剧、闹剧、怪诞和玩世不恭上给讽刺幽默小说涂上了鲜明的外在色彩，但在内核上作家们始终坚持真实性这一现实主义的创作原则，作品也深刻地反映了两次世界大战给人们带来的精神的和心理的创伤，在

---

① 杨绛. 菲尔丁关于小说的理论［M］//杨绛. 杨绛全集：第5卷. 北京：人民文学出版社，2014：280-284.

② ［俄］契诃夫. 契诃夫论文学［M］. 北京：人民文学出版社，1958：34-35.

人物描写上，心理写实得到了大大的拓展，人的非理性、人所面临的矛盾、困境、悖论、无奈等心理现实在讽刺幽默小说中得到了揭示，这也是二十世纪讽刺幽默小说区别于十九世纪的同类小说的价值所在。

第二节　叙事方式方法上的同一性

在叙事方式方法上，中、西讽刺幽默小说呈现出多样而又统一的特征。从总体上看，都有客观呈现和主观说明两种叙事方式方法。所谓客观呈现，是指作家的叙述、描写多是按照生活、按照所描述的对象的实际状貌，以写实、写真、实录的姿态呈现给读者，作者在行文中，一般不介入故事情节，也不向读者说明评价，只发挥陈述作用，没有特意的讥讽，不流露感情态度，也不有意增加幽默和笑料，用中国古典文学评点的术语说，就是"直书其事，不加断语"。作者的声音和态度隐匿在文字的背后而尽量客观地描述对象。所谓主观说明，是指作家在叙述、描写过程中加进了作者的主观的东西，特别是在"叙述""讲述"的内容中融进了作者的解释和说明，甚至于议论。还有的调动各种手法和修辞，营造讽刺和幽默的氛围和效果，譬如比喻、夸张、对比、反复、谐音、双关、反语、调侃、怪诞等，不一而足。客观呈现的方法描写多于叙述，主观说明的方法叙述多于描写。

美国批评家 W. C. 布斯在《小说修辞学》中曾谈到小说叙述中的"讲述"与"显示"的问题。他所说的"讲述"接近我们这里所说的"主观说明"，而"显示"则接近于"客观呈现"。在西方小说的早期，多是"讲述"，即讲述故事，作者在文本中直接向读者述说，其故事多为离奇荒诞，利用虚幻的情节、夸张的手法、说明的口吻，来讲述一个个故事，不少作品是用第一人称。最早的古罗马时期的《真实的故事》就是用第一人称讲述"我们开始航海"。"最初是在海上，随后是航行在列岛之间，次在空中，又次在鲸鱼里面，在脱出了的时候，与英雄们以及和梦在一起，末了是遇着了牛头人和驴腿的女人。至于在别个世界所经历的事，我将在续出的书里再告诉你。"这是小说结尾的话语，简略地回顾了前面讲述的一个个故事，预告了别的故事。该小说名为"真实的故事"，但讲述的都是不真实、不可能有的事，完全采用虚幻的情节。比如葡萄藤上全是女人，人骑在大鹫上，将鸟当作马用，鸟的羽毛全都是蓬松的菜叶。敌人的阵势，左边是蚂蚁骑兵队，右边是天蚊队，也是五万名，全是弓箭手，骑在大蚊子上头。更为新奇的是，不是女人生小孩，而是男人，怀孕不是在腹内，而是在腿肚子里，妊娠的时候，小腿就肿胀了，到期把腿肚割开，取出小孩，小孩是死的，放在风中，随即活了过来。这种主观说明式讲述故事在西方早期的小说中运用得相当普遍。《十日谈》讲述了一百个故事，这些故事里既有悲欢离合的爱情纠葛，也有古往今来的离奇曲折的事件。到了《巨人传》，在讲述神话般的奇异的故事中加进了作者鞭辟入里的议论。前面说到《真实的故事》里写到男人从腿肚子生孩子，《巨人传》则写了女人从耳朵眼儿里生出孩子，卡冈都亚就是以这种离奇的方式出生的，"当子宫的胞皮弄破了，孩子就从这里窜出来，闯进了空虚的腹部，爬过胃隔膜，一径上了肩膀，腹腔向肩膀分作二道，孩子就取道左腔，从左耳朵里钻了出来。他一落地，不像旁的婴孩，呱呱啼哭，而是高声叫喊：'喝呀！喝呀！喝呀！'仿佛邀请大家饮酒似的，而且喊声之大，连褒士和庇巴洛全境都听得清清楚楚。"接着，就是作者的议论："我早料到，这样离奇的出世方法，你未必肯信，你如真不信，我也不在乎；但是一个明智的正人君子，对于别人告诉他的，特别是写在书上的东西，应该深信不疑，才是正理。你说这是违反自然法则，违反信仰，违反情理，违反圣书遗教的么？我个人在圣经里面，却绝对没有找出和此说相抵触的地方；如果天主要那么做，你敢说他做不到么？嗨，千万不要把这类无谓的思想空劳你的神思，因为，我告诉你，天主是无所不能的，如果他高兴，从今以后，女人从耳朵里生孩子，是完全可能的。"① 这是《巨人传》中典型的主观说明加议论式的叙事方式方法，具有鲜明的特色。《堂吉诃德》也是讲述故事："不久前，在拉曼却的一个村庄（村名我不想提了），住着一个绅士。……他名叫吉哈达，又有人说他叫盖萨达，说法不一，但据考证，他应该是姓盖哈纳。不过，他叫什么名字对本传记关系不大，只要在叙述的过程中不失真就行了。"② 这是小说的开头，这是一部人物传记体长篇小说，其故事的讲述也是主观说明式的，讲述堂吉诃德的名字、马的名字、历险行侠的准备、行动，他的义正词严，他的侃侃而谈，他的善发议论，他的疯癫可笑，最后，终于走到了人生的尽头。班扬的《天路历程》是寓言体的作品，书中梦境的叙述，拟人化的人物，寓言化的场景都具有强烈个性色彩。作品依然是故事讲述型，采用第一人称："亲爱的读者，不久以前，

---

① ［法］拉伯雷. 巨人传［M］. 鲍文蔚，译. 北京：人民文学出版社，1983：29.
② ［西］塞万提斯. 堂吉诃德［M］. 屠孟超，译. 南京：译林出版社，1995：11.

我给你们讲述了我梦见的天路客——基督徒，前往天国的艰险历程。我为此感到非常快乐，想必你们也开卷有益。我也曾告诉你们，他的妻子和儿女如何坚决不愿跟他一起奔向天路，而他又不愿呆在那毁灭城遭受灭顶之灾，所以，就像我前面告诉你们的那样，他只好背井离乡，踏上了奔走天路的征程。"① 这是作品第二部的开头，作者的故事讲述是承上启下的，将两部有机地联结成一个整体。

到了十八世纪英国产生的两部伟大的讽刺作品《格列夫游记》和《汤姆·琼斯》，仍然采用故事讲述型，前者采用虚幻的情节和幻想的手法反映现实，讽刺、批判的领域和问题十分广泛，多牵涉行政、立法、司法、殖民主义、官廷状况等政治问题。后者以现实的人事揭示英国现实社会的问题，更具有现实主义的批判的力度。在第一卷的开头，作者这样交代："在这部历史的开头，先把读者所必须知道和宜于知道的、有关弃儿出生的种种情景，尽量介绍一下。"这是典型的讲故事的方式，细读下去，发现作品的情节生动、故事完整、语言机智、善于议论。应该说，在西洋小说中，特别是在讽刺幽默小说中，离开文本的议论，《汤姆·琼斯》是走得最远的，它的每一卷的第一章都是独立的杂文或论文，而且完全脱离开文本和故事的进程，作者又颇为自信、自负。但评论家则一直对此褒贬不一。大量议论的引入，无疑也增添了该作品叙事的主观色彩。

以上的主观说明式的故事讲述，是西方早期小说基本形态和特征的表现，也与文艺复兴时期人文主义思想以及十八世纪的浪漫主义文学思潮和精神有关。浪漫主义文学就强调主观性，着力表现个人情感。到了十九世纪，现实主义文学占据主体，取代了浪漫主义思潮，成为文坛霸主，形成蔚为壮观的文学潮流。其中，讽刺幽默小说的叙述从"主观说明"转变为"客观呈现"，这在俄国讽刺幽默小说中表现突出，而在英美讽刺幽默小说中仍有"主观说明"式叙述方法的延续。狄更斯的讽刺幽默作品，特别是以《匹克威克外传》为代表的早期作品受塞万提斯、菲尔丁等作家作品的影响明显，是"信笔直书"的。虽然，在创作方法上，狄更斯是属于批判现实主义作家，这是毋庸置疑的。但他不像巴尔扎克、福楼拜等作家那样严格按照生活本来样子忠实地进行客观描写，巴尔扎克在创作《人间喜剧》时就主张将小说家的"自我"收敛起来，只做法国社会的"书记"。狄更斯则不然，在他的作品中侧重描写自己感受到的生活，不仅加进了作者的感受，也加进了作者的主观态度，同时，也遵循生活的本来面

---

① ［英］班扬. 天路历程［M］. 黄文伟，译. 广州：花城出版社，2014：153.

目，这种带有"主观说明"式的写实的叙述，被称为"感受型现实主义"，其特点是善于将奇异有趣的事与庸常的生活描写、将主观与客观、细节的真实和夸张的描写、客观的写实与主观的针砭、议论、抒情有机结合，在尊重生活，尊重生活进程的前提下，对生活的原貌作了符合作者主观意图的改写，其感情、爱憎、褒贬体现在字里行间，作者并没有退出小说，在叙述过程中没有做到纯客观呈现，而是"主观说明"式的叙述，也采用漫画、夸张笔法。《双城记》中不仅有精彩的真实的描写，也有精到的议论，小说开头，关于"时代"的议论，既深刻、警策，又给人一种情感的冲击力。《匹克威克外传》中关于竞选的描写，关于"蓝党"和"浅黄党"的叙述，都不是纯客观的，作者所擅长的幽默和讽刺正是通过他主观性的、引人入胜的叙述和雄辩的文才以及褒贬的议论生动地传达出来，能够抓住读者。另一位英国作家萨克雷在他的讽刺名作《名利场》中，其讽刺的叙述也不是纯客观的，他总是让一个故事的讲述者以讥讽嘲笑的口吻叙述作品中人物的身世和所发生的事件，以此讽刺资产阶级上流社会的追名逐利、趋炎附势和唯利是图。作者采用主观化的讲故事的叙述方法，夹叙夹议，冷嘲热讽，形成一种独特的叙述风格。小说开头有前言，结尾有收束。这样的叙述技法，是想造成收尾相连，形成一体的感觉，构成完整的叙述结构，读者像看戏一样看他的小说，不像《匹克威克外传》那样结构松散，形式散漫。在全书的结尾，萨克雷那种感伤而又无可奈何的议论不禁让我们想到钱锺书《围城》结尾的议论。《围城》中写新儒林之人在人生的名利场上的追名逐利与萨克雷的《名利场》有异曲同工之妙，其叙述的方式方法也属同一类型，善于议论也是他们的共性。马克·吐温讽刺幽默小说的叙述也多是主观说明式的，并非按照生活的本来样子进行纯客观的叙事，而是采取主观现实主义的叙述策略，常常采用第一人称，"我"在作品中扮演各种角色，善于将主观性的说明与写实性的叙述以及抽象的议论统合在文本之中，将真实描写与风趣幽默的夸张融为一体。《败坏了赫德莱堡的人》采用的就是夸张性的想象，虚构成一个颇有讽刺性的故事。作者不是摹写生活，也不追求逼真性与客观性，它有长段的说明性的叙述，更有长段的议论，如"我"关于"诚实的教育"并不让人觉得反感和累赘，反而增强了作品的深刻性，《竞选州长》《我怎样编辑农业报》等也都体现了这种夸张比真实还要真实的艺术效果，体现了马克·吐温的叙述个性和文本风格。

在十九世纪的俄国，讽刺幽默小说是以"客观呈现"的叙述方法显示出自己的特色和品格，以果戈理、契诃夫为代表的冷静、客观、含蓄的叙述笔法使他们与十九世纪英国的狄更斯、萨克雷区别开来。这种客观呈现的叙述方法体现的是写实派的文学观念和含蓄的美学原则。果戈理继承了普希金现实主义的写作传统，在他早期的作品《狄康卡近郊夜话》中还具有浪漫主义色彩，从他的第二个作品集《米尔格拉德》，特别是其中的开篇《旧式地主》用平实而略带感伤的笔调描写一对老年地主庸俗的、无聊的生活，标志着作家的创作由浪漫主义向批判现实主义的转折，一直到晚期的长篇《死魂灵》，果戈理无不以逼真的人物描写，浮雕般的性格刻划，客观化的叙述方式，显示出别林斯基所说的"十足的生活真实"。在果戈理的笔下，没有特意的讥讽，没有人为添加进去的幽默和笑料，而总是客观性、逼真性的摹写生活，善于书写小人物的生活命运，他和普希金的某些描写小人物的作品一道，为俄罗斯文学中描写小人物的作品开了先河，形成了一种创作潮流。果戈理的这种写实、呈现的叙述方法，叙述者一般也不介入故事情节，更不向读者进行主观说教，而始终保持冷静、客观的叙述姿态，作者的声音、情感态度尽量隐去，退居到情节、人物、事件的背后。这种客观呈现的叙述品格也决定了果戈理善于用平实逼真的肖像描写和细节描写来塑造人物，这已成为果戈理作品的艺术成就和特色之一。《死魂灵》对五个地主的肖像刻划和性格刻划无不令人叫绝，人物的肖像画无不含蓄风趣，对他们的讽刺暗含其中，人物的内在卑劣自然而然地呈现出来，成为杰出的讽刺典型。在《死魂灵》中，人物的虚伪、做作和俗不可耐一般不是通过错综复杂的矛盾冲突和波澜起伏的故事情节表现出来，而是通过极平常的典型细节不动声色地呈现出来，通过人物的言行白描显现出来。小说描写玛尼罗夫的书房里总放着一本书，在第 14 页夹着书签，是两年以前看过的。一句简单而又平实的细节就呈现出了书的主人的装腔作势和附庸风雅。在谢德林的《戈洛夫廖夫一家》中，人物言行相悖的客观呈现对其构成了绝妙的讽刺。小说中被兄弟们称为"犹独式加"绰号的戈洛夫廖夫是个贪婪、残忍、伪善的贵族地主的典型。但他口口声声称自己正派，是个坦率的人，爱说真话，从不虚伪，甚至标榜自己热爱真理，愿为真理死。然而，他的"行"无情地戳穿了他的"言"，为了抢夺家产，他迫害哥哥和弟弟；也为了抢夺家产，他花言巧语欺骗母亲；还是为了钱财，他逼得亲生儿子一个自杀，一个流放，一个送走。为了区区小利，他背信弃义，六亲不认，是一个十足的恶鬼。谢德林曾被卢那察尔斯基誉为"笑的大师"，但这部作品却阴郁沉重，让人透不过气来，作品并不让人笑，也不幽默，而是无情的讽刺，形象地再现了"贵族之家"的没落和消亡。

到了契诃夫，客观呈现式的叙述方法表现得炉火纯青。冷静客观，不动声色，言简意赅，蕴藉含蓄构成了他最突出的艺术风格。叶尔米洛夫在《契诃夫传》中曾这样说："契诃夫在成熟以后总是极力使读者得到一幅没有作者参与其中的、同生活完全一样的、单纯的生活图画，使这幅画本身通过它的全部的诗情本质，通过它的全部的艺术结构和生活真实所构成作者对生活的干预，但是要避免直接地、赤裸裸地暴露作者本人的看法。倾向性必须从形象本身当中，而且仅仅从形象当中，仅仅从作者再现出来的生活真实当中自然地得出来——这是契诃夫后来追求的目标。"的确，客观写实，真实呈现是契诃夫最鲜明、最突出、也是最重要的叙述原则，"在他的作品中，叙述者很少将作者的倾向表露出来，也很少对人物行为作倾向性评价。作者仿佛在冷冷地观察着发生的一切，而不表示任何主观态度"。"如在《变色龙》中，叙述者没有对主人公的行为发表任何议论，仅仅是客观描述人物对待一条小狗时变化多端的态度。而从主人公可笑的行为中，他那虚伪卑劣的嘴脸便跃然纸上。"① 在小说创作中，契诃夫之所以对客观写实、真实呈现不懈追求，一方面是为了超脱政治集团、党派利益等一切政治倾向，另一方面，也是他的现实主义文学观使然。他强调按照生活的本来面目描写生活，这是一个作家的良心和责任。契诃夫的这种"客观写实"的叙事原则，决定了他叙事方式的选择，有人将这种叙事方式称作"戏剧化呈示"② 契诃夫的这种客观呈现的叙述方法给中国现代作家以不小的影响。

中国现代讽刺幽默小说在叙述话语中也大体呈现出"客观呈现"与"主观说明"两种基本的叙述方法。前者以鲁迅、叶绍钧、彭家煌、沙汀、沈从文、师陀等作家的作品为代表，后者以老舍、钱锺书的作品为代表。

"客观呈现"在中国古代文史中有着源远流长的写作传统。从中国小说的历史来看，其创作方法常被理论家概括为"两个主要流派。一种偏重于按照现实的本来样式直接反映生活，亦即中国式的现实主义；一种则偏重于以幻奇怪异的形式来曲折地反映生活，寄托理想，亦即中国式的浪漫主义。对于前一种小说的创作方法进行总结的小说理论，我们不妨称之为'写实派'，后者则不妨称之为'幻奇派'"③。其中，"写实派"早在《易经》中就有了萌芽。到了班固

① 谭桂林. 现代中外文学比较教程［M］. 长沙：湖南师范大学出版社，2009：218.
② 谭桂林. 现代中外文学比较教程［M］. 长沙：湖南师范大学出版社，2009：104.
③ 宁宗一. 中国小说学通论［M］. 合肥：安徽教育出版社，1995：725.

总结司马迁《史记》的写作特点，提出了史著的"实录"原则。"实录的基本精神是在于真，即真实地重现历史，反映历史的真实面貌。这一基本精神，和现实主义文学创作的主要精神应该说是相通的。所不同的是，史学实录要求的是事实上的真实，而文学写实则是要求艺术的真实。"① 到了曹雪芹写《红楼梦》开始就宣布遵循"实录"原则，不敢穿凿，至失其真。"《金瓶梅》的出现，开创了'人情—写实'小说的新纪元。"到此，"写实派"理论走向成熟，"主要有三个明显的特征，这就是强调小说反映生活的模拟性、逼真性和客观性。""模拟性，就是按照生活本来的样子摹写生活。""逼真性""即指外在形态的真，亦指内在本质的真，是形象与本质、具体与抽象的统一"。"客观性""就是要求作家通过具体而逼真的描写，比较客观地把现实生活展现在读者面前，同时将作家的观点和倾向通过这种客观的描写流露出来"②。"客观性"也是受史学著作中"春秋笔法"影响的结果。卧闲草堂评本《儒林外史》第四回的批语是"直书其事，不加断语"。到了近代，梁启超在《论小说与群治之关系》中将小说的创作方法分为"写实派小说"和"理想派小说"。中国现代小说中"客观呈现"的叙述方法，一方面是对中国古代"写实派"理论与实践的继承，另一方面，也是受西方现实主义文学思潮影响的结果。具体到讽刺幽默小说，则直接受惠于《儒林外史》的"公心讽世"和"旨微语婉"以及果戈理、契诃夫等写实——呈现的叙事风格。鲁迅、张天翼都曾倾心于吴敬梓以及果戈理和契诃夫，他们的作品都是"客观呈现"叙述方法的典范。五四时期，契诃夫的"客观呈现"的叙述笔法就曾引人注目，"在当时对俄国文学'为人生'的整体认识下，契诃夫冷静客观的叙事态度也被认为是'现实主义'的。而中国文学界真正借鉴并有效地吸取其中的艺术因子，应该也是在这一时期。在当时一些有关短篇小说写作的讨论中，契诃夫的作品经常被作为示例。""但是，真正做到冷静观察社会人生、客观表现现实人生的作品却是少数。"③ 这是因为五四新文学革命是处在大变动、大转折的历史时期，新旧思想激烈交战，社会人生问题众多，作家急于表达自己对社会问题、人生问题的见解，于是，理性精神的显现、情绪性的抒发、主观色彩的浓重、个性化的追求、多种创作方法的尝试就成为时代性的创作潮流。在这种形势下，鲁迅、叶绍钧讽刺小说

①　宁宗一. 中国小说学通论［M］. 合肥：安徽教育出版社，1995：728.

②　宁宗一. 中国小说学通论［M］. 合肥：安徽教育出版社，1995：730-736.

③　谭桂林. 现代中外文学比较教程［M］. 长沙：湖南师范大学出版社，2009：218.

那种冷静客观的叙述姿态就格外值得珍视。鲁迅秉持的是"讽刺的生命是真实"以及客观写实、婉而多讽的文学观念,其讽刺的叙述追求的是真实客观,选取的是平常事、平常话,多用白描真实地、客观地呈现出人物性格本身的内在的喜剧性,通过讽刺形象的言与行、表与里的矛盾,通过人物可笑的场面和细节呈现出讽刺性来,这和果戈理、契诃夫的讽刺是一致的,显示出一种冷静的态度。

以"客观呈现"式叙述而著称的讽刺作家,除鲁迅外还有叶绍钧。这是一位真诚的人生派作家,其讽刺作品是以客观冷静地描写小知识分子灰色、卑琐人生而著称的,这类作品也是他五四时期最成熟、最平实、中正的作品,在新文学第一个十年是独一无二的。叶绍钧对小知识分子的书写总是采取严肃的写实主义的笔法,以冷静客观的态度,严格遵守让思想倾向从情节中、从细节中自然流露出来的原则,努力消除主观因素,这一点也与契诃夫是一致的。沙汀和张天翼都是鲁迅客观呈现讽刺艺术的传人,也都属于现实主义的艺术。沙汀出身在荒僻山区的破落地主之家,从小养成了深沉冷峻的脾性。他为人热情,但作品却很冷静。沙汀把冷静客观作为自己最基本的艺术追求,他的讽刺作品没有果戈理的色彩鲜明的语言和幽默感,有的是"用平常事、平常话"塑造人物,有的是契诃夫式的客观呈现,他似乎比契诃夫更加冷峻、更加深沉。他的作品往往是冷峻的剖析、戏剧性的呈现和无情的暴露,情节的编织和细节的选取都保持生活的本来面目。《在其香居茶馆里》是"戏剧性呈现"的典型体现,完全靠人物的自行表演,作者总是躲得远远的,从不在作品中露面,更不妄加评论。《淘金记》的叙述更加冷静,作者只严肃地执行写实主义的任务,在作品中我们感受不到创作主体的存在,是客观现实主义的典型,其叙述从不带任何感情色彩,作者也尽量避免使用带感情色彩的词语,更不发议论,读者不能从作品中汲取自信和力量,所以,读来令人沉闷,甚至令人窒息,有如谢德林的《戈洛夫廖夫一家》。沙汀是一位深受俄国文学影响的作家,他的这种冷静客观的叙述风格在 20 世纪 40 年代曾引起过争议,有人认为有"客观主义"的倾向,这种"客观主义"又师承"自然主义",有旧现实主义的倾向。① "今天看来,当年的批评也不无道理,沙汀的冷静客观的叙述品格有优点,也有缺点,有说服力,但缺乏感染力,他的作品少有阅读的快感,他的讽刺也缺乏幽默感。相

---

① 吕荧,傅履冰. 关于"客观主义"的讨论 [M] //黄曼君,马光裕. 沙汀研究资料. 北京:中国社会科学出版社,1986:232-233.

比之下，张天翼的讽刺的叙述更峭厉一些，更鲜活一些。张天翼经由鲁迅而接触果戈理、契诃夫等俄国文学，并深受其影响，他的作品不仅有鲁迅风，更有果戈理风、契诃夫风。"张天翼的讽刺小说，比沙汀的活泼机智，比老舍的苛刻、尖利，喜剧色彩极为浓厚。在他的作品中，我们可以体味到果戈理的那种鞭笞的笑，也可以体味到契诃夫的辣味幽默。"①

"客观呈现"的叙述方法在京派作家的沈从文那里也同样体现出来。他的讽刺幽默更多地体现在以"城里人"为叙述对象的作品里，如《有学问的人》《八骏图》《绅士的太太》《道德与智慧》等。他的讽刺幽默有老舍的温婉，更有老舍所少有的含蓄。如果说沙汀讽刺的叙述是"冷峻"，张天翼讽刺的叙述是"明快"，周文讽刺的叙述是"沉实"，那么，沈从文讽刺的叙述则是"委婉"，点到为止，有一种含蓄的美。《八骏图》对八位教授的讽刺、嘲笑并没有淋漓尽致地铺陈开，而是抓住一些动作、细节、甚至一个摆设，轻轻地揭去了面纱，人物的潜意识自然呈现出来，这种讽刺的叙述是意味深长的，也是耐人寻味的。这是情感与态度的含蓄的表达。沈从文的都市讽刺篇章，在内容上不靠离奇的夸张，在形式上不靠尖酸的文笔，而力求真实而有节制的呈现，形成温婉的讽刺风格。"客观呈现"的叙述方法在中国现代讽刺幽默小说中的体现是广泛的，在多数作家的讽刺幽默作品中都有不同程度的体现，这和西方的讽刺幽默小说正好相反，西方讽刺幽默小说的叙述方法多是"主观说明"式的，"客观呈现"式的叙述只占少数。而中国古代的讽刺幽默小说则又是另外一种情形，其"客观呈现"和"主观说明"两种叙事都能找到成功的例证，也可以说同时并存，并驾齐驱。唐人小说、宋代话本、清末谴责小说无不流露作者的主观好恶和讽刺态度，攻击时不求婉曲，而是直斥，不留余地。这种"主观说明"的叙事模式似乎比"客观呈现"更为多见。

到了中国现代文学，又为之一变，"主观说明"式的叙事只在老舍、钱锺书的讽刺幽默小说中有突出的体现，人数远远少于"客观呈现"叙述的作家，而且，老舍、钱锺书的"主观说明"式的叙述特点不是来自中国古代、近代的讽刺小说，而是来自英法讽刺幽默小说，特别是英国讽刺幽默小说的叙事艺术。老舍、钱锺书都与英国文学有不解之缘，斯威夫特、菲尔丁、狄更斯、萨克雷都给他们以不同程度的影响，其"主观说明"的叙述方式也主要来自这里。虽

① 范伯群，朱栋霖. 1898—1949 中外文学比较史：下卷［M］. 南京：江苏教育出版社，2007：131-133.

然"主观说明"的叙述也通过情节、事件、人物来推动小说的进程,通过展现其内部的不协调性和可笑性达到讽刺的目的,但它更注重作家的精心营造,善于调动各种手段,夸张渲染、漫画变形、比喻类比、调侃挖苦、议论生发等,其主观性、主体性十分突出,有时夹杂叙述者或通过人物直接议论与评判,极为风趣幽默。作家的叙述语言不是平实的、冷静的、客观的,而是俏皮的、热烈的、主观的。幽默、俏皮、讲笑话是老舍的天性。老舍在《谈幽默》中,开始就说:"据我看,它首要的是一种心态。"① 既然是"心态"就和作家的"主观"相连,就不同于客观实在。在《什么是幽默》中,老舍认为"幽默文字不是老老实实的文字",并以狄更斯、果戈理、马克·吐温的作品作为例证。显然,老舍是把他们的幽默作为正宗和楷模看待的。在老舍看来,幽默的作家必须写得俏皮,泼辣,警辟,具有极强的观察力与想象力。这和鲁迅、张天翼对讽刺幽默的看法是不同的。在张天翼看来,幽默是存在于客观的人事内部,看你能不能发现,能不能揭破。而在老舍看来,除了观察、发现以外,还要有作家的想象、作家的描画、作家的夸张以及种种招笑的技巧,幽默的文字不一定是老老实实的叙述、描写,而应有语言文字的鲜活,有聪明和睿智,有语言的跳脱和心态的旷达。

比较而言,钱锺书的"主观说明"式的叙述,不像老舍那样温婉、那样油滑、那样平民气,而比老舍更为犀利、更为睿智、更有书卷气,其主观化的叙述呈现出一种智慧化的倾向和特征,除了叙事、写人的主观化以外,钱锺书还时常夹着叙事人或作者代言人的说明、解释、评价和议论,直接传达作者的讽刺幽默意图。议论的介入来自于菲尔丁、狄更斯和萨克雷以及法国《巨人传》的写法,但钱锺书作品的议论比英法作家更简洁、更精练、更恰到好处,没有累赘感、多余感,从中我们可以看出,议论在小说中不是该不该有的问题,关键是这种议论能不能做到深刻、警策的问题。纵观中、西讽刺幽默小说,"客观呈现"式的叙述以讽刺见长,或者以讽刺为主体和旨归,甚至有的干脆不幽默,纯用讽刺和批判的笔法。"主观说明"式的叙述讽刺、幽默兼而有之,实现了融合。"客观呈现"式的叙述真实有力,但它显得凝重,缺乏喜感;"主观说明"式的叙述在驾驭语言方面更显功力,也更有趣味性,但有时夸张过火,过于畅肆,缺乏节制。两种叙述可谓优劣互见。

---

① 老舍. 谈幽默［M］//老舍. 老舍文集:第15卷. 北京:人民文学出版社,1990:230.

第三节 喜剧的表达与笑的艺术上的共同性

中、西讽刺幽默小说在喜剧表达和笑的艺术上也有同一性的特征，它在很大程度上反映了讽刺幽默文学的共同特点和规律。讽刺、幽默作为喜剧的支流，当然要体现喜剧的技巧，体现笑的艺术。综观中、西讽刺幽默小说，从喜剧表达方面看经常出现讽刺幽默与写实揭露、与漫画夸张、与反语反讽、与荒诞怪异相结合的特征，呈现出各不相同的审美特性，也体现出一些共性。

一、写实——揭露

鲁迅的那句名言经常被研究者引用："喜剧将那无价值的撕破给人看。讥讽又不过是喜剧的变简的一支流。"① 所谓"无价值"的是指腐朽的、虚伪的、丑恶的、污浊的应该否定的现实生活、社会乱象以及人物的假丑恶。所谓"撕破"就是将这些假丑恶发掘出来，暴露出来，无情地揭开伪装和面纱，露出丑恶的真面目，展现给世人。鲁迅继承了中国传统文学"写真实录"和"敢于如实描写，并无讳饰"的传统，强调真实是讽刺的生命，非写实不能成为讽刺。他更多地是从当时的现实需要出发的。其实，若从中国古代和西方讽刺文学的实例来说，非写实也可能成为讽刺，也不一定就是造谣和诬蔑。不过，在鲁迅看来，非写实也许不如写实更有现实性和战斗性。中国现代和西方现代都有写实——揭露这一讽刺与幽默的一脉，体现的是现实主义和批判现实主义的文学精神。

尤其是中国现代讽刺幽默小说，在鲁迅的影响下，形成了以真实为生命，以写实为手段，以揭露丑恶、抨击时弊为目的的现代讽刺幽默传统。在这里，讽刺幽默的表达在于突出丑，揭露丑，而不是为了张扬"喜"，在政治讽刺、世态讽刺、乃至人性讽刺上都彰显了优势。中国现代多数的讽刺幽默作家都把写实、暴露作为一种自觉地艺术追求，生活真实似乎高于艺术真实，艺术真实必须以生活真实为基础。为了求得写实的效果，不少作家特别重视亲身的生活体验，多数作家在文本中所展现的人生形态都与作者的经历、感受息息相关。现代讽刺幽默小说一开始就以写实为先导，以揭露社会和人生问题为己任。五四

---

① 鲁迅. 再论雷峰塔的倒掉［M］//鲁迅. 鲁迅全集：第 1 卷. 北京：人民文学出版社，2005：203.

时期的绝大多数都将讽刺融入在写实的叙事之中。叶绍钧是鲁迅之外较有成就的作家，他的讽刺短篇恰恰也是严肃地执行着写实主义的任务，善于对小知识分子进行性格讽刺和心理讽刺，以揭露他们卑琐的人生。二十世纪二十年代后期及二十世纪三十年代，老舍的作品给文坛吹来了一股喜剧的春风，但他的创作从整体上看仍然属于朴素的、本色的现实主义的创作方法，他以思想启蒙为题旨，以文化批判为视角，以幽默讽刺为外在形式，形成了自己的个性。张天翼、沙汀、周文、蒋牧良等左翼青年作家以写实主义的方法，以暴露黑暗、讽刺现实见长。沈从文、废名等京派作家以温婉、含蓄的世态讽刺、道德讽刺而取胜。二十世纪四十年代，讽刺作品的写实——揭露更加自觉，作家是以讽刺为武器，针砭时弊，揭露丑恶，抨击不合理的社会现实。张恨水创作的以《八十一梦》为代表的多部社会讽刺长卷，将假、丑、恶其中与廓大呈现在你面前。身处解放区的赵树理，以农民式的风趣幽默，俚俗的叙事话语，揭出解放区农村和农民身上存在的问题，以解决问题，他的幽默小说同样是写实——揭露性的。

西方的讽刺幽默小说从《十日谈》开始就用现实主义的手法描写广阔的生活画卷，它通过生动的故事揭露宗教神学的虚伪和僧侣们的劣迹，抨击禁欲主义、封建特权以及男女不平等，贯穿人文主义的思想光辉。《十日谈》在第四天故事的开头，作者自述了这样一个小故事：父亲看破红尘，把全部财产捐给教会，带上小儿子上山修行。光阴荏苒，转眼儿子已有十八岁，父亲认为儿子已经长大，并且习惯于侍奉天主，不至于受到世俗事物的诱惑，便带上儿子下山去佛罗伦萨。儿子见到宫殿、房屋、教堂和许多见所未见的东西，觉得新鲜，问这问那，父亲一一作答。这时，迎面走来一群年轻美丽、打扮入时的姑娘，儿子问父亲那是什么？父亲说："孩子，赶快低下头别看，那是坏东西。"儿子又问："叫什么名字呢？"父亲回答："那叫母鹅。"（也翻译成"绿鹅"）说也奇怪，儿子从未见过女人，也从未见过宫殿、邸宅、金钱等，他对别的都不感兴趣，一见女人却说："父亲，我求你给我弄一个母鹅，我要喂它。"父亲说："不行，你根本喂不了。"父亲后悔不该把儿子带到佛罗伦萨来。无独有偶，中国清代袁枚在笔记小说《子不语》中有《沙弥思老虎》的故事，与《十日谈》中"母鹅"的故事惊人的相似：五台山上一禅师收一徒弟沙弥修行十年，从不下山。十年后，禅师同弟子下山，弟子沙弥看见牛、马、鸡、犬皆不认识，禅师一一告之。这时，一年少女子走过，沙弥惊问："这又是何物？"禅师正色告之曰："此名老虎，人近之者，必遭咬死，尸骨无存。"晚间上山，师问："汝今日在山下所见之物，可有心上思想他的否？"弟子答曰："一切物我都不想，只想那吃人的老虎，心上总觉舍他不得。"由此故事，后来还演变成一首通俗歌曲。中、西两则故事，同曲同工。当然，又有学者进一步分析："两则故事又有很大的不同，以'老虎'喻女人，是色能食人的传统偏见，佛教味浓。以'绿鹅'喻女人，是赞美，是人文主义。"① 到《巨人传》《堂吉诃德》《格列佛游记》《汤姆·琼斯》《匹克威克外传》等，都是围绕人物展开描写，通过人物的行为、人物的表现、人物的性格、人物的游历反映广阔的社会现实，无不揭露资本主义法律、制度的种种虚伪和腐朽，暴露上层社会和上流人物的丑恶生活和丑恶灵魂。和中国现代写实——揭露稍有不同的是，西方的这些讽刺幽默小说所体现的是主观现实主义、感受型现实主义，作者的主观情感和态度在作品中时有闪露，而中国现代讽刺幽默小说，除老舍、钱锺书外，大都属于客观的、朴素的、本色的现实主义。到了十九世纪，在俄国的果戈理、契诃夫的笔下，写实——揭露性的讽刺得到了充分的彰显，其写法更符合中国人的口味。鲁迅多次赞扬果戈理的讽刺的本领，"单说那独特之处，尤其是在用平常事，平常话，深刻的显出当时地主的无聊生活"。鲁迅列举《死魂灵》第四章罗士特来夫在酒店里遇到乞乞科夫，夸示自己的小狗好，勒令乞乞科夫在摸过狗耳朵之后，还要摸鼻子。鲁迅说："这些极平常的，或者简直近于没有事情的悲剧，正如无声的言语一样，非由诗人画出它的形象来，是很不容易觉察的。"② 然而，这只是果戈理客观写实、体现平常性的一面，果戈理还有夸张怪诞、感情外露、好发议论，体现超常性的一面。对此鲁迅是不喜欢的，而更喜欢契诃夫的质朴含蓄，喜欢契诃夫对平凡的日常生活的本色描写。

纵观上述这种写实——揭露性的审美表达，大体有两种方法，一种或直接或含蓄地暴露人物的丑恶的嘴脸或小人物的悲剧；一种是鲁迅所说的"并写两面，使之相形"，采用人事的对比或同一人物前后的对比，写出人物的言与行、表与里、外在和内在、表象和本质的矛盾、不协调，构成喜剧的效果。这两种写法，在中、西都有普遍的运用。

---

① 李万钧. 中、西文学类型比较史［M］. 福州：海峡文艺出版社，1995：74.
② 鲁迅. 几乎无事的悲剧［M］//鲁迅. 鲁迅全集：第6卷. 北京：人民文学出版社，2005：382-383.

二、漫画——夸张

漫画是以简练的手法描画事物的本质和特征,它常常以夸张、变形、象征、影射等手段表达作者对世事人情的看法,尤以讽刺与幽默见长。文学中的漫画笔法是指作家用语言,抓住人或事物某一外貌特征,运用夸张、变形等手段勾勒形象,改变人或物的正常的比例关系,有意识地让其放大或缩小,拉长或缩短,由此产生讽刺幽默性,具有喜剧效果。

夸张是为了达到某种表达效果的需要,对人或物的形象、特征、程度等方面进行有意夸大或缩小的修辞方式。文学中的夸张,自然是用语言来描述。夸张是讽刺幽默小说中最突出的描写手法,也最易收到引人发笑的效果。因此,喜剧作家往往喜欢用这种喜剧性的夸张。甚至夸张可以说是讽刺幽默的孪生姐妹,高尔基认为真正的艺术是离不开夸张的。鲁迅也指出过讽刺的作品要用精练的或者夸张的笔墨。

漫画离不开夸张。鲁迅说:"漫画要使人一目了然,所以那最普通的方法是'夸张',但又不是胡闹。"① 所以,漫画与夸张也就连在了一起。漫画的笔法和夸张的技巧常常勾勒丑恶的生活现象、社会现象和可笑的人物,达到讽刺、批判乃至否定的目的,中、西讽刺幽默小说都广泛应用这种手法。漫画主要用于描绘形象上,尤其是人物的外貌形象,强调和突出形象的视觉效果和喜剧性。《格列佛游记》就以漫画的夸张塑造了一些可恶的、怪诞的形象,像耶胡、长生不老的人,以及"单眼向上,脑袋扁平"的"飞岛人"。在果戈理的笔下,官僚、地主、贵族、高利贷者,一个个都是奇丑无比,滑稽可笑,可恶可憎的形象,作家常以漫画的笔法加以夸饰,赋予变形。他描画人物的鼻子或嘴唇尤其精彩,别林斯基称赞他"不是在写,而是在描画",是"语言的画家"。在中国,鲁迅、老舍、张天翼都是用漫画手法描写人物的高手。

"夸张可以分为三类:情节的夸张、人物的夸张和纯语言修辞的夸张。"② 这在中、西讽刺幽默小说中都能找到例证。《堂吉诃德》中那个疯疯癫癫的骑士堂吉诃德,一次次冲向羊群,戳破酒囊,大战风车等情节都是属于夸张的情节。《格列佛游记》中作者把两国血战、宗教纷争的起因夸张为吃鸡蛋是先打大头还

---

① 鲁迅. 漫谈"漫画"[M] //鲁迅. 鲁迅全集:第 6 卷. 北京:人民文学出版社,2005:241.

② 陈孝英,李四海. 喜剧艺术手法浅探 [J]. 文艺研究,1985 (5).

是先打小头而引起的，这也是典型的情节夸张。鲁迅的《阿Q正传》第九章"大团圆"，开始就写阿Q被抓的情节，那是在暗夜："一队兵，一对团丁，一对警察，五个侦探，悄悄地到了未庄，乘昏暗围住土谷祠，正对门架好机关枪"，"悬了二十千的赏"，最后才"里应外合，一拥而入，将阿Q抓了出来"。阿Q是一个一无所有的单身汉，抓他易如反掌，何用如此的兴师动众，大动干戈？鲁迅显然是夸张了。人物的夸张（包括人物的肖像和人物的行为）在中、西作品中被应用的最为广泛，也最具喜剧效果。堂吉诃德的行为、阿Q的行为都是用夸张的手法呈现的。《巨人传》中卡冈都亚和庞大固埃巨大无比，《格列佛游记》中小人国中的人只有六英寸高，而大人国的人却高过教堂塔尖，这是对人身材的极度夸张。在狄更斯、果戈理、老舍等作家的笔下，常常对人物的长相进行夸张的描写。《死魂灵》对五个地主的肖像描写历来令人叫绝，夸张的真实，比写实还要真实，做到了鲁迅所说的"因为真实，所以也有力"①。老舍早期小说对人物夸张性的描写一方面直接来自狄更斯，另一方面也来自他写小说是因为好玩儿的动机，所以，他常常"抓住一点，死不放手，夸大了还要夸大，而且津津自喜，以为自己的笔下跳脱畅肆"②。

《围城》写哲学家褚慎明一再表白"最恨女人，眼睛近视得厉害而从来不肯配眼镜，因为怕看清楚女人的脸"。后来，他终于配上了眼镜，不仅不恨女人了，而且"害馋痨地看着苏小姐，大眼珠仿佛谢林的'绝对观念'，像手枪里射出的子弹，险些突破眼眶，迸碎眼睛"。这里，作者将比喻、夸张结合并用，效果极佳，把褚慎明色狼的原形揭露得入木三分。"语言修辞的夸张常常是对事物的某一特征加以扩大或缩小，这种夸张本身往往就是一种修辞格。它既可以不借助于其他修辞手段，直接夸大或缩小事物来构成喜剧性的矛盾，也可以兼用比喻、比拟等其他修辞格来间接地实现喜剧性夸张。"③ 语言大师都有这种本领，钱锺书的《围城》《人·兽·鬼》都是极好的例证。《围城》写西餐馆，作者说："上来的汤是凉的，冰淇淋倒是热的；鱼像海军陆战队，已登陆了好几天；肉像潜水艇士兵，会长期伏在水里，除醋以外，面包、牛油、红酒无一不

---

① 鲁迅. 漫谈"漫画"［M］//鲁迅. 鲁迅全集：第6卷. 北京：人民文学出版社，2005：242.

② 老舍. 我怎样写《老张的哲学》［M］//老舍. 老舍文集：第15卷. 北京：人民文学出版社，1990：167.

③ 陈孝英，李四海. 喜剧艺术手法浅探［J］. 文艺研究，1985（5）.

酸。"① 这是典型的语言修辞的夸张，不仅写法别致，营造了喜剧效果，而且还衬托了方鸿渐和鲍小姐这两个吃饭的人倒尽胃口和话不投机，也预示着两人关系的终结。二十世纪苏联的讽刺文学、美国的"黑色幽默小说"都擅长用这种语言修辞的夸张，并和整体的荒诞风格协调一致，增强了作品的喜剧氛围和讽刺幽默效果。

漫画——夸张在中、西讽刺幽默小说中的应用虽有共通性的一面，但在夸张的程度、风格等方面也有差异性的一面，这种差异性，我们将在下一章集中讨论，这里暂不赘述。

三、反语——反讽

反语俗称"说反话"，即故意说与想要表达的本义相反的话，在日常生活中、在文学中皆常见。为何"说反话"？因为"说反话"比"说正话"更有力量，更有讽刺、批判性，更有杀伤力。鲁迅是使用反语的行家老手。"反讽"来自西方，"反"是"反向""颠倒"，可以引申为"佯装"。"讽"是"讥讽"。"反讽"可以理解为言在此而意在彼，或者是"佯装无知者"，尽说傻话，但最后证明这"傻话"是真理，从而使自诩为高明者相形见绌，完成了对其的讥讽、嘲笑。"反语"是直接的"说反话"，常常锋芒毕露，咄咄逼人。"反讽"有时也说"反话"，但又不仅仅是"反话"，也包括真实与表象相对立的情景，表达的是双重意义。"反讽"的叙述佯作无知，装疯卖傻，但往往另有用意，口是心非，有言外之意，弦外之音。所以，"反讽"比"反语"城府深，它总是含而不露，意味深长。D. C. 米克在《论反讽》一书中将反讽分为言语反讽和情境反讽两类。言语反讽也称修辞反讽，它在文学中是被应用得最普遍的，其言辞与意义以错位和悖反的形式表现出来，在喜剧效果的表达上发挥着重要的作用。作家通过夸大陈述和自相矛盾式的陈述，借助言语、修辞达到讽刺的目的。情境反讽也叫场景反讽、情景反讽、情节反讽等，是将反讽从言辞扩展到小说的情节、情境中去，体现一种整体化的反讽效果。如果说言语反讽主要依赖作家的富有调侃的、乖张的语言创造、修辞创造，那么，情境反讽则主要依赖情节、事件、场景的悖谬与荒诞，以不合逻辑、违反常规、反差巨大超出读者的期待视野。反讽背后的精神向度是荒诞，体现的是冷幽默和黑色幽默。当然，反讽

---

① 钱钟书. 围城［M］. 北京：人民文学出版社，1980：17.

还有人进一步分为性格反讽、结构反讽、态度反讽，不一而足。

反语——反讽是讽刺幽默小说不可或缺的表现手段。米克在《论反讽》中列举了欧洲四十多位反讽性作家的名单，意在说明反讽应用的普遍性。在讽刺幽默小说中，反语、反讽的应用更为突出些，这是由讽刺幽默的喜剧性的审美特征所决定的。《格列佛游记》作为一部以幻想的形式，虚构的情节来反映当时英国社会现实的作品，作者常用反语来表达对英国当时政治、法律、科学、战争、国王等的谴责。比如，作者分明是在小说中批判英国的殖民政策，却偏偏要声明"这和大不列颠民族无关。"小说中正话反说，反话正说俯拾即是，表面上看是肯定的，实际上却是否定的。比如，在第四卷中揭露英国的殖民政策、侵略政策时，作者却说是"智慧""正义""促进宗教和学术的发展"，是"施行仁政"，是"全世界的典范"等，这完全是"寓讽刺于美化"的反语手法。斯威夫特还善于用严肃的口吻描述无聊的事情，形成反差，收到的是反讽的效果。马克·吐温的《竞选州长》的结尾，对"我"的诬陷达到高潮是九个初学走路的小孩，穿着破烂的衣服，在别人的指使下，冲上讲台，抱着"我"的双腿，喊"爸爸"。"我"不得不"退出竞选"，"降旗""认输"，"呈上一份放弃竞选的声明书"："你忠实的朋友，从前是体面的人，可现在是：欺世盗名的伪证犯、蒙大那小偷、盗尸犯、酒鬼、卑鄙的贿赂犯和臭不可闻的讹诈犯马克·吐温。"这反语的收束，具有强烈的讽刺性。中国现代讽刺幽默作家中，鲁迅、老舍、钱锺书都是善用反语的高手。《老张的哲学》中本来对老张的长相的丑已作了淋漓尽致的夸张性的描写，但老舍接着还要用反语说"批评一个人的美丑，不能只看一部而忽略全体。我虽然说老张的鼻子象鸣蝉，嘴似烧饼，然而绝不敢说他不好看。"《灵感》通篇用嘲弄、反语、反讽、夸张、荒诞等多种手法完成对"有名望"的"作家"的刻画。《围城》中所写的祖传的老钟，本来已经非常不准了，但作者却说"走得非常准""每点钟只走慢七分"，这是典型的反语、反讽。

在西方，反讽的艺术表达在古希腊就有了，琉善的《真实的故事》通篇讲的没有一件是真实的故事，而完全是虚幻的寓言，然而，作者却以"真实的故事"命名，这本身就是反讽。一直到二十世纪赫胥黎的《美丽新世界》也是反讽，作为二十世纪最著名的"反乌托邦小说"之一，《美丽新世界》也用寓言的形式描画人类社会的未来图景：人类从遗传和基因上就已经被先天设计为各种等级的社会成员，人完全沦为驯服的机器，个性和自由遭到扼杀，文学艺术濒于毁灭。这本来是作者对人类未来悲观的寓言，却有意说成是"美丽新世界"。不仅在"反乌托邦小说"，而且在二十世纪的许多讽刺幽默小说中都喜欢用反讽的叙述，从捷克的哈谢克到英国的艾米斯、加拿大的里柯克，特别是苏联的暴露讽刺小说和美国的黑色幽默小说。反讽成为不可或缺的表现技法和重要的审美特征。特别是《第二十二条军规》，荒诞矛盾的情境反讽、荒唐人物的性格反讽、颠三倒四的言语反讽一应俱全，整个作品就是在头绪纷繁、杂乱无章、反反复复的表象下，尽显社会的本质，作者完全摒弃了传统现实主义的写法和写实的讽刺，在一个接一个的荒唐事中揭露美国社会对传统道德的背弃，展现社会处于一种有组织的混乱、有制度的荒谬、有逻辑的圈套，充分体现了后现代主义文学的风貌和特征。

中国现代讽刺幽默小说从总体上看，反语的运用多于反讽，但到了当代，反讽的叙述在王蒙、王朔以及新历史小说中大放异彩，大大超过了现代的零散，形成了一种创作气候，这与二十世纪西方现代主义文学对反讽的广泛应用以及从理论到实践在中国的广泛传播与接受有着直接的关系，也是人们思想观念渐渐从僵化、正统、崇高即所谓"高大上"向世俗滑落的一种反映。作家们越来越感到，反语、反讽的运用，不着痕迹，不显锋芒（和辛辣的正面讥讽和抨击相比），但又能收到"无一贬词而情伪毕露"的艺术效果，这也正是反讽艺术的美学价值所在。

四、荒诞——怪异

荒诞从词语上解释是"极不真实，极不近情理"。可谓极言虚妄，不足为信。从哲学上解释是指生命的无序、无意义以及矛盾的状态。从美学上解释是一种喜剧形态和文学艺术的表现技巧，这种喜剧形态和表现技巧既是对现实中人生的荒诞、荒谬的反映、反思和批判，也是创作者主观对世界、人生、生命认识的一种折射，带有强烈的主观色彩。西方有荒诞戏剧，如尤奈库斯的《秃头歌女》、贝克特的《等待戈多》等。西方也有荒诞小说，像加缪的《鼠疫》《局外人》，卡夫卡的《变形记》《城堡》等。荒诞的表现技巧通过廓大、夸张表现到极致、虚构到极点使其完全脱离现实就有一种怪异、诡异的特点或产生闹剧的效果。

中、西讽刺幽默小说都有荒诞、怪异的艺术表现，具体有以下几种形态：一是用写实的笔法写荒诞之事，即在整体的写实主义的笔法中，在写实性的呈现中包含着荒唐、荒诞的内容，这是对历史和现实生活中荒诞的人和事的发掘与发现，小说中呈现的是整体的写实和局部的荒诞。二是用荒诞的笔法写荒诞之事，即在整体的、主观的现实主义的笔法中，在主观、说明式的讲述中，在夸张、变形、滑稽的手法中体现出荒唐、荒诞的内容，小说呈现的是整体的写意和部分的荒诞。三是用幻想的形式写荒诞之事，即用虚幻的寓言式的情节展现一个荒诞的世界，小说中内容与形式的荒诞融为一体。四是用现代的笔法写荒诞之事，即用现代主义的创作方法，从人生的虚无和存在的荒谬角度展现一个病态的、矛盾的、无序的、充满困境的世界，小说呈现的是整体的荒诞、荒谬感，构成一个怪异的艺术世界。荒诞从表面看是不可思议的，是真善美与假丑恶的颠倒，是欢乐与痛苦的倒置，是艺术与现实的错位。但从深层看又是顺理成章的，它正是颠倒显真，寓真于幻，在怪异中显示真实，在虚妄中隐喻现实，是"怪"与"常"的统一，是"假"与"真"的结合，从而创造了亦真亦幻的别样的艺术景观。

在中、西讽刺幽默小说中，这种荒诞、怪异与讽刺幽默融合在了一起，增强了讽刺幽默的奇异色彩和喜剧效果。其中，前两种表现形态在中国现代讽刺幽默小说中表现突出，后两种形态在西方讽刺幽默小说中呈现明显。《阿Q正传》就是一篇带有荒诞色彩的小说，我们从阿Q的言语、行为不难看出他的荒诞之处，由此构成的阿Q性格就是具有荒诞色彩的性格，这是病态社会、愚弱民族与国民孕育出来的一个病态的、畸形的、荒唐的人物。《故事新编》中的荒诞、怪异随处可见，许多篇章都可以发现荒诞对庄严的消解。"《补天》开篇那'造人、补天'的宏大与瑰丽是那样令人神往；以后女娲的无聊感，特别是胯间'古衣冠的小丈夫'的出现，就逐渐显现出荒诞的色调；到小说结尾，后人打着'女娲的嫡派'的旗帜，在死尸的肚皮上扎寨，就达到了荒诞的极致。"① 《铸剑》写的复仇故事可谓悲壮至极，惊世至极，最后，复仇者眉间尺、晏之敖和暴君楚王三个人的头颅在汤锅里煮，而且"三头相搏"，难分彼此，武士们赶紧用铁丝勺、漏勺打捞楚王的头颅，捞上来的却是骨头、白头发、黑头发、白胡须、黑胡须。这样的情节更是荒诞之极，奇绝之极，使作品具有了浓重的奇异、荒诞的风格，意味深长。徐訏的《镜子的疯——成人的童话》写到小姐洗澡时，镜子里照出的是裸体的男子；老爷洗澡时镜子里照出的是裸体少女，这在现实

---

① 钱理群，温儒敏，吴福辉. 中国现代文学三十年：修订本［M］. 北京：北京大学出版社，2016：334.

生活中是不可能发生的事，但经作者这么特别一提，就有了荒诞性，同时隐喻着讽刺性。钱锺书的短篇《灵感》是一篇荒诞性的小说，作品的情节是荒诞的，作者也主要用荒诞的手法来叙述故事，刻画人物。"作家"和他的书过重，压塌了地板，于是掉进了阴曹地府，这已属荒诞了，然而，更为荒诞的是掉进地府以后的一系列情节，"作家"在书中写过的人物也一个个争着向地府司长告"作家"的状，纷纷要求"作家"偿命。这种荒诞的写法不仅收到了强烈的讽刺效果，而且在荒诞的表征的背后，蕴含着对真实现实的揭露。我们看到，《灵感》广泛地涉及时弊，针砭现实，对于政治家、资本家、大学教授、诺贝尔奖裁判者等无不给予信手拈来的嘲讽，这就使该作品具有了真实的人生内容。

荒诞在寓言体讽刺幽默小说中更是大放异彩。如前所述，寓言体的讽刺幽默小说在中国古代是比较发达的，特别在明清两代，几乎每部作品都有荒诞性乃至怪异性。到了现代，寓言体的讽刺幽默小说反倒少有了，仅有老舍的《猫城记》、张天翼的《鬼土日记》、张恨水的《八十一梦》等少数几部，前两部是虚幻旅行，写猫城和鬼土社会的种种滑稽、矛盾、畸形、怪诞、不合理，荒诞是其主要的艺术特征，以整体的荒诞和细节的真实造成虚实相生的喜剧效果。后一部写梦幻，张恨水将现实生活中的荒诞、荒谬、不合理、可笑通过梦幻一一呈现出来，"梦"的内容又十分广泛，时而现实，时而天堂；时而在狗头国，时而在钟馗帐下，笔酣墨畅，恣意挥洒，充满诡谲与玄幻，用荒唐的梦来影射、批判现实，在荒诞不经中鞭笞、烛照抗战时期大后方种种污秽的现实和怪现状。

西方的寓言体讽刺幽默小说远比中国现代发达，其荒诞、怪异的手法远比中国现代应用的普遍，中国现代讽刺幽默小说中的荒诞、怪异与西方相较可谓小巫见大巫。古希腊琉善的《真实的故事》是西方较早的寓言体讽刺幽默小说，是虚幻旅行型小说的先驱性的作品，故事离奇荒诞，讲述的是"我""在到达别个的世界之前所遇到的"海、陆、空的旅行和奇遇，其离奇之事见所未见闻所未闻。人骑在大鹫上，将鸟当做马用，弓箭手骑在蚊子上，生育不是女人，而是男子，怀孕不是在腹内，而是在腿肚子里，将人的睾丸摘下来，种在地上，就能长出一棵很大的树，空气是人的饮料，鲸腹大战……末了又遇到牛头人和驴腿的女人。在这些离奇荒唐的故事里隐含着讽刺，包括对苏格拉底、对荷马史诗里女主人海伦的揶揄，对当时流行文化、哲学理念的嘲讽。之后的寓言体有十七世纪班扬的《天路历程》、十八世纪斯威夫特的《格列佛游记》、十九世纪卡罗尔的《阿丽思漫游奇境记》（童话）、二十世纪的多部"反乌托邦小说"

等，都不同程度地以荒诞、怪异的特征呈献给读者。其中，《格列佛游记》最为突出，书中漫画夸张、荒诞怪异比比皆是。绳上跳舞、头发里捉迷藏、手掌上跳舞、马从事家务劳动、小便能浇灭皇宫火灾；小人国人民身高不到六英寸，牛马都是四五英寸，绵羊一英寸半，鹅只有麻雀那么大；大人国，人身高二十米，农妇的一块手帕相当于格列佛的被单。小说在荒诞的情节和人事中反映英国当时的社会矛盾，揭露统治阶级的腐败和罪恶，讽刺了当时英国的社会政治生活和种种恶劣的世风，曲折地表达作者的政治理想和道德理想。

在西方，在写实类讽刺幽默小说中，其荒诞的色彩也比中国现代的同类作品鲜明、突出，几乎在所有的作品中都能找到荒诞的内容，或者是荒诞的故事（情节）、荒诞的人物，或者是荒诞的细节、荒诞的笔法，应有尽有。《十日谈》中有不少荒诞故事，可笑之极，令人忍俊不禁。《巨人传》《堂吉诃德》都在荒诞不经的故事情节中展现荒诞的人物和荒诞的表现。在谢德林的《一个城市的历史》里，市长的头部装满肉馅，以致后来被人吃掉。在这荒诞和怪异中包含着最辛辣的讽刺。到了二十世纪，在西方的现实主义和现代主义的讽刺幽默小说中，其荒诞的特征更是整体性的，从哲学品格到美学风格到艺术手段，"荒诞"都是一个十分重要的关键词。在存在主义思潮的影响和孕育下，西方还诞生了一种新的作品类别——荒诞文学，卡夫卡是这一文学类别的始作俑者。在二十世纪西方的讽刺幽默小说中，不管是写实的还是奇幻的，都不难找到荒诞的内容，特别是在"黑色幽默小说"中，多以整体的荒诞和细节的真实，让人感到荒诞的事情比真实的事情更可信，玩笑的事情比正经的事情更好看，更深刻，这也正是荒诞的价值所在。总之，讽刺幽默与荒诞——怪异的结合，更加深刻地表现了社会、人生、生命的荒谬、病态、畸形和无序，从而创造出一种既超现实、又不离现实的生活世界和艺术世界，达到了虚幻与真实的统一。《好兵帅克》写主人公坐了轮椅带了拐杖去参军，这本来就是荒唐的，怎么能打仗？但报纸还宣传，贵夫人还来慰问，这就更荒诞了。而更荒诞的是，这样的人最终还被判为逃兵，成为罪犯，被送进了牢房。在这一连串的荒诞、不真实的背后，你能说作者所影射的奥匈帝国兵役制度的荒唐是不真实的吗？荒诞的价值由此可见一斑。

五、笑的艺术

讽刺幽默作为喜剧范畴和艺术表现技巧都离不开笑，都体现笑的艺术。普希金在评论果戈理的小说时就使用了"含泪的笑",这大概是最早从笑的艺术方面评价果戈理的小说。鲁迅在杂文《几乎无事的悲剧》中援引了果戈理的"含泪的笑",鲁迅说,"听说果戈理的那些所谓'含泪的笑',在他本土,现在是已经无用了,来替代它的有了健康的笑。但在别的地方,也依然有用,因为其中还藏着许多活人的影子。况且健康的笑,在被笑的一方面是悲哀的,所以果戈理的'含泪的笑',倘传到了和作者地位不同的读者的脸上,也就成了健康:这是《死魂灵》的伟大处,也正是作者的悲哀处"①。鲁迅最欣赏果戈理的讽刺艺术,多次在文中予以赞赏,认为"他的讽刺是千锤百炼的"②。所以,鲁迅认为,果戈理的"含泪的笑"并没有过时,《死魂灵》是伟大的作品。果戈理认为:"笑"这个东西要比人们想象的深刻得多,重要的多。俄罗斯有谚语:"笑是力量的亲兄弟。"别林斯基认为,"创作使人发笑的艺术比使人感动的艺术更困难。"③ 杰出的喜剧家都懂得笑的艺术、笑的力量、笑的喜剧效果,他们绝不是为笑而笑,绝不是简单的逗乐,而是在笑声的背后包含某种深沉的东西,甚至是深邃的东西。

中、西杰出的讽刺幽默小说都体现出笑的艺术。不同的作家、不同风格的作品,其笑的风格也是不同的,以西方为例,拉伯雷是大声的哄笑,果戈理是含泪的苦笑,契诃夫是含泪的微笑,谢德林是仇恨的讥笑,马克·吐温是激愤的嘲笑。到了二十世纪的"黑色幽默小说"则把痛苦与不幸、丑恶与荒谬当成了玩笑的对象,在黑色幽默作家眼里,世界是一个荒唐的大玩笑,他们是"含着眼泪讲笑话",发出的是绝望中的笑。中国现代讽刺幽默作家,鲁迅、老舍是含泪的笑,左翼青年作家和京派作家是阴郁的笑,师陀、钱锺书是嘲弄的笑。从风格来说,鲁迅、张天翼是尖刻的笑,老舍、沈从文是温婉的笑,钱锺书则是银笑,是智慧的笑。考察中、西讽刺幽默小说家的创作道路,我们会发现在笑的问题上有一个共同的现象:大都与泪相交融,与悲相结合,因而,含泪的笑、忧郁的笑、悲悯的笑是其共同的色调。如果有一个发展历程的话,往往是从轻松的欢笑走向阴郁的苦笑,从喜感走向悲感。这也许是由于笑的艺术是喜剧的形式,悲剧的内涵、喜剧往深处挖就是悲剧这一共同的创作规律、艺术规

---

① 鲁迅. 几乎无事的悲剧 [M] //鲁迅. 鲁迅全集: 第 6 卷. 北京: 人民文学出版社, 2005: 383-384.

② 鲁迅. 1935 年 5 月 17 日致胡风 [M] //鲁迅. 鲁迅全集: 第 13 卷. 北京: 人民文学出版社, 2005: 458.

③ 华岗. 美学论要 [M]. 北京: 人民出版社, 1981: 225.

律所决定的，也与特定的时代、民族、国家的现实有关，与具体的创作情境有关。所以，含泪的笑就具有普遍性和概括性，笑中含泪，笑的背后是哭，是悲剧。"西班牙人说，塞万提斯的作品要读上三遍才能品出味道：一遍读过令人笑，二遍读过令人想，三遍读过令人哭。"① 这种阅读感受就说明了塞万提斯的作品是寓悲于喜，笑后是泪的特征。萨克雷的《名利场》对英国贵族资产阶级上层在名利场上的追名逐利、尔虞我诈的揭露、讽刺不可谓不辛辣，萨克雷总是让一个故事讲述者以讥讽嘲笑的口吻叙述作品中的事件。但"《名利场》是一部令人心灰意冷的书，这种情绪充满原书，如作者在小说结尾所感叹的：唉，浮名浮利，一切虚空！我们这些人里面谁是真正快活的？谁是称心如意的？就算当时遂了心愿，过后还不是照样不满意？"② 这里所写的浮名浮利与《儒林外史》所写的对功名利禄舍得性命去追求，及至到手味同嚼蜡有异曲同工之处，其中隐含的讽刺与感伤而又无可奈何深于一切语言，一切啼笑。狄更斯出身卑微，家庭经济拮据，入不敷出，从小就做童工，没有享受到应有的幸福和快乐，所以，在他的讽刺幽默的背后，自然就充满感伤，带着悲苦，读他的小说，特别是他早期的幽默作品，幽默和感伤相随相伴，使人发笑，在笑声中也含着眼泪，这种含泪的笑直接影响到老舍。狄更斯和老舍在讽刺幽默的创作道路上，从早期到后期，走着相近似的历程：由喜及悲，由幽默到讽刺。果戈理更典型，他早期的讽刺幽默作品轻松愉快，风趣幽默，诙谐逗乐。《狄康卡近乡夜话》就是典型的例证，它的笑声是健康、爽朗的欢笑。普希金称赞地说："我刚才读了《狄康卡近乡夜话》。它使我惊讶。这才是真正的欢乐，真挚的、不受拘束的、没有矫饰、没有矜持的欢乐。……有人告诉我，当出版人走进承印《夜话》的印刷厂的时候，排字工人们窃笑着，喷笑着，用手捂着嘴。工头解释着欢乐的原因，向他承认，排字工人排着他的书，简直要笑死了。"③ 随着阅历的加深以及个人生活的变故，果戈理对现实人生的认识也加深了，看清了贵族、地主的丑恶面目、愚蠢可笑和空虚无聊，不再引起他轻松和愉快的情绪，而是痛苦和忧伤，于是她"欢笑的琴弦绷断了，人类的深重苦难却牵动了他的心，由衷地

---

① ［法］让·诺安. 笑的历史［M］. 果永毅，钟燕萍，译. 北京：人民日报出版社，2009：230.

② ［英］阿瑟·波拉德. 论讽刺［M］. 谢谦，译. 北京：昆仑出版社，1992：42.

③ 刘翘. 欢笑·苦笑·嘲笑：论果戈理作品"笑"的艺术［J］. 吉林大学学报，1984（6）.

发出了哀愁悲伤的声音。早年的欢乐被忧伤代替，爽朗的欢笑让位给含泪的苦笑"①。《旧式地主》《两个伊凡吵架》《马车》等作品就是这种转型的标志性的作品，正如别林斯基所评价的那样，作品往往都是以愚蠢开始，以眼泪收场，开始可笑，后来悲伤。尤其在《狂人日记》《外套》等描写"小人物"生活的作品，这种含泪的笑愈加明显。到了《钦差大臣》和《死魂灵》，作者通过喜剧和小说把俄罗斯国家机器上的各个部件都展示给人们，描写了形形色色的人物，展现了全体俄罗斯，对俄罗斯沉闷黯淡的现实深表悲哀。关于《死魂灵》给普希金的印象，果戈理说过下面的话："当我开始向普希金读《死魂灵》初稿的头几章的时候，听着我的朗读而经常发笑的普希金（他是很喜欢笑的）开始越来越忧郁，以后竟变得十分忧郁了。当朗读结束时，他用悲哀的声音说：'天老爷，我们的俄罗斯是多么悲惨'。"② 在含泪的笑的同时，又多了对假丑恶的嘲笑，使讽刺更加辛辣。契诃夫的写作生涯是从幽默开始的，在刚刚考进大学，为了维持生活，他开始给几家幽默杂志撰稿，刊物要求他，稿子一要简短，二要幽默，每篇都得让读者笑。年轻的契诃夫只能迎合，发表些幽默、搞笑的小品。但契诃夫很快从为幽默而幽默，为搞笑而写作中摆脱出来，他目光敏锐，善于冷眼观察世界，看出种种病象，特别善于从日常生活中发现喜剧的节骨眼，底层人的悲惨生活，小人物的战战兢兢，官场的丑态，见风使舵的人，卑躬屈节的丑态，专制卫道者的嘴脸等等都成了他讽刺幽默小说的极好的题材和主题，其笑声也包含着忧郁的情绪和辛酸的眼泪。难怪高尔基说："我在他每一个幽默短篇小说中都听见一颗纯真的心所发出的平静而又深沉的叹息，这是一个对那些不善于尊重自己人格的人们寄与满怀同情的人所表露的失望和叹息。"③ 中后期，契诃夫这种"含泪的笑"的讽刺幽默小说少见了，作品多是严正而又哀伤，善于尖锐地提出社会问题，加强了社会批判的力度，但笑声也少有了。到了晚年，他的绝笔之作，剧本《樱桃园》则是一部卓越的悲喜剧。至于黑色幽默小说中的笑更是离不开"泪"，几乎所有的作品都是在"含着眼泪讲玩笑"，讲荒诞、悖谬的故事，其底色是彻底的悲观和绝望，是把痛苦、不幸当玩笑，是用

①　刘翘. 欢笑·苦笑·嘲笑：论果戈理作品"笑"的艺术［J］. 吉林大学学报，1984（6）.

②　［苏］赫拉普钦科. 果戈理的"死魂灵"［M］. 付大工，译. 北京：新文艺出版社，1957：27.

③　汝龙. 契诃夫小选：上［M］. 北京：人民文学出版社，1992：译本序.

喜剧的形式表现悲剧的内涵，其笑的背后一定是泪，这种含泪的笑，体现为绞刑架下的笑，无可奈何的笑。

中国现代讽刺幽默小说家中鲁迅的讽刺幽默小说从一开始就体现为"含泪的笑"，体现为悲喜剧的交融，具有一般作家少有的深邃。老舍、张天翼早期都从写滑稽小说开始，充满欢蹦乱跳的喜趣和欢笑，这一点与狄更斯、果戈理、契诃夫、马克·吐温有相似之处，尤其与契诃夫和马克·吐温更为相像。但老舍、张天翼早期的作品都受到了文坛的批评，于是，他们的创作都从玩笑走向了严正，其笑声也从欢笑走向了阴郁的笑和含泪的笑，让人感到脸上笑，心上痛，幽默的色彩也有所减退。中后期的老舍和张天翼，讽刺、幽默、喜剧的天性都受到了一些限制，没有充分地发挥出来，其作品的喜感和笑声也变得少有，喜剧的品格还不能算完备。这是时代使然，也是中国人的性格和文学观使然。即使是笑声清扬的钱锺书，他的《围城》也从前半部分的喜走向后半部分的悲，体现出忧世伤生，读者读来，开始是笑，后来是哭，具有现代悲剧感，"整部小说的阅读感受就好像一次长途旅行，先是有说有笑、流连窗外景色，继而开始沉默沉闷，最后列车被黑暗的隧道吞没，永远也驶不出来……"①

中外讽刺幽默小说为什么都体现出"含泪的笑"？这也许印证了欧·亨利的一句名言："人生是一个含泪的微笑。"没有眼泪就没有生活，没有笑就没有艺术，人生和艺术都是悲喜剧的交融。

---

① 舒建华. 论钱钟书的创作 ［J］. 文学评论，1997（6）.

第九章　中、西讽刺幽默小说的差异性特征

　　比较文学学科理论告诉我们："比较文学研究对象的最根本特性在于，世界文学中的文本结构、作家思想、人物与意象、叙事方式与语言等构成因素之间存在着同一性与差异性，同一性与差异性是比较的核心目标，通过异同之比，才可能了解世界文学，从复杂纷繁的文学现象中找到基本规律。"① 简言之，"比较文学是对不同文化体系的世界文学中的同一性与差异性的研究"②。上一章，我们研究了中、西讽刺幽默小说同一性特征，这一章，我们将研究中、西讽刺幽默小说的差异性特征，进而完成双向阐发，发现民族差异，实现对不同民族国家文学的互识、互证和互补。我们发现，西方古今的讽刺幽默小说和中国现代讽刺幽默小说相比，在取材、人物塑造、创作方法、讽刺幽默的构成方式等方面都存在着差异性。这里，拟从平常与超常、写实与虚构、拘谨与放达、严肃与玩笑等展开对比分析，进而从民族国家、历史文化、民族性格、思维方式、心理心态阐发差异性的原因。

第一节　平常与超常

　　西方讽刺幽默小说从一开始就以超常性取胜，而中国现代讽刺幽默小说则以平常性见长，前者是飞扬的，后者是沉稳的。翻阅西方讽刺幽默小说，我们不难看到那离奇古怪的故事，荒诞不经的情节，荒唐可笑的人物，滑稽怪诞的场面。在取材上大都是少见的，题材新颖，故事新奇，人物多是聪明与憨傻的

---

　　① 方汉文. 比较文学学科理论 ［M］. 北京：北京师范大学出版社，2011：111.
　　② 方汉文. 比较文学学科理论 ［M］. 北京：北京师范大学出版社，2011：487.

奇妙结合体。琉善是罗马帝国时代最著名的希腊语讽刺作家，也是最著名的无神论者。他的代表作品《诸神对话》，以希腊神话中诸神为角色，用对话的形式，剥掉了神的尊严，将古代希腊诸神嘲笑得体无完肤。另一作品《真实的故事》以超常的思维、荒诞的情节嘲讽当时的社会和历史。作品中人物的一连串经历都是闻所未闻、令人难以置信的，如人被吹到月亮上；在月亮上，男人从腿肚子生出孩子；人在大鲸鱼的肚子里生活了近两年；男人长着牛头，女人长着驴腿……这一连串的离奇古怪的故事，荒诞不经的情节，使作品奇绝、诡异、异乎寻常，其超常性给西方讽刺幽默文学以深远影响，从拉伯雷、塞万提斯、伏尔泰到斯威夫特、菲尔丁等人的作品中都能或多或少地看到琉善作品的影子，也可以说奠定了西方讽刺幽默小说超常性的表达的基础。在琉善之后，西方讽刺幽默小说的超常性特征可谓源远流长，从十四世纪的《十日谈》到十六世纪的《巨人传》，从十七世纪的《堂吉诃德》《天路历程》到十八世纪的《格列佛游记》，从十九世纪的狄更斯、马克·吐温的众多作品到二十世纪的《好兵帅克》《美丽新世界》《动物庄园》《第二十二条军规》等，这些经典的讽刺幽默作家和作品不管是写实的还是寓言的，哪一个不以离奇古怪的故事，荒诞不经的情节，以及超常的想象、荒唐的人物、滑稽的场面而体现超常性、反常性、怪想性的特征？作品充满着奇思怪想和违反常规，令人耳目一新。

《十日谈》讲述了一百个故事，或者说一百篇寓言，一百件轶闻，一百段野史，一百个传奇。故事的来源十分广泛，有历史事件，有中世纪传说，有东方民间故事等，作者善于将传奇轶闻与街谈巷议兼收并蓄，将写实与传奇融于一炉，其故事充满奇思异想，超乎寻常，出奇制胜，令人惊异与赞叹。这不是平常的、普通的故事，而是超常的、奇特的故事，从最曲折离奇的悲欢离合故事（如第二天故事七：巴比伦苏丹遣送女儿与加博国王成婚，途中船只失事，一波三折，四年之间落到九个男人手里，辗转各地，最后回到本国。父亲以为她还是处女，按原议将她嫁给加博国王为妻）到最调侃戏谑的讽刺故事（如第九天故事二：女修道院院长接到密告，匆匆起身去捉修女的奸，而女院长本人此时正和神父在床上，黑灯瞎火把神父的短裤当成头巾。被告发的修女指出院长头上有异，院长不再追究，让她恣意作乐）一应俱全。整部作品讽刺、幽默、机智、漫画、嘲弄、戏谑、滑稽、荒诞应有尽有，具有狂欢化的喜剧特色，给读者带来无尽的欢愉和快感。《巨人传》更是一部超常性的作品，它是在粗俗、超常、令人匪夷所思的极度夸张和疯话中包含着深刻的讽刺和批判性。高康大的一泡尿竟能淹死那么多教徒，他把巴黎圣母院上的大钟摘下来当马铃铛，作者所塑造的身体超大、智慧超常而又粗俗狂放的巨人形象是前无古人，后无来者的，是读者见所未见，闻所未闻的奇异的人物。

马克·吐温是美国十九世纪的讽刺幽默大师。阅读他的小说，你会感受到其情节的离奇，也是以超常性取胜。我们把马克·吐温的短篇和世界三大短篇小说巨匠稍加比较就会看出各自的特色和独异之处。契诃夫的短篇小说的情节以"实"见长，像生活本来面貌那样质朴、真实；莫泊桑的短篇小说的情节以"巧"取胜，往往出现意想不到的巧合；欧·亨利的短篇小说的情节以"变"彰显特色，其构思精巧，情节发展和人物心理情境会发生出人意料的变化，出现意想不到的结局，这种结尾艺术被称为"欧·亨利式结尾"。那么，马克·吐温的短篇小说的情节则以"奇"高标于世，这种"奇"是超乎常理之外的"奇"，是脱出生活常轨的"奇"。他善于调动各种修辞手段营造强烈的讽刺效果。譬如讽刺短篇《我的表》，写他拥有一块本来走得很准的表，因偶尔停一下，被钟表匠越修越坏，一会儿快得出奇，一会儿慢得焦人。快的时候，跑到日历的前面十三天，把房租和到期的账单以及债务都提前了。慢的时候，"简直慢得不成话，它的摆就像报丧的钟那样慢吞吞地响。我开始误车，所有的约会都迟到，饭也吃不着了；我的表把三天的期限拖成了四天，以至我拿着支票兑不到款；我渐渐地退到昨天，又退回到前天，然后又退回到上星期。不久我就恍然大悟，发现自己孤零零地，独自一人在上个星期里徘徊了，整个世界已经无影无踪。我似乎是察觉到自己对博物馆里的木乃伊暗自有了一种同病相怜之感，并有了和他交换消息的愿望。"这样的描写，这样的夸张，这样的超常性想象在中国现代讽刺幽默小说中是没有的。另一短篇《坏孩子的故事》写了"从前有一个叫吉姆的坏孩子"。"有一次，这个小坏家伙偷了厨房的钥匙，悄悄地溜了进去，把果酱吃了个精光，然后在果酱瓶里装满焦油沥青，不让母亲察觉有什么异样。"小说结尾写道："吉姆长大成人后结了婚，后来又养了众多儿女。一天晚上，他突然抓起板斧砸碎了妻子、儿女的脑袋。他积聚了大量钱财，全靠各种欺诈和流氓手段；眼下，他在村里已是劣迹昭彰、凶残暴戾的恶棍，但却还倍受尊重，被选入了立法机构。……无恶不作的吉姆那样如此吉星高照哩。"这是对吉姆的绝妙的讽刺，吉姆的表现出乎意外，也违反常规，令人瞠目结舌。

在西方的讽刺幽默小说中，作家塑造了众多的荒唐可笑的人物，作品不乏滑稽怪诞的场面。以堂吉诃德、匹克威克、好兵帅克等为代表的典型形象，往往都是聪明和憨傻的奇妙结合，在荒唐滑稽的表现中显出聪明和睿智，人物是矛盾复杂的统一体。塞万提斯塑造的堂吉诃德就是一个疯疯癫癫、荒唐可笑的人物，在这一点上，中国现代只有鲁迅塑造的阿 Q 才能与之媲美。但阿 Q 只有堂吉诃德的荒唐、可笑，却没有堂吉诃德的聪明和正义，塞万提斯一方面把堂吉诃德写成一个疯子，另一方面也是一个英雄，透过令人发笑的一件件荒唐事，可以看到他扫除暴行，伸张正义，纠正过失，见义勇为的英雄气概。"他常常口若悬河，侃侃而谈，义正词严，听他说话的人谁也没有把他看成疯子。"① 他的关于枪杆子、笔杆子的议论何其精辟，正如小说所写，"听他说话的人见他谈起上面的种种问题时思路清晰，颇有见地，可是一讲到那倒霉的骑士道，头脑就糊涂了，不由得又对他感到惋惜。""尽管他还是个疯子，却从另一个高度显示了他的智慧。"② 在世界文学史上，堂吉诃德是一个真正的、伟大的讽刺典型，在他身上，融合了太多的矛盾和悖论。中国现代的多数作家都是从暴露黑暗，谴责邪恶的目的操起讽刺的武器的，所以，很少能从生活中发现堂吉诃德式的人物，这是不足为怪的。

西方的超常性小说不胜枚举，除了我们耳熟能详的经典之作外，尚有大量的奇思怪想的小说，包括二十世纪以后的当代小说。匈牙利作家久·莫尔多瓦写的《会说话的猪》、德国作家德·布隆写的《男女变异》、美国作家艾萨克·辛格写的《清扫烟囱的人》、土耳其作家阿·涅辛写的《我是怎样自杀的》等无不是用超常性的故事进行讽刺的杰作，令中国读者耳目一新。《清扫烟囱的人》写了一个清扫烟囱的清洁工人，把脑袋碰伤后，反而具备了特异功能，能洞察和预知别人的一切秘密，于是闹出了一连串笑话。第二次扫烟囱时又碰了一次脑袋，结果，特异功能却失掉了。小说篇幅虽短，但在离奇的幽默故事中包含着深长的意味，耐人寻味。《我是怎样自杀的》篇幅更短，全篇只有两千多字，描述"我"的几次自杀经历，都因所用工具质量太差而未遂：服毒药没有药性；开枪打脑门儿枪失灵；开煤气放出的却是空气；上吊用的是烂绳子。最后，"我"对自杀绝望了，想活下去，结果却因食物中毒差点丧命。小说结尾，"我"感到无可奈何，哀叹道："唉，叫我怎么办呢？不让我们好好地活，又不让我们好好地死，那就只好这样一天天地混下去了。"作品在离奇可笑中包含着

---

① ［西］塞万提斯. 堂吉诃德：上［M］. 屠孟超，译. 南京：译林出版社，1995：349.
② ［西］塞万提斯. 堂吉诃德：上［M］. 屠孟超，译. 南京：译林出版社，1995：353.

现实生活内容，同样是意味深长的。

当然，西方的讽刺幽默小说的超常性特征也有例外，那就是以果戈理、契诃夫为代表的讽刺幽默，更以平常性见长，这一点，深得以鲁迅为代表的中国现代作家的青睐，也可以印证中国现代讽刺幽默小说的平常性特征。

相比之下，中国现代讽刺幽默小说多以平常性见长。这首先在文学观念上看出。什么样的对象适合作讽刺？奇闻？轶事？隐私？黑幕？怪现状？在鲁迅看来都不是，而是公然的、常见的、平时谁都不注意、谁都不以为奇的。鲁迅盛赞果戈理、契诃夫的讽刺的本领都在这一点上。鲁迅自己的创作也和契诃夫一样，多取材普通人的日常生活，《孔乙己》《阿Q正传》《幸福的家庭》《弟兄》《肥皂》哪个不是选取普通群众的日常生活，在公然的、常见的人事中发现喜剧的节骨眼，经鲁迅特别一提就具有了讽刺幽默性。中国现代多数讽刺幽默作家都认同鲁迅的这种文学观念。

其次，在取材上、在讽刺形象的塑造上，中国现代讽刺幽默小说和鲁迅一样，大都具有"常见性"，就像果戈理、契诃夫的作品那样，多关注现实，写现实生活中的普通人、寻常事，具有感时忧国、针砭时弊的传统，少单纯娱乐、滑稽逗笑的作品，所以，常常是讽刺压倒了幽默。二十世纪二十年代，除鲁迅外，人生派和乡土写实派的部分讽刺小说以沉稳的品格，诙谐的笔调写各自乡间的悲喜剧，人物是普通的乡民、市民和小知识分子的灰色人生。二十世纪二十年代后期及二十世纪三十年代，老舍和京派作家以及张天翼、沙汀、周文、蒋牧良等左联青年作家纷纷登场。老舍的讽刺幽默小说多取材于普通的市民生活，塑造的是市民和学生的讽刺形象，以文化讽刺著称。京派作家多取材于都市，塑造的是都市绅士、太太、小姐和知识分子的形象，以世态讽刺、道德讽刺见长。这些人物也来自他们的日常生活。左联青年作家善于从官绅地主、城乡劳动人民以及小公务员、小市民的形象身上找到讽刺的突破口，多牵扯到时弊恶政，以政治讽刺、道德讽刺取胜。二十世纪四十年代，适应形势的发展，讽刺幽默小说更加发挥了针砭时弊、揭露丑恶的传统，多取材于战时出现的新现象、新问题，从城市到农村，地主老爷、国民党官僚、政客、空谈家、堕落的文人以及抗战时期大后方的知识分子成了讽刺的对象，政治讽刺、时事讽刺是其显著特征。讽刺小说的题材和人物几乎都是作家身边发生的人和事，像张天翼的《速写三篇》，茅盾的《某一天》。有鲁迅、契诃夫之风的许杰、王任叔的《的笃戏》《超然先生列传》等写的就是上述的官僚、政客、空谈家。师陀的《结婚》、李劼人的《天魔舞》、王西彦的《两钱黄金》、张恨水的《魑魅世界》《五子登科》等展现的是当时人们日常生活中所深切感知的奸商投机、社会腐烂、群魔乱舞的现象。总之，整个中国现代讽刺幽默小说，除少数几部出自作者的奇思怪想，取材于非现实、非日常以外，大多数都是常规性的题材，人物也都是普通人的形象。西方讽刺幽默小说中所经常出现的流浪汉形象、冒险家形象、以及像堂吉诃德、匹克威克、好兵帅克等违反常规的荒唐人物在中国现代讽刺幽默小说中是没有的。而二十世纪以来英国的"反乌托邦"讽刺小说、美国的"黑色幽默"小说、苏联的暴露讽刺小说等所出现的五花八门、离奇古怪的人物、动物形象在中国现代同样是找不到的。

再次，在手法和风格上，中国现代讽刺幽默小说也体现出平常性的特征，手法寻常、文笔朴实、风格朴素，其喜剧性多是内在性的。讽刺幽默小说的手法应该是多种多样的，可以客观写实，也可以主观想象，可以并写两面，使之相形，通过人物的言与行、表与里的不一致让人物做自我暴露，也可以通过比喻、对比、漫画、夸张、反语、反讽、讥刺、嘲笑、滑稽、荒诞等达到讽刺和幽默的目的。有的作家善于通过情节、故事、场面、人物的编织来制造喜剧和笑，有的作家则善于通过语言的修饰、修辞手段的运用创造喜剧效果。中国现代讽刺幽默小说在手法上多用客观写实、生活速写、人物表演、自我暴露等来达到讽刺和幽默的效果，一般没有潇洒的笔致，也少有花哨的形式，给人一种平常之感。二十世纪二十年代的叶绍钧，二十世纪三十年代张天翼、沙汀、周文、蒋牧良，二十世纪四十年代的萧红、巴人、师陀、李劼人等都以沉稳的品格、客观的叙述彰显着自己的个性。但也显得单调、单一，缺乏飞扬的一面，缺乏丰富多彩性。在风格上，朴实的、客观的、含蓄的成为普遍的风格特征。王富仁在研究鲁迅前期小说与俄罗斯文学关系时指出："朴素、简洁、含蓄是契诃夫小说与鲁迅前期小说的艺术风格上的共同特色。朴素，不是粗鄙，而是形式上的朴实无华，不装腔作势，不张皇其词；简练不是单薄，而是在少量的文字中容纳深广的思想内容，在较少的篇幅里蕴涵浓烈的美感感情，同时游刃有余，不感急迫逼促；含蓄，不是隐晦，而是文尽而意不尽，情深意远，余音不绝，经得起咀嚼和揣摩。"① 这样看来，朴素、简洁、含蓄的风格是比较高的艺术境界，尤其是既简洁又含蓄更难企及，只有鲁迅、钱锺书能够做到，其他作家就只剩下了朴素。"鲁迅和契诃夫作品的朴素、简练、含蓄的艺术风格，是和

---

① 王富仁. 鲁迅前期小说与俄罗斯文学 [M]. 天津：天津教育出版社，2008：85.

他们注重描写亿万群众最平凡、最经常、最大量的日常生活并在这种生活中挖掘深刻的社会意义密切关联的。现实生活是由无数的偶然性和具有特殊个性的人物构成的,但在人们的感觉中,它们可以分成两类:一类是一般人所罕见罕闻的、令人感到特殊和新奇的;一类是人人常见常闻因而在色彩上是普通的。这后一类人物和事件,一般并不给人们以特殊和偶然的感觉,它们的色调是平淡的。"① 以此来对比中、西讽刺幽默小说,西方的多属于前一类,中国现代的多属于后一类。

当然,中国现代讽刺幽默小说的平常性也有例外,张天翼的《鬼土日记》、老舍的《猫城记》等,但事实证明,这样的作品并不成功,也不受中国读者的喜欢。

第二节　写实与虚构

中、西讽刺幽默小说在写实与虚构上也见出分野,总的来看,中国现代讽刺幽默小说注重写实,西方讽刺幽默小说注重虚构,前者善写真,后者善想象;前者是形似,后者是神似。

写实是按照生活的本来样子来写,追求的是生活的实在性。但生活本身常常是粗糙的、平庸的、单调的,所以,小说还必须在生活实有的基础上进行加工和虚构,所以,写实是离不开虚构的,只是在虚构的具体方式、方法上因人而异。虚构是在符合生活逻辑的基础上进行大胆的想象和创造,是小说家在创作过程中借助直接的或间接的生活经验,运用想象编织出生活中所没有的故事、事件、人物。一般说来,小说创作都离不开写实,也都离不开虚构,这是艺术源于生活而又高于生活的必然要求。不过,在具体的作家作品中,还是有偏重写实和偏重虚构的区别的。

西方讽刺幽默小说是偏重于虚构的,作家的想象和编织的能力得到了较充分的发挥。这首先表现在西方寓言体的讽刺幽默小说的发达上,这种寓言体的讽刺幽默小说又可分为动物寓言和虚幻旅行两个系列。动物寓言在西方有着悠久的历史。"从阿里斯多芬尼士即(阿里斯托芬)的群鸟与群蛙起就显示其重要性。英语文学中如乔叟的修女之修士的故事,特莱登的雌鹿与豹及奥威尔的百

---

① 王富仁. 鲁迅前期小说与俄罗斯文学 [M]. 天津:天津教育出版社,2008:87.

兽图，依欧芮斯柯的犀牛等，都将人及其事件寄托于动物身上而达到讽刺的效果。"① 的确，从古希腊的阿里斯托芬到中世纪的动物传奇故事《玫瑰传奇》、动物讽刺故事《列那狐传奇》，从十九世纪的《阿丽思漫游奇境记》一直到二十世纪的奥威尔的《动物庄园》、左琴科的《猴子奇遇记》等等，动物寓言体的讽刺幽默小说在西方可圈可点，形成了一个系列。比如《动物庄园》仰仗作者的想象和虚构把人间的事搬到了动物界，描写一个叫"曼纳庄园"里发生的一场"革命"：动物们不堪忍受庄园主的压迫，在猪的带领下起来反抗，在一个晚上将其赶出庄园，动物们自己当家作主，建立了一个平等的动物社会，"曼纳庄园"改名为"动物庄园"。它们提出"凡是靠两条腿行走的统统是仇敌，凡是靠四肢行走的或者长翅膀的，都是朋友。最为重要的是，任何动物都不得残暴地对待自己的同类。然而，获得了领导权的猪，成为新的特权阶级，实行比庄园主——人的统治更为残酷的统治，动物们稍有不满，便会遭到血腥的清洗，成了新的独裁统治者。最后，'动物庄园'又被改回'曼纳庄园'，动物们又恢复到从前的悲惨境地。小说通过寓言故事、荒诞的手法，影射现实，批判人间，其情节、故事完全是虚构的，一群动物竟然具有了人的智慧。但它的现实讽刺性又是那样的强烈，那样的具有杀伤力，比直接写现实效果更佳。可见，作品的故事虽然是虚构，但不是杜撰，是依据现实的合理的想象。比如，成为领导者的"猪们每天要把大量的精力耗费在处理所谓'档案'、'报告'、'会议记录'和'备忘录'等等神秘的事务上面。"这显然是人间社会的领导者的真实写照。相比之下，中国的动物寓言讽刺小说不甚发达，在中国古代，寓言体的讽刺小说不是把人的行为寄托在动物身上，而是搬到了鬼神的世界，通过鬼神来影射人间，《斩鬼传》《平鬼传》《何典》《聊斋志异》莫不如此。到了现代，这种鬼界寓言讽刺小说更少见了。

虚幻旅行式讽刺幽默小说在西方更为发达，从古希腊的《真实的故事》到十七世纪的《天路历程》，从十八世纪的《格列佛游记》到十九世纪的《阿丽思漫游奇境记》，都采用虚幻旅行的形式，作品的故事完全是虚构的，是凭想象编织的，是以虚幻反映、折射现实的。二十世纪的"反乌托邦小说"虽不是采用虚幻旅行的形式，但同样是寓言体，作家的想象力更加奇特，虚构能力更加突出。比如，《动物庄园》的作者奥威尔的另一部作品，被称为"反乌托邦小

① 齐裕焜，陈惠琴. 中国讽刺小说史［M］. 沈阳：辽宁人民出版社，1993：59.

说"三部曲之一的《一九八四》就是一部预言式的政治讽刺小说。小说写于1948年，作者遥想三十六年后即1984年的世界，被大洋国、欧亚国、东亚国三个国家所瓜分，战争不断，主人公所在的大洋国实行高度的极权统治，发明了新语言——新话，作为官方语言，废止原来的旧语言，以此来控制人们的思想。又通过"电幕"（监视和监听功能）控制人们的行为。小说给读者展现的是一个极度压抑、阴森可怖的黑暗王国。作者强烈的政治讽刺溢于言表，将政治写成艺术、通过预言折射现实是奥威尔最根本的文学诉求，作品散发着浓重的政治寓言气息和强烈的悲剧色彩。

　　即使是现实性的题材，西方的讽刺幽默小说也很注重想象和虚构，加入非现实的内容。从文艺复兴到十八世纪的几百年间，欧洲小说的主流形态是游历冒险小说，它脱胎于骑士传奇，持续到十九世纪。除去上述的寓言类以外，现实类的尚有流浪汉小说《小赖子》《流浪女胡斯蒂娜》等；冒险开拓小说《鲁滨孙漂流记》等；游历、游记类小说《堂吉诃德》《巨人传》《老实人》《汤姆·琼斯》《匹克威克外传》《哈克贝利·费恩历险记》《汤姆·索亚历险记》等。其中的游历冒险的经历和遭遇是写实与想象、虚构的结合，离开了想象和虚构的情节和故事，作品将黯然失色。二十世纪的黑色幽默小说更是在写实中加入了荒诞的、科幻的情节，苏联的讽刺文学同样是现实的和虚幻的相交织。例如，布尔加科夫的中篇小说《狗心》就是一篇玄妙奇特、荒诞可笑的讽刺作品。主人公普列奥不拉任斯基是一位天才的外科医生，他大胆实验，将一名死去男子的脑垂体和睾丸植入狗的体内，于是，狗变成了人，具有了人的外形和语言能力。但却没有人的道德底线，经常胡作非为，于是，医生不得不重做手术，将他又变回了狗。《狗心》将现实与幻想、写实与虚构、喜剧与悲剧、辛辣的讽刺与轻松的幽默融为一炉，具备科幻作品和讽刺作品的要素，同时还具有深刻的政治内涵和哲学内涵。作者情节构思离奇，叙述视角独特，内容荒诞的无以复加，是一篇奇妙的作品。

　　相比之下，中国现代讽刺幽默小说大抵都是写实的。鲁迅认为，非写实的讽刺是造谣和诬蔑。其实，若从西洋文学来看，非写实的讽刺也不一定是造谣和诬蔑。讽刺可以写实，也可以虚构，鲁迅更看重前者。"作为现代写实讽刺流派的开创者，鲁迅一直强调真实性的根基，以及秉持公心的品格。""特别重视古典小说中'世相'描写，把它当作文学上存真写实的重要的艺术表现。"①

---

① 杨义. 鲁迅文化血脉还原 [M]. 合肥：安徽大学出版社，2013：126-127.

"他正是以文学的真实性，作为指向那黑暗、腐朽和虚伪的社会的解剖刀，同时他又认为，唯有真实才能蕴涵'深沉的韧性的战斗'，应该将社会批判和文化批判的锋芒蕴蓄于真实、丰满、生动的形象的深处，而谤书式、谩骂式或话柄式的文学，虽然有的也能震骇耳目于一时，却无法以恒久的艺术力量深入人们的心灵。他看好《儒林外史》，就是因为它既是讽刺的艺术，又是真实、深刻、隽永的讽刺艺术。真实性高于其他。"① 鲁迅的这种对讽刺的要求和看法既代表了鲁迅个人的看法，同时，也与五四运动以来写实主义、启蒙主义的文学要求相一致，是符合时代文学的发展方向的。鲁迅以外的不少讽刺家或受到鲁迅的这种写实主义的文学观以及创作的影响，或自己也持相同或相近的看法，并在作品中体现出来，张天翼、沙汀、周文、蒋牧良、巴人、萧红、师陀、王西彦、司马文森、严文井等人都以写实性的讽刺见长，重讽刺、轻幽默，重写实、轻想象。他们的讽刺作品大都取材于日常生活，以平常性、常见性取胜，不像西方那样常取材于新奇性、少见性的故事内容。在创作方法上，自然是遵循写实主义的方法，注重客观，讲究含蓄。中国现代作家都特别执着于现实，力图反映现实，揭示现实，形成的是重内涵的讽刺与幽默，读来不易发笑，更难以开怀与捧腹。而西方讽刺幽默小说虽然也多用现实主义的创作方法，但，是不乏浪漫主义和现代主义的元素的，并将这种方法调和在现实主义的方法中，特别是二十世纪以来的西方讽刺文学以及黑色幽默小说，我们常常能够看到虚幻的情节和作家的超常规想象。在作品的叙事方式、构成方式上，中国现代讽刺幽默小说，多是采取冷静、客观的叙事，不介入故事，也不露情感态度，更不刻意营造幽默，有的作家作品甚至和写实主义的作品毫无二致，像叶绍钧、沙汀、师陀等人的小说，幽默感是难得一见的。这似乎也验证了鲁迅为什么说"中国无幽默"②。显然，中国现代的多数作家都把幽默纳入了写实的轨道。张天翼也公开主张"幽默者，即是真实"。就连诗人何其芳也认为"讽刺就是对否定现象的现实主义描写"。可见，鲁迅、张天翼、何其芳都从某一方面来论述讽刺、幽默的，都着眼于写实主义的真实性，如果从理论、概念的周延性来说，似乎还不够全面。

当然，中国现代也有虚构性、寓言式的讽刺幽默小说，像上一章我们论述

---

① 杨义. 鲁迅文化血脉还原 [M]. 合肥：安徽大学出版社，2013：112.

② 鲁迅. 小品文的生机 [M] // 鲁迅. 鲁迅全集：第 5 卷. 北京：人民文学出版社，2005：487.

的张天翼的《鬼土日记》、老舍的《猫城记》、沈从文的《阿丽思中国游记》等，这样的作品也体现了作家的想象与虚构的能力。但是，需要指出的是，第一，这几部作品，其艺术渊源都来自西方，留下了模仿、借鉴的痕迹，还没有形成自己的独立品格。包括张天翼的《洋泾浜奇侠》在内，也留下了模仿《堂吉诃德》的痕迹。第二，这几部作品都写的不够好，在作家自己的创作中都不占有重要的、显赫的地位，作家自己和评论家从一开始都承认有缺点和不足，甚至认为是失败的作品。对《鬼土日记》的最早的评价要数瞿秋白和冯乃超了。瞿秋白在文中首先表达对《鬼土日记》的失望。接着认为在题材方面很不适宜，把现象简单化了。再次，瞿秋白认为《鬼土日记》里"鬼话连篇"，自由度太大。最后，瞿秋白认为"与其画鬼神世界，不如画禽兽世界"①。显然，瞿秋白是从执着于现实、抨击现实来要求《鬼土日记》应该更具有现实性，现实性的题材，现实性的内容，现实性的意义。冯乃超认为，《鬼土日记》"首先失掉了他的讽刺文学的价值"。"从整个看来我们不知道那讽刺的是那种民主国家，那种资本家社会，因此失掉了讽刺文学的主眼的价值。"在冯乃超看来，讽刺文学应该"在不如意的环境下，起它反抗、暴露等积极的作用的"②。言外之意，《鬼土日记》还没有很好地完成讽刺文学应该担当的这个任务。《猫城记》刚出版时，老舍较满意，在序中认为"写得很不错"。但也有批评者指出了其缺点。③ 到 1935 年，老舍在《我怎样写〈猫城记〉》一文中基本否定了《猫城记》，说它"是本失败的作品"。改革开放以后，多数研究者认为《猫城记》基本应该肯定，是功大于过的作品。功大于过，毕竟还是有"过"，因此，《猫城记》难成经典。《阿丽思中国游记》是沈从文的长篇"试作"，作者在第一卷后序中清楚地阐述了它的创作目的和作品的失败。老舍和沈从文都自述自己作品的失败，这虽有谦辞，但也是实情，评论家对这样的作品也都不看好。第三，这几部虚构的、寓言式的讽刺幽默小说虽然"充满着奇思怪想，反常离奇。但是，同西洋小说一比，立即就显出它们的平常性来了"。"它们的传奇性和怪异性在作品中往往只能炫惑一时，没有西方同类小说经久耐用。"④ 这表明，中国现代作家似乎还不擅长写这类小说。

---

① 董龙（即瞿秋白）. 画狗罢 [J]. 北斗，1931（创刊号）.
② 李易水（即冯乃超）. 新人张天翼的作品 [J]. 北斗，1931（创刊号）.
③ 王淑明. 猫城记（书评）[J]. 现代，1934，4（3）.
④ 万书元. 论中国现代旅游故事型讽刺小说 [J]. 晋阳学刊，1988（5）.

第三节 拘谨与放达

中国现代讽刺幽默小说和西方相比，大都显得拘谨、单调、单一，缺乏喜剧的张力，缺乏超脱与放达。比较而言，中国现代讽刺幽默小说是质朴、严谨、内敛、含蓄的，显得有些拘谨、拘束，作品往往放不开手脚。西方讽刺幽默小说则是大胆的、夸张的、荒诞的、怪异的，有荒唐可爱的角色，给人以舒展、放达的感觉，甚至有些狂放。

西方讽刺幽默小说放达与飞扬的一面，除了前面已经说的善于超凡的想象与虚构以外，还体现在善于用夸张、荒诞、怪异、奇崛的手段营造讽刺幽默效果。比如夸张是讽刺幽默文学、喜剧文学最常用的一种方法。西方讽刺幽默小说不仅善用夸张，而且是用超乎寻常的奇特的、极度的夸张，显得非常放达，毫无束缚。这从古罗马时代的《真实的故事》就充分地显示出来了。主人公越过大西洋去旅行，经历了一连串令人难以置信的历险，如人被吹到了月亮上，在鲸鱼肚子里生活了两年，作者讲得天花乱坠。作品第二章写"我"在鲸鱼的肚子里忍无可忍了，于是想办法逃脱。"最初我们决定挖通右边逃走，这事已经起头了，想把这边切开。但是我们前进了约有五斯塔获翁（希腊距离单位，一斯塔获翁为六百尺，原注），却还是不成，我们便停止挖掘，决定来在森林里放起火来，因为这样我们以为可以把鲸鱼弄死，那么我们就可以容易逃走了。于是我们就从尾巴的部位烧起来，过了七天七夜它却还一点都不觉得这火烧的影响，但是到了第八、九天，我们看去知道它是生病了。"① 一直到第十三天，"鲸鱼终于死掉了"。这种极度的夸张、怪异的故事直接影响到后来的拉伯雷、伏尔泰、塞万提斯、斯威夫特等人，甚至到了二十世纪的魔幻现实主义、反乌托邦小说也能看到琉善的影子。《真实的故事》写到男人从腿肚子生出孩子，《巨人传》就写了女人从耳朵里生孩子。这种生孩子的方式是闻所未闻的。《巨人传》是西方讽刺幽默小说中最为放达甚至粗放的作品，小说中充满了粗俗、狂野的内容和描写，如关于擦屁股、关于撒尿、关于两性，无不极尽夸张。比如，小说写到庞大固埃病倒了，医生给他用大量的利尿的药，终于把他治好了，

① ［古希腊］卢奇安. 卢奇安对话集 \ ［M＼］//周作人，译. 北京：人民文学出版社，1991：533.

使病从他小便里排出来。所以，"他小便出来的尿很烫，从那时起到现在还没有凉，在法国就有好几处是他的尿流过的地方，一般人都称作温泉，比方在高特莱，在利蒙，在达斯特，在巴勒露克，在内利克，在波滂南面以及其它的地方。在意大利的有格劳特山、阿波奈、帕度亚的圣伯多禄、圣海伦、卜萨、诺瓦、圣巴尔脱罗美奥。在希伦尼的有包莱塔，还有无数别的地方。"（小说第三十三章）这种极度夸张、渲染和狂放不羁可谓淋漓尽致，无以复加。《真实的故事》写到了牛头人和驴腿的女人，《格列佛游记》第四卷则写了在马国的经历，马成了这个国家的统治者，是理性、公正、诚实的化身，就连贵人也完全由马来服侍。到了《动物庄园》，统治者则变成了猪，猪们每天都要把大量的精力耗费在处理档案、文件、报告、会议记录等等事务上面。马尔克斯的《家长的没落》写人，一个独裁统治者，也用了极度的夸张手法，令人惊叹。这位独裁统治者竟活了几百岁，指甲已经变成了化石。一百岁时还在发育，一百五十岁时长出新牙。他有五千个儿子，都是怀胎七个月便出生的"七月子"。即使是极具现实批判精神的俄国讽刺幽默小说以及苏联的暴露讽刺文学，这种夸张、怪异、荒诞不经的描写也随处可见。二十世纪初是苏联讽刺和暴露文学深入发展的时期，成为苏联文学中仅次于社会主义现实主义文学的另一重要现象，产生了像布尔加科夫、左琴科、普拉东诺夫等公认的讽刺名家，他们的作品被认为是讽刺暴露文学的代表。尤其是布尔加科夫的作品亦庄亦谐，放达奇崛，像《魔障》《狗心》《不祥的蛋》均以夸张、荒诞的手法写就，以此辛辣地嘲讽社会的不良现象。而普拉东诺夫的《切文古尔城》《基坑》《初生海》同样是荒诞不经的讽刺作品，在可笑事、荒唐事的描写中完成现实批判、政治批判的任务。

研究者常说，讽刺幽默文学应该在夸张中包含着真实，在可笑中包含着严肃，在轻松中包含着深刻，在荒诞中包含着正经，所谓含笑谈真理。这种特征，我们在西方讽刺幽默小说中能够感受的得到。

相比之下，中国现代讽刺幽默小说则显得拘谨、内敛和含蓄，而不是放达，更不是狂放。这是中国人性格和中国文学特征的反映，讲究内敛、含蓄，乐而不淫，哀而不伤，平和中正。发出的笑声往往也是羞涩的笑、矜持的笑，不像西方是爽朗的笑、仇恨的笑、愤怒的笑。中国现代讽刺幽默小说也用夸张，也有虚幻、变形、怪诞的描写，但却不占主体，且与西方的风格不同。在中国现代讽刺幽默作家中，最善于运用夸张的要数老舍和钱锺书了。鲁迅写人多用素描式、白描式，老舍写人多用漫画式、夸张式，特别是他早期的小说，这种漫画式、夸张式的描写随处可见。《老张的哲学》对老张、《赵子曰》对赵子曰的肖像描写和形态描写鲜活生动，用夸张突出人物的丑，用漫画强化喜剧性。有时也确有极度的夸张，如《二马》对伊太太的肖像描写，说她鼻子边旁的沟儿深，很干，像两条冻僵的护城河。中后期的小说，这种夸张虽然不再密集使用，但也时有闪现。《四世同堂》写祁瑞丰"鼻孔要朝天，像一双高射炮炮口"。《牛天赐传》写"太太那对小深眼像俩小井，很有把老伴儿淹死的意思"。这在中国现代讽刺幽默作家的笔下算是最极度的夸张了，也是老舍的作品所独有的，可是和上述的西方讽刺幽默小说比起来，还是显得没有他们放达，没有他们荒谬悖理。除人物的夸张外，老舍的作品在情节的夸张和语言修辞的夸张方面也显出成绩，尤其是早期的小说，"抓住一点，死不放手，夸大了还要夸大"①。《老张的哲学》对饭馆的描写就有"五关"，极尽夸张渲染饭馆的脏、厨役的脏、跑堂的叫、顾客的醉等，不加节制。但是也没有西方同类作品如《巨人传》等的狂放不羁。可也受到了文坛的批评和指责，说他过多地追求好玩好笑，信口开河，油腔滑调，不加节制，削弱了幽默的思想力量等等。所以，老舍后来的创作由比较放达、比较尽兴的描写变得拘谨了，幽默、滑稽、搞笑的描写少了，被抑制了，甚至是正正经经去写，读者在阅读时的笑声自然也就少见了。后期的老舍由于创作的拘谨，其喜剧的才能似乎没有充分发挥出来。

与老舍情况极其类似的还有张天翼。他从小就生活在充满笑声和幽默感的家庭环境里，十六七岁就能给《礼拜六》等杂志写滑稽小说和侦探小说，显示出富于想象，善于编织故事，具有诙谐、滑稽等喜剧才能。从1928年开始，在鲁迅的关怀和支持下，走上了现实主义的创作之路。但和老舍一样，这时的张天翼，其作品仍有过于诙谐、有点油滑之嫌。鲁迅曾在信中几次指出他创作的长处和缺点，主要是失之油滑。后来，张天翼改掉了油滑，如鲁迅所说作品"切实起来了"。但是，诙谐的、滑稽的、喜剧的玩笑也不见了，这也是"有一利必有一弊"的道理。日臻成熟的张天翼，其作品固然是"切实起来了"，但也减少了喜剧的元素和欢快的笑声。可以看出，后来的张天翼，其幽默才能也没有充分发挥出来。1936年，他在答文学社问时，除了强调"幽默者，即是真实"以外，甚至还认为"幽默是严肃的。一点也不夸张"。由此看来，张天翼对待幽默的态度也是比较拘谨的。

---

① 老舍. 我怎样写《老张的哲学》[M] //老舍. 老舍文集：第15卷. 北京：人民文学出版社，1990：167.

钱锺书的夸张在《围城》里最突出的是语言修辞的夸张，用精妙的、带有书卷气的语言修辞，往往比喻、夸张并用，营造新奇的喜剧效果。其中，既有写事的，也有写人的，前者如写西餐馆，说冰淇淋是热的，醋是不酸的，牛油、红酒倒是酸的，都是违反生活常理、常规的，作者有意这样说就是为了让人感到不协调，从而产生新奇的喜剧效果。后者如写褚慎明看美女，作者说大眼珠子险些突破眼眶，迸碎眼睛。作者巧妙地运用比喻、夸张、前后矛盾等手段，使其原形毕露，具有极强的讽刺性。这种钱锺书式的夸张自有其个人的风格，和西方的夸张比起来，还是显出它的严谨性、内敛型、含蓄性和文雅性，而不是狂放不羁的。

有见地的研究者在二十世纪九十年代就发现了钱锺书文学创作的"紧"的创作心理态势，认为钱锺书在完成第二次心理转型，即从非理性到现代理性的转型过程中，"由于哲学思维高强度的介入，使创作主体身上存在的情理调节机制失衡，……形成一种创作心理障碍"①。形成"紧"的创作心理，使钱锺书的文学创作的确存在情理相扼的问题，其中"以理抑情"的例子在《围城》中比比皆是，像方鸿渐与鲍小姐、与苏小姐的关系描写；赵辛楣与汪太太的关系描写；对高松年、李梅亭的描写等都存在着以理抑情的问题，作者总是有所节制的，而不像西方小说那种放达的描写。

以鲁迅为代表的写实派的讽刺幽默小说多用的是内在的夸张，更能显真的夸张，因而更具有真实感，从《阿Q正传》到《幸福的家庭》，从《肥皂》到《高老夫子》到《白光》都是如此。从张天翼到沙汀也是如此。吴福辉在文中例举了沙汀《代理县长》中对县长洗脸的夸张描写，这样的夸张正是中国式夸张的特点，夸张而不失真切，反映出中国式的讽刺绵里藏针，深长隽永，注重概括力和提炼本质。但吴福辉同时指出，"这种写法……难免血肉不丰，像一个精心制作的生物标本，给人一种紧缩感。"② 这种紧缩感也是拘谨的一种表现。可以说，内在的讽刺，内在的幽默，内在的夸张正是中国现代讽刺幽默的特色。

---

① 舒建华. 论钱钟书的文学创作［J］. 文学评论，1997（6）.
② 吴福辉. 中国现代讽刺小说的初步成熟：试论"左联"青年作家和京派作家的讽刺艺术［J］. 北京大学学报，1982（6）.

第四节　严肃与玩笑

　　鲁迅在《中国小说史略》中用三个不同的称呼把那些暴露性的作品严格区别开来：一是讽刺小说，以《儒林外史》为代表，给予很高的评价。二是谴责小说，以《官场现形记》《二十年目睹之怪现状》为代表，指出此类作品的明显缺点。三是黑幕小说，以《学生现形记》为代表，认为机械模仿谴责小说，又甚不逮，"徒作谯呵之文"，又"无感人之力，旋生旋灭"。显然，鲁迅对讽刺小说是赞赏的，对谴责小说是批评的，对黑幕小说是否定的。表明鲁迅非常严肃地对待讽刺小说，对讽刺小说要求很高。

　　中国文学从古至今在美学原则上是讲究庄重、严肃和含蓄的。中国人用很强的道德感代替了宗教的狂热，文学上也受道德感的束缚，对中国人来说，文艺总是一件严肃的事情，纯粹玩笑和供人取乐的作品是被人鄙视的。一般的文学作品是如此，讽刺幽默文学也是如此。中国的讽刺幽默文学，从古代到现代，历来有针砭时弊的传统，而没有单纯娱乐的传统。尤其是到了现代，单纯娱乐，追求趣味，为幽默而幽默是没有多少市场的，也是不被看重的。这是时代对文学的选择，也体现了作家的文学使命和文学追求，把文学当作庄重、严肃，甚至神圣的事业，因而，是反对插科打诨，反对油滑戏谑，反感玩笑逗乐的，认为油滑是创作的大敌。所以，老舍、张天翼早期作品的油滑几乎受到了作家、批评家一致的批评，认为不够严肃。老舍早期因为小说好玩儿而写小说的动机也是绝无仅有的。张天翼的《洋泾浜奇侠》是一部幽默的讽刺作品，作品发表后，批评家就看出它是受了《堂吉诃德》的影响，或者说，有意模仿《堂吉诃德》，是有意想"幽默"一下的作品。结果，"是由讽刺而转流于滑稽，则作品中所保持的严肃气分，将为它的诙谐冷峭所掩盖着了。读者读了它，是和看了低级趣味的作品时，所发生的印象同等的，而毫不会感觉出它是成功的艺术作品"①。在当时的批评家看来，"张天翼先生的作风里本来就不缺少'幽默'的成分，但他有意想来'幽默'一下的《洋泾浜奇侠》却不能不说是失败的作品，这一部小说的头几章，并不怎么坏，可是到后边就不免带点儿'油腔'

---

　　① 王淑明. 洋泾浜奇侠 [J]. 现代, 1934, 5 (1).

了。"① 在评论家看来，张天翼本不缺少幽默，还要模仿《堂吉诃德》，使讽刺流于滑稽，幽默沦为油腔，破坏了作品的严肃气氛，而滑稽、油腔是和低级趣味划等号的。这也就是说，《洋泾浜奇侠》的失败，在很大程度上是由于它不严肃。这足以看出当时的评论家对讽刺幽默的美学要求。

在这样的氛围和语境下，中国现代讽刺幽默小说自然是多以庄重、严肃的面貌出现的。这种庄重和严肃必然造成讽刺幽默小说喜感不强，笑声不够。很多作家都是严肃地执行写实主义的任务，以客观描写、客观暴露为己任，极少以玩笑的心态，喜剧的意识，追求讽刺和幽默效果。这样就使一些讽刺幽默作品文体特点不突出，与一般的写实主义的作品较难区别。二十世纪二十年代乡土派的讽刺幽默小说，只在乡土的描写中调进了诙谐的色素，写实是其根本，所以，历来被文学史家、小说史家称为"乡土写实派"，而不称为"乡土讽刺派"或"乡土幽默派"，他们多将讽刺、诙谐融入写实的叙述之中。其中，许钦文的讽刺特色、彭家煌的喜剧特色突出一些。特别是彭家煌，严家炎赞赏他的小说"具有相当多的喜剧色彩。即使有些悲剧内容，经过他的处理，也带有不少喜剧成分。这可以说也是彭家煌乡土作品的独特风格"②。二十世纪二十年代中后期，老舍的创作给严肃的文坛吹来了一股玩笑的、轻松的、滑稽的喜剧春风，他是第一个，也是唯一一个以玩笑、好玩儿的态度对待喜剧小说创作的。二十世纪三十年代左联青年作家中大多是严肃的写实、冷静的暴露，沙汀和周文最为典型，尤其是沙汀，以《淘金记》为代表，由于过于严肃、冷静，给人以沉闷、压抑之感。这在《淘金记》接受之初就有批评者指出这方面的缺点，即"阴暗的气息"和"客观主义"。只有张天翼的讽刺幽默小说显得活泼、明快一些。沈从文、废名等京派作家的讽刺以温婉、含蓄著称。二十世纪四十年代的讽刺幽默更加适应战时的形势，暴露讽刺更加自觉，嘲弄精神也得到了张扬，针砭时弊，抨击丑恶是讽刺小说的强音，幽默的份额则在萎缩，讽刺作家更多地承担着社会责任，讽刺作品自然也是严肃的。只有钱锺书的《围城》《灵感》显示出一些轻松和玩笑，喜剧精神继老舍之后再次崛起。整个中国现代讽刺幽默小说，除老舍、钱锺书外，都以严肃的、内在的喜剧性见长。

和中国现代讽刺幽默小说的严肃相比，西方的讽刺幽默小说可以说是玩笑的、戏谑的。前者在庄重中包含着严肃（或者本身就是严肃的），后者在玩笑中

---

① 胡绳祖："健康的笑"是不是？[J]. 文学, 1935, 4 (2).

② 严家炎. 中国现代小说流派史 [M]. 北京: 人民文学出版社, 1989: 61.

包含着严肃。从古希腊罗马开始，西方就有喜剧、讽刺和玩乐的文学传统，早在公元前的讽刺诗人麦尼普斯就被称为"开严肃事物的玩笑的人"。卢奇安的《诸神的对话》以生动活泼的语言，讥笑神圣，剥掉了神的尊严，"虽然意在讽刺，但是它在后世留给读者的，只是娱乐，读了之后会心一笑而已"①。薄伽丘的《十日谈》是以调侃戏谑著称的，作者在序中做出承诺：要使"淑女们看了可以消愁解闷"。为此，作者摆脱了羁绊，放开了手脚，不是一本正经的教训，不是严肃认真的说教，而是调侃戏谑书中的人和事，这样，才给读者带来了欢娱。正因为作品的调侃、戏谑、玩笑太多，所以薄伽丘预感到会被庄重、严肃的人指责，因此，他在跋中作了辩解，打了预防针："我相信还有人会说我的故事里调侃戏谑太多，严肃庄重的人不应该这么写作。说这种话的人是出于对我的名誉的关心和爱护，我得向他们表示感谢。我要回答的是，我自问是个严肃的人，平生也受到了不少女子的器重，但是我要对一些从不器重我的妇女说我并不庄重，而是轻浮得可以飘在水面上。今天的教士们敦促人们改恶从善，说教时往往机智诙谐，妙语连珠。我的故事是供妇女们消愁解闷，采用同样的方式并无不当。"② 除《十日谈》外，文艺复兴时期的《巨人传》《堂吉诃德》都是释放人的个性和欲望，张扬人文思想和精神的作品。与此相一致，作品的形式、风格也打破了严肃文学的窠臼，彰显了外在的喜剧性，夸张、渲染、粗放往往表现得淋漓尽致，不像中国的作品那样含蓄，点到为止。到十九世纪的狄更斯，其作品的好笑、好玩直接引发了老舍的创作热望，并深受狄更斯的影响，以玩笑、滑稽、逗趣等而与狄更斯引为同调。马克·吐温早期的讽刺幽默作品也以逗乐、玩笑的特点出之。

　　而二十世纪西方的黑色幽默小说，乃至后现代主义的作品，更加明显地看出作者玩世不恭、无可奈何、滑稽可笑的创作心理和心态。表现在文本中则以戏拟的手法、游戏的方式解构以往的崇高、美丽、严肃、正统、庄重等，从哈哈镜里呈现的是一个荒诞的世界、玩笑的世界。比如，被称为美国最富有影响力的后现代主义小说家巴塞尔姆，他的第一部小说《白雪公主》被认为是后现代荒诞派文学的经典之作。它是对格林的著名童话《白雪公主》进行了一次颠覆性的戏拟和仿写，以此解构了美丽的童话，是一次黑色幽默的文字游戏和语

---

① 周作人. 第一篇诸神对话 [M] //周作人，译. 卢奇安对话集. 北京：人民文学出版社，1991：2.

② [意] 薄伽丘. 十日谈 [M]. 王永年，译. 北京：人民文学出版社，1994：723.

言狂欢。小说一开始就以戏谑的方式颠覆了白雪公主的美丽形象，把她写成一位黑美人，高个子，身上长着许多痣。这种玩笑式的写人，体现了玩世不恭和颠覆传统，让人耳目一新，也让人匪夷所思。小说接着写白雪公主早已厌倦了天天伺候七个小矮人的单调生活，每天只是购物、洗衣、做饭、收拾屋子。而这七个侏儒男人只知道逛窑子，沉溺于美色。为了逃离这单调的生活，白雪公主把黑如乌木的长发垂挂在窗外，以吸引白马王子，期待着有一位王子爬上来，带她逃走。终于，她遇见了流淌着王侯贵族血统的保罗，却发现他是个猥琐、懦弱的无业游民，还建了一个窥视系统远远地偷窥她的行动。在这种爱上她却不敢娶她的折磨中，保罗躲进了寺院成为修道士。后来，当白雪公主遭陷害时，保罗才及时出现，替她喝下毒酒身亡。白雪公主最终也憔悴而死，贞洁的灵魂得以升天。谁说白雪公主和白马王子过上幸福生活？这个世界连提供个王子都做不到。小说通过戏拟的手法，游戏的语言，颠覆、解构了传统的价值观念、道德规范和人物形象，这使小说具有了鲜明的后现代性。总之，从总体上看，若说中国现代讽刺幽默小说是严肃的，那么，西方讽刺幽默小说则是玩笑的；前者的喜剧性多是内在的喜剧性，后者的喜剧性多是外在的喜剧性；前者是写真、凝重有余，后者则虚幻、轻松有余。它们各有其长处，也各有其短处。

第五节　中、西差异的原因

以上我们从平常与超常、写实与虚构、拘谨与放达、严肃与玩笑等方面总结中、西讽刺幽默小说的差异性。在此基础上，我们还要进一步思考造成这种差异性的原因是什么？任何一个事物的任何一种结果都是有原因的，而且在很多情况下是一果多因。就中、西讽刺幽默小说的差异性来说，无疑是有着复杂的原因。中国和西方各国在地理位置、生存环境、物质条件都有着诸多的不同，由此必然造成人的观念和性格的不同，这种观念和性格的不同必然带来文学面貌、文学追求、文学风格的不同。因此，地理、观念、性格应该是几个最重要的原因。

首先，从地理位置、生存环境与方式来说，正可谓"一方水土养一方人"。任何一个民族都有相应的地理环境，都是在这样或那样的生存环境中孕育、生存并发展起来的。地理环境是文化、文明、人文赖以发生发展的物质基础和基本条件。中国地处广袤的东亚大陆，幅员辽阔，土地肥沃，适合农耕，所以，自古以来就以农业文明、农耕文明著称。从周边环境来看，中国的东部、南部是辽阔的海疆。西部、西南部、西北部是连绵的山脉。这既挡住了来自西部、南部的文明，也挡住了中原人民西行、南行的去路。北部则是寒冷的西伯利亚，也不是流动和迁徙的好去处。而土地的辽阔、肥沃，以及搬不动、挪不走的特点，便决定了人们世世代代在这里耕种，形成了农业文明、农耕文明，也形成了这种农业文明的封闭性、保守性、稳定性等特点，重农轻商，封闭保守，不思进取，不愿流动，不敢冒险，小国寡民等观念思想便由此而生。"小国寡民，使有什伯之器而不用，使民重死而不远徙。虽有舟舆，无所乘之，虽有甲兵，无所陈之。使人复结绳而用之。甘其食，美其服，安其居，乐其俗，邻国相望，鸡犬之声相闻，民至老死不相往来。"① 当年老子描述的这种"小国寡民"也可以反映后来中国的情形。"尤其应当指出的是，这种农业文明以及它所塑造的民族气质并没有为喜剧精神的产生和发展提供一个良好的精神气候；也就是说，农业生产的封闭性束缚了生活在其中的个人的头脑，使他们难以超越于现实关系之外对现实进行理性的旁观，同时，农业生产的宗法性又限制了人的自由意识和人的个性解放，使他们也难以对现实进行理性的玩味。因此，随着喜剧精神赖以产生的优越感和玩笑心态的先天缺乏，中国喜剧精神一开始就走上了一条非喜剧化的道路，并且呈现出喜剧精神的独立品格淡化且模糊的倾向。"② 这样看来，中国现代讽刺幽默小说的平常性、写实性、拘谨性、严肃性就有了深厚的民族根源，就是必然的了。

而西方，尤其是西方文明的发源地希腊，是一个开放的海洋性地理环境，陆地丘陵连绵，土地贫瘠，只能以渔猎和航运为生，这种流动性正是海洋文明与农耕文明的鲜明区别。西方各国的领土普遍较小，而且紧密相连，资源就容易缺乏甚至产生危机，于是，开放、交流、扩张就成了必然的选择。人们需要长期同恶劣的自然做斗争，由此就养成了西方人探索自然、征服自然、勇于冒险的精神。因此，西方的航海、历险小说就比较发达。海洋文明的开放性、流动性、开拓性正和农耕文明的封闭性、稳定性、保守性形成对照。由此培育了西方人开阔的视野和开放的气质，好思辨，尚智慧，善想象，具有思辨意识。

---

① 老子：《道德经》，陈忠译评，吉林文史出版社，1999：146.

② 阎广林. 笑：矜持与淡泊：中国人喜剧精神的内在特征 [M]. 北京：国际文化出版公司，1989：5.

"这种思辨意识为喜剧精神提供了诞生的温床。喜剧是一种理智的态度，它要求人们能够别具冷眼，敏锐地捕捉矛盾，巧妙地制造矛盾，所以，愈是讲究细微差别，愈是喜欢思辨，愈是能够对现实进行理性观照的人，就愈容易产生喜剧精神。即所谓，世界对于思考而言，是一出喜剧。"① 这就容易产生那种锋芒毕露、放达不羁、滑稽玩笑的文学。所以，在西方文学和西方美学中，素有悲剧、喜剧、崇高、滑稽、幽默等文学传统和理论传统。"中国的地理和文化压根儿就没有为中国现代旅游讽刺小说提供生长的土壤和充足的养分。旅游讽刺小说在中国现代文坛如此寂寥，而且成绩平平，这不能不说是一个重要的原因。"②

其次，从民族文化和民族性格来说。地理环境、生存条件决定了人的生产方式和生活方式，形成了不同的文化和文明，这种文化和文明又在很大程度上铸就了民族性格，而民族性格决定了文学品格。显然，中国现代讽刺幽默小说所表现出来的平常、写实、拘谨、严肃都反映出中国人性格的拘谨和文化的中庸。中庸是一种讲究中正、平实、柔韧的文化和哲学，中庸既是中国文化、中国哲学的特点之一，也是中国文学的美学追求之一。讲究"乐而不淫，哀而不伤"，喜不形于色，悲不至于极，一般不把感情表达得过于热烈和过分悲伤。比如小说和戏剧，王国维和朱光潜都曾说过中国没有真正意义上的悲剧。再比如诗词，和西方的诗相比，中国的旧体诗词在情感的抒发上显然有所节制，讲究蕴藉、含蓄，讲究言有尽而意无穷。在中国诗学里，所谓浪漫的，和西方的比起来，仍然是古典的，所谓率直的，和西洋的相对照，仍然是含蓄的。西方文学往往显得直截了当，率性任性，中国文学则常常委婉含蓄，深沉蕴藉。西方文学倾向于锋芒毕露，中国文学偏重于绵里藏针，西洋文学崇尚铺张，中华文学讲究浓缩。这都是不同的文化和民族性格使然。中、西讽刺幽默小说的不同，它所呈现的两种特征、两种风格实际上是两种文化、两种性格的差异。比如，拘谨与放达、严肃与玩笑正是两种性格的反映。中国长期重礼教，讲克己，形成庄重、严肃，正襟危坐，不苟言笑的内敛性格，再加上"存天理，灭人欲"的束缚，"中国人的人格设计自然就趋于矜持、拘谨和中庸了。这与希腊人的性格形成鲜明的对照。"而"在放达与拘谨这两种民族气质之间，前者与喜剧精神的联系更为直接，更能够促进喜剧精神的诞生"，"因为喜剧精神从根本上来说

---

① 阎广林. 笑：矜持与淡泊：中国人喜剧精神的内在特征 [M]. 北京：国际文化出版公司，1989：6.

② 万书元. 论中国现代旅游故事型讽刺小说 [J]. 晋阳学刊，1988 (5).

就是一种玩笑精神，而玩笑所赖以存在的达观心境，丰富联想和无拘无束的自由状态，在狂欢放达之中都能够获得充分的满足"①。西方有狂欢节，中国汉民族则没有狂欢节，这种种事例都说明中国汉民族的矜持、拘谨和严肃的性格，这种性格就是文学品格的形成原因。而西方人则放达、外向、不拘礼法，于是才有狂放不羁的文学。至于西方文学的玩笑性，中国文学的严肃性也是民族性格的折射。正如学者所说："说中国人是一个智慧的民族则可，但如果说中国人是一个具有玩笑气质的民族则大可商榷，因为中国人在处理严肃重大的人生问题时，从来都是不苟言笑的，从来都是正襟危坐的。""古代中国人在他们的讽刺和机智中，一般都达到了喜剧精神之理性观照的境界，都能够在对象世界中抓住矛盾，利用矛盾，然而只是由于玩笑心态的缺乏，却是他们殊途同归地步入非喜剧的道路。"②

再次，从文学观念、特别是小说观念来说。很显然，中、西的小说观念有着诸多的不同，其中，最显著的是写实与虚构的区别。中国人具有一种"现世主义"的生活态度，中国文学也就有了现世主义的精神。"中国文学的现世主义精神，深深地植根于温带地区农耕民族脚踏实地、讲求实际、不假幻想、不追根究底、遵循习惯与信守常识的作风与性格。""汉民族执着于现世人生，特别关心人生、社会及其伦理秩序，不喜欢想入非非，不太关心来生来世问题、永生问题、死亡问题，不太关心灵魂痛苦与内在宇宙问题，不太关心神学及'形而上'问题。"③ 这种"实用理性"，使中国的上古神话多具有"人间本位""人间英雄"的色彩，不论是"补天"的"女娲"、"射日"的"后羿"，还是"治水"的"大禹"都具有"人间性"。这正是中国文学的特点，也体现了中国文化的特性。而希腊神话除了英雄传说以外，更有神的故事，有众多掌管各自领域的诸神，形成一个谱系，像宙斯、赫拉、雅典娜等，尽管这些神具有"人神同姓同形"的特点，但他们毕竟高居天庭，俯视人间，有时还要惩罚人类。而中国上古"神话人物主要不是作为人类的异己力量出现，而是人类自身力量的凝聚和升华，在他们身上，神话的因素与历史的因素交融在一起。从比较神话学的角度看，这在本质上是一种'反神话叙事'。'反神话叙事'在古代神话

---

① 阎广林. 笑：矜持与淡泊：中国人喜剧精神的内在特征 [M]. 北京：国际文化出版公司，1989：8-9.

② 阎广林. 笑：矜持与淡泊：中国人喜剧精神的内在特征 [M]. 北京：国际文化出版公司，1989：19.

③ 王向远. 宏观比较文学讲演录 [M]. 桂林：广西师范大学出版社，2008：38.

之后的中国史传文学、小说、戏曲文学中，都有集中表现。""致使'神话叙事'在中国汉文学中过早中断，难以为继，无法形成一种文学传统。"于是，"必然是历史学的叙事，必然是史学作品的发达，以虚构与想象为特点的纯文学叙事也必然受到挤压"①。从这个意义上看，中国现代讽刺幽默小说写实发达，虚构有限、想象有限就带有必然性了。从传统来看，中国古典小说的产生，有三种精神资源：上古神话、先秦寓言、秦汉历史散文。这三种资源并没有得到均衡的融合，而是偏向了史传。这在东汉班固的《汉书·艺文志》中表现明显，他在给小说下定义时，撇开了神话和寓言，只强调小说与史的联系："小说家者流，盖出于稗官，街谈巷议，道听途说者之所造也。"并在注释中进一步解释是"考周事也""史官记事也"。"班固的观点一经提出，马上就成了一种权威理论和正统思想，世人皆认为小说乃史家所作、正史所遗。这种观点在中国延续了近两千年，影响极其深广，致使作者与读者对小说里的事实都比对小说本身更感兴趣。""更有甚者，在某些文人眼里，史书和小说有时竟失去了界限。""人们要求小说是写实的，要求它准确地演绎、阐释历史，不符合这一要求的作家和作品都大受挞伐。"② 观念决定文体，观念也决定行动。中国小说家在这种小说观念的支配下，追求史传之真，求真，求实，在故事情节、叙事结构、文体特征等诸多方面都体现着史传化倾向，都反映着求真的美学观念。"西方小说中随处可见的大段大段的静态的人物心理分析，大段大段的环境描写，大段大段的高谈阔论，在中国小说中都极少看到。"③

西方小说的渊源是神话，最早保存在荷马史诗里。它规模宏大，气势雄伟，想象瑰丽，激情四射，充满强烈的浪漫主义色彩。到中古的骑士传奇，更具有幻想性、离奇性的特点，故事几乎都是虚构的。文艺复兴时期的小说，虽然将写作的重心转向了现世人生，但在写实的同时，依然没有摒弃浪漫精神的传统，仍然具有飞扬灵动的艺术气质。表现在艺术手法上，夸张渲染、想象虚构、变形荒诞，甚至离奇古怪就应有尽有。西方小说观念"当然也主张题材的真实性和逼真表现客观世界，但更力倡最重要的还是表达本质的真实，而为能进入这一世界，不排斥使用任何文学手段。这种理论观念导致西方文学一向具有比较强的非写实的纯艺术品质，表现在人们对小说的观念中，则是虚构与思想激情

---

① 王向远. 宏观比较文学讲演录 [M]. 桂林：广西师范大学出版社，2008：39.
② 饶芃子，等. 中、西小说比较 [M]. 合肥：安徽教育出版社，1994：22.
③ 王向远. 宏观比较文学讲演录 [M]. 桂林：广西师范大学出版社，2008：52.

被认为是小说的重要特征之一。"① 我们从西方讽刺幽默小说中就已经看出这种特征来，夸张、想象、虚构等非写实的艺术品质表现得相当突出。可以看出，西方从古希腊开始，就对文学的虚构有明晰的认识。亚里斯多德提出的著名的"模仿说"，是按照"可然律和必然率"进行的，实际上是一种虚构和创造。亚里斯多德在《诗学》中有一句著名的名言："一桩不可能发生而可能成为可信的事，比一桩可能发生而不可能成为可信的事更为可取。"尽管他也接着说"但情节不应由不近情理的事组成；情节中最好不要有不近情理的事"②。但我们仍然能够明显地感到它和中国的"不必真有的实事，但必须是会有的实情"的现实主义文学观是多么的不同。中国过于将小说的真实性求证于历史与现实的真实性，中国缺少文学的本质是虚构的意识，所以，中国虚构文学始终不发达。我们看到，西方的小说家、批评家谈论文学的想象与虚构的精彩的话语要远多于中国的小说家和批评家。这也是一个晴雨表，说明中国在这方面的薄弱。这就是中国讽刺幽默小说重写实和再现，西方重想象和虚构在文学观念上的原因。

---

① 饶芃子，等. 中、西小说比较 [M]. 合肥：安徽教育出版社，1994：23.
② ［古希腊］亚里斯多德. 诗学 [M]. 上海：上海世纪出版集团，2006：86.

第十章　中、西讽刺幽默小说的创作经验

以上各章我们分别考察了西方讽刺幽默小说的发展历史以及在中国的译介、传播、影响；考察了中国现代讽刺幽默小说的发生、发展和杰出成就；在这种宏观视野、宏观背景的基础上，分别以鲁迅、老舍、钱锺书、张天翼、沙汀这五位中国现代最有名的讽刺幽默作家为个案，详尽分析了他们和西方讽刺幽默小说的密切关系；然后，又从微观走向宏观，阐述了中、西讽刺幽默小说的共同性特征、差异性特征。至此，问题并没有结束，我们还要在此基础上，总结中、西讽刺幽默小说的创作经验，总结各自的长短优劣，完成对比较的双方的价值判断，从而加深理解，在更高的层次上完成互识、互证和互补，得出新的认识和结论，为未来的讽刺幽默文学创作提供借鉴。

第一节　长短优劣与价值判断

应该说，中、西讽刺幽默小说各有所长，也各有所短。谈到西方讽刺幽默的优长，我们首先想到的是鲁迅在《"滑稽"例解》中的著名论断："研究世界文学的人告诉我们：法人善于机锋，俄人善于讽刺，英美人善于幽默。这大概是真确的，就都为社会状态所制限。"① 通过我们对西方讽刺幽默小说的考察，印证了鲁迅的这一论断。有什么样的民族就有什么样的文学，相反，有什么样的文学也反映什么样的民族。文学是了解民族性格的途径之一。"法国人性格开朗、乐观、明快，情感丰富，追求自由享乐，崇尚个性，关心社会，喜欢社交，

---

① 鲁迅. "滑稽" 例解［M］//鲁迅. 鲁迅全集：第5卷. 北京：人民文学出版社，2005：360.

争强好胜，喜欢激进革命，与英国人的保守拘泥、德国人的严谨古板颇有不同。比较而言，英国人善观察，德国人善概括，法国人善分析。善观察的英国人多行动，善概括的德国人多思考，善分析的法国人多言语。因为文学是语言的艺术，所以多言语者善文学。无论是从欧洲文学，还是从世界文学的范围来看，法国都不愧是一个文学大国，素以作家众多、作家多产、作品篇幅与结构庞大而著称。法国文学的发达，在很大程度上依赖于法国人的民族性格和语言习性。"① 法国人善于机锋，同时也不乏幽默，这在法国文学中有所体现。从中世纪的韵文故事（又称笑话）和《列那狐的故事》（动物史诗）就显出机锋和幽默的特性。文艺复兴时期的《巨人传》充满机锋和笑料，把法国人的讥讽、幽默、滑稽发挥到了极致，嬉笑怒骂，皆成文章。"英国作家在批判社会时也喜欢用幽默儒雅的讽刺手法，而法国作家多是直截了当的嬉笑怒骂。"② 这种特点在拉伯雷的小说《巨人传》和莫里哀的喜剧《伪君子》等作品中得到了验证。《巨人传》把讽刺的矛头直指天主教会，所以，出版后旋即被教会判为禁书。十七世纪古典主义作家莫里哀的喜剧一贯以贵族社会、教会僧侣为讽刺批判的对象，而且辛辣无情，所以，《可笑的女才子》《伪君子》等作品上演后遭到贵族势力、高等法院的禁演。十八世纪的启蒙主义作家伏尔泰，他的经典之作《老实人》既是哲理小说，也是讽刺小说。它将批判、讽刺的锋芒指向盲目的乐观主义和消极的悲观主义，嘲笑一切皆善简直是胡扯。十九世纪法国伟大的批判现主义作家巴尔扎克并不以讽刺幽默著称，但他1832年出版的《谐趣故事集》第一卷却是地道的讽刺小说集，以后又有第二卷到第十卷，每卷十篇，题名为《谐趣故事百篇》。"这部仿文艺复兴时期伟大作家薄伽丘《十日谈》的文体和结构写成的小说，痛快淋漓地重现了十六世纪王侯僧侣的腐烂、荒淫、欺诈、逗乐的丑态和市井小民的快乐和烦恼。"③ "虽不是他的代表作，但也着实的记录了一时的风尚，亦即中世纪欧洲的僧侣和执政官的荒淫和正在成长的中间层人物的无耻，这些荒淫和无耻，在现实主义的大师巴尔扎克笔下，个个穿了'诙谐''衷心的娱乐'的五彩外衣，跳舞在读者的面前，向读者揭示了他们自己的命定的灭亡。"④ 可见，巴尔扎克的这部《谐趣故事集》辛辣味、讽刺味十

---

① 王向远. 宏观比较文学讲演录［M］. 桂林：广西师范大学出版社，2008：136.
② 王向远. 宏观比较文学讲演录［M］. 桂林：广西师范大学出版社，2008：143.
③ 陈原. 巴尔扎克讽刺小说集［M］. 重印版. 陈原，译. 长沙：岳麓书社，1995：前记.
④ 陈原. 巴尔扎克讽刺小说集［M］. 重印版. 陈原，译. 长沙：岳麓书社，1995：前记.

足，堪称讽刺佳作。除巴尔扎克外，莫泊桑、左拉等名家也不乏讽刺幽默短篇佳作，直到二十世纪的法国文学依然如此。在法国，滑稽戏、单口喜剧至今倍受青睐。

"俄人善于讽刺"也是千真万确。正如学者所说："汉族和俄罗斯民族的幽默，自古便有与讽刺合流、针砭时弊的传统。"① 在俄国文学中，讽刺是重于幽默的，讽刺也是具有悠久历史和传统的。杜勃罗留波夫曾经说："整个俄国文学都是从讽刺作品开始的，靠讽刺作品发展的，至今仍是以讽刺作品为基础的。"② 这表明讽刺在俄国文学的重要地位，也说明俄国人是善于讽刺的。从十七世纪的讽刺中篇小说《舍米亚金判案的故事》就受到俄罗斯读者的欢迎。十八世纪的讽刺诗、讽刺喜剧也较流行。到十九世纪，伴随着俄罗斯文学的大放异彩，讽刺小说也迎来了新的辉煌，诞生了果戈理、谢德林、契诃夫等世界级的讽刺家。尽管艺术大师列夫·托尔斯泰早期多次宣称不喜欢讽刺，讽刺不合乎他的性格，但他晚年写的长篇巨著《复活》也不时闪耀着讽刺艺术的光芒。"在作品中，作者'撕下一切假面具'，对沙皇俄国时代的一切国家制度、社会制度、教会制度和经济制度作了强烈的批判。"③ 二十世纪二十年代到二战结束，暴露与讽刺文学在苏联得到了新发展，成为当时苏联文学中仅次于社会主义现实主义文学的另一重要文学现象。"首先，社会主义现实主义并不排斥讽刺和暴露，而且是题中应有之义。实际上，在高尔基的《克里姆·萨姆金的一生》、肖洛霍夫的《静静的顿河》等巨著中，讽刺暴露旧制度及剥削阶级代表人物的篇幅都不少于对革命和劳动人民的肯定和讴歌。其次，苏联文学中也存在着不少直面现实，讽刺暴露新经济政策、农业集体化和社会主义工业化过程中干部蜕化变质与丑恶的市侩习气的作品，如罗马肖夫（1895—1958 年）的喜剧《空中蛋糕》（1925 年）、卡达耶夫（1891—1986 年）的中篇小说《盗用公款者》（1926 年）、马雅可夫斯基的讽刺剧《臭虫》（1928 年）和《澡堂》（1929 年）以及伊里夫（1897—1932 年）和彼得罗夫（1903—1942 年）合作的长篇小说《十二把椅子》（1928 年）、《金牛犊》（1931 年）等。"④ 除此而外，这时期还有一些讽刺作品把矛头指向革命和革命者，因而，多为执政当局所不容，左

---

① 陈孝英. 幽默的奥秘［M］. 北京：中国戏剧出版社，1989：471.

② 陈孝英. 幽默的奥秘［M］. 北京：中国戏剧出版社，1989：471.

③ 郑克鲁，蒋承勇. 外国文学史（上）［M］. 3 版. 北京：高等教育出版社，2015：342.

④ 吴元迈. 20 世纪外国文学史：第 3 卷［M］. 南京：译林出版社，2004：36.

琴科、布尔加科夫、普拉东诺夫是几位代表者，包括他们所写的一些"反乌托邦小说"，显示了俄罗斯文学讽刺批判的力度。

"英美人善于幽默"，这在英国文学中得到了验证。英国曾有"幽默的祖国"之誉，幽默感在英国一直是得到高度赞赏，并和聪明、智慧联系在一起。同时，英国人又被认为具有绅士风度。"从一定意义上说，德国作家是居士，英国作家是绅士，法国作家是斗士。德国作家的居士性格，使德国作家高高地居于群众之上，营造自己想象的艺术世界。绅士气质的英国人的文学风格总体上幽默儒雅，连被贵族文人视为'粗野'的莎士比亚的作品，也有一种从容舒展的英国绅士气质。英国作家在批判社会时也喜欢使用幽默儒雅的讽刺手法，而法国作家多是直截了当的嬉笑怒骂。"① 英国文学中儒雅的幽默和讽刺可以追溯到十四世纪的乔叟，他被尊为"英国诗歌之父"。他的《坎特伯雷故事集》是一部诗体短篇小说集（也可称短篇故事集），它是继薄伽丘的《十日谈》之后又一部较早的故事集，其讲故事的方式也与《十日谈》如出一辙。书中的爱情故事、骑士探险故事、道德训诫故事、动物寓言故事、诙谐滑稽故事等，内容包罗万象、五光十色，展现了广阔的社会生活画面，被评论家称为"十四世纪英国社会的一面镜子"。无论是书中故事本身，还是总序和开场白都饶有趣味，充满幽默感，喜剧色彩浓厚，善将幽默和讽刺结合。不仅如此，乔叟还被认为是揭开了英国文学辉煌时代的序幕，是莎士比亚的先导，他作品中的许多文学语言都在莎士比亚的剧作中得到了辉煌的再现。到了十六世纪英国迎来了戏剧的黄金时代，看戏也成了英国人的主要消遣、娱乐方式。莎士比亚的十四部喜剧将幽默的传统发挥到了极致。到十八世纪，英国迎来了幽默讽刺文学的峰巅，出现了一系列写作风格幽默的作家，斯威夫特、菲尔丁都是以讽刺见长的作家，同时也是英国式幽默的翘楚。而十九世纪的萨克雷、狄更斯，其作品逗趣而又启人深思，尤其是狄更斯作品的逗乐性使幽默获得了单向发展的优势。到二十世纪的赫胥黎、奥威尔、艾米斯继承了斯威夫特、菲尔丁的幽默讽刺传统，将英国人的幽默发扬光大。除小说外，戏剧界的萧伯纳是二十世纪英国世界级的戏剧家，是一位戏剧天才，是擅长幽默和讽刺的语言大师。"出生于爱尔兰的萧伯纳继承了民族幽默风趣的特点，他对笑话有一种不可思议的敏锐鉴赏力，并且'永远不能克制制造笑话的冲动'，讽刺的幽默时常照亮了他的议论。"② 他

① 王向远. 宏观比较文学讲演录［M］. 桂林：广西师范大学出版社，2008：140.
② 吴元迈. 20 世纪外国文学史：第 3 卷［M］. 南京：译林出版社，2004：219.

的戏剧语言生动活泼，充满机智，妙语警句往往脱口而出，耐人寻味。

如果说英国式的幽默是带有绅士儒雅气的，那么，美国式的幽默则带有粗狂豪放气的。美国是个移民国家，历史并不悠久。但美国人较少受到贵族文化的束缚，多民族的融合使美国人具有个性主义，具有民主自由精神，这为幽默的舒展提供了条件。十九世纪的华盛顿·欧文就在其散文和小说中时常流露出幽默，讽刺也能击中要害又不失尖刻，他是一位乐观的幽默家。他的一些作品是中国读者所熟悉和喜爱的，早在林纾时代就有过翻译并给予很高的评价。之后的马克·吐温是美国式的幽默大师，"他在全世界成为美国文化与美国幽默的偶像和代表"。"评论家认为马克·吐温使美国文学真正美国化。海明威更有一句名言：'所有的美国文学均来自一本由马克·吐温写的叫《哈克贝利·费恩历险记》的书'。"① 近百年来，马克·吐温一直被尊为"美国文学之父"，豪威尔斯称他为"美国文学中的林肯"。一方面，马克·吐温在自己的讽刺幽默作品中理直气壮地批评、挖苦欧洲人并不比美国人出色，美国人并不比欧洲人粗俗和愚蠢。这种肯定美国人，批评欧洲人，是他深受美国人民喜爱的重要原因。另一方面，他的创作以纯粹的美国气质、美国幽默显示出极高的幽默天赋，摆脱了欧洲文学的影响的痕迹，也不再是英国文学的附庸，而完全是美国本土的风格和气派，是用自己的眼睛去观察，用自己的头脑去思考，用自己的故事和语言创造出杰出的幽默、讽刺作品的幽默大师。他的《傻子国外旅行记》"让读者领略到融揶揄、讽刺、玩笑、机智于一体的马克·吐温式的幽默笔触"②。他的《艰苦岁月》是具有美国西部特色的幽默故事，第十五章，作者为讥讽一夫多妻制，杜撰了一个男人娶了七十二个老婆的故事，为此造了一张七英尺长、九十六英尺宽的巨型的床，但"我"还是无法入睡，因为七十二个女人一起打呼噜，声音震耳欲聋，她们一齐吸气，墙壁会瘪进来，一起呼气，墙壁又会胀出去。她们一使劲，就会听见檩子咔咔作响，听见瓦片稀里哗啦。这种极度的夸张、大胆的想象正是马克·吐温式的幽默艺术和幽默效果。他的作品，轻松的幽默、愉快的幽默、玩笑的幽默、讽刺的幽默、悲观的幽默、荒诞的幽默一应俱全，的确是说不尽的幽默大师。到二十世纪，在马克·吐温等美国传统幽默的基础上，伴随着美国社会的精神危机，又变异出迥异于传统的"黑色幽默"，影响世

---

① 吴元迈. 20 世纪外国文学史：第 3 卷 [M]. 南京：译林出版社，2004：253.

② 文楚安. 言之不尽的幽默大师马克·吐温 [M] // [美] 马克·吐温. 马克·吐温幽默作品集. 文楚安，译. 桂林：漓江出版社，1998：5.

界，成为二十世纪西方现代主义文学的重要组成部分。黑色幽默作家又一次显示了美国人的幽默才能。

　　与"英美人善于幽默"相比，鲁迅认为"中国向来不大有幽默。只是滑稽是有的，但这和幽默还隔着一大段，日本人曾译'幽默'为'有情滑稽'，所以别于单单的'滑稽'，即为此。那么，在中国，只能寻得滑稽文章了？却又不。中国之自以为滑稽文章者，也还是油滑，轻薄，猥亵之谈，和真的滑稽有别"①。在鲁迅看来，在中国，幽默不大有，滑稽倒是有的，但也不是真正的滑稽，多是油滑而已，大抵看惯，"渐渐以为平常，便将油滑之类，误认为滑稽了"。在《小品文的生机》中，鲁迅对 1933 年"幽默"大走鸿运颇为反感，除《论语》以刊登幽默文为主外，"也是开口幽默，闭口幽默，这人是幽默家，那人也是幽默家"。"然而，滑稽而已，并非幽默。或人曰：'中国无幽默。'这正是一个注脚"②。很显然，在这里，鲁迅也是赞同"中国无幽默"这一说法的，这可以在此前的不止一篇杂文中找到例证。1933 年，《论语》创办一年，林语堂向鲁迅约稿，鲁迅写了《"论语一年"》，鲁迅说："老实说罢，他所提倡的东西，我是常常反对的。"因为那"是将屠户的凶残，使大家化为一笑，收场大吉"。"我不爱幽默"，在鲁迅看来，"皇帝不肯笑，奴隶是不准笑的"。"这可见'幽默'在中国是不会有的。"③ 在同年写的另一篇杂文《从讽刺到幽默》中，鲁迅认为单是"为笑笑而笑笑"虽然不少，"然而这情形恐怕是过不长久的"因为"'幽默'既非国产，中国人也不是长于'幽默'的人民，而现在又实在是难以幽默的时候。于是虽幽默也就免不了改变样子了，非倾于对社会的讽刺，即堕入传统的'说笑话'和'讨便宜'。"④ 从鲁迅的一系列文章中，我们可以清楚地看到，鲁迅对幽默及相关问题的看法：第一，鲁迅不爱幽默，不喜欢幽默。第二，鲁迅不提倡幽默，也反感、反对林语堂提倡幽默。第三，鲁迅认为中国人不是长于幽默的人民，现在也不是幽默的时候。第四，幽默是舶来品，中国无幽默，只有滑稽，但也与真正的滑稽有别。在鲁迅看来，幽默是受制于

---

① 鲁迅. "滑稽"例解［M］//鲁迅. 鲁迅全集：第 5 卷. 北京：人民文学出版社，2005：360.

② 鲁迅. 小品文的生机［M］//鲁迅. 鲁迅全集：第 5 卷. 北京：人民文学出版社，2005：485.

③ 鲁迅. "论语一年"［M］//鲁迅. 鲁迅全集：第 4 卷. 北京：人民文学出版社，2005：582-585

④ 鲁迅. 从讽刺到幽默［M］//鲁迅. 鲁迅全集：第 5 卷. 北京：人民文学出版社，2005：47.

民族、受制于时代、受制于社会现实的，用他自己的话说，就是"都为社会状态所制限"。鲁迅的这些看法是正确的，也是有根据的，在当时更是有现实针对性和现实意义的。但同时，我们也会看到，鲁迅对幽默的要求是严苛的，正像他对讽刺要求严格一样。比如，说"中国无幽默"，其实，正如幽默研究者所说："中国幽默有发展不平衡的特点。如果说在作家书面文学中不如某些欧美国家发达的话，那么，在民间文学中则似有超过他们的趋势。"① 再比如，幽默也是可以提倡的。鲁迅、钱锺书反对提倡幽默，有他们各自的出发点、角度和目的性，反映了他们各自的幽默观。林语堂提倡幽默，也有他的出发点和目的性，也体现了他的幽默观，应该兼容并包。

鲁迅虽然不爱幽默，也反感提倡幽默，但他自己又很幽默，具有幽默才能，从小说到杂文无不体现着高超的幽默艺术，幽默经常伴随着他的文本。这正像鲁迅之于油滑，他虽然承认"油滑是创作的大敌，我对于自己很不满"。但在《故事新编》中"仍不免时有油滑之处"②。事实上，鲁迅多从民间杂染了幽默，具有了民间趣味。因为"在鲁迅心目中，民间的幽默高于文人的幽默，农村的幽默高于城市的幽默，小说中的幽默高于笑话中的幽默"。同时，"鲁迅对幽默的进一步追求，是创造一种有思想的幽默，有风骨的幽默，能揭示'世相的精髓'的幽默。以民间幽默智慧的光芒，照见国民性的弱点，照出社会痛疽的典型"③。《阿Q正传》的幽默正是这样。除了民间趣味，鲁迅的幽默也来自城市，来自文人，来中外文学的滋养，来自对现实幽默、可笑人事的洞察，它是潜移默化的。其幽默的表现形式也是多种多样的，"《阿Q正传》是长期沉观默察，多样综合的结果；《幸福的家庭》是即兴发挥，调侃文学时尚的游戏笔墨。由此形成的鲁迅幽默才能是多样的，有带悲剧性、讽刺性的幽默，也有带抒情性、甚至怪诞色彩的幽默"④。

鲁迅的幽默在中国现代是一个个案，具有着鲜明的个别性。从整体来看，中国现代的讽刺幽默小说是重讽刺、轻幽默，重写实、轻想象，重客观、轻主观的。其讽刺是真实有力的，幽默则是拘谨凝重的。和英美相比，幽默是不算发达的。我们多的是世态讽刺、风俗讽刺、政治讽刺、道德讽刺，乃至人性讽

---

① 陈孝英. 幽默的奥秘［M］. 北京：中国戏剧出版社，1989：435.
② 鲁迅. 故事新编·序言［M］//鲁迅. 鲁迅全集：第2卷. 北京：人民文学出版社2005：353-354
③ 杨义. 鲁迅文化血脉还原［M］. 合肥：安徽大学出版社，2013：149.
④ 杨义. 鲁迅文化血脉还原［M］. 合肥：安徽大学出版社，2013：151.

刺，少的是轻松的幽默、充沛的喜感和玩笑的心态。杨绛点评萨克雷的《名利场》，说"《名利场》是逗趣而又启人深思的小说"①。这种"逗趣性"在中国现代讽刺幽默小说中是少见的。幽默按功能可以分为肯定性幽默、否定性幽默和纯幽默。纯幽默在欧美是常见的，在中国则是少见的。中国幽默自古就有针砭时弊的传统，这就决定了纯幽默的作品少，而如鲁迅所言多"倾向于社会讽刺"，这样，就使我们的作品是坚实的，是严肃的。这是民族性格使然，也是时代、社会使然。可以说，中国现代讽刺幽默小说具有鲜明的民族特色。

总结中、西讽刺幽默小说的长短优劣，我们还会发现，在西方，"游记体"的发达和"议论"的流行，这在中国现代也是少有的。所谓"游记体"，是通过旅程化的结构和叙事方式，记述所见之人事，反映广阔的社会生活和历史文化。它既包括主动行为的旅行、游历、冒险，也包括被动行为的流浪、冒险、历险的经历。游历是人类日常生活的一部分。在中国古代，山水游记散文比较发达，但游记体小说与之不同，前者关注的是自然山水，后者关注的是社会人文。在西方，自古以来就有征服自然、有历险、冒险的传统。所以，游历、历险的小说在西方可谓源远流长。在讽刺幽默小说中，就可以分为两类：一类是虚幻的、神话的、寓言式的游历。从古希腊罗马时代就有琉善的《诸神对话》《死人对话》等作品，以神或神话里的人为叙写对象，在娱乐、在会心一笑中包含着深刻的讽刺。而《真实的故事》讲述的完全是莫须有的虚幻旅行。十七世纪英国班扬的《天路历程》，借用寓言和梦境的形式，叙述一个叫做"基督徒"的人前往天国的艰难、曲折的历程，以及他的妻子"女基督徒"前往天堂的朝圣过程。而十八世纪的《格列佛游记》则将虚幻旅行小说推向最高峰。到二十世纪，虚幻的、神话的、寓言式的游历小说仍有它的余波，1945 年，左琴科的《猴子奇遇记》就是其中一例。另一类是现实的、真实的人的游历。十六世纪，西方出现过流浪汉小说，以西班牙的《小赖子》为代表，以描写城市下层人的生活为中心，通过流浪汉的流浪史揭露社会上种种丑恶现象，语言幽默俏皮。流浪汉小说对现实的游记体小说以不小的影响。著名的《堂吉诃德》描写堂吉诃德荒唐可笑的"游侠史"，其中就包括行侠冒险的情节。十八世纪，英国有菲尔丁的《汤姆·琼斯》，描写主人公在乡村、城市的遭遇，以及路上的种种见闻。法国有伏尔泰的《老实人》，写"老实人"甘迪德是男爵妹妹的私生子，

---

① 杨绛. 译本序［M］// ［英］萨克雷. 名利场：上. 杨必，译. 北京：人民文学出版社，2016：1.

生活在男爵的府邸中。他受家庭教师所宣扬的乐观主义的影响，认为男爵家就是人间天堂。可是，只因他爱上了表妹就被男爵赶出了家门，从此踏上流浪之旅。漫长的旅途，使他没有经历和见证一件积极的事，于是他抛弃了盲目乐观主义，而变得庸俗实际。十九世纪狄更斯的《匹克威克外传》通过匹克威克等人游历的见闻，反映英国广阔的社会生活。马克·吐温更是创作历险小说的佼佼者。他的《汤姆·索亚历险记》《哈克贝利·费恩历险记》《傻子出国记》等，不仅在吐温自己的创作中、在美国文学中，而且在世界历险小说中都占有重要地位。二十世纪，哈谢克的《好兵帅克历险记》等都在表明这种历险的文学的发达。

西方的游记、旅行、流浪、历险、冒险之类的作品之所以发达，恐怕与西方的地理位置、海洋文明、流动的生活以及由此而形成的自然观都有关系。欧洲的版图比中国略大，呈一个近乎开放的格局，和中国呈一个近乎封闭的格局正好相反。希腊人自古就以航运和渔猎为主要的谋生手段，具有风险意识和探险精神。他们泛舟海上，浪迹天涯。因此，史学家们常说："每个希腊人身上都有水手的素质。"何止希腊人，整个欧洲人都有类似的特点。由于国土面积狭小，民族复杂，个性意识强，再加上海洋文明的流动性，所以，流动的生活就成为常态，这自然培养了人的游历、流浪、冒险的精神，形成了西方的自然观："征服自然"的基本思想。早在希腊神话和荷马史诗中就不乏人、神的对抗，而在泛神论看来，神即自然，这就体现了征服自然的价值取向。中世纪的基督教神学，也确立了人和自然的对立关系。圣经中的相关表述，传达着人和自然的思想观念，即人要求生存，就必须征服自然，战胜自然。文艺复兴以后，人文主义和科学主义迅速发展，人是宇宙的精华，万物的灵长。在科学革命中，人类凭借着自己的智慧，不断地揭开自然之谜。"可见，征服和战胜自然的观念之形成在西方有着深厚的历史渊源并在西方文化中深入人心，当人们通过科学革命确认人类可以用科学来解开自然的奥秘时，思想家们讨论最多的是如何去征服、战胜自然，而不是是否可以或应该征服自然、战胜自然。"① 这样，西方最终确立了人面对自然的优势地位。于是，自然就产生了《鲁滨孙漂流记》《老人与海》等征服自然的伟大作品，这样的作品在西方也一直深入人心。这就不难理解西方的旅行、历险、冒险的作品为什么发达了。

---

① 姜文振. 文学何为：中、西传统文学价值观比较研究［M］. 北京：人民出版社，2014：27.

与西方文化中的那种主、客二分、征服自然的自然观不同，中国传统文化中的自然观是主、客统一，是崇尚自然，顺应自然，是"天人合一"。尽管荀子也曾提出过"制天命而用之"的理念，但并未成为主导，儒、道两家的"天人合一"成了中国文化的核心观念，成了中国人自然观的精练表达。再加上中国的地理位置、农业文明的封闭性、稳定性，所以，中国人的冒险精神、探险精神、征服自然、战胜自然的行动似乎不及欧美强烈。与此相应的，有关旅行、流浪、历险之类的作品就没有欧美多。在中国古代，具有虚幻游记的形式与框架的作品，自然也有像《西游记》《西游补》《常言道》《镜花缘》（前半部）等，但从短篇到长篇，几乎都是以"神魔狐鬼"为表现对象，是"神话"而不是"人话"，鲁迅称之为"神魔小说"。《镜花缘》虽然没有归入"神魔小说"，小说的前半部也写了唐敖、多九公等人乘船在海外游历的故事，包括他们在女儿国、君子国、无肠国等国的经历。但它仍属于虚幻的、神话的、寓言式的游历。而现实的、写实的、真实的人的游历，晚清的《老残游记》算是一个典型个案。它是"人话"而非"神话"，据此，也有人称为"新游记"，所以，在西方影响甚大，流传甚广。

中国现代游记体的讽刺幽默小说也不乏其例，而且都是虚幻旅行的寓言体，《鬼土日记》是阴间的游历，《猫城记》是猫国的游历，《八十一梦》有一部分是现实游历，其余是梦中游历，在《阿丽思中国游记》，"沈从文把《阿丽思漫游奇境记》的两个人物阿丽思和兔子挪移到《阿丽思中国游记》中，作为小说的主人公，并在他们的身上套用了西方殖民者在东方旅游、探险经历的故事模式"①。这部作品与其说是小说，不如说更像是童话故事。这几部虚幻旅行的小说，几乎都受西方同类作品的影响，甚至留下了模仿的印迹，不算成功的作品。现实的、写实的、真实的人的游历小说就更少了，钱锺书的《围城》有点儿西方流浪汉小说的结构，但总体还不算游历小说，艾芜的《南行记》有漂泊流浪小说的味道，但不属于讽刺幽默小说，不在本文讨论的范围之内。由此我们可以得出这样的结论：游记体小说中国不如西方发达。

比较中、西讽刺幽默小说，我们还会发现，西方的讽刺幽默小说，作者主观的介入特别明显，小说中的"议论"特别流行、多见。在西方的讽刺幽默小说中，主观介入主要有两种途径，一是在通过带有褒贬的描写传达主观感情。

---

① 李永东. 沈从文的小说创作与上海租界：解读《阿丽思中国游记》［J］. 中国现代文学研究丛刊，2006（3）.

如在狄更斯的小说中正、反面人物在作者的笔下往往是判然有别，这就将爱憎、褒贬的感情包含其中。二是在作品的叙述、描写之中插话直接向读者表达感受和态度。这种插话多以议论的方式出现，有的是夹叙夹议，也有的是议论兼抒情，显示出强烈的主观色彩。

西方小说多有"议论"，这是一个非常普遍的文学现象。有研究显示，"从文艺复兴时期起，西方小说家就爱在小说中大发议论了。拉伯雷的《巨人传》中的'议论'极多，例如对医学方面的议论。他说狗是最有哲学头脑的畜生，它最喜欢啃骨头，因为骨髓是精练到至美无上的滋养品，有古希腊医学家的著作为据。塞万提斯的《堂吉诃德》也有不少。"① 其中，教长对堂吉诃德和骑士小说的训斥就有大段的议论。十八十九世纪的西方小说，议论更加普遍。菲尔丁的《汤姆·琼斯》每卷的第一章都是独立的杂文或论文，这些议论，大部分都与小说本身无关。作者深感这些议论，读者、批评家可能会反感，所以，在第一卷、第一章的开场白里，事先"打了预防针"，作者这样说："读者诸君，在咱们同程共进之前，我觉得应该说明一下：在这部历史的全部进程中，我打算不时地离开正文，发些议论。至于什么地方才相宜，这一层我本人比任何浅薄无知的批评家更能判断。这里，我要求他们别多管闲事，对于与他们无关的事少来插嘴。"② 萨克雷和菲尔丁一样，也喜欢夹叙夹议，一边与读者恳谈，一边对所叙述的事件发表评论。狄更斯小说中的议论更是多样，有的是通过人物进行议论，如《匹克威克外传》，借匹克威克先生之口，对法律、律师的议论；有的是在作品的开头议论，比如，《双城记》在第一章"时代"，对有关时代就大发议论；还有的是夹叙夹议。果戈理的《死魂灵》中的议论也不少，有的还是议论和抒情的结合。如小说中当写到从奇妙的远方的地平线看见俄罗斯时，作者对于俄罗斯及其前景发了一大段议论和抒情。鲁迅在翻译《死魂灵》时，对作品中的议论颇为反感和"头疼"，他在致萧军的信中说："《死魂灵》作者的本领，确不差，不过究竟是旧作者，他常常要发一大套议论，而这些议论，可真是难译，把我窘的汗流浃背。"③

中国小说从古典到现代，是不喜欢在小说中发议论的，如果说有，往往是

---

① 李万钧. 中、西文学类型比较史 [M]. 福州：海峡文艺出版社，1995：272.

② [英] 菲尔丁. 弃儿汤姆·琼斯的历史（上）[M]. 萧乾，李从弼，译. 北京：人民文学出版社，1994：13.

③ 鲁迅. 350824 致萧军 [M] //鲁迅. 鲁迅全集：第13卷. 北京：人民文学出版社，2005：527.

用是"诗曰"的形式来评论书中的历史人物，或表达兴亡之感。从《红楼梦》开始，中国小说开始有了议论成分，到《镜花缘》，议论有所增多。但和西方比，终究没成气候。中国现代小说中的议论成分也是少有的。在讽刺幽默小说中，似乎只有钱锺书的《围城》议论较多，而且成为"艺术"，究其原因，恐怕与作者所受的英法文学的影响有关，也与作者的才学有关。

何以西方小说"多议论"，而中国小说"少议论"呢？笔者认为，首先是传统问题。西方自文艺复兴以来就形成了以"议论"入小说的传统，中国则没有这个传统。传统来自人的观念，也来自人的社会实践。西方作家写小说是不排斥"议论"的，作者的声音从来没有真正沉默过，既然作者的声音不会沉默，那么，"议论""抒情"就是必然的了。中国作家写小说，往往把自己的声音、态度、爱憎情感隐藏在叙述者的后面，是不露面的，完全靠场面和情节自然呈现，这是中国的小说观念。西方则不同。二十世纪美国著名文学批评家 W. C. 布斯在他的现代小说理论名著《小说修辞学》中就不排斥小说中的"议论"。他举了几个"议论"精妙的例证，如陀思妥耶夫斯基作品中的议论等，来说明"议论"是小说中的一部分，"各种议论，都是为了提高读者对一本书的特殊要素的体验强度服务的。"特别是现代小说，叙述者大都是"不可信的"，又往往采用反讽，人物的复杂程度大大超过传统小说，这样，"议论决非可有可无，而是比以前任何时候都显得更为重要。"①巴赫金的狂欢理论也表明了议论在小说中存在的合理性。其次，与人类科学、文化、人文的发展有关，尤其是在此基础上，作家获得了更为广阔的知识视野，学识渊博、多才多艺，通晓天文地理、社会人文，于是就出现了鲁迅所说的"以小说见才学者"。作者为了炫耀自己的才学，就不期然地在作品中议论，有的是由故事引发的议论，有的是离开故事发议论。我们发现，中、西小说家善于发议论者，都是多才多艺和学识渊博方面的巨人，拉伯雷、菲尔丁、萨克雷、李汝珍、钱锺书等。

该怎样评价西方讽刺幽默小说中的议论？它给作品带来怎样的结果？所起的作用怎样？审美效果如何？应该说，西方讽刺幽默小说中议论的引入给作品带来的是双重的结果，其中，既有成功之处，也有不当之处，这是一把双刃剑。问题的关键不是"议论"的有无，而是"要避免那种充满说教味儿的议论，反对那种'直接的无中介的议论'和与人物事件游离的从外部生硬地拼凑上去的

---

① 周宪. 译序 [M] // [美] W. C. 布斯. 小说修辞学. 华明，胡苏晓，周宪，译. 北京：北京大学出版社，1987：7.

议论，提高议论本身的艺术性和同作品整体的有机统一性。"① 也就是说，议论要恰到好处。应该说，"议论"在讽刺幽默小说中的功能与作用是多方面的，从积极的方面说，它可以增强作品讽刺的力度和幽默的效果，使作品富有思想的深度和哲学的高度，升华人物和事件的意义，体现作品的思想价值等。这在许多西方小说中已经得到了证明。中国小说《红楼梦》第一回作者几百字的自白，也是"议论"成功的范例。但是，"议论"用的不好也会产生负面效应。像《汤姆·琼斯》每一卷前面的序章里的"议论"就游离于作品的情节和故事，显得生硬，不自然，不是和作品的行文、和作品的情节和故事融合在一起，交融在一起，显得很不自然。另外，像拉伯雷、狄更斯、托尔斯泰等在作品中的议论过于冗长和烦琐，其效果也不一定好。还有的"议论"流于平凡啰嗦，没有成为亮点，反倒是累赘。杨绛在论《名利场》的文章中，对萨克雷《名利场》中的夹叙夹议评价得很中肯，她说："《名利场》这部小说是作者以说书先生的姿态向读者叙述的；他以《名利场》里的个中人身份讲他本人熟悉的事，口吻亲切随和，所以叙事里搀入议论也很自然。""但是萨克雷的议论有时流于平凡啰嗦，在他的小说里就仿佛'光滑的明镜上着了些霉暗的斑点'。还有一层，他穿插进的议论有时和他正文里的描写并不协调。"② 鲁迅在《中国小说史略》第二十五篇《清之以小说见才学者》中，批评《野叟曝言》"凡叙事，说理，谈经，史论，教孝，劝忠，运筹，决策，艺之兵诗医算，情之喜怒哀惧，讲道学，辟邪说，无所不包"，然而，鲁迅斥之曰："意既夸诞，文复无味，殊不足以称艺文。"③《镜花缘》中的"议论"，鲁迅认为也不好，批评它"惟于小说又复论学说艺，数典谈经，连篇累牍而不能自已，则博识多通又害之"④。相比之下，《围城》中的"议论"，虽有一点儿"掉书袋"之嫌，但还是恰到好处的，既不冗长烦琐，也不游离情节，特别是它增添了小说的讽刺幽默的效果，可以说，是成功的范例。

———————

① 周宪. 译序 [M] // [美] W. C. 布斯. 小说修辞学. 华明，胡苏晓，周宪，译. 北京：北京大学出版社，1987：7.

② 杨绛. 论萨克雷《名利场》[M] //杨绛. 杨绛全集：第5卷. 北京：人民文学出版社，2014：320.

③ 鲁迅. 中国小说史略 [M] //鲁迅. 鲁迅全集：第9卷. 北京：人民文学出版社，2005：250-251.

④ 鲁迅. 中国小说史略 [M] //鲁迅. 鲁迅全集：第9卷. 北京：人民文学出版社，2005：257.

第二节 讽刺与幽默的结合与分离

讽刺、幽默虽然是"孪生姐妹""同胞兄弟",二者常常同时出现,或者是结合在一起的,但并不等于是"连体",这就存在讽刺与幽默的结合与分离的问题。在我们所论及的中、西讽刺幽默小说中,呈现出较为复杂的状态,有的讽刺、幽默并重,实现了很好的结合;有的虽然讽刺、幽默兼而有之,但却或以讽刺为主,或以幽默为主,偏重于一方;还有的是讽刺与幽默分离,倾斜于纯讽刺,至于纯幽默在小说这种文类中是非常少见的。

优秀的讽刺幽默小说,讽刺和幽默多是紧密结合的。鲁迅和马克·吐温都认为,讽刺如果摒弃了幽默则沦为谴责,幽默脱离了讽刺则沦为玩笑。二者的有机结合、完美融合才能产生最佳的艺术效果,才能既有趣、可笑、意味深长,又具有讥讽和批判的力度,这样的作品才是我们常说的思想性、艺术性、观赏性统一的作品。在中国现代讽刺幽默小说中,鲁迅的《阿Q正传》、钱锺书的《围城》是讽刺和幽默结合的最好的,所以,两部作品才是不朽的杰作。鲁迅发现了"精神胜利法",钱锺书发现了爱情、婚姻乃是人生万事的"围城"现象。两部作品都充满了可笑、有趣的内容,同时又都意味深长,令人警醒。鲁迅的《肥皂》《高老夫子》《幸福的家庭》虽不乏幽默,但以讽刺为主,讽刺是作品的最重要的特色和价值所在。老舍的《老张的哲学》等早期小说以及《离婚》虽有讽刺,但以幽默为主要色调,在幽默、可笑、逗趣中建构了自己的特色,包含着批评、批判的力量。《猫城记》是纯讽刺,禁止了幽默和玩笑,抑制了喜剧性而转向了悲剧性。这是导致《猫城记》失败的一个重要原因。张天翼早年为《礼拜六》写的滑稽小说,就已经显示了他的谐趣、滑稽,善于捕捉与制造笑料的幽默禀赋。但由于缺乏讽刺光芒的照耀,缺乏思想的底蕴和现实批判的力度,所以,只剩下滑稽和笑料而已。后来,张天翼走向了社会,作品也倾向于社会的讽刺,并开始采用现实主义的创作方法。但是,在1931年创作的《寻找刺激的人》《猪肠子的悲哀》《稀松的爱情故事》等作品中依然按捺不住对喜剧的兴奋和对滑稽描写的偏爱,可谓是用"稀松"的笔法写"稀松"的爱情故事。1932年和1933年,鲁迅在书信中几次指出他创作的长处和缺点,这对他后来的创作影响甚大。到1934年的《包氏父子》《温柔制造者》《欢迎会》,随着人物形象的切实，张天翼的描写也切实起来，幽默、滑稽之处越来越少，讽刺性大大增强。到 1937 年、1938 年的《谭九先生的工作》《华威先生》《新生》（后收入《速写三篇》）更加倾向于严正的讽刺了，成为讽刺短篇杰作，善用人物速写和漫画笔法。二十世纪三十年代后期的另一位讽刺家是沙汀，他和张天翼、姚雪垠一起开启抗战文学的新生面。沙汀一向被认为是最得鲁迅讽刺真传的，深沉、冷峻，客观、真实，不动声色，懂得暴露文学的艺术价值。其中，《防控——在"堪察加"的一角》在当年茅盾主编的《文艺阵地》上发表，茅盾在编后记中还称赞"寓沉痛于幽默"。后来的《代理县长》《模范县长》等更是暴露国民党基层官僚的贪婪与邪恶，用夸张构成讽刺，讽刺压倒了幽默。及至长篇《淘金记》，沙汀完全走向了纯讽刺，幽默感已经无影无踪了。《淘金记》于 1943 年由文化生活出版社出版，出版后，在国统区文艺界出现了两种完全不同的评价。一种意见是对该小说给予高度肯定，以李长之、卞之琳为代表。李长之高度评价了《淘金记》"严肃地执行着写实主义的任务"所取得的成就，认为内容深沉，人物刻划精到，是"乡土文学中之最上乘的收获"。卞之琳认为，《淘金记》是"抗战以来所出版的最好的一部长篇小说"，"一出完整的戏剧"。另一种意见是对该小说的贬低，以石怀池、路翎为代表。石怀池认为该作品在具有现实意义的同时，"带有几丝自然主义的阴暗的气息"。路翎认为，作者不甘灭亡的主观，变成了淡漠的嘲弄，"是典型的客观主义的作品"①。1949年之后的王瑶、丁易、刘绶松在各自的文学史中都指出了《淘金记》"阴森森"，"写得太阴暗了"，"一片黯淡无光的色彩"等。显然，《淘金记》是有缺点的。从讽刺、幽默的视角说，讽刺压倒了幽默，客观压抑了主观，如果在讽刺中调剂些超脱、机智、可笑、有趣等幽默元素，作品就是另外一种接受效果。即便是纯讽刺，沙汀也有问题，那种过于阴森冷峻、不动声色的讽刺压抑了作者的情感，使讽刺没有了温度，使作品没有了热度。作品暴露黑暗，嘲弄邪恶有余，而揭露愚蠢，彰显可笑不足，这严重影响了作品的阅读快感，只能给人以压抑、沉闷的感觉，甚至难以卒读。像《淘金记》这样纯讽刺的作品，在中国现代还有很多，像周文的《在白森镇》、王西彦的《兽宴》、师陀的《结婚》、李劼人的《天魔舞》、张恨水的《魍魉世界》等都是如此，这里就不再赘述了。

在西方的讽刺幽默小说中，讽刺和幽默往往是结合的，因为西方国家素来

---

① 陈子善. 中国现代文学编年史：以文学广告为中心（1937—1949）[M]. 北京：北京大学出版社，2013：278.

重视幽默文学，而中国由于受道教的影响，受正统观念的影响，幽默少见于正统文学，而多见于民间和通俗文学，幽默文学是不登大雅之堂的。这样，西方的幽默文学自然就比中国发达。从文艺复兴时期的《十日谈》《巨人传》《堂吉诃德》，讽刺、幽默就是兼而有之的，在作品中是结合在一起的。《十日谈》一百个故事丰富多彩，它的讽刺、幽默性就来自这多彩的故事，这里既有巧妙的、含蓄的讽刺故事，也有机智的幽默故事，故事里充满了调侃和戏谑，让人忍俊不禁。如"第一天""故事八"，讲述了一个聪明的朝臣，抓住时机，讽刺了一个吝啬、贪婪的富翁，通过画"慷慨"，令他羞愧得无地自容。"第一天""故事六"讲述了一个机智的人（普通百姓）巧妙地羞辱了僧侣的伪善。"第三天"讲述的多是下层人依靠机智逃脱了惩罚，终于如愿以偿的故事，反映了下层人的聪明和睿智，体现出鲜明的反对禁欲苦行，追求现世的幸福和快乐的思想。这样的故事，不仅能消愁解闷，而且具有讽刺批判意义，还具有幽默滑稽色彩，这使《十日谈》具有极强的趣味性和可读性，引人入胜。《巨人传》运用夸张和讽刺手法，塑造了高康大和庞大固埃父子两代巨人形象，在法国是家喻户晓的。拉伯雷非常具有喜剧的才能和"笑"的本领，他的作品既有高雅的滑稽，也有粗俗的嘲笑，甚至还有哄然大笑，他还借鉴了中世纪的闹剧，也善于夹叙夹议，在议论、生发、调侃中增强了作品的讽刺的力度和幽默的绵长，讽刺、幽默结合在了一起。《堂吉诃德》更是一部伟大的讽刺幽默作品。在作品中，讽刺和幽默水乳交融，共同发挥着作用。作品中那一胖一瘦、一高一矮的两个主要人物堂吉诃德和桑丘就是塑造的极其成功而不朽的讽刺幽默形象，作者为他俩的"行侠仗义"，游走天下，干出种种令人匪夷所思的行径的游侠骑士画了一幅幅漫画像，充满了荒唐可笑性。堂吉诃德是一个具有双重性的复杂人物，是一位聪明的傻瓜，在他的身上，交织着、统一着一系列的矛盾的因素：他聪明而又愚蠢，博学而又愚钝，正直而又荒唐，勇敢而又无能，诚实而又虚伪……这些看似悖论的元素都统一在、融合在他的性格和行为里。作者也正是通过一对对相互矛盾的因素和手法，诸如现实与想象、真实与虚幻、写真与夸张、严肃与滑稽、正经与玩笑、喜剧性与悲剧性等等紧密地交织在一起。

十八世纪的斯威夫特从创作伊始就显示出了讽刺才能。他早期创作的《书的战争》讽刺了当时学究式的考证和脱离实际的研究。《桶的故事》通过三兄弟的形象讽刺了教皇和教派。他这时期的作品基本上以讽刺见长，幽默还没有充分显现。到他晚期写的不朽的讽刺杰作《格列佛游记》，讽刺和幽默实现了很好的结合，作品中的可笑、逗笑、嘲笑应有尽有，是妙趣横生而又耐人寻味的作品。以往的研究，多强调《格列佛游记》是一部杰出的、经典的讽刺小说，这当然是对的，但相对忽视了它的幽默的禀赋和风趣性的品格。《格列佛游记》不是一部纯讽刺的小说，如果它离开了幽默、离开了可笑的情节、离开了机智，作品将黯然失色。它实际是一部具有机智幽默的讽刺小说，广泛的社会讽刺（包括对统治阶级的鞭挞，对党派之争的嘲笑，对教会的揶揄，对政客们的鄙夷，对伪科学家的嘲讽，对英国资产阶级在资本原始积累时期的疯狂掠夺、贪得无厌的揭露等）是通过一个个精彩纷呈的虚构的情节、幻想的手法、漫画的夸张、有趣的事件、可笑的形象、机智的反语等方式呈现出来的，作品的艺术魅力也正在于此。它是用讽刺来揭露荒诞，以幽默丰富作品的趣味，从而使作品既具有道义又具有审美，成为二者和谐统一的佳构。比如，第一卷写的小人国，高跟党和低跟党的差别只在于他们皮靴后跟的高低之别，其他方面都是一丘之貉。小人国之间的战争，其导火索是因为吃鸡蛋时是先打大头儿还是先打小头儿引起的。选拔官员，靠的是绳技（将绳子套在脖子上），皇帝之所以令臣子们肃然起敬，只因为手指甲比别人长。格列佛用小便浇灭了皇后寝宫的火灾，皇后感到奇耻大辱，于是，皇帝就和大臣密谋害他。小人国埋葬死人更加可笑：把死人的头一直朝下，因为他们相信一种说法，一万一千个月以后死人们都要复活，那时候，地球会上下颠倒，按照这种埋法，他们复活以后就会安稳地站在地上了。像这样的荒唐、可笑、滑稽的内容比比皆是，再加上作者的嬉笑怒骂，冷嘲热讽，使《格列佛游记》成为一部充满幽默、智慧的讽刺杰作。小说在英国首次出版，受到读者极大的喜爱，三周就售出一万册。二百多年来，被翻译成几十种语言，多次被改编成电影，搬上大银幕，在世界各国广为流传。

到十九世纪，英国最伟大的讽刺幽默家要数狄更斯了。从创作伊始，狄更斯就敏锐地发现了现实生活中的矛盾、荒谬、滑稽、可笑之处，于是，幽默就成了他小说的重要特征之一，成了他作品魅力的重要来源之一。早期的作品如《匹克威克外传》《尼古拉斯·尼克尔贝》等，把人物和场面中隐含的幽默因素放大，从而产生强烈的喜剧效果。匹克威克，他的相貌和言谈举止就滑稽可笑，作品在幽默中包含着讽刺，小说的基调还比较乐观。中期的创作在艺术上已经成熟，对人性的探索进一步深入，作品冷峻的一面也有所加强，而幽默和轻松的笑则受到了限制。到后期的创作，由于年龄的增长，阅历的丰富，对社会黑暗的认识也进一步加深，再加上个人爱情婚姻生活上的不幸，使他作品乐观的基调越来越被冷峻的色调所代替，早期的幽默随着客观形势的变化而急剧减少，作品更加悲观。

十九世纪和二十世纪俄国的讽刺幽默小说，多以讽刺为主，幽默为辅，讽刺是其最主要的手段和特色，但也并非纯讽刺。果戈理创作伊始，并没有显出讽刺才能和特色，他的《狄康卡近郊夜话》以诗意的情感、浪漫的笔法、乡土的色彩令普希金"惊喜不已"。到 1835 年出版的两个中短篇小说集《米尔格拉德》《小品文集》中的部分篇章开始显出辛辣的讽刺艺术。《米尔格拉德》中的《旧式地主》《两个伊凡在吵架》辛辣地讽刺了乡村地主的灰色人生和卑琐的精神世界。《小品文集》中的《鼻子》《外套》，前者用荒诞手法揭露俄国官场的钻营，后者用含泪的幽默写出"小人物"的命运。紧接着的喜剧《钦差大臣》和小说《死魂灵》标志着果戈理讽刺艺术的高度、丰富和千锤百炼。揭露愚蠢与谴责邪恶是果戈理讽刺领域的两个中心，这在《死魂灵》第一卷中鲜明地体现出来。作者把五个地主集中起来，把他们塑造成了愚蠢和邪恶的讽刺典型。"作者所以能把这五个人写得栩栩如生，是因为他抓住他们身上的一两个特征生发开去，加以夸张，甚至达到漫画程度。比如写普柳什金的吝啬就入木三分：他家储存的东西堆积如山，几代人也用不完，面粉结了块，麻布变成灰，他却到大路上拣旧鞋底和破衣服；他心肠硬得像石头，对自己的大女儿和儿子都一毛不拔。"① 除了地主，小说对官员的腐败无能揭露得也是一针见血。果戈理以平实、逼真的人物描写，在此基础上的夸张、漫画、变形、明讽、暗刺、反语、夸大语等，创造了"怪诞的现实主义"，其幽默讽刺艺术丰富多彩而又炉火纯青。然而，《死魂灵》第二卷中，作者欲放弃揭露愚蠢与谴责邪恶这两个讽刺专长，而要描写正面人物，连小说的主人公乞乞科夫到第二卷里也开始学好，要规矩地做生意，作者对他的冷嘲热讽少了，而多了几分温情。第二卷的失败，使作者两次焚烧手稿。这个事例表明，果戈理的艺术专长在于讽刺、嘲讽、揭露、批判，而不在于歌颂与肯定，讽刺是他的看家本领。他塑造反面人物可以鲜活欲出，而写正面人物则苍白无力，必然导致创作上的失败。

在果戈理之后的谢德林，继承了果戈理的讽刺传统，他的讽刺小说，虽然免不了诙谐俏皮的幽默文字，但他是以讽刺为旨归的，是以讽刺作家确立了自己的地位的。高尔基认为，作为讽刺作家，谢德林的笔力并不弱于果戈理。这

---

① 王士燮. 死魂灵·译序 [M] //果戈理. 死魂灵. 王士燮，译. 南京：译林出版社，2000：4.

是很高的评价。谢德林的讽刺艺术是从《外省散记》开始显现的，这部作品给他带来了极大的声誉，使他开始蜚声文坛。"这部包括三十余篇特写的作品，以无情的讽刺抨击了沙皇官吏的贪污腐化、堕落无耻的生活。那些有声有色的人物形象，把农奴制俄国的腐朽暴露无遗。作品发表后，得到革命民主主义批评家车尔尼雪夫斯基和杜勃罗留波夫等人的高度评价。"① 之后的《一个城市的历史》是他的政治讽刺长篇，也是他讽刺艺术的代表作之一。它"以怪诞和夸张的艺术手法，描绘了愚人城历任市长鱼肉人民的故事。作者以叙述愚人城编年史为故事线索，讽刺的矛头直指沙皇国家机器，无情地揭露它反人民的本质"②。另一部长篇代表作是《戈洛夫廖夫一家》，描写了农奴制度下地主家庭的衰亡历程。家人之间的尔虞我诈，冷酷无情令人发指，整个作品阴冷、绝望的色调，让读者透不过气来。小说的主人公波尔菲里（绰号犹大什卡，即小犹太）空话连篇，好话说尽，对家里人更是甜言蜜语。但这只是外表，他的内里却是一个冷酷无情、阴险狡诈、贪婪而又吝啬的伪善者的典型，是巧取豪夺、唯利是图的典型。他每时每刻都在窥视家人的财产，夺取了哥哥和弟弟的财产，又逼迫他妈妈成为自己的食客。他因一点小事拒绝给他的大儿子继续提供生活费，逼得大儿子自杀，小儿子也因借不到钱还债而死在流放途中。最终这个吸血鬼断子绝孙，死在了他妈妈的坟旁。这一艺术形象，成为毫无人性、冷酷无情、唯利是图的典型，是谢德林杰出的艺术创造。作家集中笔力，多方展现了他的穷凶极恶，把最强烈的"憎"倾注于这个人物身上。除此之外，作家还写了地主庄园形形色色的人物。除了小说，谢德林还有不少童话作品。童话主要是写给孩子们看的，但谢德林的童话也适合成年人读，其中原因之一是他的童话和他的小说一样带有强烈的讽刺性，他使用讽刺的武器继续战斗，揭露沙皇专制，讽刺知识界的怯懦心理、伪善言行甚至卖身投靠。正是因为谢德林在小说和童话里都将知识分子描写得入木三分，所以，高尔基称赞他"从五十年代到八十年代（指十九世纪）的俄国知识分子的历史谢德林描写得最清楚"③。

谢德林之后，俄国又一位讽刺幽默小说家是契诃夫。他是十九世纪末崛起的重要作家，从小说到戏剧，取得了极高的成就。契诃夫的创作是从幽默开始

---

① 张孟恢. 译本序［M］//谢德林作品集：上. 张孟恢，译. 上海：上海译文出版社，2015：6.

② 张孟恢. 译本序［M］//谢德林作品集：上. 张孟恢，译. 上海：上海译文出版社，2015：7.

③ ［苏］高尔基. 俄国文学史［M］. 缪灵珠，译. 上海：上海译文出版社，1979：460.

的。1880 年，二十岁的契诃夫就在当时的幽默杂志《蜻蜓》上发表了《一封给有学问的友邻的信》，契诃夫自称是"第一篇小东西"。作品幽默而讽刺，嘲笑了一个本没有什么学问却又自命不凡的地主。那时，俄国的幽默刊物很流行，像《蜻蜓》《蟋蟀》《花絮》《闹钟》《娱乐》等都是，发表短小、幽默、诙谐的文字供市民消遣娱乐。契诃夫给《花絮》撰稿，主编提出明确的要求：一要简短，每篇不超过一百句，二要幽默，让读者解颐。这在客观上逼出了契诃夫早期创作简洁而幽默的风格并以此建构了自己的个性。鲁迅在 1909 年编译《域外小说集》时就收录了契诃夫的两个短篇。二十世纪三十年代中期，鲁迅又从德文译了契诃夫早期的八篇幽默小说。鲁迅对契诃夫的评价极其精准，一方面肯定了他早期幽默小说的价值，另一方面也表明他后来作品的变化，从幽默到严肃乃至哀伤。事实正是如此，从十九世纪八十年代中期以后，契诃夫开始描写劳动者的困苦，意识到文学家不是糖果贩子，不是替人消闲解闷，而是要反映出更多、更尖锐的社会问题。他不再写幽默故事了，而是走向了如鲁迅所说的更深广、更严肃的社会写实。虽然幽默性的讽刺在他后期作品中仍能捕捉到，但毕竟没有早期那么普遍、那么多了。

在欧美讽刺幽默小说家中，将讽刺和幽默结合的最好的是马克·吐温。这在他的多部作品中体现出来，甚至可以说贯穿他创作的始终。正因为如此，他被称为幽默大师，也被称为讽刺幽默大师。他在美国文坛流行"幽默文学"的时候开始自己的创作，也可以说是在美国幽默传统的基础上创作的。但马克·吐温的作品和当时文坛上流行的源于口头传闻的幽默文学是有区别的。这种区别就在于他不仅仅是滑稽逗乐，而要有深刻的内涵。他在"自传"里总结自己写幽默小说的经验，说"不能一味逗乐，要有更高的理想""这就是为什么我能够坚持三十年"。他所说的"要有更高的理想"是指他抑恶扬善的创作目标，"坚持三十年"是指从创作伊始到他写自传为止已历时三十余年。一个作家对讽刺、幽默的追求能够坚持三十年，这在中、西作家中都是少见的。从 1865 年他的成名作《卡拉维拉斯县驰名的跳蛙》，到 1900 年的《败坏了赫德莱堡的人》，这 35 年是马克·吐温创作的辉煌的 35 年，他创作了大量的作品，其中绝大部分都是幽默与讽刺有机融合的佳作，他的批判的锋芒几乎无所不至，渗透到、深入到幽默文本的深层，在幽默故事、诙谐的形象、极度的夸张、鲜活的语言的背后无不蕴含着深层寓意，既生动有趣，又发人深省。

当然，在较长时间的创作历程中，马克·吐温的创作不可能一成不变，而是有一定的发展和变化。细致品味，我们会看到，他开始时的作品轻松幽默，嬉戏欢笑。在夸张的叙事中，在俏皮的文字中包含着讽刺和揭露。《跳蛙》《坏孩子的故事》《火车上的食人事件》《田纳西的新闻界》等 1870 年以前的作品就是如此。1870 年以后的作品如《我如何编辑农业报》《竞选州长》等讽刺的力度明显加强，前者揭露编辑农业报的都是些什么人？居然说萝卜长在树上，说瓜诺是一种益鸟，说公鹅产卵。作者最后揭露：原来，"一个人越是无知，就越是名声在外，薪水也就越多""在这个冷漠唯利是图的世界上我肯定早已大名鼎鼎了。"后者的政治讽刺极其辛辣，将资产阶级民主选举的丑闻以及政客和新闻报刊的恶劣行径通过夸张暴露无遗。1869 年完成的《傻子出国记》，是马克·吐温的第一部长篇，通过漫游记的形式将嘲笑的矛头指向欧洲文明，也指向美国人自己（通过整个旅游团，也包括作者自己），既是嘲人，也是自嘲。作品从"傻子"的眼光，嘲笑欧洲的封建残余和宗教愚昧，抨击弄虚作假、欺骗教徒的教会，讽刺美国游客的庸俗无知，到处涂鸦，甚至盗窃文物，破坏古迹。作品对拜金主义作了这样的揭露和讽刺："一个人只要有了钱，他就大受尊重，可以当议员、当州长、当将军、当参议员，甭管他是多蠢的一头驴。"1870 年以后的创作，轻松的幽默转向了辛辣的讽刺，诙谐、滑稽的成分有所减少，讽刺、批判更为严肃有力。1874 年出版的《镀金时代》无情地揭露美国南北战争之后资本主义的现实。当时胜利的北方工业资本家向南方的奴隶主妥协，他们相互勾结，疯狂地剥削人民。可资产阶级的报刊和御用文人却把这个时代描绘成"黄金时代"。马克·吐温无情地揭去了资本主义迅速发展的表象，认为这不是"黄金时代"而是"镀金时代"。这种精练的概括后来被史学家沿用，用来概括这段历史时期。1876 年问世的《汤姆·索亚历险记》是马克·吐温的名著之一。小说故事十分有趣，把儿童历险写得惊心动魄，妙趣横生。为了适合儿童看，作者有意减低了讽刺的尖锐性，而增加了轻松幽默。对儿童性格和心理刻划也显著增强。这体现了马克·吐温创作的新发展。1884 年诞生的《哈克贝利·费恩历险记》是马克·吐温又一部重要名著，中国学者认为它是马克·吐温的代表作。小说讲述的是哈克帮助黑奴吉姆逃亡的故事。该书既富有童趣，又具有广泛的讽刺和批判性，讽刺和批判的成分比 8 年前的《汤姆·索亚历险记》明显增多。种族歧视、政治腐败、经济混乱、投机之风以及宗教、教育、资产阶级民主选举都是他讽刺批判的对象。1900 年及以后的《百万英镑的钞票》《败坏了赫德莱堡的人》《三百万的遗产》等中短篇小说集中揭露拜金主义和金钱的罪恶，进一步彰显了尖锐的讽刺和无情的揭露这一特点，风格也更趋向于冷峻。总之，马克·吐温几十年如一日，在幽默、讽刺的天地里天马行空，自由驰骋，将丰富的讽刺与多彩的幽默融合在一起，超越了他同时代几十个幽默作家的逗趣和笑料，而在幽默的背后有讽刺，在讽刺的背后有批判，有严肃的主题。这样，也就自然超越了那些只图逗笑作品的昙花一现，而走向了超越时空的永久地位。至于二十世纪以后美国的黑色幽默小说，与十九世纪的幽默传统、与马克·吐温作品的荒诞都有一定的精神关联，黑色幽默小说是在荒诞与悖论中展开故事和事件，用反讽的叙述呈现出来。反讽与黑色幽默、与冷幽默结合了在一起，也提供了一定的成功经验。

第三节　正确对待讽刺幽默

讽刺幽默绝不仅仅作为手法、技巧、特性而存在，尤其是当讽刺幽默进入某种文学体式，并成为主要的方法和特性，形成讽刺幽默诗、讽刺幽默剧、讽刺幽默小说、讽刺幽默故事等等以后，讽刺幽默还是一种喜剧精神，一种智慧和自信，它体现着创作主体的聪明和睿智。讽刺是用嘲讽和讥刺的笔法对人和事进行描写、揭露、批评和嘲笑，是用智慧来否定愚蠢和抨击邪恶，是讽刺家用以医治人类罪恶和人性弱点的苦口良药。讽刺是对人生的洞察，是对病态的发现，是智慧的结晶。讽刺具有火与剑的功能，比一般的正面谴责、暴露更具杀伤力。幽默是有趣、可笑和意味深长，幽默给人带来轻松、愉悦和欢乐，它体现创作者对人生的达观和智力的优越。幽默是一种境界，一种笑文化，是精美的高级艺术，是"语言者"们的普遍追求。幽默是一种优美健康的品质。王蒙认为幽默是一种生活智慧，是智力的优越感。总结讽刺幽默创作的经验和教训，汲取作家的创作精华和作品的喜剧智慧，为我所用，以滋养当代人的智慧品格和精神世界，其意义不言而喻。

然而，这只是问题的一个方面，还有另外一个方面，对这一个方面，我们也不能视而不见，那就是讽刺幽默给人带来的麻烦，它的讨人嫌和遭人骂的一面，甚至还要为之付出沉重的代价。于是，对讽刺幽默就不可避免地存在着偏见，既然是偏见，就需要纠偏，这就引出了我们要讨论的问题：正确认识、正确对待讽刺幽默的问题。讽刺既然具有火与剑的功能，它比一般的暴露、批评更具杀伤力，那么，它就容易灼人、伤人，容易遭到诋毁、围攻，给人带来麻烦，甚至厄运。正因为如此，所以，鲁迅说："讽刺家，是危险的。"鲁迅自己的讽刺就遭到一些人的诋毁、围攻。在另一篇论讽刺的文章中，鲁迅还说："我们常不免有一种先入之见，看见讽刺作品，就觉得这不是文学上的正路，因为我们先就以为讽刺并不是美德。"① 这种对讽刺的偏见，冯雪峰也有同感，他在1930年发表的《讽刺文学与社会改革》一文中说："人们往往将称为'讽刺文学'这种东西，看成是单单消极的，没有主张的东西，这是极大的错误。或者还甚至看成为滑稽的文学，以为只是'有趣，有趣'，这尤其是错误了。"② 梁实秋对讽刺文学就很反感。所以，冯雪峰正面阐述了讽刺文学的价值。那么，对幽默又如何呢？幽默既然和逗笑、可笑相联系，和诙谐、滑稽相接近，那么，就极易沦为鲁迅所说的"说笑话，讨便宜"，沦为油滑。特别是幽默的可笑与主旨的严肃如何协调统一，是一个不好解决的文学难题。鲁迅、老舍、张天翼在自己的创作中都为此付出过努力和代价，有过经验和教训。无独有偶的是，老舍也说过幽默的危险，1937年，他在《宇宙风》上发表了《"幽默"的危险》一文，文中说，幽默往往油腔滑调，理当诛伐。有时候讨人嫌，被正人君子视如眼中钉，非砍了头不解气。③ 老舍的这番话，既反映了人们对幽默的偏见（把它等同于油腔滑调），也流露出对他自己的幽默遭批评的不满。

在西方，对讽刺和幽默也存在类似的偏见和诋毁。对讽刺幽默持有偏见、作品被禁毁、作家遭迫害和中国现代相比有过之而无不及。英国学者阿瑟·波拉德在他的小册子《论讽刺》中说："讽刺作家不是那种性情随和、易于相处的人。他对别人的愚蠢与缺陷不但有超乎寻常的敏感，而且总是不能自已地要将这一点表现出来。"④ 所以，"讽刺作家必须谨慎小心"⑤，因为"讽刺总得有一个受伤害者，他总是爱挑剔的。""斯威夫特曾感到事情是如此之难堪：'我在我的所有作品中定下的主要目标是让大家烦恼而不是让大家高兴。'"⑥ 对于幽默文学，欧美在二十世纪以前多把它看作是滑稽逗乐的、不严肃的通俗文学，这

---

① 鲁迅. 论讽刺［M］//鲁迅. 鲁迅全集：第6卷. 北京：人民文学出版社，2005：286.

② 冯雪峰. 讽刺文学与社会改革［M］//冯雪峰. 冯雪峰全集：第5卷. 北京：人民文学出版社，2016：24-25.

③ 老舍. "幽默"的危险［M］//老舍. 老舍文集：第15卷. 北京：人民文学出版社，1990：312-314.

④ ［英］阿瑟·波拉德. 论讽刺［M］. 谢谦，译. 北京：昆仑出版社，1992：1.

⑤ ［英］阿瑟·波拉德. 论讽刺［M］. 谢谦，译. 北京：昆仑出版社，1992：6.

⑥ ［英］阿瑟·波拉德. 论讽刺［M］. 谢谦，译. 北京：昆仑出版社，1992：111-112.

样的文学，难成伟大的作品，为高雅的读者和评论家所不屑。琉善作为古罗马的无神论者，他的讽刺作品把古代希腊诸神嘲笑得体无完肤。所以，他的作品遭到很多人的反对。基督教作家传说他因为诽谤基督，被一群狗扯碎而死。可见对他的诋毁和仇恨程度。《十日谈》问世后，薄伽丘饱受非难，中断写作。薄伽丘逝世后，教会对他的迫害并没有停止，《十日谈》的许多珍贵的版本被付之一炬，甚至挖掉薄伽丘的坟墓。二百年后，佛罗伦萨出版了一种教皇钦定的《十日谈》的删改本，干坏事的僧侣统统改成了世俗的市民。之后法国出版的"删改本"中，原来出丑的神父也改成了普通人，压抑人性的修道院被搬到了东方。拉伯雷的《巨人传》第一部、第二部出版后，一方面受到市民读者的欢迎，另一方面，也激怒了当局势力，被法院宣布为禁书。《巨人传》的冷嘲热讽，嬉笑怒骂的狂欢色彩，一直受到教会的诋毁和蔑视。喜剧大师莫里哀的讽刺喜剧不断地遭到诋毁。他的《可笑的女才子》因无情地讽刺了贵族、资产者的附庸风雅和腐朽无聊，遭到禁演。但莫里哀并没有退缩，连续编演了《丈夫学堂》《太太学堂》，又遭到禁演。《伪君子》屡遭禁演，作者屡次抗争，有时也不得不让步修改。《唐璜》和《伪君子》一样被禁演，直到作者死后才能印行。《伪君子》尖锐地揭露了教会势力的虚伪性和欺骗性，使得神父甚至要求判处作者火刑。莫里哀逝世后，由于教会的阻挠，他的葬礼冷冷清清，只有两个教士参加，没有任何观众，而且是在黄昏之后悄悄地举行。果戈理的讽刺喜剧《钦差大臣》首次公演后，立即掀起轩然大波，当局不满，统治阶级的御用文人否定，说果戈理是"挑拨者""叛乱者"。果戈理被迫流亡国外。《死魂灵》也曾遭到围攻。谢德林早年的作品《矛盾》（1847 年）、《错综复杂的事件》（1848 年）发表后遭到查禁，作者被逮捕、流放达八年之久。二十世纪前半期苏联的讽刺与暴露文学，"由于把讽刺暴露的矛头指向革命和革命者，因而为多数执政的领导者所不容。有的作品一面世便受批判，有的作品在作家生前未能出版。在这种类型的讽刺暴露文学中，布尔加科夫、左琴科和普拉东诺夫是公认的代表者。这三位作家至五十年代末才被恢复名誉，获得重新评价，被搁置的作品也陆续面世"①。其中，左琴科，对他和他的不少讽刺作品都是褒贬不一，毁誉参半。1945 年发表的《猴子奇遇记》，立刻引起评论界的激烈批评，说它诽谤苏维埃人的生活，不久，左琴科被作家协会开除，直到 1953 年才被恢复，但他已不再发表作品。普拉东诺夫于 1928 年创作的揭露官僚主义的中篇讽刺小说《格拉多

---

① 吴元迈. 20 世纪外国文学史：第 3 卷 ［M］. 南京：译林出版社，2004：36.

夫城》《契契奥》遭禁，未能出版。1929年创作的反映公民与官僚主义冲突的中篇小说《疑虑重重的马卡尔》，一经发表，立刻遭到"拉普"评论家的猛烈攻击，作家背负着种种莫须有的罪名。之后创作的长篇《切文古尔城》（1929年）、中篇《基坑》（1930年）《初生海》（1934年），作品至死都未能问世，直到半个多世纪以后的二十世纪八十年代后期才得以公开发表。凡此种种，无不说明讽刺的危险、对讽刺的偏见以及作家付出的沉重的代价。

也许，正是由于人们对幽默总是要求它要具有严肃的意义，否则就只能是初级的、肤浅的幽默，即使它抓到了引人发笑的方法，也能充分调动文字和技法，但批评家总是不满足这样的幽默，总是要挖掘意义。这种批评与接受的观念反馈给作家，不能不影响幽默的发挥，于是我们看到中、西都有幽默天性的作家很快从欢笑走向严肃，从滑稽走向切实，从喜感走向悲感。这一方面固然是幽默家创作成熟、深刻起来的表现，但也有因此而走向了拘谨，走向了谨慎，放不开手脚，生怕跌入油滑。老舍、张天翼、沙汀等作家都程度不同地存在这样的问题。外国的狄更斯、果戈理、契诃夫、马克·吐温等也都是从欢乐的笑声、从谐谑的幽默走出来。狄更斯的小说创作是从幽默的追求开始的。早期的作品风趣、乐观，幽默的色彩浓重，讽刺的意味淡薄。《匹克威克外传》《尼古拉斯·尼克尔贝》等作品都体现了欢快的幽默格调，作者敏锐地发现生活中方方面面的喜剧性和滑稽性的东西，处处以幽默的姿态对待社会和生活中的事物。到中期的创作（从1842年到1858年）虽然总的基调仍是乐观的，但已露出了悲凉之意，作品的冷峻的一面有所加强，而幽默的一面相对弱化。这一点从《董贝父子》《荒凉山庄》《艰难时世》等杰出的、成熟的作品中都可以看出。幽默多带有了讽刺意味。到晚期（从1858年到作者逝世）的创作乐观的基调进一步削弱，冷峻的色调进一步增强，幽默更加削弱，尤其是人物性格上的幽默与早期相比较，基本上没有了，幽默的色彩多表现在行文的叙事、描写和语言的风格上。作品更多地体现愤世和悲剧色彩。《双城记》以法国大革命前夕贵族和平民的尖锐矛盾来写照当时英国的现实。风格上也一改早期的诙谐、幽默、活泼的特点，代之以低沉、肃穆的基调。作者对社会前途更加失望而心灰意冷。《远大前程》是一出幻想破灭的悲剧。《我们共同的朋友》是狄更斯最后一部作品，其中的轻松的幽默已荡然无存。

果戈理的创作，从早期的明快的欢笑，到后来写小人物的含泪的苦笑和写地主的愤怒的嘲笑，也是清晰可寻的。其中，讽刺越来越深邃，技法也越来越多样。契诃夫的创作更是从幽默起步的，没有给《蜻蜓》《花絮》等幽默刊物投稿的经历，就没有幽默讽刺家的契诃夫。令人惊喜和难能可贵的是，契诃夫成长得非常迅速，短短几年，他就从轻松俏皮的幽默走向了意味深长的幽默和含泪的笑。《一个文官的死》《胖子和瘦子》《变色龙》《站长》等永远是幽默的精品。之后的《苦恼》《万卡》《草原》等作品虽然也都是精品，但不是幽默的精品了，幽默被哀伤所代替，喜剧被悲剧所代替。马克·吐温更是在美国"幽默文学"流行的环境下开始他幽默文学创作的。1852 年 5 月 1 日，他在波斯顿的幽默周刊《手提包》上发表了他的处女作《拓殖者大吃一惊的花花公子》。1865 年，他开始用"马克·吐温"的笔名发表成名作《跳蛙》。此后，他经常为报刊撰写幽默文章。从二十世纪六十年代末开始，他的作品增加了讽刺成分，注重揭露、批判现实社会问题。在此后四十余年的创作生涯中，他幽默、讽刺并用，常常结合在一起，有时，辛辣的讽刺压倒了轻松的幽默，但幽默并没有绝迹。可以说，马克·吐温是坚持幽默最久、也是最有成就的作家，所以，他才是当之无愧的幽默大师。

从以上中、西作家对待幽默的问题上，我们深切地感到讽刺难为，幽默不易。能坚持持久的更为不易。共和国之后至今的中国当代文学，高品位的讽刺幽默作品并非想当然的令人目不暇接，相反，则像"稀有金属"。这又一次证明讽刺难为，幽默不易。今后，幽默文学该如何发展？一个关键之点是作家要放纵心灵，放开手脚。超越拘谨、心有余悸等心理障碍，实现心志的大解放。欲动又不敢妄举，幽默又怕油滑，谐谑又怕不正经，是难以创造幽默精品的。中国古代，民间的幽默为什么发达，书面文学中的幽默又为什么不发达？原因就在于文人创作的拘谨，不放纵。林语堂当年在《论东西文化的幽默》中说："我认为，幽默的发展是和心灵的发展并进的。因此，幽默是人类心灵舒展的花朵，它是心灵的放纵或者是放纵的心灵。唯有放纵的心灵，才能客观地静观万事万物而不为环境所囿。"① 今天看来，这也是精辟的见解。当代杰出的幽默小说家王蒙认为，"从容才能幽默。平等待人才能幽默。超脱才能幽默。游刃有余才能幽默。聪明透彻才能幽默。就是说，浮躁难以幽默。装腔作势难以幽默。钻牛角尖难以幽默。捉襟见肘难以幽默。迟钝笨拙难以幽默。"② 王蒙的这番话，清

---

①　林语堂. 论东西文化的幽默［M］//林语堂. 谁最会享受人生. 武汉：湖北人民出版社，1989：116.

②　王蒙. 王蒙幽默小说自选集·自序［M］. 桂林：漓江出版社，1995：1.

楚地告诉我们：什么样的情形利于幽默，什么样的情形不利于幽默。应该说，当今的时代是幽默的时候了，作家不缺乏知识，也不缺少幽默禀赋。试看当今手机微信所传播的幽默段子和幽默微型小说，都是如此地鲜活，如此地幽默。何以如此？因为它们放达，因为它们无所顾忌。这就更反衬出文人的拘谨了。幽默是一国的文化，幽默是人生的智慧，幽默可以帮助人们减轻压力，减少浮躁和焦虑。"幽默就是力量。"①

---

①　〔美〕赫伯·特鲁. 论幽默〔M〕. 程永富，王刚，译. 成都：成都科技大学出版社，1988：9.

结　语

　　英国讽刺家艾米斯"非常重视讽刺的审美价值与社会价值，认为'一个没有讽刺的文化是一个没有自我批评精神的文化，因此也必然是没有仁爱的文化'"①。中国幽默家林语堂认为"幽默本是人生之一部分"，"没有幽默滋润的国民，其文化必日趋虚伪，生活必日趋欺诈，思想必日趋迂腐，文化必日趋干枯，而人的心灵必日趋顽固"②。英、中两位作家都是从文化的高度看待讽刺、幽默的作用和意义的。由此也印证了研究讽刺幽默艺术的价值所在。

　　从以上十章我们对中、西讽刺幽默小说的比较研究中，我们可以得出以下结论：

　　1. 西方讽刺幽默小说有着源远流长的历史和辉煌的成就。从文艺复兴到十八世纪，是西方讽刺幽默小说的第一个辉煌，产生了《十日谈》《巨人传》《堂吉诃德》《格列佛游记》《汤姆·琼斯》等伟大的作品。它们在中国现代的译介、传播和影响不及欧洲那么广泛、那么深远。其中，《堂吉诃德》在中国译介、传播和影响的历程已有百年历史，可谓源远流长。斯威夫特和他的《格列佛游记》与中国读者的联系最为紧密，在中国现代的影响可谓盛况空前。十九世纪，英、俄、美也诞生了一批讽刺幽默名家，迎来了西方讽刺幽默小说的第二个辉煌。它们对中国现代讽刺幽默小说产生了毋庸置疑的重要影响。其中，狄更斯、果戈理、契诃夫等具有讽刺幽默风格的作家及其作品由于时代环境、社会背景、作品内容与风格等契合了中国受众当时对社会人生的思考与期待，受到了中国作家与读者的青睐，尤其吸引了当时具有相似个性特质与相似写作

---

　　① 李维屏，张定铨，等. 英国文学思想史 [M]. 上海：上海外语教育出版社，2012：579.

　　② 林语堂. 论东西文化的幽默 [M] //林语堂. 谁最会享受人生. 武汉：湖北人民出版社，1989：36－49.

风格的作家的注目。二十世纪西方的讽刺幽默小说又有新的发展，诞生了布尔加科夫、左琴科、普拉东诺夫、海勒、品钦、冯尼格特等讽刺幽默小说名家。此外，还有英国的艾米斯、加拿大的里柯克、捷克的哈谢克等人。从讽刺幽默长篇名著来说，《好兵帅克历险记》和《第二十二条军规》是世界性的讽刺幽默巨著。它们在中国的译介和传播多在中国当代，尤其是改革开放以后。中国现代讽刺幽默小说，在它短短的三十余年的历史中就产生了鲁迅、老舍、钱锺书、张天翼、沙汀等讽刺幽默大家、名家，产生了数量可观的作品，堪与西方比肩。将两者进行系统、综合的比较，本书尚属首次。

2. 自晚清林译小说以来，西方文学不断被译介到中国，大大改变了中国文学的现状和格局，与中国幽默讽刺小说开始有了交流与碰撞，并给予中国现代讽刺幽默小说以积极的影响。鲁迅尤其注重讽刺幽默的联接古今和汇通中外，善于兼收并蓄和融会贯通。尤其与果戈理、显克微支、契诃夫具有密切的亲缘关系。但鲁迅并没有完全照搬果戈理等人。对于果戈理的无所顾忌、肆无忌惮的笔触，鲁迅虽然也不反对，但并不沿袭。他不喜欢果戈理的夸张怪诞、感情外倾、好发议论，而更接近吴敬梓、契诃夫式的质朴含蓄。老舍与英、俄幽默讽刺具有密切关联，狄更斯作品的幽默品格与老舍的幽默天性天然契合，点燃了老舍写小说的欲望，并直接启发、影响了老舍。回国以后，老舍开始接受俄国文学作品，并由衷地赞赏。托尔斯泰、契诃夫、安德烈夫、陀思妥耶夫斯基都是老舍欣赏的作家并给他创作以一定的影响。但这时的老舍已不再刻意模仿任何作家、任何文派。作为学者型的钱锺书，其创作的渊源主要在西方，特别是英法文学与《围城》的关系密切，这里既有影响关系，也有平行关系。张天翼、沙汀的讽刺小说与中外讽刺传统也有密切的关联，他们的创作更接近果戈理、谢德林、契诃夫的风格。同时，也具有自己的接受和影响的特点，五位经典作家接受外来影响以及自己的独创之路各不相同。

3. 通过比较，我们发现，中、西讽刺幽默小说具有同质性、同一性特征：都以喜剧的形式和笑的艺术观照人生，在玩笑中包含着严肃，在夸张中包含着真实，在轻松中包含着深刻，在荒诞中包含着警策，显示着主体精神的高扬和智慧的优越。在写作类型上，都有写实和寓言两种类型；在叙事方法上，都有客观呈现和主观变形两种叙事方法；在喜剧表达和笑的艺术上都存在悲喜交融和含泪的笑等美学特性。

4. 通过比较，我们发现，中、西讽刺幽默小说还具有差异性特征：西方讽刺幽默小说从一开始就以超常性、虚构性、放达性、飞扬性、玩笑性见长；中国现代讽刺幽默小说一开始就以平常性、写实性、拘谨性、沉稳性、严肃性见长。这在文学观念、作品选材、故事情节、人物形象、手法和风格上都鲜明地体现出来。造成这种异质性、差异性的原因，无疑是复杂的。中国和西方各国在地理位置、生存环境、物质条件都有着诸多的不同，由此必然造成人的观念和性格的不同，这种观念和性格的不同必然带来文学面貌、文学追求、文学风格的不同。

5. 通过比较，我们还发现，中、西讽刺幽默小说各有长短优劣。鲁迅说："法人善于机锋，俄人善于讽刺，英美人善于幽默。"① 通过我们对西方讽刺幽默小说的考察，印证了鲁迅的这一论断。中国现代的讽刺幽默小说是重讽刺、轻幽默的；在讽刺艺术里，是重写实、轻想象的。有什么样的民族就有什么样的文学，相反，有什么样的文学也反映什么样的民族。文学是了解民族性格的途径之一。在欧美的讽刺幽默小说中，"游记体"是非常发达的，作品中的"议论"的也很流行，这在中国现代都是少有的。优秀的讽刺幽默小说，讽刺和幽默往往是紧密结合的。这样的作品才是我们常说的思想性、艺术性、观赏性相统一的作品。在中国现代讽刺幽默小说中，鲁迅的《阿 Q 正传》、钱锺书的《围城》是讽刺和幽默结合得最好的，所以，这两部作品才是不朽的杰作。欧美国家素来重视幽默文学，而中国由于受道教的影响，受正统观念的影响，幽默少见于正统文学，而多见于民间和通俗文学，幽默文学是不登大雅之堂的。这样，西方的幽默文学自然就比中国发达。

6. 通过比较，我们更发现，中、西对讽刺和幽默都存在偏见和诋毁。所以，鲁迅说："讽刺家，是危险的。"老舍也说过"幽默的危险"。在西方，讽刺幽默作品被禁毁、作家遭迫害和中国现代相比有过之而无不及。这使我们深切地感到讽刺难为，幽默不易，能坚持持久的更为不易。这启示我们：必须正确对待讽刺幽默；必须解放思想，营造自由、宽松、和谐、包容的文学环境；在此基础上，作家要放纵心灵，放开手脚。超越拘谨、心有余悸等心理障碍，实现心志的大解放。

① 鲁迅. "滑稽"例解［M］//鲁迅. 鲁迅全集：第 5 卷. 北京：人民文学出版社，2005：360.

参考文献

（说明：本参考文献只列理论、学术论著，不列中、西文学作品）

一、著作（以出版先后为序）

1. ［苏］高尔基. 俄国文学史［M］. 缪灵珠, 译. 上海：上海译文出版社, 1979.

2. 胡絜青. 老舍写作生涯［M］. 天津：百花文艺出版社, 1981.

3. 曾小逸. 走向世界文学：中国现代作家与外国文学［M］. 长沙：湖南人民出版社, 1985.

4. 陈孝英, 郭远航, 冯玉珠. 幽默理论在当代世界［M］. 乌鲁木齐：新疆人民出版社, 1987.

5. ［美］赫伯·特鲁. 论幽默［M］. 程永富, 王刚, 译. 成都：成都科技大学出版社, 1988.

6. 王树昌. 喜剧理论在当代世界［M］. 新疆：新疆人民出版社, 1989.

7. 阎广林. 笑：矜持与淡泊中国人喜剧精神的内在特征［M］. 北京：国际文化出版公司, 1989.

8. 陈孝英. 幽默的奥秘［M］. 北京：中国戏剧出版社, 1989.

9. 吴福辉. 带着枷锁的笑［M］. 杭州：浙江文艺出版社, 1991.

10. ［英］D.C. 米克. 论反讽［M］. 周发祥, 译. 北京：昆仑出版社, 1992.

11. ［英］阿瑟·波拉德. 论讽刺［M］. 谢谦, 译. 北京：昆仑出版社, 1992.

12. 齐裕焜, 陈惠琴. 中国讽刺小说史［M］. 沈阳：辽宁人民出版社,

1993.

13. 张学军. 鲁迅的讽刺艺术 [M]. 济南：山东大学出版社，1994.

14. 饶芃子，等. 中、西小说比较 [M]. 合肥：安徽教育出版社，1994.

15. 郭志刚. 中国现代文学书目汇要 [M]. 北京：书目文献出版社，1994.

16. 李万钧. 中、西文学类型比较史 [M]. 福州：海峡文艺出版社，1995.

17. [韩] 吴淳邦. 清代长篇讽刺小说研究 [M]. 北京：北京大学出版社，1995.

18. 宁宗一. 中国小说学通论 [M]. 合肥：安徽教育出版社，1995.

19. 张健. 幽默之旅与讽刺之门：中国现代喜剧研究 [M]. 北京：中国人民大学出版社，1997.

20. 王学泰. 中国人的幽默 [M]. 上海：上海古籍出版社，1997.

21. 万书元. 幽默与讽刺艺术 [M]. 延吉：延边大学出版社，1998.

22. 乐黛云，等. 比较文学原理新编 [M]. 北京：北京大学出版社，1998.

23. 隗芾. 中国喜剧史 [M]. 汕头：汕头大学出版社，1998.

24. 关纪新. 老舍评传 [M]. 重庆：重庆出版社，1998.

25. 万书元. 第十位缪斯：中国现代讽刺小说论 [M]. 南京：东南大学出版社，1998.

26. 张福贵，靳丛林. 中日近现代文学关系比较研究 [M]. 长春：吉林大学出版社，1999.

27. 胡德才. 中国现代喜剧文学史 [M]. 武汉：武汉出版社，2000.

28. 李岫，秦林芳. 二十世纪中外文学交流史：上、下卷 [M]. 石家庄：河北教育出版社，2001.

29. 王向远. 中国比较文学论文索引 [M]. 南昌：江西教育出版社，2002.

30. 吴晓东. 20 世纪外国文学专题 [M]. 北京：北京大学出版社，2002.

31. 刘海平，王守仁. 新编美国文学史 [M]. 上海：上海教育出版社，2002.

32. 徐葆耕. 西方文学十五讲 [M]. 北京：北京大学出版社，2003.

33. 刘燕萍. 怪诞与讽刺：明清通俗小说诠释 [M]. 上海：学林出版社，2003.

34. 孟昭毅. 比较文学通论 [M]. 天津：南开大学出版社，2003.

35. 吴元迈. 20 世纪外国文学史：第 1—3 卷 [M]. 南京：译林出版社，

2004.

36. 张健. 中国喜剧观念的现代发生 [M]. 北京：北京大学出版社，2005.

37. 吴福辉. 游走双城 [M]. 北京：人民文学出版社，2006.

38. 刘研. 契诃夫与中国现代文学 [M]. 上海：上海社会科学院出版社，2006.

39. 张健. 中国现代喜剧史论 [M]. 北京：北京大学出版社，2006.

40. 刘圣鹏. 差异性研究与比较文学中国学派 [M]. 济南：齐鲁书社，2006.

41. 范伯群，朱栋霖. 1898—1949 中外文学比较史：上下卷 [M]. 南京：江苏教育出版社，2007.

42. 阎浩岗. 中国现代小说研究概览 [M]. 保定：河北大学出版社，2007.

43. 金鑫荣. 明清讽刺小说研究 [M]. 南京：凤凰出版传媒集团，2007.

44. 陈思广. 中国现代长篇小说编年（1922.2—1949.9）[M]. 成都：四川大学出版社，2008.

45. 黄修己，刘卫国. 中国现代文学研究史：上下册 [M]. 广州：广东人民出版社，2008.

46. 徐葆耕，王中忱. 外国文学基础 [M]. 北京：北京大学出版社，2008.

47. 王富仁. 鲁迅前期小说与俄罗斯文学 [M]. 天津：天津教育出版社，2008.

48. 王向远. 宏观比较文学讲演录 [M]. 桂林：广西师范大学出版社，2008.

49. 陆衡. 四十年代讽刺文学论稿 [M]. 桂林：广西师范大学出版社，2008.

50. 秦弓. 二十世纪中国翻译文学史：五四时期卷 [M]. 天津：百花文艺出版社，2009.

51. 李宪瑜. 二十世纪中国翻译文学史：三四十年代·英法美 [M]. 天津：百花文艺出版社，2009.

52. 李今. 二十世纪中国翻译文学史：三四十年代·俄苏卷 [M]. 天津：百花文艺出版社，2009.

53. 陈平原. 中国现代小说的起点：清末民初小说研究 [M]. 北京：北京大学出版社，2010.

54. 金东雷. 英国文学史纲 [M]. 长春：吉林出版集团有限公司，2010.

55. 曹顺庆. 比较文学教程 [M]. 北京：高等教育出版社，2010.

56. 杨联芬. 中国现代小说导论 [M]. 北京：北京师范大学出版社，2010.

57. 方汉文. 比较文化学新编 [M]. 北京：北京师范大学出版社，2011.

58. 方汉文. 比较文学高等原理：修订本 [M]. 北京：北京师范大学出版社，2011.

59. 温奉桥. 中国当代文学演讲录 [M]. 济南：齐鲁书社，2011.

60. 王又平. 转型中的文化迷思和文学书写：20 世纪末小说创作潮流 [M]. 武汉：华中师范大学出版社，2011.

61. 方汉文. 比较文学学科理论 [M]. 北京：北京师范大学出版社，2011.

62. 李维屏，张定铨，等. 英国文学思想史 [M]. 上海：上海外语教育出版社，2012.

63. ［日］大江健三郎. 小说的方法 [M]. 王成，译. 北京：金城出版社，2012.

64. 陈思广. 审美之维：中国现代经典长篇小说接受史论 [M]. 成都：四川大学出版社，2012.

65. 杨义. 鲁迅文化血脉还原 [M]. 合肥：安徽大学出版社，2013.

66. 苏晖. 黑色幽默与美国小说的幽默传统 [M]. 北京：中国社会科学出版社，2013.

67. 钱理群. 中国现代文学编年史：以文学广告为中心（1915—1927）[M]. 北京：北京大学出版社，2013.

68. 吴福辉. 中国现代文学编年史：以文学广告为中心（1928—1937）[M]. 北京：北京大学出版社，2013.

69. 陈子善. 中国现代文学编年史：以文学广告为中心（1937—1949）[M]. 北京：北京大学出版社，2013.

70. 戈宝权. 中外文学因缘：戈宝权比较文学论文集 [M]. 上海：华东师范大学出版社，2013.

71. 王向远. 中国比较文学百年史 [M]. 北京：中国社会科学出版社，2013.

72. 张大明. 中国左翼文学编年史 [M]. 北京：社会科学文献出版社，2013.

73. 陈思广. 中国现代长篇小说史话 [M]. 武汉：武汉出版社，2014.

74. 邵宁宁，郭国昌，孙强. 当代中国现代文学研究（1949—2009）[M]. 北京：中国社会科学出版社，2014.

75. 曹文轩. 经典作家十五讲 [M]. 北京：中信出版社，2014.

76. 赵炎秋，等. 狄更斯学术史研究 [M]. 南京：译林出版社，2014.

77. 姜文振. 文学何为：中、西传统文学价值观比较研究 [M]. 北京：人民出版社，2014.

78. 于慈江. 杨绛：走在小说边上 [M]. 北京：世界图书出版公司北京公司，2014.

79. 阎浩岗. 现当代小说论稿 [M]. 北京：人民出版社，2015.

80. 郑克鲁，蒋承勇. 外国文学史：上下卷 [M]. 3 版. 北京：高等教育出版社，2015.

81. 齐裕焜. 中国古代小说演变史 [M]. 北京：人民文学出版社，2015.

82. 张健. 中国现代喜剧论稿 [M]. 北京：中国人民大学出版社，2015.

83. 孙郁. 民国文学十五讲 [M]. 太原：山西人民出版社，2015.

84. 范亦豪. 迟到的老舍及其他 [M]. 天津：天津人民出版社，2015.

85. 刘卫国. 中国新文学研究史 [M]. 北京：社会科学文献出版社，2015.

86. 温奉桥. 20 世纪中国文学新视野 [M]. 北京：中国社会科学出版社，2016.

87. 陈思广. 中国现代长篇小说的传播与接受研究 [M]. 北京：中国文联出版社，2016.

88. 黄平. 反讽者说：当代文学的边缘作家与反讽传统 [M]. 上海：上海文艺出版社，2017.

89. 黄修己. 中国现代文学研究通史：1—5 卷 [M]. 广州：广东人民出版社，2020.

90. 张梦阳. 中国鲁迅学史 [M]. 南京：江苏凤凰文艺出版社，2021.

91. 周发祥，李岫. 中外文学交流史 [M]. 长沙：湖南教育出版社，1999.

92. 贾植芳，等. 中国现代文学总书目·翻译文学卷 [M]. 北京：知识产权出版社，2010：279.

93. 王富仁. 中国现代中短篇小说发展的历史轨迹 [M] // 王富仁. 中国文化的守夜人：鲁迅. 北京：人民文学出版社，2002：263.

94. 冯光廉, 刘增人. 中国新文学史 [M]. 北京: 人民文学出版社, 1991: 412.

95. 冯光廉, 刘增人. 中国新文学史 [M]. 北京: 人民文学出版社, 1991: 419.

96. 李何林. 鲁迅论 [M]. 上海: 北新书局, 1935: 56.

97. 王吉鹏, 李春林. 鲁迅: 世界性的探寻: 鲁迅与外国文化比较研究史 [M]. 沈阳: 辽宁人民出版社, 1999: 243.

98. 陈涌. 鲁迅论 [M]. 北京: 人民文学出版社, 1984: 235.

99. [美] 夏志清. 中国现代小说史 [M]. 刘绍铭, 等, 译. 上海: 复旦大学出版社, 2005: 127.

100. [美] 夏志清. 中国现代小说史 [M]. 刘绍铭, 等, 译. 上海: 复旦大学出版社, 2005: 127.

101. 严家炎. 二十世纪中国文学史: 上册 [M]. 北京: 高等教育出版社, 2010: 377.

102. 孙洁. 世纪彷徨: 老舍论 [M]. 南昌: 百花洲文艺出版社, 2003: 136-145.

103. 孙洁. 世纪彷徨: 老舍论 [M]. 南昌: 百花洲文艺出版社, 2003: 144.

104. 陈孝英. 幽默的奥秘 [M]. 北京: 中国戏剧出版社, 1989: 435.

105. 张文江. 营造巴比塔的智者·钱锺书传 [M]. 上海: 上海文艺出版社, 1993: 60-61.

106. 张文江. 营造巴比塔的智者·钱锺书传 [M]. 上海: 上海文艺出版社, 1993: 79-80.

二、期刊 (以发表先后为序)

1. 吴福辉. 锋利·新鲜·夸张: 张天翼讽刺小说的人物及其描写艺术 \ [J \ ]. 文学评论, 1980 (5).

2. 吴福辉. 怎样暴露黑暗: 沙汀小说的诗意和喜剧性 \ [J \ ]. 文学评论, 1982 (5).

3. 吴福辉. 中国现代讽刺小说的初步成熟: 试论 "左联" 青年作家和京派作家的讽刺艺术 \ [J \ ]. 北京大学学报, 1982 (6).

4. 杜元明. 论张天翼对中国现代讽刺文学的贡献 \ ［J\］. 文学评论丛刊，1982（15）

5. 徐侗. 试论幽默 \ ［J\］. 文学评论，1984（2）.

6. 赵园. 论张天翼小说 \ ［J\］. 文艺研究，1985（6）.

7. 乐黛云. 中国比较文学的现状与前景 \ ［J\］. 中国社会科学，1986（2）.

8. 杨义. 比较文学的欢欣与苦恼 \ ［J\］. 北京社会科学，1986（4）.

9. 胡星亮. 论张天翼前期的讽刺小说 \ ［J\］. 南京大学学报，1986（4）.

10. 王卫平. 四十年代讽刺小说的叙述方式 \ ［J\］. 文学评论，1989（5）.

11. 王卫平. 四十年代讽刺小说的时代风貌和风格特征 \ ［J\］. 文艺理论与批评，1992（1）.

12. 王绯. 王蒙幽默、讽刺、调侃小说一览 \ ［J\］. 当代作家评论，1992（5）.

13. 王卫平.《围城》与中国现代讽刺小说 \ ［J\］. 江海学刊，1996（1）.

14. 王爱松. 论三十年代中国讽谕小说 \ ［J\］. 江海学刊，1996（2）.

15. 王卫平. 现代讽刺文学与鲁迅传统 \ ［J\］. 鲁迅研究月刊，1997（2）.

16. 王卫平. 钱锺书对中国现代讽刺幽默文学的独特贡献 \ ［J\］. 贵州大学学报，1998（2）.

17. 陈双阳. 异类的命运：中国现代幻设型讽刺小说论 \ ［J\］. 中山大学学报，1999（1）.

18. 王卫平. 中国现代讽刺幽默小说论纲 \ ［J\］. 中国社会科学，2000（2）.

19. 陈惇. 论可比性：比较文学的一个重要理论问题 \ ［J\］. 北京师范大学学报，2000（3）.

20. 杨守森. 文学批评的四重境界 \ ［J\］. 文史哲，2006（1）.

21. 马兵. 想象的本邦：《阿丽思中国游记》《猫城记》《鬼土日记》《八十一梦》合论 \ ［J\］. 文学评论，2010（6）.

22. 张芬. 鲁迅的翻译《死魂灵》与《故事新编》的"讽刺" \ ［J\］.

中国现代文学研究丛刊, 2011 (1).

23. 张蕾. 《儒林外史》的现代波澜\ [J\ ]. 中国现代文学研究丛刊, 2011 (5).

24. 孙郁. 鲁迅与果戈理遗产的几个问题\ [J\ ]. 文学评论, 2013 (3).

25. 刘俊. 论中国新文学中讽刺小说的三中类型: 以鲁迅、张天翼和黄春明为例\ [J\ ]. 天津社会科学, 2017 (2).

26. 陈粤燕. 浅谈西方讽刺文学 [J]. 中南民族大学学报, 2004 (4).

27. 安国染, 张秀华. 堂吉诃德和阿 Q [J]. 郑州大学学报, 1981 (4).

28. 秦家琪, 陆协新. 阿 Q 和堂吉诃德形象的比较研究 [J]. 文学评论, 1984 (4).

29. 李志斌. 堂吉诃德和阿 Q 形象之比较 [J]. 郑州大学学报, 1999 (1).

30. 禹权恒. "堂吉诃德在中国" 与 "中国的堂吉诃德" [J]. 鲁迅研究月刊, 2016 (5).

31. 姜异新. "百来篇外国作品" 寻绎 (上下): 留日生周树人文学阅读视域下的 "文之觉" [J]. 鲁迅研究月刊, 2020 (1, 2).

32. 姜异新. "百来篇外国作品" 寻绎 (上): 留日生周树人文学阅读视域下的 "文之觉" [J]. 鲁迅研究月刊, 2020 (1).

后 记

　　本书为我主持的国家社科基金项目的结项成果。该项目于 2017 年批准立项，2021 年完成并申请结项，历时整整四年。结项鉴定等级为"优秀"。在这里，向五位不知道姓名的鉴定专家表示由衷的感谢。书中相关内容和章节曾发表在《民族文学研究》《鲁迅研究月刊》《西南民族大学学报》《辽宁师范大学学报》等学术刊物上，也向这些期物的编辑表示衷心感谢！

　　本书在出版过程中，曾得到辽宁师范大学文学院的资助，现任院长洪飏教授对该书的出版十分关心，在资助出版招标过程中给予了大力支持和帮助。辽宁师范大学采购与招标办公室的李刚主任、宫文迪老师等也都给予了大力支持和帮助。

王卫平

2022 年 3 月 25 日